GOLDMANN

D1727881

Buch

Lee Reston, eine Frau Mitte vierzig, ist stark wie der sprichwörtliche Fels in der Brandung, doch die Tragödien ihres Lebens haben ihren Tribut gefordert: Ihr zweitgeborenes Baby verlor sie durch den plötzlichen Kindstod; neun Jahre später starb überraschend ihr Mann. Und nun muß der junge Polizist Chris ihr die schreckliche Nachricht überbringen, daß Lees 25jähriger Sohn Greg – Chris' bester Freund und jüngerer Kollege – bei einem Motorradunfall ums Leben gekommen ist. Chris kann diesen Schicksalsschlag ebensowenig verkraften wie Lee, und bald schon begreifen die beiden, daß sie einander brauchen, um über Gregs Tod hinwegzukommen. Doch was zunächst wie Freundschaft aussieht, entwickelt sich mit der Zeit zu einer zarten Liebesbeziehung. Da Lee völlig verunsichert ist und Angst vor der Reaktion ihrer Umwelt hat, beschließen beide, ihr Verhältnis geheimzuhalten. Lees Tochter jedoch, die Chris ebenfalls attraktiv findet, kommt hinter das Geheimnis und löst damit eine Lawine der Ereignisse aus, die Lees gesamte Familie zu überrollen droht ...

Autorin

Mit atemberaubendem Erfolg schreibt LaVyrle Spencer sowohl moderne als auch historische Liebesromane. Seit ihrem Hardcover-Debüt 1978 hat sich ihre begeisterte Lesergemeinde in den USA rapide vervielfacht, und mit jedem neuen Roman in den USA gelingt ihr eine Spitzenplazierung auf der Bestsellerliste der *New York Times*.
LaVyrle Spencer lebt mit ihrem Mann Dan in Minnesota/USA.

Bereits erschienen:

Vorbei und nie vergessen. Roman (41529)
Wildnis des Herzens. Roman (41472)

Weitere Romane von LaVyrle Spencer
sind bei Goldmann in Vorbereitung.

LaVYRLE SPENCER

Wo der Traum die Nacht verläßt

ROMAN

Aus dem Amerikanischen
von Kirsten Spieldiener

GOLDMANN VERLAG

Die amerikanische Originalausgabe erschien
unter dem Titel »Family Blessings«
bei G. P. Putnam's Sons, New York.

Der Goldmann Verlag
ist ein Unternehmen der Verlagsgruppe Bertelsmann

Deutsche Erstveröffentlichung November 1995
© der Originalausgabe 1993 by LaVyrle Spencer
© der deutschsprachigen Ausgabe 1995 by
Wilhelm Goldmann Verlag, München
Umschlaggestaltung: Design Team München
Umschlagfoto: Tony Stone Bilderwelten
Satz: deutsch-türkischer fotosatz, Berlin
Druck: Graphischer Großbetrieb, Pößneck
Verlagsnummer: 41558
Lektorat: Silvia Kuttny
Redaktion: Maria Andreas
Herstellung: Heidrun Nawrot
Made in Germany
ISBN 3-442-41558-6

3 5 7 9 10 8 6 4 2

Steh weinend nicht an meinem Grab,
ich lieg nicht hier, in tiefem Schlaf.
Ich bin der Wind, der immer weht,
ich bin Brillantgefunkel im Schnee.
Ich bin die Sonne auf reifem Feld,
Ich bin im Herbst der Regen mild.
Und wachst du auf in stiller Früh,
flattre als Vogel ich in die Höh,
zieh stumme, weite Kreise. Nachts
bin ich der weiche Sternenglanz.
Steh weinend nicht an meinem Grab,
Ich lieg nicht hier, weil ich nie starb.

Danken möchte ich meinem Neffen Jason Hueb-
ner, Polizeibeamter in Anoka, Minnesota, für
seine Hilfe bei den Recherchen für dieses Buch.
Peanut, ich hab dich lieb.

Vielen Dank auch an Dawn und Bob Estelle vom
Blumenladen »Stillwater Floral« für ihre wert-
vollen Informationen über das Floristenhand-
werk.

1. Kapitel

Für Christopher Lallek hätte das Leben nicht schöner sein können. Es war Zahltag, er hatte frei, sein uralter, rostiger Chevy Nova war ausgeräumt, und bei »Ford Fahrendorff« stand abholbereit ein fabrikneuer Ford Explorer vom Feinsten, mit einem Vier-Liter-Motor, sechs Zylindern, Allradantrieb, Klimaanlage, Alu-Felgen, Schiebedach, CD-Player und Ledersitzen. Die Lackierung nannte sich »Wilde Erdbeere«, und sie war wirklich wild – wilder als alles, was er bis dahin besessen hatte. Innerhalb der nächsten Stunde würde er in das erste fabrikneue Auto seines Lebens steigen. Alles, was er jetzt noch brauchte, war sein Gehaltsscheck.

Er bog schwungvoll auf den Parkplatz des Polizeireviers von Anoka ein, vollzog mit seiner alten Kiste gekonnt eine Wendung und parkte rückwärts neben zwei schwarz-weißen Streifenwagen ein. Pfeifend stieg er aus, sprang mit einem beschwingten Satz auf die Fußgängerrampe und blickte durch seine verspiegelte Sonnenbrille, die an einer pinkfarbenen Kordel hing, in den strahlend blauen Himmel. Ein perfekter Tag. Sonnenschein. Hier und dort eine dicke weiße Plusterwolke. Schon jetzt, am späten Vormittag, stand die Quecksilbersäule des Thermometers bei fünfundzwanzig Grad – und wenn er sich mit den Jungs später draußen am See traf, hätte es sicher dreißig Grad, gerade die richtige Temperatur für ein erfrischendes Bad im kühlen Wasser. Greg hatte versprochen, alte Autoreifen zu besorgen, auf denen sie um die Wette paddeln wollten, Tom würde seinen Jet-Ski mitbringen, und Jason hatte sich für den Nachmittag das Motorboot seiner Eltern ausgeliehen. Irgend jemand würde sicher auch für Bier sorgen. Chris hatte vor, Limo, Salami und Käse mitzubringen, und vielleicht auch noch eine Büchse von dem Hering in Sahnesauce, den er und Greg so gerne mochten. Beim Rausfahren würde er in seinem neuen, glänzenden Auto die gerade herausgekommene Garth-

Brooks-CD in voller Lautstärke aufdrehen – es ging ihm heute einfach saugut!

Er stieß die verspiegelte Glastür auf und betrat, noch immer pfeifend, den Mannschaftsraum. Nokes und Ostrinski, beide in Uniform, standen neben dem Computer und unterhielten sich leise mit ernsten Stimmen.

»Hey, was gibt's, Jungs?«

Die beiden blickten auf; ihre Mienen waren düster. Schweigend beobachteten sie, wie er in seinen Postkasten griff, einen Umschlag herauszog und ihn ungeduldig aufriß. »Endlich wieder Zahltag, wurde auch Zeit!« Er drehte sich um, betrachtete den Scheck und ließ ihn gegen seine Handfläche schnalzen. »Ob ihr's glaubt oder nicht, Jungs, mein neuer Explorer ist da und wartet nur noch darauf, von mir abgeholt zu werden! Falls ihr meinem alten Nova die letzte Ehre erweisen wollt – er steht draußen …«

Plötzlich bemerkte er, daß weder Nokes noch Ostrinski sich von der Stelle gerührt hatten. Oder gelächelt. Außerdem hatten sie seit seinem Erscheinen keinen Ton von sich gegeben. Aus dem Mannschaftsraum kamen zwei weitere uniformierte Polizisten den Gang entlang und betraten den Raum. Ihre Blicke waren genauso ernst.

»Murph, Anderson …« begrüßte sie Christopher, der inzwischen argwöhnisch geworden war. Er war nun seit neun Jahren Polizist, und diese Stille, diesen Ernst, diese bedrückte Stimmung kannte er nur zu gut.

»Was ist hier los?« Sein Blick flog pfeilschnell von einem zum anderen.

Sein Vorgesetzter, Captain Toby Anderson, erwiderte mit langsamer, ernster Stimme: »Schlechte Nachrichten, Chris.«

Christophers Magen schien einige Zentimeter tiefer zu sacken. »Hat es wieder einen von uns erwischt?«

»Ich fürchte, ja.«

»Wen?«

Einige Sekunden lang herrschte Schweigen.

»Wen?« brüllte Chris; panische Angst stieg in ihm auf. Anderson antwortete mit leiser, heiserer Stimme: »Greg.«

»Greg!« In Christophers Miene spiegelte sich Bestürzung wider, die gleich darauf in Ungläubigkeit umschlug. »Moment mal. Das muß ein Irrtum sein.«

Anderson schüttelte traurig den Kopf. Sein Blick ruhte unverwandt auf Christopher, während die anderen bedrückt zu Boden schauten.

»Aber das kann doch gar nicht sein. Er hat heute frei! Vor noch nicht einmal einer Stunde hat er die Wohnung verlassen, um hierherzukommen und sich seinen Gehaltsscheck abzuholen. Dann wollte er zur Bank und danach noch bei seiner Mutter vorbeischauen. Und gegen Mittag waren wir verabredet, um gemeinsam zum Lake George rauszufahren.«

»Es ist nicht im Dienst passiert, Chris. Er ist auf dem Weg hierher verunglückt.«

Christopher fühlte sich wie vom Blitz getroffen. Sein Kopf schien plötzlich vollkommen leer zu sein.

»Scheiße«, flüsterte er.

Anderson fuhr fort. »Ein Transporter hat eine rote Ampel überfahren und ihn voll erwischt.«

Der Schock wirbelte Christophers Gefühle und Gedanken durcheinander, sein Gesicht erstarrte in reglosem Entsetzen. Er wurde täglich mit Tragödien konfrontiert, hatte sich aber niemals zuvor mit dem Tod eines Kumpels aus seiner Einsatzgruppe auseinandersetzen müssen. Und noch weniger mit dem seines besten Freundes. In ihm überschlugen sich die unterschiedlichsten Reaktionen: Ihm wurde abwechselnd heiß und kalt, doch dank seiner beruflichen Erfahrung gelang es ihm, äußerlich ruhig und sachlich zu bleiben. Seine Stimme klang abgehackt und rauh. »Er war mit dem Motorrad unterwegs.«

»Ja ... stimmt.«

Anderson stockte; seine Stimme verließ ihn, als es darum ging, die Einzelheiten des Unfalls zu schildern. Christophers Kehle war wie zugeschnürt, auf seiner Brust schien eine tonnenschwere Last zu liegen, und seine Knie begannen zu zittern. Aber dennoch stellte er seine Fragen, als hätte es sich bei Greg um einen x-beliebigen Fremden gehandelt; er merkte nicht, daß der Schock ihn wie durch Fernsteuerung lenkte.

»Wer war am Telefon?«

»Ostrinski.«

Christophers Blick wanderte hinüber zu dem jungen Polizisten, der blaß und bedrückt aussah. »Ostrinski?«

Ostrinski antwortete nicht. Er schien den Tränen nahe. Seine Mundwinkel zuckten, sein Gesicht war dunkel angelaufen.

»Was ist passiert ... erzählt es mir«, beharrte Chris weiter.

»Es tut mir leid, Chris, er war schon tot, als ich am Unfallort ankam.«

Plötzlich stieg eine heiße Welle der Wut in Christopher auf. Abrupt drehte er sich um und beförderte mit einem Fußtritt den hinter ihm stehenden Stuhl quer durch den Raum. »Verdammt!« brüllte er. »Warum ausgerechnet Greg?« Blind vor Schmerz schleuderte er dem Schicksal die banalsten Vorwürfe entgegen. »Warum ist er nicht mit mir gefahren! Ich habe ihm doch gesagt, daß es mir nichts ausmacht, ihn zu seiner Mutter zu fahren! Warum mußte er das Motorrad nehmen?«

Anderson und Ostrinski streckten ihre Arme nach ihm aus, um ihn zu beruhigen, aber er stieß sie zurück. »Laßt mich! ... Laßt mich in Ruhe ... ich brauche einen Moment ...« Er wandte sich ab, entfernte sich einige Schritte von ihnen, hielt plötzlich inne und schrie abermals: »Scheiße!« Bei seiner Arbeit als Polizist hatte er diese Reaktion bei anderen schon Dutzende von Malen erlebt, aber niemals begreifen können. Er hatte sich so oft über die scheinbare Härte der Menschen gewundert, wenn die Nachricht vom Tod eines Nahestehenden diese Form des Zorns auslöste. Und nun befand er sich selbst in dieser Situation. In seiner plötzlich auflodernden, hilflosen Wut wirkte er eher wie ein rasender Kämpfer als wie ein trauernder, bestürzter Freund.

So plötzlich ihn die Wut überkommen hatte, so rasch ebbte sie auch wieder ab und ließ ihn leer und ausgebrannt zurück. Tränen stiegen in ihm hoch – heiße, brennende Tränen; seine Kehle schmerzte.

»Oh, Greg«, stieß er mit einer seltsam fremden Stimme hervor, »Greg ...«

Seine Kollegen traten zu ihm, um ihm zu helfen und Trost zu

spenden. Diesmal ließ er ihre Berührung und Umarmungen zu. Sie murmelten Beileidsworte, auch ihren Stimmen war die Trauer und Betroffenheit deutlich anzumerken. Er wandte sich ab; plötzlich spürte er Captain Andersons Arme um seinen Körper, starke, durchtrainierte Arme, die ihn drückten und festhielten, während beide Männer mit den Tränen kämpften.

»Warum gerade Greg?« brachte Chris hervor. »Das ist so verdammt ungerecht. Warum nicht ein Dealer, der Schulkindern Drogen verkauft, oder Eltern, die ihre Kinder zweimal pro Woche verprügeln. Verdammt noch mal, wir haben Hunderte von denen in unseren Akten!«

»Ich weiß, ich weiß ... es ist ungerecht.«

Christopher liefen die Tränen über das Gesicht. Er stand in der Umarmung seines Captains, sein Kinn war an Andersons steifen Hemdkragen mit den Dienstabzeichen gepreßt, er hörte den älteren Mann dicht neben seinem Ohr schlucken und spürte in seiner Magengegend die Handschellen, die am Gürtel seines Vorgesetzten hingen, während die anderen Polizisten abseits standen und sich hilflos und überflüssig vorkamen.

Anderson murmelte: »Er war ein guter Mensch ... ein guter Polizist.«

»Er war erst fünfundzwanzig. Verdammt, er hatte noch das ganze Leben vor sich!«

Anderson gab ihm einen aufmunternden Klaps auf die Schulter und löste die Umarmung. Christopher ließ sich auf einen Stuhl sinken, beugte sich vor und bedeckte sein Gesicht mit beiden Händen. Bilder von Greg durchzuckten seine Erinnerung: wie er heute früh in ihrer gemeinsamen Wohnung mit völlig verstrubbelten Haaren aus seinem Zimmer geschlurft kam, sich noch müde die Brust kratzte und ihn mit dem üblichen allmorgendlichen Satz begrüßte: »Ich muß dringend pinkeln, mir platzt gleich die Blase – aus dem Weg!« Anschließend war er in die Küche getrottet, hatte die Kühlschranktür ungefähr eine Minute lang offenstehen lassen und ihn gefragt, während er den Inhalt begutachtete: »Wann holst du denn deinen neuen Wagen ab?« Dann hatte er eine Tüte Orangensaft aus dem Kühlschrank genommen, direkt aus der

Packung einige Schlucke getrunken, kurz aufgestoßen, die Tüte wieder zurückgestellt und endlich die Kühlschranktür wieder geschlossen.

Er konnte doch nicht tot sein! Das war unmöglich!

Noch eine Stunde zuvor hatte er in Badehose und ungebügeltem T-Shirt in der Küche gestanden, eine Scheibe Toast gegessen und gesagt: »Ich muß noch bei Mom vorbeischauen. Das Endstück ihres Gartenschlauchs hat sich gelöst. Ich habe ihr versprochen, es zu reparieren.«

Greg verstand sich so gut mit seiner Mutter.

Gregs Mutter ... um Himmels willen, Gregs arme Mutter. Beim Gedanken an sie brach eine erneute Welle von Trauer und Schmerz über ihn herein. Die Frau hatte ohnehin schon Schlimmes durchgemacht. Und nun würde irgendein Geistlicher der Polizei an ihrer Tür klingeln, um ihr diese entsetzliche Nachricht zu überbringen.

Christopher atmete tief durch und richtete sich wieder auf, während er sich mit der Hand unter der Nase wischte. Irgend jemand reichte ihm einige der steifen Papierservietten aus der Cafeteria. Er schneuzte sich und fragte dann mit heiserer Stimme: »Wurde die Familie schon informiert?«

»Nein«, antwortete Captain Anderson.

»Wenn Sie nichts dagegen haben, Sir, möchte ich das gern übernehmen.«

»Fühlen Sie sich stark genug dazu?«

»Ich kenne seine Mutter. Vielleicht ist es das beste, wenn sie es von mir erfährt und nicht von einem Fremden.«

»In Ordnung, wenn Sie das wirklich tun wollen.«

Chris erhob sich und war verwundert, wie schwach er sich fühlte. Er zitterte am ganzen Körper, seine Beine schienen nachgeben zu wollen, seine Zähne schlugen aufeinander, als wäre er soeben in eisige Kälte getreten.

»Alles in Ordnung, Lallek?« erkundigte sich Anderson besorgt. »Sie sehen ein wenig schwach aus. Vielleicht bleiben Sie besser noch einen Augenblick sitzen.«

Chris willigte ein. Schwer ließ er sich wieder auf den Stuhl fallen, schloß seine Augen und atmete mehrmals tief durch; wieder spürte er die aufsteigenden Tränen.

»Ich kann es einfach nicht glauben«, murmelte er, ließ den Kopf in die Hände sinken und schüttelte ihn verzweifelt. »Vor einer Stunde haben wir noch zusammen gefrühstückt.«

»Gestern hat er mir nach Feierabend erzählt, daß ihr heute raus zum See fahren wolltet«, bemerkte Ostrinski.

Chris öffnete die Augen und sah Peter Ostrinski durch einen Schleier von Tränen an. Er war ein Riese von beinahe zwei Metern und ebenfalls erst fünfundzwanzig; auch sein Gesicht war von Trauer überschattet. »Hey, Pete, es tut mir leid. Du hast als erster davon erfahren, und ich sitze hier und benehme mich, als wäre der Schock für mich am größten.«

Ostrinski erwiderte kurz: »Ja ...«, brach ab und wandte sich ab, um seine Tränen zu trocknen.

Nun war es an Chris, Trost zu spenden. Vorsichtig legte er den Arm um Pete Ostrinskis Schultern.

»Ist er schon in der Leichenhalle?«

Ostrinski konnte nur mit Mühe antworten. »Ja, aber schau ihn dir nicht an, Chris. Und sorg vor allem dafür, daß seine Mutter ihn nicht sieht. Es hat ihn übel erwischt.«

Chris zog Ostrinski noch einmal an sich und ließ dann mutlos seine Arme sinken.

»Das würde sie nicht überstehen.«

»Ja ... du hast recht.«

Die Kollegin aus der Telefonzentrale, Ruth Randall, hatte die ganze Zeit über unbemerkt am Türrahmen gelehnt; sie schwieg und schien ebenso wie alle anderen nicht zu wissen, wie sie sich verhalten sollte.

Alle hier wurden tagtäglich mit menschlichen Tragödien konfrontiert und hatten sich mit der Zeit, nicht zuletzt aus bloßem Selbstschutz, mehr oder weniger daran gewöhnt. Aber dennoch traf sie dieser Tod von einem der Ihren in einer so persönlichen Weise, wie sie es kaum für möglich gehalten hatten.

Dann öffnete sich die Eingangstür, und der Polizeigeistliche, Vernon Wender, betrat den Raum. Er war Mitte Vierzig, fiel durch seine aufrechte Körperhaltung auf, hatte braunes Haar, das sich allmählich zu lichten begann, und trug eine Brille mit silberner Fassung. Captain Anderson begrüßte ihn mit einem angedeuteten Nicken, als er den Raum betrat.

»Wir haben einen guten Mann verloren«, begann der Geistliche mit respektvoll gesenkter Stimme. »Eine schreckliche Tragödie.«

Abermals breitete sich in dem Raum Stille aus, während alle Anwesenden mit ihren Gefühlen kämpften. »Als ich mich das letzte Mal mit Greg unterhielt, sagte er zu mir: ›Vernon, hast du schon einmal darüber nachgedacht, wie viele Menschen ihren Beruf hassen? Aber ich gehöre nicht dazu‹, sagte er. ›Ich bin gerne Polizist. Es ist ein schönes Gefühl, den Menschen da draußen helfen zu können.‹ Vielleicht tröstet es euch, das zu wissen. Greg Reston war ein glücklicher Mann ... Ich denke, das ist der richtige Augenblick für ein Gebet.«

Während des kurzen Gebets hörte Chris die Worte des Geistlichen nicht. Er dachte an Gregs Familie, besonders an seine Mutter und an den Schock, der ihr bevorstand. Sie war Witwe und hatte noch zwei Kinder – die dreiundzwanzigjährige Janice und den vierzehnjährigen Joey –, aber Greg war ihr Ältester und seit dem Tod ihres Mannes vor neun Jahren ihre wichtigste Stütze. »Eine starke Frau«, hatte Greg unzählige Male gesagt, »die stärkste Frau, die ich kenne ... und die beste.« In seinem ganzen Leben hatte Christopher Lallek niemanden kennengelernt, der ähnlich von seiner Mutter sprach wie Greg Reston. Ihre Beziehung war von gegenseitigem Respekt, von Liebe und Bewunderung gekennzeichnet – Chris hatte Greg in all den Jahren, die sie sich kannten, um diese Mutter beneidet. Greg und seine Mutter konnten über alles reden – über Sport, Geld, Sex, Philosophie, sogar über die verletzten Gefühle, die ab und an auch in der harmonischsten Familie anzutreffen sind. Die beiden besprachen einfach alles, und später erzählte Greg es seinem besten Freund. Chris wußte mehr über Mrs. Reston, als die meisten anderen Menschen über ihre eigenen Mütter wußten. Und dadurch hatte Chris einen tiefen Respekt und große Bewunderung für diese Frau gewonnen, Gefühle, die er seinen eigenen Eltern nie entgegengebracht hatte.

Das Gebet war beendet. In die Menschen kam langsam wieder Bewegung, jemand schneuzte sich. Chris atmete tief durch und sagte zu Wender: »Greg und ich ... wir haben uns die Wohnung geteilt. Ich werde seiner Familie die Nachricht überbringen.«

Der Geistliche ergriff seinen Arm und erwiderte: »Einverstanden, aber sind Sie dazu in der Lage?«

»Es wird schon gehen.«

Wender ließ seine Hand sinken und nickte bedächtig.

Draußen herrschte noch immer strahlender Sonnenschein. Die Helligkeit schmerzte in Chris' Augen. Er setzte die Sonnenbrille auf und stieg in seinen Wagen; der heiße Sitz brannte unter seinen bloßen Beinen. Er ließ den Motor an, fuhr aber nicht los. *Er ist gar nicht tot. Gleich hält er neben mir, kommt rüber, legt seine Hand auf die Tür und sagt: » Wir treffen uns am See.«*

Aber er würde nicht wiederkommen.

Nie mehr.

Christopher hatte jedes Zeitgefühl verloren; Schmerz und Trauer schienen jede Faser seines Körpers zu durchdringen. Langsam setzte er den Wagen in Bewegung und bog auf die Straße; er fuhr wie im Traum. Er versuchte, sich Greg vorzustellen, so wie er ihn zum letzten Mal gesehen hatte; er wollte sich seinen letzten Blick in Erinnerung rufen. Greg ging zur Wohnungstür – genau, das war es –, er trug schon seine Badeklamotten und eine rote Baseballmütze; in einer Hand hielt er einen Apfel, in der anderen seinen Schlüsselbund. Er klemmte den Apfel zwischen die Zähne, während er die Tür öffnete; dann biß er ein großes Stück heraus und verabschiedete sich mit vollem Mund von ihm: » Wir treffen uns in einer Stunde.«

Eine Baseballmütze anstelle eines Sturzhelmes.

Die Badehose anstelle einer Jeans.

Ein T-Shirt statt der Lederjacke.

Und seine schmutzig-weißen Nike Turnschuhe trug er ohne Socken.

Chris wußte nur zu gut, wie Opfer von Motorradunfällen aussahen, die nicht die richtige Ausrüstung trugen.

Zertrümmerter Schädel ...

Vom Asphalt blankgelegte Knochen ...

Verbrannte Haut ...

Manchmal fand man ihre Schuhe nie wieder.

Lautes Hupen riß Chris aus seinen Gedanken. Die Welt um ihn herum verschwamm hinter einem Tränenschleier. Er war mit zwanzig Stundenkilometern auf einer Straße dahingezockelt, auf der fünfzig erlaubt waren, und hatte soeben ein Stop-Schild überfahren. Verdammt, er war gar nicht in der Lage, ein Auto zu steuern. Wenn er nicht aufpaßte, wäre er der nächste, der jemanden umbrachte.

Er wischte sich die Tränen aus den Augen und beschleunigte auf fünfzig, während er versuchte, die schrecklichen Bilder aus seinen Gedanken zu vertreiben. Er mußte unbedingt seine Gefühle unter Kontrolle bekommen, bevor er Mrs. Reston gegenübertrat. Der Gedanke an sie erfüllte ihn erneut mit Schmerz. Einer Mutter – Allmächtiger, wie sollte man einer Mutter nur eine solche Nachricht überbringen? Und dazu einer Mutter, die schon ein Kind verloren hatte?

Ihr Zweitgeborenes war den Plötzlichen Kindstod gestorben, als Greg noch so klein war, daß er sich kaum noch daran erinnern konnte. Das Wichtigste in ihrem Leben waren immer eine erfüllte Ehe und das Glück ihrer Familie gewesen; sie fühlte sich dazu berufen, ihrem kleinen Sohn eine gute Mutter und ihrem geliebten Mann eine treusorgende Ehefrau zu sein – und wollte unbedingt gleich noch mehr Kinder. Das Ergebnis war Janice, Gregs zwei Jahre jüngere Schwester; Joey kam neun Jahre später auf die Welt.

Mit sechsunddreißig wurde Gregs Mutter Witwe; ihr geliebter Mann starb an einer Gehirnblutung. Aber Mrs. Reston war auch mit dieser Situation fertiggeworden. Allein mit drei Kindern, lumpigen 25.000 Dollar aus der Lebensversicherung und ohne Beruf, zeigte sie nicht den geringsten Anflug von Selbstmitleid, sondern war fest entschlossen, ihr Schicksal zu meistern. Sie besuchte ein Jahr lang die Handelsschule, kaufte einen Blumenladen und gründete eine Existenz, die ihr und ihren Kindern das Überleben sicherte.

Stark? Diese Frau war wie der Fels von Gibraltar. Aber wenn der Druck übermächtig wurde, konnte er auch den stärksten Felsen sprengen.

Auf dem Weg zu ihrem Haus überlegte Christopher Lallek in der brütenden Mittagshitze dieses tragischen Junitages, wie er dieser Frau die Nachricht vom Tode ihres Ältesten am schonendsten überbringen konnte. Aber in diesem Fall gab es keine schonende Methode.

Nachdem Chris den größten Teil der Fahrt grübelnd und in Gedanken versunken verbracht hatte, kehrte seine Aufmerksamkeit schlagartig zurück, als er in die Benton Street einbog. Es war eine schattige Allee, die einer der vielen Windungen des Mississippi folgte; rechts und links der Straße waren hinter den Bäumen ältere, gepflegte Häuser zu erkennen. Ihr Haus lag südwestlich der Ferry Street, ein hübsches, weiß gestrichenes Gebäude mit schwarzen Holzläden; auf beiden Seiten der Treppe, die zur Haustür führte, standen gemauerte, mit prächtigen roten Geranien bepflanzte Blumenkästen. Die mächtigen Ahornbäume im Vorgarten trugen kugelrunde Kronen, als seien sie ihr ganzes Leben lang zurechtgestutzt worden. An ihrem Fuß blühten rosa-weiße Petunien. Das Tor der etwas abseits des Hauses gelegenen Doppelgarage stand offen; ein Platz war leer, auf dem anderen sah er ihr Auto, einen fünf Jahre alten blauen Pontiac, der schon kleine Roststellen zeigte. Auf der hinteren Stoßstange klebte ein Sticker mit der Aufschrift

Blumen machen das Leben freundlicher.

Chris parkte, stellte den Motor ab, blieb noch einen Augenblick lang sitzen und starrte in die Garage; er sah Rechen und Hacken, eine Schubkarre, einen Sack Grillkohle, die Werkbank ihres verstorbenen Mannes, über der noch immer, fein säuberlich aufgereiht, die Werkzeuge hingen, und ein altes gelbes Fahrrad, das von der Decke herabhing – das hatte sicherlich einmal Greg gehört.

Wieder stiegen Tränen in ihm auf, und eine unsichtbare Fessel schien ihm den Brustkorb zuzuschnüren. Er fühlte sich, als hätte er einen Tennisball verschluckt.

Verdammt, Greg, warum hast du keinen Helm getragen?

Die Tränen liefen ihm über das Gesicht, während er dunkel den Gedanken registrierte, daß Mrs. Reston ihre Garage nicht offenstehen lassen sollte; jeder konnte sie betreten und sich nach Belieben bedienen. Greg hatte sie deswegen immer gerügt, doch sie pflegte nur lachend zu antworten: »Ich wohne nun schon seit zwanzig Jahren in dieser Gegend, und niemand hat bisher seine Garage verschlossen. Außerdem, wer sollte mich denn bestehlen? Wer sollte es denn auf diesen alten Plunder hier abgesehen haben? Und wenn jemand das Gerümpel wirklich so dringend braucht, dann soll er es sich nehmen.«

Aber Christopher kannte als Polizist die Gefahren unverschlossener Türen, ebenso wie Greg sie gekannt hatte. Wer würde ihr nun sagen, daß sie die Türen verschließen mußte? Wer würde sie jetzt daran erinnern, einen Ölwechsel machen zu lassen? Wer würde ihren Gartenschlauch reparieren?

Christopher wischte sich die Tränen aus den Augen, setzte seine Sonnenbrille wieder auf, atmete mehrmals tief durch und öffnete die Tür seines Wagens.

Als er ausstieg, brannte die Hitze, die auf dem Asphalt brütete, durch die Sohlen seiner Badelatschen hindurch. Plötzlich wurde ihm bewußt, was er trug – für den Anlaß absolut unpassende Badekleidung. Er schloß drei Knöpfe seines Hemdes und ging langsam auf das Haus zu, als sein Blick auf den zusammengerollt in der Einfahrt liegenden Gartenschlauch fiel, der darauf wartete, von Greg repariert zu werden.

Und wie eine heiße Welle brach der ganze Schmerz wieder über ihn herein. Der Schmerz würde ihm seine Rippen auseinandersprengen.

Er wandte seinen Blick von dem Gartenschlauch ab und setzte seinen Weg in Richtung Haus fort.

Die Haustür war offen.

Er blieb davor stehen, blickte durch den mit Fliegengaze bespannten Rahmen und nahm all seinen Mut zusammen. Drinnen lief das Radio – ein alter Neil Diamond-Song. Die Diele führte zum hinteren Teil des Hauses, wo er den Küchentisch und eine geöffnete Glasschiebetür erkennen konnte. Davor flatterte eine dünne Gardine; dahinter lagen die Terrasse und ein großer Garten, in dem hohe Bäume Schatten spendeten. Am 4. Juli, dem Unabhängigkeitstag, sollte dort das große Gartenfest stattfinden, zu dem Greg ihn eingeladen hatte. Dann machte er die Umrisse anderer Gegenstände aus: den Blumenstrauß auf der Anrichte, den Pullover über der Stuhllehne, auf dem Tisch eine Cola-Büchse, ein Stapel Bücher und daneben eine Handtasche, als hätte Mrs. Reston vor, gleich wegzugehen.

Aus einem entlegeneren Zimmer hörte er Wasser aus einem Hahn plätschern; eine weibliche Stimme begleitete Neil Diamond eine Zeile lang und wurde dann leiser, als verschwände die Sängerin in einem anderen Raum.

Chris stand im Schatten des kleinen Vordachs, der herbe Duft der Geranien stieg ihm in die Nase.

Der schwarze Klingelknopf ragte aus einer blankpolierten Messingscheibe heraus.

Niemals zuvor war es Christopher so schwergefallen, an einer Tür zu klingeln.

Statt dessen klopfte er – irgendwie erschien ihm das behutsamer. Er klopfte und wartete; der Tennisball steckte noch immer in seiner Kehle.

Lee Reston drehte den Wasserhahn zu, wischte kurz über die Armaturen, hängte das Handtuch auf und fuhr sich vor dem Badezimmerspiegel mit einer flinken Bewegung durch ihr glänzendes braunes Haar, so daß ihre Frisur in die gewohnte Form fiel. Manchmal hatte sie Lust, es wachsen zu lassen, um einmal anders auszusehen, aber sie wußte, daß sie sich mit einer langen Mähne nicht wohlfühlen würde. Ihr Haar fiel, wie es ihm gerade paßte, und umspielte ihr Gesicht lebhaft in kurzen Stufen. Dieser pflegeleichte Schnitt stand ihr ausgezeichnet und paßte zu ihren mädchenhaften Sommersprossen, die mit der ersten Frühlingssonne um ihre Nase herum erschienen. Sie zog den Knoten, der ihren Jeanswickelrock vor dem Bauch zusammenhielt, etwas fester, warf sich eine leichte weiße Baumwolljacke über und drehte gewissenhaft die beiden kleinen Goldohrstecker in ihren Löchern, so wie man es ihr vor vielen Jahren beim Durchstechen der Ohrläppchen empfohlen hatte.

Wieder begleitete sie Neil Diamond eine Zeile lang, während sie das Bad verließ und das Licht löschte. Flink ging sie hinüber ins Schlafzimmer, drückte etwas Handcreme aus dem Spender auf ihrer Frisierkommode und massierte sie ein; in diesem Augenblick hörte sie das Klopfen an der Haustür.

»Ich komme schon«, rief sie mit einem kurzen Blick auf ihre Armbanduhr.

Schon fünf vor zwölf; um zwölf mußte sie im Geschäft sein. Aber ihre Schwester hatte die Sache ja im Griff, und den beiden kam es nicht auf die Minute an.

Während sie durch das Wohnzimmer zur Haustür eilte, fragte sie sich, ob es nicht besser wäre, einen neuen Gartenschlauch zu kaufen – Greg hatte schon seit drei Tagen versprochen, vorbeizukommen und ihn sich anzuschauen, aber bis jetzt hatte er sich noch nicht blicken lassen.

Sie war sehr verwundert, durch die Fliegengaze den Mitbewohner ihres Sohnes zu sehen.

»Christopher!« begrüßte sie ihn lächelnd, während sie öffnete. »Was machen Sie denn hier? Ich dachte, Sie und Greg fahren raus an den See. Kommen Sie doch rein.«

»Guten Tag, Mrs. Reston.«

»Falls Sie ihn suchen, hier ist er nicht. Er hatte zwar versprochen, kurz vorbeizuschauen, um den Gartenschlauch zu reparieren, aber bisher ist er noch nicht aufgetaucht. Er muß jeden Moment kommen, Sie können hier gerne auf ihn warten, wenn Sie möchten.«

Er trat ein; er kam sich entsetzlich vor mit seinen blauen Badelatschen, dem in allen Farben gemusterten lächerlichen Hawaii-Hemd, seinen nackten, behaarten Beinen. Als sie zu ihm aufschaute, erblickte sie in den Gläsern seiner Sonnenbrille ihr verzerrtes Spiegelbild.

Noch immer die Creme in die Hände einmassierend, stand sie vor ihm; sie mußte gleich aufbrechen und war etwas ungeduldig.

»Greg hat gesagt, daß Sie zu unserem Gartenfest kommen, das freut mich sehr. Wir wollen diesmal einen in Knoblauch eingelegten Truthahn grillen. Da wir uns dann für den Rest des Tages nicht mehr unter die Menschheit begeben können, werden wir den Nachmittag hier im Garten mit Volleyballspielen und Boccia verbringen. Na, wie hört sich das an?«

Er antwortete nicht. Langsam nahm er seine Sonnenbrille ab und ließ sie sinken, bis die Kordel sie hielt. Man konnte ihm ansehen, daß er geweint hatte.

»Christopher, was ist los?« Sie trat einen Schritt näher.

Er schluckte, sein Adamsapfel senkte sich in seinem Hals wie ein Eiswürfel, der in ein Getränk fiel.

»Mrs. Reston ...«

Sie wußte einige Dinge über diesen jungen Mann, wovon er nichts ahnte. Sie wußte alles über seine unglückliche Kindheit und seine Eltern, die ihn behandelten, als wäre er der Fehler, den sie niemals hätten begehen sollen.

»Christopher ...« Leicht berührte sie seinen Arm; Sylvia würde heute wohl etwas länger allein arbeiten müssen. »Haben Sie das Bedürfnis, sich auszusprechen?«

Er räusperte sich, ergriff ihre Hände und umschloß sie fest. Sie waren noch ein wenig klebrig von der Creme und dufteten nach Geißblatt.

»Mrs. Reston, ich habe eine schlimme Nachricht.« Instinktiv hatte er beschlossen, es ihr offen heraus und ohne Umschweife zu sagen; das war vielleicht für beide der einfachste Weg.

»Greg hatte einen Unfall. Er ist tot.«

Ihr Blick war starr auf ihn gerichtet, ihr Gesicht zeigte keine Regung. »Greg?« wiederholte sie mit vollkommen normal klingender Stimme, als wäre die soeben erhaltene Nachricht zu unfaßbar, um wahr zu sein.

»Es tut mir so leid«, flüsterte er.

Wie zur Salzsäule erstarrt stand sie vor ihm, bis sie wenige Sekunden später aus der Reglosigkeit erwachte. Mit beiden Händen bedeckte sie ihren Mund und blickte Chris mit schreckgeweiteten Augen an; die aufsteigenden Tränen gaben ihren tiefbraunen Augen einen kupferfarbenen Schimmer. »Greg«, stieß sie nun heiser und verzerrt hervor.

»Es ist auf dem Weg hierher passiert. Ein Transporter hat eine rote Ampel überfahren und ihn auf voller Breite getroffen. Er war schon tot, als die Polizei am Unfallort eintraf.«

»Oh, mein Gott«, stammelte sie, während ihre Hände langsam hinabsanken. »Nicht Greg ... o nein, bitte nicht Greg!«

Ihr Atem ging nun in unregelmäßigen Schüben, Krämpfe schnürten ihr die Kehle zu und hinderten sie beinahe am Einatmen. Sie starrte ihn mit geöffnetem Mund an, und es schien ihm, als stieße sie einen lautlosen, verzweifelten Schrei aus. Er löste sich schließlich in einem langgezogenen, heiseren Wimmern.

Chris legte die Arme um sie und zog sie an sich. Ihr Wimmern bekam einen schmerzlichen Klang; es hörte sich an, als würde ein Kind auf seiner Geige einen hohen, unsicheren Ton spielen. »Nein ... nein ... neiiiiiiin ...« Dann brach sie in lautes, wildes, rückhaltloses Schluchzen aus, das ihren ganzen Körper erschütterte. Er drückte sie fester an sich, als er spürte, daß ihre Beine nachgaben und sie ihm ihr ganzes Gewicht überließ.

»Nein ... nein ... nicht noch eins«, preßte sie hervor, »nein, bitte nicht noch eins.«

Ihm brach das Herz, er konnte es ganz genau fühlen. Er spürte, wie es zerbarst, spürte den Druck auf seinen Knochen, auf seinem Magen, auf seinen Lungen.

»Er ... er w ... war u ... unterwegs zu ... zu ... m ... mir, um ... um d ... den ... Ga ...«, sie konnte die Worte nicht aussprechen.

»Ja«, erwiderte er mit seltsam gequetschter Stimme, »er war zu Ihnen unterwegs, um den Gartenschlauch zu reparieren.« Sie rang nach Luft und gab schreckliche Laute von sich. Er kniete sich nieder und ließ sie behutsam zu Boden sinken. Das Parkett fühlte sich unter seinem Schienbein angenehm kühl an. Sie stieß mit der Stirn hart gegen seinen Hals und seine behaarte Brust, die über seinem lächerlichen Hemd zum Vorschein kam. Krämpfe und wildes Schluchzen schüttelten sie.

»Er ... er h ... hat d ... das schon ei ... einmal v ... versucht, a ... a ... aber er ... h ... hatte nicht d ... das richtige ... T ... Teil ...«

»Ich weiß ...«, flüsterte er. »Ich weiß ...« Er strich ihr beruhigend über den Rücken. In seinem Innern tobte der Schmerz; er wünschte sich nichts sehnlicher, als ihr das ersparen und Greg wieder zurückbringen zu können, oder ihr totes Baby, oder ihren verstorbenen Mann, um ihr irgendwie über diesen unvorstellbaren Schmerz hinwegzuhelfen.

Sie knieten eng umklammert voreinander, die Vorderseite seines Hemdes war inzwischen feucht, seine Knie begannen zu schmerzen. Sie wimmerte und schluchzte noch immer. Er nahm sie bei den Armen und setzte sie vorsichtig auf den Boden, den Rücken gegen die Wand gelehnt. Dann setzte er sich neben sie, legte den Arm um sie und zog sie an sich.

Er wiegte sie beruhigend hin und her, so wie man ein kleines Kind in den Schlaf wiegt. Ihr Jeansrock war übersät von den dunklen Flecken, die die herabtropfenden Tränen hinterließen.

»Ich komme gleich wieder.« Er lehnte sie an die Wand und sprang auf, um nach Kleenex-Tüchern zu suchen. In der Küche fand er welche und kehrte eilig zu ihr zurück. Er setzte sich wieder neben sie, legte ihr die blau-weiß geblümte Packung in den Schoß, zog für sich drei und für sie ebenfalls drei Tücher heraus und drückte sie ihr in die wie leblos in ihrem Schoß ruhende Hand. Sie selbst lehnte zusammengesunken an der Wand. Wieder legte er den Arm um ihre Schulter und ließ ihr alle Zeit der Welt; seine Wange hatte er an ihr Haar gepreßt, ihr Kopf ruhte an seiner Schulter, seine Hand streichelte gleichmäßig über ihren Arm. Ab und zu strich er ihr mit dem Papiertuch über das Gesicht und ließ die benutzten neben sich fallen.

Schließlich stieß sie einen heiseren Seufzer aus, hob den Kopf und strich mit dem Handrücken über ihre Stirn. Er zog seinen Arm zurück und fragte sich, wie es nun weitergehen sollte, während sie sich schneuzte.

»Oh, mein Gott«, murmelte sie, als würde sie sich fragen, ob sie noch die nötige Kraft hatte, um aufzustehen. Wieder schloß sie die Augen; ihr Körper wurde erneut von Schluchzern geschüttelt.

»Wo ist Janice?« fragte er.

In ihren Wimpern hingen Tränen, und in der Hoffnung, das Weinen unterdrücken zu können, biß sie sich auf die Lippen. Sie zog ihre Knie an die Brust, umschloß sie mit den Armen und legte den Kopf darauf ab; ihre Schultern bebten.

Er berührte sie mit seiner Hand behutsam am Rücken. »Wo ist sie?« flüsterte er.

»In S ... San Fr ... Francisco.«

»In San Francisco?«

»Mit ihrer Fr ... Freundin K ... Kim.«

Jetzt fiel es ihm wieder ein; Greg hatte erzählt, daß seine Schwester eine Woche verreisen würde.

»Und was ist mit Joey?«

»Joey ist ... am G ... Gull Lake, mit den Wh ... Whitmans.«

»Wir werden sie beide anrufen müssen.«

Sie wurde noch immer von Weinkrämpfen geschüttelt. Er war vollkommen hilflos und wußte nicht, was er tun sollte: Sollte er die praktischen Fragen ignorieren, oder sollte er sie anpacken? Sollte er Mrs. Reston einfach weinen lassen, oder sollte er ihr Mut zusprechen? Sollte er bei ihr bleiben, oder sollte er sie alleine lassen?

»Ihre Schwester – ist sie im Laden?« fragte er.

Sie nickte mit gesenktem Kopf.

Er richtete sich neben ihr in die Hocke auf und blickte auf ihr zerzaustes braunes Haar hinab. »Soll ich sie anrufen, damit sie herkommt?«

»N ... nein.« Sie hob den Kopf und fuhr sich mit der Hand über die tränennassen Augen. »Nein, ich rufe sie selbst an.« Sie schniefte noch einmal laut, griff nach der Kleenex-Schachtel und erhob sich langsam und unsicher. Er bot ihr dabei seinen Arm als Unterstützung an; behutsam half er ihr auf die Beine.

Sie bedankte sich bei ihm mit einem schmerzlich gequälten Lächeln. Ohne es zu erwidern, legte er seinen Arm um ihre Schultern und führte sie vorsichtig in die Küche. Dort stand das Telefon. Langsam sank sie auf den Stuhl, über dessen Lehne der Pullover hing. Ihre Handtasche und der Stapel Bücher lagen noch immer auf dem Tisch, auch die Cola-Büchse – wie eine Erinnerung an den ganz normalen, glücklichen Tag, der so jäh unterbrochen worden war.

»Sie müssen noch nicht anrufen. Lassen Sie sich Zeit.«

Sie ließ den Kopf in ihre Hand sinken und wandte ihr Gesicht der geöffneten Schiebetür zum Garten zu, in der noch immer die Gardine im warmen Sommerwind flatterte.

Er wartete geduldig. Der Anblick ihres Schmerzes hatte ihn den seinen für den Augenblick vergessen lassen.

»Muß ich ihn identifizieren?« fragte sie, während sie ihm ihr verquollenes Gesicht zuwandte.

»Nein, das ist nicht nötig. Er hatte seine Papiere dabei.«

Mit einem Seufzer der Erleichterung schloß sie die Augen. Dann blickte sie ihn an und fragte: »Haben Sie ihn gesehen?«

»Nein.«

»Möchten Sie ihn sehen?«

»Ich weiß es nicht.«

»Wissen Sie, ob er schlimm zugerichtet ist?«

»Ich habe nicht danach gefragt.« Und das war sogar die Wahrheit. Er hatte nicht danach gefragt.

»War er mit seinem Auto unterwegs?«

Er stand auf und öffnete drei Schranktüren, bevor er die Gläser fand. Er nahm ein Glas heraus, ließ ein paar Eiswürfel aus dem Tiefkühlfach hineingleiten und öffnete die Cola-Büchse. Er goß das braune Getränk in das Glas und reichte es ihr.

»War er mit dem Auto unterwegs?« wiederholte sie hartnäckig, und sie würde es noch einmal und noch einmal wiederholen, wenn er ihr nicht antwortete.

Christopher ging hinüber zur Glastür und wandte ihr den Rücken zu, während er auf seine Füße in den blauen Badelatschen hinunterstarrte; seine Zehen gruben sich in das weiche Plastikmaterial. »Nein, mit dem Motorrad.«

Nachdem sie seine Antwort aufgenommen hatte, hörte er wieder das hohe, von unregelmäßigen Schluchzern unterbrochene Wimmern. Er drehte sich zu ihr um und sah sie mit aufgestützten Ellbogen, das Gesicht mit beiden Händen bedeckt, vor dem unberührten Glas sitzen. Er ging zu ihr und legte ihr seine Hände auf die Schultern, um ihr zu zeigen, daß er da war und daß er Anteil an ihrem Schmerz nahm.

»Sie brauchen jetzt den Beistand Ihrer Familie. Soll ich nicht doch Ihre Schwester anrufen … oder Ihre Mutter?«

»Ich ... ich rufe selbst an.« Sie wischte sich das Gesicht ab und erhob sich langsam, mit beiden Händen auf die Tischplatte gestützt. Sie tastete sich an den Möbelstücken entlang zu der hufeisenförmigen Kücheneinheit und hob den Hörer des weißen Telefons ab. Fünfzehn Sekunden lang war das Freizeichen zu hören, bevor sie den Hörer, ohne gewählt zu haben, wieder auflegte.

Sofort war er zur Stelle und sagte: »Ich mache das schon. Wen soll ich anrufen?«

Sie schien unfähig, eine Entscheidung zu treffen. »Ich weiß nicht«, flüsterte sie heiser und brach erneut in Tränen aus. »Ich w ... weiß n ... nicht. Wie ... wie s ... soll ich es ihnen bloß s ... sagen?«

»Kommen Sie.« Er führte sie wieder zurück zum Tisch. »Setzen Sie sich, ich kümmere mich schon um alles. Wo ist Ihr Telefonbuch?«

»In ... der Sch ... Schublade d ... da drüben.«

In der zweiten Schublade fand er ihr persönliches Adressenverzeichnis und suchte nach der Nummer des Blumengeschäfts. Während er wählte, blickte sie ihn mit weit geöffneten, rot verweinten Augen über ihre Schulter hinweg an; vor den Mund hielt sie mit einer Hand ein Kleenex-Tuch gepreßt.

»Absolutely Floral«, meldete sich eine Frauenstimme.

»Spreche ich mit Mrs. Eid?«

»Ja, am Apparat.«

»Mrs. Eid, sind Sie allein, oder ist jemand im Geschäft?«

Ihre Stimme nahm einen mißtrauischen Ton an. »Wer spricht da?«

»Entschuldigen Sie bitte, hier ist Christopher Lallek, ein Freund Ihres Neffen Greg Reston. Ich bin im Haus Ihrer Schwester, und ich habe Ihnen eine schlimme Nachricht zu überbringen. Greg ist bei einem Motorradunfall ums Leben gekommen.«

Während des nun folgenden Schweigens sah er den entsetzten Blick von Mrs. Eid förmlich vor sich. »Oh, mein Gott.«

»Es tut mir leid, daß ich es Ihnen so unvermittelt gesagt habe.«

Sie hatte angefangen zu weinen und hielt die Hand über die

Sprechmuschel. Während des ganzen Gesprächs hatte Chris Mrs. Reston nicht aus den Augen gelassen. Nun erhob sie sich und kam hinüber, um ihm den Hörer abzunehmen.

»Sylvia? ... Oh, Sylvia ... ich weiß ... oh Gott ... ja ... nein, nein ... keiner von beiden ... ja ... oh, ja, bitte ... danke.«

Nachdem sie aufgelegt hatte, ließ sie sich wieder in seine Arme fallen.

»Sie kommt«, flüsterte sie. Der Geruch ihrer Handcreme prägte sich in diesem Augenblick, als sie in der Küche standen und auf ihre Schwester warteten, fest in seine Erinnerung ein. Auch andere Eindrücke setzten sich in diesem Moment in seinem Gedächtnis fest. Der Winkel, in dem das Licht des späten Nachmittags durch die Bäume hindurch in den Garten fiel. Das Flattern der Gardine im Sommerwind. Das ferne Knattern des Rasenmähers einige Gärten weiter. Der Geruch von frisch gemähtem Gras. Der Strauß von Gartenblumen, deren Namen er nicht kannte und der immer wieder vor seinen Augen verschwamm, bis er blinzelte, und dann klarer wurde, um wenig später wieder hinter dem Tränenschleier zu verschwinden. Das Foto von Greg, das im Rahmen eines Druckes an der blaugestrichenen Wand klemmte. Die Wassertropfen, die außen an dem Trinkglas hinunterliefen und den Tränen auf den Wangen von Gregs Mutter glichen. Ihr Jeansrock an seinen nackten Beinen. Ihr heißes Gesicht an seinem Hals. Sein feuchtes Hemd, das ihrer beider Tränen aufgesogen hatte. Am Kühlschrank hing ein Zettel mit der Notiz *Greg die restliche Lasagne mitgeben.* Auf einem anderen stand *Janice, NW Flug 75, 1:35.* Aus dem Radio tönte ein Lied von Vince Gill. Gregs Mutter flüsterte mit gebrochener Stimme: »Oh, er liebte dieses Lied.«

Chris antwortete: »Ja, ich weiß. Er hat es sehr oft gehört.« Auch er liebte dieses Lied; sie hatten gemeinsam die CD gekauft.

Tiefer Kummer überkam Christopher und Lee Reston, als ihnen klar wurde, wie viele schmerzliche Momente der Erinnerung ihnen in den folgenden Tagen, Monaten und Jahren bevorstanden.

Sie hörten einen Wagen in die Einfahrt biegen. Nun näherten sich Schritte. Die Haustür wurde geöffnet, und Lee stürzte in die Diele. Christopher sah ihr nach und wurde Zeuge der ersten kummervollen Umarmung, der in den nächsten Tagen noch so viele folgen sollten. Er sah, daß sie wieder weinte, und konnte nur mit viel Mühe seine eigenen Tränen zurückhalten.

»Oh, Lee …« Während er ihren Namen mit aller Zuneigung, die er besaß, leise aussprach, dachte er bei sich: *Das ist zuviel für eine Frau – ein Baby, den Mann und nun noch den erwachsenen Sohn.*

»Warum, Sylvia, warum nur?« schluchzte sie.

Doch darauf hatte Sylvia keine Antwort. »Ich weiß es nicht, Liebes, ich weiß es nicht.«

Die beiden Schwestern fielen sich in die Arme und weinten in ihrem gemeinsamen Schmerz.

Mit jeder Sekunde fühlte Christopher Lallek seine eigene Verzweiflung größer und größer werden. Er war schon dreißig, aber jetzt verspürte er seelischen Schmerz zum ersten Mal in seiner ganzen Grausamkeit und Tiefe. All die kleinen alltäglichen Sorgen und Probleme kamen ihm in diesem Augenblick angesichts der grausamen Endgültigkeit des Todes null und nichtig vor. Er konnte kaum noch einen klaren Gedanken fassen, sich bewegen, seine Gliedmaßen zum nächsten notwendigen Schritt zwingen.

Und wenn es ihm schon so ging, was mußte dann erst Gregs Mutter empfinden?

Sie löste sich aus der Umarmung ihrer Schwester, und Sylvia Eid blickte sich nach Christopher um, der sich abseits gehalten hatte. Zwischen einzelnen Schluchzern stieß sie die Worte »Sie sind Christopher« hervor. Er umarmte diese ihm völlig fremde Frau mit einer Intensität, die er gestern noch für unmöglich gehalten hätte. Er, der sonst niemanden an sich heranließ, der lieber Distanz zu Menschen hielt, zumindest zu Fremden, lag nun an der Brust einer Frau, mit der er noch keine zehn Worte gewechselt hatte.

Sie spendeten in diesem Augenblick einander Trost, dann wandten sie sich wieder der Frau zu, die ihn am nötigsten brauchte. Jeder stützte Lee an einer Seite; so führten sie sie ins Wohnzimmer und ließen sie auf das Sofa sinken, wo sie ihrer Trauer freien Lauf lassen konnte. Lee Reston hielt die Hand ihrer Schwester fest umklammert und wiederholte pausenlos dieselben Worte, die Christopher in den folgenden Tagen noch so oft hören würde.

»Er war unterwegs ... zu mir ... um den ... Gartenschlauch ... zu reparieren.«

Die Frauen weinten gemeinsam. Dann fragte Sylvia: »Wer hat es dir gesagt?«

»Christopher. Er kam, nachdem er es erfahren hatte.«

Sylvia blickte ihn mit rotgeweinten Augen an. »Woher wußten Sie es?«

»Ich ...« Er mußte sich räuspern und nochmals ansetzen. »Ich bin zum Polizeirevier gefahren, um meinen Gehaltsscheck abzuholen. Da haben sie mich informiert.«

Lee Reston blickte unter Tränen auf und streichelte ihm über den Handrücken. »Das muß ein entsetzlicher Schock für Sie gewesen sein. Und dann ... sind Sie sofort gekommen, um es mir zu sagen?« Er schaute hinunter auf ihre Hand, die noch immer auf seiner ruhte, und durchlebte den Schock aufs neue, aber tief im Innern fand er ein Fünkchen Trost, das ihm half, die Tränen zurückzuhalten. Er drehte seine Hand um, verschränkte seine Finger mit ihren und flüsterte heiser: »Er hat Sie so verdammt lieb gehabt.«

Sie schloß die Augen und rang um ihre Fassung. Nach einigen Augenblicken der Stille öffnete sie sie wieder. »Danke«, flüsterte sie und drückte dabei fest seine Hand.

In diesem Augenblick, in dem sie den tiefen Schmerz über den Verlust eines geliebten Menschen teilten, entstand ein stilles Band des Vertrauens zwischen ihnen.

Er hatte ihr gegeben, was sie brauchte, um die nächsten Stunden zu überstehen.

»Ich bin immer für Sie da ... worum auch immer es sich handelt«, versprach er, und sein Versprechen war so aufrichtig wie die Zuneigung, die er für ihren Sohn verspürt hatte.

»Danke, Christopher«, erwiderte sie, während sie seine Hand noch fester umfaßte und drückte. Zum ersten Mal seit langem spürte sie, wie gut die Anwesenheit eines Mannes tun konnte; sie wußte, daß sie seinen Trost und seine Unterstützung in den bevorstehenden schrecklichen Tagen sicher noch dringend brauchen würde.

2. Kapitel

Lee Reston fühlte sich, als würde sie durch eine unwirkliche Welt wandeln. In manchen Augenblicken glaubte sie, vor Kummer überhaupt niemals wieder einen klaren Gedanken fassen und für den Rest ihres Lebens nur noch weinen zu können; in anderen Momenten handelte sie so überlegt und entschlossen, als stünde sie neben sich, und packte ihre unvermeidbaren Pflichten an.

Janice mußte verständigt werden.

»Ich rufe Janice an«, bot sich Sylvia an.

»Danke, Sylvia, aber Janice sollte es von mir erfahren.«

»Ach, Lee, warum machst du es dir auch so schwer?«

»Ich bin ihre Mutter, es ist meine Aufgabe.«

Lee Reston war mit einer so außergewöhnlichen Unnachgiebigkeit ausgestattet, daß sie sich manchmal über sich selbst wunderte. Ohnmachtsanfälle oder Zusammenbrüche waren ihr vollkommen fremd. Was getan werden mußte, tat sie. Das war schon immer so gewesen und würde auch immer so sein. Sylvia war hier, und außerdem der junge Mann, Christopher. Sie konnte sich ihrer Unterstützung sicher sein und nun die unumgänglichen Dinge in Angriff nehmen. Sie erlaubte Sylvia immerhin, die Nummer zu wählen. Mit zitternder Hand griff Lee nach dem Hörer; ihre Beine fühlten sich schwach an, als wollten sie jeden Moment einknicken.

Dann vernahm sie Janices fröhliche Stimme: »Hi, Mom! Das ist aber eine Überraschung. Hättest du fünf Minuten später angerufen, wären wir nicht mehr da gewesen. Wir wollen heute zum Fischereihafen.«

Oh, Janice, mein Liebes, ich wünschte, ich könnte dir das ersparen.

»Schatz, ich fürchte, du mußt nach Hause kommen. Ich habe sehr traurige Nachrichten, Janice, mein Kleines, es tut mir so leid ... Greg hatte einen schweren Motorradunfall.« Es zum ersten Mal selber auszusprechen, war ebenso schlimm, wie es zum ersten Mal zu hören: Der Schock vermischte sich mit dem Gefühl, daß das alles gar nicht wahr sein konnte – so als spräche jemand anders das Todesurteil ihres Sohnes aus. »Unser lieber Greg ist tot.«

»Oh, nein ... nein ... neiiiiin. Oh, Mom ... oh, lieber Gott ... nein ...«

Lee umklammerte den Hörer fest mit beiden Händen und wollte Janice so nah wie möglich sein, um sie zu halten, sie in ihren Armen zu wiegen, ihr zu helfen, das alles zu ertragen. Statt dessen lagen mehr als zweitausend Meilen zwischen ihnen, und sie konnte nur das ferne Schluchzen ihrer Tochter durch die Leitung hören.

»Nein! Nein! Das kann nicht sein!«

»Janice, mein Schatz, ich wünschte, ich könnte bei dir sein.« Während dieser schweren Minuten spürte Lee den Arm ihrer Schwester um ihre Schulter; Christopher stand an ihrer anderen Seite.

»Janice, du m ... mußt d ... den nächsten F ... Flug ...« Inmitten des Satzes brach sie in lautes Schluchzen aus; sie versuchte, ihr Weinen zu unterdrücken, um es Janice nicht noch schwerer zu machen, aber es gelang ihr nicht. Sylvia nahm sie in die Arme, während Chris nach dem Hörer griff.

»Janice, hier ist Christopher Lallek. Ich bin hier bei deiner Mutter, deine Tante ist auch da. Es tut mir so leid ... wir stehen noch alle unter dem Schock.«

Ihre Stimme klang verzerrt und gebrochen vom Weinen. Sie stellte Fragen, und er antwortete – das tat er gerne, schon um es ihrer Mutter zu ersparen. Dann sagte er: »Janice, hol Kim ans Telefon.« Ihm war klar, daß Janice zu sehr unter dem Eindruck der schrecklichen Nachricht stand, um das Richtige zu tun. Mit ihrer Freundin Kim besprach er die Einzelheiten der Umbuchung und bat sie, ihn später nochmals anzurufen, um ihm Janices Ankunftszeit mitzuteilen, damit er sie am Flughafen abholen konnte. Als alles geklärt war, gab er den Hörer an Lee Reston zurück.

»J ... Janice? ... Ja ... ich dich auch ... bitte komm schnell.«

Nachdem sie aufgelegt hatte, fühlte Lee sich vollkommen erschöpft und leer. Aber sie sagte: »Jetzt rufe ich Joey an und bringe auch das noch hinter mich.«

»Laß mich es tun«, bat Sylvia sie inständig. »Bitte, laß mich es tun.«

»Nein, Sylvia. Diese Pflicht kann mir niemand abnehmen, das nicht und den Abschied am Grab nicht. Alles andere überlasse ich dir und Christopher.«

Die Whitmans waren nicht zu erreichen; keiner nahm ab. Es war ein glühendheißer Nachmittag, und sicher tummelten sich alle am See.

Lee sagte: »Wir versuchen es später noch einmal.« Sie starrte auf das Telefon, das gleichzeitig ihr bester Freund und ihr größter Feind zu sein schien. Sie kannte die Situation schon; sie wußte, was getan werden mußte, aber dennoch brachte sie es nicht fertig, den Hörer abzunehmen und das Bestattungsunternehmen anzurufen. *Lieber Gott ... mit seinem Motorrad.* Schreckliche Bilder tauchten vor ihren Augen auf, doch sie tat alles, um sie zu verscheuchen und sich an Greg zu erinnern, wie er ihr fröhlich lachend zuwinkte, während er sein Motorrad auf die Straße schob, und rief: »Danke für das prima Essen, Ma. Du bist die beste Köchin der Welt!«

Dann kamen ihr andere Erinnerungen, Erinnerungen an den Tag, an dem Bill starb, und an den, an dem sie ihr drei Monate altes Baby verloren hatte. Sie schauderte und rief sich die Bilder ihrer beiden lebenden Kinder ins Gedächtnis. *Ich muß glücklich sein. Ich muß glücklich sein, daß ich sie noch habe. Für sie werde ich stark sein.*

Während sie dieses Bild vor ihren Augen festhielt, wählte sie die Nummer des Bestattungsunternehmens. Sie hielt sich tapfer, bis die Frage: »Wo ist er?« gestellt wurde.

Plötzlich hatte die Realität sie wieder eingeholt und schien sie regelrecht zu überrollen. »Warum ... wo?« wiederholte sie, während ihr Blick unruhig umherwanderte, als stünde die Antwort an der Wand. »Ich ... ich ... oh, mein Gott ...«

Sofort kam Christopher herbeigeeilt und nahm ihr den Hörer aus der Hand. Er sprach mit klarer, befehlender Stimme: »Hier ist

Christopher Lallek vom Anoka Police Department, ein Freund des Verstorbenen. Kann ich Ihnen weiterhelfen?«

Er hörte zu und antwortete dann: »Mercy Hospital.«

»Heute um halb elf.«

»Motorradunfall.«

»Ja.«

»Ja, ich glaube.«

»Ich denke, sie braucht noch etwas Zeit, um diese Entscheidung zu treffen. Wir konnten bisher noch nicht einmal alle Familienmitglieder erreichen.«

»Ja, ja, lieber erst morgen.«

»Ja, neun Uhr ist in Ordnung. Vielen Dank, Mr. Dewey.«

Nachdem er aufgelegt hatte, notierte er Walter Deweys Namen auf dem Block, der neben dem Telefon lag, und sagte zu Lee: »Sie müssen die Einzelheiten mit ihm besprechen, aber das hat noch Zeit bis morgen, neun Uhr. In der Zwischenzeit brauchen Sie sich um nichts Gedanken zu machen. Er wird sich um alles kümmern.«

»Ist Greg schon in der Leichenhalle?«

»Ja, im Mercy Hospital. Dahin werden alle Unfallopfer des Reviers gebracht. Mr. Dewey kümmert sich um alles.«

Lee bemerkte erstaunt, wie froh sie über Christopher Lalleks Anwesenheit war. Auch er mußte doch noch unter dem Schock des Erlebten stehen, aber er verbarg es gut und übernahm die schweren Aufgaben, für die sonst ihr Ehemann, wenn sie noch einen gehabt hätte, zuständig gewesen wäre – oder ihr ältester Sohn. Wenn sie an ihre Grenzen kam, war er zur Stelle und stand ihr bei, ohne darum gebeten werden zu müssen. Sie war sehr dankbar für seine Unterstützung – nicht nur, weil er ein Mann, sondern auch, weil er Gregs bester Freund war. Er machte ihr die Dinge, wenn irgend möglich, leichter; ja, es schien ihr fast, als wäre durch seine Anwesenheit ein Stück von Greg bei ihr.

Sie ging zu ihm hinüber, trat vor ihn, legte ihre Hände auf die kurzen Ärmel des bunten Hawaii-Hemdes und sagte: »Danke. Es tut mir leid, daß ich zusammengebrochen bin und Sie so viel übernehmen mußten.«

33

»Es ist ganz verständlich, daß Sie zusammengebrochen sind. Das ist einer der schlimmsten Tage in Ihrem Leben.«

»Und auch in Ihrem«, fügte sie verständnisvoll hinzu.

»Ja ...« Er blickte auf die Notizzettel an der Kühlschranktür. »Ich glaube, er hätte gewollt, daß ich Ihnen so gut wie möglich beistehe, und wenn es Ihnen nichts ausmacht, bleibe ich noch hier.«

Sie drückte ihn fest an sich; jeder hörte, wie der andere tapfer die Tränen hinunterschluckte. Mit beiden Händen strich sie ihm über den Rücken, als sei er ihr eigener Sohn, und für den Bruchteil einer Sekunde glaubte sie, Greg in den Armen zu halten.

Das Telefon klingelte.

Sylvia hatte abgenommen, während die beiden sie gespannt anblickten.

»Ja, Kim. Northwest, Flug drei sechsundfünfzig ... neunzehn Uhr neunundfünfzig. Ja, ich habe es notiert.« Sie kritzelte die Zahlen auf den Block. »Es tut mir leid, daß nun auch dein Urlaub verdorben ist, aber es ist sehr lieb von dir, sie zu begleiten. Sie wird deinen Trost brauchen, da bin ich sicher.« Nach einer weiteren Pause wiederholte sie: »Neunzehn Uhr neunundfünfzig, ja. Ich weiß noch nicht, wer euch abholen wird, aber es kommt bestimmt jemand. Sag ihr bitte, daß es ihrer Mutter gutgeht. Wir sind alle hier, es ist ständig jemand bei ihr. Ja. Ja. In Ordnung, bis später.«

Nachdem sie aufgelegt hatte, erklärte sie: »Kim kommt mit Janice zurück, mach dir also keine Sorgen um sie, Lee.«

Diesem Telefonat folgten viele andere. Der Nachmittag verging, und ihnen allen wurde schmerzlich bewußt, wie viele Dinge in einem so überraschenden Todesfall zu regeln, wie viele Menschen zu benachrichtigen waren. Sylvia und Christopher wechselten sich am Telefon ab; Sylvia verständigte ihren Mann Barry, der fünfzehn Minuten später bei ihnen eintraf, Lees Eltern, die sofort in Tränen ausbrachen und beruhigt werden mußten, bevor man mit ihnen reden konnte, die nächsten Nachbarn und Lees beste Freundin Tina Sanders, die ebenfalls sofort kam. Das Blumengeschäft. Nochmals versuchten sie es bei den Whitmans, und noch einmal und noch einmal, ohne Erfolg.

Das Haus begann sich mit Menschen zu füllen. Nachbarn kamen und boten ihre Hilfe an. Sylvia fertigte Anruflisten an; während sie Namen und Nummern niederschrieb, lag Lee die Frage auf der Zunge, ob man Greg schon verständigt hatte. So, als hätte die ganze Trauer gar nichts mit Greg zu tun, als sei es ein ganz normaler Tag. Doch bevor sie die Frage laut aussprechen konnte, wurde ihr die schreckliche Situation aufs neue bewußt.

Jemand hatte Kaffee gekocht, und der Duft zog durch das ganze Haus. Jemand anders hatte Obst mitgebracht, eine Nachbarin tauchte mit einem Tablett voller Kuchen auf. Lees Eltern waren angekommen; sie brauchten mehr Trost, als sie selbst spenden konnten, und so fand Lee sich, obwohl sie die Unterstützung selbst so bitter nötig hatte, in der Rolle der Beistehenden. Als sie ihre weinende Mutter in den Armen hielt, überfiel sie für den Bruchteil einer Sekunde lang der Gedanke: *Ich muß hier raus! Ich stehe das nicht länger durch!* Aber in diesem Augenblick öffnete sich die Tür, und neue Kondolenzgäste traten ein. Noch mehr Menschen, die sich an Lees Schulter ausweinen, sie umarmen und mit ihr trauern wollten. Christopher fand Lee inmitten der fassungslosen und weinenden Freunde und Familienangehörigen und zog sie sanft beiseite. »Mrs. Reston, ich habe Joey erreicht, er ist am Telefon.«

Ihr Herz begann hart gegen ihre Rippen zu schlagen; ihr Körper fühlte sich bleiern und müde an. In vollem Bewußtsein ihrer schrecklichen Pflicht ging sie hinüber in den angrenzenden Raum zum Telefon. Er folgte ihr. Im Türrahmen blieb er stehen, als wollte er den Rest der Welt von ihr fernhalten, während sie die schwere Aufgabe erledigte, die ihr niemand auf der Welt abnehmen konnte.

»Joey?«

»Hi, Mom! Stimmt etwas nicht, oder warum hat Chris mich angerufen?«

»Joey, mein Liebling, das ist das Schlimmste, was ich dir jemals sagen mußte. Es ...«

Während sie um ihre Fassung rang, schrie Joey mit angsterfüllter Stimme ins Telefon: »Ist etwas passiert? Ist jemand verletzt? Geht es Janice gut?«

»Es ist nicht Janice, Joey ... es ist Greg.«

»Greg?« Seine Stimme schlug in ein hohes Falsett um. »Was ist passiert?«

»Greg hatte einen Motorradunfall, Liebes.«

Es war ein bestürztes »Ohhhh« zu vernehmen.

»Greg ist tot, mein Kleines.«

Er schwieg einige Sekunden lang. Als er die Sprache wiedergefunden hatte, klang sie so kindlich wie ein Jahr zuvor.

»Tot? Aber ... aber das kann doch gar nicht sein?«

»Ich weiß, daß es sehr schwer für dich ist, das zu begreifen, aber es ist wahr. Es ist heute morgen geschehen.«

»Aber ... aber er wollte doch in der nächsten Woche mit mir und meinen Freunden auf die Kirmes gehen ...«

»Ich weiß, mein Schatz, ich weiß.«

»Oh, Mom ...« Er versuchte, seine Tränen zurückzuhalten, aber es gelang ihm nicht. »Das ist nicht gerecht«, brachte er unter Schluchzen hervor.

»Ich weiß, Joey«, antwortete sie ihm flüsternd.

»Was sollen wir nur ohne ihn tun?«

»Wir müssen abwarten ... es wird schon gehen, irgendwie. Es wird schwer werden, aber wir haben ja noch uns. Und viele Menschen, die uns lieben. Tante Sylvia ist bei mir, und Oma und Opa, und viele Nachbarn, und Christopher, und Janice kommt heute abend. Und dich brauche ich auch hier.«

»Okay«, preßte er mühsam hervor.

»Ich hab dich sehr lieb. Das wird schon wieder. Du wirst sehen. Wir schaffen es gemeinsam.«

»Okay, Mom. Mrs. Whitman möchte jetzt mit dir sprechen.«

Mrs. Whitmans Stimme klang entsetzt und schockiert. »Gütiger Gott«, flüsterte sie. »Wir machen uns sofort auf den Weg. Joey wird so schnell wie möglich bei Ihnen sein. Oh, Lee, es tut mir so leid.«

Lee legte den Hörer auf, trocknete ihre Tränen und sah sich nach Chris um, der noch immer im Türrahmen stand. Er blickte sie ernst an und sagte: »Jetzt haben Sie das Allerschlimmste überstanden.«

»Ja.«

»Muß er abgeholt werden?«

»Nein, sie bringen ihn her.«

»Sicher? Sonst fahre ich ihn holen. Dann tue ich wenigstens etwas Nützliches.«

Dankbarkeit durchströmte sie. »Ich weiß, daß Sie alles tun würden, um zu helfen, aber es ist nicht nötig. Die Whitmans fahren sofort los. Aber, Chris, wenn es Ihnen nichts ausmacht, könnten Sie Janice und Kim am Flughafen abholen? Ich wäre Ihnen sehr dankbar dafür.«

Er umfaßte ihre Hand und drückte sie fest. »Natürlich tue ich das. Ich werde am Flughafen sein, sobald die Maschine landet. Und was ist mit Ihnen? Stehen Sie das alles noch durch? Möchten Sie vielleicht einen Kaffee oder etwas anderes?«

»Nein danke, Christopher, aber nehmen Sie sich etwas.«

»Ich könnte jetzt nichts hinunterbringen.«

Es war später Nachmittag. Die Nachbarn kamen mit warmem Essen, mit Salaten und Sandwiches. Die Haustür schien sich pausenlos zu öffnen und zu schließen, und Stimmengemurmel erfüllte das Haus.

Sylvia kam in die Küche. »Lee, Lloyd ist da.«

»Lloyd. Oh, Lloyd.« Sie stürzte durch die Diele und erblickte ihren soeben eingetroffenen Schwiegervater. Sein Haar war ebenso silbern wie die Fassung seiner Brille. Er war ein untersetzter Mann und hatte das freundlichste und gutmütigste Gesicht, das ein Mensch nur haben kann. Selbst wenn Kummer ihn plagte, blickten seine Augen noch mild und gütig drein.

»Lee«, sagte er. Sonst nichts. Er schloß sie in die Arme und hielt sie fest, während sie sich beide an den Tag erinnerten, an dem sie um Bill, seinen Sohn, getrauert hatten. Sie liebte diesen Mann abgöttisch, viel mehr noch als ihren eigenen Vater, denn in seiner Gegenwart fühlte sie sich entspannt, mit ihm konnte sie offen reden, ihm konnte sie ihre innersten Gedanken mitteilen. In Lloyd Restons Armen fühlte sie sich ihrem verstorbenen Mann näher als an irgendeinem anderen Ort auf der Welt. Und auch jetzt war das so. Es schien ihr, als wäre Bill bei ihr, um ihr in dieser schweren Stunde beizustehen, als Lloyd sagte: »Das Leben ist voller Sorgen, und auch wir haben unseren Anteil abbekommen, nicht wahr, Kleines? Aber diesen Schlag werden wir verkraften. Wir wissen, daß wir es können, denn wir haben es in der Vergangenheit schon bewiesen.«

Als sie ihn anblickte, sah sie Tränen in seinen Augen und auf seinen Wangen, aber er strahlte im Gegensatz zu ihren eigenen Eltern Ruhe und Zuversicht aus, und das war es, was sie so an ihm liebte.

»Wissen es die Kinder schon?«

»Ja. Sie sind unterwegs.«

»Gut.« Er drückte aufmunternd ihre Schulter. »Es wird dir sehr viel besser gehen, wenn sie da sind. Hier sind so viele Menschen – möchtest du lieber allein sein?«

»Nein, sie meinen es ja alle gut, und sie brauchen den gegenseitigen Trost, denn auch für sie ist es schwer. Laß sie ruhig dableiben.«

Der Geistliche, Reverend Ahldecker, traf ein. Während er ihr Mut zusprach, blickte sie durch die geöffnete Haustür hinaus in den Vorgarten. Dort sah sie Christopher, der gerade dabei war, den Rasensprenger abzustellen. Er wickelte den Schlauch zusammen und legte ihn unter die Sträucher an der Hauswand. Sein Blick war gesenkt, seine Bewegungen langsam und bedacht. Tränen liefen über sein Gesicht.

Seine einsame Trauer berührte sie zutiefst. Dort draußen, allein im Garten, ließ er den Tränen, die er vorher unterdrückt hatte, ungehemmt freien Lauf. Er hatte genau gewußt, wann er ihr zu Hilfe kommen mußte, und jetzt war der Moment gekommen, in dem sie etwas für ihn tun konnte.

»Entschuldigen Sie mich, Reverend, ich bin gleich wieder da.«

Sie trat hinaus und schloß die Haustür leise hinter sich. Dann näherte sie sich Chris, ließ von hinten ihre Arme um seine Taille gleiten, legte ihre Hände auf seine Brust, vor der noch immer die Sonnenbrille an der pinkfarbenen Kordel baumelte, und schmiegte ihre Wangen zwischen seine Schulterblätter. Sein Hemd war warm von der heißen Nachmittagssonne, sein Herz schlug gleichmäßig, aber sein Atem ging stoßweise und unregelmäßig, unterbrochen von Schluchzern. Als sie ihn berührte, ließ er seine Arme wie leblos fallen, den Schlauch noch fest umklammert. So verharrten sie eine ganze Zeitlang, von dem Geschehen um sie herum nahmen sie keine Notiz.

Ihre Körper warfen lange Schatten auf die Einfahrt und sahen aus wie zwei graue Scherenschnittgestalten. Aus der Ferne hörte man den Ruf einer Möwe, der von dem einer anderen beantwortet wurde.

Schließlich stieß Christopher einen langen, traurigen Seufzer aus. »Ich habe ihn sehr liebgehabt, wissen Sie? Und ich habe es ihm nie gesagt.«

»Er wußte es. Und auch er hat Sie liebgehabt.«

»Ich hätte es ihm aber sagen sollen.«

»Wir teilen den Menschen unsere Liebe auf viele Weisen mit. In der letzten Woche hat er mir erzählt, Sie hätten ihm einen Zimtkuchen geschenkt. Und ich erinnere mich, daß Sie manchmal sein Auto mitgewaschen haben, wenn Sie gerade Ihres gewaschen haben. Sie sind durch die ganze Stadt gefahren, um ihm Starthilfe zu geben, wenn die Batterie seines Wagens leer war. Wenn er keine Zeit hatte, haben Sie oft die ausgeliehenen Videokassetten zurückgebracht, damit er keine Verlängerung zahlen mußte. Auch das sind Wege, jemandem seine Liebe zu zeigen. Und er wußte das, daran dürfen Sie nicht zweifeln.«

»Aber ich hätte es ihm trotzdem sagen sollen.«

»Seien Sie nicht so hart mit sich selbst, Christopher. Ich bin ganz sicher, daß er es wußte.«

»Ich habe nie gelernt, so etwas in Worten auszudrücken. Ich hatte niemals ...«

Er brach ab. In ihrem Mutterherz verspürte sie eine tiefe Zuneigung zu dem Mann, von dem sie wußte, daß er die Liebe einer Mutter niemals kennengelernt hatte.

»Hat er es Ihnen jemals gesagt?«

Christopher senkte seinen Blick auf den grünen Gartenschlauch und kratzte nachdenklich mit dem Fingernagel an dem weichen Kunststoff. »Nein.«

»Und haben Sie jemals daran gezweifelt?«

Er schüttelte schweigend den Kopf.

»Ich möchte Ihnen etwas erzählen, Christopher.« Sie trat einen Schritt zurück, drehte ihn zu sich um und blickte ihm geradewegs in die Augen. »Seitdem ihr euch die Wohnung geteilt habt, hat er nie den Rest einer Mahlzeit mitgenommen, ohne zu fragen, ob das auch genug für euch beide wäre. ›Er ißt so gerne Selbstgekochtes, Mom, für ihn ist das etwas ganz Neues. Er kennt es nicht aus seiner Kindheit‹, sagte er dann immer, ›also pack bitte genug für zwei ein.‹ Das habe ich auch immer getan. Das war seine Art, Ihnen seine Liebe zu zeigen. Und er ist niemals in Urlaub gefahren, ohne sich darüber Gedanken zu machen, daß er Sie alleine zurückließ. Deshalb hat er Sie auch so oft mit hierhergenommen. Und hat er Ihnen nicht vor ein paar Wochen Ihr altes Auto repariert? Irgendwas mit der Klimaanlage? Ich bin ganz sicher, daß er wußte, wie lieb Sie ihn gehabt haben. Verschwenden Sie bitte keine Minute Ihres kostbaren Lebens mit Selbstvorwürfen.«

Christopher schniefte und wischte sich mit dem Handrücken unter der Nase entlang. Lee zog ein Papiertaschentuch aus ihrer Rocktasche und reichte es ihm.

»Wenn es Ihnen hilft, sich besser zu fühlen, dann nehmen Sie sich doch einfach vor, es von nun an auszusprechen, wenn Sie jemanden lieben.«

Er schneuzte sich in das Taschentuch und nickte mit gesenktem Kopf. »Das werde ich von nun an tun.«

»Gut so«, sagte sie. »Geht es Ihnen jetzt besser?«

Er atmete tief durch. »Ja. Vielen Dank.«

»Ich habe so etwas schon durchgemacht, wissen Sie. Ich kenne diese Art von Kummer und Trauer schon, und ich weiß, daß uns ein hartes Jahr oder noch länger bevorsteht. Ich weiß auch, daß die Trauer Sie nicht immer im passenden Augenblick überkommen wird, wenn Sie frei haben, oder am hellichten Tag, oder in den eigenen vier Wänden. Die Trauer lauert überall. Sie überfällt einen, wenn man am wenigsten mit ihr rechnet. Und wenn das passiert, Christopher, dann wissen Sie, daß ich da bin und daß Sie jederzeit zu mir kommen können, Tag und Nacht. Irgendwie schaffen wir das schon. Verstanden?«

Er nickte abermals und murmelte: »Danke, Mrs. Reston.«

»Und jetzt machen Sie sich auf den Weg zum Flughafen, und ich werde mit Reverend Ahldecker reden.«

Sie brachte ein tapferes Lächeln zustande. Als Chris ihr ins Gesicht schaute, erkannte er plötzlich in der Form der Augenbrauen und des Mundes die Ähnlichkeit zwischen ihr und Greg.

»Jetzt weiß ich, warum er Sie so geliebt und bewundert hat. Sie sind eine sehr starke und kluge Frau.«

Sanft schob sie ihn in die Richtung seines Autos und sagte: »Fahren Sie jetzt, bevor Sie mich wieder zum Weinen bringen.«

Der Flug Northwest 356 kam am Gate 6 an. Janice Reston öffnete das Handgepäckfach über dem Sitz, holte ihre Reisetasche heraus und wartete darauf, daß die Türen geöffnet wurden und die Menschenmenge, die vor ihr den Gang verstopfte, sich endlich nach vorne schob.

Während des ganzen Fluges hatte sie geweint oder mit tränenverhangenem Blick aus dem kleinen runden Fenster auf die sonnenbeschienenen Wolkenberge gestarrt. Auch Kim mußte sich öfters die Tränen aus den Augen wischen, dann hatte sie ein Buch aufgeschlagen, das jedoch ungelesen in ihrem Schoß ruhte, während sie die Hand ihrer Freundin Janice fest umschlossen hielt.

Als Janice durch die Absperrung trat, war sie erstaunt, Christopher Lallek vorzufinden.

»Chris«, rief sie laut aus, ließ ihre Reisetasche fallen und lief auf ihn zu, um sich in seine Arme zu stürzen.

»Janice …«

»Oh, Chris, es ist so unfaßbar …«

Sie klammerte sich an ihn, ihre Arme waren um seinen Nacken geschlungen, während sie vor Schluchzen bebte. Er drückte sie fest an sich, daß nur noch ihre Fußspitzen den Boden berührten. Seit Janice Chris vor zwei Jahren, als Greg als Polizist angefangen und sich mit Chris die Wohnung geteilt hatte, kennengelernt hatte, war es ihr größter Wunsch, in seinen Armen zu liegen. Aber

41

niemals hatte sie sich vorgestellt, daß der Grund ein so schrecklicher sein könnte. Chris war dreißig, sie dreiundzwanzig. Er hatte sie immer wie Gregs kleine Schwester behandelt, die zwar schon ins College ging und alt genug war, um alleine wegzugehen und zu verreisen, aber zu jung, um sich ernsthaft mit ihr abzugeben. Doch plötzlich, wenige Stunden zuvor, hatte der Tod die Szene betreten und alle Altersunterschiede weggewischt. Ihre gemeinsame Trauer vereinte sie.

Sie lösten sich voneinander, und Chris gab Kim die Hand.

»Hallo, Kim, ich bin Christopher Lallek. Es tut mir leid, daß dein Urlaub früher als geplant zu Ende ist.«

Auch Kims Gesicht war gerötet und verquollen. »Es war für mich keine Frage, mit Janice nach Hause zu kommen, bei der schlimmen Nachricht!«

Auf der Rückfahrt nach Anoka saß Kim hinten auf der Rückbank und Janice vorne auf dem Beifahrersitz. Chris beantwortete Janices Fragen und strich ihr von Zeit zu Zeit tröstend über den Arm, wenn sie wieder in ihrer Tasche nach einem Kleenex suchte.

»Wie geht es Mom?«

»Sie ist wie der Fels von Gibraltar. Sie tröstet jeden, der in ihr Haus tritt, obwohl es umgekehrt sein sollte. Aber ich weiß, daß es ihr bessergehen wird, wenn ihr bei ihr seid. Ihre schwerste Aufgabe war, dich und deinen Bruder anzurufen.«

Im Wagen herrschte Schweigen. Jeder hing seinen eigenen Gedanken nach; sie dachten an Lee und an den vierzehnjährigen Jungen, dem sein großer Bruder sehr fehlen würde. Der Auspuff von Chris' altem Wagen war beinahe durchgerostet; das laute Knattern dröhnte in ihren Köpfen. Chris hatte beschlossen, nichts mehr reparieren zu lassen, weil der neue Explorer ja wenig später eintreffen würde. Der neue Explorer – an den hatte er während der ganzen Zeit keinen einzigen Gedanken verschwendet. Seltsam, wie schnell ein neues Auto seine Bedeutung verlieren konnte. Die Sonne versank am Horizont. Die Skyline von Minneapolis lag wie von Perlmutt überzogen schimmernd vor ihnen und verschwand dann plötzlich, als die Straße einen scharfen Knick machte.

Christopher hatte den Blick starr auf die Straße vor sich gerichtet und fuhr beinahe automatisch, ohne die anderen Autos, die Ampeln, seine Geschwindigkeit bewußt wahrzunehmen. Die beiden Mädchen starrten zu den Seitenfenstern hinaus. Janice dachte darüber nach, wie sich seit dem Vortag alles geändert hatte. Ihr Leben würde nie mehr so sein wie früher. Mit Greg hatte sie gespielt, mit Greg war sie in die High School gegangen, ihn hatte sie beim Schulsportfest angefeuert, mit ihm hatte sie über die Jungs gesprochen, in die sie verknallt gewesen war, und er mit ihr über die Mädchen.

Seine Kinder wären die Cousinen und Cousins ihrer Kinder gewesen. Sie hätten zusammen gespielt, wären gemeinsam aufgewachsen, wären gemeinsam in Urlaub gefahren. Während sie aus dem Fenster starrte, stiegen plötzlich Ärger und Wut in ihr hoch. All die Liebe und Energie, die man in das Leben eines anderen investiert hatte, waren auf einmal vergebens; der geliebte Mensch war verschwunden, und mit ihm auch ein Teil ihrer eigenen Zukunft!

Plötzlich fühlte sie ein Gefühl der Schuld in sich aufsteigen. *Wie kann ich wütend sein? Und auf wen? Auf Greg? Auf Mom? Auf Dad? Auf das tote Baby, dem dieser Schmerz erspart geblieben war? Auf mich selbst, weil ich nach San Francisco gefahren bin, anstatt die letzten Tage mit ihm zu verbringen?*

Sie ließ ihren Kopf nach hinten gegen die Nackenstütze sinken und fragte: »Bist du wütend, Chris?«

Er warf ihr einen kurzen Blick zu. »Ja.«

»Auf wen?«

»Auf Greg. Weil er keinen Helm getragen hat. Auf das Schicksal. Himmel, ich weiß nicht, auf wen!«

Als sie begriff, daß er ähnlich eigensüchtige Gefühle verspürte, ging es ihr ein wenig besser.

»Ich bin traurig, daß er keine Chance bekommen hat zu heiraten ... Kinder zu haben.«

»Ja, ich weiß.«

»Und Mom, und wir alle! Ich meine ... ich meine die Geburtstage! Weihnachten!« Und wieder begann sie zu weinen. »Es wird s ... so schrecklich!«

Sie hatte recht. Er konnte nichts weiter tun, als ihre Hand zu nehmen und sie zu halten.

Er hatte das Gefühl, nie eine ergreifendere Szene gesehen zu haben als den Augenblick, in dem Lee Reston ihre Kinder in die Arme schloß. Er stand etwas abseits und beobachtete, wie die drei sich in die Arme fielen. Dann wandte er sich ab, um die Intimität ihrer Trauer nicht zu stören, und ging hinaus in den Garten, wo er sich auf den Stufen, die zum Rasen hinabführten, niederließ. Es war ein prächtiger sattgrüner Rasen, der von Laubbäumen gesäumt war; vor den Bäumen zog sich eine Blumenrabatte entlang, die einen breiten Streifen Rasen aussparte, auf dem bei den Festen Volleyball gespielt wurde. Er war schon oft dabeigewesen. Diese Tage waren in seiner Erinnerung als besonders glückliche Momente gespeichert, vielleicht mit die glücklichsten seines Lebens. Hot Dogs, Lachen, Familie, Freunde – all die Dinge, die er in seinem eigenen Leben nie kennengelernt hatte. Greg hatte er es zu verdanken, daß er das alles erleben konnte. Sie hatten ihn in ihrer Mitte aufgenommen, als hätte er schon immer zu ihnen gehört – »Dort drüben gibt's Bier, hier ist Limonade, und wer sich das Essen nicht selbst nimmt, geht hungrig wieder nach Hause.«

Das Gartenfest am 4. Juli, dem Tag der amerikanischen Unabhängigkeitserklärung, würde sicherlich nicht stattfinden. Wahrscheinlich würde in diesem Sommer überhaupt gar kein Fest mehr gefeiert werden. Er hatte sich den Tag im Juli schon im April freigenommen; jetzt würde er seinen Captain bitten, an diesem Tag freiwillig Dienst machen zu dürfen. Dafür sollte er einem anderen freigeben, einem Kollegen mit Familie. Aber er selbst hatte nichts Besseres vor. Er schob häufig an Feiertagen Dienst; das war immerhin noch besser, als herumzusitzen und zu grübeln.

Er erinnerte sich an einen längst vergangenen 4. Juli, als er zwölf Jahre alt gewesen war, vielleicht dreizehn. Er war in die Schulkapelle eingetreten und wollte die Tuba blasen. Er hatte sich für die Tuba entschieden, weil seine Eltern kein Geld hatten, um ihm ein Instrument zu kaufen, und die große Tuba wie auch die Trommel und die Pauken waren Schuleigentum. Er bekam die Tuba; er erinnerte sich an das Gewicht des riesigen Instruments, das auf seinen Schultern lastete, an das große Mundstück und an die Welle der Erregung, die ihn durchströmte, als er, mit dem enormen Messingtrichter über seinem Kopf, zum ersten Mal die Straße entlangparadierte. Welche Aufregung hatte er immer empfunden, wenn sie seinen Lieblingsmarsch spielten! *Pum, pum, pum, pum:* Er und die Pauke gaben den Takt vor, und die ganze Kapelle richtete sich nach ihnen. Eines Tages hatte ihnen der Kapellmeister, Mr. Zanter, verkündet, daß sie eingeladen worden waren, bei einer Parade in einer kleinen Nachbarstadt mitzumarschieren. Alle sollten die schuleigenen Seidencapes tragen, innen braun und außen schwarz; außerdem brauchten sie eine schwarze Hose und ein weißes Hemd.

Mit einem dicken Kloß im Hals ging er nach der Schule nach Hause; er würde seine Eltern bitten müssen, ihm eine schwarze Hose zu kaufen. Sie lebten in einer schäbigen Wohnung über einem Supermarkt. Eine wackelige, steile Treppe führte außen am Haus von einer schmalen Seitengasse hoch in die Wohnung. In den heißen Sommermonaten roch es in der Gasse oft nach vergammeltem Gemüse, das in den großen Abfalltonnen des Supermarktes vor sich hin moderte. Ab und zu, wenn nichts zu essen in der Wohnung war, drückte er sich am Hintereingang des Geschäfts herum und wartete darauf, daß die Angestellten die verdorbenen Waren aussortierten.

»Hey, braucht ihr Hilfe?« hatte er dann gefragt. Und der Mann mit der schmutzigen langen Schürze hatte ihm geantwortet: »Das ist ja ein Ding! Der Kleine will mir helfen! Aber klar, warum nicht?«

Sie hatten welken Blumenkohl, einige angegammelte Salatköpfe und mehrere Bund Brokkoli weggeworfen; der Brokkoli schien Chris ganz brauchbar, zu dumm, daß er Brokkoli nicht mochte. Dann kamen noch einige Orangen; sie hatten kleine Quetschstellen, waren aber ansonsten noch ganz frisch.

»Hey, die sehen doch noch gut aus«, sagte Chris.

»Aber nicht gut genug, um sie verkaufen zu können.«

»Kann ich eine davon haben?«

»Na klar, hier hast du sogar zwei. Kannst dir auch drei nehmen.«
Der Mann warf Chris die Orangen zu.

An jenem Tag brachte Chris Orangen, Karotten und einen
großen Kürbis mit, dessen Fleisch gekocht wie Viehfutter schmeckte. Seine kleine Schwester Jeannie beschwerte sich: »Ihhh, das mag
ich nicht.«

»Iß es!« befahl er ihr. »Das ist gut für dich, und außerdem bekommt der Alte seine nächste Sozialhilfe erst in neun Tagen.«

Aber die Kinder wußten auch, daß ihre Eltern sich davon zuerst reichlich mit Schnaps eindecken würden. Die beiden verbrachten die meiste Zeit in einer Kneipe, die Chris und seine Schwester nur »das Loch« nannten; es war ein dunkler, muffiger Keller-
raum, in dem ihr Vater den ganzen Tag herumhing; die Mutter be-
gab sich direkt nach der Arbeit dorthin. Sie hatte einen Job in einer
Imbißbude am Highway Nummer 10. Sie verließ die Wohnung,
wenn die Kinder noch schliefen, und kam spät abends, wenn sie
schon wieder im Bett lagen, meistens betrunken nach Hause ge-
torkelt.

Die beiden verbrachten den Abend wieder einmal im »Loch«.

Chris hatte für Jeannie Makkaroni gekocht, dazu Tomatensuppe. Nach dem Essen brachte er sie ins Bett, doch er selbst blieb
auf, um mit seinen Eltern über die schwarze Hose zu sprechen.

Sie kamen gegen Mitternacht nach Hause; wie gewöhnlich strit-
ten sie sich. Schon von weitem roch man den Alkohol, als sie in die
Wohnung taumelten; seinem Vater hing die Zigarette schief im
Mundwinkel.

»Warum zum Teufel bist du noch auf?«

»Ich muß mit euch reden.«

»Um Mitternacht, was! Bürschchen wie du haben da im Bett zu
liegen!«

»Das würde ich auch, wenn ihr früher da gewesen wärt.«

»Du bist ein kleiner Scheißer, weißt du das! Du hast mir nicht zu
sagen, wann ich nach Hause zu kommen hab, verdammt noch mal!
In dieser Familie habe noch immer ich das Sagen!«

»Ich brauche Geld für eine Hose.«

»Du hast deine Jeans!«

»Ich brauche eine schwarze Hose.«

»Eine schwarze Hose!« explodierte er. »Wozu zum Teufel brauchst du eine schwarze Hose?«

»Für die Uniform. Wir marschieren bei einer Parade mit, und alle müssen eine schwarze Hose und ein weißes Hemd tragen.«

»Eine Parade! Du lieber Gott im Himmel, glauben die denn, ich würde jedesmal blechen, wenn da eine Parade durch die Stadt marschiert? Sag deinem Kapellmeister, daß er selbst kommen und mir persönlich sagen soll, daß ich Geld für irgendeine blöde Uniform aus dem Fenster werfen soll. Dem werd ich was erzählen.«

Jetzt ergriff seine Mutter das Wort. »Schhhh, Ed, halt um Himmels willen die Klappe, du weckst nur Jeannie auf!«

»Sag mir nicht, was ich zu tun habe, Mavis! Das ist verdammt noch mal meine Wohnung! *Und ich kann hier so laut schreien, wie es mir paßt!*«

»Dad, ich brauche das Geld wirklich.«

»Ich habe es nicht!«

»Ihr hattet genug, um euch heute zu besaufen, du und Ma.«

»Paß auf, was du sagst, Bürschchen!«

»Aber es ist wahr!«

»Es ist doch nichts dabei, sich ein Gläschen oder zwei zu gönnen, und ich brauche kein verdammtes kleines Arschloch, das mir sagt, wann ich genug habe!«

»Ed, laß ihn doch in Frieden.«

»Du nimmst ihn immer in Schutz, zum Teufel noch mal! Das kleine Arschloch hat keinen Respekt vor dem Alter, das ist es! Das kleine Arschloch glaubt, seinem Vater sagen zu müssen ...«

Ganz plötzlich mußte er laut rülpsen, wobei seine schmalen, blutleeren Lippen schlotterten, und ebenso die Tränensäcke unter seinen Augen.

»Ich werde der einzige sein, der keine schwarze Hose trägt.«

»Na so ein Pech aber auch! Die gottverdammten Blutsauger von der Regierung ziehen einem den letzten Penny aus der Tasche, und dann wollen sie immer noch mehr! Du kannst die Jeans anziehen, und wenn ihnen das nicht gut genug ist, dann zum Teufel mit ihnen!«

»Dad ... bitte. Alle tragen den schwarz-braunen Schulumhang, und meine Jeans wird dazu ...«

»Schulumhang!« johlte Ed ungläubig, während sein Kopf nach vorne schoß. »Schulumhang! Lieber Gott im Himmel, was seid denn ihr für ein alberner Haufen? Lauter Memmen! Schulumhang!« Er brach in ein bellendes Gelächter aus. Dann fixierte er seinen Sohn mit höhnischem Blick, reckte die Schultern, nahm die Zigarette aus dem Mund und drückte sie im Aschenbecher aus. »Ich habe kein Geld für Uniformen von Memmen, das kannst du deinem Kapellmeister mit schönen Grüßen ausrichten.«

Christopher und Jeannie teilten sich ein winziges Zimmer, in dem gerade die zwei schmalen Kinderbetten und eine schäbige alte Kommode Platz hatten. Obwohl er ohne Licht zu machen unter seine Decke schlüpfte, wußte er, daß seine Schwester wach in ihrem Bett lag. Manchmal stellte sie sich schlafend, wenn ihre Eltern lautstark stritten, doch heute nicht.

»Ich hasse sie«, flüsterte sie mit bitterer Stimme.

»So etwas darfst du nicht sagen.«

»Warum nicht? Haßt du sie vielleicht nicht?«

Oh doch, das tat er, aber er wollte nicht, daß sich Jeannie durch seine Gefühle beeinflussen ließ. Mädchen waren anders. Mädchen brauchten ihre Mutter viel, viel mehr als Jungen, und viel länger.

Plötzlich verblüffte sie ihn mit der Bemerkung: »Ich werde so schnell wie möglich von hier verschwinden.«

Himmel, sie war doch erst neun Jahre alt! Sie sollte sorglos leben, anstelle darüber nachzudenken, wie sie am schnellsten ihren Eltern entfliehen konnte.

»Jeannie, so was darfst du nicht sagen.«

»Aber es stimmt. Ich werde weglaufen.«

»Ach, Jeannie ...«

»Und wenn ich das tue, komme ich nie wieder zurück. Höchstens ein-, zweimal, um dich zu besuchen. Du bist der einzige nette Mensch hier.«

Mit einem Kloß in der Kehle starrte er in die Dunkelheit, unfähig, ihr irgend etwas zu entgegnen, denn auch er wäre am liebsten weggelaufen.

In der folgenden Woche steckte ihm Mavis fünfundzwanzig Dollar zu. »Hier, für deine schwarze Hose«, sagte sie.

»Danke«, erwiderte er, ohne das geringste Gefühl der Wärme zu verspüren. Er hatte ein Recht auf ordentliche Kleidung, auf Essen, auf Eltern, die wenigstens ab und zu nüchtern waren. Dieses Recht hatte jedes Kind. Wäre er nicht gewesen, wäre Jeannie noch unordentlicher als ohnehin schon in die Schule gegangen. Er sorgte dafür, daß sie sich die Haare kämmte, zum Frühstück eine Scheibe Toast aß und an kalten Tagen eine Jacke überzog, während der Vater noch seinen Rausch ausschlief und die Mutter in der Imbißbude Eier briet, um das bißchen Geld zu verdienen, das sie dann gleich versoffen.

Ab und zu steckte sie ihm ein paar Dollarscheine zu, doch das war kein Ersatz für die ständig betrunkenen Eltern, die keine Zeit hatten, ihre Kinder zu erziehen.

»Dein Vater hat es nicht so gemeint. Du weißt, daß er es nicht leicht hat – nach dem Unfall im Hafen. Er war ganz anders, bevor das passierte.«

Diese Worte hatte er schon unzählige Male gehört, doch das half ihm auch nicht weiter. Auch andere Menschen hatten Schicksalsschläge hinzunehmen und verkrafteten sie. Andere Mütter bemerkten, daß neunjährige Mädchen jemanden brauchten, der ihre Kleider wusch und bügelte, jemanden, der für sie da war, ihnen etwas zu essen kochte und abends Gute Nacht sagte. Ed und Mavis waren Alkoholiker, das war ganz klar, und keiner stand dem anderen in irgend etwas nach. Sie schlugen ihre Kinder zwar nicht, aber die ständige Vernachlässigung war oft nicht einfacher zu ertragen, als es Schläge gewesen wären.

Christopher Lallek jedenfalls nahm an der Parade zum 4. Juli in einer neuen schwarzen Hose teil. Aber seine Eltern standen nicht am Straßenrand, um ihm zuzuschauen. Und die Freude an seinem

Lieblingsmarsch war nach den häßlichen Bemerkungen seines Vaters über die Memmen in Uniform getrübt. Im folgenden Schuljahr trat er aus der Schulkapelle aus und entschied sich für den Kochkurs. Er wußte, daß er noch die nächsten fünf Jahre für sich und Jeannie würde kochen müssen – und deswegen wollte er es wenigstens richtig lernen. Außerdem gab es nach dem Kochunterricht eine kostenlose Mahlzeit.

In Erinnerungen versunken saß Christopher auf den Stufen. Es war inzwischen dunkel geworden, und im Südosten erschienen die ersten Sterne am Himmel. Grillen zirpten in Mrs. Restons Garten. Hinter ihm fiel ein Lichtschein durch die Glastür, und an der Kühlschranktür hing sicher noch immer der Zettel, der sie an die Lasagne für Greg erinnern sollte. Sein knurrender Magen machte ihm bewußt, daß er den ganzen Tag noch nichts gegessen hatte. Er sollte jetzt aufstehen und nach Hause fahren; die Familie wollte sicher ungestört sein. Aber wie sollte er es fertigbringen, die Wohnung zu betreten, in der ihn alles an Greg erinnerte? Gregs Kleidung in den Schränken, seine CDs im Wohnzimmer, seine Post auf dem Küchentisch, sein Shampoo im Bad, sein Lieblingssaft im Kühlschrank.

Er hätte alles gegeben, wenn er Eltern gehabt hätte, zu denen er in diesem Augenblick hätte gehen können, die ihn umarmt und getröstet hätten: »Es wird schon wieder alles gut, Chris. Du hast einen Freund verloren, aber du hast ja immer noch uns. Wir lieben dich.«

Solche Worte hatte er von ihnen nie gehört. Niemals. Und auch er hatte diese Worte niemals ausgesprochen, nicht einmal zu Jeannie hatte er sie gesagt, als sie fortging, und auch nicht zu Greg, bevor er starb.

Ed und Mavis lebten noch immer in der Stadt, in einem heruntergekommenen Wohnblock, zu dem er häufig gerufen wurde, um Streitereien zu beenden. Zum letzten Mal hatte er seine Eltern vor drei Jahren gesehen. Sein Vater trug einen grauen Bart und stank wie immer. Er saß in einem Schaukelstuhl und trank den billigen Fusel direkt aus der Flasche. Seine Mutter saß mit einer Flasche Bier vor dem Fernsehapparat und schaute sich eine Seifenoper an. Die Wohnung starrte vor Schmutz. Er war zu dem Haus gerufen worden, um in einer anderen Wohnung einen Streit zu schlichten. Was ihn bewogen hatte, an ihrer Tür zu klopfen, wußte er im nachhinein auch nicht mehr. Er wünschte nur, es nicht getan zu haben. Nichts hatte sich geändert. Und nichts würde sich jemals ändern.

Hinter sich hörte er Lee Restons Stimme: »Christopher? Was tun Sie denn ganz allein hier draußen im Dunkeln?«

Seufzend erhob er sich von der harten Stufe, reckte sich und blickte hinauf zu den Sternen.

»Erinnerungen?«

Sie öffnete die Schiebetür und trat auf die Terrasse hinaus. Dann verschränkte sie die Arme vor der Brust und schaute ebenfalls in den Nachthimmel.

Sie schwiegen gemeinsam und dachten an die bevorstehende Nacht und an die darauffolgenden Tage und Monate. Die Grillen setzten ihr Konzert unbeirrt fort; die Levkojen verströmten durch den ganzen Garten ihren stechenden Geruch. Der Mond war aufgegangen, auf dem Rasen bildete sich langsam Tau.

Das Leben ging weiter.

Und auch für sie ging es weiter.

»Zeit zum Aufbruch«, sagte er.

»Wohin?«

»Zurück in die Wohnung.«

»Oh, Christopher ... soll ich ... möchten Sie, daß jemand ...«

»Schon in Ordnung, Mrs. Reston. Irgendwann muß es ja schließlich einmal sein. Ihre Kinder sind ja jetzt bei Ihnen, und Sie wollen sicher allein mit ihnen sein. Der Captain hat mich bis zur Beerdigung beurlaubt – so lange ich eben brauche, hat er gesagt – also bin ich morgen in der Wohnung zu erreichen.

Vielleicht brauchen Sie ja seine Kleidung, seine Schlüssel oder seine Post ... was auch immer. Wenn Sie wollen, daß ich da bin, wenn Sie kommen, sagen Sie einfach Bescheid. Wenn Sie mich lieber nicht dabeihaben möchten, verstehe ich das auch. Sie sollten sich jetzt hinlegen und versuchen zu schlafen. Es war ein entsetzlicher Tag.«

Barfuß lief sie über die Terrasse auf ihn zu; sie schauderte. »Sie sollten heute noch nicht in die Wohnung zurückkehren. Sie können hier im Wohnzimmer auf dem Sofa schlafen, und morgen fahren wir dann gemeinsam zur Wohnung.«

Er überlegte einen kurzen Augenblick. Die Szene, die er sich eben noch vorgestellt hatte, die liebevollen Eltern, die ihm tröstend übers Haar strichen, schoß ihm durch den Kopf. Aber sie hatte nun ihre Familie um sich und war damit beschäftigt, mit ihrem eigenen Kummer fertig zu werden; sie brauchte ihn heute nacht nicht mehr, er wäre ihr nur eine zusätzliche Last.

»Danke, Mrs. Reston, aber ich werd's schon schaffen. Gehen Sie wieder ins Haus, und kümmern Sie sich um Ihre Kinder, die brauchen Sie jetzt dringender. Wir sehen uns morgen.«

Sie sah ihm nach, wie er sich in Richtung seines Autos in Bewegung setzte. Kurz bevor er die Hausecke erreichte, rief sie: »Christopher?«

Er hielt inne und drehte sich zu ihr um. Der Mond stand nun hoch am Himmel, und in seinem fahlen Licht sah sie die Konturen seines kurzen Haarschnitts, das lebhafte Muster seines Hemdes, seine nackten Beine und Füße, sogar die Badelatschen, in die er am Morgen in der Vorfreude auf einen herrlichen Tag am See geschlüpft war.

»Danke für alles, was Sie heute für mich getan haben. Ohne Sie hätte ich das nicht überstanden.«

»Ich danke Ihnen auch«, sagte er, »daß ich bleiben durfte. Ich wäre durchgedreht, wenn ich Sie alle nicht um mich gehabt hätte.«

»Warten Sie noch einen Augenblick!« forderte sie ihn auf und verschwand in der Küche. Wenige Sekunden später kehrte sie mit einer mit Alufolie bedeckten Plastikschüssel wieder.

Vorsichtig stieg sie mit ihren bloßen Füßen die Stufen hinab, eilte über den Rasen auf ihn zu und drückte ihm die Schüssel in die Hand. »Sie haben den ganzen Tag nichts gegessen. Machen Sie sich das in der Mikrowelle warm … versprochen?«

»Versprochen. Vielen Dank.«

Die Schüssel war kalt, kam direkt aus dem Kühlschrank. Er brauchte nicht unter die Folie zu gucken, um zu wissen, daß Lasagne darin war.

3. Kapitel

Er stellte die Schüssel neben sich auf den Beifahrersitz, ließ den Motor an und fuhr so langsam wie möglich nach Hause.

Sein Zuhause war ein Gebäudekomplex namens Cutter's Grove, in dem er und Greg seit zwei Jahren wohnten. Am besten hatte ihm damals an dem Gebäude gefallen, daß es ganz neu war; er war der erste Mieter gewesen. Chris hatte ein kolossales Nachholbedürfnis, was Sauberkeit anging. Nicht nur die Wohnung sollte sauber sein, auch sein Mitbewohner mußte seine strengen Reinlichkeitsansprüche teilen!

Als er mitbekam, daß sein junger Kollege eine Wohnung suchte, ging er auf Greg zu und erklärte ihm: »Ich bin inmitten von Dreck aufgewachsen. Meine Eltern waren Alkoholiker und scherten sich einen feuchten Kehricht darum, ob etwas zu essen auf dem Tisch stand oder nicht. Und wie die Bude aussah, war ihnen noch gleichgültiger. Wenn du also nicht bereit bist, Schrubber und Staublappen zu schwingen, dann sag's am besten gleich. Das erspart uns eine Menge Ärger.«

Greg hatte geantwortet: »Ich bin bei meiner Mutter aufgewachsen, die mit sechsunddreißig Witwe wurde. Von da an mußte sie den ganzen Tag arbeiten, um uns durchzubringen. Wir drei Kinder waren allein zu Hause. Jeden Donnerstag morgen hat sie uns um sechs aus den Betten geworfen; bis sieben wurde dann geputzt. Was wir nicht schafften, haben wir nach dem Abendessen zu Ende gebracht, so daß das Haus zum Wochenende tiptop in Ordnung war. Wenn nicht jedes von uns Kindern seinen Teil der Hausarbeit erledigt hätte, wäre es uns schlecht ergangen – kein Taschengeld und so weiter. Na, wie hört sich das an, Lallek?«

Jetzt wußte jeder, woran er war. Sie grinsten sich an, schüttelten sich die Hände, und so begann ihre Freundschaft.

Als Christopher die Tür aufschloß und das Licht anmachte,

sah er die Wohnung in ihrem ganz normalen, ordentlichen Zustand vor sich. Die Küche links war sauber und aufgeräumt, ebenso das Wohnzimmer vorne. Es war in hellem Beige und Kakaobraun gehalten, ganz bewußt gestaltet. Beim Einzug waren sie übereingekommen, daß es keinen vernünftigen Grund dafür gab, warum Junggesellen auf umgestülpten Bierkästen sitzen und aus den Töpfen essen sollten. Also hatten sie sich daran gemacht, die Wohnung gemütlich einzurichten. Im Wohnzimmer standen ein cremefarben bezogenes Sofa mit vielen großen Kissen, zwei dazu passende bequeme Sessel, ein schicker Ledersessel, eine moderne Schrankwand mit vielen Fächern und Türen, die sich über die ganze Breitseite des Zimmers hinzog; dazu gesellten sich noch eine Menge Kleinigkeiten und Krimskrams, die das Ganze erst so richtig gemütlich machten: ein großer Benjamin-Baum (das Einzugsgeschenk von Gregs Mutter), zahlreiche kleinere Pflanzen, einige gerahmte Poster, eine Stehlampe mit Messingfuß, drei niedrige Tischchen aus Kiefernholz. An der Wand hing ihre gemeinsame Sammlung von Baseballmützen; sie beide liebten Baseballmützen, und so hatten sie Haken in die Wand geschlagen, an denen sie die schönsten Exemplare ihrer Sammlung aufhängten, griffbereit natürlich, so daß sie nach Lust und Laune eine passende für den Tag auswählen konnten.

Richtig: Die rote Mütze der Minnesota Twins fehlte. Chris fragte sich, wo sie in diesem Augenblick wohl war und wie sie aussah. Doch Gregs Lieblingsmütze, eine grüne, die ihm sein Großvater zum letzten Geburtstag geschenkt hatte, hing noch an der Wand. Sie trug die Aufschrift PEBBLES BEACH, und Greg mochte sie besonders gerne, weil sie seiner Meinung nach die Idealform der Baseballmütze verkörperte. Chris ging nachdenklich auf die Wand zu, nahm die grüne Mütze ab und hielt sie lange in der Hand. Dann ließ er sich schwerfällig wie ein alter Mann in einen der Sessel sinken, stellte die Lasagne-Schüssel auf das niedrige Tischchen neben sich und setzte sich die Mütze auf. Er schloß seine Augen, legte den Kopf zurück und ließ seine Erinnerungen an Greg wie einen Film abspulen: er sah, wie sie in der Polizeimannschaft Baseball spielten, wie sie auf dem See Wasserski fuhren, wie sie gemeinsam Hot Dogs aßen – Greg war verrückt nach Hot Dogs –, wie er in den schwarz-weißen Streifenwagen der Polizei stieg, wie er im Einsatzraum saß, die Füße auf dem Tisch, und mit den anderen Jungs scherzte, wie er sich in der Wohnung umherbewegte und das Radio lauter stellte, wenn eines seiner Lieblingslieder lief. Erinnerungen, schöne Erinnerungen – und furchtbar schmerzliche Erinnerungen.

Nach einer Weile erhob sich Christopher, stellte die Lasagne in den Kühlschrank und ging zu den Schlafzimmern. Vor Gregs Zimmer blieb er eine ganze Zeitlang in der Dunkelheit stehen und sammelte Mut, um den Raum zu betreten, das Licht anzumachen und der Leere die Stirn zu bieten. Endlich überwand er sich; im Türrahmen lehnend, starrte er in den Raum und versuchte, sich der Endgültigkeit von Gregs Tod bewußt zu werden. Nie wieder würde er den Pistolenhalfter umschnallen, der auf der Kommode lag; nie wieder würde er seine Dienstmarke tragen oder seine Polizistenmütze aufsetzen, die ihn während der vergangenen zwei Jahre begleitet hatte. Nie wieder würde er in diesem Zimmer schlafen, die Uniform tragen, die in der Ankleidekammer hing, die Bilder seiner Familie betrachten, die auf der Kommode standen, das Buch von Robert R. Parker auslesen, in dem das Lesezeichen steckte, die Rechnungen bezahlen, die auf seinem Schreibtisch an einer Vase lehnten, das Radio anmachen, die Kopfhörer aufsetzen, ihm aus diesem Zimmer zurufen: »Ich sterbe vor Hunger, komm, ziehen wir uns einen Hot Dog rein!«

Nie wieder würde Chris ihm lachend antworten: »Du mit deinen Hot Dogs, wann kommen die dir eigentlich zu den Ohren raus, Reston?«

Seine Leidenschaft für Hot Dogs hatte ständig Anlaß zu Witzen und Frotzeleien gegeben.

Zu Weihnachten hatte Greg ihm einen Gutschein von Jimbo's Jumbo Dogs geschenkt, einer kleinen schäbigen Hot Dog-Bude, die in der Stadt eine feste Institution war. Wenn sie im Streifenwagen unterwegs waren und sich Jimbo's Jumbo Dogs näherten, sagte Greg: »Halt mal kurz an.«

»Oh, nein«, pflegte Chris dann zu maulen, »nicht schon wieder!«

Chris betrat das Zimmer, noch immer die grüne Baseballmütze auf dem Kopf. Seine Kehle war wie zugeschnürt. Und diesmal ließ er seine Gefühle zu, die wie eine Welle über ihm zusammenschlugen. Er sank zu Boden, den Rücken an Gregs Bett gelehnt, die Knie angezogen, den Kopf in die Hände vergraben, und weinte so hemmungslos, wie er nie zuvor in seinem Leben geweint hatte. Widerstandslos ließ er sich von der Woge des Schmerzes davontragen und begann, Gregs Tod zu akzeptieren.

Es fühlte sich schrecklich an.

Es war brutal.

Aber der Schmerz war unumgänglich.

»Verdammt!« brüllte er voller Verzweiflung, bevor ihm das Schluchzen wieder die Stimme raubte. Er weinte, bis keine Tränen mehr kamen.

Dann blieb er reglos am selben Platz sitzen, erschöpft und leer, immer noch Gregs Mütze auf dem Kopf, und fragte sich wie schon zuvor, warum es immer die Guten traf, während die Schlechten weiter raubten, mordeten, mit Drogen handelten und ihre Kinder vernachlässigten.

Bis ein Uhr morgens saß er noch auf dem Boden in Gregs Zimmer, drehte die grüne Mütze in seinen Händen. Dann fühlte er, wie Müdigkeit Besitz von ihm ergriff. Er seufzte tief, schaute sich in dem Zimmer um und fragte sich, warum die Menschen behaupteten, daß Weinen erleichtere.

Er fühlte sich so beschissen wie niemals zuvor.

Lees Haus hatte sich allmählich geleert; Joey und Janice hatten bereits ihre Schlafanzüge angezogen. Aber wie schon nach dem Tod des Vaters hatten sie Angst vor dem Alleinsein in der Dunkelheit.

»Kommt in mein Bett«, hatte Lee ihnen angeboten, und die Kinder waren dankbar dafür.

So lagen sie zu dritt eng aneinandergeschmiegt; Lee in der Mitte, ihre Kinder in ihren Armen neben ihr. Aber keiner der drei konnte einschlafen.

Nach langem Schweigen gestand Joey zögernd, was er als seine größte Schuld empfand.

»Mom?«

»Ja, mein Schatz?«

»Vorhin am Telefon – ich habe es nicht so gemeint. Ich meine, es war dumm von mir, das zu sagen.«

»Was denn, Schatz?«

»Daß Greg nächste Woche mit mir und meinen Freunden auf die Kirmes gehen wollte. Als ob das jetzt noch wichtig wäre, verstehst du, was ich meine?«

Sie zog ihn näher an sich heran.

»Oh, Joey, hast du dir deswegen die ganze Zeit Sorgen gemacht?«

»Ja. Das muß sich sehr egoistisch angehört haben.«

»Oh nein, Joey, denk nicht mehr darüber nach. Das war eine ganz normale Reaktion, nichts weiter. Solche schlimmen Nachrichten sind so schwer zu begreifen, und auf diese Weise drücken wir nur unsere Ungläubigkeit aus. Es ist, als lebten wir unseren Alltag weiter und könnten uns gar nichts anderes vorstellen. Und wenn dann so etwas Schreckliches passiert, können wir es nicht glauben und sagen ›Aber das kann doch gar nicht sein, er muß doch noch dies und jenes tun‹. Ich kann mich daran erinnern, daß ich, als euer Vater starb, immer wieder gesagt habe ›Aber wir wollten doch gemeinsam nach Florida fahren‹. Und heute, als mir Christopher die Nachricht überbracht hat, habe ich immer wieder gesagt, daß Greg den Gartenschlauch noch nicht repariert hat.«

Janice sagte: »Weißt du, woran ich die ganze Zeit im Flugzeug denken mußte?«

»Woran denn, mein Schatz?«

»Ich habe mit Greg geschimpft, weil er jetzt niemals mehr heiraten wird, weil er keine Kinder und keine Frau haben wird, die meine Schwägerin ist, und wie schrecklich Weihnachten sein wird, und daß meine Geburtstage ohne ihn nie mehr sein werden wie früher.«

»Ich glaube, wir alle hatten heute solche Gedanken.«

Sie lagen noch eine Zeitlang wach und starrten auf die sich im fahlen Mondlicht abzeichnenden Umrisse der Möbelstücke. Lees Arme waren eingeschlafen. Sie zog sie unter ihren Kindern weg, behielt die beiden aber dicht neben sich. »Jetzt werde ich euch erzählen, was ich den ganzen Tag über gedacht habe. Und jedesmal, wenn es mir durch den Kopf schoß, habe ich mich so elend und traurig gefühlt. Als heute nachmittag die vielen Leute kamen und wir alle anriefen und benachrichtigten, habe ich mich ständig dabei erwischt, wie ich dachte: ›Weiß Greg schon Bescheid?‹ oder ›Hat jemand schon Greg angerufen?‹. Und im selben Augenblick ist mir eingefallen, daß Greg ja tot ist. Daß er niemals wiederkommt.«

Janice flüsterte: »Nichts wird mehr so sein wie früher.«

Ihre Mutter antwortete: »Nein, das ist sicher. Aber wir selbst haben es in der Hand, unser Leben trotzdem so erfüllt und so glücklich wie möglich zu gestalten, auch wenn Greg nicht mehr bei uns ist. Das habe ich mir nach dem Tod eures Vaters Tausende von Male gesagt, und dieser Gedanke war es letztlich auch, der mir darüber hinweggeholfen hat. Wenn ihr das Gefühl habt, nicht darüber hinwegzukommen, dann denkt immer daran. Euer Glück ist das Wichtigste, und dafür müßt ihr hart arbeiten.«

Langsam überkam sie Schläfrigkeit. Sie nickten ein und schreckten von Zeit zu Zeit wieder aus dem leichten, unruhigen Schlaf hoch. Aber gemeinsam überstanden sie die erste Nacht ohne Greg.

Am folgenden Morgen zwangen sie sich, die Dinge zu tun, die getan werden mußten: sie duschten sich, frühstückten gemeinsam, gingen ans Telefon ... wieder ... und wieder ... und wieder. Zwischendurch rief Lee Lloyd an.

»Mein Kleines«, freute sich Lloyd. »Es tut gut, deine Stimme zu hören, so schwach sie auch klingt.«

»Ich möchte dich um einen Gefallen bitten, Lloyd.«

»Aber natürlich, was auch immer es sein mag.«

»Kannst du mich nachher zu dem Bestattungsunternehmen begleiten?«

»Aber natürlich tue ich das.«

»Ich möchte es den Kindern ersparen. Sylvia hätte es auch getan, oder jemand aus meiner Familie, aber ich möchte, daß du mich begleitest.«

»Das ist das Schönste, was du einem alten Mann zu so früher Stunde sagen kannst. Wann soll ich dich abholen?«

Mit Lloyd an ihrer Seite fühlte sie sich wieder ruhiger, so, als wäre Bill bei ihr. Lieber, verständnisvoller Lloyd, der ruhende Pol inmitten des Sturms, der um sie herum toste – wie dankbar war sie, daß es ihn gab.

Sie hatte zuvor schon mit Walter Dewey zu tun gehabt und wußte, daß er diese Fragen stellen mußte; es war sein alltägliches Geschäft.

Zuerst die Daten: Geburtstag, Geburtsort, Name der Eltern, Sozialversicherungsnummer. Die Fakten auszusprechen fiel ihr nicht so schwer wie erwartet. Die schlimmsten Fragen standen noch bevor: an welchem Tag und wo die Beerdigung stattfinden sollte, wie die Totenfeier gestaltet werden sollte, ob sie einen Organisten wünschte, wie der Blumenschmuck aussehen sollte, ob nach der Beerdigung ein Essen stattfinden sollte, ob sie Todesanzeigen verschicken wollte. Für welchen Sarg wollte sie sich entscheiden? Hatte sie von Greg ein Foto aus der jüngeren Zeit? Wer sollte den Sarg zu Grabe tragen?

Auf die letzte Frage wußte Lee keine Antwort. Lloyd schaltete sich ein. »Christopher Lallek hat gestern schon mit mir darüber gesprochen. Bei Gregs Beerdigung werden Abordnungen von Polizisten aus dem ganzen Bundesstaat anwesend sein. Das ist immer so, wenn einer aus ihren Reihen stirbt. Sollen seine Kollegen den Sarg tragen, Lee? Ich denke, es wäre ihnen eine große Ehre, wenn du sie darum bitten würdest.«

»Ja ... oh, ja. Greg hätte es so gewollt. Er hat seinen Beruf geliebt. Ja, so soll es sein.«

Lloyd drückte ihre Hand; auf seinem Gesicht erschien das gutmütige Lächeln. »Und wenn du nichts gegen einen alten, kindischen Opa hast ... ich habe in der letzten Nacht, als ich keinen Schlaf fand, darüber nachgedacht. Ich möchte gerne die Grabrede halten.«

Da zeigte sie sich wieder, seine Herzensgüte in Verbindung mit seiner unerschütterlichen Ruhe. Von diesem Mann hatte Lee sehr viel gelernt.

Sie beantwortete seine Frage mit einem liebevollen Lächeln, beugte sich zu ihm und drückte als Dank fest seine Hand. »Greg hätte sich darüber gefreut. Vielen Dank, Lloyd.«

Sie betraten einen Raum voller Särge und versuchten, ihren Verstand walten zu lassen und ihre Gefühle wenigstens für diesen Augenblick in den Hintergrund zu stellen. Lloyd deutete auf einen silberfarbenen und sagte: »Wir nehmen diesen da. Er hat fast dieselbe Farbe wie sein erstes eigenes Auto, das ich ihm zum High School-Abschluß geschenkt habe.«

Sie verabredeten noch mit Mr. Dewey, später einen von Gregs Anzügen vorbeizubringen und ihn anzurufen, um ihm die Namen der Sargträger mitzuteilen; dann verabschiedeten sie sich.

Jetzt war es soweit. Der Gedanke, die Wohnung zu betreten, in der Greg gelebt hatte, in der er Pläne für eine glückliche Zukunft schmiedete, in der er die Dinge, an denen er gehangen hatte, aufbewahrte, zerriß ihr fast das Herz.

»Dad«, sagte sie, als sie zurück zu Lloyds Wagen gingen, »ich glaube, ich komme nicht umhin, jetzt in seine Wohnung zu fahren.«

Er ergriff ihre Hand. »Niemand hat jemals behauptet, daß Muttersein leicht ist; es gibt Pflichten und Freuden. Das hier ist eine sehr traurige Pflicht. Aber vielleicht hilft es dir, dich an all die Freude zu erinnern, die dein Sohn dir bereitet hat. Erinnere dich an die Zeit, als er noch klein war und zusammen mit Janice beschlossen hatte, dir und Bill zu eurem Hochzeitstag einen Kuchen zu backen. Ausgesehen hat der Kuchen ja wunderbar, aber ich glaube, er wußte nicht, was mit Puderzucker gemeint war und hat für die Glasur normalen Zucker verwendet.«

»Und wir haben ihn gegessen«, erwiderte Lee, während sie bei der Erinnerung daran eine kleine Grimasse schnitt.

»Oder als er dir zum Muttertag das selbstgebaute Vogelhäuschen geschenkt hat.«

»Ich habe es immer noch.«

»Ich war damals ganz sicher, daß er Schreiner werden würde! Er war sehr geschickt im Umgang mit Hammer und Säge.«

»Erinnerst du dich noch daran, als er mit der Leichtathletikmannschaft seiner High School an Sportfesten teilgenommen hat? Und ich habe ihm immer begeistert von der Tribüne aus zugeschaut.«

Sie schwelgten die ganze Fahrt bis zur Wohnung in alten Erinnerungen. Als Lloyd vor dem Haus anhielt, starrten sie zuerst eine Weile schweigend auf das Gebäude; ihr graute vor dem Betreten der Wohnung.

»Möchtest du, daß ich mitkomme?« fragte Lloyd.

»Ja«, flüsterte Lee, »bitte.«

Chris öffnete ihnen schon nach dem ersten Klingeln. Er war frisch rasiert, hatte die noch nassen Haare glatt nach hinten gekämmt und trug Jeans und ein Polohemd. Lee sah seine rotgeweinten Augen und wußte, wie schlimm die Nacht für ihn gewesen war.

»Hallo«, sagte sie und nahm ihn tröstend in die Arme. So verweilten sie eine ganze Zeit, während der sich beide an die gestern gemeinsam durchlebten schweren Momente erinnerten. Er roch frisch nach Rasierwasser und schien gleichzeitig sehr stark und doch so verletzlich.

Lee meinte: »Sie hätten bei mir und den Kindern bleiben sollen.«

»Vielleicht«, antwortete er. »Vielleicht. Aber was auch immer ich tue, ich muß mich mit dem Gedanken vertraut machen, daß ich dieser Wohnung nicht entfliehen kann.«

»Haben Sie die Lasagne gegessen?« fragte sie.

»Ja, heute morgen.« Er legte eine Hand auf seinen Bauch und lächelte. »Sie war sehr gut.«

Vorsichtig schaute sie sich in der Küche um; sie hatte Angst davor, weiter in die Wohnung vorzudringen, und schob eine dringende Erledigung vor, um diesen Augenblick noch etwas hinauszuzögern.

»Darf ich mal telefonieren, Christopher? Ich muß kurz im Geschäft anrufen.«

»Natürlich.«

Die beiden Männer gingen ins Wohnzimmer, während sie die Nummer ihres Ladens wählte.

Sylvia meldete sich.

»Sylvia, bist du es?« Sie hatten vier Angestellte, die sich abwechselten.

»Ich dachte, ich fahre mal schnell im Geschäft vorbei, um nach dem Rechten zu sehen.«

»Ist alles in Ordnung?«

»Ja, hier läuft's bestens. Die Mädchen haben alles im Griff. Mach dir keine Sorgen um den Laden. Hast du heute nacht wenigstens ein bißchen geschlafen?«

»Nein, nicht viel. Lloyd und ich waren heute schon bei dem Bestattungsunternehmen; wir haben die Beerdigung für Montag, vierzehn Uhr festgesetzt. Auf einen langen Gottesdienst haben wir verzichtet.«

»Aber Liebes, ich hätte dich doch begleiten können.«

»Ich weiß, oder Mom und Dad. Lloyd ist mitgekommen. Wir haben uns tapfer gehalten ... wirklich. Aber du kannst mir einen Gefallen tun, Sylvia.«

»Jeden dieser Welt!«

»Könntest du bei Koehler & Damm anrufen und drei Dutzend Kalla, einige Freesien, Gardenien und Schwertfarnblätter bestellen. Alles in Weiß und Grün. Und schau bitte, daß auch genug Asparagus und Myrte da ist ...« Sie hielt einen Augenblick inne und fügte dann hinzu: »Für Montag.«

»Lee, du hast doch nicht vor, das Gesteck selbst zu binden!«

»Doch, das habe ich.«

»Aber, Lee ...«

»Er war mein Sohn. Ich möchte es für ihn tun, Sylvia.«

Es dauerte einige Augenblicke, bis Sylvia schließlich traurig seufzend einwilligte.

»In Ordnung, Lee, wenn du es so möchtest. Ich werde die Bestellung gleich aufgeben.«

»Vielen Dank, Sylvia.«

»Übrigens, Lee, die Bestellungen für Greg häufen sich hier schon. Ich werde noch etwas hierbleiben und den Mädchen unter die Arme greifen. Aber wenn du mich brauchst, ruf kurz an und ich komme, okay?«

»Danke, es wird schon gehen. Ich bin jetzt gerade in Gregs Wohnung, zusammen mit Lloyd und Christopher, die Kinder sind zu Hause.«

»Okay, aber wenn du mich brauchst, rufst du an ... versprichst du mir das?«

»In Ordnung, versprochen. Vielen Dank, Sylvia.«

Nachdem Lee aufgelegt hatte, ging sie zu den beiden Männern ins Wohnzimmer. Sie wußte, daß sie das Gespräch mit ihrer Schwester mitgehört hatten, und war sehr dankbar, daß keiner von ihnen sie zu überreden versuchte, Gregs Sarggebinde nicht selbst anzufertigen. Statt dessen nahmen die beiden sie in ihre Mitte und legten ihr die Arme um die Schulter; gemeinsam betrachteten sie die Baseballmützen-Sammlung an der Wand.

Christopher sagte: »Er trug gestern die rote Twins-Mütze, aber am liebsten mochte er die grüne hier. Sie haben sie ihm zu Weihnachten geschenkt, Lloyd.«

Lloyd nickte; allen war klar, daß es Zeit war, sich der traurigen Stimmung, die die Erinnerungen wachriefen, zu entziehen. Lee löste sich aus der Umarmung und ging hinüber zu dem Benjamin-Baum. »Dem Benjamin scheint es gutzugehen.« Sie steckte einen Finger in die Erde. »Dem Efeu und dem Wilden Wein auch ...« Beim Gedanken daran, daß Greg die Pflanzen nie wieder gießen würde, hätte sie am liebsten wieder geweint. Aber es war mehr als das: Die Pflanzen waren ein Symbol seiner Unabhängigkeit – sie hatte sie ihm zum Einzug in seine erste eigene Wohnung geschenkt; die Pflanzen standen stellvertretend für seinen Schritt in das Erwachsenenleben. Erst zwei Jahre hatte er sie gehabt ... erst zwei Jahre.

»Jetzt muß ich aber einige Kleidungsstücke heraussuchen«, murmelte Lee.

Chris nickte schweigend und zeigte ihr den Weg. Kurz vor der Tür zu Gregs Zimmer blieb er stehen und ließ sie zuerst eintreten. Lloyd war im Wohnzimmer geblieben.

Sie betrat den Raum und schaute sich um. »War er immer so ordentlich?«

»Er sagte, Sie hätten ihn zur Ordentlichkeit erzogen. Er erzählte einmal etwas vom Hausputz am Donnerstag morgen.«

»Himmel, wie sehr er diesen Hausputz gehaßt hat.«

»Hat ihm aber nicht geschadet.«

Chris ging zum Schreibtisch. »Er hat gestern eine Menge Post bekommen.« Er reichte ihr die Briefe. »Ich habe heute morgen die Rechnungen durchgesehen. Die mit der Wohnung in Zusammenhang stehen, sind erledigt. Hier sind noch einige andere.«

Sie warf einen Blick darauf.

»Die hier ist für eine Motorradreparatur«, flüsterte sie und konnte die Tränen abermals nicht zurückhalten.

Er schloß sie in seine Arme, drückte sie mit unbewegter Miene fest an sich; sie krallte ihre Finger in sein Hemd, während seine Augen trocken blieben. »Oh Gott ...«, flüsterte sie. »Oh Gott ...«

Plötzlich wurde Chris bewußt, wie oft er diese Frau in den vergangenen vierundzwanzig Stunden in den Armen gehalten hatte – fester und länger als in den Jahren zuvor irgendeine andere Frau. Ihre Nähe tat ihm gut, und jedesmal, wenn er sie in seine Arme schloß, fühlte er Trost und Erleichterung.

Christopher trauerte zum ersten Mal in seinem Leben um einen Menschen. Die Trauer anderer hatte er während seiner neun Jahre als Polizist kennengelernt; er hatte Kurse besucht, in denen er für den Umgang mit unter Schock stehenden Opfern und ihrer Familien geschult worden war – aber zum ersten Mal in seinem Leben trauerte er selbst.

Lloyd erschien mit der grünen Mütze in den Händen in der Tür. Die Blicke der beiden Männer trafen sich über Lees Schultern hinweg. Dann senkte der alte Mann die Augen auf die Mütze in seinen Händen und wartete geduldig.

Schließlich schlurfte er mit müden Schritten ins Zimmer und ließ sich auf die Bettkante niedersinken.

»Ich habe nachgedacht«, sagte er fast wie zu sich selbst. »Greg hat diese Mütze geliebt. Und Anzüge hat er zu Lebzeiten fast nie getragen. Wie wäre es, wenn wir ihn mit Jeans, einem T-Shirt und seiner Lieblingsmütze beerdigen würden? Lee, Liebes, was hältst du von dieser Idee?«

Sie löste sich aus Christophers Umarmung und suchte in ihrer Tasche nach einem Taschentuch. Während sie sich die Tränen aus den Augen wischte, brachte sie ein ersticktes Lachen hervor.

»Ich finde die Idee wunderbar.«

»Dann laß uns nach einem T-Shirt suchen. Chris, welches mochte er am liebsten?«

Nun fiel es ihnen allen leichter, die Schranktür zu öffnen und seine Kleidung zu durchstöbern. Sie waren inzwischen eine eingeschworene Gemeinschaft, einer stand dem anderen bei, wenn er Unterstützung brauchte, und als sie sich anschickten, die Wohnung zu verlassen, wurde ihnen klar, daß sie gemeinsam eine weitere Hürde genommen hatten.

Lee sagte zu Chris: »Kommen Sie doch zu uns, Sie sollten hier noch nicht alleine bleiben.«

»Danke, aber ich muß jetzt zu dem Ford-Händler, um meinen neuen Explorer abzuholen. Ich sollte ihn schon gestern abholen, aber ...« Er zuckte die Achseln. »Ich habe dort angerufen und gesagt, daß ich heute vorbeikomme.«

»Sie können danach zu uns kommen.«

Er zögerte; er wollte sich auf keinen Fall zwischen die Familie drängen.

»Hören Sie, ich glaube nicht, daß ...«

»Christopher, ich bestehe darauf. Was wollen Sie denn hier tun? Und außerdem haben die Nachbarn gestern so viel Essen dagelassen, das schaffen wir alleine gar nicht. Nun kommen Sie schon.«

»In Ordnung, wenn Sie darauf bestehen.«

»Schön. Ach, fast hätte ich es vergessen. Könnten Sie mir noch einen Gefallen tun?«

»Aber natürlich!«

»Würden Sie bitte dem Captain in meinem Namen danken, daß seine Jungs den Sarg tragen? Er soll sechs von ihnen auswählen. Ich glaube, Greg hat einmal die Namen Ostrinski und Nokes erwähnt, er schien die beiden zu mögen.«

»Ja, Ostrinski und Nokes.«

»Und Sie, Christopher ...« Sie ergriff seine Hände. »Wenn ...

wenn Sie möchten ... dann würde ich Sie auch gerne als Sargträger sehen. Aber nur, wenn Sie wollen.«

»Ich freue mich, daß Sie mich darum bitten. Außerdem hätte er das auch gewollt. Und er hätte es ebenso für mich getan.«

Dankbar drückte sie seine Hand und gab sie dann frei. »Ich brauche die Namen der anderen, um sie dem Bestattungsunternehmen mitzuteilen.«

»Darum kümmere ich mich schon, Mrs. Reston. Ich spreche mit dem Captain und rufe anschließend Mr. Dewey an.«

»Das ist mir eine große Erleichterung, Chris, vielen Dank. Ich glaube ...« Wieder überkam sie eine Welle der Dankbarkeit. »Ich glaube, ich nehme Ihre Hilfe über Gebühr in Anspruch, Christopher. Verzeihen Sie mir. Sie haben mir so sehr geholfen – ich möchte, daß Sie das wissen. Wenn Sie in meiner Nähe sind, erscheinen die Dinge ... dann geht es mir einfach besser.«

Sie lächelte, und auch er fühlte sich schon besser als am Morgen.

»Geht mir genauso.«

Der Himmel bezog sich; im Osten war er noch strahlend blau, während sich von Westen schmutzig-graue Wolkenberge näherten. Aus der Ferne hörte man Donnergrollen. Man konnte schon den typischen Geruch wahrnehmen, der Sommergewittern vorausgeht.

Gegen vier Uhr verließ Christopher mit seinem neuen, glänzenden Ford Explorer das Gelände des Autohändlers. Durch die geöffneten Fenster drang der Geruch des bevorstehenden Regens in das Wageninnere vor und vermischte sich dort mit dem des neuen Kunststoffs.

Dies hätte ein Augenblick der unbeschwerten Freude werden sollen. Seitdem er das Auto vor zwei Monaten bestellt hatte, hatten er und Greg sich auf diesen Moment gefreut. Sie hatten geplant, im Herbst für ein paar Tage mit dem neuen Wagen wegzufahren, vielleicht nach Denver, von wo aus sie Ausflüge in die Berge zu den alten Goldgräbersiedlungen machen wollten. Sie hatten auch überlegt, nach Neu-Schottland zu fahren, um sich die zerklüftete Steilküste anzuschauen. Vielleicht wollten sie auch bis zum Winter warten und für einige Tage runter nach Florida fahren, um Sonne zu tanken. Für welchen Ort sie sich auch entschieden hätten, sie wären mit dem neuen Explorer gefahren.

Mit einem Mal hatte Chris die schmerzlichen Gedanken satt. Als er den Coon Rapids-Boulevard entlangfuhr, rief er plötzlich: »Hey, Greg, schau her – hier ist er!« Er lächelte und fühlte ein leichtes Glücksgefühl in sich aufsteigen; er wollte den Augenblick, auf den er sich seit Wochen gefreut hatte, wirklich genießen. »Hörst du mich, Reston? Schau ihn dir bloß an! Endlich ist er da – und jetzt bist *du* verdammt noch mal nicht mehr da! Dafür solltest du was erleben, du Idiot! Ich fahre trotzdem nach Denver, auch ohne dich, du wirst schon sehen! Und es wird dir ganz schön leid tun, daß du nicht mit mir gefahren bist.« Er entdeckte einen kleinen Kratzer an der Türverkleidung; den mußte er gleich dem Händler zeigen. »Und, wie ist es da oben, Reston? Gibt's da wenigstens gute Hot Dogs mit allem Drum und Dran? Na, prima! Paß gut auf dich auf da oben, verstanden?«

Mit einem Mal fühlte er sich seltsam glücklich; jetzt erst wurde ihm klar, daß er Gregs Tod bis zu diesem Augenblick nicht hatte wahrhaben wollen. Aber mit dem Begreifen gewann er ein Stück Frieden, das er brauchte, um sein Leben fortführen zu können.

Er fuhr zum Revier. Schnell sah er die Berichte der letzten Schicht durch; verdächtige Personen, Streitigkeiten, Hausfriedensbrüche – das Übliche. Er trank eine Tasse Kaffee mit den Jungs und beantwortete ihre teilnahmsvollen Fragen; sie erkundigten sich nach Gregs Familie, nach Einzelheiten der Beerdigung. Dann ging er zurück zu seinem Explorer, um noch einige Runden zu drehen.

Im strömenden Regen fuhr er zu Lee. Sein neuer Scheibenwischer funktionierte ausgezeichnet – sie hörten sich viel besser an als die abgenutzten Wischerblätter seines alten Wagens. Er legte eine von Gregs Lieblings-CDs in den Player ein und verlangsamte das Tempo. Leise sang er den Refrain mit, während der Regen leise auf das Dach platschte; Chris genoß das Geräusch, das sich mit dem fernen Donnergrollen vermischte.

In Mrs. Restons Einfahrt standen schon mehrere Wagen. Er parkte seinen dahinter und lief im Regen zur Haustür.

Janice öffnete ihm die Tür. »Hallo, komm rein. Wie geht es dir heute?«

»Schon besser. Und dir?«

»Müde, traurig, erschöpft vom vielen Weinen.«

»Ja, es ist schwer.« Er blickte hinüber zur Küche, in der Licht brannte und mehrere Leute um den Tisch herum saßen. »Sieht aus, als hättet ihr eine Menge Besuch. Ich hätte nicht vorbeikommen sollen.«

Sie legte den Arm um seine Taille und schob ihn in Richtung Küche. »Sei nicht dumm! Du solltest jetzt nicht allein sein. Komm schon weiter!«

Auf dem Küchentisch waren unter der Hängelampe mehrere Fotoalben ausgebreitet; die jungen Leute blätterten in den Alben und betrachteten die Schnappschüsse von Großeltern, Onkeln, Tanten, Cousinen, Cousins und Freunden. Auf der Anrichte standen Töpfe mit Essen, Salatschüsseln, Platten mit Sandwiches und mehrere große Teller mit verschiedenen Kuchensorten.

»Hallo, Christopher«, begrüßte Lee ihn durch den Raum. »Schön, daß Sie gekommen sind. Ich glaube, Sie kennen die drei hier noch nicht. Sie sind mit Greg auf die High School gegangen; das sind Nolan Steeg, Sandy Adolphson und Jane Retting.«

Er nickte ihnen zu, während Janice hinzufügte: »Jane ist auf der High School mit Greg gegangen. Sie war oft bei uns.« Sie legte dem Mädchen den Arm um die Schultern; Jane sah aus, als hätte sie geweint.

Beim Anschauen der Fotos unterhielten sie sich: »Schaut, hier trägt er die schreckliche Mütze, ohne die er nirgends hingegangen ist! Erinnern Sie sich, Mrs. Reston, wie er sie nicht einmal zum Schlafengehen abnehmen wollte?«

»Er hatte schon immer dieses Faible für Baseballmützen.«

»Und für Hot Dogs.«

»Schaut, hier ist er auf dem Sportfest.«

»Für seine Größe lief er ziemlich schnell.«

»Nolan, schau her – wo war das?«

»Taylor Falls. Dorthin sind wir Jungs immer gegangen, um Frisbee zu spielen und Mädchen anzubaggern.«

»Mein Sohn hat Mädchen angebaggert?« fragte Mrs. Reston mit gespielter Empörung.

»Mein Freund hat Mädchen angebaggert?« echote Jane mit derselben gespielten Empörung.

»Er hatte seine kleinen Fehler, wißt ihr.«

Lee erwiderte: »Das haben wir uns schon gedacht, nicht wahr, Jane?« Die beiden lächelten einander traurig zu.

Die jungen Leute blätterten weiter in den Alben, während Lee sich Christopher zuwandte. »Haben Sie Hunger? Hier ist jede Menge zu essen. Ich gebe Ihnen einen Teller, und Sie bedienen sich einfach selbst.«

Er aß im Stehen von dem Gulasch, von dem Hühnerfrikassee, Salat, zwei Schinkensandwiches und drei Stücke Kuchen, während er über die Schultern der anderen hinweg die Fotos von Greg betrachtete, die er zum ersten Mal sah. Greg als Baby; als Zweijähriger, die Kerzen auf seinem Geburtstagskuchen ausblasend; mit seinem kleinen Schwesterchen auf dem Schoß; der erste Tag im Kindergarten; als Siebenjähriger mit großer Zahnlücke; mit Janice und Joey; die ganze Familie vor einem Fischerboot, stolz den Fang präsentierend; breitbeinig mit einem Basketball unter dem Arm geklemmt; mit den vier Großeltern vor der Kirche, wahrscheinlich seine Konfirmation; auf dem Rücken im Gras liegend, auf seinem Bauch den Kopf eines anderen Jungen, beide lachend und mit riesigen Sonnenbrillen auf der Nase; mit einer Gruppe Jugendlicher, einer davon Nolan, an einem Auto lehnend; das Tanzstundenbild mit Jane, er im Smoking, sie im langen Kleid; mit Lee bei der Verabschiedung von der High School; in seiner neuen Uniform neben dem schwarz-weißen Streifenwagen der Polizei; dem letzten Gartenfest, in der einen Hand einen Volleyball, den anderen Arm um Christophers Schulter gelegt.

Chris beneidete ihn: Was für eine schöne Kindheit und Jugend hatte Greg Reston verbracht! Vielleicht war es einfacher, mit solchen glücklichen Erinnerungen zu sterben. Greg hatte eine Familie, die ihn liebte, gute Freunde, die an ihm hingen; jede Station seines Lebens war in Fotos festgehalten, die seine Mutter liebevoll in dicke Alben eingeklebt hatte. Nun teilte sie diese Augenblicke im Leben ihres toten Sohnes mit den anderen, während sie herumging, Getränke nachschenkte, Essen servierte, für jeden ein tröstendes Wort, eine zärtliche Berührung übrig hatte.

Er schaute sie an und dachte: *Was für eine Frau.* Sie bemerkte seinen Blick und lächelte ihm zu. Schnell richtete er seine Augen wieder auf die Fotos; während schon umgeblättert wurde, konnte er gerade noch einen Blick auf sich und Greg erhaschen. Er besaß ganz genau vier Bilder aus seiner Kindheit, von denen er nicht einmal wußte, wer sie aufgenommen hatte; seine Eltern jedenfalls hatten nie einen Fotoapparat besessen. Aus seiner Grundschulzeit war ihm kein Bild geblieben – er gehörte zu den Kindern, die nie Geld mithatten, wenn die vom Fotografen aufgenommenen Bilder herumgingen.

Das Schulabschluß-Foto hatte er von seinem eigenen Geld bezahlt; damals arbeitete er nebenbei schon für ein kümmerliches Entgelt in dem Supermarkt.

Er spülte seinen Teller unter fließendem Wasser ab.

Lee Reston trat hinter ihn. »Lassen Sie mich das machen.«

»Schon erledigt. Soll ich ihn in den Geschirrspüler stellen?«

»Ja, bitte.«

Das tat er. Als er sich wieder aufrichtete und umdrehte, stand sie ganz dicht vor ihm.

»Danke, daß Sie sich heute um die Sargträger gekümmert haben.«

»Sie brauchen sich nicht bei mir zu bedanken, ich habe es gerne getan.«

»Gregs Sachen in der Wohnung ...«

Er schüttelte abwehrend den Kopf. »Lassen Sie sich Zeit, das eilt nicht.«

»Aber Sie wollen das Zimmer doch sicherlich bald weitervermieten.«

»Das weiß ich noch nicht. Es ist noch zu früh; ich werde in Ruhe darüber nachdenken.«

»In Ordnung«, willigte sie ein. »Aber ich werde sein Auto abholen.«

»Hier sind die Schlüssel.« Er kramte die Autoschlüssel aus seiner

Hosentasche. »Das eilt aber auch nicht; es stört niemanden, wenn es da noch ein paar Tage steht. Der Stellplatz ist bis zum nächsten Ersten bezahlt.«

Sie blickte auf die Autoschlüssel in ihrer Hand, und wieder überkam sie eine Welle der Traurigkeit.

»Wirklich, Mrs. Reston«, wiederholte er, »das hat keine Eile. Lassen Sie sich nur Zeit.«

Janice hatte Teile ihrer Unterhaltung mitgehört. »Mom... sprecht ihr gerade über Gregs Auto?«

Lee räusperte sich und antwortete: »Ja. Ich habe mit Christopher besprochen, daß wir es demnächst aus der Tiefgarage holen müssen. Er hat mir schon die Schlüssel gegeben.«

»Könnte ich es bekommen? Es ist viel neuer und komfortabler als meines.«

»Aber natürlich kannst du es haben.«

»Meines verbraucht Unmengen von Öl, und die Stoßdämpfer machen es auch nicht mehr lange, fürchte ich.«

»Aber sicher, mein Liebes, dann nimm du es. Wir können es auf dich umschreiben lassen und dein altes verkaufen.«

»Das habe ich auch schon überlegt, aber ich wollte es nicht ... nicht aussprechen.« Janice sah traurig aus. »Du weißt schon ...«

Lee griff nach ihrer Hand. »Ich weiß, Liebes. Aber irgend etwas müssen wir früher oder später ja mit seinen Sachen tun.«

»Danke, Mom.«

»Wenn Sie mir die Schlüssel wiedergeben, kann ich es ja in den nächsten Tagen bei Ihnen vorbeibringen«, schlug Christopher vor. »Ein Kollege kann mit dem Dienstwagen hinter mir herfahren und mich zurück zum Revier chauffieren. Oder du fährst mich dann wieder zurück, Janice.«

»Ich könnte heute abend mit dir zurückfahren und es abholen«, erwiderte Janice.

»Ja, natürlich. Aber es regnet in Strömen.«

»Ich bin schon bei Regen gefahren. Ist das in Ordnung, Mom?«

»Natürlich. Dann haben wir eine Sache weniger, an die wir denken müssen. Fahr mit Chris und hol es hierher.«

»Sollen wir jetzt gleich fahren?« fragte Janice Chris.

»Von mir aus jederzeit.«

»Ich hole nur noch schnell meine Tasche.«

Während Janice die Küche verließ, fragte er Lee: »Kann ich noch irgend etwas für Sie tun?«

»Oh, Christopher, Sie haben mir schon so viel geholfen. Nein, gehen Sie nur.« Sie brachte ihn zur Tür, während Janice angelaufen kam. »Ich hoffe für uns alle, daß wir heute nacht besser schlafen können. Janice, fahr bitte vorsichtig zurück. Und Chris ...« Sie umarmte ihn mit der Herzlichkeit, die sie so großzügig allen zuteil werden ließ, und strich ihm mit der Zärtlichkeit einer Mutter über die Wange. »Sie sind so hilfsbereit ... so umsichtig. Es war schön, daß Sie gekommen sind.« Er fragte sich, ob sie wußte, wie sehr er es genoß, wenn sie ihren Arm um seinen Hals legte. Dann wandte sie sich ab, um ihnen die Tür zu öffnen.

»Einen Moment noch!« rief sie und verschwand in die Küche. Eine Schublade wurde geöffnet, Alufolie abgerissen. Im selben Augenblick kam sie mit einem ordentlich verpackten Teller wieder. »Schokoladenkuchen – für morgen früh.«

»Vielen Dank, Mrs. Reston.«

In nassen T-Shirts fuhren sie zu Chris' Wohnung, zwischen sich das Alu-Paket, auf dem Regentropfen glänzten.

»Deine Mutter ist eine wunderbare Frau«, sagte er.

»Das sagen alle; alle meine Freunde beneiden mich um sie.«

»Läßt sie sich überhaupt jemals unterkriegen?«

»Nein, eigentlich nie. Sie hat da einen Spruch: Man wächst mit seinen Sorgen. Aber ich glaube, sie hat Gregs Tod noch nicht richtig begriffen.«

»Das wird sie wahrscheinlich erst, wenn sie nicht mehr alle anderen um sich herum trösten muß und ein bißchen Zeit für sich selbst findet. So ging es mir auch – als ich gestern abend in die leere Wohnung zurückkam.«

Sie legte ihre Hand auf seinen nackten Arm. Schweigend fuhren sie durch den Regen.

Nach einer Weile zog sie ihre Hand zurück; ihr schien etwas aufgefallen zu sein.

»Aber Christopher, das Auto ist ja funkelnagelneu!«

»Ja, ich habe es heute nachmittag abgeholt.«

»Und du hast kein Wort davon gesagt?«

Er zuckte die Achseln.

»Ich habe mich schon gewundert, daß es so neu riecht. Und auf dem Boden liegt sogar noch die Pappabdeckung!«

»Du bist die erste, die mitfährt.«

Sie betrachtete sein Profil. Bei aller Trauer durchzuckte sie einen Augenblick lang, wie ein Stromschlag, das pure Leben. Sie hatte sein Gesicht vom ersten Moment an geliebt – ein gutgeschnittenes, schönes Gesicht mit reiner, leicht gebräunter Haut, die immer frisch aussah. Seine Nase, Lippen und Stirn bildeten vor den vorüberfahrenden Lichtern eine attraktive Silhouette. Sein kräftiges, kurzes, leicht gewelltes Haar unterstrich noch seine saubere, gepflegte Erscheinung.

»Ich habe mir oft gewünscht, mit dir irgendwohin zu fahren. Schade, daß der Anlaß jetzt so ein trauriger ist.«

Er hatte ihren Blick auf sich ruhen gespürt und ging nicht auf ihre Bemerkung ein. »Greg und ich wollten im Herbst gemeinsam nach Denver fahren, oder vielleicht nach Neu-Schottland.«

»Seltsam, wie alles immer wieder zu Greg führt.«

»Ich glaube, das ist ganz normal, wenn jemand so wie er plötzlich mitten aus dem Leben gerissen wird.«

»Darüber haben Mom, Joey und ich in der letzten Nacht gesprochen. Wir haben alle in Moms Bett geschlafen und über unsere Gefühle gesprochen.«

Er stellte sich vor, wie Lee zusammen mit ihren Kindern im Bett lag. Und er konnte es sich gut vorstellen.

»Ich wette, sie hat mit euch niemals geschimpft oder euch gar geschlagen.«

»Richtig geschlagen nicht, nein. Aber mit uns geschimpft hat sie schon ab und zu, wenn wir es verdient hatten. Einmal habe ich allerdings eine Ohrfeige bekommen; ich war damals fünf oder sechs Jahre alt und habe Onkel Barry ein Arschloch genannt.«

Chris brach in lautes Lachen aus.

Janice fuhr fort. »Ich muß das Wort irgendwo aufgeschnappt haben – ich weiß nicht mehr, wo. Ich kann mich auch nicht mehr erinnern, was Onkel Barry getan hatte, daß ich ihn ein Arschloch nannte, jedenfalls schien es mir nicht gefallen zu haben. Mom hat mir eine Ohrfeige verpaßt, und dann mußte ich mich bei Onkel Barry entschuldigen. Anschließend hat sie mich so fest umarmt, daß sie mir beinahe die Rippen gebrochen hätte, und hat mir gesagt, daß es ihr leid getan hat, mich zu schlagen, und daß ich nie wieder jemanden so nennen soll. Ich glaube, die Ohrfeige hat ihr viel weher getan als mir ...«

Wo Chris herkam, beschimpften alle Eltern ihre Kinder mit solchen Worten und meinten es auch so. Und danach gab es keine tränenreichen Entschuldigungen.

»Du weißt gar nicht, wie froh du sein kannst. Sie ist eine phantastische Mutter.« Er bog scharf rechts in die Tiefgarageneinfahrt des Wohngebäudes ab. »Wir sind da.« Er schob seinen Schlüssel in die Säule, woraufhin sich das Tor der Garage öffnete. Er hielt neben Gregs weißem Toyota und stellte den Motor ab. »Wirst du damit klarkommen?«

»Ich habe doch schon gesagt, daß ich bereits im Regen gefahren bin.«

»Ich meine nicht den Regen.«

»Ich komme schon klar«, antwortete sie mit leiser Stimme. »Ich bin schließlich die Tochter meiner Mutter.« Einem plötzlichen Impuls folgend, beugte sie sich zu ihm hinüber und küßte seine Wange. »Danke für alles, Chris. Meine Mutter hat gesagt, daß sie nicht wüßte, was sie ohne dich getan hätte, und das gilt auch für mich.«

Im nächsten Augenblick war sie schon aus dem Wagen geschlüpft und schloß die Tür von Gregs Auto auf.

4. Kapitel

Am nächsten Morgen strahlte die Sonne vom Himmel herab; es versprach, ein herrlicher Tag zu werden.

Christopher wachte gegen halb sieben auf und lauschte der Stille in der Wohnung. *Was soll ich heute tun?* Am Nachmittag würde die Trauerfeier stattfinden, aber was konnte er bis dahin unternehmen? Die Stunden würden sich endlos hinziehen wie auf dem bekannten Gemälde von Dali – leer, ausgetrocknet, verzerrt. Er rollte sich auf die andere Seite und machte das Radio an. Es ertönte ein Lied über den Montag, der nie ein guter Tag war. Der Sprecher kündigte für den ganzen Sommer eine Baustelle auf der I-694 an, wodurch sich die Fahrbahn zu einer Spur verengen und es zu Stauungen kommen könnte. Der Wetterbericht versprach Temperaturen von dreißig Grad, blauen Himmel und eine hohe Luftfeuchtigkeit. Der Sprecher sagte: »An einem Tag wie heute kann es sogar spannend sein, das Gras beim Wachsen zu beobachten.«

Er dachte an Lee Restons Rasen und fragte sich, wann er wohl zum letzten Mal geschnitten worden war. Die Menschen waren kopflos vor Trauer – wen, in aller Welt, interessierte da das Wetter oder ein gemähter Rasen? Das Rasenmähen war wohl Joeys Aufgabe, vermutete er, doch dem Jungen würde wie ihnen allen noch eine harte Zeit bevorstehen, in der er mit Gregs Tod fertigwerden mußte.

Chris stand auf und duschte sich.

Als Lee Reston um zehn vor acht zur Haustür ging, um die Zeitung hereinzuholen, hörte sie seltsame Geräusche aus der Garage dringen. Barfuß verließ sie das Haus und lief auf dem gepflasterten Weg, der an der Hauswand entlangführte, hinüber zur Garage. Sie trug einen knielangen seidenen Kimono, der von einem Gürtel zusammengehalten wurde. Vorsichtig spähte sie um die Hausecke – und erblickte vor dem geöffneten Garagentor Christopher Lallek, bekleidet mit einer abgeschnittenen Jeans, einem ärmellosen blauen T-Shirt und einer pinkfarbenen Mütze, die zu der Kordel seiner Sonnenbrille paßte. Er war gerade dabei, den Rasenmäher startklar zu machen.

»Christopher«, rief sie überrascht, »was tun Sie denn hier?«

»Ich mähe Ihren Rasen.«

»Oh, Christopher, das ist doch gar nicht nötig.«

»Aber ich weiß doch, wie stolz Sie auf Ihren Rasen sind, Mrs. Reston, und in den nächsten Tagen werden Sie viel Besuch bekommen.«

»Joey kann ihn doch mähen.«

»Ich glaube, Joey ist jetzt mit anderen Dingen beschäftigt.«

»Na gut, wenn Sie unbedingt wollen. Aber haben Sie denn überhaupt schon gefrühstückt?«

Er lächelte sie an. »Ich habe ein Stück Schokoladenkuchen gegessen.«

»Dann kommen Sie rein und lassen Sie mich Ihnen wenigstens einen Kaffee machen.« Er folgte ihr ins Haus. Dabei fiel ihm auf, wie schlank ihre Waden für eine Frau ihres Alters waren, und was für zierliche Füße sie hatte.

»Die Kinder schlafen noch.« Sie öffnete ihm die Tür.

»Und wie geht es Ihnen?« fragte er. »Haben Sie geschlafen?«

»Ein bißchen immerhin. Und Sie?«

»Ja, ich habe geschlafen. Aber ich bin früh aufgewacht, und nachdem der Wetterbericht im Radio einen heißen Tag angekündigt hatte, dachte ich, ich komme rüber und mähe Ihren Rasen, solange es noch einigermaßen kühl ist.«

Sie goß Kaffee in zwei große blaue Becher und setzte sich an den Küchentisch.

»Ich wette, Sie sind froh, wenn der Tag vorbei ist«, bemerkte er.

»Ja, der Gedanke an die Arbeit fängt langsam wieder an, mir zu gefallen.«

»Sind Sie es nicht leid, ständig Menschen in Ihrem Haus zu haben?«

»Langsam schon, ja.«

»Ich wollte ja eigentlich auch gar nicht reinkommen, sondern nur ...«

Als er Anstalten machte, sich zu erheben, drückte sie ihn energisch zurück auf den Stuhl.

»Aber damit meine ich doch nicht Sie! Ihre Anwesenheit tut mir so gut. Wenn Sie da sind, sieht alles immer schon ein bißchen besser aus. Ich genieße es, einfach nur so mit Ihnen zusammenzusitzen.«

Sie legte ihre Beine auf den Stuhl neben sich.

Zu dieser Tageszeit lag die Küche noch im Schatten, aber es brannte kein Licht. In dem Raum herrschte ein ziemliches Durcheinander: Auf der Anrichte standen noch die Schüsseln und Platten; daneben lag ein Stapel ungeöffneter Post. Im Spülstein stand ein mit Wasser gefüllter Bratentopf, auf dessen Oberfläche Fettaugen schwammen. Die Fotoalben stapelten sich auf dem Tisch neben benutzten Kaffeetassen vom Vortag. Durch die geöffnete Schiebetür drang der kühle, taufrische Morgenwind in den Raum. Auf dem Rasen pickten einige Rotkehlchen nach Würmern.

»Mir geht es genauso«, sagte er. »Hier bin ich Greg am nächsten. Aber ich möchte Ihnen nicht zur Last fallen.«

»Ich verspreche Ihnen etwas: Wenn Sie mir auf die Nerven fallen, sag ich es Ihnen.«

Er trank seinen Kaffee und lächelte sie über den Rand der Tasse an.

»Als ich gestern im Revier vorbeigeschaut habe, haben sich alle nach Ihnen erkundigt.«

»Es scheinen sich alle zu fragen, wie es mir geht. Soll ich Ihnen was sagen? Ich bin sehr dankbar für die Anteilnahme, aber als ich gestern, nachdem alle gegangen waren, noch einen Anruf erhielt und nochmal gefragt wurde, wie es mir ginge, wäre ich am liebsten laut schreiend davongelaufen.«

»Aber daran werden Sie sich wohl gewöhnen müssen. Die Leute werden Sie sicher noch eine ganze Weile anrufen und sich erkundigen, wie es Ihnen geht.«

»Ich weiß, ich bin undankbar. Was hätte ich ohne all die lieben

Menschen getan, die sich in den letzten zwei Tagen so rührend um mich gekümmert haben?«

»Ach, seien Sie doch nicht so hart zu sich selbst. Ihr Verhalten ist nicht undankbar, sondern nur menschlich. Das ist auch eine ganz besonders dumme Frage – wie geht es Ihnen –«

Er nahm noch einen Schluck von seinem Kaffee und lauschte dem Gesang der Vögel.

»Also, *wie* geht es Ihnen nun?«

Die beiden lachten.

Anschließend fühlten sie sich viel entspannter.

»Das hat gutgetan.« Sie fuhr sich mit den Fingern durch die Haare, wobei die weiten Ärmel ihres Kimonos auf ihre Schultern herabfielen. »Das war höchste Zeit. Ich habe schon so lange nicht mehr gelacht.«

»Ich auch nicht. Wenn mein Gehirn kaum arbeitet, fühle ich mich wie abgestumpft. Geht es Ihnen genauso?«

»Ja. Ich ertappe mich dann oft dabei, daß ich einfach vor mich hinstarre.«

Während er mit dem Daumennagel nachdenklich an der Tasse herumkratzte, sagte er: »Ich habe gestern etwas getan, worauf ich sehr stolz bin.«

»Was denn?«

»Ich habe laut mit Greg gesprochen.«

»Wirklich?« Sie stützte ihr Kinn in die Handfläche. »Was haben Sie ihm gesagt?«

»Ich sagte: ›Hey, Greg, jetzt habe ich meinen neuen Explorer!‹ Und dann habe ich gesagt: ›Schade, daß du nicht mehr mit mir darin fahren kannst.‹«

Sie lächelte leise vor sich hin; ihre Augen wurden ein wenig feucht.

»Wir wollten im Herbst zusammen wegfahren, vielleicht nach Denver, oder nach Neu-Schottland.«

»Das wußte ich gar nicht. Aber das ist es ...« Sie schob gedankenverloren ihren Becher über die Tischplatte, bevor sie wieder aufblickte. »... Das ist es, was mir so an Ihrer Gegenwart gefällt. Wenn ich mit Ihnen spreche, habe ich das Gefühl, ich rede mit ihm. Ich erfahre Kleinigkeiten über sein Leben der vergangenen Monate, die ich noch nicht wußte. Neu-Schottland hat ihn immer schon fasziniert.«

»Ja«, sagte Chris, während er in seinen Becher starrte, »ich weiß. Gestern, als ich mit ihm sprach, habe ich ihn auch gefragt, ob es da oben auch Hot Dogs gibt ...« Er blickte Lee ganz unvermittelt ins Gesicht. »Und danach ging es mir viel besser. Sie sollten es auch versuchen.«

Die Ellbogen auf die Tischplatte gestützt, umfaßte sie ihren Becher mit beiden Händen und schaute hinaus in den Garten, während sein Blick auf ihr ruhte. Ihr geblümter Kimono war vor der Brust zusammengebunden. Um ihren langen, schlanken Hals trug sie an einer dünnen Goldkette einen Perlenanhänger mit zwei kleinen Diamanten. Auf ihrem Dekolleté waren Sommersprossen zu sehen.

Er wandte seinen Blick ab, trank seinen Kaffee aus und erhob sich. »Ich mache mich jetzt lieber an die Arbeit.«

»Entschuldigen Sie«, sagte sie und erhob sich ebenfalls. »Ich bin wohl etwas melancholisch geworden, das wollte ich nicht.«

»Sie müssen sich nicht entschuldigen, Mrs. Reston, nicht bei mir.«

Schweigend betrachteten sie einander.

»Und noch eines. Sie sollten Ihre Garage abschließen. Sonst kann jeder einfach reingehen und Ihren Rasenmäher startklar machen.«

Sie unterdrückte ein Lächeln. »Sie sprechen wie er.«

»Ich weiß. Wir verdammten Bullen geben einfach keine Ruhe, stimmt's?«

Er wandte sich zur Tür, während sie ihm folgte.

»Vielen Dank für den Kaffee.«

»Vielen Dank fürs Rasenmähen.«

Er verließ das Haus, während sie an der Haustür stehenblieb, den Türknauf umklammerte und zusah, wie er die Treppe hinunterging. Dann drehte er sich noch einmal um und blickte zu ihr hoch.

»Soll ich Ihnen was sagen, Mrs. Reston?« fragte er, während er seine an der grell pinkfarbenen Kordel baumelnde Sonnenbrille aufsetzte. »Ich habe noch nie jemanden verloren. Ich war noch nie auf einer Beerdigung. Ich habe verdammte Angst davor.«

Bevor sie antworten konnte, drehte er sich um und ging hinüber zur Garage.

Als Janice eine halbe Stunde später mit einem Glas Eiswasser durch die Schiebetür auf die Terrasse trat, mähte er bereits den Rasen hinten im Garten. Er blickte auf und erinnerte sich daran, daß es Sonntag war: Sie trug ein blaß pfirsichfarbenes Kleid und weiße hochhackige Pumps. Er stellte den Motor ab, schob seine Mütze in den Nacken und nahm dankend das Glas Wasser entgegen.

Sie beobachtete ihn, während er mit leicht zurückgelegtem Kopf das Wasser trank; an seiner Schläfe lief eine Schweißperle hinunter. »Ahhh«, sagte er, wischte sich mit dem Handrücken über den Mund und gab ihr das Glas zurück. »Danke. Habe ich dich mit dem Rasenmäher aufgeweckt?«

»Nein, ich mußte ohnehin aufstehen und mich für die Kirche fertig machen. Möchtest du noch etwas Wasser?«

»Nein, danke … das hat sehr gut getan.« Er deutete mit dem Kopf auf die Blumenbeete. »Macht sie das alles allein?«

»Ja, in ihrer Freizeit. Wir fragen sie immer: ›Mom, wie kannst du noch Stunden im Garten arbeiten, nachdem du den ganzen Tag im Geschäft zwischen Blumen verbracht hast?‹, aber sie liebt das Garteln einfach.«

Er betrachtete einige blaue Blumen auf hohen, bedornten Stielen, während sie ihn anblickte und sich fragte, ob er sie wohl eines Tages registrieren würde. Aber das hatte er während der zwei vergangenen Jahre nicht getan; und nun, da Greg tot war, würde er auch nicht mehr in ihr Haus kommen. Sie würde nie mehr die Möglichkeit haben, mit ihm zu flirten. Aber jetzt war wohl nicht der passende Augenblick für solche Gedanken.

»Gehst du zur Kirche, Chris?«

»Nein.«

»Mom läßt dir ausrichten, daß du gern mit uns gehen kannst, wenn du willst. Wir würden dann einen späteren Gottesdienst besuchen.«

»Nein, danke«, lehnte er ab und deutete auf den Rasenmäher. »Ich möchte lieber meine Arbeit beenden.«

»In Ordnung.« Sie leerte die Eiswürfel aus dem Glas auf den Boden und wandte sich zum Gehen. Auf halber Strecke zum Haus drehte sie sich um und rief ihm über die Schulter hinweg zu: »Vielleicht beim nächsten Mal; das Angebot steht.«

»Danke.«

Er folgte ihr mit den Blicken; durch das dünne, helle Sommerkleid zeichnete sich in der Sonne ihr Slip ab; ihre Beine waren straff und wohlgeformt; die hohen Absätze betonten ihre schmalen Fußgelenke. Als er ihr nachblickte, empfand er das zwiespältige Bedauern eines Mannes, der sehr wohl wußte, daß eine Frau ihn attraktiv fand, was ihn selbst aber völlig kalt ließ.

Als er nach Hause kam, blinkte das rote Lämpchen seines Anrufbeantworters. Er drückte den Knopf und hörte Lee Restons Stimme.

»Christopher, hier ist Lee. Ich wollte Ihnen noch etwas sagen. Beerdigungen sind nicht so schlimm, Chris. Wenn man darüber nachdenkt, stellt man fest, daß sie eigentlich nur für die Lebenden da sind.«

Während er sich wenig später duschte, rasierte und anzog, um seinem besten Freund das letzte Geleit zu geben, dachte er an ihre Worte. Als er aber mit voll aufgedrehter Klimaanlage in seinem neuen Explorer zum Friedhof fuhr, konnte selbst die aus den Belüftungsschlitzen strömende eiskalte Luft den Schweiß auf seiner Stirn nicht trocknen.

Die Leichenhalle war eines der schönsten Gebäude der Stadt; es wurde von hohen Bäumen beschattet und sah mit seinen weißen hohen Säulen und den klassizistischen Fenstern wie ein stolzer Herrensitz der Südstaaten aus. Als Chris sich dem Bau näherte, fühlte er, wie sich sein Magen verkrampfte. In der Halle herrschte Dämmerlicht; die Fenster waren verhangen, um die grelle Sommersonne draußen zu halten. Er hatte erwartet, feierliche Orgelmusik zu hören, doch statt dessen vernahm er – ganz leise im Hintergrund des Stimmengemurmels – Gregs Lieblingssänger Vince Gill.

Während er sich die Krawatte zurechtrückte und auf das Stehpult mit dem Kondolenzbuch zutrat, öffnete sich sein Mund zu einem ungläubigen Lächeln. Lees Eltern standen vor ihm in der Schlange; als sie sich eingetragen hatten, flüsterten sie, während sie zur Decke aufblickten, als suchten sie nach dem Lautsprecher.

Er fing einen Fetzen ihrer Unterhaltung auf. »... was, um alles in der Welt, hat sie sich dabei gedacht?«

»Ich weiß schon jetzt, was Tante Delores sagen wird.«

Lee löste sich aus einer kleinen Gruppe und eilte auf ihre Eltern zu.

»Hallo, Mom. Hallo, Dad. Ich weiß schon, was ihr sagen wollt ... aber bitte laßt uns doch sein Leben feiern, nicht seinen Tod.«

»Lee, die Leute reden schon.«

»Wer denn?« fragte sie, während sie ihrer Mutter fest in die Augen blickte und ihre Hände umfaßte. »Ich habe mit Janice und Joey darüber gesprochen, und wir wollten es so haben. Das macht uns den Abschied einfacher.«

Peg Hillier zog ihre Hände zurück. »Nun gut, wenn ihr es so wollt. Komm, Orrin, dort drüben sind Clarice und Bob; gehen wir sie begrüßen.«

Als die beiden sich abgewandt hatten, trat Christopher zu Lee. Sie umarmten sich kurz.

»Als ich hereinkam und die Musik hörte, konnte ich plötzlich wieder schlucken und atmen. Danke.«

Lächelnd drückte sie seine Hand. »Haben Sie meine Nachricht auf dem Anrufbeantworter gehört?«

»Ja.«

»Und warum sind Ihre Hände dann so feucht und zittrig?«

Aus Angst, das Falsche zu sagen, antwortete er ihr nicht.

»Es gibt keinen Grund, Angst zu haben.«

»Ich weiß nicht, wie ich mich verhalten soll.«

»Gehen Sie hin zu ihm und sprechen Sie mit ihm. So, wie Sie es in Ihrem Explorer getan haben. Das ist schon alles.«

Er schaute hinüber zu dem Sarg und spürte, wie seine Eingeweide sich verkrampften. Sie strich ihm über die Schläfen und schob ihn sanft in Richtung Sarg. Sein Herz raste; die Blumenberge, die den Sarg umgaben, nahm er nur am Rande wahr. Der schwere Geruch der vielen hundert Blüten raubte ihm fast den Atem.

Zwischen zwei riesigen Blumenbuketts blieb er stehen und betrachtete die gerahmten Fotografien von Greg, die auf dem geschlossenen Sargdeckel standen. Ein Bild zeigte ihn in seiner Polizeiuniform, das andere war ein Schnappschuß, auf dem er ein gestreiftes T-Shirt und seine grüne Lieblingsmütze trug.

Chris strich zärtlich über den Sargdeckel neben den beiden Bildern. »Hallo«, sagte er leise, »ich vermisse dich.«

In diesem Moment wünschte sich Chris wieder sehnsüchtig eine Familie, jemanden, dessen Hand er halten konnte, jemanden, der ihn in diesem Augenblick auch ohne Worte verstand.

Er nahm seine Hand von dem Sargdeckel und fühlte sich ein wenig besser.

Hinter seinem Rücken vernahm er ein zaghaftes »Hallo«.

Er drehte sich um und sah Joey. Traurig stand er da, die Hände in den Hosentaschen versenkt.

»Hallo«, sagte Chris und legte seinen Arm um die Schultern des Jungen.

Gemeinsam lauschten sie Vince Gills Musik. Gemeinsam betrachteten sie Gregs Bild. Seite an Seite atmeten sie den schweren Duft der Blumen ein.

Nach einer Weile senkte Joey den Kopf, wischte die Tränen aus seinen Augen und flüsterte: »Scheiße.«

Chris zog ihn noch ein wenig näher an sich heran und legte seine Wange an Joeys Haar.

»Ja, das kann man wohl sagen.«

An seiner rechten Seite erschien Janice, die ihren Arm unter seinen schob und ihre Wange an seinen Arm legte.

Am anderen Ende des Raumes nahm Lee die Beileidsbezeugungen ihrer Tante Pearl und ihres Onkels Melvin entgegen. Dann reckte sie den Kopf und suchte nach ihren Kindern. Sie erblickte Christopher mit Janice und Joey.

Was für ein großartiger junger Mann er war. Er war so besonnen und rücksichtsvoll, respektierte die Gefühle anderer Menschen, war zuverlässig wie ein Fels in der Brandung. Er hatte Greg als Vorbild gedient – er war der ältere, der reifere, der selbständigere. Als Greg zur Polizei gegangen war, hatte Christopher ihn unter seine Fittiche genommen und ihm durch sein Vorbild auf praktische Weise gezeigt, wie man mit den unterschiedlichsten Menschen umging.

Von ihm hatte Greg auch viele Dinge des alltäglichen Lebens gelernt: wie man mit seinem Geld wirtschaftete, einen Kredit aufnahm, die Steuererklärung machte, wie man am besten einkaufte, eine Waschmaschine bediente und einen Mietvertrag unterschrieb. Greg war von zu Hause ausgezogen und hatte das Glück gehabt, einen Mann kennenzulernen, der ihm dabei half, in vielerlei Hinsicht erwachsen zu werden.

Christopher Lallek war einfühlsam, verläßlich und hilfsbereit. Selbst die Kinder spürten das und wandten sich mit ihrer Trauer an ihn. Er war, was Greg gewesen war – ein Polizist, ein Hüter der Gemeinschaft, einer, an den man sich in Notlagen wenden konnte. Und an ihn hatten sie sich seit Gregs Tod so häufig gewandt – vielleicht mehr, als sie hätten tun sollen. Aber seine Hilfsbereitschaft hatte zur Folge, daß die Menschen seinen Rat und seine Unterstützung suchten.

Aber auch seine Verletzlichkeit berührte Lee tief. Wie untypisch es für ihn gewesen war, als er sie angeblickt und dabei zugegeben hatte: *Ich weiß nicht, wie ich mich verhalten soll.* Ihr Herz war ihm in diesem Augenblick sehr nah gewesen. Und so fühlte sie auch jetzt, während sie ihn mit ihren beiden Kindern im Arm dastehen sah, den starken, Trost spendenden jungen Mann.

»Lee …« Wieder jemand, der ihr sein Beileid aussprechen wollte. Sie kehrte aus ihren Gedanken in die Realität zurück.

Fast zwei Stunden später, als sie die letzten Trauergäste verabschiedet hatte, hörte sie Christophers Stimme hinter sich.

»Mrs. Reston?«

Sie wandte sich ihm zu; sie hatte Angst davor, nach Hause zu gehen.

»Würde es Ihnen etwas ausmachen, wenn ich Joey für einen Augenblick mitnehme?«

»Aber nein, was habt ihr denn vor?«

»Wir wollen eine Runde in meinem Explorer drehen; vielleicht lasse ich ihn ein Stückchen fahren. Ich möchte ihn irgendwie aufmuntern.«

»Oh ja, Christopher, das ist eine gute Idee.«

»Und mit Ihnen ist alles in Ordnung? Ist Janice bei Ihnen?«

»Mir geht es gut. Ich gehe jetzt nach Hause und weine mich erst einmal aus. Wir sehen uns dann morgen bei der Beisetzung.«

»Machen Sie sich keine Sorgen wegen Joey. Ich bringe ihn heil wieder nach Hause.«

Joey stimmte Chris' Vorschlag ohne große Begeisterung zu, doch als sie draußen im strahlenden Sonnenschein standen, spürte Christopher, wie das Interesse des Jungen wuchs.

»Ist der neu?«

»Brandneu.« Chris nahm seine Krawatte ab und ließ den Motor an.

»Greg und ich wollten vorgestern damit raus an den See fahren.«

Joey warf ihm einen fragenden Blick zu. »Wie kannst du jetzt schon so einfach über ihn reden?«

»Was soll ich denn sonst tun? Soll ich so tun, als hätte es ihn nie gegeben?«

»Ich weiß nicht, aber ich kann nicht über ihn sprechen, ohne sofort loszuheulen.«

»Aber das ist doch ganz normal. Heulen ist in Ordnung. In den letzten Tagen habe ich soviel geheult wie nie zuvor. Und viele der Kollegen auch.«

Joey blickte schweigend zum Fenster hinaus.

Sie fuhren durch die im Schatten der Alleebäume liegenden Straßen von Anoka. »Hast du Hunger?« fragte Chris.

»Nein.«

»Aber ich. Macht es dir was aus, wenn ich mir einen Burger hole?«

Keine Antwort. Er fuhr an den Drive In-Schalter von Burger King, bestellte zwei Cheeseburger, zweimal Pommes frites und zwei Cola. Als der Geruch der Cheeseburger durch das Auto zog, gab Joey zu: »Vielleicht habe ich doch ein bißchen Hunger.«

»Nimm dir.«

Während sie die Cheeseburger und Pommes frites verspeisten, fuhren sie stadtauswärts. Im Nu waren sie auf dem Land; neben ihnen dehnten sich Kornfelder aus, unterbrochen von kleinen Waldstücken, am Horizont erhoben sich die hohen Getreidesilos, und über allem lag das gleißende Licht des heißen Sommertages. Das Getreide wiegte sich in der leichten Brise, und Scharen von Vögeln tummelten sich am tiefblauen Himmel. Ein Kind war auf einem Fahrrad unterwegs; ein Junge in Joeys Alter saß auf einem Klappstuhl im Schatten eines Erntewagens; ein Bauer auf einem Traktor mähte die Wiese, über der der Duft von frischem Gras und Klee hing.

Das verdammte Leben ging einfach weiter.

»Wie alt bist du?« fragte Chris.

»Vierzehn – warum?«

»Du hast also noch keinen Führerschein?«

»Das mußt du als Polizist doch wissen.«

»Na klar weiß ich das. Willst du mal fahren?«

Joeys Augen weiteten sich. Er beugte sich zu Chris hinüber.

»Meinst du das ernst?«

»Na klar meine ich das ernst.«

»Bekommst du dann auch keine Schwierigkeiten?«

»Kommt drauf an, was du mit dem Wagen vorhast. Wenn du ihn gegen den nächsten Baum setzt ...«

»Oh, nein ... nein, ich werde verflixt aufpassen.«

»Also dann ...« Chris fuhr auf den Seitenstreifen und bremste, Sand und Steine knirschten unter den Reifen. Als der Wagen zum Stehen gekommen war, stieg er aus und ging zur Beifahrertür. Joey rutschte hinüber auf den Fahrersitz, während Chris auf der anderen Seite in den Wagen kletterte.

»Stell dir den Sitz richtig ein, und auch die Spiegel. Bist du schon mal gefahren?«

»Ein bißchen.«

»Frag, wenn du etwas nicht weißt.«

Joey fuhr vorsichtig, aber recht gut. Weit nach vorne gebeugt, hielt er das Lenkrad mit beiden Händen fest umschlossen, aber er hielt die Spur und fuhr nicht schneller als sechzig. Chris stellte das Radio an.

»Magst du das Land?«

»Ja.«

Travis Tritt sang »Trouble«.

Einige Minuten später fragte Joey: »Kann ich in diese Straße hier einbiegen?«

»Du bist der Fahrer.«

Sie kamen in einem Städtchen namens Nowthen heraus. Nachdem sie sich orientiert hatten, fuhren sie zurück zum State Highway 47, wo Chris wieder das Steuer übernahm. Wieder in Anoka angekommen, fuhren sie die belebte Hauptstraße entlang. Bei der Hot Dog-Bude tauchte Greg in ihren Erinnerungen auf, und als Chris anschließend am Polizeirevier vorbeifuhr und die beiden die Streifenwagen stehen sahen, hatte Greg schon wieder vollständig Besitz von ihren Gedanken ergriffen.

Sie schwiegen, bis Chris den Wagen in der Einfahrt der Restons zum Stehen brachte. Joey starrte schweigend durch die Windschutzscheibe. Schließlich sagte er: »Ich glaube, er ist zu jedem Spiel gekommen, in dem ich mitgespielt habe. Ich mußte die ganze Zeit daran denken. Und wer wird jetzt kommen?«

»Ich werde kommen«, sagte Chris und legte ihm seine Hand auf die Schulter. »Das wird schon wieder, Joey. Du hast eine großartige Familie. Ihr werdet es gemeinsam schaffen.«

Er registrierte eine Bewegung an der Tür und erblickte Lee, die mit verschränkten Armen unruhig hinter dem mit Fliegengaze bespannten Rahmen stand und herausschaute. Sogar aus der Entfernung konnte er ihre Erleichterung spüren, als sie Chris' Wagen sah.

Joey stieg aus und schlug die Tür zu. Chris hob seine Hand in Lees Richtung, und sie erwiderte seinen Gruß, während sie die Tür öffnete und ihren Sohn in die Arme schloß.

Es muß unendlich schwer sein, dachte Chris, *seinen Kindern Freiheiten zu geben, nachdem man zwei verloren hat, und sich nicht ständig Sorgen zu machen, sobald man sie für ein paar Augenblicke aus den Augen lassen muß.*

350 Polizisten waren aus dem gesamten Bundesstaat Minnesota zusammengekommen, um Greg Reston das letzte Geleit zu geben. Ihre Einsatzwagen füllten mehr als zwei Parkplätze. Sie boten einen beeindruckenden Anblick, als sie immer zu zweit in ihren offiziellen Uniformen in Mittelblau, Dunkelblau, Braun, dazwischen die weißen der Captains und der höheren Vorgesetzten, die Kirche betraten. Jeder Bezirk des Bundesstaates und jede Abteilung der Polizei hatte eine Abordnung geschickt. Sie alle trugen Trauerflor und füllten eine Bankreihe nach der anderen, bis das Innere der Kirche mit den verschwommenen Farbtupfern aussah wie ein impressionistisches Gemälde.

Lee Reston beobachtete ihren Einzug mit wachsendem Erstaunen. So viele! Und es wurden immer noch mehr! Ein imposantes Bild. Dann löste sich aus der Menge ein Mann in dunkelblauer Uniform und trat auf sie zu.

»Hallo, Mrs. Reston!« Christopher hatte seine Mütze abgenommen und unter den linken Arm geklemmt. Als Lee ihn in offizieller Uniform sah, zuckte sie zusammen – sie kannte ihn bisher ja nur in seiner Freizeitbekleidung. Die komplette Uniform – mit Krawatte, Namensschild, Dienstabzeichen, Gürtel und Dienstwaffe – ließ ihn größer, älter und würdevoller wirken. In diesem Augenblick entstand in ihr ein neuer Eindruck seiner Männlichkeit.

»Hallo, Christopher.« Ein wenig förmlich schüttelten sie sich zur Begrüßung die Hände. Christopher behielt seine straffe Haltung bei. Mit ihren Blicken jedoch begrüßten sie sich auf eine vertrautere Weise, und in einer unausgesprochenen Botschaft tauschten sie stillen Trost, der so viel tiefer ging als die Beileidsbekundungen der übrigen Trauergäste, die heute den Toten beweinten und ihn in den nächsten Wochen schon vergessen hatten. Während ihres langen Händedrucks entdeckte Lee bei Chris eine gewisse Art der Stärke, auf die sie in einer überraschenden, ungeahnten Weise reagierte: nicht wie die trauernde Mutter gegenüber dem trauernden Freund ihres toten Sohnes, sondern wie eine Frau gegenüber einem Mann.

Er räusperte sich und blickte zu seinen Männern hinüber.

»Lassen Sie mich Ihnen die Kollegen vorstellen, die den Sarg tragen werden.« Nachdem er jeden einzelnen von ihnen vorgestellt und Lee ihre Beileidsbekundungen entgegengenommen hatte, nahm seine Stimme wieder denselben förmlichen Ton an wie schon zuvor.

»Ihr Sohn war bei den Kollegen sehr beliebt, Mrs. Reston.«

»Ich ... ich bin überwältigt, daß ... daß heute so viele von Ihnen gekommen sind.«

»Sie sind aus allen Teilen des Bundesstaates zusammengekommen.«

»Aber so viele ...«

»Das ist unsere Art, von einem guten Polizisten Abschied zu nehmen.«

Einige Augenblicke lang herrschte Schweigen. Inmitten der vielen Menschen trafen sich ihre Blicke; ihnen wurde bewußt, wie merkwürdig fremd ihnen nach dem engen Kontakt der vergangenen Tage in diesem Moment der förmliche Umgang erschien. Chris wandte sich an Lees Kinder.

»Janice, wenn ich etwas für dich tun kann, dann sag es. Joey ... ich habe unsere Fahrt gestern sehr genossen. Wenn du wieder einmal Lust dazu hast, dann ruf mich einfach an. Ich kann dich demnächst auch einmal mit dem Streifenwagen abholen, wenn ich Dienst habe. Dann kann ich dich allerdings nicht ans Steuer lassen.«

Er grinste Joey zu, der sich ein trauriges Lächeln abrang.

Lee nahm den Beerdigungsgottesdienst nicht, wie sie gehofft hatte, als eine Abfolge flüchtiger, verschwommener Eindrücke wahr, sondern vielmehr als eine Reihe präziser Bilder einer klarsichtigen Frau, die ihre tiefste Trauer schon geleistet hatte und nun mitfühlend die anderen um sich herum in ihrem Schmerz beobachtete.

Während Christopher mit fünf seiner Kollegen den Sarg zu Grabe trug, behielt er seine aufrechte, steife Körperhaltung bei. Sein Blick war starr geradeaus gerichtet, seine Schultern waren gestrafft. Als sie ihn betrachtete, mußte sie an ihren eigenen Sohn denken, der seine Uniform ebenso stolz getragen hatte wie die, die ihm nun die letzte Ehre erwiesen.

Das weiße Gebinde bedeckte zwei Drittel des Sargdeckels. Als die Trauergäste erfuhren, daß Lee selbst es angefertigt hatte, waren sie zutiefst berührt.

Lloyd hielt mit einem Lächeln auf dem Gesicht eine kurze Ansprache und brachte die Trauernden mit Anekdoten aus Gregs Kindheit zum Lachen.

Janice und Joey hielten sich während der gesamten Zeremonie an den Händen.

Sally Umland spielte die Orgel, ohne auch nur einmal danebenzugreifen.

Lees Mutter – Gott verzeihe ihrer eitlen Seele – hatte sich extra zur Beerdigung ein neues schwarzes Kostüm gekauft und konnte es sich nun nicht verkneifen, trotz der Tränen in ihren Augen den anderen hell gekleideten Frauen um sie herum abschätzige Blicke zuzuwerfen.

Die Anwesenheit der so zahlreich erschienenen Polizisten erfüllte Lee mit einem gewissen Stolz und gab ihr die Kraft, den Gottesdienst ohne Tränen zu überstehen. Nach der Messe bewegte sich der mehrere hundert Meter lange Fahrzeugkonvoi in Richtung Friedhof. An den großen Kreuzungen waren Polizisten postiert, die den restlichen Verkehr anhielten, so daß der Trauerzug ungehindert passieren konnte.

Auf dem Friedhof formierten sich die Polizisten zu einem Spalier, durch das Chris und die anderen Sargträger ihren toten Freund und Kollegen zu Grabe trugen. Der Reverend sprach mehrere Totengebete, ein Bläser spielte ein Abschiedslied, und schließlich entluden sechs Polizisten ihre Dienstpistolen in Salutschüssen.

Asche zu Asche und Staub zu Staub – es war vollbracht.

Nach und nach fuhren die Wagen ab. Es folgte das Beisammensein im Gemeindesaal der Kirche. Alte Freunde von Greg aus der High School-Zeit, Polizisten mit ihren Ehefrauen, Kunden aus ihrem Geschäft, ehemalige Kollegen und Geschäftspartner von Bill, einige ihrer Blumenlieferanten, Mitglieder der Lutheranischen Kirchengemeinde, die sie nur vom Sehen kannte, Schulkameraden von Janice und Joey, manche mit ihren Eltern – alle waren sie versammelt.

Gregs Leichtathletiktrainer von der High School war da, ebenso sein ehemaliger Englischlehrer, der Lee ein Gedicht überreichte, das Greg als Schüler geschrieben hatte. Es waren auch einige Leute gekommen, bei denen er die Zeitung ausgetragen hatte, als er zwölf Jahre alt war.

»Ich kann es gar nicht glauben«, wiederholte Lee immer wieder aufs neue, während sie Beileidsbekundungen, liebe Worte und Trost entgegennahm. »So viele Leute – ich kann es gar nicht glauben.«

»Er war überall sehr beliebt«, sagte ihre Mutter.

Und auch in den darauffolgenden Jahren wurde er nicht vergessen. Jane Retting, seine Tanzstundenliebe, rief auch weiter bei Lee an; Nolan Steeg fragte Lee schüchtern, ob er nicht eine kleine Erinnerung an Greg haben könnte, ein kleines Andenken aus seinem persönlichen Besitz. Janice würde sein Auto weiterfahren. Joey wollte seine CDs und seine Anlage behalten. Im Wohnzimmer seiner Großeltern würde bis zu deren Tod sein Bild an der Wand hängen. Und Christopher Lallek würde weiter in der Wohnung, die sie sich geteilt hatten, leben.

Als sich der Saal nach zwei Stunden leerte, war Christopher noch immer da; er klappte die Stühle zusammen und sammelte die Kaffeetassen ein, die er in die Küche brachte.

Lee stand inmitten einiger Familienangehöriger, die besprachen, wie die verbleibenden Aufgaben aufzuteilen waren: die Blumengeschenke mußten aufgelistet und die Dankeskarten verschickt werden, den Blumenschmuck wollte man an Altenheime verteilen.

Lee blickte hinüber zu Chris, der in seiner dunkelblauen Uniform mit dem angesteckten Trauerflor etwas abseits stand. Am liebsten wäre sie zu ihm gelaufen und hätte ihn gebeten: »Nimm mich doch bitte in deinem neuen Auto mit, dann muß ich nicht mehr alle diese Einzelheiten besprechen und brauche endlich keine Entscheidungen mehr zu treffen. Nimm mich einfach mit, fort von hier.«

Statt dessen beantwortete sie die Fragen ihrer Mutter, bedankte sich bei den beiden Frauen der Kirchengemeinde, die sich um das

Geschirr und die Reinigung des Saales kümmerten, verabschiedete die letzten Angehörigen und verließ den Saal.

Als sie in die warme Nachmittagssonne trat, stieß sie einen erleichterten Seufzer aus. Joey und Janice saßen mit einigen von ihren und Gregs Schulfreunden – Kim, Nolan, Sandy, Jane und Denny Whitman – im Schatten auf dem Gras. Sie blickte sich nach Christopher um, doch er war nicht zu sehen. Sein Wagen war auch schon verschwunden. Unerwartete Enttäuschung überkam sie. Aber im selben Augenblick wurde ihr auch klar, daß sie kein Recht auf seine Anwesenheit hatte. Warum hätte er auf sie warten sollen? Er hatte schon mehr für sie getan, als sie jemals erwarten konnte; seit Freitag nachmittag hatte er praktisch jede Minute des Tages mit ihr verbracht.

»Ist Christopher schon weggefahren?« rief sie den jungen Leuten zu.

Janice antwortete ihr: »Ja. Ich soll dir ausrichten, daß er sich nicht von dir verabschiedet hat, weil du drinnen so beschäftigt warst.«

»Ach so.«

»Er sagte, er würde dich demnächst anrufen.«

Lee wandte sich ab, um ihre Enttäuschung zu verbergen. Sie hatte gehofft, mit ihm nach Hause zu fahren, zwei Stühle auf die Terrasse zu stellen und ohne viel zu reden ein Bier mit ihm zu trinken. Sie wußte nicht warum, aber er war der einzige, mit dem sie den Abend verbringen wollte – nicht mit ihren Kindern, nicht mit ihren Eltern, nicht mit ihren Nachbarn, nicht mit ihren Freunden. Wenn sie mit ihnen zusammen war, mußte sie reden, sie umarmen und sich umarmen lassen, sich um das Essen kümmern, die benutzten Gläser zusammenräumen ... Aber sie wollte nur schweigen und brauchte jemanden, mit dem sie ihr Schweigen teilen konnte.

Aber dort drüben saßen ihre Kinder, und sie konnte ihnen nicht sagen: *Laßt mich eine Weile allein.*

»Können wir jetzt nach Hause fahren?« rief sie ihnen zu.

»Ja. Dürfen unsere Freunde mitkommen?«

Lee unterdrückte ein Seufzen.

»Natürlich«, antwortete sie.

Als die jungen Leute aufstanden und sich ihre Kleider glattstrichen, wurde Lee klar, daß es sehr lange dauern würde, bis der gewöhnliche Alltag wiederkehren und ihr Leben wieder ihr gehören würde.

5. KAPITEL

Als Christopher in der warmen Sonne des späten Nachmittags nach Hause fuhr, war die Rush Hour noch in vollem Gang. Er hatte vergessen, daß es Montag war und die Leute nach dem Wochenende wieder ihren gewöhnlichen Beschäftigungen nachgingen; sie hatten Besorgungen zu machen, hielten vor den Geschäften, um ihre Einkäufe zu erledigen, standen an den Tankstellen, um die Tanks ihrer Autos aufzufüllen, und verstopften alle Linksabbiegerspuren.

Als ihm klar wurde, daß er in eine leere Wohnung zurückkehrte, nahm er den Fuß vom Gaspedal. Ihm fielen Lees Kinder ein, die, umringt von ihren Freunden, im Gras gesessen hatten. Er überlegte, ob er zu Lees Haus fahren sollte, um sich zu ihnen zu gesellen, aber er war so viel älter als sie. Er paßte nicht zu ihnen. Der einzige Mensch, mit dem er jetzt wirklich zusammensein wollte, war Lee, aber für sie war er zu jung; auch zu ihr paßte er nicht. Außerdem hatte er ihre Gastfreundschaft auch schon über Gebühr strapaziert. Er gehörte einfach nicht zur Familie.

Da er auch sonst niemanden hatte, zu dem er hätte gehen können, blieb ihm nichts anderes übrig, als zu der leeren Wohnung zurückzufahren.

In der Wohnung roch es muffig; es herrschte Totenstille. Er öffnete die Balkontür und trat hinaus. Vom Balkon aus konnte man den Cutter's Grove Park überblicken. Einige Mütter feierten mit ihren kleinen Kindern im Park ein Geburtstagsfest. Vor der Grillhütte stand ein langer Tisch, auf dem eine rot-weiß karierte Decke lag; der Geruch von gegrilltem Fleisch stieg zu ihm auf. Die Kinder produzierten Seifenblasen von der Größe eines Basketballs; er konnte ihre vergnügten Stimmen hören: »Schaut mal, die hier!« und »Meine ist aber viel größer!«

Er konnte sich nicht daran erinnern, daß seine Mutter für ihn jemals eine Geburtstagsfeier veranstaltet hätte.

Er ging zurück ins Zimmer, nahm seine Krawatte ab, knöpfte sein Hemd auf und zog es aus der Hose. Dann öffnete er den Kühlschrank, erblickte Gregs Lieblingssaft, entschied sich aber für eine Sprite. Während er einen Schluck aus der Dose nahm, sah er, daß das rote Lämpchen seines Anrufbeantworters blinkte.

Er spulte das Band zurück, nahm noch einen Schluck Limonade aus der Dose und vernahm die Stimme eines Zwölfjährigen.

»Hey, Mann, was zum Teufel ist denn mit dir los? Wir wollten doch am Wochenende was zusammen unternehmen. Du hast gesagt, du rufst mich an und wir könnten zusammen schwimmen gehen oder sonst was machen. Scheiße, Mann, du bist wie alle anderen, du hältst auch nicht, was du versprichst.

Brauchst mich auch gar nicht mehr anzurufen, hab was Besseres zu tun als rumzusitzen und darauf zu warten, daß du mich anrufst, du verdammter Lügner, du machst es ja doch nicht.« *Klick.*

Judd.

Verdammt, er hatte Judd vergessen. Müde ließ er die Hand mit der Dose sinken.

Judd Quincy, Alter zwölf, männlich, schwarz, Ladendieb, Ausreißer, Schulschwänzer, Zerstörer von Schuleigentum, Fahrraddieb, vernachlässigter Sohn von zwei stadtbekannten Drogenabhängigen – das Spiegelbild des jungen Christopher Lallek.

Der arme kleine Kerl war zweifellos das Ergebnis eines Seitensprungs. Seine Mutter und sein »Dad« waren Weiße, Judd hatte milchkaffeebraune Haut. Vielleicht war das der Grund, weshalb ihn sein Vater alle Naselang windelweich prügelte – und seiner Mutter erging es auch nicht besser.

Chris nahm den Hörer auf und wählte.

»Ja«, meldete sich eine Kinderstimme.

»Judd?«

Nach einer Pause antwortete das Kind: »Scheiße, Mann, was willst du?«

»Ich habe deine Nachricht gehört.«

»Na und?«

»Gib mir halt noch eine Chance, hmmm?«

»Dir eine Chance geben! Mann, du hast mich angelogen. Ich sitze das ganze verdammte Wochenende rum und glaube, du nimmst mich mit raus zum See. Aber nichts! Ich hab mich ganz schön lächerlich gemacht, Mann! Mein Freund Noise hat schon recht – kein Bulle würde sich um einen wie mich kümmern!«

Chris starrte auf den Boden, rieb sich über die Stirn und suchte nach den richtigen Worten. »Es ist was passiert, Judd.«

»Na klar, es passiert immer irgendwas. Und hier passiert so viel – du glaubst es nicht, Mann!«

»Schlimmer als das Übliche?«

»Warum gibst du's nicht auf, Mann! Fahr doch lieber mit deinen Freunden raus zum See!«

»Was ist los, Judd?«

»Nichts, Mann, hab ich doch schon mal gesagt.«

»Mit dir ist also alles in Ordnung?«

»Was interessiert dich das denn?«

Chris unternahm noch einen Versuch. »Ich muß dir was sagen … ich brauche jetzt einen Freund.«

Als er Judd das Gefühl vermittelte, gebraucht zu werden, änderte sich das Verhalten des Jungen. Kinder wie er wußten vom ersten Augenblick an, daß sie weder gewollt waren noch gebraucht wurden.

»Du verarschst mich doch nur, Bulle!«

Zu allem Unglück befand sich Judd auch noch in einer Identitätskrise. Zur Hälfte sprach er wie ein gut erzogenes weißes Kind, zur anderen in seinem Slang.

»Hast du eine Stunde Zeit?« fragte Chris.

»Warum?«

»Nur zum Rumfahren. Ich komm vorbei und hol dich ab.«

»Aber nicht hier.«

»Wo dann?«

Judd dachte einige Sekunden nach. »Bei der Tankstelle, wie immer.«

»Okay. Gib mir fünf Minuten, damit ich mich umziehen kann.«

Als Chris auf den Parkplatz der Tankstelle bog, sah er Judd schon lässig an der großen Glasscheibe lehnen, einen Fuß, der in einem schmutzigen Turnschuh steckte, nach hinten gegen die Wand gestemmt. Seine Arme waren bis zu den Ellbogen in den Taschen seiner knielangen Jeans vergraben, zu der er ein verwaschenes und viel zu großes Basketballhemd trug. Sein Haar war schwarz und gelockt; über seinem linken Ohr hatte er sich einen zuckenden Blitz ausrasieren lassen – leider ziemlich unfachmännisch mit einem normalen Rasierapparat.

Judd sah den Explorer einbiegen und blieb betont gleichgültig stehen, um eindrucksvoll zu demonstrieren, daß ihn das neue Auto nicht im geringsten interessierte. Als der Wagen näherkam, bewegte sich Judd immer noch nicht, sondern folgte dem Wagen nur mit den Augen.

Chris hielt an und lehnte sich zu dem heruntergelassenen Fahrerfenster heraus.

»Yo«, begrüßte ihn Chris.

»Warum sprichst du wie ein Schwarzer?«

»Warum sprichst *du* wie ein Schwarzer?«

»Ich bin schwarz.«

»Kann sein, aber wenn du es jemals zu was bringen willst, solltest du dir den Slang schnellstens abgewöhnen. Steig ein.«

Judd löste sich von der Wand; mit gespielt lässigem, schlurfendem Schritt ging er auf das Auto zu.

Er stieg ein, schlug die Tür zu und fläzte sich mit gespreizten Beinen in die Ecke.

»Anschnallen – du kennst die Regeln!«

»Scheißbulle.«

»Stimmt. Und jetzt anschnallen.«

Judd schnallte sich maulend an. Anschließend erklärte er Chris: »Noch nicht mal die Lehrer in der Schule schaffen es, daß wir anders reden. Das ist wie ein Gesetz, kapierst du? Wir müssen unsere Kultur bewahren.«

»Ich bin aber nicht dein Lehrer, und wenn du mich fragst, bewahrst du die falsche Seite deiner Kultur.«

»Du kapierst rein gar nichts, Mann.«

Chris rollte mit den Augen und schüttelte verständnislos den Kopf. »Laß endlich das blöde ›Mann‹ nach jedem Satz. Wie oft habe ich dir schon gesagt, daß du dich ein bißchen besser ausdrücken mußt, wenn du es im Leben mal zu was bringen willst. Wenn du eines Tages mal da raus willst, von wo du herkommst, wenn du mal ein Auto wie das hier und einen guten Job haben willst, wenn du mal anständige Klamotten tragen und von den Leuten respektiert werden willst, dann sprich wie der intelligente Mensch, der du bist.«

»Ich bin zwölf, Mann, so redet man nicht mit einem Zwölfjährigen.«

»Soll ich dir mal was sagen – wenn du freundlicher mit mir sprichst, werde ich auch freundlicher mit dir sprechen. Und als erstes vergißt du jetzt mal dieses blöde ›Mann‹.«

Judd klappte die Kinnlade herunter; er wandte sich ab, schaute aus dem Fenster und zischte leise »Scheiße« vor sich hin.

»Ich weiß, daß du nur so redest, um deinen Vater zu nerven.«

»Er ist nicht mein Vater.«

»Kann sein, aber er zahlt für dich.«

»Sein ganzes Geld geht doch für Gras und Koks drauf.«

Mit Gras und Koks meinte er Marihuana und Kokain.

»Aha – das Wochenende war wohl entsprechend?«

Judd wurde wieder wütend. »Du kannst mich für den Rest der Fahrt in Ruhe lassen. Außerdem will ich hier raus.«

»Was war am Wochenende los?« Chris ließ nicht locker.

Judd lümmelte sich wieder in seine Ecke und starrte aus dem Fenster. »Was hast du mit mir vor? Willst du mich wieder in ein Erziehungsheim stecken oder was?« fragte Judd mit verächtlicher Stimme.

»Willst du das vielleicht?« fragte Chris.

Judds Antwort war ein herausforderndes Schweigen. Er war schon in so vielen Erziehungsheimen gewesen, daß er nur noch zynisch darüber sprechen konnte. Er und die Kinder um ihn herum sehnten sich nach nichts anderem als nach Sicherheit. Und die konnten Erziehungsheime oder ein mehrtägiger Jugendarrest nicht geben; auch die Sozialarbeiter, die in die Wohnungen ihrer Eltern kamen, um mit ihnen zu sprechen und ihnen einen Job anboten, erreichten so gut wie nichts, denn die Eltern zogen es eigentlich vor, von der Sozialhilfe zu leben und sich ihren Lebensunterhalt zusammenzustehlen. Es lief immer nur wieder auf dasselbe hinaus: Die Eltern zeigten sich einsichtig, bemühten sich ein oder zwei Tage, um schließlich vor Ablauf einer Woche wieder bei Drogen und Alkohol zu landen.

»Okay, ich erzähl's dir, Mann«, lenkte Judd endlich ein. »Sie haben am Samstag eine Party gefeiert, es kamen viele von ihren Freunden. Sie waren alle ganz schnell high und fingen an, es im Wohnzimmer zu treiben.«

»Was ...?«

»Na, du weißt schon.« Judd blickte Chris mit einer Mischung aus Gleichgültigkeit und Herausforderung an. »Sie haben es im Wohnzimmer miteinander getrieben. Und als jemand den Partner tauschen wollte, hat die Schlägerei angefangen. Der Alte hat meine Mutter verdroschen, hat ihr einen Zahn ausgeschlagen, und sie hat zurückgeprügelt.«

»Hast du auch was abbekommen?«

»Nein.«

»Und was hast du gemacht?«

»Ich bin durchs Fenster abgehauen. Bin zur Tankstelle gerannt und hab dich angerufen, wie du ja bemerkt hast. Aber du warst nicht da. Wo zum Teufel warst du eigentlich?«

»Ich hab meinen besten Freund begraben.«

Wäre Judd ein ganz normaler Zwölfjähriger gewesen, wäre in diesem Augenblick sein Kopf herumgeschossen. Aber Judd war Judd, und er hatte bei all seinen eigenen Problemen nicht viel Energie und Anteilnahme für die anderer Menschen übrig. Das bloße Überleben nahm ihn so in Anspruch, daß er keine Kraft mehr für andere Dinge aufbringen konnte. Langsam wandte er seinen Blick Chris zu und fragte unbeteiligt: »Wen denn?«

»Greg. Er hatte am Freitag einen tödlichen Motorradunfall.«

Judd dachte über die Neuigkeit nach. Sein Gesicht blieb reglos, aber wenn man ihn ein wenig kannte, konnte man sehen, daß es hinter seinem Gesicht, das oft nur Fassade war, arbeitete. Doch dann wandte er seine Blicke wieder ab und starrte gleichgültig durch die Windschutzscheibe nach vorne.

»Scheiße, Mann.«

Chris erwiderte nichts.

Nach einer Weile erkundigte sich Judd: »Bist du ausgerastet, oder was?«

»Ja. Er fehlt mir sehr. Die Wohnung ist leer ohne ihn.«

Sie fuhren noch eine Weile, und Chris spürte, wie Judd versuchte, sich in seine Lage zu versetzen; er stellte sich vor, wie es war, einen seiner Kumpels zu verlieren. Aber derartiger Kummer und Schmerz waren ihm bisher unbekannt; in seiner Erfahrungswelt existierten solche Gefühle nicht. Also wiederholte er nur: »Scheiße, Mann.«

Etwas später fragte Chris: »Hast du Hunger?«

Achselzuckend starrte Judd in die andere Richtung. Chris bog zum Drive In-Schalter einer Hamburgerkette ein und bestellte zweimal Chicken McNuggets, einen Salat, vier Portionen süß-saure Soße und zwei kleine Tüten Milch. Sie fuhren raus zum Round Lake, setzten sich an einen der Picknick-Tische und beobachteten, wie die Sonne im Meer versank.

»Tut mir leid, daß ich Samstag abend nicht da war«, sagte Chris.

»Schade, das mit deinem Freund.«

»Ich werde schon drüber hinwegkommen. Niemand behauptet, daß das Leben gerecht ist.«

»Jedenfalls niemand, den ich kenne.«

»Aber es geht trotzdem weiter, weißt du, was ich meine?«

Judd schob noch einen Nugget in den Mund und nickte.

»Iß auch von dem Salat, das ist wichtig für dich. Und trink die Milch.«

Judd trank drei Schluck Milch und wischte sich anschließend mit dem Handrücken über den Mund. »Dein Freund, ist es dem gut gegangen? Oder so wie dir und mir?«

»Er hatte eine wunderbare Familie. Die beste, die du dir vorstellen kannst.«

Nachdenklich starrte Judd auf seine alten, abgetragenen Turnschuhe.

»Soll ich dir was sagen?« fragte Chris. Er ließ einige Sekunden verstreichen, bevor er fortfuhr. »Als ich so alt war wie du, habe ich alle Kinder mit ganz normalen Eltern beneidet. Ich war sehr eifersüchtig auf sie, habe sie böse behandelt und nicht mit ihnen gesprochen – verstehst du? Das Dumme daran war aber, daß ich nur mir selbst geschadet habe, weil ich keine Freunde hatte. Das Leben macht keinen Spaß ohne Freunde. Dann wurde ich älter und habe festgestellt, daß niemand Schuld daran hatte, daß meine Eltern Alkoholiker waren. Ich hätte mit dem Neid und mit der Wut weiterleben können, aber ich beschloß, einfach alles abzuschütteln. Und dann habe ich gemerkt, daß es auf dieser Welt doch ein paar ganz nette Leute gibt. Also habe ich es für das beste gehalten, auch ganz nett zu werden und nicht in die Fußstapfen meines Alten zu treten. Und so bin ich Polizist geworden.«

Seite an Seite saßen sie in der hereinbrechenden Dämmerung. Judd dachte über seine Worte nach, während er den letzten Nugget verspeiste. Dann gingen sie zum Wagen zurück; Chris' Hand ruhte in Judds Nacken. Kurz bevor sie am Auto ankamen, bemerkte Judd: »Geiles Auto, Mann. So eins will ich später auch mal.«

Am folgenden Tag ging Christopher wieder zur Arbeit. Er war von elf Uhr abends bis sieben Uhr früh für den Streifendienst eingeteilt. Eine halbe Stunde vor Dienstbeginn meldete er sich, wie gewöhnlich. Im Umkleideraum tönten knisternd und knakkend die Einsatzmeldungen aus den Lautsprechern, während die Metalltüren der Spinde klapperten und die Polizisten sich unterhielten.

Nokes kam herüber und legte Chris die Hand auf die Schulter. »Wie geht's dir, Chris?«

»Der Umkleideraum kommt mir ohne ihn so fremd vor.«

»Ja, geht mir genauso.« Nokes klopfte ihm auf die Schulter und schlurfte zu seinem Spind, um sich umzuziehen.

Chris hatte nicht immer gleichzeitig mit Greg Dienst gehabt, aber auch wenn sie in unterschiedlichen Schichten eingeteilt waren, sahen sie sich im Umkleideraum, tauschten Neuigkeiten aus oder scherzten gemeinsam.

Chris zog sich die kugelsichere Weste und sein Hemd über; dann knotete er seine Krawatte vor dem kleinen Spiegel, der in der

Spindtür hing. In den Türen der meisten anderen klebten Fotos von der Familie, in seiner hing nur ein Bild, auf dem er zusammen mit Greg im Streifenwagen saß. Er legte den Gürtel mit der Dienstwaffe, einer 9-mm-Beretta, den beiden Reservemagazinen und den Handschellen um. Die komplette Ausrüstung wog sechsundzwanzig Pfund – und heute spürte er jedes einzelne.

Fünfzehn Minuten vor Schichtwechsel meldete er sich im Einsatzraum zum Namensappell. Mit den vier anderen Polizisten seiner Schicht ging er auf dem großen Monitor, der an der Decke hing, die bisherigen Vorkommnisse durch. Aber die Männer waren an diesem Tag nicht bei der Sache. Anstelle sich auf ihre Aufgabe zu konzentrieren, unterhielten sie sich mit gedämpfter Stimme über Gregs Fehlen und das Begräbnis; bei Chris erkundigten sie sich nach Gregs Familie, und ob er sich einen neuen Wohnungsgenossen suchen würde. Nachdem die Dienstübergabe beendet war, ging Chris in den Aufenthaltsraum, begrüßte den Einsatzleiter und schaute die Einsatzberichte der vergangenen vier Tage durch. Obwohl Anoka nur zwanzig Meilen von Minneapolis entfernt lag, hatte die Stadt mit ihren 17 000 Einwohnern eine weitaus geringere Kriminalitätsrate als die benachbarte Großstadt zu verzeichnen.

In der Nacht vom Samstag auf den Sonntag waren genau dreiundzwanzig Anrufe im Revier eingegangen, und in der Nacht vom Sonntag auf den Montag nur siebzehn. Es war das Übliche: verdächtige Personen, Ruhestörungen, Überfälle, kleinere Streitigkeiten. Nachdem Chris die Tafel durchgesehen und anschließend wieder an die Wand gehängt hatte, bemerkte er, daß es trotz der Erinnerungen an Greg, die ihn in den vertrauten Räumen des Reviers überkamen, guttat, wieder zu arbeiten und beschäftigt zu sein.

Er griff nach seiner Mütze, die auf dem Tisch in der Mitte des Aufenthaltsraumes lag, und sagte: »Ich zieh jetzt los, tschüß dann, Jungs.«

»Ich auch«, bemerkte Nokes, und zusammen gingen sie zu ihren Streifenwagen.

Er verbrachte die Nacht, wie er Hunderte zuvor verbracht hatte

– er bewachte die schlafende Stadt. Manchmal vertrat er sich außerhalb des Wagens die Beine, die meiste Zeit aber saß er im Wagen und hörte die von Krachen und Knistern unterbrochenen Meldungen des Einsatzleiters ab. Er fuhr gleichzeitig mit Nokes zu einer leeren Wohnung, deren Tür sperrangelweit offenstand, während der Fernseher im Wohnzimmer lief. Als er an den Türen der Nachbarn klingelte, um ihnen Fragen zu stellen, mußte er sich einige üble Beschimpfungen anhören. Wieder zurück in seinem Streifenwagen, fuhr er durch die nächtlichen Straßen, bis er zu einem Wohnhaus gerufen wurde, bei dem über einen Bewegungsmelder die Alarmanlage ausgelöst worden war. Er stellte fest, daß ein herabgefallener Dachziegel den Alarm verursacht hatte, und setzte seine Streife wenig später fort. Auf einem Parkplatz neben der Carpenter's Hall hielt er an, stieg aus und beobachtete den regen Verkehr, der sich über die Brücken wälzte.

Chris stellte fest, daß er nicht weit von der Benton Street entfernt war. Neun Straßen weiter lag Lee Reston in ihrem Bett – ob sie wohl schlief oder wach war? Vielleicht hatte sie nach den anstrengenden Tagen endlich Schlaf gefunden; vielleicht war sie aber auch wach und starrte traurig in die Dunkelheit, während die Gedanken an ihren toten Sohn sie nicht losließen. Er ließ den Motor an, verließ den Parkplatz, fuhr in Richtung Ferry Street und bog schließlich in die Benton Street ein. Die Straße lag im Dunkeln; nur ein Paar Katzenaugen glühten ihm aus einem Busch entgegen, bevor das Tier knapp vor seinem Kühler über die Straße huschte. Als er sich Lees Haus näherte, verlangsamte er die Geschwindigkeit auf Schritttempo. In dem Haus brannte kein Licht mehr; das Garagentor war geschlossen. In der Einfahrt stand Janices altes Auto. Gregs weißer Toyota war nicht zu sehen, sicher stand er neben Lees Wagen in der Garage.

Schlafen Sie? dachte er. *Oder liegen Sie wach und wünschen sich den Schlaf herbei? Fragen Sie sich gerade, wer da um diese Uhrzeit so langsam die Benton Street entlangfährt? Machen Sie sich keine Sorgen, es bin nur ich. Waren Sie heute in Ihrem Geschäft, oder sind Sie zu Hause geblieben und haben die vielen Beileidsbriefe beantwortet? Wie ich sehe, haben Sie Ihr Garagentor geschlossen.*

*Das ist auch wirklich besser so. Sie machen es jetzt jeden Abend zu,
einverstanden? Wie geht es den Kindern? Ich kann mir vorstellen,
daß Sie ihnen über den Schmerz hinweghelfen, sie brauchen Sie, für
sie lohnt es sich zu leben. Das könnte ich auch gebrauchen. Es war
heute so traurig und leer im Umkleideraum.*

Um drei Uhr morgens aß er in Perkins' Restaurant.

Um fünf Uhr, als die Sonne bereits aufging und die ersten Vögel
sangen, fuhr er nochmals an ihrem Haus vorbei.

Um sechs Uhr patrouillierte er zum letzten Mal durch ihre Straße
und sah auf dem Rasen vor dem Haus den Rasensprenger rieseln:
Sie war schon wach. Trank sie in der Küche Kaffee, so wie sie bei-
de es vor einigen Tagen gemeinsam getan hatten? Es kostete ihn viel
Kraft, an ihrem Haus vorbeizufahren, ohne anzuhalten und ihr
Guten Morgen zu wünschen.

Um sieben Uhr hängte er seine kugelsichere Weste in den Spind
und fuhr nach Hause.

Das Klingeln des Telefons weckte ihn; es war halb zwei Uhr nachmittags.

»Hallo, Chris, hier ist Lee.«

»Lee …« Er drehte sich im Bett um und schielte mit einem
Auge auf seinen Wecker. »Hallo.« Seine Stimme klang wie ein
Reibeisen.

»Oh nein … habe ich Sie etwa aufgeweckt?«

»Schon in Ordnung, kein Problem.«

»Das tut mir aber leid. Ich hätte mich zuerst auf dem Revier nach
Ihrem Dienstplan erkundigen sollen. Hatten Sie Nachtschicht?«

»Ja, Streifendienst, aber das ist schon in Ordnung.« Er rollte sich
auf den Rücken und stopfte sich das Kissen unter den Kopf,
während er in die Sonnenstrahlen blinzelte, die durch die Spalten
der Jalousie fielen.

»Es tut mir wirklich leid.«

»Ich hätte ohnehin gleich aufstehen müssen, vergessen Sie es einfach.« Er rieb sich den Schlaf aus den Augen. Und wenn sie ihn jeden Tag aus dem Schlaf reißen würde – bei ihr würde ihm das gar
nichts ausmachen. »Ich habe am Nachmittag noch einige Besor-

gungen zu machen. An der Innenseite einer Tür habe ich einen kleinen Kratzer entdeckt und muß deswegen noch mal zum Händler – ich spreche natürlich von dem Explorer ...«

»Jeder ist schon in dem neuen Explorer gefahren – außer mir. Gefällt er Ihnen?«

»Er ist super. Wie wäre 's, wenn ich Sie auf eine Probefahrt abholen würde? Dann sehen Sie's selbst. Joey hat er übrigens auch sehr gut gefallen.«

»Aha, ich verstehe. Sie haben ihn ans Steuer gelassen.«

»Ich hoffe, Sie haben nichts dagegen.«

»Nein, natürlich nicht. Wenn es einer seiner Freunde gewesen wäre, wäre ich vor Angst gestorben – aber mit Ihnen mache ich mir keine Sorgen.«

»Wir haben uns ein bißchen unterhalten ... über Greg.«

»Das hat ihm gutgetan, ein Gespräch von Mann zu Mann kann ich ihm nicht bieten.«

»Wie geht es Janice?«

»Sie ist noch sehr erschöpft und traurig und schläft viel. Ich glaube, sie kommt viel schwerer darüber hinweg als Joey.«

»Und Sie – ich will nicht den alten Fehler begehen und Sie fragen, wie es Ihnen geht. Deshalb frage ich lieber, was Sie *tun*.«

»Ich versuche, mich mit dem Gedanken anzufreunden, wieder ins Geschäft zu gehen. Aber das fällt so schwer, wenn im Kopf noch alles drunter und drüber geht. Ich kann mich auf gar nichts mehr konzentrieren. Aber ich werde bald wieder arbeiten; ich muß Sylvia etwas entlasten. Auf ihren Schultern ruht im Augenblick die ganze Arbeit. Heute muß ich noch eine Menge unangenehmer Dinge erledigen – es scheint kein Ende zu nehmen. Deshalb rufe ich auch an. Gregs Sachen.«

»Ich habe Ihnen doch schon gesagt, daß es nicht eilt. Sie brauchen sie erst abzuholen, wenn es Ihnen wieder ein bißchen bessergeht.«

»Ich weiß, Chris, danke. Aber ich möchte es so schnell wie möglich hinter mich bringen. Wenn es Ihnen recht ist, komme ich am nächsten Sonntag vorbei. Am Sonntag ist der Laden geschlossen, und außerdem können mir Joey und Janice helfen.«

»Ich habe am Sonntag immer noch Nachtschicht, also bin ich tagsüber da. Sie können jederzeit kommen.«

»Wann stehen Sie normalerweise auf?«

»So gegen Mittag.«

»Nur fünf Stunden Schlaf? Aber Christopher, das ist doch nicht genug.«

»In Ordnung, also um eins.«

»Wir kommen nicht vor zwei. Sie brauchen doch Ihren Schlaf, ihr Polizisten bekommt ohnehin viel zu wenig davon.«

»Einverstanden, um zwei. Wie wollen Sie die Möbel transportieren?«

»Ein Nachbar, Jim Clement, hat mir freundlicherweise seinen Transporter angeboten.«

»Gut. Wollen Sie ihn fahren, oder soll ich kommen und ihn abholen?«

»Ich fahre selbst, aber trotzdem vielen Dank. Dann bis Sonntag.«

»Fein.«

»Christopher?«

»Hmmm?«

»Versuchen Sie, wieder einzuschlafen. Es tut mir leid, daß ich Sie geweckt habe.«

Lee hatte vor, die Kinder am Sonntag abend zum Essen einzuladen, wenn sie ihr halfen. Doch bevor sie sie fragen konnte, verkündete Joey, daß die Whitmans ihn eingeladen hatten, am Sonntag mit ihnen raus an den See zu fahren.

»Oh«, sagte sie und hielt inne, als sie gerade eine Schüssel Bratkartoffeln auf dem Tisch abstellen wollte. »Ich wollte eigentlich am Sonntag nachmittag mit euch zu Gregs Wohnung fahren und seine Sachen abholen. Ich habe fest mit eurer Hilfe gerechnet.« Sie setzte sich nieder, während Joey sich von den Bratkartoffeln nahm.

»Am Sonntag?« maulte er. »Können wir das nicht am Samstag machen, dann kann ich am Sonntag mit den Whitmans raus an den See. Sie sind nur für diesen einen Tag draußen.«

Lee versuchte, ihre Enttäuschung zu verbergen, und erinnerte sich daran, daß er erst vierzehn war. In diesem Alter mußten Kinder noch lernen, auch die Bedürfnisse der Eltern zu respektieren – besonders in solchen Situationen. Die Whitmans hatten ihn zweifellos mit den besten Absichten eingeladen; sie wollten ihm Ablenkung und Unterhaltung bieten.

»Janice?« Fragend blickte sie ihre Tochter an.

Janice ließ ihre Gabel sinken, richtete den Blick aus dem Küchenfenster; Tränen füllten ihre Augen. Sie hatte noch keinen Bissen von ihrem unumstrittenen Lieblingsessen angerührt. »Mom ... ich ... ich bin noch nicht bereit dazu. Können wir damit nicht noch etwas warten?«

Jetzt ließ auch Lee ihre Gabel sinken.

»Außerdem muß ich am Sonntag arbeiten«, fügte sie leise hinzu. Sie jobbte in einem Jeansladen im Northtown Shopping Center.

»Wenn ich mich nicht bald wieder im Geschäft blicken lasse, verliere ich vielleicht meinen Job. Und ich brauche das Geld doch dringend für das College. Können wir das nicht später erledigen?«

Lee griff nach Janices Hand. »Natürlich können wir das auch aufschieben«, sagte sie mit ruhiger Stimme. »Christopher hat gesagt, daß es nicht eilt.«

Janice blinzelte, und die Tränen rollten ihr nun über die Wangen. Sie zog ihre Hand zurück und wischte sich über die Augen. Dann nahm sie ihre Gabel und stocherte in ihrem Essen herum. »Mom, ich habe heute keinen Hunger.« Mit tränengefüllten Augen blickte sie ihre Mutter an. »Die Bratkartoffeln sind großartig, wirklich. Aber ich ... ich möchte jetzt einfach allein sein. Ich gehe in mein Zimmer.«

»Geh nur, Liebes. Die Kartoffeln kann ich dir später nochmal warm machen.«

Als Janice den Raum verlassen hatte, kämpften Lee und Joey allein gegen ihre Traurigkeit an, die nach einer Weile Oberhand gewann. Joey hatte noch nicht mal die Hälfte seines Tellers leergegessen, als auch er sagte: »Mom, ich habe keinen Hunger mehr. Darf ich aufstehen?«

»Na klar«, sagte sie. »Was hast du vor?«

»Ich weiß nicht. Vielleicht gehe ich in den Park und schaue den anderen ein bißchen beim Basketballspielen zu.«

»In Ordnung, geh nur«, erwiderte sie verständnisvoll.

Er erhob sich und blieb unschlüssig neben dem Tisch stehen.

»Soll ich noch beim Abspülen helfen?«

»Ich mach das schon. Gib mir einen Kuß.« Während er seine Lippen auf ihre Wange drückte, tätschelte sie liebevoll seine Hüfte.

»Amüsier dich gut, und sei um zehn bitte wieder da.«

»Mach ich.«

Während sie ihn das Haus verlassen und mit seinem Zehn-Gang-Rad davonfahren hörte, saß sie am Tisch und starrte vor sich hin. Sie wollte aufstehen, die Reste abräumen und das Geschirr abwaschen; die Arbeit würde sie auf andere Gedanken bringen. Doch Lee war zu erschöpft, um ihrem Willen zu gehorchen. Das unablässige Trösten hatte sie wieder viel Kraft gekostet. Statt dessen blieb sie sitzen, das Kinn in die Hand gestützt, und starrte mit leerem Blick hinaus in den Garten. Sie könnte ein wenig im Garten arbeiten, Verblühtes wegschneiden, Unkraut jäten, die schweren Blütenrispen des Rittersporns abstützen, einen Strauß für den Küchentisch pflücken. Sie könnte ihre Mutter oder Sylvia anrufen, Janice fragen, ob sie gemeinsam ins Kino gehen wollten, das Auto waschen, den Nachbarn die leeren Schüsseln und Platten zurückbringen. Sie könnte einige der Beileidsschreiben beantworten.

Sie saß noch immer gedankenversunken am Küchentisch, als sie einen schwarz-weißen Streifenwagen in die Einfahrt biegen sah. Sie sprang auf und eilte zur Haustür – sie fühlte sich gerettet.

Sie kam gerade rechtzeitig an der Haustür an, um Christopher in voller Uniform aus dem Auto steigen zu sehen. Sein unerwartetes Erscheinen erfüllte sie mit Glück.

Bei laufendem Motor schlug er die Tür zu und kam um das Auto herum auf sie zu. Sie eilte ihm freudig entgegen; ein ungeahntes, überraschendes Gefühl trieb sie an. Sie hatte Christopher bis dahin nur als Gregs Freund betrachtet und in ihm einen Jungen gesehen. Aber der Polizist, der nun auf sie zukam, war kein Junge mehr. Seine dunkelblaue Uniform verlieh ihm eine stattliche Statur, flößte Respekt ein und ließ ihn so männlich erscheinen, daß sein Anblick sie überraschte. Seine Mütze verdeckte die Augen. Sein Uniformhemd war perfekt gebügelt und mit Dienstabzeichen versehen. Die Krawatte war unter seinem leicht gebräunten Kinn tadellos geknotet. Der schwere schwarze Pistolengurt verlieh ihm zusätzliche Autorität, während die kugelsichere Weste seinen athletischen Körperbau nur noch mehr unterstrich.

Sie trafen sich kurz vor dem Auto, auf der Höhe des noch laufenden Motors.

»Hallo«, begrüßte er sie lächelnd, während er seine Sonnenbrille abnahm.

»Hallo«, erwiderte sie, die Hände in die Taschen ihrer weißen Shorts vergraben. »Ich habe gar nicht mit Ihrem Besuch gerechnet.«

»Es ist Post für Greg gekommen.« Er reichte ihr vier Briefe.

»Danke.« Sie blätterte die Umschläge durch. »Ich glaube, ich sollte bei der Post einen Nachsendeantrag stellen. Das setze ich gleich noch auf meine Besorgungsliste. Ich hatte ganz vergessen, wieviel bürokratische Angelegenheiten erledigt werden müssen, wenn jemand gestorben ist.« Sie blickte ihn wieder an. »Ich dachte, Sie hätten noch Nachtschicht.«

»Hätte ich normalerweise auch, aber ein Kollege hat mich heute um einen Tausch gebeten.« Das Funkgerät an seinem Gürtel gab lautes Knistern und Knacken von sich. Ohne den Blick von Lee abzuwenden, regulierte er mit sicherem Griff die Lautstärke. Diesen Handgriff kannte sie von Greg. Sie hatte nie verstanden, wie er sich mit jemandem unterhalten und gleichzeitig den verschwommenen Stimmen aus dem Funkgerät folgen konnte. »Ich habe gerade Joey getroffen. Er war auf dem Weg zum Park.«

»Ja, dort finden die Sommerturniere statt«, antwortete sie. »Dort zuzuschauen ist besser, als in dem leeren Haus herumzuhängen.«

»Und was ist mit Ihnen? Hängen Sie jetzt in dem leeren Haus herum?«

»Ich werde bald wieder ins Geschäft gehen. Ich habe Sylvia schon lange genug mit dem Laden allein gelassen. Christopher, wegen Sonntag ...«

Geduldig wartete er, bis sie weitersprach.

»Die Kinder können mir am Sonntag nicht helfen. Joey möchte mit Denny Whitman raus an den See fahren, und Janice muß arbeiten. Also müssen wir das Ganze verschieben.«

»Ich kann Ihnen doch helfen«, bot er sich an.

»Aber Sie haben mir doch schon so viel geholfen.«

»Ich hätte ohnehin mit angepackt! Wenn Sie die Sache am Sonntag erledigen wollen, dann schaffen wir es auch zu zweit. Und wenn Sie es zusammen mit Ihren Kindern machen wollen, ist das auch in Ordnung. Ich habe Ihnen ja schon gesagt, daß es nicht eilt.«

»Es wird nicht leicht sein«, sagte sie.

»Dann könnten wir es doch wenigstens den Kindern ersparen, oder?« Er blickte ihr einige Sekunden in die Augen, bevor er fortfuhr: »Ich kann mir vorstellen, daß Sie bald zu müde sind, um den Kindern alles zu ersparen und abzunehmen, daß Sie sich wünschen, selbst etwas abgenommen zu bekommen.«

Wie feinfühlig, dachte sie. Dafür, daß er noch so jung war, konnte er ihre Gedanken erstaunlich genau lesen.

»Woher wissen Sie das?« fragte sie.

Aus dem Funkgerät tönte, unterbrochen von Knacken und Rauschen, eine Stimme: »Drei Berta achtzehn.«

»Augenblick«, entschuldigte er sich, nahm das Funkgerät aus der Gürteltasche und hielt es so dicht vor seinen Mund, daß seine Lippen es beinahe berührt hätten. »Hier drei Berta achtzehn.«

Die Stimme fuhr fort: »Acht null zwo West Main Street. Appartement Nummer G siebenunddreißig. Es wurden laute Geräusche gemeldet. Deuten auf gewalttätige Auseinandersetzung hin.«

»Verstanden. Bin unterwegs«, antwortete Chris in das Funkgerät, und zu Lee gewandt: »Entschuldigen Sie, ich muß gehen.« Er setzte wieder seine Sonnenbrille auf. »Sagen Sie mir wegen Sonntag noch Bescheid. Meiner Meinung nach sollten Sie sich ruhig von Ihren Kindern helfen lassen, aber wenn Sie sich anders entscheiden, schaffen wir's auch allein. Dann haben Sie auch das hinter sich.«

Sie nickte und blickte ihm nach, während er zurück zu seinem Streifenwagen ging. Er stieg ein, kurbelte das Fenster herunter und rief ihr zu: »Sie sehen müde aus. Legen Sie sich ein wenig hin.«

Ein gewöhnlicher Abschied, doch lag in ihm eine seltsame Vertrautheit, die sie ganz unerwartet in ihrem Innersten berührte. Sein so aufrichtig gemeinter Ratschlag hätte von einem besorgten Ehemann kommen können; er drückte hinter dem Gesagten die Art von Fürsorge aus, die man nicht in Worte fassen konnte.

Mit vor der Brust verschränkten Armen sah sie ihm nach.

Als er schon lange verschwunden war, stand sie noch immer auf dem Rasen vor dem Haus und blickte ihm nach.

Einige Tage später ging sie wieder in ihr Geschäft. Die gewohnte Arbeitsroutine tat ihr gut. Um acht Uhr öffnete sie den Laden, kochte Kaffee, gab den Blumen im Kühlraum frisches Wasser und blätterte den Bestellungsblock durch, um zu sehen, was erledigt werden mußte. Die bekannten Handgriffe lenkten sie ab, obwohl sie sich häufig dabei ertappte, wie sie ins Leere starrte. Oft fragte Sylvia sie: »Wie geht's dir, Lee?« Auch ihre Angestellten, Pat Galworthy und Nancy MacFaddon, zeigten ihr Mitgefühl offen, doch Lee antwortete mechanisch, ohne ihre wahren Gefühle preiszugeben: Sie hatte große Angst vor dem Sonntag, an dem sie Gregs Sachen ordnen mußte.

Am Sonntag waren seit Gregs Tod neun Tage vergangen, nicht viel angesichts der schweren Aufgabe, die an diesem Tag vor ihr lag. Lee wachte früh auf, vier Stunden, bevor die Kirche anfing. Um halb sieben war sie schon draußen im Garten, rupfte, auf einer grünen Gummimatte kniend, das Unkraut zwischen den Lilien aus und wünschte sich, den Tag schon hinter sich gebracht zu haben.

Um zwei Uhr nachmittags war das Thermometer schon auf dreißig Grad geklettert, und es sollte noch einige Grade heißer werden. Sie zog ihre verwaschenen grünen Shorts und ein völlig aus der Form geratenes T-Shirt an und zwang sich, zu ihren Nachbarn hinüberzugehen, den Transporter abzuholen, quer durch die Stadt zu fahren und die Wohnung zu betreten, in der ihr Sohn gelebt hatte. Sie stellte den Transporter auf dem Parkplatz ab und stieg, die Arme voller Kartons, die Treppen zur Wohnung hoch. Christopher öffnete die Tür; er trug abgeschnittene Jeans und ein weißes T-Shirt. Aus dem Radio tönte leise Gloria Estefan. Diese Musik erinnerte sie wenigstens nicht an Greg.

»Hallo«, begrüßte sie Christopher und nahm ihr die Kartons ab. »Was für eine schreckliche Aufgabe an einem so herrlichen Tag, nicht wahr?« Er sah, wie schwer sie mit dem aufkommenden Selbstmitleid kämpfte, das jedoch die Oberhand gewann – Tränen traten in ihre Augen. Er ließ die Kartons fallen, und sie flog in seine Arme; fest drückte er sie an seine muskulöse Brust.

»Ich glaube, Sie hätten doch mit den Kindern kommen sollen«, sagte er nach einigen Augenblicken.

»Nein, es wird schon gehen. Ich verspreche, daß ich mich zusammenreiße.« Sie entzog sich seiner Umarmung und atmete tief durch.

Er hatte schon vorgearbeitet, um ihr die Situation zu erleichtern. »Ich habe sein Bett schon abgeschlagen und seine CDs aussortiert; sie sind in der Kiste dort.«

Sie schniefte noch einmal, fuhr sich mit der Hand unter der Nase entlang und sagte: »Gut. Fangen wir an.«

Sie gingen in Gregs Zimmer, wo Matratze und Sprungrahmen schon an der Wand lehnten.

»Ich habe seine Bettwäsche gewaschen; sie ist in der Tasche dort drüben.« Er deutete auf eine Tüte, die an der Wand stand. »Alles, was an der Wand hing, habe ich abgenommen und in Zeitungspapier gewickelt. Seine Dienstmarke, die Verdienstabzeichen und all diese Dinge sind in dem Karton.« Er zeigte auf einen Schuhkarton. »Seine Dienstwaffe, die Handschellen, das Funkgerät und all das habe ich schon auf dem Revier abgegeben.« Er richtete seinen Blick auf sie. »Ich hoffe, ich habe richtig gehandelt; ich dachte, das würde es Ihnen leichter machen.«

Sie streichelte ihm dankbar über seinen nackten Arm. »Ja, Christopher, vielen Dank.«

Dann machten sie sich an die Arbeit. Sie räumte Gregs Schrank aus, während er das in Einzelteile zerlegte Bettgestell in der glühenden Nachmittagshitze auf den Transporter lud.

Nachdem Lee Gregs Kleidung in die Kartons gepackt hatte, trugen sie auch diese hinunter zum Wagen. Dem folgten die Kommode, die Matratze und der Sprungrahmen. Nachdem sie alles verladen hatten, lief ihnen der Schweiß in Strömen über den Körper. Erschöpft wischten sie sich die Stirn.

Dann traten sie wieder in die himmlisch kühle Eingangshalle des Wohngebäudes. Die Jalousien der nach Westen weisenden Fenster der Wohnung waren geschlossen. Das Radio lief noch immer. Lee ging in die Küche und drehte den Wasserhahn auf.

»Wie wär's mit einem Glas Sprite?« fragte Christopher und öffnete die Kühlschranktür.

»Hört sich gut an.«

Er förderte zwei Dosen zutage und füllte einige Eiswürfel in die Gläser. Während er die Limonade in die Gläser goß, drehte er sich um ... und hielt inne.

Lee hatte sich über das Waschbecken gebeugt und schaufelte sich mit den Händen Wasser ins Gesicht; mit den feuchten Händen fuhr sie sich über den Nacken. Ihre Haare im Nacken waren naß und ringelten sich braun auf ihrer Haut. Über dem Bund der grünen Shorts zeigte sich ein schmaler Streifen ihrer weißen Unterwäsche.

Schließlich stellte sie das Wasser ab und rieb sich mit beiden Händen über das Gesicht. Er griff nach dem Geschirrtuch und reichte es ihr.

»Danke«, sagte sie und tastete blind danach. Dann wandte sie sich ihm zu, während sie sich das Gesicht mit Bewegungen trockentupfte, die nur von einer Frau stammen konnten.

»Es ist so heiß da draußen«, sagte sie.

»Das wird Ihnen guttun.« Er reichte ihr ein Glas.

Sie nahm es und trank in großen Zügen. Er folgte ihrem Beispiel, während er sie über den Rand des Glases hinweg beobachtete. Ihr Gesicht war vor Hitze und Anstrengung gerötet, ihr Haar stand feucht und zerzaust in alle Richtungen ab. Das weiße T-Shirt war um den Hals herum durchnäßt.

Er zog einen kleinen Kamm aus seiner Hosentasche. »Hier«, sagte er und reichte ihn ihr.

»Oh … danke.« Ohne zu zögern, griff sie nach dem Kamm und fuhr sich mit sicheren Bewegungen durch die Haare, ohne einen Spiegel zu benötigen; dann reichte sie ihn zurück.

»Wollen wir jetzt die Küche in Angriff nehmen?« fragte er.

»Ja, das ist wohl das beste.« Sie deutete auf die Wandschränke. »Was gehörte ihm?«

»Ein elektrischer Popcorn-Bräter.« Er öffnete die unterste Tür. »Und ein Toaster. Den hat er gekauft, als der alte entzwei ging. Und die Gläser. Außerdem hat er einige Töpfe von zu Hause mitgebracht – ich glaube die grünen dort hinten. Und den Henkelkrug. Aber die meisten Töpfe und das Besteck habe ich beim Einzug mitgebracht. Wir haben die Kosten für die Lebensmittel geteilt, aber wir hatten eine Übereinkunft, daß sich jeder seine Steaks selbst kauft – er hat noch einige im Tiefkühlschrank … T-Bones, glaube ich.«

Während er sprach, öffnete und schloß er die verschiedenen Schranktüren. Als er schließlich fertig war mit seiner Erklärung, sagte sie: »Hören Sie, Christopher, ich nehme die Küchenutensilien nicht mit, das sind doch Dinge, die Sie gebrauchen können. Die paar Töpfe, die er von zu Hause mitgenommen hat, waren ohnehin bei mir ausrangiert – keine Familienerbstücke, da können Sie sicher sein.«

»Und was ist mit den Steaks?«

»Die können Sie zum Gartenfest am 4. Juli mitbringen. Da ist ohnehin jeder selbst für sein Grillfleisch verantwortlich. Das mit dem Truthahn habe ich mir anders überlegt – das war Gregs Idee.«

»Das heißt, das Gartenfest wird stattfinden?«

»Wir können uns zwar wünschen, mit ihm gestorben zu sein, aber ich glaube, es ist nicht gut, auch so zu handeln. Wie denken Sie darüber?«

»Sie haben recht.«

»Das Fest wird uns allen guttun. Wieder ein bißchen Volleyball spielen, den Duft der gegrillten Steaks einatmen, das Feuerwerk anschauen … Sie werden doch kommen, oder?«

»Sie können ganz sicher mit mir rechnen.«

Wieder tranken sie einige Schlucke. In jeder Gesprächspause machte sich eine seltsame Stille zwischen ihnen breit.

»Gut«, sagte er, während er das leere Glas abstellte. »Ich schaue mich jetzt im Bad um. Warum nehmen Sie sich nicht das Wohnzimmer vor?«

Sie betrat den Raum, in dem das Radio noch immer spielte. Auf der sonnenbeschienenen Seite der Wohnung war es trotz der heruntergelassenen Jalousien wärmer als in den anderen Räumen. Vor dem Regal mit dem Fernsehapparat und dem CD-Player stand ein Karton mit CDs und Kassetten. Der Benjamin, den sie ihm damals zum Einzug geschenkt hatte, machte einen gesunden Eindruck. An der Wand hingen mehr als zwanzig Baseballmützen – zwei Haken waren leer.

Sie stand in der Mitte des Zimmers, die Daumennägel in ihre Oberschenkel gekrallt, und spürte, wie die Verzweiflung und der Schmerz wieder in ihr aufstiegen. Gleichzeitig ärgerte sie sich darüber, denn sie hatte gehofft, den Tag ohne Tränen zu überstehen. Sie riß sich zusammen und bot ihre ganze Kraft auf, um die Trauer zu unterdrücken. Dann griff sie nach einer der Mützen, über deren Schild auf dem weißen Stoff ein großes braunes A prangte – Anoka. Diese Mütze stammte aus Gregs High School-Zeit. Mit ihr in der Hand ging sie zum Badezimmer, blieb einen Moment lang im Türrahmen stehen und beobachtete Christopher, der einzelne Gegenstände in ein schwarzes Necessaire packte. Mit ruhiger Stimme sagte sie: »Ich weiß nicht, welche Mützen ihm gehören.«

»Ach ja, die Mützen ...« Seine Stimme zitterte ein wenig. Er hielt Gregs Zahnbürste und seine Zahncreme in der Hand. »Verdammt schwierig, das alles. Seine Bürste, sein Rasierapparat, sein Rasierwasser ...« Wütend warf er die Zahnbürste und die Zahnpastatube in das Necessaire und stützte sich dann mit beiden Händen an der Glasablage über dem Waschbecken ab. »In diesem Raum riecht es sogar noch nach ihm.«

Mit Entsetzen stellte Lee plötzlich fest, wie ichbezogen sie gewesen war: Nur an ihren eigenen Kummer hatte sie gedacht, nie an seinen. »Oh, Christopher, es tut mir so leid.« Sie trat in den kleinen Raum, nahm die Mütze ab und streichelte ihm mit der anderen

Hand über den Rücken. »Ihnen fehlt er ja genauso«, flüsterte sie. Plötzlich richtete er sich auf, drehte sich zu ihr um und nahm sie in seine Arme. So verharrten sie einige Augenblicke mit geschlossenen Augen inmitten des weiß gekachelten Raumes mit seinem Geruch, der Erinnerungen weckte. Der Spiegel reflektierte das Bild der beiden umklammerten Menschen, die sich gegenseitig Kraft und Stärke gaben.

»Nein, mir tut es leid«, flüsterte er. »Ich hätte das nicht sagen sollen. Es ist für Sie auch ohne solche Bemerkungen schwer genug.«

»Aber für Sie ist es ebenso schwer, und wenn wir beide nicht ehrlich über unsere Gefühle sprechen können ...« Sie wußte nicht, wie sie den Satz beenden sollte.

»Gott, was für ein Paar wir abgeben ... alle fünf Minuten umarmen wir uns und tun so, als sei das jetzt das Ende der Welt.«

»Dabei hatte ich mich während der ganzen Woche so gut im Griff. Ich habe gehofft, diesen Tag ohne Tränen überstehen zu können. Aber die Mützen im Wohnzimmer ... irgendwie kann ich nicht darüber hinwegkommen.«

Sie öffnete die Augen und sah sich im Spiegel in Christophers Armen. Sein Kopf lag auf ihrer Schulter, seine Hände ruhten auf ihrem Rücken. Ihre Körper und nackten Beine waren eng aneinandergepreßt – und obwohl sie im selben Augenblick feststellte, daß die meisten anderen tröstenden Umarmungen weniger eng ausgefallen waren, blieb sie reglos in seinen Armen stehen.

Er beendete die Umarmung, indem er sich von ihr löste und befahl: »Geben Sie mir die Mütze.« Er bog das Schild nach oben, setzte sie ihr auf und drehte sie zum Spiegel, während er hinter ihr stand und seine Hände auf ihren Schultern ruhen ließ. »Da. Schauen Sie nur: eine Mutter mit einer Baseballmütze. Steht Ihnen verdammt gut. Sie sollten sie von nun an öfter tragen.«

Er grinste; zögernd erwiderte sie sein Lächeln. Dann ließ er seine Arme sinken, sein Gesichtsausdruck veränderte sich.

»Ich kenne da einen Jungen. Stammt aus schlimmen Verhältnissen – hoffnungslos, beide Eltern drogenabhängig. Sie verhökern ihre Essensmarken, um davon den nächsten Schuß zu kaufen.

Familienleben existiert gar nicht. Wenn Sie nichts dagegen haben, würde ich ihm gern eine von Gregs Mützen schenken. Der Junge respektiert zumindest die Polizei – er glaubt zwar, daß er das nicht tut, aber es ist trotzdem so. Die Mütze könnte ihm helfen.«

»Aber natürlich. Schenken Sie ihm eine Mütze – oder zwei.«

Er sortierte die Badezimmerutensilien, nahm Gregs Mütze von der Wand und blätterte Gregs Papiere durch, die in einer Küchenschublade lagen. Zu den Möbeln im Wohnzimmer sagte Christopher: »Ich habe einige mitgebracht, anderes haben wir gemeinsam gekauft. Ich würde gern alles behalten. Wir haben die Quittungen aufgehoben – ich zahle Ihnen seinen Anteil an den Möbeln aus. Das heißt, wenn Ihre Kinder einverstanden sind. Wenn sie möchten, können sie auch seine Möbel haben.«

»Nein, nein, das ist schon in Ordnung. Die Möbel bleiben auf jeden Fall hier.«

»Aber Sie sollten wenigstens den großen Benjamin mitnehmen«, schlug Christopher vor.

»Aber nein, ich kann beim Großhändler jederzeit Dutzende davon kaufen. Dieser gehört hierher.«

»In Ordnung«, sagte er, »dann bleibt er auch hier. Wenn Sie ihn mitgenommen hätten, wäre ich morgen zu Ihnen ins Geschäft gekommen und hätte wieder genau denselben gekauft. Vielen Dank.«

Sie machten das Radio aus, trugen die letzte Fuhre zum Wagen und befestigten die Matratze und den Sprungrahmen mit einigen Seilen, so daß sie die Teile unterwegs nicht verloren.

Christopher setzte seine Sonnenbrille auf; Lees Augen lagen unter dem Schild von Gregs Mütze. Auf dem asphaltierten Parkplatz flimmerte die Hitze.

Christopher verknotete das letzte Seilende und fragte: »Können Sie den vollbeladenen Wagen denn überhaupt fahren?«

»Wird schon gehen.«

»Okay, ich folge Ihnen.«

Er fuhr bis zu ihrem Haus hinter ihr her und entlud den Transporter; Gregs Sachen wurden vorübergehend in der Garage gelagert. Wenn Janice im Herbst wieder in das Wohnheim des College ziehen würde, konnte sie Gregs Bett mitnehmen. Als sie alles abgeladen hatten, waren sie erschöpft und verschwitzt.

Christopher fragte: »Wollen wir schwimmen fahren? Es wäre eine schöne Abkühlung. Wir könnten zum Crooked Lake rausfahren.«

»Himmel, das ist eine wunderbare Idee.«

Sie lief ins Haus, schlüpfte rasch in ihren Badeanzug und zog ein weites, buntes T-Shirt darüber. In Badeschuhen und mit zwei großen Frotteetüchern kam sie wieder aus dem Haus.

»Auf geht's!«

Sie einigten sich auf seinen Wagen.

Als Lee in den Explorer stieg, bemerkte sie bewundernd: »Wow, der gefällt mir.«

»Mir auch!«

»Ist der Kratzer ausgebessert?«

»Jawohl!«

Während der ganzen Fahrt hinaus zum See unterhielten sie sich angeregt. Über Autos. Über ihr Geschäft. Und darüber, daß sie den Laden *Absolutely Floral* genannt hat, damit er in den Gelben Seiten an allererster Stelle erschien, darüber, daß Sylvia diesen Namen und diese Idee für verrückt gehalten hatte, und darüber, daß ihr Plan tatsächlich aufgegangen war – die meisten der neuen Kunden bekam sie, wenn nicht durch Empfehlungen, über die Gelben Seiten.

Das Strandbad war übervölkert. Sie zogen ihre T-Shirts aus und rannten zwischen den kleinen Kindern hindurch, die im seichten Wasser planschten, in den See. Sie stürzten sich in die kühlen Fluten und schwammen hinaus zu dem Holzponton. Sie schwammen, tauchten und ließen sich einfach auf dem Rücken treiben. Dann kletterten sie auf die Holzinsel, sonnten sich und redeten miteinander. Über die Surfmeisterschaften, die er sich im Fernsehen angeschaut hatte, und über Hawaii, wohin sie beide immer schon hatten reisen wollen, aber wo bisher noch keiner von ihnen gewesen war. Sie erzählten sich gegenseitig, wie und wo sie als Kinder schwimmen gelernt hatten. Knapp neben der Insel landete ein Volleyball. Chris sprang ins Wasser, warf ihn zurück, und kurz darauf waren sie beide in ein Wasserballspiel mit einer Gruppe lustiger junger Leute verstrickt.

Sie lachten.

Und schwammen.

Und hatten bald einen Riesenhunger.

Als sie sich ihrem Haus näherten, sagte sie: »Ich habe noch einen Rest Spaghetti; den könnte ich uns in der Mikrowelle warm machen.«

»Prima Idee«, erwiderte er, bog in die Einfahrt und stellte den Motor ab.

Sie holte eine Auflaufform aus dem Kühlschrank und schob sie in die Mikrowelle, während er das Besteck aus der Schublade holte, auf die sie gedeutet hatte. Ohne viel Aufhebens drückte sie ihm einen Teller und eine Serviette in die Hand und bemerkte, als sie sich setzte: »Wenn meine Mutter das sehen würde ...«

»Warum? Was stimmt denn nicht?«

»Keine Platzdeckchen, kein ordentlich gedeckter Tisch, jeder bedient sich selbst, ich in meinen Badelatschen und dem alten T-Shirt. Meine Mutter legt allergrößten Wert auf Scheiß-Förmlichkeiten. Alles, was aus dem Rahmen des Normalen fällt, findet sie unmöglich. Ihr Lieblingssatz ist: ›Was werden bloß die Leute sagen?‹«

»Scheiß-Förmlichkeiten?« Auf seinem Gesicht erschien ein Lächeln. Sein Gesicht war noch frisch von dem kalten Wasser, seine Haare waren schon getrocknet und fielen ohne sein Zutun wie zuvor.

»Habe ich Sie gerade ›Scheiß-‹ sagen hören?«

Sie unterbrach ihre Spaghetti-Wickelarbeiten und schaute in seine amüsiert dreinblickenden Augen. »Ja und? Darf ich das nicht sagen?«

»Es verblüfft mich nicht allzusehr – ich habe dieses Wort nur noch nie über Ihre Lippen kommen hören. Ich habe Sie immer als Mrs. Perfect gesehen, als perfekte Mutter, perfekte Dame, rundherum perfekt ... Sie wissen, was ich meine.«

»Mich? Wirklich?« Ihre Augen weiteten sich; sie war ehrlich erstaunt. »Ich bin alles andere als perfekt! Wie kommen Sie nur auf diese Idee?«

»Greg hat immer so von Ihnen gesprochen. In seinen Augen konnten Sie keinen Fehler begehen.«

»Ich fluche ab und zu. Schockiert Sie das?«

»Nein, das macht Sie nur menschlicher. Jetzt kann ich mich in Ihrer Gegenwart erst so richtig wohlfühlen. Was haben Sie noch von Ihrer Mutter zu erzählen?«

»Oh, nur daß sie streng nach Knigge lebt. Der fein gedeckte Tisch, die richtige Kleidung zu den entsprechenden Anlässen, Dankesbriefe nach Einladungen, bei Trauerfeiern muß Grieg gespielt werden – nicht Vince Gill.«

»Ich habe ihre Bemerkung mitgehört.«

»Das wußte ich. Was hat sie gesagt?«

Er grinste spitzbübisch: »Wenn ich mich recht erinnere, sagte sie: ›Was werden bloß die Leute sagen?‹«

Ebenfalls grinsend schob sie sich eine Gabel Spaghetti in den Mund.

»So, und jetzt müssen Sie mir von Ihrer Mutter erzählen«, sagte Lee. »Wie ist sie denn so?«

Er hörte auf zu kauen, ließ die mit den Spaghetti umwickelte Gabel sinken, nahm einen Schluck aus dem Glas und antwortete schließlich: »Nicht wie Ihre, das können Sie mir glauben.«

»Und wie?«

Er dachte eine Weile nach, den Blick auf sie gerichtet, bevor er sich zu der Antwort durchrang: »Sie ist Alkoholikerin; mein Vater trinkt auch.«

»Waren die beiden schon immer Alkoholiker?«

»Immer. Sie hat in einer Imbißbude am Highway gearbeitet, immer in der Frühschicht. Er hatte nie eine Arbeit, solange ich zurückdenken kann. Er sagte, er hätte sich irgendwann einmal den Rücken verletzt und wäre seitdem arbeitsunfähig. Wenn ich von der Schule kam, waren sie meistens in einer Kneipe, die ich immer ›das Loch‹ genannt habe, und haben das wenige Geld versoffen. Den Tisch hat meine Mutter nie gedeckt – sie hat uns ja noch nicht mal was zu essen gemacht. Wenn überhaupt jemand gekocht hat, dann war ich es. Und Sie können Gift drauf nehmen, daß sie in ihrem ganzen Leben noch keinen Dankesbrief geschrieben hat – ich wüßte außerdem auch gar nicht, wem sie wofür hätte danken sollen. Sie hatten keine Freunde, außer den Säufern, mit denen sie an der Theke rumgehangen haben. Gehen Sie also mit Ihrer Mutter nicht zu hart ins Gericht. Sie hätten eine viel schlechtere erwischen können.« Er sagte das mit ehrlicher, aufrichtiger Stimme, und sie widersprach ihm nicht.

»Haben Sie Geschwister?«

»Eine Schwester.«

»Älter oder jünger?«

»Vier Jahre jünger.«

»Wo lebt sie?«

»Jeannie ist irgendwo an der Westküste; sie bleibt nirgends lange.«

»Sehen Sie sie manchmal?«

»Nicht sehr oft. Mit fünfzehn lief sie davon; seitdem war sie dreimal verheiratet und wurde dreimal geschieden. Als ich sie das letzte Mal sah, wog sie hundertzwanzig Kilo und lebte von der Sozialhilfe – wie unsere Eltern. Jeannie und ich haben nicht sehr viel gemeinsam.«

»Und Ihre Eltern? Wo leben die?«

»Sie leben am anderen Ende der Stadt, in einem heruntergekommenen Wohnblock namens Jackson Estate. Sie haben sich nicht viel geändert, außer daß sie jetzt fast nur noch zu Hause saufen, weil sie kaum noch die Treppen runterkommen – geschweige denn wieder rauf.«

»Stört es Sie, wenn ich Sie nach Ihrer Familie frage?«

»Nein, eigentlich nicht. Ich habe mich längst damit abgefunden, daß die sich niemals ändern werden.«

»Ihre Eltern müssen doch sehr stolz auf Sie sein.«

»Ich glaube, Sie können sich das nicht vorstellen. Das sind keine Eltern, die stolz auf ihre Kinder sind. Bevor sie das tun würden, müßten sie ja erst einmal nüchtern werden und ihre Lage begreifen, aber das war in fünfunddreißig Jahren nicht ein einziges Mal der Fall.«

»Das tut mir sehr leid, Christopher«, sagte sie leise.

Schweigend aßen sie die Spaghetti auf. An diesem Tag hatten sie gemeinsam ein breites Spektrum der Gefühle durchlebt – von der tiefen Trauer in Gregs Wohnung über die entspannten Momente am See bis zu der bedrückten Stimmung, die nun in Lees Küche herrschte. Die Augenblicke, die sie geteilt hatten, brachten sie automatisch näher, so nah, daß Chris ein seltsames Gefühl beschlich, als sie sich nun in ihrer gemütlichen Küche gegenübersaßen und die Blicke, die sie austauschten, immer länger wurden.

Er stand auf und goß sich Wasser nach.

»Möchten Sie auch noch ein bißchen?«

Sie nickte. Zwischen ihnen herrschte eine merkwürdige Stimmung; manchmal fühlte sie sich in seiner Gegenwart so unendlich wohl, und schon im nächsten Augenblick wurde es ihr auf eine unbekannte Weise mulmig. Ein Mann, der aufsteht, um einer Frau, die ihn einen Moment zu lange angeschaut hat, Wasser nachzugießen: Ihre Mutter und der Knigge wären sich da in der Interpretation wohl einig gewesen.

Im Stehen trank er sein Glas leer, dann machte er sich daran, die benutzten Teller zusammenzuräumen. »Ich wasch das Geschirr schnell ab, und dann werde ich verschwinden. Ich bin Ihnen schon wieder viel zu lange auf die Nerven gegangen.«

»Nein, das mache ich schon.«

»Keine Widerrede – ich helfe Ihnen.«

Während die beiden den Tisch abräumten, kam Janice nach Hause. Sie trat in die Küche und ließ den Autoschlüssel auf den Tisch fallen.

»Hallo, Christopher, was machst du denn hier?«

»Deine Mom hat mir ein großartiges Essen vorgesetzt.«

Ein plötzlicher Gedanke ließ Janices Gesicht ernst werden. »Du hast Mutter geholfen, Gregs Sachen hierherzubringen, nicht?«

»Ja.«

»Ich habe sie in der Garage stehen sehen.« Sie drehte sich zu ihrer Mutter um. »Mom, es tut mir so leid, daß ich nicht geholfen habe.«

»Ist schon in Ordnung, mein Liebes.«

Sie gab Janice einen Kuß auf die Wange. »Es ist alles erledigt.«

»Nein, das ist nicht in Ordnung. Ich hätte bei dir sein sollen. Es tut mir wirklich so leid.«

»Christopher hat mir geholfen – denk jetzt einfach nicht mehr daran, wir haben die Sache hinter uns gebracht.«

Lee spülte einen Teller unter fließendem Wasser ab, während Janices Blick zuerst auf ihrer Mutter ruhte, dann zu Christopher und schließlich wieder zurück zu ihrer Mutter wanderte.

»Bist du sicher?«

»Ganz sicher. Hast du Hunger?«

Diese Frage überzeugte Janice davon, daß ihre Mutter ihr wirklich nicht böse war. »Hmmm … ein bißchen schon.« Sie steckte die Nase in die Schüssel mit den Spaghetti und der Soße, die übriggeblieben war, und fischte mit ihren langen, rosa lackierten Fingernägeln ein Fleischbällchen heraus.

»Himmel, draußen ist eine Gluthitze.« Während sie den Bissen in den Mund steckte, drehte sie sich um und lehnte sich an die Küchenzeile. »Ich hätte Lust, rauszufahren und zu schwimmen. Wie sieht's aus, Chris?«

Seine abgeschnittene Jeans war beinahe schon wieder trocken.

»Genau das haben deine Mutter und ich eben getan.«

Janice schluckte das Fleischbällchen hinunter. »Ach ja?«

Forschend blickte sie von einem zum anderen.

Nach einem Moment unangenehmen Schweigens öffnete Lee die Klappe des Geschirrspülers und sagte: »Beim Schleppen der vielen Kartons sind wir so ins Schwitzen gekommen, daß wir uns vor dem Essen ein bißchen abkühlen mußten. Soll ich dir die übrigen Nudeln warm machen?«

»Mom«, erwiderte Janice mit einem leicht tadelnden Unterton, »ich bin dreiundzwanzig Jahre alt. Du brauchst mir mein Essen nicht mehr warm zu machen.«

Während Lee sich die Hände abtrocknete, warf sie ihrer Tochter ein Lächeln zu: »Reine Gewohnheit.«

Christopher schob seinen Stuhl an den Tisch und sagte: »Ich gehe jetzt besser, ich habe nachher Dienst. Vielen Dank für das Essen, Mrs. Reston.«

»Das war doch das mindeste, was ich für Sie tun konnte ... und vielen Dank für alles.«

Während er zur Tür ging, sagte Janice: »Ich bring dich raus.«

Lee verspürte in diesem Augenblick einen leichten Stich der Eifersucht auf ihre Tochter, die sich so selbstverständlich ihren, Lees Platz an Christophers Seite nahm. Doch im selben Moment wurde ihr siedend heiß bewußt, daß ihr Platz gar nicht an Christophers Seite war. Aber schließlich hatten sie den ganzen Tag zusammen verlebt und gemeinsam eine schmerzliche Aufgabe hinter sich gebracht, so daß sie sich nun weggeschoben fühlte, als sie Janice und Christopher die Küche verlassen sah. Die beiden waren noch so jung und gaben ein schönes Paar ab.

An seinem Wagen blieb Janice stehen, so daß Chris nicht sofort einstieg. Sie war mit einer rosa Bluse und einem kurzen Jeansrock bekleidet, der den Blick auf ihre langen, braunen Beine freigab. An den Füßen trug sie einfache, flache weiße Schuhe. Wie ein kleines Mädchen stand sie auf den Außenkanten ihrer Füße, die Zehen nach oben weggebogen, den Kopf auf die Seite gelegt. »Danke, daß du meiner Mutter geholfen hast. Es war wirklich nicht richtig von mir, mich davor zu drücken, aber ich hätte es einfach noch nicht fertiggebracht.«

Er blickte ihr offen in die Augen, während sein Autoschlüssel an seinem Zeigefinger baumelte. »Manchmal müssen wir Dinge tun, auch wenn wir uns eigentlich nicht in der Lage dazu fühlen. Ich habe deiner Mutter gern geholfen, aber du hast schon recht, daß es eigentlich deine und Joeys Aufgabe gewesen wäre, ihr heute beizustehen. Sie hätte eure Unterstützung gebraucht.«

Janice starrte auf die verchromte Umrandung der Windschutzscheibe; ihre Mundwinkel zuckten.

»Hey, wein doch nicht«, sagte er und berührte ihr Kinn. Sie gab sich alle Mühe, ihre Tränen zurückzuhalten, doch es gelang ihr nicht ganz.

»Kümmer dich in der nächsten Zeit ein bißchen mehr um sie. Es ist sehr, sehr schwer für sie. Sie trägt die Hauptlast, sie ist immer da, um alle zu trösten, sie mußte sich um alle Einzelheiten kümmern – um das Begräbnis, das Auto, um den ganzen Papierkram. Du weißt, daß sie dir nie etwas vorwerfen würde, aber auch sie hat Gefühle. Und bis jetzt hat sie ihre Gefühle für eure in den Hintergrund gestellt.«

»Ich weiß«, flüsterte Janice reumütig.

Schweigend verharrten sie einige Augenblicke in der brennenden Sonne. Dann fragte er: »Nimmst du es mir übel, daß ich offen gesagt habe, was ich denke?«

Noch immer starrte sie auf die glänzende Chromumrandung.

»Hast du etwas dagegen, daß ich ab und zu vorbeikomme, um ihr wenigstens einige Dinge abzunehmen?«

Wieder schüttelte sie ihren Kopf.

»Okay ... dann bis zum 4. Juli.«

Sie nickte der Chromleiste zu.

Als er ihr zum Abschied zuwinkte, stand sie noch immer reglos in der Einfahrt.

6. Kapitel

Schwere Verbrechen waren in Anoka eher die Ausnahme als die Regel, und es kam sehr selten vor, daß die Polizisten während eines Einsatzes ihr eigenes Leben in Gefahr sahen. Ab und zu wurde ein Überfall verübt, oder die Polizei führte eine Drogenrazzia durch, aber im großen und ganzen hatten Christopher Lallek und seine Kollegen ein ruhiges Leben. An einem dunstigen Morgen in der ersten Juliwoche, der einen heißen Tag ankündigte, saß Christopher um sechs Uhr dreißig gähnend in seinem Streifenwagen. Müde blickte er auf seine Uhr – noch vierzig Minuten – und dehnte seine steifen Glieder. Als er wieder auf den Highway 10 blickte, fiel ihm ein Grand Prix, Baujahr 78, auf, der sich in schneller Fahrt zwischen den anderen Autos hindurchschlängelte.

Sofort wurde Christopher aufmerksam. Verdacht kam in ihm auf; er schaltete sein Blaulicht ein und bog mit quietschenden Reifen auf den Highway. Der Fahrer mußte das Blaulicht sofort gesehen haben, denn er beschleunigte den Wagen und wechselte abrupt, ohne zu schauen oder den Blinker zu setzen, die Fahrspur. Der Verkehr war auf den beiden Spuren, die in die Stadt hineinführten, dichter als auf dieser, aber immerhin waren einige Autos stadtauswärts unterwegs, und Christopher umklammerte fest das Lenkrad. Er war nun dicht hinter dem Grand Prix und folgte ihm. Er beobachtete, ob der Fahrer in den Rückspiegel schaute, doch der schien keine Notiz von seinem Verfolger zu nehmen.

Christopher schaltete kurz die Sirene ein, aber der Fahrer ignorierte auch das.

Christopher ließ nun die Sirene in voller Lautstärke aufheulen, und als der Fahrer immer noch nicht reagierte, fühlte Christopher Wut in sich aufsteigen. Er nahm das Sprechfunkgerät aus dem Halter am Armaturenbrett und gab seine Position und die Nummer des

Grand Prix durch. Eine halbe Meile später fuhr der verfolgte Wagen auf den Seitenstreifen und hielt endlich an. Zornig stieg Christopher aus seinem Streifenwagen und ging auf den rostigen roten Grand Prix zu.

Der Fahrer hatte sein Fenster runtergekurbelt und lehnte lässig seinen Arm aus dem Fenster. Er war ungefähr achtundzwanzig und hätte dringend eine Rasur und einen Haarschnitt nötig gehabt. Er sah aus, als hätte er die Nacht durchgemacht. Chris schaute auf der Suche nach leeren Flaschen in den Wagen und fragte ihn dann: »Darf ich bitte Ihren Führerschein sehen?«

»Warum?« Sein Atem stank nach Alkohol.

»Bitte zeigen Sie ihn mir.«

»Wenn Sie meinen Lappen sehen wollen, müssen Sie mir sagen, was ich verbrochen hab.«

»Haben Sie überhaupt einen Führerschein bei sich?«

Der Mann zuckte gleichgültig die Achseln und warf Christopher einen verächtlichen Blick zu.

»Ihren Führerschein bitte!«

»Is' eingezogen«, murmelte der Typ.

Christopher legte ihm seine Hand auf die Schulter und forderte ihn auf: »Bitte steigen Sie aus.«

Aber mit den Worten »Fick dich doch ins Knie, Scheißbulle« gab der Fahrer Gas und schoß davon. Da Christophers Hand noch auf der Schulter des Fahrers ruhte, verfing sich sein Arm im Autofenster – Christopher wurde einige Meter mitgeschleift. Als der Schmerz ihn durchzuckte, hatte er sich schon befreit und rannte hinüber zu seinem Streifenwagen. Er schlug die Autotür hinter sich zu; sein Herz raste; die Sirene heulte. Er gab Vollgas. Das Heck des Wagens geriet ins Schlingern; hinter ihm spritzten Sand und Steine auf. Er griff nach dem Sprechfunkgerät und bemühte sich, seine Stimme in den Griff zu bekommen. »Zwei Berta siebenunddreißig an Zentrale. Er hat mich abgehängt und ist auf der Zehn in westliche Richtung unterwegs! Ich folge ihm!«

Der Einsatzleiter bestätigte seine Meldung und wiederholte die Zeit. »Zwei Berta siebenunddreißig. Zeit: zehn null-sechs-zwei-fünf.«

Die Geschwindigkeit seines Pulsschlags schien sich mit der des Wagens zu beschleunigen.

Achtzig, neunzig, hundert Stundenkilometer. Er mußte seine ganze Konzentration zusammennehmen und alle natürlichen Alarmzeichen unterdrücken.

Aus dem Funkgerät tönte eine Stimme: »Drei Ulrich einunddreißig. Bin in östlicher Richtung auf Highway zehn unterwegs, Höhe Ramsay Boulevard. Werde das verfolgte Fahrzeug abfangen.« Das war ein Streifenwagen aus Ramsay, der ihm zu Hilfe kam.

Hundertvierzig, hundertfünfzig – Adrenalinstöße durchfuhren seinen Körper. Vor sich sah er den Streifenwagen aus Ramsay mit Blaulicht auf der linken Spur fahren. Der verfolgte Wagen wechselte auf die rechte Fahrbahn und schoß an ihm vorbei. Der Streifenwagen folgte ihm dicht. Christopher war nun auf gleicher Höhe mit seinem Kollegen; Schweißperlen tropften ihm von der Stirn; Schweiß lief auf seiner Brust zwischen der kugelsicheren Weste und seiner Haut hinunter; seine Handflächen waren naß. Es war harte Arbeit, den Wagen bei dieser Geschwindigkeit unter Kontrolle zu halten.

In Abständen informierte er über Sprechfunk den Einsatzleiter. »Bin auf der Zehn westwärts unterwegs, kreuze Armstrong ...«

Die Landschaft flog nur so an ihm vorüber.

Wieder tönte aus dem Sprechfunk die Stimme: »Elk River sechsunddreißig dreizehn, in Position auf Highway, Auffahrt 169, zusammen mit State Patrol Einheit 403.«

Gute Güte, das waren vier Streifenwagen. Fünf Autos mit dem Verfolgten, die mit fast hundertsechzig den Highway entlangrasten. Er blickte starr geradeaus und versuchte, sich auf nichts anderes als die Straße zu konzentrieren, während der verdammte Idiot in dem Grand Prix das Leben von allen, die auf dem Highway unterwegs waren, gefährdete, bloß weil er glaubte, ein Rennfahrer zu sein. Christopher wußte, daß bald die scharfe Linkskurve kommen mußte. Er näherte sich der Stelle, wo die 169 über den Highway führte; er sah schon die gefährlichen Betonpfeiler der Überführung vor sich aufragen.

Dann tauchten vor ihm der Streifenwagen aus dem Bezirk Elk River und der Wagen der State Patrol auf. Rechts und links fuhren die Autos hastig an den Straßenrand und blieben stehen. Er gab erneut seine Position durch, hängte dann schnell das Sprechfunkgerät ein und umschloß fest mit beiden Händen das Lenkrad.

Die Abstände zwischen den fünf Fahrzeugen wurden kleiner. Die Sirenen heulten so laut wie die Turbinen eines Düsenjets. Um sich herum sah Christopher nur noch das Zucken der Blaulichter. Als sie sich der scharfen Kurve näherten, hatten die vier Polizeiwagen den Grand Prix in die Zange genommen.

Unter der Unterführung mit den finster drohenden Pfeilern hindurch – nur nicht die Kontrolle über den Wagen verlieren – und hinein in die Linkskurve. Neben dem Highway schimmerte dunkel das Wasser des Elk River. Um ihn herum dröhnte der Lärm der Motoren; die anderen Streifenwagen waren zum Greifen nah. Bei der Einfahrt in den zweiten Teil der Kurve geriet der Grand Prix vor ihnen aus der Spur und wurde nach rechts abgetrieben; er schoß über den Rand der Fahrbahn hinaus, über den Straßengraben hinweg, eine kleine Böschung hinauf und landete krachend an einem Baum. Radkappen flogen durch die Luft; Gras, Erde und Staub wirbelten umher. Die Polizisten stürzten aus ihren Streifenwagen und rannten zur Unfallstelle, die Autos mit sperrangelweit geöffneten Türen zurücklassend. Die Funkgeräte knisterten und rauschten. Überall zuckten Blaulichter. Schaulustige Autofahrer hielten am Straßenrand an und beobachteten das Geschehen.

Christopher rannte zu dem Fahrerfenster, lehnte sich in den Wagen und fragte vollkommen außer Atem: »Sind Sie verletzt?«

Sein Adrenalinspiegel war so hoch wie nie zuvor, sein Herz hämmerte ihm gegen die Rippen. Er konnte erkennen, daß der Typ im Wagen sich bewegte – er lebte!

»Du Hurensohn!« antwortete er ihm.

Chris versuchte, die Tür zu öffnen, doch sie hatte sich verklemmt.

»Können Sie raus?«

»Verdammte Scheiße! Da sehen Sie, was Sie angerichtet haben! Riesenarsch ...«

Jetzt reichte es Chris. Er griff in den Wagen und packte den Fahrer am Kragen. »Aussteigen! Und zwar sofort!«

Der Fahrer schlug wild um sich und weigerte sich, der Aufforderung nachzukommen. Chris und ein Kollege, der ihm zu Hilfe gekommen war, zerrten den Typ mit vereinten Kräften durch das geöffnete Seitenfenster. Der Polizist aus dem Bezirk Elk River hatte seine Dienstwaffe gezogen und hielt sie mit beiden Händen auf den Fahrer gerichtet. Der Kollege von der State Patrol gab ihm Rückendeckung.

»Auf den Bauch legen!« schrie ihn Christopher an.

Der Verdächtige ließ sich zu Boden fallen und hörte einen Sekundenbruchteil später das Klicken der Handschellen.

»Verfluchte Scheißbullen! Ihr gottverdammten Arschlöcher von Bullen!« Der Fahrer lag mit dem Gesicht im Schmutz, was ihn aber nicht daran hinderte, die Polizisten aufs Übelste zu beschimpfen. Christopher griff nach seinem roten T-Shirt und zog den Mann wieder auf die Füße. Dann stieß er ihn unsanft in Richtung seines Streifenwagens.

»Einsteigen, du Idiot!« brüllte er ihn an; so konnte er wenigstens einen kleinen Teil seiner Riesenwut ablassen. Zornig erledigte er die folgenden Aufgaben. Er stieß den Verdächtigen in den Fond des Streifenwagens, der mit Gittern von der vorderen Hälfte abgeteilt war. Dann bedankte er sich bei den Kollegen, die ihm zu Hilfe gekommen waren. Anschließend gab er seinem Einsatzleiter einen Bericht des Geschehens ab. Kurz darauf schaltete er das Blaulicht aus und machte sich auf die Rückfahrt nach Anoka. Mit mäßiger Geschwindigkeit fuhr er den Highway nun in die entgegengesetzte Richtung wie wenige Minuten zuvor. Auf dem Revier erstattete er ausführlich Bericht.

Erst eine dreiviertel Stunde, nachdem alles gelaufen war, wurde ihm die Gefährlichkeit der Situation in ihrem ganzen Ausmaß klar.

Er war schon auf dem Nachhauseweg, als ihn ein Beben durchlief. Seine Hand zitterte wie die eines alten Mannes, als er den Knopf zum Öffnen des Tiefgaragentors drückte. Als er wenig später aus dem Wagen stieg und die Treppen zu seiner Wohnung hochging, fühlten sich seine Knie wie Wackelpudding an. Er hatte das Gefühl, daß seine Beine ihn nicht mehr lange tragen würden, und hielt sich am Treppengeländer fest. Erst nach einigen Versuchen gelang es ihm, mit seinen zitternden Fingern den Schlüssel ins Schlüsselloch zu stecken.

In der Wohnung wanderte er ziellos von einem Raum in den anderen; nach und nach zog er seine Uniform aus und ließ die einzelnen Teile liegen, wo sie gerade zu Boden fielen. Er klatschte sich händeweise kaltes Wasser ins Gesicht und rieb es anschließend trocken. Dann ging er zum Kühlschrank, öffnete die Tür und stellte fest, daß er eigentlich gar nichts wollte. Die Wände schienen um ihn herum immer näher zusammenzurücken, um ihn schließlich zu erdrücken.

Er joggte eine halbe Stunde durch den nahegelegenen Park, duschte sich, trank anschließend ein Glas Milch und briet sich ein paar Eier, die er jedoch nicht herunterbrachte. Er ließ die Jalousien hinunter, streckte sich auf dem Rücken auf seinem Bett aus ... und starrte an die Decke.

In den Filmen wurden Verfolgungsjagden immer als so großartig dargestellt, und nun fragte er sich, wie viele Regisseure eigentlich schon einmal bei einer Verfolgungsfahrt dabeigewesen waren. Sein Gesicht und Nacken glühten noch immer. Sein Herzschlag hatte sich noch nicht beruhigt. Der Rücken zwischen seinen Schulterblättern schmerzte noch immer vor Anspannung. Auf dem Rücken ausgestreckt in seinem Bett liegend, fühlte er sich wie aus erstarrtem Beton.

Er versuchte, sich andere Bilder ins Gedächtnis zu rufen. Lee Reston, wie sie, umgeben von duftenden Blumen, in ihrem Laden Kunden bediente. Judd Quincy und seine Pläne für den 4. Juli. Lee Reston in ihrem Garten mit dem Gartenschlauch, den er ihr in den nächsten Tagen reparieren wollte. Janice Reston, die ihm unverhohlen ihr Interesse signalisierte. Lee Reston, die ihr erhitztes Gesicht mit kaltem Wasser abkühlte.

Eine dreiviertel Stunde später schaute er auf die Uhr.

Eine Stunde später.

Anderthalb Stunden später.

Um halb elf wußte er, daß er keinen Schlaf mehr finden würde. Er fühlte sich, als hätte er Amphetamine geschluckt.

Er rollte sich zur Bettkante und setzte sich auf, beide Hände auf die Matratze gestützt. Dann fuhr er sich durch die Haare, die nach allen Seiten abstanden. Er starrte auf das Bücherregal zu seiner Linken und den Nachttisch zu seiner Rechten. Vor seinen Augen lief wieder der Film ab, der ihn in den vorangegangenen zwei Stunden nicht hatte zur Ruhe kommen lassen: die wilde Jagd ... Lee Reston ... wieder die Jagd ... Judd Quincy ... und wieder Lee Reston ... Lee Reston ... Lee Reston ...

Keine Frage: Er dachte viel zu oft an sie – und beileibe nicht immer nur im Zusammenhang mit ihrer gemeinsamen Trauer um Greg. Man brauchte Freud nicht zu kennen, um zu bemerken, daß er wohl so etwas wie einen Mutter-Sohn-Komplex entwickelt hatte. Und das war ja auch verständlich bei der Art, wie sie ihn umarmte, wie sie ihm über den Rücken strich, wie sie ihm das Essen aufwärmte, wie sie bei der Erledigung schmerzlicher Aufgaben bei ihm Trost suchte, den sie bei ihrem eigenen Sohn nicht mehr fand.

Das erinnerte ihn an den Gartenschlauch.

Eine Ablenkung!

Er sprang aus dem Bett, putzte sich die Zähne, schlüpfte in eine frische Jeans und ein T-Shirt mit dem Aufdruck seines Polizeireviers, zog seine Turnschuhe an, setzte eine Baseballmütze auf, lief hinunter in die Tiefgarage, vergewisserte sich, daß sein Werkzeugkasten auf der Rückbank lag, stieg ein und ließ den Motor des Wagens an. Er fuhr in Richtung Benton Street.

Sie würde im Geschäft sein, und das war gut so. Er hatte sie schon viel zu oft unaufgefordert besucht. Aber das jetzt war anders. Er würde nur den Gartenschlauch reparieren und gleich danach wieder verschwinden. Es würde ihm guttun, ein bißchen zu arbeiten; vielleicht konnte er so die Gedanken an die Verfolgungsjagd verscheuchen.

Er hatte recht – Lee war nicht da. Und auch Janice hatte das Haus verlassen. Die Garage war leer, aber das Tor stand sperrangelweit offen. Die Frauen sollten mal eine Woche auf dem Revier verbringen und sehen, wie viele offenstehende Garagen in wenigen Tagen ausgeräumt wurden. Auch die Haustür war nicht geschlossen, so daß man durch den mit Fliegengaze bespannten Rahmen in die Diele schauen konnte. Daraus schloß er, daß Joey da war.

Er stellte den Wagen in der Einfahrt ab, stieg aus, zog das Klappmesser aus seiner Tasche, schnitt das Ende des Schlauches ab und fuhr zum nächsten Garten-Center, um ein neues Endstück zu kaufen.

Dann ließ er sich auf den Stufen vor der Haustür im Halbschatten nieder und machte sich an die Arbeit.

Pfeifend nahm er sich den Schlauch vor; er bemerkte gar nicht, wie sich seine seit dem Morgen blankliegenden Nerven langsam beruhigten. Er ging zu seinem Wagen, um eine Zange aus dem Werkzeugkasten zu holen, und stellte fest, daß er sie in der Wohnung hatte liegenlassen, nachdem er Gregs Bett auseinandergenommen hatte. Also betrat er die Garage, um sich nach einer Zange umzuschauen.

Über der Werkbank hingen zahlreiche Werkzeuge – es sah aus, als wäre Bill Reston ein richtiger Bastler gewesen. Und außerdem ordentlich. Auf der Werkbank standen kleine Plastikkästchen, in denen fein säuberlich sortiert die verschiedenen Schrauben und Nägel aufbewahrt waren. Die Werkzeuge hingen, der Größe nach aufgereiht, an einer Leiste über der Werkbank. Allerdings konnte man sehen, daß in den Jahren nach Bills Tod nicht immer alle Werkzeuge wieder an ihren richtigen Platz gehängt worden waren; einige lagen auch zwischen Gartenwerkzeugen, Drahtknäueln, Grillzangen und anderen Utensilien auf der Arbeitsplatte. Die Werkbank war von einer dicken Staubschicht überzogen.

Wieder blickte er auf die aufgereihten Werkzeuge. Er war fasziniert von den Spuren des Mannes, der einst mit Lee Reston verheiratet gewesen war. Ein Glasschneider, ein Hammer, unterschiedlich große Schraubenzieher ... ah, und eine ganz normale Zange.

Wieder im Halbschatten auf der Treppe sitzend, schraubte er das neue Endstück an den Schlauch, als er hinter sich plötzlich eine Stimme hörte: »Chris, was machst du denn hier?«

Er drehte sich um und sah Joey in der Haustür stehen. Er trug graue Shorts und sah aus, als wäre er gerade eben erst aufgewacht.

»Ich repariere den Gartenschlauch deiner Mutter. Bist du gerade erst aufgestanden?«

»Ja.«

»Sind die anderen arbeiten gegangen?«

»Ja.«

Chris wandte sich wieder dem Schlauch zu und bemerkte beiläufig: »Der Rasen könnte wieder mal gemäht werden.«

»Du hast ihn doch erst gemäht.«

»Das ist schon länger als eine Woche her. Es ist höchste Zeit, je länger das Gras ist, desto anstrengender ist das Mähen. Ist noch genug Diesel für den Mäher da?«

»Weiß nicht.«

»Dann schau doch mal schnell nach, ja?«

»Bin gerade erst aufgestanden.«

»Macht nichts. Schau trotzdem nach.«

Barfuß tapste Joey aus dem Haus und ging hinüber zur Garage. Einige Augenblicke später kam er zurück und sagte: »Nicht mehr viel da.«

»Ich kaufe schnell noch ein paar Liter, in der Zwischenzeit kannst du wach werden. Wenn ich wiederkomme, machst du dich dann gleich an die Arbeit, okay?«

Joey murmelte: »Ja, ist schon gut.«

Der Schlauch war fertig. »Okay, dann bis gleich.«

Er holte den Kanister aus der Garage, fuhr zur nächsten Tankstelle, füllte ihn voll Diesel und kehrte zum Haus zurück. Die Haustür stand noch immer offen, aber Joey war nirgends zu sehen.

Er lehnte sich in den Türrahmen und rief ins Haus: »Hey, Joey?« Joey erschien mit mürrischem Gesicht; die Idee, daß er nun gleich den Rasen mähen sollte, schien ihm gar nicht zu gefallen. Anstatt sich die Haare zu kämmen, hatte er einfach eine Baseballmütze aufgesetzt. Aber immerhin trug er Strümpfe und eine schmutzige Turnhose. Er kaute an der ersten von sechs Schei-

ben Toast mit Erdnußbutter, die er auf seiner Handfläche aufge-
stapelt hatte.

»Jetzt ist wieder genug Diesel da«, teilte ihm Chris mit. »Ich habe
ihn auch gleich in den Tank gefüllt.«

»Hmmm ...« Joey trat aus dem Haus. Sein Mund war zu voll, als
daß er hätte antworten können.

»Hey, hör mal ...« Chris griff nach seiner Mütze und zog ihm
das Schild ins Gesicht. Seite an Seite standen die beiden auf den
Stufen, Chris blickte hinüber zu dem Haus auf der anderen
Straßenseite und den dahinter in der Sonne glitzernden Fluß,
während ihm der Geruch der Erdnußbutter in die Nase stieg.
»Ich weiß, daß ihr Kinder eurer Mutter immer bei der Arbeit
im Haus helfen mußtet, und ich weiß, wie sehr euch Greg fehlt, aber
das ändert nichts daran, daß ihr eurer Mutter immer noch helfen
müßt ... vielleicht sogar mehr als zuvor. Nimm ihr von selbst Arbeit
ab, so daß sie sich auch mal ausruhen kann. Warte nicht, bis sie dich
um etwas bittet.« Aus den Augenwinkeln schielte er hinüber zu
Joey. »Okay?«

Joey dachte einen Augenblick über das Gesagte nach.

»Ja, okay«, antwortete er, als sein Mund wieder leer war.

»Prima«, sagte Chris. »Und wenn du den Rasen gemäht hast,
stellst du auch gleich den Sprenger an.«

»Na klar.«

»Danke, Joey.« Er klopfte ihm auf die Schulter und ließ ihn mit
seiner Arbeit allein.

Kurz nach fünf rief Lee ihn an und riß ihn wieder einmal aus dem
Schlaf. »Sagen Sie nicht, daß ich Sie schon wieder geweckt habe«,
sagte sie, als sie seine schlaftrunkene Stimme hörte.

»Mrs. Reston ... sind Sie's?«

»Wer sonst würde Sie denn schon wieder aus dem Schlaf
reißen?«

Er räkelte sich und gähnte. Nachdem er sich ordentlich geräus-
pert hatte, fragte er: »Wie spät ist es denn?«

»Zehn nach fünf. Sie haben doch gesagt, Sie würden nur bis zwei
schlafen, wenn Sie Nachtdienst hatten?«

»Normalerweise schon, aber heute konnte ich nicht sofort einschlafen. Hatte eine kleine Verfolgungsjagd.«

»Oh, nein, das darf doch nicht wahr sein.« Greg hatte ihr erzählt, wie gefährlich Verfolgungsfahrten waren und daß es irgendwann einmal jeden Polizisten traf.

»Haben Sie ihn gekriegt?«

»Erst als er über die Fahrbahn hinausgeschossen und im Straßengraben gelandet war.«

Sie schüttelte ungläubig den Kopf.

»Der Typ hat uns ganz schön auf Trab gehalten.«

»War er betrunken?«

»Sternhagelvoll. Das sind die Schlimmsten.«

»Es tut mir leid, daß Ihr Tag so unerfreulich angefangen hat.«

»Mein Adrenalinspiegel hat sich mittlerweile schon wieder eingepegelt. Was kann ich für Sie tun?«

Es herrschte einen Augenblick lang Schweigen, bevor sie sagte: »Danke, daß Sie den Schlauch repariert haben.«

»Bitte, gern geschehen.«

»Und für das Dieselöl.«

»Gern geschehen.«

»Und dafür, daß Sie Joey ein bißchen Dampf gemacht haben. Ich habe keinen Zweifel daran, daß Sie der Grund dafür sind.«

»Nun, vielleicht habe ich eine oder zwei Bemerkungen fallengelassen.«

»Ganz unauffällig ...«

»Ich kann *wirklich* ganz unauffällig sein, wissen Sie.«

»Und auch mit Janice müssen Sie gesprochen haben. Sie ist irgendwie anders.«

»Es sind wirklich liebe Kinder, aber in den letzten Tagen haben sie verständlicherweise ein bißchen zuviel an sich selbst gedacht und darüber ganz vergessen, wie schwer Sie es haben.«

»Wie kann ich mich dafür bedanken?«

»Wollen Sie das wirklich wissen?«

Er spürte ihre Überraschung, bevor sie antwortete: »Ja.«

»Würde es Ihnen etwas ausmachen, wenn ich am 4. Juli zu Ihrem Gartenfest einen kleinen Freund mitbringe?«

»Ganz und gar nicht.«

»Es ist Judd Quincy, der Junge, von dem ich Ihnen erzählt habe.«

»Der aus dem zerrütteten Elternhaus?«

»Ja. Die Idee kam mir heute morgen, als ich im Bett lag und nicht einschlafen konnte und über alles mögliche nachdachte – Judd hat in seinem ganzen Leben noch kein normales Familienleben gesehen, geschweige denn daran teilgenommen. Kinder wie er müssen sehen, wie so etwas funktioniert, bevor sie zu der Überzeugung kommen, daß es möglich ist. Sonst wird er in die Fußstapfen seiner Eltern treten – einfach weil er sich nichts anderes vorstellen kann. Und ich kann mir in ganz Amerika keine Familie vorstellen, die ein besseres Vorbild bieten würde.«

»Oh, danke, Christopher. Natürlich ... bringen Sie ihn ruhig mit.« Ihre Stimme klang warm und verständnisvoll.

»Ist es auch in Ordnung, wenn er Gregs eingefrorene Steaks bekommt?«

»Selbstverständlich!«

»Aber eines möchte ich gleich klarstellen – Judd wird in meiner Volleyballmannschaft spielen!«

»Langsam, jetzt werden Sie aber ein bißchen übermütig!«

»Der Junge ist gelenkig wie ein Schlangenmensch und flink wie ein Wiesel. Sie glauben doch nicht im Ernst, daß ich ihn in einer anderen Mannschaft spielen lasse?«

»Also ich denke doch, daß die Gastgeberin einen Vorteil bekommen sollte – aber darüber sollten wir noch mal reden, wenn ich ihn gesehen habe.«

»Okay, abgemacht.«

Chris lag auf dem Rücken und lächelte hinauf zur Decke; die Hand hatte er um die Sprechmuschel gelegt.

»Also dann ...« sagte sie; darauf folgte ein kurzes Schweigen.

»Ich stehe jetzt am besten auf.«

»Und ich werde einen großen Berg Sandwiches vorbereiten. Joey spielt heute abend mit seiner Mannschaft, und ich schaue zu.«

Nach einer kurzen Pause fragte sie mit unsicherer Stimme: »Wollen Sie auch kommen?«

»Ich kann nicht, muß heute abend selbst spielen.«

»Oh ja, richtig. In der Polizeimannschaft.«

»Ja.«

»Am ersten Schlagmal, stimmt's?«

»Stimmt.«

»Und wer spielt jetzt im Mittelfeld?« Das war Gregs Position gewesen.

»Lundgren, glaube ich. Das ist das erste Mal, daß ich nach …« Nach einer kurzen Pause vollendete sie den Satz.

»Daß Sie nach Gregs Tod wieder spielen.«

»Es tut mir leid.«

»Es wird Zeit, daß wir lernen, es auszusprechen.«

»Ich weiß, ich weiß. Ich habe es auch schon ausgesprochen; ich weiß nicht, warum ich es diesmal nicht rausgebracht habe.« Sie ließ ihre Stimme fröhlich klingen, als sie sich von ihm verabschiedete: »Also … dann viel Glück heute abend.«

»Danke, das wünsche ich Joey auch.«

»Bis zum 4.«

»Ja, Mrs. Reston.«

»Elf Uhr?«

»Wir werden Punkt elf da sein.«

Dann rief er Judd an: »Na, was machst du?«

»Nada.«

»Willst du heute abend mit zu meinem Spiel kommen? Ich hol dich bei Seven Eleven ab, wie immer. Halb sieben.«

»Klar, Mann, warum nicht.«

Um halb sieben lümmelte Judd wie immer an der Glasfront von Seven Eleven. Chris machte ihm von innen die Tür auf.

»Hi«, begrüßte ihn Chris.

»Hi.«

»Ich schlag dir einen Deal vor.«

»Ich mach keine Deals.«

»Den schon. Es geht um das Gartenfest am 4. Juli bei meinen Freunden.«

Der Junge konnte sein gleichgültiges Gesicht nicht aufrechterhalten; neugierig wandte er sich zu Chris, und seine Augen verrieten den Rest.

»Gartenfest?«

»Ja, mit gegrillten Steaks, Volleyball auf dem Rasen, Limo, und danach gibt's im Sand Creek Park das große Feuerwerk. Was hältst du davon?«

»Scheiße, Mann, warum nicht?«

»Aber die Art von Ausdrücken kannst du dir gleich abschminken. Das sind richtig anständige Leute.«

Judd zuckte gleichgültig die Achseln. »Klar, kann ich schon mal machen.«

»Na fein.« Ohne den Blick von der Straße zu wenden, langte Chris rüber ins Handschuhfach und zog die weiße Mütze mit dem braunen A heraus. »Die ist für dich.«

»Für mich?«

»Ja. Sie hat meinem Freund Greg gehört. Seine Mutter hat gesagt, ich soll sie dir geben. Bei ihr sind wir am 4. übrigens eingeladen.«

Zögernd griff Judd nach der Mütze.

»Jetzt hör mal gut zu«, begann Chris. »Wenn du die Mütze aufsetzt, dann trag sie mit Respekt. Er war ein guter Polizist. Und wenn du die Mütze trägst, dann will ich nicht, daß du Fahrräder klaust oder gestohlene Autoradios verkaufst oder irgendwas anderes Beschissenes machst. Einverstanden mit dem Deal?«

Judd betrachtete die Mütze eine ganze Weile nachdenklich. Schließlich sagte er: »Einverstanden.«

»Und noch was.«

»Was denn noch, Mann?«

»Wir müssen dir ein Paar neue Turnschuhe besorgen. Mit den alten Dingern will ich dich nicht in meiner Mannschaft sehen – das kostet uns Punkte, verstehst du?«

Judd blickte runter auf seine zerfetzten Turnschuhe und dann auf Chris. Ihm war klar, daß er jetzt Gefahr lief, Gefühle zu zeigen; also lehnte er sich mit seiner gewohnten Gleichgültigkeit in den Sitz zurück.

»Klar, Mann, neue Turnschuhe sind kein Problem.«

Sie waren schon beinahe bei den Sportplätzen angekommen, als er wieder das Wort ergriff: »Welche mit Luftpolster?« fragte er und warf Chris einen Blick aus den Augenwinkeln zu.

»Luftpolster?!« explodierte Chris. »Weißt du eigentlich, was die Dinger kosten?«

Gleichgültig zuckte Judd die Achseln und seufzte, so als wollte er sagen *Wer, zum Teufel, braucht denn eigentlich Luftpolster?*

Bei den Sportplätzen angekommen, verließen sie das Auto. Judd setzte sich mit einem gewissen Stolz, den er aber nie zugegeben hätte, die neue Baseballmütze auf, so daß das Schild lässig über seinem linken Ohr hing.

Der 4. Juli war so, wie es sich für diesen Tag gehörte: heiß, sonnig, trocken. Die Einfahrt und die Straße standen schon voller Autos, und als Chris sein Auto geparkt hatte und ausgestiegen war, hörte er schon laute Musik und Stimmengewirr aus Lees Garten. Über dem Garagentor und in allen Bäumen im Vorgarten hingen rotweiß-blaue Girlanden; an der Fahnenstange neben der Garage wehte die amerikanische Flagge, und zwischen den Geranien steckten kleine Papierfähnchen.

Christopher und Judd schlugen die Wagentüren zu und gingen hinter in den Garten. Christopher trug ein weißes T-Shirt und entsetzliche Shorts, die in verschiedenen grellen Neonfarben gemustert waren. Judd trug abgeschnittene Jeans, ein weites, wie ein Sack an ihm herunterhängendes ärmelloses Hemd, Gregs weiße Baseballmütze, deren Schild ihm schief über dem linken Ohr hing, und ein Paar funkelnagelneue 100-Dollar-Turnschuhe mit Luftpolster.

Zum ersten Mal, seitdem Christopher ihn kannte, schlurfte er nicht.

Sie gingen um das Haus herum in den Garten, der im kühlen Schatten der mächtigen Ahornbäume lag. Lees Vater, Orrin Hillier, schüttete auf der Terrasse Holzkohle in den großen Grill, der dort aufgestellt war. Aus den Lautsprechern, die in den weit geöffneten Fenstern standen, dröhnte laut Musik – schmissige Märsche, bei denen man als ehemaliger Tuba-Bläser das Gewicht des riesigen Instruments förmlich selbst auf den Schultern lasten spürte. Im lichten Schatten der Bäume wischten Janice, Kim, Sandy Adolphson und Jane Retting die Gartenstühle ab, während Lloyd

Reston und Joey auf dem Rasen zwischen den Blumenrabatten das Volleyballnetz entwirrten. Lees Mutter, Peg, stand zwischen den Blumen und schnitt einen Strauß. Sylvia Eid hatte gerade Wachstuchdecken auf den langen Holztischen ausgebreitet; sie rief ihrer Mutter zu: »Mom, schneid auch noch einige Rispen von dem Rittersporn ab. Dann haben wir in dem Strauß Rot, Weiß und Blau.« Chris erblickte Menschen, die er schon bei der Beerdigung gesehen hatte, Nachbarn, Verwandte und Freunde. Eine Frau ließ Wasser aus dem Gartenschlauch in eine Vase. Ein Mann stellte sich auf den Schlauch, um den Wasserfluß zu unterbrechen; offenbar wollte er die Frau necken. Sie ging darauf ein, schalt ihn lachend und goß ihm schließlich mit Schwung das Wasser aus der Vase über die Beine. Lee trat durch die Schiebetür auf die Terrasse, in der Hand eine Flasche Spiritus zum Entzünden der Holzkohle. »Hier, Dad. Und da sind auch Streichhölzer.« Sie trug weiße Shorts und ein weißes T-Shirt, auf dem die amerikanische Flagge wehte. Während sie Orrin die Grillutensilien reichte, erblickte sie die Neuankömmlinge. Auf ihrem Gesicht erschien ein Lächeln. »Christopher, da sind Sie ja!« Sie eilte die Terrassenstufen hinunter.

Als Janice Christophers Namen hörte, drehte sie sich um, ließ den Putzlappen fallen und lief, sichtlich erfreut, auf ihn zu, um ihn zu begrüßen.

Lee tätschelte Christophers Wange und sagte: »Wie schön, Sie zu sehen!« Dann streckte sie dem Jungen an Christophers Seite die Hand entgegen: »Hallo, Judd. Ich bin Lee Reston.«

Nun war auch Janice bei der kleinen Gruppe angekommen. »Hallo, Christopher. Hallo, Judd. Ich bin Janice.« Dann warf sie einen Blick auf Christophers grellbunte Shorts: »Wow, woher hast du die denn? Stammen die vielleicht aus dem Zirkus?«

»Solche hättest du wohl auch gerne, was?« Er stemmte die Hände in die Hüften und blickte an sich hinab. »Judd hat mir geraten, ein bißchen Farbe in meine Garderobe zu bringen. Ich habe sie extra für heute gekauft.«

Lee sagte: »Eigentlich müßte ich dich als Gastgeberin den anderen ja vorstellen, aber bei unserem Gartenfest macht das jeder selbst. Dort drüben in den Kühltaschen sind Getränke. Da auf dem Tisch stehen Doritos und scharfe Saucen, damit mir keiner verhungert, bis die Steaks gegrillt sind. Paßt aber auf: Die Sauce, in der das Fähnchen steckt, ist extra scharf. Christopher, Sie können die Steaks in den Kühlschrank legen, bis die Kohle soweit ist. Und könnten Sie dann das Volleyballnetz aufspannen?«

»Na klar, gern.«

Kims Stimme tönte über den Rasen: »Hallo, Chris, wen hast du denn da mitgebracht?«

»Das ist Judd. Und damit ihr's gleich wißt: Er spielt in *meiner* Mannschaft!« Während sie von allen freudig begrüßt wurden, gingen sie hinüber zum Volleyballnetz, das Lloyd und Joey inzwischen entwirrt und auf dem Rasen ausgebreitet hatten. Joey steckte die Metallstangen für die Pfosten zusammen. Lloyd kam ihnen entgegen: »Du mußt wohl Judd sein. Hallo. Schön, dich hier zu sehen. Joey, komm ...«

Joey legte die Metallteile ab und näherte sich zögernd dem unbekannten Jungen.

»Hallo«, sagte er aus einiger Entfernung. »Ich bin Joey.«

»Ich bin Judd.«

Dann machte Joey einige Schritte auf ihn zu, und die beiden schüttelten sich die Hände. Joey fragte: »Hilfst du mir mit den Pfosten?«

»Klar«, erwiderte Judd.

Und so begann das Fest.

Orrin entzündete die Holzkohle, woraufhin wenig später der unverwechselbare Geruch durch den ganzen Garten zog. Aus den Lautsprechern tönte »The Stars and Stripes Forever«, und Janices Freunde stellten sich zu einer spontanen Parade auf. Lee holte aus Janices Schrank einen alten Majourettenstab, der kurz darauf im Garten die Runde machte. Peg Hillier stellte sich erstaunlich geschickt an, worauf sie gestand, in ihrer Jugend Majourette gewesen zu sein. Während sie den Stab durch die Luft wirbelte und wieder auffing, warf Orrin ihr bewundernde Blicke zu und raunte seinem Enkel ins Ohr: »Früher in der High School wollten alle Jungs sich mit deiner Großmutter verabreden – aber ich war der Glückliche.« Judd schnappte Orrins Worte auf und warf noch einen Blick auf Peg. In diesem Augenblick verfehlte sie den Stab, der neben ihr zu Boden fiel. »Versuch's noch mal, Peg!« »Noch mal, Großmutter!« Alle Umstehenden feuerten sie an. Beim dritten Versuch fing sie den Stab sicher auf, und die Zuschauer applaudierten. Als der Marsch verklungen war, lachte sie über sich selbst und legte ihre Hände an ihre glühenden Wangen. Orrin umfaßte ihre Schultern und flüsterte ihr etwas ins Ohr, worauf sie noch mehr lachte. Dann reichte sie den Stab an die jungen Mädchen weiter.

Joey schleppte die Tasche mit den Boccia-Kugeln aus der Garage, und schon wenig später war die Partie in vollem Gange. Um die Regeln kümmerte sich niemand, aber alle hatten ihren Spaß. Lee kam mit einem Baseballschläger um die Ecke und rief: »Alle mal herhören. Jetzt bilden wir die Volleyballmannschaften. Christopher und ich sind die Mannschaftsführer!«

Sie ging auf Christopher zu und warf ihm den Schläger entgegen. Mit sicherer Hand fing er ihn auf; ihre Ankündigung hatte ihn in Erstaunen versetzt.

»Los geht's!« Sie warf ihm einen herausfordernden Blick zu.

»Nach rechts!« Er umfaßte den Schläger mit der rechten Hand.

Links.

Rechts.

Links.

Rechts.

Als ihre Hände am Ende des Schlägers angekommen waren, hatte nur noch eine Hand Platz. Flink umfaßte sie das letzte Handbreit und sagte grinsend: »Ich fange an. Judd ist in meiner Mannschaft.«

»Na, Sie haben's aber faustdick hinter den Ohren«, sagte er und erwiderte ihr Grinsen. Dann konterte er: »Joey.«

»Dad.«

»Mrs. Hillier.« Begeisterte Ausrufe gingen durch die Reihen, denn es standen noch massenhaft jüngere Leute zur Auswahl. »Ich kann es doch nicht zulassen, daß ein Ehepaar in einer Mannschaft spielt«, erklärte Chris lachend seine Wahl. »Das würde nur Ärger geben. Außerdem ist sie eine hinreißende Majourette – ein echter Gewinn für mein Team!«

»Aber nennen Sie mich doch um Himmels willen Peg«, sagte sie lächelnd, als sie sich neben ihn stellte.

»Barry.«

»Janice.«

»Sylvia.«

»Hey, ich hab doch gesagt, daß Ehepaare nicht in einer Mannschaft spielen sollten«, protestierte Christopher nach Lees Wahl, doch sie erwiderte seinen Einspruch nur mit einem Grinsen.

Während der Wahl lieferten sie sich noch einige witzige Wortgefechte. Die Auswahl war schon fast beendet, als Nolan Steeg um die Hausecke kam. Er war groß, schlank und durchtrainiert.

»Hey, Nolan spielt bei uns.«

»Kommt gar nicht in die Tüte, Nolan gehört zu uns!«

Nolan streckte seinen Brustkasten heraus und hob die Arme in Siegerpose: »Kann es sein, daß ich äußerst begehrt bin?«

Glücklicherweise hatte Nolan in dieser Woche Besuch von seinem rothaarigen Cousin Ruffy, der in diesem Augenblick ebenfalls um die Ecke kam, so daß keine der beiden Mannschaften leer ausging.

Die beiden Mannschaften lieferten sich ein entsetzlich schlechtes, aber dafür um so lustigeres Spiel. Strittige Bälle wurden lautstark nach allen Regeln der Kunst diskutiert, und schließlich einigte man sich darauf, mit Turnschuhen die Spielfeldecken zu markieren. Als der Ball zum ersten Mal in Richtung Rabatte flog, hörte man Lee entsetzt aufschreien: »Oh nein, bitte nicht in die Blumen!« Eine gelbe Lilie wurde abgeknickt. Lloyd trat vorsichtig in das Beet, um den Ball zurückzuholen. Dann steckte er sich die gelbe Blüte hinters Ohr und rief seiner Tochter ein ein wenig reumütiges »Entschuldige, mein Schatz« zu, als er wieder auf den Rasen zurückkehrte. Als der Ball das nächste Mal in Richtung Blumen flog, tönte es im Chor aus allen Kehlen: »*Oh neiiin, bitte nicht in die Blumen.*« Das war auch für die nächsten Ballwechsel der Schlachtruf.

Gutmütig lachend, erhob Lee die Hände zum Himmel.

Judd war gelenkig und flink, und jedesmal, wenn er angespielt wurde, machte Lees Mannschaft den Punkt. Aber auch Joey war sehr gut, und so lagen die beiden Mannschaften gleichauf. Auch Peg Hillier konnte einen Punkt für ihre Mannschaft erringen, der von allen Seiten fröhlich bejubelt wurde. Lee und Christopher, die am Netz standen, prallten zweimal mit ihren Oberkörpern zusammen, als sie sich gleichzeitig nach dem Ball streckten. Beim zweiten Zusammenstoß ging Lee zu Boden, während Christopher ihr im selben Augenblick versehentlich auf den Knöchel trat.

Sofort schlüpfte er unter dem Netz hindurch. »Entschuldigung, alles in Ordnung?« Er zog sie wieder auf die Beine.

»Ja, nichts passiert.« Und als sie den leicht schmerzenden Fuß belastete, fügte sie hinzu: »Trottel.«

»Sind Sie sicher?« vergewisserte er sich, während er ihr mit der Hand ein bißchen trockenes Gras vom T-Shirt klopfte. Aber sie lachte schon wieder. »Das werde ich Ihnen aber schon heimzahlen. Los, rüber auf die andere Seite«, spaßte sie gutgelaunt.

Das Spiel endete schließlich, als der rothaarige Ruffy nach einem besonders harten Return versehentlich einen Wind abgehen ließ – und zwar einen ziemlich lauten – und alle anderen in schallendes Gelächter ausbrachen.

»Es ist Zeit, die Steaks auf den Grill zu werfen«, rief Lee und war schon unterwegs zur Terrasse. Jemand hatte den Gartenschlauch angestellt, der nun zur Erfrischung und zum Händewaschen herumgereicht wurde. Das Ploppen der Limo- und Bierdosenverschlüsse ertönte. »Wer kümmert sich um die Maiskolben?«

Barry und Sylvia übernahmen diese Aufgabe. Sie fischten die Maiskolben aus der Schüssel mit der Salzlake, schälten die äußeren Blätter ab und legten sie zwischen die Steaks auf den Grill.

Orrin und Lloyd überwachten die Steaks. Über dem ganzen Garten lag der köstliche Duft von Gegrilltem, der allen das Wasser im Munde zusammenlaufen ließ. Die zahlreichen Helfer trugen Schüsseln mit Salaten aus der Küche in den Garten. Die Sonne war in der Zwischenzeit gewandert, und so mußten die Tische und Stühle in den Schatten gerückt werden.

»Ich glaube, die ersten Steaks sind durch«, verkündete Orrin. Vor dem Grill bildete sich auch sogleich eine lange Schlange Hungriger. Nachdem sich jeder sein Steak abgeholt und den Rest des Tellers mit Salaten beladen hatte, suchte man sich einen Platz an den langen Tischen.

»Möchte jemand Eistee?«

»Ich mach das schon, Mom«, sagte Janice und nahm ihrer Mutter den großen Krug mit kühlem Eistee ab.

Sylvia nahm mit einer Grillzange die ersten Maiskolben vom Rost und schwenkte sie in brauner Butter. »Der Mais ist fertig«, verkündete sie.

Lee war die letzte, die sich ein Steak abholte und ihren Teller mit den verschiedenen Salaten füllte. Sie balancierte ihren vollen Plastikteller und den Becher mit Eistee zwischen den beiden Tischen hindurch auf Christopher und Judd zu. »Hey, ihr beiden, rückt mal«, sagte sie, während sie Christopher mit der Hüfte anstieß.

»Na, wie ist der Mais?« fragte sie Christopher, der den Mund voll hatte und nur mit einem zufriedenen »Mmmm ...« antwortete. Wie auch er stützte Lee beide Ellbogen auf die Tischplatte und benagte hungrig ihren Maiskolben, bis ihr die flüssige Butter vom Kinn tropfte. Er griff nach dem Salzstreuer und salzte seinen Maiskolben. Als er den Streuer wieder auf dem Tisch abstellte, berührte sein nackter Arm den ihren.

Rasch rückten sie einige Zentimeter auseinander, konzentrierten sich auf ihr Essen und taten so, als wäre nichts geschehen.

Auf der anderen Seite des Tisches unterhielten sich Judd und Joey über die Musik, die sie mochten – Rap gegen Country. Von dem benachbarten Tisch rief Janice: »Mom, die gebackenen Bohnen sind Klasse!«

»Und erst der Kartoffelsalat«, fiel Christopher ein. »In solch einen Genuß kommt ein Junggeselle nicht alle Tage!«

»Nicht mal einer, der kochen kann?« fragte sie.

»Meine Kochkünste beschränken sich leider auf ziemlich einfache Gerichte.«

»Das Rezept habe ich von meiner Mutter – sie hat da ein kleines Geheimnis.«

»Und das wäre?«

»In das Dressing kommt ein ganz klein bißchen süß-saure Soße.«

Lee erhob ihre Stimme. »Stimmt's, Mom?«

»Was ist, Liebes?« Am Nachbartisch drehte sich Peg um und blickte über ihre Schulter hinüber zu ihrer Tochter.

»In den Kartoffelsalat kommt ein bißchen süß-saure Soße.«

»Ja, richtig. Und deiner steht meinem in nichts nach, mein Schatz.«

Lloyd ging umher und schenkte Eistee nach. Er tätschelte seiner Tochter liebevoll die Schulter. »Ein schönes Fest.«

Von einem anderen Tisch schallte es herüber: »Hey, Tante Lee?«

»Was gibt's, Josh?«

»Stimmt es wirklich, daß du mit elf Jahren mit Großvaters Wagen in ein Kaufhausschaufenster gefahren bist?«

Lee bedeckte in gespieltem Entsetzen mit beiden Händen ihr Gesicht. »Oh, mein Gott, erinner mich bitte nicht daran.«

»Ist das wirklich wahr, Tante Lee?«

Lee errötete. »Oh, Dad, warum mußtest du ihm das erzählen?« schimpfte sie mit ihrem Vater.

»Es stimmt also wirklich, Großvater?«

»Übertreib nicht, Josh. Ich habe dir erzählt, daß sie nicht direkt durch das Fenster gefahren ist – Gott sei Dank kam sie kurz davor zum Stehen.«

Chris lächelte Lee von der Seite an; selbst ihr Ohr war so rot wie die Zinnien auf den Blumenbeeten geworden.

»Daddy, ich könnte dich erwürgen!« schalt sie ihn.

»Ach, jetzt verstehe ich auch, warum Sie so besorgt waren, als ich Joey ans Steuer gelassen habe. Aber immerhin hat er gewartet, bis er vierzehn ist. Und ein Schaufenster war weit und breit auch nicht in Sicht!« neckte Christopher sie nun. Von irgendwo ertönte eine Stimme: »Hey, wie war das noch, als mein Dad zum offenen Fenster hinausgepinkelt hat? Erzähl doch noch mal die Geschichte, Dad!«

Jetzt waren alle Blicke auf Orrin Hillier gerichtet. Lachend und mit gespielter Entrüstung versuchte er, den Vorwurf von sich zu weisen, doch von allen Seiten wurde er nun gedrängt, die Geschichte zum besten zu geben. »Als wir noch Kinder waren und auf dem Bauernhof wohnten, teilte ich mir mit meinem Bruder Jim das Zimmer. Es lag im zweiten Stock, und eines Tages kam uns die Idee, daß wir, wenn wir nachts raus mußten, anstatt durch das ganze Haus runter in den Hof zu laufen, doch einfach durchs offene Fenster pinkeln, und das haben wir dann eine ganze Weile getan. Aber als unser Vater im nächsten Frühjahr die Fensterrahmen streichen wollte, bemerkte er, daß das Fliegengitter, damals waren die noch aus Draht, viele runde durchgerostete Löcher hatte, die« – er deutete mit der Hand einen gewissen Abstand vom Boden an – »just auf der Höhe der Pillermänner von zwei kleinen rotznasigen Jungen unseres Alters lagen. Den Rest konnte unser Vater sich denken.«

»Und was ist dann passiert?«

»Er führte uns in die Scheune, wo ein riesiger Berg Maiskolben lag. Zur Strafe mußten wir die Körner von den Kolben pulen. ›Und daß ihr euch nicht wagt, aus der Scheune zu kommen, bevor ihr nicht damit fertig seid‹, sagte er mit seiner strengsten Stimme. Aber so um die Abendessenszeit hat er doch Mitleid mit uns bekommen und uns den Rest der Strafe erlassen. Aber eines kann ich euch sagen: Nie wieder hatte ich solche Blasen an den Händen.«

Während Orrin die Kindheitserinnerung erzählte, beobachtete Christopher Judd von der Seite. Einen Fuß vor sich auf die Bank gestellt, war sein Blick auf den alten Herrn gerichtet; sein Mund stand offen, und seine leere Gabel war gegen seine Zähne gelehnt. Gespannt lauschte er seinen Worten, und an den Stellen, an denen die anderen lachten, lachte auch er. Er erlebte zum ersten Mal selbst mit, wie in einer Familie die alten Geschichten und Anekdoten von einer Generation an die nächste weitergegeben wurden. Auf seinem sonst oft so gleichgültigen Gesicht war Begeisterung zu erkennen.

Als Orrin die Geschichte beendet hatte, sagte er zu Joey: »Ich dachte immer, Opas wären immer streng und ernst, aber deiner ist echt Spitze.«

Joey antwortete grinsend: »Find ich auch.«

Zum Nachtisch gab es Wassermelone, gefolgt von einem Wassermelonenkerneweitspuckwettbewerb, den Sylvia gewann. Der erste Preis war eine Packung Wunderkerzen.

Sie spielten noch eine Partie Volleyball; einzelne Grüppchen fanden sich zu Boccia und Krocket zusammen. Zwischendurch wurde noch gegessen und getrunken, gescherzt und gelacht, und als es dunkel wurde, räumten sie gemeinsam den Garten und die Küche auf. Als sie schließlich zum Sand Creek Park aufbrachen, war alle Arbeit erledigt, so daß für Lee nichts mehr zu tun übrigblieb.

Während sie sich auf die verschiedenen Autos verteilten, fragte Joey: »Hey, Chris, kann ich mit dir und Judd fahren?«

»Na klar.«

»Habt ihr vielleicht auch noch ein Plätzchen für einen alten Mann übrig?« erkundigte sich Lloyd.

»Aber sicher, steigen Sie nur ein.«

Lee fuhr zusammen mit ihren Eltern und Janice mit ihren Freundinnen. Der Konvoi setzte sich in Marsch, als die Sonne am Horizont versank; in der Nachbarschaft waren schon vereinzelte Kracher und Böllerschüsse zu hören.

Der Sand Creek Park war ein riesiges Gelände mit mehreren Baseballfeldern. Die umgebende Fläche war in einen großen Parkplatz umgewandelt worden, auf dem sich die Autos nun Stoßstange an Stoßstange drängten. Über dem Areal lag feiner Staub in der Luft, es war heiß und hatte schon lange nicht mehr geregnet. Die untergehende Sonne färbte den Himmel in allen Schattierungen von leuchtendem Orange bis hin zu dunklem Violett. Langsam kühlte sich die Luft ein wenig ab. Zwischen den Autos sprangen Kinder hin und her; an diesem besonderen Abend durften sie alle länger als gewöhnlich aufbleiben. Die älteren Herrschaften hatten Klappstühle unterm Arm.

In der freudigen Erwartung des Rummelplatzes und des Feuerwerks rannten Joey und Judd ein Stück vor dem Rest der Gruppe her und wirbelten mit ihren Turnschuhen große Staubwolken auf. Die beiden verstanden sich prächtig.

Lloyd bemerkte zu Chris: »Na, da haben sich ja zwei gefunden.«

»Ja, sie verstehen sich besser, als ich zu hoffen gewagt hatte«, erwiderte Chris zufrieden.

»He, ihr beiden, wartet doch auf uns«, beschwerte sich Lee von hinten.

Lee holte Christopher ein, während Lloyd seinen Schritt verlangsamte und sich der hinteren Gruppe anschloß.

»Wollt ihr auch ein bißchen über den Rummelplatz gehen?« fragte Lee die älteren Herrschaften.

Ihre Mutter antwortete: »Der Nachmittag war für uns turbulent genug. Orrin, Lloyd, ich schlage vor, daß wir unsere Decke ausbreiten und hier in aller Ruhe auf das Feuerwerk warten.« Orrin und Lloyd stimmten ihr zu.

»Stört es euch, wenn wir eine kleine Runde drehen?«

»Aber nein, amüsiert euch nur«, erwiderte Peg.

»Wir kommen nach dem Feuerwerk wieder.«

Durch das staubige Gras schlenderten Lee und Chris Seite an Seite auf die zuckenden Neonschilder zu, in die Richtung, aus der der Popcornduft und die Musik der Karussells und Auto-Scooter kam; den ganzen Tag über waren sie unter den anderen gewesen, und nun, als sie zum ersten Mal einen Augenblick allein waren, verlangsamte sich ihr Schritt.

»Danke für heute«, sagte er, »und besonders dafür, daß Judd mitkommen durfte.«

»Aber gern geschehen; ich habe mich gefreut, daß ihr beide da wart.«

»Ich glaube, so etwas hat er noch nie erlebt. Soweit ich weiß, hat er keine Großeltern mehr, jedenfalls hat er noch nie von ihnen gesprochen. Ich habe ihn beobachtet, als Ihr Vater die Geschichte aus seiner Kindheit erzählt hat, er hat wie gebannt zugehört.«

»Wir anderen haben die alte Geschichte schon so oft gehört, ich kenne sie seit meiner Kindheit auswendig.«

»Aber genau das ist es: Ich möchte, daß er sieht, wie eine richtige Familie funktioniert, und Ihre Familie hat ihm diesen Eindruck zum ersten Mal in seinem Leben vermittelt.«

»Von mir aus können Sie ihn jederzeit wieder mitbringen.«

»Vielleicht freunden sich er und Joey ja an. Immerhin schienen sie sich zuletzt ganz gut zu verstehen.«

Er schaute sie von der Seite an, als sie den Rummelplatz erreichten. Lee wirkte immer trauriger. Sicher dachte sie an Greg.

Bevor sie die erste Bude erreichten, blieb sie stehen. Er hielt ebenfalls inne; sie so traurig zu sehen, tat ihm weh.

»Wollen wir eine Fahrt wagen?« fragte er – ein lächerlicher Vorschlag, aber was sonst hätte er tun sollen?

Sie schüttelte den Kopf und wandte ihr Gesicht ab, um ihre Tränen zu verbergen.

Er trat hinter sie und legte ihr seine Hand auf die Schulter. »Sie waren jedes Jahr mit ihm hier, als er noch ein Kind war, nicht wahr?«

Sie nickte. Nach langem Schweigen sagte sie: »Den ganzen Tag über ging es so gut. Und dann sieht man plötzlich etwas, und es ist, als ob ... als ob er jeden Augenblick in der Menge auftauchen würde.«

»Als achtjähriger Junge, nicht wahr?«

»Acht oder neun oder zehn ... und um Geld für eine Fahrt auf dem Karussell oder Popcorn betteln würde. Ich glaube, es ist der Geruch der Kirmes, der mich an seine Kinderzeit erinnert.«

»Im Badezimmer geht mir das genauso – der Geruch seines Rasierwassers liegt noch immer in der Luft; im Bad muß ich viel öfter an ihn denken als in den anderen Räumen der Wohnung.«

Reglos standen sie beieinander, seine Hand auf ihrer Schulter ruhend, während die Menschen an ihnen vorbeiströmten.

»Wie wär's denn mit dem Riesenrad?« schlug Chris vor.

Sie schaute ihn an und erkannte, daß er recht hatte; etwas Ablenkung würde ihnen beiden über den Augenblick der Trauer hinweghelfen. »In Ordnung, aber ich fürchte, ich bin keine sehr unterhaltsame Begleitung.«

Er kaufte einen ganzen Streifen Karten, und beide stiegen in die kleine Kabine ein. Lees Augen waren trocken, aber man konnte ihr ansehen, daß sie nur unter großer Selbstbeherrschung die Tränen zurückhielt. Sie saßen nebeneinander, ohne sich zu berühren; sie hatte ihre nackten Beine von sich gestreckt und die Knöchel überkreuzt. Das Riesenrad bewegte sich nach vorne, so daß die nächsten Fahrgäste einsteigen konnten.

»Ich habe etwas über Trauer gelesen«, sagte Christopher. »Da stand, daß es am schwersten ist, bestimmte Plätze, mit denen man Erinnerungen verbindet, wiederzusehen; man sollte nicht zu viele dieser Plätze auf einmal besuchen, sondern sich Zeit lassen und nicht erwarten, in jeder Situation ein Held zu sein.«

»Ich versuche nicht, eine Heldin zu sein«, erwiderte sie.

»Vielleicht doch. Sie haben das Sarggebinde selbst gemacht. Sie haben seine Sachen abgeholt. Sie haben das Gartenfest veranstaltet wie in all den Jahren zuvor. Vielleicht brauchen Sie noch etwas Zeit; Sie sollten nicht immer so stark sein wollen. Himmel, Lee, ich habe Sie beobachtet – es ist unglaublich, wie stark und tapfer Sie sind. Ich frage mich schon seit langem, woher Sie diese Kraft nehmen. Aber ich glaube, Sie sollten sich jetzt auch einmal gehenlassen.«

In diesem Augenblick stieg Wut in ihr auf; ihre braunen Augen blitzten vor Zorn. »Wie können Sie es wagen, mich so zu kritisieren? Sie haben eine solche Situation doch noch gar nicht erlebt! Sie wissen doch gar nicht, was das alles bedeutet!«

Das Riesenrad setzte sich in Bewegung, und die bunten Lichter brachen sich in den Tränen auf ihren Wangen. Im selben Augenblick verspürte Christopher tiefes Bedauern, das ihm den Brustkorb zuschnüren wollte.

»Ach, Lee, kommen Sie her ... ich wollte Sie doch nicht zum Weinen bringen.« Er nahm sie in die Arme und bettete ihren Kopf an seiner Schulter. »Ich wollte Ihnen nicht weh tun. Ich wollte Ihnen doch nur klarmachen, daß Sie sich nicht zuviel auf einmal zumuten sollen; das erwartet doch gar niemand von Ihnen. Lassen Sie sich Zeit, hm?«

Plötzlich wurde sie von Weinkrämpfen geschüttelt; ihre Hand krallte sich in sein T-Shirt. Er hielt sie fest umarmt, während das Riesenrad ruhig seine Runden drehte. In der Kabine, hoch über der Erde, kamen sie sich wie die beiden einzigen Menschen auf der Welt vor. Die Lichter unter ihnen schienen endlos weit entfernt zu sein; von dem Lärm und der Musik drangen nur leise

Fetzen zu ihnen hoch. Über ihnen waren die ersten Sterne erschienen.

Sein Mund ruhte an ihrem Haar, das nach ihr, nach Staub und dem gegrillten Fleisch roch.

»Lee, es tut mir so leid«, flüsterte er.

»Sie haben ja recht«, brachte sie mit zitternder Stimme hervor. »Ich habe ja wirklich versucht, die Heldin zu spielen. Ich hätte mit dem Ausräumen des Zimmers warten sollen, bis die Kinder mir geholfen hätten. Und ich hätte nach dem Fest nicht hierher kommen sollen.« Schniefend löste sie sich aus seiner Umarmung und wischte sich mit den Händen die Tränen aus dem Gesicht. Einen Arm ließ er locker auf ihren Schultern ruhen, sein Ellbogen lag auf der Rückenlehne des Sitzes.

»Fühlen Sie sich jetzt besser?«

Tapfer nickte sie, als wollte sie sich selbst davon überzeugen.

»Sind Sie mir böse?«

Sie schüttelte den Kopf. »Nein.«

Mit seinem Arm zog er ihr Gesicht zu sich, beugte sich zu ihr hinunter und küßte sie zart auf die Stirn. Ihre Gondel erhob sich zum höchsten Punkt des Kreises; dann blieb das Riesenrad wieder stehen. Ihre Augen trafen sich, und beide dachten in diesem Augenblick über die seltsame Beziehung nach, die sich zwischen ihnen entspann.

»Gut, dann wollen wir die Fahrt genießen.«

Als das Rad sich wieder in Bewegung setzte und sie wieder nach unten in die Nähe der Lichter und der Menschen brachte, schenkte sie ihm ein schwaches Lächeln. Er nahm seinen Arm von ihren Schultern, griff aber dafür nach ihrer Hand und schob seine Finger zwischen ihren hindurch. So verharrten sie eine Zeitlang, während das Riesenrad ruhig seine Runden drehte. Dann fiel ihr ein, daß in der Menschenmenge, die zu den Gondeln aufschaute, vielleicht jemand stand, der sie kannte. Vorsichtig löste sie ihre Hand aus seiner, und Seite an Seite beendeten sie die Fahrt ohne eine weitere Berührung. Aber die Tatsache, daß der andere ganz nah war, reichte ihnen, und das sagte schon alles.

Als sie aus der Gondel stiegen, kam Joey schon auf sie zugelaufen und bat seine Mutter um Geld. Christopher reichte ihm die Karten, die er im voraus gelöst hatte, und sagte: »Gib Judd die Hälfte davon.«

»Toll, danke!«

Judd sagte: »Hey, Mann, danke.«

»Wir treffen uns nach dem Feuerwerk am Auto wieder«, rief Lee den beiden noch nach.

Die Nacht war schon hereingebrochen, als sie zu dem Baseballfeld gingen, wo die Besucher wie in jedem Jahr mit Spannung das Feuerwerk erwarteten. Der Park war riesig. Sie hatten keine Ahnung, von welchem Punkt aus die anderen das Spektakel beobachten wollten, und nachdem sie zehn Minuten lang Ausschau nach ihnen gehalten hatten, gaben sie ihre Bemühungen auf.

»Wollen Sie sich hier hinsetzen?« fragte Chris sie, als sie ein Fleckchen Gras gefunden hatten, das groß genug für sie beide war.

»Warum nicht?«

Sie breitete ihren Pullover auf dem bereits feuchten Gras aus und sagte: »Der reicht für uns beide.«

Sie ließen sich auf der kleinen weißen Insel nieder. Ihre Hüften berührten sich, und sie konnten den verbotenen Kontakt auf dem engen Raum auch gar nicht verhindern. Als das Feuerwerk begann, streckte sie die Beine lang aus und stützte sich mit den Händen hinter dem Rücken ab, um besser in den hell erleuchteten Himmel blicken zu können.

Tausende von kleinen gelben Sternen schienen auf sie herabzuregnen, gefolgt von weißen Diamanten, roten Rubinen und blauen Saphiren. Ihre Arme berührten sich wie schon zuvor während des Festes. Aber jetzt gab es keinen Grund, die Berührung zu beenden; während ihre Körper immer dichter aneinander rückten, blickten sie wie die Menschen um sie herum hoch in den Himmel.

Am Himmel waren schillernde Fontänen aller Farben zu sehen; die Raketen zischten hoch in den Himmel, wo sie explodierten und sich in den schönsten Formen und Farben ergossen. Die Menschen um sie herum zollten jedem neuen Anblick ihre Bewunderung.

»Ohhhhh.«

»Ahhhhh.«

»Christopher?« sprach sie ihn ganz leise an.

»Hm?« Er wandte sich ihrem Gesicht zu, das in den Himmel schaute.

»Sie tun mir sehr gut«, sagte sie, während sich über ihnen ein goldener Sternenregen ergoß.

7. Kapitel

Einige Wochen nach dem 4. Juli kam Janice abends kurz vor zehn von der Arbeit zurück. Es war schwül im Haus, und sie war müde, als sie die Diele betrat. Sie ließ ihre Tasche fallen und ging zu Lee ins Schlafzimmer.

»Hallo, Mom.«

»Hallo, mein Schatz.« Lee saß in einem gelben Pyjama auf ihrem Bett und las eine Gartenzeitschrift. »War viel los im Geschäft?«

Janice fuhr sich mit der Hand durchs Haar und schüttelte den Kopf. »Ging so. Mein Gott, ist es heiß hier im Haus. Ich wünschte, wir hätten eine Klimaanlage.«

»Warum duschst du nicht lauwarm? Danach wirst du dich sicher besser fühlen.«

Janice zog ihre Bluse aus dem Rock und knöpfte sie auf. Dann hob sie einen Fuß nach dem anderen, streifte ihre flachen weißen Schuhe ab und ließ sich erschöpft gegen den Türrahmen sinken.

»Mom, darf ich dich bitte mal was fragen?«

»Natürlich.« Lee ließ ihre Zeitschrift sinken und klopfte neben sich auf die Matratze. »Komm, setz dich zu mir.«

Janice ließ sich auf dem Bett nieder und zog ein Knie an. »Mom, was würdest du tun, wenn du dich mit einem Jungen verabreden wolltest ... aber er keinerlei Anstalten macht, auf dich zuzukommen?«

»Mit einem bestimmten Jungen?«

»Ja ... mit Christopher.«

Die nächsten Sekunden verharrte Lee reglos, dann klappte sie die Zeitschrift zu, legte sie auf den Nachttisch und gewann so einige Augenblicke, in denen sie sich wieder sammeln konnte. Schließlich lehnte sie sich wieder in ihr Kissen zurück und antwortete: »Ah, ich verstehe.«

»Mom, er behandelt mich wie eine kleine Schwester, und ich hasse das.«

»Zwischen euch liegen schon einige Jahre.«

»Sieben Jahre, was ist das schon! Du und Dad, ihr wart fünf Jahre auseinander.«

Lee dachte über Janices Antwort nach. »Das stimmt. Und zwei mehr machen den Kohl auch nicht mehr fett.«

»Aber warum beachtet er mich einfach nicht? Ich habe schon einige Anspielungen fallenlassen, aber er schien sie gar nicht zu bemerken. Ich habe in den Spiegel geschaut, aber ich habe nichts entdeckt, was ihn stören könnte. Ich habe mich ihm gegenüber wie eine richtige Dame verhalten, habe Gespräche angefangen, habe ihm Komplimente gemacht, habe mich besonders hübsch zurechtgemacht, habe ihm tausendmal zu verstehen gegeben, daß er mir gefällt, daß ich alt genug bin und daß ich an ihm interessiert bin, aber er reagiert einfach nicht. Was ist nur los?«

»Ich weiß nicht so recht, was ich sagen soll.«

»Aber du bist doch oft mit ihm zusammen. Hat er schon mal was über mich gesagt?«

»Er fragt immer, wie es dir geht. Er erkundigt sich nach dir, wie er sich auch nach Joey erkundigt.«

»Wie er sich auch nach Joey erkundigt«, wiederholte Janice mit bitterer Stimme, während sie ihr Gesicht zu einer Grimasse verzog. »Na prima.« Sie sah niedergeschmettert aus. Von draußen drang das Zirpen der Grillen ins Zimmer, Joey schaute im Wohnzimmer fern. Janices Stimme wurde ruhiger. »Schon von dem Augenblick an, als Greg ihn mir vorgestellt hat, war ich in ihn verknallt. Das war auf dem Revier; er trug seine Uniform und wollte gerade in den Streifenwagen einsteigen. Er stieg wieder aus, und mein Herz hat einen Sprung gemacht. Ich bin sicher, daß er es weiß. Kim sagt, ich schaue ihn so gierig an wie eine Tüte frisches Popcorn.«

Sie richtete ihren enttäuschten Blick auf Lee, und die beiden lachten. Kurz. Und nicht zu fröhlich.

Lee breitete ihre Arme aus. »Komm her, Liebes.«

Janice rollte sich über das Bett und kuschelte sich in die Armbeuge ihrer Mutter.

»Wir Frauen haben's schon schwer, nicht wahr?« Lee strich Janice zärtlich übers Haar.

»Eigentlich nicht. Viele Frauen sprechen Männer an und fragen sie einfach, ob sie sich nicht mal treffen könnten.«

»Und warum hast du das dann nicht getan?«

Janice zuckte die Achseln. Lee spielte mit dem Haar ihrer Tochter. Janice hatte schönes, mittellanges Haar, kastanienbraun und leicht gewellt. »Vielleicht weil ich möchte, daß er mich fragt.«

In diesem Augenblick platzte Joey herein. »Was macht ihr denn?« Er lehnte sich an den Türrahmen wie zuvor Janice. Er trug ein graues T-Shirt, Shorts und schmutzige weiße Socken, durch die sich schon der große Zeh gebohrt hatte.

»Wir unterhalten uns«, antwortete Lee.

»Ja, und ich wette, ich weiß auch worüber. Janice ist in Chris verknallt, stimmt's?« Er sprach in seiner hohen Falsettstimme, um seine Schwester zu ärgern.

Janice blitzte ihren kleinen Bruder wütend an. »Weißt du, Joey, manchmal verknallt man sich eben in jemanden. Werd du nur noch ein paar Jährchen älter und achte ein bißchen mehr auf dein Äußeres, dann passiert dir das vielleicht auch. Aber so, wie du jetzt aussiehst, findest du bestimmt kein nettes Mädchen. Dein T-Shirt starrt vor Dreck, und ich kann dich bis hierher riechen.«

Jetzt schaltete sich Lee ein. »Könntest du uns bitte noch ein bißchen allein lassen, Joey?«

»Ja, ja, ist ja schon gut … ich geh jetzt sowieso ins Bett.«

»Aber zuerst duschst du bitte noch.«

Er machte ein angeekeltes Gesicht und verzog sich. Einige Augenblicke später rauschte im Bad das Wasser.

Janice rappelte sich hoch und drehte ihrer Mutter den Rücken zu.

»Kim sagt, ich soll ihn einfach anrufen und fragen, ob wir nicht etwas gemeinsam unternehmen können. Was hältst du davon, Mom?«

»Liebes, das mußt du selbst entscheiden. Als ich so alt war wie du, haben Mädchen das nicht getan, aber ich weiß, daß das heute ganz anders ist.«

»Das Dumme ist, daß ich Angst davor habe, er könnte wieder nein sagen, und ich komme mir dann wie eine Idiotin vor.«

»Wieder?«

»Ja, damals habe ich ihn doch gefragt, ob er mit mir schwimmen gehen will, aber er war schon mit dir schwimmen gewesen. Aber diesmal werde ich ihn früh genug fragen, ob er am Wochenende etwas mit mir unternehmen will. Wir könnten zusammen essen gehen.«

Sie schaute ihre Mutter über die Schulter hinweg erwartungsvoll und fragend zugleich an. »Was hältst du von diesem Plan?«

Als Lee ihre Tochter betrachtete, verspürte sie eine Welle mütterlicher Zuneigung. Janice war ein außergewöhnlich hübsches Mädchen. Wie konnte ein junger Mann ihr gegenüber gleichgültig bleiben? Oder sie gar abweisen? »Ich finde, Mütter sollten sich nicht in solche Entscheidungen einmischen.«

Janice blieb noch eine Weile auf der zerknitterten Bettdecke sitzen und betrachtete ihre nackten Füße. Schließlich stieß sie ein rauhes Lachen aus. »Ach, Mom, du bist wirklich keine Hilfe«, sagte sie und erhob sich.

Eine halbe Stunde später, als es im ganzen Haus ruhig geworden war, lag Lee wach in ihrem Bett und dachte über ihre Reaktion auf Janices Eröffnung, daß sie sich in Christopher verliebt hatte, nach. Als Janice Christophers Namen erwähnte, hatte sie kurz eine Art Panik überfallen. Oder war es etwa Eifersucht? Wie lächerlich! Das eine war so lächerlich wie das andere, schließlich hätte Christopher fast ihr Sohn sein können. Er war fünfzehn Jahre jünger als sie, und sie wollte ihn nicht als etwas anderes als einen guten Bekannten betrachten. Aber trotzdem tat sie es. Das Besondere an ihm war, daß er ihr Trost geben konnte, daß sie sich bei ihm ausruhen konnte. Er war sehr reif für sein Alter, vielleicht hatte das sein Beruf oder seine schwere Kindheit bewirkt.

In dem Monat seit Gregs Tod hatte sie ihn vielleicht ein Dutzend Male gesehen. Es war offensichtlich, daß sie ihn als Ersatz für Greg betrachtete. Ihr war das vollkommen bewußt, und wahrscheinlich war das auch eine ganz natürliche Reaktion. Jede Mutter, die ihren

Sohn verlor, suchte die Gesellschaft eines Menschen, der dem Toten nahegestanden hatte, um so über den Verlust hinwegzukommen. Wenn sie von jungen Leuten umgeben war, fiel es ihr leichter, über Greg zu sprechen. Die Mädchen kamen von Zeit zu Zeit vorbei, und Nolan war eines Tages sogar in ihr Geschäft geschneit, um kurz hallo zu sagen.

Was war also mit Christopher so anders?

Sie drehte sich auf den Rücken. Die Laken waren warm, und sie fragte sich, warum sie im Haus keine Klimaanlage hatte einbauen lassen, nachdem das Geschäft so gut lief und sie nicht mehr jeden Penny zweimal umdrehen mußte. Die verdammten Grillen konnten einen wahnsinnig machen. Sie drehte sich auf die Seite und streckte ihre Beine auf dem noch kühlen Streifen des Lakens aus.

Was also, zum Teufel, war mit Christopher anders?

Er trug eine Uniform und fuhr einen schwarz-weißen Streifenwagen. Wenn sie ihn in die Einfahrt biegen sah, hatte sie für einen kurzen Augenblick den Eindruck, daß es Greg sein könnte, der da hinterm Steuer saß, in der schmucken dunkelblauen Uniform mit all den Dienstabzeichen auf der Brust. Christopher hatte wie Greg braunes Haar, blaue Augen und eine immer leicht gebräunte Haut. Sie hatten einen ganz ähnlichen Körperbau. In einem Anbau hinter dem Polizeirevier befand sich ein Fitneßraum, in dem die jungen Polizisten trainierten. Und in Lees Augen hatten sie alle den gleichen muskulösen Körper, den Männer, die einem eines Tages womöglich das Leben retten müßten, auch haben sollten.

Aber wieso hatte sie in der Gondel des Riesenrads mit Christopher Händchen gehalten?

Das war in diesem Augenblick angenehm gewesen, nichts weiter.

Und der Kuß auf die Stirn?

Noch angenehmer.

Und die Berührung ihrer nackten Arme?

Sie wälzte sich noch eine Weile von einer Seite auf die andere. Sie nahm sich vor, nach acht Uhr abends keinen Eistee mehr zu trinken; sie sah ja, daß sie dann keinen Schlaf fand. Eine dumme, al leinstehende Frau, die sich schon vor langer Zeit von Herzklopfen und ähnlichen mädchenhaften Gefühlen verabschiedet hatte! Was um alles in der Welt war denn auf einmal in sie gefahren? Dann hörte sie es in der Entfernung ... ganz verschwommen und weit weg ... eine Sirene ... so weit entfernt, daß sie im selben Augenblick, als sie sie zu hören glaubte, auch schon vom Zirpen der Grillen übertönt wurde. Hatte er immer noch Nachtschicht? Erlebte er wieder eine Verfolgungsjagd? Sie wußte keine Antwort auf diese Fragen, weil sie ihn seit zwei Wochen nicht mehr gesehen hatte. War das nicht schon Beweis genug, daß die kurzen Augenblicke, als sie in der Gondel des Riesenrads Händchen gehalten hatten, vollkommen bedeutungslos waren?

Auch in den folgenden zwei Wochen sah sie ihn nicht. In dieser Zeit verbrachte sie jeden Tag ein bis zwei Stunden damit, Gregs Papierkram in Ordnung zu bringen. Schon seit Wochen stritt sie sich mit den Banken herum, so auch jetzt, als ein Bankangestellter namens Pacey bei ihr im Geschäft anrief. »Aber ich habe Ihnen doch schon gesagt, Mr. Pacey, daß es keine gerichtliche Testamentseröffnung geben wird. Er hatte einen so geringen Besitz, daß es da nichts zu eröffnen gibt.«

»In diesem Fall sind mir die Hände gebunden.«

»Du lieber Gott, es ist doch nur ein Sparkonto mit einem Guthaben von vierhundert Dollar.«

»Ich verstehe Sie ja, aber da Ihr Sohn schon volljährig war, haben Sie nach seinem Tod keine Verfügungsgewalt über sein Vermögen – wie hoch oder niedrig dieses auch sein mag.«

»Aber begreifen Sie denn nicht, Mr. Pacey, daß mir Ihr Computer, obwohl ich Ihnen schon eine Sterbeurkunde vorgelegt habe, trotzdem jede Woche einen Kontoauszug schickt? Ich möchte, daß das endlich ein Ende hat, nicht mehr und nicht weniger.«

»Das tut mir leid, Mrs. Reston, aber wir brauchen auch ein bißchen Zeit, um die ganzen Daten in den Computer einzugeben.«

»Und was ist mit den Raten für das Motorrad? Genau dasselbe. Vor über einem Monat habe ich Ihnen mitgeteilt, daß mein Sohn tot ist und das Motorrad bei dem Unfall beschädigt wurde. Heute habe ich eine Aufforderung erhalten, die Rate zu zahlen – mit Säumniszuschlag!«

Nach einem betroffenen Schweigen erkundigte er sich: »Wann, sagten Sie, haben Sie uns das mitgeteilt?« Als sie ihm das genaue Datum durchgab, antwortete er: »Bitte haben Sie einen Moment Geduld«, und drückte die Wartetaste.

Sie hatte inzwischen Kopfweh, das noch schlimmer zu werden schien, als ihr Barry Manilow ins Ohr sang. Während sie Gregs Angelegenheiten regelte, mußte sie fortwährend an ihn denken. Sie sah seine Handschrift, hielt sein Scheckheft in den Fingern, blätterte in seinen Akten und stieß auf Pläne, die er für seine Zukunft gemacht hatte. Und wenn sie wie in diesem Augenblick auch noch mit Schwierigkeiten und bürokratischen Einzelheiten zu kämpfen hatte, kam ihr alles noch viel schlimmer vor. Nach manchem Gespräch wie diesem, das sie gerade mit Pacey führte, verlor sie die Beherrschung und brach in Tränen aus; wenn sie sich dann wieder beruhigt hatte, blieben nichts als Leere und Enttäuschung in ihr zurück.

Sie war noch immer in der Warteschleife, als sich die Tür öffnete und Christopher in seiner Uniform das Geschäft betrat. Im selben Moment meldete sich Pacey wieder.

»Mrs. Reston?«

»Ja.« Ihr Blick klebte an Christopher, der in den Laden trat und ihr zulächelte.

»Ihr Sohn hat zwar sein Auto abgezahlt, aber die Sache ist die, daß er es als Sicherheit für den Kredit für das Motorrad eingesetzt hat.«

»Das weiß ich bereits, Mr. Pacey. Das habe ich *Ihnen* bei meinem Besuch mitgeteilt! Das Problem ist, daß ich das Auto ohne den Fahrzeugbrief nicht auf meine Tochter umschreiben lassen kann, und den Fahrzeugbrief bekomme ich nicht, wenn ich nicht die Rate bezahle, aber das Motorrad bezahle nicht ich, sondern die Versicherungsgesellschaft – und der entsprechende Scheck ist noch nicht eingetroffen.«

Durch die Leitung konnte sie ihn tief ein- und ausatmen hören.

»Wäre es dann nicht doch einfacher, Mrs. Reston, wenn Sie eine gerichtliche Testamentseröffnung anordnen ließen?«

Mit vor Wut zitternder Stimme erwiderte sie: »Danke, Mr. Pacey«, und knallte den Hörer auf die Gabel, daß das Telefon klirrte.

Christopher hatte sie die ganze Zeit über vom anderen Ende des Ladens beobachtet. Inmitten der blühenden Hortensien und Azaleen sah er ziemlich ungewohnt und etwas deplaziert aus. Mit beiden Händen stützte sie sich auf den Ladentisch und zwang sich zur Ruhe.

Aber die Wut war stärker.

Sie ballte eine Hand zur Faust und schlug, so fest sie konnte, auf den Tresen. »Verdammt noch mal!« brüllte sie mit geschlossenen Augen.

»Was ist los?« Er bahnte sich seinen Weg zwischen den Pflanzen und Grußkartenständern hindurch und blieb auf der anderen Seite des Tresens stehen. Dann beugte er sich zu ihr hinüber: »Schlechter Tag?«

Sie drehte sich abrupt um und wandte ihm ihren Rücken zu. Ihre Hände hatte sie fest vor der Brust verschränkt, den Blick starr an die Decke gerichtet.

»Warum muß ich jedesmal heulen, wenn Sie mich sehen? Ich schwöre, daß ich *tagelang* nicht heule, und nun betreten Sie das Geschäft und finden mich weinend vor.«

»Ich weiß nicht«, antwortete er ruhig. »Vielleicht steckt ja bei uns beiden ein bestimmter Rhythmus dahinter? Mir ging es gerade auch nicht gut, deswegen dachte ich, ich könnte mal bei Ihnen vorbeischauen und sehen, wie es Ihnen heute geht.«

Sie wandte sich ihm wieder zu und brachte sogar ein kleines Lächeln zustande. Als sie ihn in seiner Uniform, der Polizeimütze und dem perfekt gebügelten Hemd vor sich stehen sah, begannen ihre Wut und ihre Trauer zu schwinden.

»Vielleicht, wer weiß«, antwortete sie ihm auf seine Vermutung.

»Worum ging's denn eben am Telefon?«

»Ach, nur bürokratischer Papierkram.«

»Verstehe.« Er beugte sich noch immer über den Ladentisch, seine Unterarme ruhten auf der Platte. Unter seiner linken Manschette blinkte ein goldenes Uhrarmband hervor. In der Brusttasche seiner Uniformjacke steckte die Sonnenbrille. Wie gewöhnlich ließ ihn die Uniform zehn Jahre älter erscheinen und verlieh ihm Respekt.

»Wollen wir vielleicht etwas unternehmen?« fragte er sie mit ruhiger Stimme. »Ins Kino gehen? Ein bißchen spazierengehen? Uns unterhalten? Alles für eine Weile vergessen?«

»Wann? Heute abend?«

»Ja, ich hab heute abend frei.«

Ihr schoß ein Gedanke durch den Kopf. »Könnten wir Janice mitnehmen?«

»Sicher«, erwiderte er ohne zu zögern. »Auch Joey, wenn er möchte. Was machen wir?«

»Die Idee mit dem Spaziergang hört sich am besten an. Ein richtiger langer Spaziergang.«

»Wie wär's mit dem Weg über den Coon Rapids-Damm?«

»Einverstanden.«

»Soll ich Sie abholen?«

»Ja, gerne.«

»Wann?«

Sie warf einen Blick auf die Uhr. »Um halb sechs bin ich hier fertig. Paßt Ihnen sechs? Ich besorg dann noch schnell ein paar Sandwiches zum Mitnehmen.«

»Prima.«

»Schön, dann bis später.«

Sofort, nachdem er den Laden verlassen hatte, rief sie zu Hause an, aber niemand hob ab. Schließlich rief sie bei Kim an. Von Kims Mutter erfuhr sie, daß die Mädchen sich an der Universität schon für die ersten Kurse einschrieben. Sie wußte nicht, wann sie wieder zurückkämen.

»Falls Sie sie sehen, richten Sie Janice doch bitte aus, daß sie um sechs zu Hause sein soll.«

»Mach ich.«

Da Sylvia ihren freien Tag hatte, schloß Lee selbst die Ladentür ab. Im Geschäft nebenan kaufte sie ein paar Sandwiches. Zu Hause angekommen, rief sie laut: »Joey, bist du da?«

»Ja«, antwortete er aus den Tiefen seines Zimmers.

»Hast du Lust, mit mir und Chris spazierenzugehen?«

»Wohin?«

Sie war schon auf dem Weg in ihr Schlafzimmer, als sie ihm antwortete: »Über die Dämme.« Er lag auf seinem Bett und las eine Zeitschrift.

»Hey, toll. Kann ich meine Rollerblades mitnehmen? Laufen ist so langweilig.«

Lachend antwortete sie ihm: »Ist mir ganz egal, aber beeil dich! Um sechs werden wir abgeholt. Hast du Janice schon gesehen?«

»Nein, sie war den ganzen Tag nicht hier.«

Nun, Lee hatte ihr Möglichstes getan.

Sie schlüpfte in pinkfarbene Shorts und ein passendes T-Shirt, zog sich weiße Tennissocken und Turnschuhe an, fuhr rasch mit der Bürste durch ihr Haar, puderte sich die Nase, legte ein wenig Lippenstift auf und knipste das Licht im Badezimmer aus, als Christopher unten auch schon an die Tür klopfte.

»Abmarschbereit?« fragte er, als sie ihm öffnete.

»Jawohl.«

»Wo sind die Kinder?«

»Joey ist schon unterwegs.« Sie erhob die Stimme. »Hey, Joey, bist du fertig?«

Während sich Joey seine Schuhe anzog, schrieb sie Janice eine kurze Nachricht, die sie auf dem Küchentisch hinterließ. *Bin mit Joey und Chris spazieren. Im Kühlschrank steht ein Sandwich. Sind bald wieder zurück. Alles Liebe, Mom.*

»Mach die Tür hinter dir zu, Joey!« rief sie, als sie Christopher nach draußen folgte. »Was sind denn das für Sandwiches?« fragte Christopher und zeigte großes Interesse an der weißen Plastiktüte, während sie hinüber zu dem Explorer gingen.

Fröhlich schwenkte sie die Tüte. »Salami, Schinken, Käse, Mayo, Oliven, Salat, Tomaten, Zwiebeln, Kresse, Thunfisch, Erdnußbutter, Sauerkraut, Schweinsohren ... Glauben Sie, ein Mensch kann sich daran erinnern, was die in dem Laden alles zwischen die beiden Hälften packen?«

Lachend öffnete er ihr die Autotür. »Entschuldigung für meine dumme Frage.«

Sie kletterte auf den Beifahrersitz. Joey kam eine Minute später angerannt. Mit heruntergekurbelten Fenstern fuhren sie los, und der warme Abendwind zerzauste ihnen die Haare.

»Das war wirklich eine tolle Idee, Christopher, es tut so gut, hinauszufahren.« Sie hob die Arme, verschränkte sie hinter dem Kopf und schloß die Augen. »Wenn ich jetzt noch mit einem Bankmenschen, einem Versicherungstypen oder so etwas Ähnlichem reden muß, bekomme ich einen Schreikrampf.«

Christopher blickte aus den Augenwinkeln zu ihr herüber; er betrachtete ihr Profil, ihre hinter dem Kopf verschränkten Arme und ihre Brüste. Als sie sich bewegte und die Arme wieder sinken ließ, lenkte er seinen Blick schnell auf die Straße zurück. »Kein Wort mehr darüber heute abend; jetzt wollen wir spazierengehen und das alles für einige Stunden vergessen. Einverstanden?«

Sie warf ihm ein Lächeln zu. »Einverstanden.«

Die glühende Hitze des Julis war verflogen, und der August hatte mit erträglicheren Temperaturen Einzug gehalten. Als sie am Damm ankamen, war es halb sieben und angenehm warm. Der Himmel war von Schleierwolken getrübt, hinter denen sich, gedämpft wie durch eine angelaufene Scheibe, das allabendliche Farbenspektakel des Sonnenuntergangs vollzog. In der Luft lag der Geruch des ausklingenden Sommers – der Duft von gemähtem Gras und vom Staub des reifen Getreides.

Der Mississippi floß träge in seinem breiten Bett, und auf dem Parkplatz standen zahlreiche Autos mit Fahrradträgern auf dem Dach. Auf dem Damm waren professionell ausgerüstete Radfahrer mit Helm und Rennanzügen unterwegs, während am Rande einige geduldige Angler müßig ihre Ruten ins Wasser hängen ließen und darauf warteten, daß ein Fisch anbiß.

Maulend schnürte Joey seine Rollerblades zu: »Ich hab's dir doch gesagt, Mom. Ich brauche gar keine Schuhe.« Als er fertig war, sagte er: »Ich habe Hunger. Kann ich jetzt schon mein Sandwich haben, Mom?«

»Na klar.« Sie reichte es ihm nach hinten, während er seine Beine aus dem Wagen baumeln ließ. »Aber wirf nachher das Papier nicht einfach ins Gebüsch. Hast du eine Tasche?«

»Ja.«

Lee beobachtete ihren Sohn und fragte sich im stillen, ob es keinen Weg gab, die Jahre zwischen vierzehn und neunzehn zu überspringen. Sie liebte ihn sehr, ihren Jüngsten, aber die Pubertät war wahrlich kein sehr lustiger Zeitraum für eine Mutter.

Sie fragte Christopher: »Wollen Sie Ihr Sandwich auch schon jetzt?«

»Ich laufe lieber mit leerem Magen.«

Er kramte nach seiner Sonnenbrille und befestigte die pinkfarbene Kordel an den Bügeln.

»Ich genauso. Also essen wir nach dem Spaziergang.«

»Ich hab noch eine bessere Idee: Auf der Rückbank liegt eine Bauchtasche zum Umschnallen. Nehmen wir die Sandwiches doch einfach mit und essen sie unterwegs auf einer Bank.«

»Einverstanden.«

Christopher setzte seine Sonnenbrille auf, schloß das Auto ab und reichte Lee die blaue Nylontasche. Sie steckte die Sandwiches hinein, und Christopher schnallte sie sich um die Taille.

Joey war schon gestartet und tänzelte auf seinen Rollerblades elegant dahin, während er sein Sandwich verspeiste.

Sie blickte ihm nach und bemerkte eher zu sich selbst: »Wenn er sich auf seinen eigenen Füßen nur auch so leicht und mühelos bewegen würde.«

»Auch die Pubertät geht vorüber.«

Lachend schlenderten sie weiter. Der Weg führte durch Wiesen, auf denen Schwarzäugige Susanne und wilde Astern blühten, durch wogende Getreidefelder, in denen Fasane nach herabgefallenen Körnern pickten, durch Wäldchen, die lichten Schatten spendeten. Er führte vorbei an sumpfigem Gelände und an den Feldern abgelegener Bauernhöfe. Von Zeit zu Zeit wurden sie von Radfahrern überholt, die kräftig in die Pedale traten und in einem Luftwirbel an ihnen vorüberschossen. Jogger und andere Spaziergänger kamen ihnen entgegen; man warf sich einige Worte zu oder wechselte einen kurzen Gruß. Manchmal konnten sie Joey vor sich sehen, manchmal war er schon um die nächste Biegung verschwunden. Ab und zu wartete er auf sie oder fuhr ein paar Meter hinter ihnen, dann wieder überholte er sie mit Volldampf.

Nach einiger Zeit ließ Lee ihren Blick den Asphaltweg entlangschweifen, der in der untergehenden Sonne wie mit einer glänzenden Goldschicht überzogen schien. Der Weg zog sich mehrere hundert Meter lang gerade hin, aber Joey war nicht zu sehen.

»Ich frage mich, wo mein kleiner Wirbelsturm wohl hingefegt ist«, sagte sie.

»Machen Sie sich keine Sorgen, der taucht schon wieder auf.«

»Wollen wir zurücklaufen?« fragte sie.

»Gern, wenn Sie möchten.«

Sie machten kehrt, die Sonne nun im Rücken, und blickten auf die Uhr.

»Eine Stunde sind wir schon unterwegs«, bemerkte Christopher. »Sind Sie müde?«

»Und ob ich müde bin, aber ich fühle mich sehr gut.«

»Gehen Sie oft spazieren?«

»Nein, nicht sehr häufig, und wenn, dann nur im Sommer. Und Sie?«

»Ich bewege mich immer irgendwie. Im Sommer bin ich viel draußen, im Winter trainiere ich mehr im Fitneßraum, besonders nach einem harten Arbeitstag.«

Sie brauchten ihren Atem zum Laufen und unterhielten sich kaum noch, während ihre Schatten, die ihnen voraneilten, immer länger wurden. Die Luft wurde kühler, und zu beiden Seiten des Wegs stimmten die Frösche ihr allabendliches Quakkonzert an. An einer Wegkreuzung war ein Picknickplatz mit Tischen und Bänken, einem Mülleimer, Fahrradständern und einem Trinkbrunnen eingerichtet. Lee nahm einige Schlucke aus dem Brunnen und wusch sich die Hände, während Christopher hinter ihr wartete und ihren über den Wasserspender gebeugten Rücken betrachtete. Ihm fiel auf, daß der Anblick ihres Körpers ihm immer vertrauter wurde. Dann richtete sie sich wieder auf und wischte sich mit beiden Händen über den Mund, wobei ihm ihre Augen über ihre Handrücken hinweg zulächelten.

Nun beugte er sich über den Trinkbrunnen, beide Hände auf

dem steinernen Becken aufgestützt, während die Sonnenbrille vor seiner Brust baumelte. Sie betrachtete ihn von der Seite beim Trinken; sie bemerkte das rhythmische Pulsieren der Haut unter seinem Ohr, sah durch das T-Shirt den Verlauf seiner Wirbelsäule. Es war schon lange her, daß sie den Körper eines Mannes auf dieselbe Weise betrachtet hatte wie nun Christophers Körper.

Er richtete sich auf und stieß ein männliches, rauhes »Ahhh!« aus – ein Laut, den sie schon seit Jahren nicht mehr gehört hatte. Mit dem Handrücken fuhr er sich über die Stirn.

»Sandwiches, Sandwiches!« sagte sie, während sie zweimal kurz in die Hände klatschte, wie es die Beduinen zu tun pflegten, wenn sie die Mädchen zum Tanz riefen.

»Holen Sie sie raus«, forderte er sie auf und drehte ihr den Rücken zu.

Sie öffnete den Reißverschluß der Tasche und zwang sich, ihren Blick nicht abschweifen zu lassen – wie dumm sie doch war, den Körper eines fünfzehn Jahre jüngeren Mannes zu bewundern –, während sie die beiden Sandwiches herauszog. Am Picknicktisch setzten sie sich einander gegenüber, wickelten die Sandwiches aus und verspeisten sie mit großem Appetit.

Noch Mayonnaise in den Mundwinkeln, studierten sie sich gegenseitig – mit ihren zerzausten, an den Ansätzen feuchten Haaren, den erhitzten, geröteten Gesichtern, in den ältesten Klamotten, die sie besaßen – und fühlten sich dabei so wohl wie mit kaum einem anderen Menschen.

»Also ...«, begann sie, während sie sich den Mund in der harten Papierserviette abwischte, die um das Sandwich gewickelt war, und dort eine orangerote Lippenstiftspur hinterließ. »Gab's seither wieder eine Verfolgungsjagd?«

»Nein, Gott sei Dank nicht.«

»Was gibt's Neues auf dem Revier?«

»Ich habe meinen Schein als Ausbilder an der Waffe gemacht.«

»Mann! ... Glückwunsch.«

»Nicht der Rede wert – ich bin nur einer von vielen.«

»Aber immerhin ... Ausbilder. Bedeutet das, daß Sie nun ein Abzeichen mehr an der Uniform tragen?«

»Nein, kein richtiges Abzeichen, nur eine kleine Nadel.«

»Und was tut ein Ausbilder an der Waffe?«

»Ich bilde die jungen Polizisten am Schießstand im Umgang mit der Waffe aus.«

»Wo ist der Schießstand?«

»In einem Gebäude in dem kleinen Park hinter dem Polizeirevier.«

»Dort, wo auch der Fitneßraum ist?«

»Ja.«

»Da war ich schon einmal. Greg hat mich mal mitgenommen und mir die Zielscheiben gezeigt, die auf einer Schiene vorbeilaufen. Er hat mir ein Paar Ohrenschützer aufgesetzt und seine Schießübungen gemacht. Und Sie überwachen also diese Übungen?«

»Ich kann auch selbst neue ausarbeiten. Im nächsten Monat zum Beispiel veranstaltet das Revier ein Gamma-Schießtraining, an dem Polizisten aus dem ganzen Bezirk teilnehmen.«

»Was ist ein Gamma-Schießtraining?«

»Das ist ein Schießtraining, das an einer Art Simulator durchgeführt wird.«

»Und Sie haben sich die Übungssituationen ausgedacht?«

»Nein, meine Übungen sind etwas anders.«

»Wie denn?«

»Ich arbeite gerade an einem neuen Training. Die Polizisten starten im Keller und müssen drei Stockwerke hoch und dann einen Gang entlanglaufen, eine Tür öffnen und aus einer Gruppe von vierundzwanzig bunten Ballons die sechs roten kaputtschießen. Und das alles in zwei Minuten.«

»In zwei Minuten?« bemerkte sie mit erhobenen Augenbrauen. Das erschien ihr sehr lang.

»Haben Sie schon mal versucht, in zwei Minuten sechs Ziele zu treffen? Und zwar nachdem Sie drei Stockwerke hochgelaufen und völlig außer Atem sind? Und oftmals tragen die Männer im Ernstfall ja auch noch eine Atemmaske – oder es ist dunkel, und man kann das Ziel kaum erkennen. Das ist wirklich nicht einfach.«

»Haben Sie sich das selbst ausgedacht?«

Er zuckte die Achseln. »Viele Anregungen habe ich aus Filmen oder Büchern, und außerdem habe ich in meinen neun Dienstjahren auch schon die eine oder andere brenzlige Situation erlebt.«

»Sie müssen ein guter Polizist sein.«

»Vielleicht besser als manch anderer; aber es gibt noch bessere. Im Ernstfall bin ich ruhiger als die meisten anderen Jungs, das große Zittern kommt immer erst danach. Wie nach der Verfolgungsjagd.«

Er erzählte von den schrecklichen Stunden, die auf riskante Situationen folgen, wenn der Adrenalinspiegel langsam sinkt und der ganze Körper zittert – wie schwer es dann fällt, sich zu konzentrieren, zu schlafen, zur Normalität zurückzukehren.

»Deswegen bin ich zu Ihnen gekommen und habe Ihren Gartenschlauch repariert. Ich konnte nicht schlafen ... ich mußte einfach etwas tun, um diesen Energieüberschuß abzubauen.«

Dann herrschte Schweigen. Manchmal ertappten sie sich in den Pausen dabei, wie sie sich gegenseitig anschauten und in die Augen blickten. »So ... genug aus meinem Leben. Jetzt sind Sie an der Reihe.«

»Nun ... da muß ich mal überlegen.« Sie löste den Blick von ihm. »Bald fängt die Schule wieder an. Bei Joey Anfang September und bei Janice zwei Wochen später. Janice verdient sich ihr Studium selbst, also wird es bei ihr auch ein bißchen länger dauern. Heute hat sie sich an der Uni für die ersten Kurse eingeschrieben. Joey beginnt in der nächsten Woche mit dem Footballtraining. Dafür braucht er noch neue Sportsachen, er ist in der letzten Zeit furchtbar schnell gewachsen. Alle Hosen sind ihm zu kurz.« Sie blickte über die Wiese in die untergehende Sonne.

»Es fällt mir nicht leicht, Janice gehenzulassen. Das Haus wird dann wieder so leer.«

»Hat sie ein Zimmer im Wohnheim?«

»Ja.«

»Da müssen ja auch eine ganze Menge Sachen transportiert werden. Soll ich Ihnen dabei helfen?«

»Nicht nötig. Jim Clement leiht mir wieder seinen Transporter.«

»Sagen Sie mir Bescheid, wenn Sie noch einen starken Möbelpacker brauchen.«

»Danke, mach ich.«

Sie saßen eine Weile beieinander, ohne ein Wort zu wechseln. Ein Spatz pickte um die Mülltonne herum nach Krumen. Ein grauhaariges Ehepaar grüßte sie im Vorbeischlendern. Schon die ganze Zeit plagte Christopher eine Frage, die er sich zu stellen nicht traute; er hatte Angst, daß diese Frage Lee erschrecken oder verärgern und dem wunderbaren Treffen mit ihr ein Ende setzen könnte. Aber sie waren Freunde geworden, gute Freunde. Häufig hatten sie über sehr Persönliches gesprochen – warum also sollten sie nicht auch darüber sprechen? *Frag sie,* drängte ihn seine innere Stimme. *Frag sie doch einfach.* Statt dessen erhob er sich und brachte ihre Abfälle zur Mülltonne. Als er zu ihr zurückkehrte, hatte er genug Mut gesammelt.

»Darf ich Sie etwas fragen?«

»Aber ja.«

Er blickte ihr gerade ins Gesicht. »Gehen Sie manchmal auch aus?«

»Ausgehen?« fragte sie, als wäre ihr dieses Wort vollkommen unbekannt.

»Ja, ausgehen«, erwiderte er. »Mit Männern. Wissen Sie, Greg hat mir sehr viel von Ihnen erzählt, aber er hat nie erwähnt, daß es in Ihrem Leben Männer gibt.« Er legte eine kurze Pause ein. Dann fragte er: »Gibt es welche?«

»Nein.«

»Warum nicht?«

»Nach Bills Tod haben mir die Kinder gereicht. Ich hatte nie das Verlangen nach einem neuen Partner.«

»Neun Jahre lang?« fragte er. »Sie haben neun Jahre lang auf einen Partner verzichtet?«

»Schwer vorzustellen, was?« Bevor er darauf reagieren konnte, fuhr sie auch schon fort. »Es waren anstrengende Jahre. Ich habe noch mal die Schulbank gedrückt und dann ein Geschäft eröffnet. Joey war fünf, als Bill starb. Die anderen beiden vierzehn und fünfzehn. Ich hatte gar keine Zeit, jemanden kennenzulernen. Warum fragen Sie das?«

Er hatte seinen Blick von ihr abgewandt und schaute nun auf das Gras. »Weil ich glaube, daß es Ihnen guttun würde. Als ich Sie heute in Ihrem Geschäft besucht habe, waren Sie frustriert, den Tränen nahe. Vielleicht würden Sie ja auf andere Gedanken kommen, wenn Sie öfter mal mit jemandem ausgehen würden, wenn Sie einen Partner hätten, mit dem Sie über Ihre Gefühle sprechen könnten.«

Ruhig erwiderte sie: »Über meine Gefühle habe ich in der letzten Zeit immer mit Ihnen geredet«, und als hätte sie sich bei einer Indiskretion ertappt, fuhr sie rasch fort: »Und außerdem habe ich meine Familie, meine Kinder ... ich bin nicht allein. Aber was ist mit Ihnen?«

»Mit mir? Ob ich mit Frauen ausgehe?«

»Ich glaube, davon ist gerade die Rede ...«

»Also, eine feste Freundin habe ich nicht. Die meisten verabschieden sich, wenn sie hören, daß ich Polizist bin. Ich glaube, sie haben Angst, sich fest an jemanden zu binden, der jeden Augenblick erschossen werden kann oder sowas ... Es ist kein sehr ruhiges Leben. Ostrinski versucht schon seit langem, mich mit seiner Schwägerin zu verkuppeln. Sie ist geschieden, hat zwei Kinder. Ihr Ex-Mann hat sie jahrelang belogen und betrogen – sogar mit ihrer besten Freundin. Um Ostrinski einen Gefallen zu tun, habe ich mich für Samstag abend mit seiner Schwägerin verabredet, aber besonders freue ich mich nicht darauf.«

»Warum nicht?«

»Zwei Kinder, eine gescheiterte Ehe, über die sie erst noch hinwegkommen muß ...« Er schüttelte den Kopf.

»Hört sich fast an wie ich«, bemerkte Lee.

»Sie haben keine verkorkste Ehe hinter sich.«

»Nein, das habe ich wirklich nicht. Unsere Ehe war sehr glücklich. Vielleicht wollte ich deshalb keinen neuen Partner. Wir haben so perfekt zusammengepaßt, daß ich mir nicht vorstellen konnte ...«

»Ach, da seid ihr ja!« Joey kam auf seinen Rollerblades den Weg entlanggetänzelt. Dann verließ er den Asphalt und tappte mit den Rollen über das Gras zu der Bank, auf der die beiden saßen.

»Wißt ihr, wie weit ich gefahren bin?« Er war verschwitzt und roch äußerst unangenehm.

»Wahrscheinlich bis runter nach South Dakota, die Zeit hätte jedenfalls dazu gereicht«, antwortete ihm seine Mutter.

»Bist du böse, Mom?« erkundigte er sich.

»Du hast Glück, mein Lieber. Ich habe mich so gut mit Christopher unterhalten, daß ich gar nicht bemerkt habe, wie die Zeit vergangen ist.«

»Teufel, da bin ich aber froh. Weißt du was? Ich habe unterwegs ein Mädchen getroffen, das ich kenne ... Sandy Parker. Sie feiert in der letzten Ferienwoche eine Party und hat mich dazu eingeladen.«

»Eine Party? Mit Mädchen? Und da willst du hingehen?«

»Sandy ist ja nicht wie alle anderen Mädchen. Sie fährt auch Rollerblade!« Er drehte seine Baseballmütze mit dem Schild nach vorn. »Ich darf doch hingehen, Mom, oder?«

Lee und Chris erhoben sich. »Aber natürlich.« Durchs Gras gingen die drei zurück zu dem asphaltierten Weg, wo Joey sofort losschoß. »Warte beim Auto auf uns!« konnte Lee ihm gerade noch nachrufen.

Auf dem Weg zum Parkplatz und während der Fahrt zurück nach Anoka sprachen Chris und Lee nur wenig. Er ging am Samstag mit einer Frau aus, und sie beide wußten, daß dies ein verzweifelter Versuch war, aus der seltsamen Situation, in der sie sich seit Juni befanden, auszubrechen: zwei Menschen so ungleichen Alters, die sich in der Gesellschaft des anderen ein bißchen zu wohl fühlten.

Joey plapperte während der gesamten Rückfahrt; ihm fiel die gedrückte Stimmung der beiden gar nicht auf. Christopher begleitete Lee noch bis zur Haustür und wartete, während Lee aufschloß und Joey wie ein geölter Blitz in seinen Socken, die Rollerblades in der Hand, an ihr vorbei ins Haus flitzte.

Er schlidderte über die Fliesen der Diele und verschwand in seinem Zimmer. »Bald geb ich's auf«, stöhnte sie entnervt auf.

Weder sie noch Christopher lachten, wie sie es noch wenige Stunden vorher getan hätten. Aus irgendeinem Grund war die gute Stimmung verflogen.

»Joey, komm her und bedank dich bei Chris!« rief sie ihn. Er erschien in der Diele. »Klar ... danke, Chris. Hat Spaß gemacht.«

»Logisch. Nacht, Joey.«

Er verschwand, und einen Augenblick später hörte man die Badezimmertür mit lautem Krachen ins Schloß fallen. Lee stand auf der obersten Stufe der Treppe und sagte sich, daß sie kein Recht hatte, auf diese Weise auf seine Verabredung mit einer jungen Frau seines Alters zu reagieren.

»Ja, es hat wirklich Spaß gemacht. Danke. Und Sie haben mich wieder mal zum richtigen Zeitpunkt aufgerichtet.«

»Das gilt auch umgekehrt.«

Joey kam türeschlagend aus dem Badezimmer und schoß in die Küche, aus der man wenig später das Öffnen und Schließen der Kühlschranktür hören konnte, quer durch die Diele. Himmel, als wäre es ohne einen türenschlagenden und pubertierenden Jüngling nicht schon schwer genug gewesen, die richtigen Worte zu finden.

»Also ...«, begann Lee zögernd, »ich wünsche Ihnen einen schönen Samstag abend. Geben Sie der Frau eine Chance. Wer weiß ... vielleicht gefällt sie Ihnen ja wirklich.«

Er hatte schon einen Fuß auf die unterste Stufe gesetzt und stand in der Pose vor ihr, die sie insgeheim die »Polizisten-Pose« nannte; aufrecht, mit leicht gespreizten Beinen, geradem Oberkörper und leicht erhobenem Kinn. Der Autoschlüssel hing an seinem ausgestreckten Zeigefinger und klimperte leise vor sich hin. Dann schloß er seine Faust darum.

»Ja«, sagte er und räusperte sich, »wer weiß.«

Er hatte sich schon beinahe abgewandt, als er sich von ihr verabschiedete. »Gute Nacht, Mrs. Reston.«

8. Kapitel

Für Samstag abend waren Christopher, Peter Ostrinski, seine Frau Marge und deren Schwester Cathy Switzer beim Bowling verabredet. Die Sommersaison war gelaufen, und die Wintersaison hatte noch nicht begonnen; also würde auf den Bahnen nicht viel los sein. Pete und Marge lebten in einem hübschen Haus in einer Neubausiedlung östlich der Stadt: oben zwei Zimmer, unten zwei Zimmer. Sie hatten das Haus erst kurz zuvor bezogen, und überall roch es noch nach neuem Teppichboden und frischer Farbe.

Pete öffnete Christopher die Tür und führte ihn ins Wohnzimmer, wo das herumliegende Spielzeug beinahe mehr Platz einnahm als die Möbel; die beiden Frauen saßen auf dem Sofa. Christopher begrüßte Marge mit einem Kuß auf die Wange. Bei der Vorstellung erhob sich Cathy aus dem Sofa und reichte Christopher die Hand – sie war feucht. Cathy war blond, mager und auf ihre Weise nicht unattraktiv, aber wenn sie lächelte, konnte man ihr Zahnfleisch sehen.

»Hallo, Chris«, sagte sie, »schon viel von dir gehört.«

Er lächelte. »Ich von dir auch.«

Pete schaltete sich ein: »Marge hat draußen im Garten ein paar Drinks vorbereitet.« Er folgte den beiden, um die Konversation in Gang zu halten. Draußen musterte Christopher Cathy Switzer unauffällig – er hatte sich für ein Sprite entschieden, während die anderen sich eine Margerita genehmigten.

Ihr Haar war zu einem Berg aus blonden, unordentlichen Korkenzieherlocken aufgetürmt, der sie den halben Nachmittag gekostet haben mußte. Ihm jedenfalls gefiel diese Frisur nicht. Sie hatte kleine Brüste und ein knochig hervorstehendes Becken. Insgesamt war sie sehr mager, wirkte zerbrechlich wie ein Streichholz. Wie die anderen das auch immer finden mochten, auf ihn wirkte sie ungesund.

Er erinnerte sich an Lees Ermahnung, der Frau eine Chance zu geben, und bemühte sich, eine Unterhaltung in Gang zu bringen: »Pete hat gesagt, du arbeitest in einem Sanitärgroßhandel.«

»Ja, im Büro. Und zweimal die Woche besuche ich Abendkurse, um meinen Abschluß als Immobilienmaklerin zu machen.«

Immerhin hatte sie Ziele und war ehrgeizig.

»Und du spielst in einer Bowlingmannschaft, habe ich gehört.«

Die Unterhaltung quälte sich dahin wie bei allen Verabredungen dieser Art. Der Babysitter kam mit den beiden Kindern aus dem Park zurück und bot eine willkommene Abwechslung, bevor die vier zum Bowling-Center aufbrachen.

Cathy Switzer hatte natürlich ihre eigene Kugel dabei. Als sie sie zum ersten Mal auf den Weg schickte, erwartete Christopher, daß nun ihr knochiger, dünner Arm abfallen müßte. Aber statt dessen nahm sie eine Position wie aus dem Lehrbuch ein; die Kugel rollte in einer perfekten Geraden auf die Pins zu und ließ keinen einzigen stehen.

Alle klatschten Beifall, und errötend kehrte Cathy zu ihrem Platz neben Chris zurück.

»Prima«, sagte er, während er sie von der Seite angrinste.

»Danke«, erwiderte sie mit einer Mischung aus Stolz und Bescheidenheit.

Sie hatten eine Menge Spaß und spielten drei Spiele, die alle Cathy gewann, mit ihrer aufgetürmten Frisur, den Streichholzarmen und dem Zahnfleisch, das beim Lachen sichtbar wurde. Danach fuhren sie zu einem Burgerrestaurant, wo sie unter einem Regenbogen aus Neonröhren Hamburger und Pommes frites verspeisten; von der Wand schaute der an seinem Rennwagen lehnende James Dean trotzig auf sie herab, während aus der Musikbox alte Fats Domino-Songs tönten.

»Mir gefällt's hier«, bemerkte Cathy. »Mark und ich haben immer – oh!« Schnell legte sie ihre Hand auf den Mund.

»Entschuldigung«, flüsterte sie und senkte ihren Blick auf die braun beschichtete Tischplatte.

»Schon in Ordnung«, sagte Chris. »Ist Mark dein Ex-Mann?«

Mit geweiteten Augen schaute sie ihn an und nickte.

»Seit neun Monaten sind wir geschieden, aber ab und zu rutscht mir sein Name noch mal raus.«

Auf der anderen Tischseite gab Marge ihren Kommentar ab: »Das Arschloch.«

Pete stieß sie mit dem Ellbogen an. »Hör auf, Marge, nicht heute abend.«

»Okay, es tut mir leid, daß ich das Arschloch ein Arschloch genannt habe!«

Die Stimmung war nun endgültig im Eimer, und man beschloß, den Abend zu beenden. Als sie wieder bei Pete und Marge angekommen waren, stellte sich heraus, daß Cathy kein Auto hatte; also bot Christopher ihr an, sie nach Hause zu bringen. Im Wagen machte Christopher das Radio an, während Cathy verloren in ihrem Sitz saß.

»Magst du Country-Musik?« fragte er.

»Klar«, antwortete sie.

Während Willie Nelson sein Bestes gab, sagte sie: »Tut mir leid, daß ich meinen Ex erwähnt habe.«

»Hey, das ist wirklich in Ordnung. Ich kann mir vorstellen, daß ihr ein paar Jahre zusammenwart. Du hast auch zwei Kinder, habe ich gehört.«

»Ja, Grady und Robin. Sie sind fünf und drei. Er besucht sie nie. Er hat meine beste Freundin geheiratet und kümmert sich jetzt nur noch um ihre Kinder.«

Er wußte nicht so recht, was er antworten sollte. »Das ist hart.«

»Du bist erst der zweite, mit dem ich nach der Scheidung aus war. Der erste hat sich nie wieder gemeldet.«

»Vielleicht hat es ihm nicht gepaßt, daß du ihn beim Bowling in die Tasche gesteckt hast.«

Sie lachte und sagte: »Mark hat es gehaßt, wenn ich zum Bowling gegangen bin. Er selbst hat sich ohne Ende rumgetrieben und ist sogar mit meiner besten Freundin ins Bett gegangen, aber wenn ich mich nach der Arbeit mit meinen Freundinnen zum Bowling getroffen hab, hat er Zustände bekommen.«

Langsam bereute er, zuvor beteuert zu haben, daß es ihm nichts ausmachte, wenn sie ihren Ex erwähnte.

»Und am meisten tut es weh«, fuhr sie unbeirrt fort, »wenn ich höre, daß er mit der Neuen und ihren Kindern Sachen macht, die er mit uns nie gemacht hat. Ich weiß das von seiner Mutter. Mit der spreche ich ab und zu, und dann rutscht es ihr immer mal raus.« Sie erzählte ohne Unterbrechung von ihrem geschiedenen Mann und unterbrach ihre Geschichten nur kurz, um ihm den Weg zu sich nach Hause zu weisen. Als sie vor dem Haus hielten, fragte sie ganz erstaunt: »Oh, sind wir schon da?«

Er sprang aus dem Wagen und öffnete ihr die Tür.

»Ist lange her, daß das ein Typ für mich gemacht hat«, sagte sie. »Mark hat das schon lange vor der Scheidung nicht mehr getan. So bin ich draufgekommen, daß irgend etwas nicht stimmt.«

Er folgte ihr auf dem Betonweg, der sich zwischen den Wohnblöcken hindurchschlängelte, bis sie vor einer Tür stehenblieb. Sie ging die erste Stufe hinauf und drehte sich zu ihm um.

»Ich fand's toll«, sagte sie. »Vielen Dank fürs Bowlingspielen und die Hamburger und alles.«

»Ja, war nett«, stimmte er ihr zu. »Besonders das Bowling, obwohl du mir ja keine Chance gelassen hast. Aber es macht Spaß, jemandem zuzusehen, der das richtig gut kann.«

»Du bist süß!« sagte sie.

»Süß?« wiederholte er entgeistert. »Ich bin eine ganze Menge, aber süß gehört, glaub ich, nicht dazu.«

»Du hast dir den ganzen Abend die Geschichten von Mark angehört. Wenn das nicht süß ist, weiß ich auch nicht.«

»Schon in Ordnung«, sagte er und machte einen Schritt nach hinten. »Viel Glück. Ich weiß, daß es hart ist, jemanden so zu verlieren, aber du kommst schon noch darüber hinweg.«

Sie stand im Schatten, so daß er ihr Gesicht nicht erkennen konnte. Er hatte den Eindruck, daß sie ihre Hände in den Vordertaschen ihrer Jeans vergraben hatte, und ihr aufgetürmtes blondes Haar schimmerte im Dunkeln wie ein Heiligenschein. Plötzlich verspürte er Mitleid mit ihr. »Weißt du, Cathy, du mußt ihn einfach vergessen. Jemand, der seine Frau und seine Kinder so behandelt, hat es gar nicht verdient, daß man ihm auch nur eine Träne nachweint.«

»Wer sagt denn, daß ich ihm eine Träne nachweine?«

Er bemerkte, daß er sich immer tiefer in die Sache verstrickte, mit der er eigentlich gar nichts zu tun haben wollte. Er trat noch einen Schritt zurück. »Ich muß jetzt gehen. Viel Glück, Cathy.«

Als er sich zum Gehen wandte, rief sie ihm nach: »Hey, Chris?« Er drehte sich wieder um.

»Würdest du ...« Sie hielt plötzlich inne. »Vielleicht noch mal herkommen?«

Er ahnte, was nun folgen würde, und verspürte bei dieser Aussicht wenig Freude. Aber trotzdem hatte er Mitleid mit ihr, also ging er zurück zur Treppe, blieb aber unten stehen, so daß ihre Gesichter auf einer Höhe lagen.

»Hör mal«, flüsterte sie, und er bemerkte, daß sie schluckte, als sie ihm die Hände auf die Schultern legte. »Ich weiß, daß du dich auch nicht mehr melden wirst, und das ist auch in Ordnung ... ich meine, das ist wirklich in Ordnung!« Sie sprach mit zögernder Stimme. »Ich habe viel von Mark und mir geredet, das ist mir selber klar. Bevor du gehst ... dürfte ich dich vielleicht küssen? Ich meine, es ist lange her, daß er mich verlassen hat, und ich weiß, daß du nichts von mir willst oder so, und ich will auch nicht, daß du denkst, daß ich jeden küsse. Aber du bist Polizist ... wie Pete ... und ich vertraue dir ... ich weiß, daß es ziemlich dumm ist, dich um so etwas zu bitten, aber ... aber ich ... ich war so lange allein ... stell dir doch einfach vor, ich wär jemand anders, wenn ich dich küsse ...«

Irgend etwas klickte in ihm – das Wort »einsam« verstand er. Judd Quincy war einsam, wenn er bei Seven Eleven, an der Fensterscheibe lümmelnd, auf ihn wartete. Der kleine Christopher Lallek war einsam, wenn er bis spät in die Nacht auf seine Eltern wartete, um sie um Geld für eine schwarze Hose zu bitten. Und diese spindeldürre, geschiedene Frau, die sich einbildete, ihren untreuen Ex-Mann nicht mehr zu lieben, war auch einsam.

Er wartete nicht, bis sie ihn küßte. Er küßte sie – es war ein ehrlicher, rückhaltloser Kuß. In seinen Armen zitterte sie wie dürres Laub, und Chris schob das Bild, wie sich beim Lachen ihr Zahnfleisch zeigte, weit von sich, und auch die Vorstellung von ihrem unnatürlich aufgetürmten Haar, das ihr blasses, schmales Gesicht beinahe zu erdrücken schien.

Er hatte schon genug Frauen geküßt, um zu wissen, daß er sich in diesem Augenblick dem unausweichlichen Sog auslieferte, dem immer gleichen Ritual der Hände, die über den Rücken tasteten, der Zungen, die miteinander verschmolzen, und dem immer engeren Zusammenrücken zweier Körper, das nur auf das Eine hinauslief. Als er Cathys Hände an der Vorderseite seiner Jeans entlanggleiten spürte, wachte er auf. So weit ging die Sympathie nun auch wieder nicht.

Er löste sich aus ihrer Umarmung, schob sie von sich und trat einen Schritt zurück. Dann faßte er sie bei den Händen.

»Hör zu«, sagte er mit rauher Stimme. »Ich muß jetzt gehen. Mach's gut.«

»Ja. Du auch.«

Als er seine Hände den ihren entzog und sie reglos auf der Stufe verharrte, konnte er nicht anders, als erleichtert aufzuseufzen.

Dafür, daß sie ihm nicht besonders gefallen hatte, mußte er in den folgenden Tagen noch auffallend oft an sie denken. Aber dann wurde ihm klar, weswegen: Er verglich sie mit Lee Reston. Er verglich ihren blondierten und mühsam aufgetürmten Haarberg mit Lees einfacher Kurzhaarfrisur, die Wind und Wetter standhielt. Er verglich ihr spitzes, blasses, krank wirkendes Gesicht mit Lees vollem, ausdrucksstarkem, gesundem Gesicht. Und dann noch das Zahnfleisch, das bei jedem Lächeln sichtbar wurde ... Hatte er sie wirklich geküßt? Naja, aber wenn er sich's genau überlegte, war der Kuß gar nicht so schlecht gewesen. Aber auch das konnte ihn nicht von dem logischen Schluß seiner Überlegungen abbringen: Cathy Switzer war nicht Lee Reston. Und an diese Frau dachte er noch viel öfter. Es verging kein Tag, an dem er sich nicht irgendwelche Vorwände ausdachte, unter denen er sie besuchen konnte – was er in den meisten Fällen aber doch nicht tat.

Nach dem Samstag abend vergingen mehrere Tage, an denen er Lee weder sah noch mit ihr telefonierte. Als er eines Tages in der Küche stand und sich gerade eine Portion Eis zurechtmachte, bemerkte er, daß jemand einen Zettel unter seiner Wohnungstür durchschob. Er reagierte, wie ein Polizist reagieren mußte: Er schlich sich auf Zehenspitzen zur Tür und riß sie mit einem Mal auf.

Und vor ihm stand Lee, zu Tode erschrocken.

»Christopher!« Sie machte einen Satz nach hinten. »Himmel, haben Sie mir Angst eingejagt. Ich dachte, Sie wären nicht zu Hause. Haben Sie nicht Dienst?«

»Heute habe ich frei.« Er blickte in beide Richtungen den Gang entlang und dann hinunter auf den Umschlag, der auf dem Boden lag. »Was ist das?«

»Habe ich zwischen Gregs Papieren gefunden, aber es gehört wohl Ihnen. Ich glaube, es ist eine Versicherungskarte. Die muß mit dazwischen gerutscht sein, als ich Gregs Papiere aus der Küchenschublade genommen habe.«

Er öffnete den Umschlag und warf einen Blick auf den Inhalt. »Oh ja ... danach habe ich schon gesucht.«

»Tut mir leid.« Sie zuckte entschuldigend die Achseln.

»Sie hätten es auch mit der Post schicken können.«

»Ich weiß, aber ich hatte sowieso hier in der Gegend zu tun.«

Er betrachtete sie in ihrem grünen Baumwollrock, der weißen Bluse und den flachen, bequemen Schuhen: Sie war eine gesunde, robuste Frau mittleren Alters und unterschied sich damit so grundlegend von Cathy Switzer, wie man es sich nur vorstellen konnte. Er wußte instinktiv, daß er das Richtige getan hatte: Er hatte versucht, eine andere Frau kennenzulernen, doch das hatte nur dazu geführt, daß ihm einmal mehr deutlich wurde, wie sehr er das Zusammensein mit der Frau genoß, die in diesem Augenblick vor ihm stand.

»Wollen Sie nicht reinkommen?« Er trat einen Schritt zurück und machte eine einladende Geste.

»Nein, ich muß nach Hause und Joey etwas zu essen kochen.«

»Na dann – schade.« Sie verharrten einige Augenblicke und dachten beide über ihre Antwort nach, bevor er seinen Arm sinken ließ und fast ungeduldig sagte: »Aber für einen Moment können Sie doch wenigstens reinkommen.«

»Was haben Sie denn gerade gemacht?« Sie beugte sich nach vorne, ging auf die Zehenspitzen und spähte an ihm vorbei in die Wohnung hinein.

»Mir ein Eis rausgeholt.«

»Zum Abendessen?«

»Ja, warum nicht? Mögen Sie auch eins?«

Sie verließ die Zehenspitzen. »Nein, ich muß wirklich nach Hause.«

»Na gut«, erwiderte er und akzeptierte ihre Entscheidung, obwohl er sich nichts sehnlicher gewünscht hätte, als mit ihr in seiner Küche ein Eis zu essen. »Grüßen Sie Joey von mir. Ich muß jetzt gehen«, fügte er etwas verwirrt hinzu, »mein Eis schmilzt sonst.«

»Seien Sie mir bitte nicht böse.« Wenn ihnen in diesem Augenblick jemand gesagt hätte, wie albern sie sich benahmen, hätte sie diese Bemerkung aufs schärfste zurückgewiesen.

»Ich bin Ihnen nicht böse.«

»Gut, kann ich meine Entscheidung dann doch nochmal revidieren?« Er ließ sie in die Wohnung eintreten, schloß hinter ihr die Tür und folgte ihr in die Küche. Dort nahm er einen weiteren Eisbecher aus dem Schrank und kratzte das Eis aus dem Plastikbehälter. »Wollen Sie eine Soße dazu?« Er öffnete die Kühlschranktür und unterbreitete ihr sein Angebot: »Da wäre Schokoladensoße, Karamelsoße und ...« Er griff nach einer alten verklebten Flasche, warf einen kurzen Blick auf das Etikett und beförderte sie mit einem zielsicheren Wurf in den Mülleimer.

»Ich glaube, es bleibt bei Schokolade und Karamel.«

»Karamel«, entschied sie sich.

Während der ersten Hälfte des Eises schweigen sie. Dann fragte Lee: »Wie war denn übrigens Ihre Verabredung am Samstag?«

»Klasse«, antwortete er. »Sie hat sogar ihre eigene Bowlingkugel mitgebracht.«

Es vergingen einige Augenblicke des Schweigens, bis Lee fragte: »Werden Sie sie wiedersehen?«

»Warum fragen Sie?« Er beobachtete sie aufmerksam, doch sie wich seinem Blick aus.

»Einfach so, nichts weiter.«

Er stand auf und brachte die Eisschalen zum Spülstein, wusch sie unter fließendem Wasser aus und stellte sie in den Geschirrspüler. Dann blieb er dort stehen, lehnte sich zurück, stützte sich mit den

Händen auf der Spüle ab und blickte sie einige Zeit schweigend an, während sie auf seine Antwort wartete. Nach einer ganzen Weile seufzte er laut auf und beantwortete ihre Frage.

»Nein«, erwiderte er.

Unruhig rutschte sie auf dem Stuhl hin und her, blickte ihn an, sagte aber nichts.

»Sie war schrecklich«, fügte er erklärend hinzu, während er zum Tisch ging und sich auf den Stuhl neben ihr setzte. Auf dem Tisch lag eine Nagelzange. Er griff nach ihr und spielte mit ihr herum.

»Eine spindeldürre, nervöse Person, die von ihrem Mann mit ihrer besten Freundin betrogen worden ist – jetzt ist er mit ihr verheiratet.«

»Hat sie auch einen Namen?« fragte Lee.

»Cathy«, erwiderte er. »Cathy Switzer.«

Lee saß reglos mit verschränkten Armen am Tisch und musterte ihn.

Er legte die Nagelzange zurück auf den Tisch und fuhr fort: »Sie hat den ganzen Abend ununterbrochen von ihm erzählt. Daß er es gehaßt hat, wenn sie Bowling spielen ging. Daß er sich nicht mehr um seine Kinder kümmert. Daß der erste Typ, mit dem sie nach der Scheidung aus war, sich nie mehr gemeldet hat. Als ich sie zur Haustür gebracht habe, wiederholte sie immer wieder, daß sie sehr wohl wüßte, daß sie den ganzen Abend nur von ihm gesprochen hätte und daß auch ich mich nie wieder melden würde. Und dann hat sie mich gebeten, sie zu küssen.« Sein Blick wanderte zu Lee, und seine Stimme hatte den rauhen Unterton verloren. »Sie sagte, daß sie sehr einsam ist, daß sie mir vertraut, weil ich Polizist bin, und daß ich sie nur einmal küssen soll, obwohl sie wüßte, daß ich mir nichts aus ihr mache. Ich sollte mir vorstellen, daß ich in dem Augenblick eine andere Frau küssen würde.«

Das Schweigen wurde immer länger, bis Lee ihn schließlich fragte: »Und haben Sie?«

Bis zu seiner Antwort ließ er einige Zeit verstreichen, in der sich ihre Blicke trafen und nicht mehr voneinander lösten. »Ja«, erwiderte er, und seine Stimme klang so leise, als käme sie aus einem anderen Raum. Dann breitete sich wieder Schweigen über sie. Ihre

Frage war ebenso wie seine Antwort nicht eindeutig: Hatte er die Frau geküßt, oder hatte er bei dem Kuß an eine andere gedacht? Er entschied sich, nicht die ganze Wahrheit preiszugeben. Er spürte, wie die Spannung im Raum auf ihn übergriff, und wußte, daß auch Lee sie fühlte. Sie hatten beide bisher davor zurückgescheut, offen über die Gefühle zu sprechen, die sie füreinander empfanden; sie hatten Angst, sich ihre gegenseitige Zuneigung einzugestehen, denn da waren der Altersunterschied und all die ungeschriebenen Gesetze, die damit zusammenhingen. Natürlich konnten sie auch bis in alle Ewigkeit so tun, als wären sie nichts weiter als gute Bekannte, aber sie beide wußten, daß ihre Gefühle immer stärker wurden – also mußte einer von beiden den Anfang machen, es auszusprechen, weil es sonst bald unerträglich sein würde, ihre Gefühle unter Verschluß zu halten. Aber es gab da noch einiges, was Lee zuvor wissen sollte – Dinge, über die Chris bisher nur sehr selten gesprochen hatte und die er ihr nicht vorenthalten wollte.

»Ich glaube, es ist Zeit, daß ich Ihnen ein bißchen mehr über mich erzähle, Lee. Dafür müssen Sie etwas Geduld haben, denn es ist eine lange Geschichte – einen kleinen Teil kennen Sie ja schon. Aber bevor Sie nicht alles gehört haben, können Sie sich nicht vorstellen, woher ich komme.«

Christopher rutschte auf seinem Stuhl hin und her, der unter seinen Bewegungen ächzte. »Ich habe Ihnen ja schon ein bißchen aus meiner Kindheit erzählt. Wie mich meine Eltern immer allein gelassen haben und ich mich um meine kleine Schwester kümmern mußte. Alles, was sie beschäftigte, war die Frage, wie sie ihren nächsten Rausch bezahlen konnten. Ob etwas zu essen da war, interessierte sie nicht.

Wenn zufällig irgendwas da war – gut. Und wenn nicht, dann eben nicht. Aber im Erdgeschoß unseres Hauses gab es diesen Supermarkt. Ich fand heraus, wann die alten Waren aussortiert wurden, und lungerte vor dem Hintereingang herum, bis ein Typ namens Sammy Saminski rauskam und das halb vergammelte Zeug in die Mülltonne beförderte. Manches davon war noch ganz gut – eßbar zumindest. Sammy ließ es mich mit nach Hause nehmen. Sammy war schwer in Ordnung; bald ahnte er, unter welchen Umständen Jeannie und ich lebten, und hatte Mitleid mit uns. Er gab mir auch ab und zu Lebensmittel, die noch gut waren. Deshalb habe ich kochen gelernt – auf diese Weise haben Jeannie und ich uns über Wasser gehalten.

Mavis und Ed kamen manchmal um zehn nach Hause, manchmal um Mitternacht – meistens haben wir es gar nicht mitbekommen. Es ist mir heute noch ein Rätsel, wie die beiden das überlebt haben, denn ich habe sie nie essen sehen. Sie haben immer nur gesoffen und sich gestritten. Wenn er sie prügelte, hat sie manchmal die Polizei gerufen. So bin ich auf die Idee gekommen, Polizist zu werden. Immer wenn ein Polizist zu uns in die Wohnung kam, habe ich gehofft, er würde Jeannie und mich mitnehmen und irgendwohin bringen, wo wir es besser hätten. Wenn ein Polizist da war, habe ich mich sicher gefühlt. Aber anstatt uns Kinder mitzunehmen, haben sie den Alten abtransportiert. Sie sperrten ihn dann ein, zwei Tage in die Ausnüchterungszelle. Immer wenn er fort war, begann Mavis, sich etwas mehr um uns zu kümmern. Aber sobald er wieder auf der Bildfläche erschien, fing alles von vorn an.«

Christopher starrte auf die Nagelzange in seiner Hand. Er schien sich langsam aus seinen Erinnerungen zu lösen und rutschte unruhig auf dem Stuhl hin und her. Dann lehnte er sich wieder zurück und fuhr langsam fort.

»Als ich vierzehn war, gab mir Sammy Saminski einen Job in dem Laden. Er hatte mich älter gemacht, als ich eigentlich war. Nachdem ich die High School abgeschlossen hatte, leitete ich den Einkauf und habe genug Geld zurückgelegt, um zwei Jahre lang die Berufsschule zu besuchen. Immer wenn ich Geld übrig hatte, habe ich es Jeannie gegeben. Sie hat jeden Penny gespart, ohne mir jemals zu sagen, wofür. Als sie fünfzehn war, lief sie davon.«

Christopher räusperte sich. »Ich glaube, ich habe Ihnen schon mal erzählt, daß meine Eltern immer noch hier in Anoka leben. Sie trinken noch immer, prügeln sich noch immer. Ich habe nichts mehr mit ihnen zu tun.«

Er blickte Lee an – süße, liebe Lee – und entschied, die Liebe in seinen Augen von nun an nicht mehr zu verbergen; er hatte es endgültig satt.

»Dann habe ich Sie kennengelernt. Und wissen Sie, was Sie mir bedeuten? Sie sind für mich, was meine Eltern niemals waren. Sie sind, wie eine Mutter sein sollte. Fürsorglich und verständnisvoll. Sie sind immer für Ihre Kinder da, egal, worum es geht. Sie verdienen Geld, um für sie zu sorgen. Sie können mit ihnen über alles sprechen. Und Sie lieben sie – Sie lieben sie von ganzem Herzen und werden geliebt. Und von Anfang an haben Sie mich behandelt, als gehörte ich zur Familie. Dann verunglückte Greg, und seitdem kommt es mir vor, als wäre ich an seine Stelle getreten. Und wissen Sie was? Es ist herrlich.«

Seine Stimme hatte sich zu einem leisen Flüstern gesenkt. »Und als ich am Samstag abend diese Frau küßte ... Wissen Sie, was ich mir da vorgestellt habe, Lee?«

»Christopher, hör auf!« Sie sprang auf, lief quer durch die Küche und blieb am Spülstein stehen, mit dem Rücken zu ihm.

»Ich bin total durcheinander, Lee.«

»Hör auf, hab ich gesagt!« In ihrer Stimme schwang Entsetzen mit.

»Wollen Sie es nicht wissen?«

»Ich möchte, daß wir Freunde bleiben. Aber wenn du weitersprichst, können wir das nicht.«

»Ja, ich weiß. Und davor habe ich Angst.«

»Dann vergiß, was du sagen wolltest. Sofort. Kein Wort mehr davon.«

Er dachte eine Weile nach und wartete darauf, daß sie sich wieder zu ihm umdrehte. Als ihm klar wurde, daß sie das nicht tun würde, sagte er: »In Ordnung.«

Sie drehte den Wasserhahn auf, trank einige Schlucke und drehte das Wasser wieder ab. Aber das hatte nichts mit Durst zu tun. Seitdem sie aufgesprungen war, hatten sie sich nicht mehr angeschaut.

»Ich muß jetzt gehen«, sagte sie mit ruhiger Stimme.

Lichtjahre schienen zu verstreichen, während beide reglos verharrten. Dann stellte er ihr eine Frage.

»Wie alt sind Sie?«

Sie stieß ein Geräusch aus – ein Schluchzen? Oder ein wütendes

Schnauben? Er konnte es nicht deuten –, lief zur Tür und öffnete sie, bevor sie ihm antwortete: »Alt genug, um Ihre Mutter zu sein.« Sie verließ die Wohnung, während er wie gelähmt auf seinem Stuhl verharrte.

Er war enttäuscht, wütend auf sich selbst, weil er ihre Signale offenbar falsch interpretiert und das Schweigen gebrochen hatte, und er hatte Angst, daß die Freundschaft mit dieser wunderbaren Frau nun beendet sein könnte. Aber vielleicht hatte sie nur Angst vor den Folgen seines Geständnisses – immerhin war die Situation für sie schwieriger als für ihn, stand für sie mehr als für ihn auf dem Spiel.

Nach einer halben Stunde erhob er sich und fuhr zum Revier. Dort steuerte er schnurstracks auf den Computer im Einsatzzimmer zu.

Er drückte die Enter-Taste und wartete. Nokes, der gerade einen Apfel aß, erkundigte sich: »Was zum Teufel machst du da?«

»Muß was nachschauen.«

»An deinem freien Tag?«

Langsam drehte sich Chris zu ihm und warf ihm einen gequälten Blick zu. »Nokes, kannst du dich nicht um deine eigenen Angelegenheiten kümmern? Hast du nichts Besseres zu tun, als mir hier was vorzuschmatzen?«

Nokes zuckte beleidigt die Achseln und verließ den Raum. Christopher rief die Führerscheinregistrierung auf. Bevor er nach den gewünschten Informationen suchen konnte, mußte er sein Paßwort eingeben.

Der Computer ließ ein langgezogenes *Bieeep* ertönen und gab Christopher grünes Licht.

Er tippte ihr Autokennzeichen ein, drückte die Return-Taste und drehte sich zur Tür, um zu hören, ob der Drucker, der in der Telefonzentrale nebenan stand, ansprang. Er vernahm das schnarrende Geräusch und ging ins Nebenzimmer. Dort saßen Toni Mansetti und Ruth Randall bei der Arbeit. Nokes lehnte an Ruths Schreibtisch und nagte immer noch an seinem Apfel, während er auf den Bildschirm starrte, über den der Parkplatz bewacht wurde.

188

Der Drucker hörte auf zu schnarren, und Christopher riß das Papier über Ruths Schulter hinweg ab. Während er langsam aus dem Raum ging, las er die Information von der Führerscheinstelle.

Lee Therese Reston
1225 BENTON STREET ANOKA 55303
Geschlecht: weiblich
Geburtsdatum: 18. September 1948
Größe: 169 cm
Gewicht: 65 kg
Augenfarbe: braun
Paßnummer: 8082095102
Keine registrierten Verstöße gegen die Straßenverkehrsordnung.

Sein Blick blieb an einer bestimmten Eintragung hängen – Geburtsdatum: 18. September 1948.

Sie war also vierundvierzig.

Als Lee Christophers Wohnung verließ, kochte sie vor Wut. *Wie kann er es bloß wagen!* dachte sie, als sie abends im Bett lag und nicht einschlafen konnte. Wie konnte er nur alles zerstören, was sie in den vergangenen Wochen und Monaten gemeinsam aufgebaut hatten! Sie brauchte ihn; sie genoß die Augenblicke, die sie gemeinsam verbrachten, weil sie mit ihm über Dinge sprechen konnte, die außer ihm niemand zu verstehen schien. Sie konnte sie selbst sein – traurig oder fröhlich –, und er akzeptierte sie immer.

Aber etwas anderes als eine Freundschaft kam zwischen ihnen nicht in Frage, denn da waren der riesige Altersunterschied und seine freundschaftliche Beziehung zu dem Rest ihrer Familie. Janice hatte sich in ihn verliebt! Joey betrachtete ihn als Ersatz für seinen großen Bruder, und die ganze Familie wußte, wieviel Zeit er mit ihnen verbrachte.

Wenn irgend jemand nur den geringsten Verdacht schöpfte, käme es zu einem Skandal ... an ihre Mutter gar nicht zu denken.

Der August verabschiedete sich, und der September hielt Einzug. Christopher hatte sich nicht mehr gemeldet. Joey begann mit seinem Footballtraining, und kurz darauf fing die Schule wieder an. Lee richtete ihre Geschäftszeiten so ein, daß sie sich die Spiele anschauen konnte, die einmal pro Woche am späten Nachmittag stattfanden.

Janice zog ins Studentenwohnheim, aber Lee weigerte sich hartnäckig, Christophers Angebot, beim Umzug zu helfen, in Anspruch zu nehmen. Statt dessen machte sie ihrem trägen Sohn Dampf, der jeden Tag im Fitneßraum des Clubs trainierte, aber vorgab, zu müde zu sein, um Janices Kisten zu schleppen. Die drei verbrachten Mitte September einen ganzen herrlichen Sonntagnachmittag damit, Gregs Matratze und das in Einzelteile zerlegte Bettgestell samt Sprungrahmen auf Jim Clements Transporter zu hieven, das Ganze zum zwanzig Kilometer entfernten Campus zu fahren und dort in den dritten Stock zu schleppen.

Janice verabschiedete sich mit einer liebevollen Umarmung von ihrer Mutter: »Nimm's nicht so schwer, Mom. Ich habe ja das Auto und komme an den Wochenenden nach Hause.«

Die darauffolgende Woche war vielleicht die schwerste in Lees Leben. Langsam begann sie zu verstehen, wie eine einsame Frau einen alleinstehenden Mann um einen Kuß bitten konnte, obwohl sie sehr gut wußte, daß er sich nie wieder melden würde.

Es folgten herrliche Herbsttage.

Und herrliche Herbstabende. An einem dieser Abende verließ Joey das Bad in einer Wolke von Deodorant, die Haare gewaschen und gekämmt, mit sauberen Socken *und* Schuhen.

»Ich gehe mit ein paar Leuten in die Stadt, eine Cola trinken«, verkündete er. Die »Leute«, unter denen sich auch einige Mädchen befanden, holten ihn ab. Als sie wiederkamen, machten sie sich auf den Stufen vor dem Haus breit, unterhielten sich, lachten und scherzten. Eine von ihnen, soviel bekam Lee mit, war Sandy Parker.

Lee fing an, sich alt und nutzlos zu fühlen.

Am 18. September (sie hatte den Tag schon seit langem gefürchtet) um genau zehn Uhr zweiunddreißig (sie würde sich immer an die Uhrzeit erinnern) stand Ivan Small in ihrem Laden; Ivan, der Botenjunge ihrer größten Konkurrenz, Forrest Floral auf der Fourth Avenue, trug einen Rosenstrauß, der so riesig war, daß der junge Mann wie ein wandelndes Bukett aussah.

»Miss Reston?« fragte er hinter dem Strauß hervor; dann legte er ihn auf dem Ladentisch ab und trat einen Schritt zur Seite, so daß er Lee auf der anderen Seite der Blumen sehen konnte. »Ich weiß nicht, was das bedeuten soll, aber wir haben den Auftrag, diesen Strauß bei Ihnen abzugeben.«

»Machen Sie Scherze?« erwiderte sie.

»Nein, nein, das ist mein voller Ernst. Fünfundvierzig Rosen«, antwortete er ihr. Er sah sie etwas ratlos an.

»Oh, Gott.« Sie schlug beide Hände vors Gesicht, während Sylvia, Pat und Nancy, die sich um sie geschart hatten, die herrlichen Rosen bewunderten.

»Die sind sicher von Mom und Dad«, sagte sie hoffnungsvoll, »oder von Lloyd. Ja, ich wette, sie sind von Lloyd.«

»Es ist eine Karte dabei«, bemerkte der Botenjunge und zog zwischen den Stielen einen Umschlag hervor.

Lieber Gott, steh mir bei, betete Lee. *Wenn der Strauß von Christopher ist und Sylvia über meine Schulter seinen Namen liest, dann werde ich ihn mit seinem eigenen Streifenwagen überfahren.*

Auf der Karte stand nur: *Ihr Geheimnis ist gelüftet.*

Jetzt konnte sie sich aber eine gute Ausrede einfallen lassen.

»Danke, Ivan«, sagte sie. »Oh, warten Sie einen Moment.«

Sie öffnete die Ladenkasse und drückte ihm fünf Dollar in die Hand, wobei sie sich allerdings ein bißchen lächerlich vorkam – dem Botenjungen der Konkurrenz im eigenen Laden Trinkgeld zu geben …

Ivan nahm das Trinkgeld an, bedankte sich und verließ das Geschäft.

Als sich die Tür hinter ihm geschlossen hatte, wollten die drei Frauen natürlich zu allererst den Namen des edlen Spenders erfahren. »Von wem sind die denn?«

»Ich weiß es nicht«, gab Lee vor.

»Nun, hast du vielleicht einen … Verehrer?« Sylvia hatte offenbar Schwierigkeiten, das Wort über die Lippen zu bringen.

»Nein, um Gottes willen!« empörte sich Lee.

»Aber von wem können die Rosen denn sonst sein?«

»Woher, um alles in der Welt, soll ich das wissen?«

Sie nahm den Strauß mit nach Hause und stellte ihn auf den Küchentisch. Niemals zuvor hatte sie so viele Rosen auf einmal bekommen. Dieser verdammte Idiot! Im Laden kostete ein Dutzend sechsunddreißig Dollar! Er mußte dafür weit über hundert Dollar hingeblättert haben – die Botenzustellung noch nicht mitgerechnet! Bei ihrem Großhändler hätte sie den Strauß für die Hälfte bekommen.

Aber sie war gerührt. Als sie den Strauß so betrachtete, konnte sie ein leises Lächeln nicht unterdrücken – und aus dem Lächeln wurde nach und nach ein Lachen, das den ganzen Raum erfüllte und ihr Herz erleichterte.

»Lallek, du Kindskopf«, prustete sie laut, »was soll ich jetzt nur mit dir anstellen?«

Als Joey von seinem Footballtraining heimkam, erblickte er auf seinem gewohnten Weg zum Kühlschrank den Strauß und starrte ihn volle fünf Minuten wortlos an.

»Wow, Mom, warum hast du die denn mit nach Hause gebracht?«

»Das sind keine Ladenhüter, falls du das meinst«, bemerkte Lee.

»Von wem sind die denn?«

»Ich weiß es nicht.« Die Karte hatte sie gleich in ihrer Handtasche verschwinden lassen. »Es sind fünfundvierzig.«

»Eine für jeden Hamburger, den ich gleich verdrücke, wenn Janice da ist und wir mit dir essen gehen.«

»Wirklich? Janice kommt?« Sie sprang auf und vergaß über ihrer Freude die Rosen.

»Ja. Zieh dich schon mal um. Wir laden dich zum Essen ein – wo du willst – solange es nicht mehr als zwanzig Dollar kostet.«

Im selben Augenblick betrat Janice die Küche und umarmte ihre Mutter. »Alles Gute, Mom. Hat Joey dichtgehalten? ... Hey, von wem hast du denn die tollen Rosen?«

»Ich glaube, sie sind von Lloyd. Kann mir nicht vorstellen, daß Mom und Dad soviel Geld für Blumen ausgeben würden.«

»Von Großvater?« Janice warf ihrer Mutter einen prüfenden Blick zu, bevor sie ins Badezimmer ging. Während sie die Tür hinter sich schloß, fragte sie: »War denn keine Karte dabei?«

Lee Reston tat so, als hätte sie ihre Frage nicht gehört, und als sie sich auf den Weg zum Vineyard Café machten, war die Frage nach der Karte längst vergessen.

9. Kapitel

Lee hatte Angst davor, Chris anzurufen. Zwei Wochen vergingen. Drei. Eines Tages, es war schon Anfang Oktober, stand Lee auf der Tribüne des Sportplatzes von Joeys Schule, zusammen mit einigen anderen spärlich erschienenen Eltern. Unten war ein Footballspiel im Gange, und oben zogen dunkle Wolken. Heftige Windböen trieben die grauen Fetzen über den Himmel. Das Spielfeld war aufgeweicht und glitschig, denn in der Nacht zuvor hatte es geregnet, und Lee ahnte schon, daß sie Mühe haben würde, die Flecken aus Joeys Trikot zu bekommen.

Er war Verteidiger, eine Position, in der man normalerweise keinen großen Ruhm ernten konnte – und schon gar nicht von Müttern, die nicht in Begleitung eines Ehemannes waren, der ihnen die besondere Bedeutung dieser Position klarmachte. Aber plötzlich brach die erste Reihe zusammen, und Lee sah ihren sonst eher trägen Sohn losstürmen wie einen Blitz, nach allen Regeln der Kunst Haken schlagend, den Gegner geschickt umdribbelnd, mit den Ellbogen Stöße austeilend.

Sie steckte die Finger in den Mund und pfiff. »Los, Joey, lauf!«

Wieder pfiff sie und stieß ihre geballte Faust in die Luft. Sie schrie sich beinahe die Lungen aus dem Leib. »Los, Joey, zeig's ihnen! Zeig's ihnen!«

Oberhalb des Spielfelds, auf der Straße, parkte Christopher Lallek seinen schwarz-weißen Streifenwagen, stieg aus, stellte den Kragen seiner dunkelblauen Winterjacke hoch und schlug die Tür des Autos zu.

Unten auf dem Spielfeld flitzten die weißen und blauen Trikots wie bei einem Videospiel umher. In großen Schritten stieg der Polizist die Treppen der Tribüne hinunter, während er versuchte, unter den herumwirbelnden Spielern Joey zu identifizieren. Da war er, die Nummer achtzehn im blauen Trikot. Im selben Augenblick setzte Joey zu einem rasanten Alleingang an, was die Eltern seiner Mannschaftskameraden zu Begeisterungsstürmen hinriß. Er schaute sich nach Lee um und fand sie rechts auf der Tribüne. Sie trug eine knielange, blaue dicke Jacke mit hochgeschlagenem Kragen; ihre Wangen waren gerötet. Und jetzt pfiff sie begeistert auf den Fingern.

Bei ihrem Anblick mußte Christopher lächeln. Er sprang auf die metallene Sitzbank und ging auf sie zu.

Lee hörte hinter sich das Klappern auf dem Metall.

Als sie sich umdrehte, sah sie ihn. Ihre Augen weiteten sich, und ihr Mund öffnete sich vor Überraschung, obwohl er von dem großen, hochgeschlagenen Kragen ihrer Jacke verdeckt wurde.

»Hallo«, sagte er, als er bei ihr ankam.

Für einige Augenblicke verschlug es ihr die Sprache, aber ihr Herzschlag beschleunigte sich.

»Hallo.«

Von hinten fegte ihr eine Windböe durchs Haar.

»Lange nicht gesehen.« Er tastete sich langsam vor.

»Ja.« Sie wandte den Blick ab und schaute wieder auf das Spielfeld.

»Wie steht's denn?« Nun schaute auch er nach unten.

»Joeys Mannschaft liegt zurück, aber Joey hat gerade ein tolles Spiel gemacht.«

»Ja, ich hab's gesehen. Hab auch gesehen, wie Sie gepfiffen haben. Und gar nicht schlecht, um ehrlich zu sein. Ich kenne wenig Frauen, die so pfeifen können.«

Die Blicke geradeaus gerichtet, grinsten sie beide gleichzeitig in ihre hochgeschlagenen Kragen hinein. Unten auf dem Feld begann eine neue Runde, und sie feuerte Joeys Mannschaft an: »Los! Gleich habt ihr sie!«

Die beiden Mannschaften verkeilten sich ineinander und balgten sich. Christopher blickte Lee von der Seite an.

»Was haben Sie so gemacht?«

»Bin älter geworden«, erwiderte sie leise lächelnd, ohne ihren Blick von dem Spielfeld abzuwenden.

»Ja, das habe ich gehört.«

Nach einer langen Pause sagte sie: »Ich habe Ihre Blumen bekommen.« Als sie ihn anblickte, konnte er in ihren Augen ein verschmitztes Lächeln erkennen. »Ich wußte nur nicht, ob ich mich dafür bedanken oder sie Ihnen um die Ohren schlagen sollte.«

»Soweit ich mich erinnern kann, haben Sie keines von beiden getan.«

»Woher wußten Sie von meinem Geburtstag?«

»Ich habe mich bei der Führerscheinstelle erkundigt. Lee Therese Reston, geboren am 18. September 1948.«

»Na gut, dann wissen Sie es ja. Vielleicht verstehen Sie jetzt, warum ich damals so wütend war.«

»Hören Sie, können wir diesen Tag nicht vergessen? Wird auch nicht wieder vorkommen.«

Sie wandte sich wieder dem Spielgeschehen zu und trat von einem Bein auf das andere, um ihre kalten Füße anzuwärmen. Sie trug schwarze Leggings und wadenhohe schwarze Stiefel mit Fellbesatz.

»Sie haben mir gefehlt«, sagte er und beobachtete dabei ihre Reaktion.

Sie hielt inne und blieb einen Augenblick lang reglos stehen, die Hände in den Jackentaschen, den Blick aufs Spielfeld gerichtet. »Sie mir auch«, sagte sie und wandte ihm ihr Gesicht zu. »Ich habe noch nie in meinem Leben einen so großen und schönen Strauß Rosen bekommen. Vielen Dank.«

»Es war mir ein Vergnügen«, erwiderte er.

Einen Moment lang genossen sie still das Gefühl, wieder zueinander gefunden zu haben, bevor es ihr entschlüpfte: »Sie Kindskopf! Ich hätte sie im Großhandel für den halben Preis bekommen!«

Lachend konterte er: »Aber dann hätten Sie sich auch nur halb so sehr gefreut, oder?«

Aus der Pfeife des Schiedsrichters ertönte ein langer Pfiff, und sie erinnerten sich daran, wo sie waren. Das Spiel ging ins letzte Viertel, und die beiden Mannschaften, von oben bis unten mit Schlamm verschmiert, stürzten sich wieder aufeinander.

»Also«, sagte sie, als wären die vergangenen Wochen schon längst vergessen, »haben Sie Lust, am Samstagabend mit Joey und mir zu essen? Ich mache einen Braten.«

Mit dieser einfachen Frage wurde das Leben für Christopher wieder schön. »Da brauchen Sie mich nicht zweimal zu fragen.«

In Vorfreude auf den Samstag abend lächelten sie einander an. Dann tönte eine verzerrte Stimme aus Christophers Funkgerät.

»Eins Berta siebzehn.«

Der Einsatzleiter gab etwas durch.

»Verstanden«, antwortete Chris. Zu Lee, die kein einziges Wort verstehen konnte, bemerkte er: »Jugendlicher Ausreißer. Ich muß mich drum kümmern. Wann am Samstag?«

»Halb sieben.«

Er legte die Hand an die Mütze, entfernte sich einige Schritte und drehte sich dann noch mal zu ihr um. »Gibt's dazu auch Soße?«

»Sieht so aus, als mögen Sie Soße.«

»So weit bin ich mit meinen eigenen Kochkünsten leider nie gekommen.«

»Was ist denn ein Braten ohne Soße?«

Sie blickte ihm nach, wie er mit seinen schweren schwarzen Schuhen über das Metallgitter der Tribüne ging, das unter seinen Schritten zitterte, und die Treppen hochstieg, die Jacke bis zur Taille hochgeschoppt, um die Hüfte den Lederhalfter mit der Pistolentasche, den Handschellen und dem Funkgerät. Mit Erstaunen bemerkte sie, welchen neuen Schwung und Auftrieb ihr seine Rückkehr in ihr Leben gegeben hatte. Vielleicht war sie gerade im Begriff, einen riesigen Fehler zu begehen, aber es tat so gut, sich wieder zu freuen – und sie freute sich auf Samstag abend.

Als Christopher am folgenden Samstag bei Lee ankam, schüttete es aus Eimern. Joey öffnete ihm die Tür: »Hallo, Chris.«

»Na, was gibt's Neues, Joey?«

»Du hast mein Spiel am Mittwoch gesehen!«

»Ja, tut mir leid, daß ich nicht länger bleiben konnte. Ich mußte weg. Aber deinen Alleingang hab ich gesehen. Mann, du hast sie ganz schön abgehängt.«

»Und im letzten Viertel hab ich sie noch mal gekriegt! Das hättest du sehen sollen! Der Typ ist gar nicht mehr auf die Beine gekommen und ...«

Lee steckte den Kopf aus der Küche und versuchte, einige Gesprächsfetzen aufzuschnappen. Sie erhob zum Gruß zwei Finger, während Joey Christopher voll in Beschlag nahm und unablässig auf ihn einredete.

Christopher fühlte sich wohl hier, mit diesen Menschen und in diesem Haus; er hatte den Eindruck, dazuzugehören. Der Tisch war für drei gedeckt. In der Mitte stand ein Blumenstrauß. Die Küche war hell erleuchtet und gemütlich; Lee hatte die Vorhänge zugezogen, während der Regen von draußen gegen die Schiebetür prasselte. Der Geruch ließ ihm das Wasser im Munde zusammenlaufen – der Duft von Braten, Kaffee, der Dampf, der den Töpfen auf dem Herd entwich. Und außerdem war da noch Lee, die in der Küche hin und her eilte, um die letzten Dinge auf den Tisch zu stellen und das Essen nicht anbrennen zu lassen. Joey plapperte munter drauflos, als würde er mit seinem Vater oder seinem großen Bruder reden.

»... und der Trainer hat gesagt: ›Zieht ihnen einfach die Beine weg‹, und genau das habe ich getan. Hey, Mom, Chris hat bei dem Spiel zugesehen!«

»Ja, ja, ich weiß. Hallo, Christopher.« Sie war gerade damit beschäftigt, die Soße anzudicken.

»Riecht gut!«

»Da können Sie aber sicher sein. Ich habe heute fast noch nichts gegessen. Joey, schenkst du bitte die Milch ein?«

Christopher fragte: »Kann ich auch etwas tun?«

»Ja. Sie können Salz und Pfeffer auf den Tisch stellen.« Sie reichte ihm zwei Streuer. »Und dann können Sie zwei Schüsseln für die Kartoffeln und das Karottengemüse aus dem Regal hinter mir holen.«

Das Familienleben schien Christopher und Lee noch näher zusammenzubringen. In diesem Augenblick genossen sie es, so zu tun, als seien sie eine Familie. Er holte die Schüsseln aus dem Regal, sie gab die Beilagen hinein, und er stellte sie auf den

Tisch. Frauen decken den Tisch anders als Männer, bemerkte er. Der Blumenstrauß war liebevoll mit Ähren verziert, auf dem Tisch lagen Platzdeckchen, und neben dem Strauß standen zwei Kerzen. Sie reichte ihm die Streichhölzer, und er zündete die Kerzen an.

Schließlich saßen sie am Tisch, vor ihnen die dampfenden Köstlichkeiten: der Braten, Kartoffelbrei, Soße, Karotten, Erbsen in einer dicken weißen Soße, eine Schüssel Salat und etwas Braunes, Undefinierbares in einer Kasserolle, die so heiß war, daß Christopher sich daran die Finger verbrannte.

»Autsch!«

Wie gebannt starrte er auf den Topf. »Was ist denn das?«

»Selbstgebackenes Brot mit Hackfleischfüllung.«

»Oh, mein Gott, wie sollen wir das alles schaffen?«

Sie ließen sich Zeit und aßen in aller Ruhe, während der Regen ununterbrochen gegen die Scheiben trommelte wie Tausende ungeduldiger Finger. Die Wärme des Ofens erfüllte den Raum, und Joey unterhielt Lee und Christopher mit seinen Erzählungen von dem Footballspiel und Schulstreichen. Sie lachten und amüsierten sich prächtig. Joey wollte von Christopher wissen, was sein erster Einsatz als Polizist gewesen war. Daraufhin gab Christopher zum besten, wie er an seinem ersten Arbeitstag den Zebrastreifen vor der Lincoln-Grundschule sichern mußte und plötzlich einen Siebenjährigen dabei ertappte, wie er an die Schulmauer pinkelte. Der Junge erschreckte sich beinahe zu Tode, als neben ihm die furchterregende Uniform eines Polizisten erschien. Und seitdem amüsierte sich das ganze Revier bei der Erinnerung an Christopher Lalleks ersten Arbeitstag, an dem er einen Schuljungen, der an die Mauer pinkelte, verwarnte.

Die drei lachten herzlich und fühlten sich rundum wohl. Lee verkündete: »Es gibt noch einen Nachtisch: Apfelkuchen mit Vanilleeis.« Christopher lehnte sich zurück und streckte seinen vollen Bauch heraus. »Ich bin absolut satt ...« Dann atmete er tief aus und fügte hinzu: »... aber geben Sie mir bitte eine doppelte Portion!«

Nach dem Nachtisch bemerkte Christopher: »Das war das beste Essen, seitdem ich das letzte Mal bei Ihnen war. Vielen Dank, Lee.«

»Es macht Spaß, wieder mal für einen Mann zu kochen.« Und das stimmte. Joey aß zwar wie ein Scheunendrescher – aber wenn er richtig Hunger hatte, hätte er auch in Butter geschwenkte Schrauben vertilgt.

Dann räumten sie zusammen die Küche auf, spülten die Töpfe und Pfannen, stellten das Geschirr in die Spülmaschine. Lee wischte gerade die Herdplatten ab, als sie in ihrer Arbeit innehielt und sagte: »Christopher, es ist mir peinlich, aber dürfte ich Sie um einen Gefallen bitten?«

»Aber sicher, jeden.«

»Gestern hat sich beim Schleudern die Waschmaschine aus ihrer Verankerung gelöst und ist durch den halben Raum gewandert. Könnten Sie sie wohl wieder an ihren Platz rücken und die Schrauben festziehen?«

»Aber sicher, kein Problem.«

Die Waschküche war rundum gekachelt und gut beleuchtet. An der Wäscheleine, die quer durch den Raum gespannt war, hing Lees Unterwäsche. Christopher stellte sich vor, wie schön es sein mußte, sie ihr eines Tages auszuziehen. Christopher und Joey schoben die Maschine gemeinsam wieder an ihren Platz und befestigten sie mit den Eisenwinkeln, die sich gelöst hatten. Als Christopher sich seine staubigen Knie abklopfte, betrat Lee die Waschküche. Sie begutachtete die Arbeit der Männer. »Ach, schon erledigt. Vielen Dank.« Sie ging an ihm vorbei, nahm die Wäschestücke von der Leine und faltete sie ordentlich. »Kleinere Reparaturen erledige ich selbst, aber das hier war mir zu schwer. Nochmal vielen Dank.«

Gemeinsam gingen sie die Treppe hoch. »Wie wär's mit einer Partie ›Mensch ärgere dich nicht!‹?«

Als das Spiel in vollem Gang war, klingelte das Telefon. Joey nahm ab – es war offensichtlich ein Mädchen, denn Joeys Stimme sprang abwechselnd von hoch nach tief und umgekehrt. »Oh, hallo, ich dachte, du bist mit deinen Eltern heute abend bei deiner Tante eingeladen ... ja, einen Moment.« Er legte die Hand über die Sprechmuschel. »Hey, Mom, legst du bitte auf, wenn ich oben in deinem Schlafzimmer abgenommen habe?«

Sie nickte lächelnd. Dann wandte sie sich an Christopher. »Den sehen wir in den nächsten zwei Stunden nicht mehr. Telefonieren ist sein neuestes Hobby. Wollen wir allein weiterspielen oder ein bißchen fernsehen?«

»Was ist Ihnen lieber?«

»Ich würde gerne den Fernseher anmachen. Ich bin müde, hab den ganzen Tag gearbeitet.«

»Geht mir genauso. Ich räume das noch schnell weg.«

Er sammelte die bunten Laufsteine ein und klappte das Spielbrett zusammen; gemeinsam gingen sie ins Wohnzimmer, wo sie sich gemütlich in eine Sofaecke kuschelte und er sich auf dem Teppich ausstreckte.

»Hier gibt's auch Sessel ...« bemerkte sie.

»Danke, ich find's so am bequemsten.« Er drehte kurz den Kopf zu ihr um und lächelte sie an.

»Wie Sie wollen, Dickkopf.« Sie warf ihm ein Sofakissen zu, das mitten in seinem Gesicht landete. Er stopfte es sich hinter den Kopf und sagte: »Danke.«

Eine Seifenoper flimmerte über den Bildschirm. Ab und zu wanderte Lees Blick über den auf dem Teppich ausgestreckten Mann, von seinen Oberschenkeln bis zu seiner Brust – über alles, was dazwischenlag. Schuldbewußt lenkte sie ihren Blick wieder auf den Bildschirm.

Aber wenig später gingen ihre Augen wie von selbst doch wieder auf Wanderung.

»Christopher?« begann sie.

»Hm?«

»Ich habe lange über das nachgedacht, was Sie mir damals erzählt haben ... über Ihre Kindheit.« Er lag reglos auf dem Rücken, die Arme hinter dem Kopf verschränkt. »Jetzt verstehe ich auch, warum Sie sich so sehr um Judd kümmern.«

»Ich habe es Ihnen aber nicht erzählt, um Ihr Mitleid zu wecken.«

»Das weiß ich. Und genau aus dem Grund weiß ich Ihr Vertrauen zu schätzen. Ihre Eltern ... das müssen doch arme Teufel sein.«

Sie wartete, doch er erwiderte nichts. »Glauben Sie nicht, daß es gut für Sie wäre, sich mit ihnen auszusprechen?«

»Nein, das glaube ich nicht.«

»Haben Sie es jemals versucht?«

»Vergessen Sie es, Lee.«

»Aber sie sind doch Ihre Eltern.«

Er sprang auf die Füße, warf das Kissen zurück auf das Sofa und stürzte aus dem Raum.

Sofort eilte sie ihm nach. »Christopher, es tut mir leid.« Sie faßte ihn beim Arm, bevor er in der Diele war. »Es tut mir leid«, wiederholte sie, »Aber ...«

Er riß sie zu sich herum. »Sie leben in einer Traumwelt, Lee.«

So hatte sie ihn noch nie gesehen: Sein Mund hatte sich in einen schmalen Strich verwandelt, seine Augen funkelten vor Zorn. »Glauben Sie, alle Eltern sind wie Ihre Mutter, die beim Gartenfest die Majourette spielt, oder wie Ihr Vater, der für alle die Steaks grillt? Sie sind ja so *naiv*! Sie sind in einer perfekten Familie aufgewachsen und haben selbst eine perfekte Familie gegründet – aber glauben Sie mir, es sind bei weitem nicht alle Familien so perfekt. In diesem Land gibt es Tausende Kinder, die wie Judd aufwachsen – arm, hungrig, verwahrlost, zutiefst verängstigt und verunsichert, weil sie nicht wissen, was am nächsten Tag mit ihnen sein wird. Und dann ist der Schritt zu Drogen oder Straßenbanden nicht mehr groß. Sie dealen und rauben. Ich bin einer der wenigen, denen das erspart geblieben ist – aber das habe ich gewiß nicht meinen Eltern zu verdanken!«

Sie nahm sein Gesicht zwischen ihre Hände und flüsterte: »So zornig habe ich Sie noch nie gesehen.«

Er entzog sich ihr und wandte sein Gesicht ab. »Lassen Sie mich!«

Sie ließ ihre Hände sinken und flüsterte entsetzt: »Es tut mir so leid.«

Er nahm seine Jacke von der Garderobe. »Nein, ich bin derjenige, dem es leid tut. Ich habe den wunderbaren Samstag abend verdorben; Sie haben sich soviel Mühe mit dem Kochen und allem gegeben. Und wir haben uns so gut unterhalten und ...«

Er zog seine Handschuhe aus der Jackentasche und deutete damit in Richtung Schlafzimmer. »Kann ich mich von Joey verabschieden?«

Sie trat einen Schritt zurück und erwiderte: »Natürlich.«

Er ging durch die Diele, blieb im Türrahmen ihres Schlafzimmers stehen und beugte sich in den Raum, in den er noch nie zuvor einen Blick geworfen hatte – er sah einen Frisiertisch mit Parfümflaschen, einen geöffneten Wandschrank, in dem Kleider hingen. Joey, den Telefonhörer unter das Kinn geklemmt, lag auf der blaugeblümten Tagesdecke.

»Joey, ich gehe ... tschüß.«

»Was, schon?« In den Hörer sagte er: »Augenblick.«

Christopher winkte ihm mit den Handschuhen zu. »War ein schöner Abend. Wenn du wieder spielst, schaue ich mal vorbei.«

»Ja ... klar ... hey, war schön, daß du da warst.«

Lee wartete noch immer an der Haustür. Er blieb vor ihr stehen. Ihre Blicke trafen sich, trennten sich, trafen sich wieder. Er sah ihr offen in ihre braunen Augen, die wie das Herbstlaub von einem goldenen Schimmer überzogen waren. Sie erinnerten ihn an die Blumen, die auf dem Küchentisch standen. An diese Augen mußte er so oft denken, wenn er nicht bei ihr war, Augen, in denen er las wie in einem offenen Buch. Verzweifelt preßte er hervor: »Was sollen wir jetzt tun, Lee?«

»Abwarten.«

»Ist das alles?«

Sie wandte den Blick ab. »Bitte, Christopher!«

Er seufzte und schlug sich mit den Handschuhen in die Handfläche. Dann zog er sie langsam an. Sie blieb also dabei, daß es sich um eine rein platonische Beziehung handelte. Dieser Gedanke brachte ihn innerlich zum Rasen.

»Darf ich wieder anrufen?« fragte er.

»Ich weiß es nicht«, antwortete sie. »Mir wird das alles langsam zu kompliziert.«

»Gut«, sagte er, »dann lassen Sie mich es noch ein bißchen komplizierter machen. «Ohne es vorher geplant zu haben, beugte er sich zu ihr hinunter und küßte sie auf den Mund – ein Kuß, der auf der einen Seite zu kurz war, um sofort seine Wirkung zu entfalten, auf der anderen Seite lang genug, um sich in der Erinnerung festzusetzen. Auf jeden Fall war es kein flüchtiger Kuß auf die Wange, wie man ihn normalerweise der Mutter seines besten Freundes gab. Sie stand noch mit leicht geöffneten Lippen da, als er leise »Entschuldigung« flüsterte. Bevor sie etwas erwidern konnte, war er verschwunden.

Er war sicher, daß sie anrufen würde, und er hatte sich nicht getäuscht, obwohl er bis elf Uhr abends warten mußte. Sicher hatte Joey das Telefon so lange mit Beschlag belegt, und sie konnte sich nicht früher melden.

Als das Telefon schließlich klingelte, lag er schon im Bett und starrte in die Dunkelheit. Er rollte sich zur Seite und griff nach dem Hörer. »Hallo.«

»Hallo«, erwiderte sie; dann folgte Schweigen.

Er räusperte sich und sagte: »Ich nahm an, jetzt sind *Sie* böse auf *mich*.«

»Tun Sie das nie wieder, wenn mein Sohn nebenan ist!«

»Warum nicht?«

»Herrgott, Christopher, was ist nur los mit Ihnen?«

»Was mit mir los ist? Ich weiß nicht, ob ich Sie als Mutter oder als Geliebte betrachten soll – das ist los! Also, was soll ich tun? Oder soll ich mich nie wieder blicken lassen? Kein Problem!«

Für eine Weile herrschte Schweigen. Dann hörte er sie flüstern: »So ein verdammter Mist.« Er sah sie beinahe vor sich, die Stirn auf eine Hand gestützt.

»Weinen Sie?«

»Nein, ich weine nicht!«

Er rieb sich die Augen und seufzte laut auf.

»Mein Gott, Lee, ich weiß es nicht«, sagte er und ließ seine Hand auf die Matratze fallen. Seine Antwort stand wie ein Berg zwischen ihnen, denn niemand hatte eine Frage gestellt.

Das Schweigen hielt so lange an, daß es ihr schon in den Ohren klingelte.

Schließlich sagte sie: »Du weißt, was du eben gesagt hast ... ich meine, als was du mich betrachten sollst. Also gut. Mir geht es genauso, ich weiß auch nicht, was du für mich bist. Es ist das Seltsamste, war mir jemals passiert ist. Du betrittst den Raum, und ich habe das Gefühl, daß Greg da ist. Aber ich kann sehr wohl zwischen euch unterscheiden. Du bist ... nun, du bist ganz anders als er. Du bist Christopher, und wenn ich mit dir zusammen bin, denke ich kaum noch an Greg. Und wenn du gehst, überfallen mich Schuldgefühle, als sei ich ... irgendwie abartig. Ich verstehe immerhin ein bißchen von Psychologie. Und auch von der griechischen Mythologie. Ich weiß wohl, was der Ödipuskomplex ist.« Ihre Stimme war lauter und lebhafter geworden, und es klang, als würde sie mit sich selbst schimpfen.

»Schuldgefühle weswegen?«

»Ach, komm schon ... das ist kein Film, sondern das wirkliche Leben, und du wirst mich nicht dazu bringen, Dinge zu sagen, die ich nicht sagen will.«

Er erwiderte nichts, sondern lauschte dem fernen Rauschen in der Leitung und spürte die Verunsicherung auf beiden Seiten.

Schließlich ergriff sie wieder das Wort: »Hör zu ... ich glaube, wir sollten uns eine Zeitlang nicht sehen. Ich habe vieles über Kummer und Schmerz gelesen und wie man ihn am besten verarbeitet, und ich bin intelligent genug, um zu sehen, daß mein Verhalten nicht der richtige Weg ist.«

Ihre Worte fuhren wie ein Stich in sein Herz. Er erwiderte mit zugeschnürter Kehle: »Okay ... wenn Sie es so wollen.«

Ihre Stimme klang jämmerlich: »Nein, ich will es nicht so. Aber es ist der einzig richtige Weg.«

»Ich verstehe.«

Nach einem langen Schweigen sagte sie: »Es ist schon spät ...«

»Natürlich.«

»Also dann ... gute Nacht.«

»Gute Nacht.« Keiner legte auf. Dieser Augenblick hätte das Ende ihrer Beziehung bedeutet. Also lauschten beide der Stille, lauschten dem Rauschen in der Leitung, dem Atem des anderen. Er sah sie vor sich, wie sie in ihrem geblümten Bett lag. Sie sah ihn vor sich, wie er in seinem lag.

Schließlich sagte er: »Danke für das Essen. Ich habe mich wie im Schlaraffenland gefühlt.«

Sie brachte am anderen Ende der Leitung nicht einmal ein Lächeln zustande. Nichts würde mehr so sein wie zuvor.

»Tschüß, Christopher.«

»Tschüß, Lee.«

Diesmal legte er auf, ließ sich auf sein Kopfkissen zurückfallen, starrte ins Dunkel und fragte sich, ob sie wohl auch Tränen in den Augen hatte.

Für Lee war es so schwer, sich ein Leben ohne Chris vorzustellen, daß sie den Gedanken beinahe nicht ertrug. Es war die endlos lange, graue Jahreszeit zwischen dem ersten Frost und Weihnachten, in der sich Lee ohnehin ziemlich bedrückt fühlte.

Janice war an der Universität so eingespannt, daß sie nur selten telefonierten. Und wenn Lee sie anrief, beendete Janice das Gespräch, nachdem sie die wichtigsten Neuigkeiten ausgetauscht hatten. »Tut mir leid, Mom, aber ich hab's eilig, XY wartet auf mich, und ich bin schon spät dran, wie immer.«

Joey durchlebte seine erste Liebe. Er schlang sein Abendessen noch schneller als gewöhnlich hinunter, um mit dem letzten Bissen aufzuspringen und zu Sandy Parker zu laufen, die einige Straßen entfernt wohnte, während Lee allein zurückblieb. Ab und zu kam Sandy auch zu ihnen, woraufhin die beiden Händchen haltend, kichernd und einander anhimmelnd das Wohnzimmersofa in Beschlag nahmen, so daß Lee schließlich genervt den Raum verließ und sich mit einer Gartenzeitschrift in ihr Schlafzimmer zurückzog.

Lee wußte, daß sie nur bei ihren Freunden und Verwandten anzurufen brauchte, um Gesellschaft zu haben. Zweimal war sie bei Donna und Jim Clement zum Abendessen eingeladen, mit Sylvia und Barry ging sie einige Male ins Kino, und eines Abends besuchte sie mit Nancy McFaddon, ihrer Angestellten, sogar eine Cocktailbar. In Joeys Schule fanden zwei Elternabende statt; an den Wochenenden brachte sie den Garten für den Winter in Ordnung und buk Plätzchen.

Aber die meisten Abende verbrachte Lee allein.

Eines Abends kurz nach zehn, als sie im Haus schon alle Lichter ausgemacht hatte, stand sie in ihrem Schlafzimmer am Fenster und bewunderte den Vollmond, als ein Streifenwagen vor dem Haus vorbeifuhr. Der Wagen fuhr so langsam, daß sie den Eindruck hatte, der Fahrer hätte sie am Fenster stehen sehen. Sie zweifelte keinen Augenblick daran, daß Christopher am Steuer saß.

Das Blut schoß ihr ins Gesicht.

Der Wagen hielt nicht an, sondern fuhr im Schrittempo vorüber; der Gedanke, daß er nachts an ihrem Haus vorüberfuhr, erschütterte sie.

Als sie wenig später im Bett lag, flach auf dem Rücken, die Decke eng unter ihre Achselhöhlen geklemmt, so daß ihre Brüste platt gedrückt wurden, mußte sie sich eingestehen, welch ein starkes Verlangen sie einige Augenblicke zuvor am Fenster nach ihm verspürt hatte.

Du hast die richtige Entscheidung getroffen, sagte sie sich dann. *Eine Affäre mit ihm hätte eine verheerende Wirkung gehabt. Ein Skandal. Was hätten bloß die Leute gesagt.*

Aber seltsamerweise half ihr dieser Gedanke nicht beim Einschlafen und trug weder dazu bei, die Lücke in ihrem Leben zu füllen, noch Christopher in den folgenden Tagen aus ihrem Gedächtnis zu verbannen.

Auch als der Oktoberregen gegen Ende des Monats den ersten Frösten wich, blieb sie ihrer Entscheidung, Christopher nicht anzurufen, treu. Es folgten noch einige schöne Tage, in denen die milden Strahlen der Sonne die Welt in ein goldenes Licht tauchten, den letzten Äpfeln an den Bäumen rote Wangen malten, die Kürbisse auf den Feldern orange färbten und das Getreide in den Scheunen trocknen ließen.

Die Stadt bereitete sich auf Halloween vor: Es fanden Bälle und Musikaufführungen statt, es war sowohl für die Alten als auch für die Jungen eine Menge geboten, von Bingo-Abenden über die Prämierung des schönsten Kürbisgesichtes bis hin zu einem Karaoke-Wettbewerb. Viele alte Traditionen lebten in dieser Zeit wieder auf; so zogen die Schüler der Anoka Senior High School durch die Innenstadt und pinselten lustige Sprüche auf die Schaufenster der Geschäfte. Die absoluten Höhepunkte jedoch bildeten der Kinderumzug am Freitagnachmittag, der große Festzug am Samstag nachmittag und, als krönender Abschluß, die Wahl der Miss Anoka am Samstag abend.

Die zahlreichen Veranstaltungen waren vor allem für die Geschäftsleute gut und bedeuteten für die Polizei jede Menge Sondereinsätze. Als Besitzerin eines Blumenladens in der Innenstadt hatte Lee alle Hände voll zu tun.

Es kam ihr vor, als wollte jede Hausfrau ihr Heim mit Topfchrysanthemen dekorieren. Jeder putzte für die bevorstehenden Feiern sein Haus heraus. In den Vorgärten wurden ausgehöhlte Kürbisköpfe mit furchterregenden Fratzen aufgestellt, die Bäume schmückte man mit Laternen und bunten Lampions, vor den Haustüren begrüßten Pappskelette die Besucher, und Lee verkaufte fast mehr herbstliche Trockengestecke als Schnittblumensträuße.

Als die Schüler zu ihrem Geschäft kamen, um die Scheiben zu bemalen, waren Sylvia und Lee gerade dabei, im Hinterzimmer verwelkte Blumen auszusortieren und die noch frischen in neues Wasser zu stellen. Die Jugendlichen pinselten witzige Sprüche an die Schaufenster, während sie heißen Apfelmost tranken und sich prächtig amüsierten. Im Laden befanden sich zwei Kunden, die von Pat Galsworthy bedient wurden. Lee hatte die weniger angenehme Aufgabe übernommen, das Wasser in den Blumenkübeln zu wechseln.

»Himmel, die Stengel sind ja schon angefault«, rief sie aus, holte die Blumen aus dem Eimer, schnitt sie neu an und stellte sie in frisches Wasser.

Während Sylvia einen Eimer auswusch, erzählte sie: »Mom hat gestern angerufen. Sie möchte, daß wir Thanksgiving dieses Jahr alle bei ihr feiern.«

»Wunderbar. Ich bin froh, daß es dieses Jahr nicht bei mir stattfindet; ich bin diesmal nicht in der richtigen Stimmung, glaube ich.«

»Sie hat uns gebeten, etwas mitzubringen. Das will sie demnächst mit uns besprechen.«

»Ich bin sicher, daß ich meine Pasteten mitbringen soll; die mag sie lieber als ihre eigenen.«

»Ich werde einen Brokkoli-Auflauf mit wildem Reis machen. Ach übrigens, sie läßt ausrichten, daß auch Chris herzlich eingeladen ist.«

Lee füllte gerade Wasser von einem Eimer in einen anderen um. Abrupt hielt sie inne und blickte ihre Schwester an. Aber Sylvia bemerkte Lees Schreck nicht und erzählte munter weiter.

»Mom und Dad mögen ihn sehr. Wußtest du, daß er ihnen damals eine Beileidskarte geschickt hat? Das wird Mom ihm nie vergessen. Außerdem hat es ihr wirklich sehr geschmeichelt, daß er sie bei dem Gartenfest in seine Mannschaft geholt hat. Hast du in letzter Zeit von ihm gehört?«

Als Sylvia aufschaute, machte sich Lee schon wieder mit den Eimern zu schaffen.

»Nein, hab ich nicht.«

»Dann ruf ihn doch einfach an und sag ihm, daß er herzlich eingeladen ist.«

»Ja ... natürlich ... mach ich.«

»Wie geht's denn eigentlich Joey und seiner Flamme?« Die beiden Frauen plauderten über Joeys erste Liebe und vergaßen darüber Christopher. Die Schüler hatten das Fenster fertig bemalt und kamen kurz in den Laden, um sich beim Besitzer für die Erlaubnis zu bedanken. Sylvia überreichte jedem eine leuchtend orange Gardenie. Es war kurz vor Ladenschluß. Sylvia und Pat Galsworthy räumten das Geschäft noch schnell auf und trugen die Blumenkübel in den Kühlraum. Nachdem sich Pat verabschiedet hatte, waren die beiden Schwestern allein im Laden. Lee machte das Radio aus und blickte hinüber zu Sylvia, die sich ihren Mantel anzog. Lee öffnete den Mund; sie wußte, daß Sylvia sehr erstaunt sein würde, wenn sie ihr sagte, daß sie Christopher nicht einladen wollte, und sie nach dem Grund fragen würde.

Sie schloß ihren Mund wieder, schlüpfte ebenfalls in ihren Mantel, und gemeinsam verließen sie das Geschäft durch den Hintereingang. Sylvia war schon fast bei ihrem Auto angekommen, als Lee rief: »Sylvia ... wegen Thanksgiving ...«

Sylvia, die schon die Autoschlüssel in der Hand hatte, drehte sich noch einmal um.

Aber Lee fiel kein triftiger Grund ein, weshalb Chris nicht an dem Essen teilnehmen sollte. Schnell suchte Lee nach einer Ausrede.

»Ich habe ein neues Gemüserezept, das ich gerne ausprobieren würde. Könntest in diesem Jahr vielleicht du die Pastete machen?«

Sylvia blickte etwas sorgenvoll drein. »Da wird Mom aber enttäuscht sein. Meine Pastete ist nicht halb so gut wie deine.«

»Naja, vielleicht mache ich beides.«

Dumme Gans! schimpfte Lee mit sich selbst, als sie in ihren Wagen stieg. Sie blieb eine Weile sitzen, ohne den Motor anzulassen, und hielt das Lenkrad mit beiden Händen umschlossen. Sie fühlte sich mies, als sie nach Wegen suchte, Christopher von dieser Feier auszuschließen – gerade ihn, der sich im Kreis ihrer Familie immer so wohl fühlte. Und die Tatsache, daß sie eine Lüge plante, verstärkte ihr Unwohlsein nur noch: Wenn es soweit war, wollte sie den anderen erzählen, daß Christopher an diesem Abend Dienst hatte.

Am Samstag, dem Tag, an dem der große Festzug stattfand, stand schon am Morgen die ganze Stadt Kopf. Zigtausende Menschen strömten aus dem Umland in die Stadt, um vor dem Umzug noch einzukaufen, zu essen und einen guten Platz entlang der Strecke zu ergattern. Überall kurvten Autos herum, deren Fahrer verzweifelt nach Parkplätzen Ausschau hielten. Mütter zogen kostümierte Kinder durch das Gedränge an den Geschäften vorbei. Lee blickte durch die große Schaufensterscheibe auf die Straße und sah, wie die ersten auf dem Gehsteig schon ihre Klappstühle aufschlugen. Im Laden war der Teufel los, wobei nur zwei oder drei echte Kunden da waren und der Rest nur für Durcheinander sorgte. Eine Frau mit einem schreienden Säugling auf dem Arm schaute sich die Grußkarten an, wobei die eine oder andere einen Knick abbekam, wenn sich das Kind in den Armen der Mutter hin und her warf. Einige kleine Jungs hatten den Stand, an dem kostenlos heißer Apfelmost ausgeschenkt wurde, entdeckt und rannten mit Pappbechern voll Saft rein und raus. Eine ältere Dame betrat mit verzweifeltem Gesicht den Laden und fragte Lee: »Ach bitte, dürfte ich wohl Ihre Toilette benutzen?« Ein Mitglied der Miss-Wahl-Jury hatte es besonders eilig: »Wir brauchen sofort die Ansteckbuketts für die Kandidatinnen!« Das Telefon klingelte ununterbrochen. An der Kasse standen die Kunden Schlange. Ständig öffnete sich die Tür, und immer mehr Menschen überfluteten das Geschäft.

Um ein Uhr seufzte Lee auf. »So, Schluß für heute! Jetzt wird der Laden geschlossen.«

Erleichtert sperrte sie die Tür zu; alle zogen sich die Jacken an und verließen das Geschäft durch den Hintereingang, um sich unter die bunte Menge zu mischen.

Wie gut es tat, an diesem herrlichen Tag ein bißchen draußen zu sein! Der Himmel war tiefblau, hier und dort konnte man eine kleine weiße Plusterwolke sehen. Die Sonne wärmte mit ihrer letzten Kraft noch einmal die Luft, und Lee konnte ihre Strahlen durch die Jacke hindurch spüren. Die Fassaden aller Geschäfte entlang der Hauptstraße waren geschmückt; aus den Fenstern hingen Fahnen in den unterschiedlichsten Farben – allen voran die amerikanische Flagge, dann die Stadtflagge, verschiedene Schulfahnen und andere, die rein dekorativ waren.

Ein Streifenwagen fuhr die schon für den Umzug abgesperrte Straße entlang, und Lees Herz setzte für einen Schlag aus. Aber am Steuer saß ein Polizist, den sie nicht kannte – nicht Christopher.

Neben ihr stand eine Gruppe Jugendlicher, die sich unterhielten, lachten und sich gegenseitig anrempelten. Einer von ihnen warf einen basketballgroßen Kürbis in die Luft, der wenige Sekunden später auf die Asphaltdecke der Straße klatschte; das glitschige Fruchtfleisch und die Kerne spritzten meterweit, was die Ju-

gendlichen sehr erheiterte. Einige Passanten, die auch etwas abbekommen hatten, beschwerten sich und beschimpften die Jugendlichen.

Christophers Streifenwagen stand quer in der nächsten Seiten-
straße, um den Verkehr abzuriegeln. Er selbst stand vor dem Wagen und beobachtete das Geschehen. Dann sah er den Kürbis auf
die Straße fallen.

Sofort machte er sich auf den Weg.

Mit schnellem Schritt, aber trotzdem Autorität ausstrahlend, lief
er auf der Straße jenseits der Absperrungen entlang. Als er bei den
drei ziemlich verwahrlost aussehenden Jugendlichen ankam, fragte
er: »Habt ihr den Kürbis geworfen?«

Einer der Jungs, offenbar der Wortführer, antwortete ihm mit
dreister Stimme: »Nein, Mann, wie kämen wir dazu? Das war 'ne
alte Dame, in die Richtung ist sie abgehau'n, stimmt's, Kevin?« Er
deutete nach links.

Kevin pflichtete ihm bei: »Na klar, Mann, in die Richtung.«

Christopher ließ sich nicht provozieren. »Ihr werdet das hier sau-
bermachen.«

Einer der Jungen bemerkte: »Zisch ab, Bulle.«

Ein Passant rief dazwischen: »Von dort kam er geflogen.«

Man hörte bereits den Umzug näher kommen – Christopher
stellte sich vor, wie Hunderte von Füßen durch den orangefarbenen
Matsch marschierten. »Aber ein bißchen plötzlich!« befahl er.
»Denn wenn der Umzug hier ankommt, bevor ihr die Schweinerei
beseitigt habt, werde ich eure Namen aufnehmen – und ich bin sicher, daß sich hier einige Leute gerne die Reinigung ihrer versauten
Sachen erstatten lassen würden.«

Einer der Jugendlichen schien zumindest kompromißbereit.
»Und womit sollen wir das aufheben?«

Ein Umstehender reichte ihm eine Zeitung. Die drei teilten die
Zeitung unter sich auf, gingen auf die Straße, kratzten den Kürbis-
matsch mit bloßen Händen zusammen und luden ihn auf der Zeitung ab, während Christopher Lallek, die Daumen in seinen Gürtel eingehängt, die Aktion zufrieden beobachtete.

Kurz bevor der Dirigent der Kapelle an der besagten Stelle ankam, waren die Jungs fertig. Christopher deutete in Richtung seines Streifenwagens. »Dort drüben ist eine Mülltonne.«

Murrend folgten ihm die Jungs.

Lee Reston hatte die ganze Szene beobachtet. Sie hätte alles dafür gegeben, Christopher Lallek aus ihrem Gedächtnis streichen zu können, doch jedesmal, wenn sie ihn sah – besonders in Uniform und im Dienst –, schlug ihr Herz höher. Sie hatte bei all dem Lärm seine Stimme nicht verstehen können, aber sie hatte keine einzige Sekunde dieser Szene verpaßt. Er sah ungeheuer attraktiv aus, wie immer. Als die Kapelle im Gleichschritt vorbeimarschierte, würdigte sie sie keines Blickes, weil ihre Augen noch an Christophers Mütze hingen.

Seine Blicke folgten der Kapelle.

Ihre Blicke ruhten auf ihm.

Als hätte er ihre Blicke gespürt, drehte er sich plötzlich um und schaute in ihre Richtung. Ihre Blicke trafen sich. Keiner von beiden lächelte, aber er kam mit demselben sicheren Schritt, mit dem er sich schon zuvor den Jugendlichen genähert hatte, auf sie zu. Nervös wandte sie ihren Blick der Kapelle zu, die in Reih und Glied vorbeimarschierte.

Dann stand Christopher vor ihr, und sie hatte keine andere Wahl, als ihm in sein glattrasiertes Gesicht zu schauen.

Sein Mund bewegte sich. Er mußte »hallo« gesagt haben, aber die Worte waren unter den lauten Paukenschlägen nicht zu verstehen. Sie erwiderte seinen Gruß, obwohl sie ihn genausowenig hören konnte wie sie seinen. Ihr Zusammentreffen war überschattet von der Anziehung, die sie aufeinander ausübten, und der gleichzeitigen Weigerung, diese Anziehung zuzulassen. Sie wahrten die Regeln der Höflichkeit und eine gebührende Distanz, während sie unter den Blicken der ganzen Stadt und der ihrer Schwester einige Worte wechselten. Plötzlich fiel ihm auf, daß er Lee schon viel zu lange angeblickt hatte, und begrüßte auch Sylvia und Pat Galsworthy, die etwas abseits standen. Ein kleiner Junge fuhr mit seinem BMX-Rad durch die Absperrung auf die Straße und führte Kunststückchen vor; Chris sah ihn, bemerkte kurz: »Ich muß gehen«, und entschwand unter dem Vorwand, seiner Pflicht nachgehen zu müssen.

Lee tat so, als beobachtete sie das bunte Treiben auf der Straße, aber die ganze Zeit über hatte sie Christopher im Blick. Er sprach mit Leuten, strich Kindern über den Kopf, fing die Bonbons auf, die die Clowns auswarfen, und gab sie ihnen. Dann zog er das Funkgerät aus der Tasche am Gürtel und hielt es dicht vor seinen Mund, schlenderte die Straße hinauf, machte kehrt und ging schnellen Schrittes zu seinem Wagen. Als er an Lee vorüberging, schenkte er ihr nur einen kurzen Blick, und dann fuhr er davon.

Der Festzug war noch immer in vollem Gang, aber lange bevor der orangefarbene Kehrwagen der Stadtverwaltung als Schlußlicht die Straße entlangrollte, war er für Lee beendet.

10. KAPITEL

Lee rief nicht an, um Chris zum Thanksgiving-Essen einzuladen. Wie Lee es schon vorausgesagt hatte, bat ihre Mutter sie, die leckeren Kürbispasteten mitzubringen; sie hatte dreiundzwanzig Gäste eingeladen. Bevor sie sich verabschiedete, fragte Peg: »Chris kommt doch, nicht wahr?«

»Ich weiß es nicht genau; ich glaube aber, er hat Dienst.«

Peg drückte ihr aufrichtiges Bedauern aus: »Ach, das ist aber schade.«

Lee legte auf; gleich darauf plagten sie schreckliche Schuldgefühle.

Zwei Tage vor Thanksgiving waren Peg und Orrin zum Großeinkauf in den Supermarkt aufgebrochen; sie wollten den Truthahn und viele andere Dinge kaufen. Vor der Tiefkühltruhe stieß Peg beinahe mit Christopher zusammen, der gerade Dienstschluß hatte und noch seine Uniform trug.

»Christopher! Nein so ein Zufall!«

»Hallo, Mrs. Hillier.«

Sie begrüßte ihn mit einer Umarmung, die er auch erwiderte, wobei er das Gefrierhähnchen, das er sich eben ausgesucht hatte, weit von sich hielt. Orrin schüttelte er die Hand.

Dann sagte Peg bedauernd: »Ich war richtig traurig, als ich hörte, daß Sie nicht zu unserem Thanksgiving-Essen kommen können.«

Christopher überspielte seine Überraschung perfekt. »Ja, es tut mir auch sehr leid. Sie können sich bestimmt vorstellen, daß ein Junggeselle sich so ein Festmahl nur sehr ungern entgehen läßt.«

»Ich hatte gehofft, daß Sie sich diesen Tag vielleicht hätten freinehmen können, aber Lee sagte, daß Sie zum Dienst eingeteilt sind.«

Ah, daher wehte also der Wind. »Ja, das stimmt, aber erst ab drei.«

»Was, erst ab drei! Na, dann ist ja alles wunderbar! Wir essen um eins – Sie sind herzlich eingeladen!«

Er lächelte. »Danke, Mrs. Hillier. Ich freue mich schon darauf.«

»Und den heißen Apfelmost gibt's schon ab elf – der ist sehr begehrt, also seien Sie pünktlich.«

»Ihre Familie nimmt mich so herzlich auf; ich kann mich gar nicht genug dafür bedanken.«

Peg Hillier strahlte ihn an und tätschelte ihm die Schulter. »Unfug«, sagte sie. »Sie gehören doch schon fast dazu.« Als Beweis dafür umarmte sie ihn herzlich.

Am Tag vor Thanksgiving arrangierte Lee einen eleganten Tischschmuck, den Rodney, der Botenjunge, bei ihren Eltern ablieferte. Das üppige Gebinde bestand aus apricotfarbenen Ranunkeln, Kalanchoen und zahlreichen golden angesprühten Granatäpfeln, durchwirkt von langen Efeuranken, das Ganze gekrönt von einer großen Schleife. Das Arrangement ruhte in einer flachen Messingschale, an die sie ein Kärtchen heftete: *Fröhliches Thanksgiving! In Liebe, Sylvia und Lee.* Beim Binden des Gestecks rief sie sich das Fest im Jahr zuvor ins Gedächtnis, als sich alle bei ihr trafen und Greg noch lebte. Wie lange war er nun eigentlich schon tot? Fünf Monate war es erst her, und noch immer gab es Tage, an denen sie Panik überfiel, wenn ihr klar wurde, daß er nie wiederkommen würde.

Lee drapierte die Schleife, trat einen Schritt zurück und begutachtete ihr Werk von allen Seiten, als Sylvia in das Hinterzimmer des Ladens kam und beim Anblick des prachtvollen Gebindes einen bewundernden Schrei ausstieß. Sie betrachteten es schweigend einige Augenblicke gemeinsam.

»Ein Meisterwerk!« Sylvia legte den Arm um die Schulter ihrer Schwester. »Ich wünschte, mir würde wenigstens einmal in meinem Leben ein solch herrliches Arrangement gelingen.«

Lee schlang nun ihrerseits den Arm um Sylvias Hüfte. »Und ich wünschte, ich hätte mehr Talent für die geschäftliche Seite des Ganzen. Und genau deshalb arbeiten wir ja so gut zusammen, nicht wahr?«

»Mom wird begeistert sein.«

»Mm.«

Lee erschien Sylvia ungewohnt still und niedergeschlagen. »Fehlt dir was?«

Lee blickte die Blumen an.

»Denkst du an Greg?« Lee traten die Tränen in die Augen; sie zog sie noch näher an sich und legte ihre Wange an die der Schwester.

»Es ist nur ... das erste Thanksgiving ohne ihn. Wir sollen uns an diesem Tag für alle erhaltenen Gaben bedanken, aber ich weiß nicht, wofür ich mich bedanken soll.«

An diesem Abend fielen Lee noch einige Gaben ein, für die sie Gott danken konnte. Es hatte geschneit, und die Welt verschwand unter einer weißen Decke. Janice war angekommen, um den folgenden Tag mit ihrer Familie zu verbringen, und Joey blieb zu Hause; zu dritt bereiteten sie die Kürbispasteten und einen Artischockenauflauf vor und hatten viel Spaß dabei.

Als sie am Thanksgivingmorgen aufwachten, war der Himmel bleigrau und die Welt wie in einen schwarz-weißen Hermelinpelz gehüllt. Es fiel kein Schnee mehr, dafür blies der Wind heftig. Noch im Nachthemd, blickte Lee aus dem Fenster und sagte laut »Ja!«

Peg und Orrin lebten außerhalb der Stadt im Grünen auf einem herrlichen großen Parkgrundstück, das mit Roteichen bewachsen war. Den Bäumen stand ihr neues weißes Gewand ausgezeichnet. Die knorrigen, gewundenen Äste hoben sich gegen das Weiß des Schnees wie eine feine Federzeichnung ab. Die lange Auffahrt schlängelte sich zwischen den Eichen hindurch auf ein hübsches einstöckiges Haus aus lachsfarbenen Ziegelsteinen zu, das in jeder Gartenzeitschrift hätte abgebildet sein können. Sowohl außen als auch innen strahlte das Haus Eleganz und guten Geschmack aus.

Als Lee und die Kinder ankamen, öffnete Peg höchstpersönlich die Tür; sie war trotz ihrer Leibesfülle noch immer eine beeindruckende und äußerst gepflegte Erscheinung. »Meine Lieben! Fröhliches Thanksgiving!« Sie umarmten und küßten sich, während Orrin herbeigeeilt kam, um ihnen die Pasteten, Päckchen und Mäntel abzunehmen. Peg sagte: »Der Apfelmost steht in der Bibliothek, also nichts wie rein.«

Lee ging sich in dem ebenfalls stilvoll eingerichteten Badezimmer die Hände waschen und hörte, wie Sylvia neue Gäste begrüßte. Sie hörte Stimmen und Lachen, die sich dann in Richtung Bibliothek entfernten. Sylvias kleine Enkelin Marnie kam auf ihren kurzen, stämmigen Beinchen den Gang entlang ins Bad gerannt, daß ihre Hausschuhe mit den weichen Ledersohlen auf den Kacheln klatschten.

»Hallo, Tante Lee«, sagte sie.

»Hallo, Marnie!«

»Schau, ich hab ein neues Kleid!« Es war ein wunderschönes, mit Spitze dekoriertes Kleidchen.

»Ohhh, ist das aber schön.«

»Mommy hat gesagt, ich muß mir die Nase putzen.« Sie stellte sich auf die Zehenspitzen, erreichte aber die Kleenex-Schachtel auf der Glasablage trotzdem nicht. Lee hob sie hoch, während die Kleine die ganze Zeit fröhlich plapperte ... über ihre neuen weißen Strümpfe, und daß ihre Mutti ihre Schneehose und die dicken Stiefel mitgebracht hatte, so daß sie und ihr Bruder nach dem Essen draußen herumtoben konnten.

Lee löschte das Licht, und die beiden verließen gemeinsam das Badezimmer.

»Willst du die Blumen sehen?« fragte Lee sie.

Das Mädchen nickte und streckte Lee seine Hand entgegen. Sie gingen quer durch die weitläufige Eingangshalle, wo soeben entfernte Verwandte begrüßt wurden, in den hinteren Teil des Hauses, in dem sich Wohn- und Eßzimmer befanden. Beide Räume boten eine herrliche Aussicht über die parkähnliche Umgebung. Das Haus lag hoch über dem Rum River, und die gesamte Ostfront bestand fast ausschließlich aus Fenstern. Der Ausblick war an diesem Tag besonders herrlich, da der Fluß sich durch die wie mit Puderzucker bestäubte Landschaft schlängelte; in den Bäumen und am Flußufer turnten Eichhörnchen und Eichelhäher herum.

Die lange Tafel erstrahlte in festlichem Glanz und zog sich durch den Rundbogendurchgang von einem Raum in den anderen; beide Zimmer waren mit taubenblauem Teppichboden ausgelegt und mit cremefarben bezogenen Polstermöbeln ausgestattet. Die Tafel war in weißem Damast und feinstem Porzellan gedeckt, passend zum Interieur. Wenn Peg auf irgend etwas stolz war, dann auf ihren guten Geschmack.

Lee unterzog das Arrangement einem prüfenden Blick: Es konnte selbst vor Peg Hilliers Augen bestehen. Sie schritt den langen Tisch ab und nahm zur Kenntnis, daß ihre Mutter wirklich an jede Kleinigkeit gedacht hatte. Wer außer Peg Hillier stellte noch Tischkarten auf?

»Hast du die Blumen gemacht?« fragte Marnie, die auf einem Bein umherhüpfte.

»Ja, das habe ich.«

»Sie sind schön.«

»Danke.«

Marnie verließ hüpfend den Raum. Lee warf einen letzten Blick auf die Blumen und wandte sich dann wieder in Richtung Bibliothek, aus der ein fröhliches Stimmengewirr drang. Die Bibliothek war ein großer Raum auf der Vorderseite des Hauses, mit einem offenen Kamin, in dem an diesem Tag Feuer brannte. Verwandte saßen auf den braunen Ledersofas oder standen in kleinen Grüppchen plaudernd zusammen. Peg schenkte heißen Apfelmost aus; sie goß den Most aus dem großen Krug in ein kristallenes Glas, steckte noch eine Zimtstange hinein, legte eine Serviette darum und reichte das Glas …

Christopher Lallek!

Lee fühlte, wie ihr das Blut ins Gesicht schoß und sich ihre Brust zusammenschnürte.

Er nahm das Glas in Empfang, bedankte sich lächelnd bei Peg und wandte sich dann, vorsichtig am heißen Most nippend, Janice zu, die ihm gerade etwas zu erzählen schien und zu ihm auf lächelte.

Sie sagte etwas, woraufhin er zu lachen begann und anschließend wieder einige Schlucke trank. Über den Rand des Glases erblickte er nun Lee, die immer noch wie angewurzelt in der Tür stand. Er hatte sich weitaus besser unter Kontrolle als sie, und als er das Glas von seinen Lippen nahm und zu Janice lächelnd bemerkte: »Ah, da ist ja auch deine Mutter«, wäre niemand auf die Idee gekommen, daß sich zwischen ihnen etwas Ungewöhnliches abspielte.

Lee trat in den Raum und ging auf ihn zu – was blieb ihr auch schon anderes übrig?

Janice drehte sich zu ihrer Mutter und fragte sie mit leicht erregter Stimme: »Mom, warum hast du mir nicht gesagt, daß Christopher auch kommt?«

»Ich dachte, er hätte Dienst.«

»Erst ab drei«, schaltete er sich ein, beugte sich zu Lee und begrüßte sie mit einem Kuß auf die Wange. »Fröhliches Thanksgiving, Mrs. Reston. Ich bin froh, daß ich doch noch kommen konnte.«

»Ich auch«, erwiderte sie und fühlte tief in ihrem Herzen, daß sie das ernst meinte. Mein Gott, wie hatte er ihr gefehlt!

Es war sexuelle Anziehung, nicht mehr und nicht weniger. Und zum ersten Mal gestand sie sich das ein.

Sie beobachtete, wie er sich inmitten ihrer Familie bewegte. Jeder im Raum kannte ihn, jeder mochte ihn. Aber wie würden sie reagieren, wenn sie sich mit ihm traf? Wenn sie ein Verhältnis mit ihm begann?

Janice strahlte. Sie stand an seiner Seite, blickte zu ihm auf, himmelte ihn an, erzählte ihm Dinge, über die sie gemeinsam lachten. Einmal berührte sie seinen Arm, nur flüchtig, aber Lee bemerkte es und wußte, welche Gefühle Frauen in solche zufälligen Berührungen legten. Sie drückte auf unterschwellige Weise ihr Begehren aus. Als Lee die beiden so betrachtete, mußte sie zugeben, daß sie ein wundervolles Paar abgaben. Er mit seinen dreißig Jahren, gut aussehend, gepflegt und erfahren; sie mit ihren dreiundzwanzig Jahren, mit ihrem gewellten, dunklen Haar und der makellosen Haut, nicht eine Falte um den Mund oder die Augen herum, in der vollen Blüte ihrer Jugend. Lee verstand die Welt nicht mehr. Was fand er gerade an ihr? Warum verliebte er sich nicht in Janice, die doch so viel besser zu ihm paßte?

Peg bat aus der Küche um Hilfe, und Orrin trommelte einige Frauen zusammen, die Wein einschenken und die Schüsseln auf den

Tisch stellen sollten. Er selbst übernahm die ehrenvolle Aufgabe, den Truthahn zu tranchieren. Als Lee aus der großen Karaffe ringsum Wein in die Gläser goß, fiel ihr auf, was ihr zuvor entgangen war: Christophers Tischkarte stand zwischen ihrer und der von Janice.

Ohne zu fragen, ging sie an den Kühlschrank und goß Traubensaft in sein Glas.

Dank der in Pegs kunstvoll verschnörkelter Handschrift geschriebenen Tischkarten gab es beim Einnehmen der Plätze nicht das sonst übliche Gedränge. Christopher nahm seinen Platz zwischen Mutter und Tochter ein, nachdem er den beiden Frauen nach allen Regeln des Anstands die Stühle zurechtgeschoben hatte.

Orrin sagte: »Laßt uns zum Gebet die Hände reichen.« Alle gaben sich die Hände. Lee hielt zur Linken Joeys und zur Rechten Christophers Hand, die sich warm und weich anfühlte. Einen kurzen Moment fiel ihr auf, wie rauh und spröde ihre eigenen Hände waren, mit denen sie tagtäglich feuchte, harte Blumenstiele anschnitt und mit dem Wasser in den Blumenkübeln in Berührung kam. Und sie fühlte, daß bei dem engen Hautkontakt zwischen ihnen etwas zu fließen schien, was mehr war als nur die bloße Berührung ihrer Hände.

Orrin senkte seinen Kopf.

»Gütiger Gott, an diesem Tag danken wir dir für alles, was du uns gegeben hast, für Gesundheit, für unser tägliches Brot und für unser Glück. Wir danken dir, daß du deine schützende Hand über uns gehalten hast, und bitten dich, uns auch im folgenden Jahr schützend zu begleiten. Wir bitten dich auch, dich Gregs anzunehmen, den du in dein Reich geholt hast ...« Lee fühlte, wie sich Christophers Hand fester um die ihre schloß; auch sie verstärkte den Druck ihrer Hand. »... und daß du uns hilfst, seine Abwesenheit zu akzeptieren, ohne daß wir deine Gründe in Frage stellen. Gib besonders Lee, Janice und Joey im nächsten Jahr Kraft. Gott, wir danken dir.«

Schweigend hielten sie sich noch eine Weile an den Händen; auch Christopher gab Lees Hand nicht frei, sondern hielt sie unter der herabhängenden Tischdecke noch einen Augenblick länger als die andere. »Ich bin froh, daß ich hier bin«, flüsterte er ihr zu und drückte ihre Hand noch einmal, bevor er sie losließ.

Und dann das Essen. Dieses herrliche, schreckliche, spannungsgeladene Essen mit Christopher an ihrer Seite, so dicht, daß sie den Geruch seines Wollpullovers wahrnehmen, seinen Ärmel berühren und seine Hände beobachten konnte, ohne daß etwas Ungewöhnliches dabei war. Die Familie führte ihre auffällige Schweigsamkeit sicher auf Orrins Gebet zurück, obwohl alle anderen langsam wieder lebhafter wurden und sich angeregt unterhielten.

Sie zwang sich, mit Christopher zu sprechen, um nicht den Argwohn der anderen auf sich zu lenken.

»Ich habe Ihnen Traubensaft eingegossen«, sagte sie.

»Danke.«

»Sie haben heute also die mittlere Schicht.«

»Ja, von drei bis elf.«

»Wird viel los sein?«

»Heute abend sicher. Viele Jugendliche aus den Universitäten und Colleges sind über die Feiertage nach Hause gekommen; sie werden heute abend zusammen ausgehen und kräftig einen heben. Die Auswirkungen können Sie sich in etwa vorstellen.«

Von der Seite beobachtete sie ihn, wie er die Schüssel mit den Kartoffeln weiterreichte.

»Und wie geht es Ihnen?« fragte er. »Morgen wird in den Geschäften der Teufel los sein, stimmt's?«

»Ja, morgen und am Samstag – die turbulentesten Einkaufstage des Jahres. Mir graut schon davor.«

»Und danach beginnt gleich das Weihnachtsgeschäft.«

»Das hat schon begonnen. Wir haben schon vor Thanksgiving die ersten Weihnachtsgestecke verkauft.«

Sie unterhielten sich über Alltägliches, Oberflächliches, und berührten nichts, was ihnen wirklich am Herzen lag, sondern plauderten, wie es alle, die um sie herum saßen, von Gregs Mutter und Gregs bestem Freund erwarteten.

Um zwei Uhr warf Christopher einen Blick auf seine Uhr und sagte zu Peg: »Ich fürchte, ich muß jetzt aufbrechen. In einer halben

Stunde muß ich in Uniform zur Dienstübergabe im Revier sein.« Er schob seinen Stuhl zurück und erhob sich. »Das bedeutet, daß ich noch zu Hause vorbei muß, um mich umzuziehen.«

Peg blickte ihn enttäuscht an. »Schon? Aber Sie haben ja noch gar nichts von der Pastete gegessen.«

»Es wird sich schon jemand finden, der sich meiner Portion erbarmt.«

»Kommt gar nicht in Frage! Ich gebe Ihnen Ihr Stück mit!«

»Oh, nein, das ist doch nicht nötig.«

Sie führten das Gespräch noch eine Weile fort, während er sich langsam in Richtung Tür bewegte und Peg sich erhob, um ihrer Bitte, ihm die Pastete mitgeben zu dürfen, Nachdruck zu verleihen. Orrin kam um den Tisch herum, um sich von Christopher zu verabschieden. Nach einem kurzen Zögern stand auch Lee auf und folgte ihm in die Halle, wo Orrin bereits Christophers Mantel aus der Garderobenkammer geholt hatte. Peg kam aus der Küche, in der Hand ein in Alufolie verpacktes Stück Pastete.

»Hier ist Ihre Portion. Ein Thanksgivingessen ohne Kürbispastete ist kein richtiges Thanksgivingessen. Lee hat sie gemacht, und das kann sie hervorragend.«

»Vielen Dank«, sagte er. »Jetzt weiß ich auch, woher Lee die Angewohnheit hat, jedem die Reste mit auf den Weg zu geben. Und vielen Dank für die Einladung – es war wunderbar, mit Ihnen und Ihrer Familie Thanksgiving zu feiern.« Er küßte Peg auf die Wange, schüttelte Orrins Hand und verabschiedete sich auch von Lee mit einem Kuß auf die Wange.

Sie öffnete ihm die Tür und sagte: »Tschüs.«

»Tschüs – und vielen Dank.«

Die Hand an der Tür, blickte sie ihm nach, wie er zu seinem Explorer ging.

Als er die Tür aufschloß, erfaßte eine Windböe das Ende seines Schals und wirbelte es durch die Luft. Er drehte sich zum Haus um, winkte ihr und griff dann nach seinem Schal. Er winkte ihr zum Abschied immer zu, und dieser vertraute Anblick erfüllte Lee mit einer Welle der Wärme.

Und wie immer ging mit ihm auch der Glanz des Tages.

Lee und ihre Kinder blieben bis halb sieben; dann drängte Janice zum Aufbruch, denn sie wollte sich zu Hause noch umziehen und zurechtmachen, weil auch sie mit Freunden ausging.

Zu Hause angekommen, zogen Lee und Joey ihre bequeme Hauskleidung an und machten den Fernseher an. Janice verzog sich ins Badezimmer. Um halb neun wurde sie von Jane und Sandy abgeholt, während Lee und Joey sich die Waltons anschauten.

Um Viertel nach neun klingelte es an der Tür.

Lee warf Joey, der ausgestreckt auf dem Sofa lag, einen Blick zu und sah, daß er eingeschlafen war.

Sie stand auf und ging zur Tür.

Auf der vorletzten Stufe stand Christopher in Uniform; der Streifenwagen parkte mit laufendem Motor in der Einfahrt.

Sie öffnete die Tür ganz und trat einen Schritt hinaus.

»Ich möchte mit Ihnen reden« sagte er, ohne zu lächeln, ohne die Miene zu verziehen, wie eine feststehende Tatsache. »Können Sie eine Minute mit zum Wagen kommen?«

»Joey ist drinnen.«

»Sagen Sie ihm, daß Sie einen Augenblick rausgehen, und kommen Sie bitte.«

»Können wir das nicht im Haus besprechen?«

»Nein, nicht wenn Joey da ist.«

Ein Zittern durchlief sie. Wie hartnäckig er den Kontakt mit ihr suchte, im Gegensatz zu ihr, die ihre Treffen auf die verschiedenste Weise zu verhindern suchte.

»Okay«, sagte sie, »ich ziehe nur schnell eine Jacke über.« Sie öffnete den Wandschrank in der Diele und rief in Richtung Wohnzimmer: »Joey, Christopher ist hier. Ich gehe einen Augenblick mit ihm raus zum Wagen.«

Joey drehte sich auf die andere Seite, mit dem Gesicht zur Sofalehne, und murmelte etwas Unverständliches.

Draußen folgte Lee Christopher zu seinem Wagen. Er öffnete ihr die Beifahrertür und wartete, bis sie eingestiegen war. Im Auto war es warm; Christopher stieg ebenfalls ein und schloß die Tür. Aus dem Sprechfunk drang, von Knistern und Rauschen verzerrt, die Stimme des Einsatzleiters. Er griff in Richtung Armaturenbrett und stellte den Ton leiser. Dann nahm er seine Mütze ab und klemmte sie hinter das Mikrophon. Sein linker Arm ruhte auf dem Steuer, als er seinen Blick zu ihr wandte.

Nach einigen Augenblicken unsicheren Schweigens sprachen sie beide gleichzeitig.

»Die letzten Wochen«, sagte er.

»Es tut mir leid«, sagte sie.

Beide hielten inne.

Sie ergriff zuerst wieder das Wort. »Es tut mir leid, daß ich dir nichts von der Einladung gesagt habe.«

»Deswegen bin ich nicht da. Ich kann gut verstehen, weshalb du mich nicht angerufen hast.«

»Das war sehr egoistisch von mir, und es tut mir leid.«

»Die Entschuldigung ist angenommen. Aber jetzt will ich dir sagen, weshalb ich hier bin.« Er lehnte sich zurück, wandte den Blick von ihr ab und schaute geradeaus auf das Garagentor, das ausnahmsweise geschlossen war. »Die letzten Wochen waren schrecklich. Ich fühle mich nicht wohl, so wie die Dinge zwischen uns stehen. Ich fühle mich sogar miserabel, genauer gesagt. Wie fühlst du dich?«

»Einsam.« Auch sie blickte geradeaus.

Sein Blick wanderte herum und blieb auf ihrem Profil ruhen, das von den Leuchten des Armaturenbretts schwach erhellt wurde. Die Kontrollampe des Sprechfunks ließ ihre Wimpern und Wangen rötlich schimmern und gab ihrem Mund ein verschwommenes Aussehen. »Ich kenne alle Gründe, weshalb wir uns nicht sehen sollten, aber selbst wenn ich alle zusammennehme, erscheinen sie mir nicht besonders überzeugend. Die Wahrheit ist, daß ich dich gerne sehen möchte, und zwar ohne Ausreden und Vorwände, nicht aus Mitleid oder um gemeinsam mit dir meine Trauer um Greg zu bewältigen, und auch nicht, um Joey den großen Bruder zu ersetzen. Ich möchte nur mit dir zusammensein. Mein nächster freier Tag ist Sonntag. Hast du Lust, mit mir ins Kino zu gehen?«

»Und was soll ich Joey sagen?«

»Die Wahrheit.«

»Ach, Christopher, das kann ich nicht.«

»Warum nicht?«

»Das weißt du doch genau.«

»Aber du hast ihm im Sommer doch auch gesagt, daß wir zusammen schwimmen waren, daß wir zusammen spazieren gegangen sind, daß wir zusammen Riesenrad gefahren sind.«

»Aber der Unterschied liegt darin, daß er fast immer dabei war.«

»Nein, ich glaube, der Unterschied liegt darin, wie *du* uns siehst, nicht wie *er* uns sieht. Wenn du ihm sagst, daß wir zusammen ins Kino gehen, dann wird er sich nichts dabei denken. Sag ihm einfach, wie es ist.«

»Ich habe Angst«, flüsterte sie.

Resigniert seufzte er auf, den Ellbogen gegen das Seitenfenster gelehnt; er wandte seinen Blick von ihr ab.

»Jawohl, ich habe Angst!« wiederholte sie, als wollte sie sich verteidigen.

Er sah sie an. »Klar, ist ja auch eine beängstigende Vorstellung, ins Kino zu gehen.« Seine Stimme wurde schärfer. »Warum machst du daraus nur so ein Riesentheater? Sag ihm einfach: ›Ich gehe mit Chris ins Kino.‹ Punkt. Wo ist da das Problem?«

Sie dachte eine Weile darüber nach, und über sich selbst erstaunt, hörte sie sich sagen: »In Ordnung. Gehen wir zusammen ins Kino.«

Er schien nicht weniger erstaunt. Ungläubig vergewisserte er sich: »Wirklich?«

»Ja, wirklich.«

Er stellte den Sprechfunk lauter, denn er glaubte gehört zu haben, daß er angefunkt worden war.

»… Fahrzeug, das sich auf der Main Street in nördliche Richtung bewegt.«

Er griff nach dem Sprechgerät und sagte. »Einundvierzig an Einsatzleitung. West Main oder East Main?«

»East Main.«

»Zehn-vier«, gab er durch und sagte zu Lee: »Ich muß fahren.«

Sie öffnete die Tür, und die Innenbeleuchtung ging an. »Bis Sonntag.«

»Ich ruf nochmal an, wegen der Uhrzeit.«

»Okay.« Sie stieg aus.

»Lee?«

Sie beugte sich hinunter und blickte in den Wagen.

»Die Pastete war toll. Ich hab sie in meiner Pause gegessen.«

Lächelnd schlug sie die Tür zu.

Um den Sonntagabend mußte sie sich keine Sorgen machen. Janice kehrte schon am Nachmittag zurück auf den Campus; Joey hatte Langeweile und rief Denny Whitman an; nach dem Gespräch verkündete er: »Ich geh rüber zu Denny, er hat ein neues Videospiel. Fährst du mich hin, Mom?«

»Na klar«, antwortete sie. Der Abend war gerettet!

Nachdem sie in das leere Haus zurückgekehrt war, begann sie zu überlegen, was sie anziehen, ob sie sich schminken und welches Parfüm sie tragen sollte. Himmel, das war ihre erste Verabredung mit einem Mann seit über zwanzig Jahren – und sie war schrecklich aufgeregt!

Sie zog eine Jeans an (ein Versuch, die Bedeutung dieses Abend herunterzuspielen); dazu einen einfachen Pullover. Sie schminkte sich dezent wie jeden Tag und entschied sich auch für ihr alltägliches Parfüm. Und ihr Haar? Damit ließ sich nicht viel Außergewöhnliches anstellen. Als sie es bürstete, mußte sie an Janices herrliches langes Haar denken und fragte sich wieder einmal, wie ein Mann in Christophers Alter sie ihrer Tochter vorziehen konnte.

Zur verabredeten Zeit war er da, und mit einem Kloß im Hals und einem flauen Gefühl in der Magengegend öffnete sie ihm die Tür.

Er trug Jeans und einen roten Daunenanorak und schien nicht im geringsten nervös zu sein.

»Hallo«, begrüßte er sie, als er eintrat und hinter sich die Tür schloß. »Fertig?«

»Wenn es dir nichts ausmacht, würde ich gerne noch schnell Joey anrufen. Er ist bei Denny Whitman. Ich weiß nicht, ob ich ihn nicht noch abholen muß.«

»Okay.«

Er folgte ihr in die Küche, wo sie schon die Nummer gewählt hatte und mit Joey sprach, schlenderte im Raum umher, betrachtete dies und jenes, während er seine Lederhandschuhe in die Handfläche schlug. Auf dem Herd stand eine Auflaufform mit einem Rest Quark-Pfirsich-Auflauf, an der Kühlschranktür hing ein Zettel, auf dem stand *Uhr beim Juwelier abholen*. Auf dem Küchentisch lag ein Informationsblatt von Joeys Schule, auf dem der nächste Elternsprechtag angekündigt wurde.

Im Hintergrund hörte er sie sagen. »Ich gehe mit Christopher ins Kino, aber so gegen halb zehn sind wir wieder da.« Nach einer Pause fügte sie hinzu: »*Die Firma.*«

Er beobachtete sie aufmerksam, während sie mit ihrem Sohn sprach. Dann legte sie auf und sagte: »Dennys Vater bringt ihn heim.«

Christopher konnte nur mit Mühe ein »Na also!« unterdrücken; statt dessen lächelte er sie nur an.

In der Diele half er ihr in die Jacke, und kurz darauf öffnete er ihr die Autotür … fast wie bei einem richtigen Rendezvous.

Im Kino berührten sich von Zeit zu Zeit ihre Arme auf der gemeinsamen Lehne. Während der Liebesszene starrten beide wie gebannt auf die Leinwand und fragten sich, was der andere wohl gerade dachte.

Später im Auto fragte er sie: »Hat's dir gefallen?«

»Ja, und dir?«

»Nicht so gut wie das Buch.«

»Oh, ich fand es besser als das Buch.«

Auf der gesamten Rückfahrt unterhielten sie sich über den Film. In ihrem Haus brannten noch immer alle Lampen, die sie angelassen hatte; da Joeys Zimmer nach hinten zeigte, konnten sie von außen nicht erkennen, ob er schon da war.

»Kommst du noch auf einen Sprung rein? Ich habe Pfirsichauflauf mit Vanilleeis«, lud sie ihn ein.

»Gerne.«

Sie stiegen aus dem Wagen und gingen ins Haus.

Während sie sich die Jacke auszog, rief sie: »Joey? Bist du da?«

Keine Antwort.

Sie legte ihre Jacke über einen Küchenstuhl und warf einen Blick in sein Zimmer. Niemand da. Sie kehrte zurück in die Küche, auch

Christopher hatte seine Jacke ausgezogen und über die Stuhllehne gehängt.

»Er ist noch nicht zurück. Er weiß genau, daß er um zehn da zu sein hat, sonst gibt's Ärger.«

Es war Viertel vor zehn.

Sie nahm zwei Dessertschalen aus dem Küchenschrank, teilte den Pfirsichauflauf auf, schob die Schalen in die Mikrowelle und holte das Vanilleeis aus dem Gefrierfach. Das Eis war so hart, daß sie Mühe hatte, mit dem Portionierer Kugeln abzustechen.

»Soll ich das machen?« fragte er.

Sie reichte ihm den Portionierer und öffnete die Besteckschublade, um die Dessertlöffel herauszunehmen.

Dann holte sie die Schalen aus der Mikrowelle und stellte sie auf den Tisch, wo er das Eis hinzugab. Anschließend verstaute sie die Eispackung wieder im Tiefkühlfach.

Dann setzten sie sich. Im Haus herrschte ungewohnte Stille – kein Radio, kein Fernseher, kein Joey, der durch die Zimmer fegte.

Sie griff nach ihrem Löffel und kratzte an ihrem Eis. Dann blickte sie auf und bemerkte, daß Christopher sie die ganze Zeit über angeschaut hatte.

Er sagte. »Laß uns endlich mit dem Versteckspiel aufhören«, nahm ihr den Löffel aus der Hand, legte ihn zurück in die Schale und zog sie an sich. Widerstandslos ließ sie seine Umarmung zu. Er drückte sie an sich und küßte sie. Sie verstellten sich keinen Augenblick. Ihr Kuß war voller Begierde, Lust und Verlangen. Er öffnete seinen Mund und erforschte ihre Zähne, ihre Zunge. Sie schlang ihre Arme um seinen Hals und überließ sich ihm … bis ihr Herz ihren Brustkorb zu sprengen drohte und nicht mehr genug Platz für den Atem zu lassen schien. Sie genossen einander und erforschten den anderen, wie sie es sich schon so lange gewünscht und so oft vorgestellt hatten. Ihre Zungen suchten und fanden sich, ihre feuchten Lippen hatten sich schon viel zu lange nach dieser Berührung gesehnt. So verging eine Minute, und noch eine. Er zog sie auf seinen Schoß, und ihre beiden Körper wiegten sich im Takt und verschlangen sich ineinander wie zwei Baumstämme, die vom Sturm gepeitscht wurden.

Der Kuß endete langsam, während Chris nach und nach den Druck seiner Arme lockerte und sich ihre Körper ganz behutsam voneinander lösten. Ihre Lippen trennten sich, doch ihre Blicke blieben ineinander verhaftet. Ihr Atem ging stoßweise; seine Hände ruhten auf ihren Hüften.

Er sprach zuerst, mit heiserer Stimme: »Vorher hätte ich die Pfirsiche nicht runtergebracht.«

»Ich auch nicht«, antwortete sie und glitt von seinem Schoß, um sich wieder auf ihren Platz zu setzen.

Jetzt aßen sie von dem warmen Auflauf und dem kalten Eis. Die Luft um sie herum erschien ihnen dick, so als bekämen sie nicht genug Sauerstoff. Sie hob den Blick und sah, daß er sie beobachtete. Die neun Jahre, die sie ohne körperliche Zuwendung verbracht hatte, schienen sie plötzlich wie ein Peitschenhieb zu treffen. Der Löffel fiel ihr aus der Hand, sie sprang auf und lief von ihrem Stuhl zu seinem.

Ihre Hände umfaßten sein Gesicht, sie beugte sich über ihn und machte weiter, wo sie kurz zuvor aufgehört hatten. Wenige Augenblicke später und ohne den Kuß zu unterbrechen, saß sie rittlings auf seinem Schoß.

Langsam umfaßte er sie mit seinen Armen und preßte sie fest an sich. Auch sie schlang ihre Arme um ihn, während sie mit ihren Lippen seinen warmen, weichen Mund liebkoste. Seine Hände wanderten ihre Schenkel entlang, von der Hüfte bis fast bis zu den Knien. Auf ihren Zungen vermischte sich der Pfirsichgeschmack, ihre Lippen verstanden sich vom ersten Moment an. Sie hatten so lange auf diesen Augenblick gewartet, und jetzt kosteten sie ihn bis ins letzte aus. Sie saßen so, daß man sie von der Haustür aus auf den ersten Blick sah, und in Lees Kopf hämmerte es: *Jetzt nicht, Joey, bitte komm jetzt nicht!*

Als sich in ihr die Gefühle überschlugen, löste sie sich von ihm; ihr war bewußt, daß sie nicht länger auf seinem Schoß bleiben konnte. »Ich muß ...«

Sein Mund verschloß ihren, bevor sie aussprechen konnte. Mit festem Griff zog er sie an sich, und seine Schulterblätter lösten sich von der Stuhllehne, so daß er ihr noch näherkam. Bei ihren Bewegungen rieben sich ihre Körper aneinander, sie erforschten jede Regung und genossen jedes Gefühl. Kurz dachte sie daran, wie jung er war, aber der Altersunterschied spielte bei diesem Kuß keine Rolle. Kurz dachte sie daran, daß ihm ihr Alter immer egal gewesen ist. Wenn sie sich küßten, waren sie ein Mann und eine Frau, so einfach war das.

Zögernd, aber gleichzeitig beendeten sie den Kuß.

Wie gebannt starrten sie sich an, während ihr Atem in harten Stößen ging und seine Hände noch immer ihre Schenkel umfaßten.

»Joey kann jeden Moment kommen«, flüsterte sie mit erstickter Stimme, während sie langsam von ihm abrückte.

Das Eis war inzwischen geschmolzen, und der Pfirsichauflauf sah aus wie eine Insel in einem weißen, cremigen See.

»Weißt du, wie lange es her ist, daß ich das zum letzten Mal getan habe?«

»Nein, aber ich wüßte es gern.«

»Neun Jahre.«

»Nein, du machst Witze. Das ist doch unnatürlich!«

Sie zuckte die Achseln.

»Du hast seit dem Tod deines Mannes keinen anderen geküßt?«

»Ein paarmal, ungefähr ein Jahr nach seinem Tod. Aber nie so wie eben. Ich wollte immer nur testen, ob ich es noch konnte, und danach wollte ich nichts wie nach Hause und mir die Zähne putzen.«

»Und wie fühlst du dich jetzt?«

»Ich ... ich ... habe ein bißchen Angst. Und ich bin überrascht. Aber Zähneputzen ist das letzte, woran ich jetzt denke.«

Er lächelte, doch sein Lächeln verflog schnell wieder – zuviel war gerade zwischen ihnen geschehen, brennendes Verlangen loderte nun in ihren Körpern, und das war erst der Anfang. Sie blickten einander reglos an; um sie herum pulsierte die Stille des Hauses, sie dachten nicht mehr ans Essen, sondern tasteten einander schweigend nur mit ihren Blicken ab.

Nach einer Weile schob Christopher seinen Stuhl zurück, erhob sich und stieß hervor: »Ich gehe jetzt besser.« Seine Stimme klang fremd; kehlig und voller unterdrückter Gefühle. Er schlüpfte in seine Jacke und zog den Reißverschluß hoch.

Sie saß nach vorne gebeugt auf der Stuhlkante, mit den Händen auf den Schenkeln, und blickte zu ihm auf.

»Danke für den Auflauf«, sagte er. »Und Entschuldigung, daß ich ihn nicht aufgegessen habe.«

Sie lächelte schüchtern und erhob sich, während er bereits die Diele durchquert hatte. An der Tür angekommen, drehte er sich zu ihr um.

»Hast du Zeit am ...« Er brach ab und überlegte. »Ja wann denn? In der nächsten Zeit wird das ein bißchen schwierig sein. Wenn du frei hast, habe ich Dienst.«

»Laß uns einfach abwarten«, erwiderte sie. »In den kommenden Wochen ist im Geschäft der Teufel los, und bis Weihnachten haben wir abends verlängerte Öffnungszeiten. Wir wollen zwar noch einige Aushilfen einstellen, aber meine Zeiten stehen noch nicht fest.«

»Klar«, sagte er und verstand, daß ihr alles etwas zu schnell ging.

»Also dann«, verabschiedete er sich, »ich rufe an.«

»Ja, tu das.«

Ihre Vorsicht verbot ihnen einen Abschiedskuß – immerhin war Joey noch nicht aufgetaucht. Nach dem, was in der Küche zwischen ihnen geschehen war, brauchten beide erst einmal Zeit für sich, um sich darüber bewußt zu werden, was das für ihre Zukunft bedeutete.

11. KAPITEL

Es fiel Lee schwer, das Geheimnis für sich zu behalten. Was zwischen ihr und Christopher geschehen war, hatte sie überrascht und zutiefst verwirrt. Sie hatte das dringende Bedürfnis, mit jemandem darüber zu sprechen, aber mit wem? Sie ging alle möglichen Namen durch. Sylvia? Sylvia war, bei allen ihren Vorzügen, ausgesprochen prüde. Sie sprach nie über Themen, die auch nur im geringsten mit Sex zu tun hatten. Es kam sehr selten vor, daß sie und Barry in der Öffentlichkeit Berührungen austauschten, und sie zeigten so wenig offene Zuneigung füreinander, daß Lee sich schon immer gefragt hatte, was sich wohl in ihrem Schlafzimmer abspielte.

Ihre Mutter? Nein, ihre Mutter schied von vornherein aus; es schien geradezu absurd, mit ihr über eine solche Angelegenheit zu sprechen. Sitte und Anstand waren in ihrem Leben oberstes Gebot, und wenn Peg Hillier auch nur im leisesten geahnt hätte, was sich in der Küche ihrer Tochter abgespielt hatte, hätte sie auf der Stelle der Schlag getroffen.

Janice? Oh, Asche über mein Haupt! Was Lee, die ja schließlich die Gefühle ihrer Tochter für Christopher kannte, getan hatte, war in höchstem Maße verwerflich. Beim bloßen Gedanken an Janice kam sich Lee wie eine Hure vor. Was für eine Rabenmutter war sie überhaupt?

Und eine ihrer Angestellten? Auch die schieden aus, denn Lee wollte unter keinen Umständen durch eine private Freundschaft die Grenze zwischen Chefin und Angestellten verwischen. Das konnte sich bitter rächen, wenn in einer schwierigen Situation ihre Autorität als Chefin gefragt war.

Wenn Joey nur schon älter gewesen wäre! Aber unglücklicherweise war Joey in einem Alter, in dem er noch der Meinung war, daß das Berühren des BHs eines Mädchens schon zum Vorspiel gehörte.

Lloyd? Er war wohl der einzige Mensch, der ihr Verständnis entgegenbringen könnte, aber aus Gründen der Pietät scheute sie sich, ein derartiges Thema ausgerechnet mit dem Vater ihres verstorbenen Ehemannes zu erörtern.

Es erschien ihr wie eine Ironie des Schicksals, daß der einzige, der in diesem Fall als Gesprächspartner in Frage gekommen wäre, Christopher selbst war. Aber zu Christopher wollte sie in der nächsten Zeit Abstand wahren. Ihr war klar geworden, daß Christopher an jenem Abend etwas sehr Wahres gesagte hatte: Daß sie seit neun Jahren keinen Mann mehr geküßt hatte, war wirklich unnatürlich. Und nun, da sie die lange Fastenzeit beendet hatte, war sie in Gefahr, gierig zu schlingen.

Die Arbeit lenkte sie ab. An dem Montag, der dem Sonntagabend mit Christopher folgte, sprachen sie und Sylvia über den Preis der roten Nelken, der um die Weihnachtszeit immer ins Astronomische stieg. Sylvia bedauerte, im Vormonat, als es noch gute Rabatte gab, nicht mehr davon vorbestellt zu haben.

Lee tauchte wie aus einem Nebel auf, als sie bemerkte, daß Sylvia sie etwas gefragt hatte und nun auf eine Antwort wartete.

»Oh, entschuldige. Was hast du gefragt?«

Sylvia musterte ihre Schwester mit gerunzelter Stirn. »Lee, was ist denn heute bloß mit dir los?«

»Nichts, nichts. Was wolltest du wissen?«

»Ich habe dich gefragt, ob du es für eine gute Idee hältst, einige Schüler oder Studenten anzuheuern, die uns das Tannenreisig für die Weihnachtsgestecke vorbereiten würden.«

»Oh, ja. Natürlich. Das ist eine gute Idee. So könnten wir Zeit sparen und müßten außerdem keine teure Fachkraft einstellen.«

»Bist du sicher, daß mit dir heute alles in Ordnung ist?« erkundigte Sylvia sich noch einmal.

»Ja, wirklich, mir geht es gut!«

»Dann paß doch bitte auf, was du tust. Du hast eben das Immergrün zu den Nelken gestellt.«

Tatsächlich – die Nelken wären in wenigen Stunden hinüber gewesen.

Sie nahm das Immergrün heraus und entschuldigte sich peinlich berührt.

Sie hatte sich gerade vorgestellt, wie sie rittlings auf Christophers Schoß saß und ihn küßte, bis ihr der Kiefer schmerzte.

Zwei Tage vergingen, ohne daß er sie anrief. Ihr Geschäft lag an der Main Street, ganz in der Nähe des Polizeireviers, was bedeutete, daß ständig Streifenwagen an dem Laden vorbeifuhren. Lee hatte langsam das Gefühl, Sensoren ausgebildet zu haben, die sie immer, wenn ein Streifenwagen vorbeifuhr, aufblicken ließen. Meistens konnte sie den Wagen durch die vielen Blumen und Pflanzen, die im Laden standen und die Sicht nach draußen versperrten, nicht erkennen, aber manchmal konnte sie doch einen Blick auf das Auto erhaschen und stellte sich vor, daß Christopher hinter dem Steuer saß. Ab und zu fuhr einer der Polizeiwagen mit Blaulicht und Sirene vorbei, und bei dem Geräusch schlug ihr Herz schneller.

Eine Woche nach Thanksgiving, als Lee gerade die Pflanzen in der vordersten Reihe im Schaufenster goß, sah sie aus den Augenwinkeln einen Streifenwagen näherkommen, blickte auf – und er war es. Er winkte. Sie richtete sich auf und erwiderte den Gruß, während ihr Herz wie wild gegen ihre Rippen pochte.

Wenige Minuten später klingelte das Telefon, das im Hinterzimmer stand.

»Lee, für dich«, rief Sylvia.

»Danke.« Lee stellte die Gießkanne ab und ging zum Telefon.

»Hallo?«

»Hallo«, hörte sie Christopher sagen. »Du machst dich gut im Schaufenster.«

Sie wußte nicht recht, was sie darauf erwidern sollte, und sagte nichts, sondern stand nur da und versuchte zu verhindern, daß ihr die Röte ins Gesicht schoß.

»Ah, du bist nicht allein im Geschäft, stimmt's?«

»Stimmt.«

»Hast du auch manchmal mitten in der Woche einen Tag frei?« erkundigte er sich.

»Manchmal. Jetzt, vor Weihnachten, wenn wir bis zehn Uhr abends geöffnet haben, können wir uns tagsüber ein bißchen abwechseln. Warum denn?«

»Ich brauche Hilfe bei meinem Weihnachtsbaum. Ich hatte noch nie einen, aber dieses Jahr möchte ich einen kaufen. Ich wollte dich fragen, ob du einen Junggesellen, der nicht viel davon versteht, bei der Auswahl des Christbaumschmucks beraten könntest?«

»Wer ist es denn?« fragte Sylvia aus dem Hinterzimmer.

Ohne die Hand über die Sprechmuschel zu legen, rief Lee zurück: »Christopher. Er braucht Beratung für seinen Christbaumschmuck.« In die Muschel fragte sie: »Können wir das nicht an einem der nächsten Abende besprechen?«

Sylvia unterbrach sie. »Lee, nur eine Sekunde.«

»Augenblick, Chris.«

Sylvia machte ihr einen Vorschlag. »Ich brauche vor Weihnachten ohnehin noch einen freien Tag, um Geschenke einzukaufen. Nimm dir doch auch einen Tag frei – wir können uns gegenseitig vertreten. Wir kriegen ja beide einen Koller, wenn wir nicht mehr aus dem Laden kommen.«

Lee fragte Christopher, der Sylvias Vorschlag mitgehört hatte: »Welcher Tag würde dir denn passen?«

»Ich habe nächsten Dienstag und Mittwoch frei.«

»Dienstag?« fragte sie Sylvia gewandt. Als ihre Schwester zustimmend nickte, sagte sie: »Ja, Dienstag paßt mir gut.«

»Gut, dann hole ich dich um zehn bei dir zu Hause ab.«

»Sehr schön.«

Am selben Nachmittag wurde Lee etwas klar, was ihr zuvor noch nicht aufgefallen war. Ihre Angehörigen schöpften in Hinblick auf Christopher deshalb noch keinen Verdacht, weil sie in ihm nur den Jungen sahen, nicht den Mann. Für sie lag es offenbar außerhalb jeder Vorstellung, daß eine Frau ihres Alters eine Affäre mit einem Dreißigjährigen anfing – und so kamen sie auch gar nicht auf diesen Gedanken. Außerdem war Christopher der beste Freund ihres Sohnes gewesen. Sie betrachteten ihn noch immer als das, was er anfangs für Lee ja auch gewesen war: eine Art Ersatzsohn, der sich mit allen in der Familie ausgezeichnet verstand; und weil er selbst keine Familie hatte, bezog man ihn wie selbstverständlich mit ein – die Tarnung war eigentlich gar nicht schlecht, jedenfalls funktionierte sie.

Daß sie an einem gewöhnlichen Wochentag nicht in den Laden ging, sondern in Freizeitkleidung darauf wartete, von dem Mann abgeholt zu werden, an den sie in den vergangenen zwei Wochen beinahe ununterbrochen gedacht hatte, versetzte Lee in Hochstimmung. Sie blickte in den Badezimmerspiegel und bemerkte, daß ihre Augen strahlten und ihre Wangen leicht gerötet waren, so daß sie ganz auf das Rouge verzichten konnte. Es war viele Jahre her, daß sie dieses prickelnde Gefühl zum letzten Mal verspürt hatte, daß sie ihr Spiegelbild betrachtet und sich dabei überlegt hatte, wie ein Mann sie sah: als eine Frau mittleren Alters mit ganz passabler Figur, einem angenehmen, gepflegten Äußeren, einer einfachen Frisur, bekleidet mit einer schwarzen Legging, einem mittelblauen Rolli und darüber einem weiten Baumwollpulli mit schwarzen, gelben und blauen Blockstreifen. Sie fragte sich einen Augenblick lang, ob ihre Kleidung nicht zu jugendlich war, denn schließlich gab es nichts Lächerlicheres als eine Frau mittleren Alters, die sich zurechtmachte wie eine Achtzehnjährige.

Aber schließlich kam sie zu dem Schluß, daß alles an ihr in Ordnung war – bis auf die hektischen Flecken auf ihren Wangen. Er kam pünktlich. Ein bißchen Herzklopfen verspürte sie schon, ihn nach den ersten Zärtlichkeiten wiederzusehen, und so hatte sie die Haustür schon hinter sich zugeschlagen, als der Explorer gerade in die Einfahrt rollte, und noch während er aus dem Wagen stieg, war sie schon fast bei ihm. Er öffnete ihr die Beifahrertür, und sie stieg ein.

Er ließ den Motor an und fragte: »Wohin fahren wir?«

Und sie antwortete: »Nach Lindstrom, Minnesota.«

»Nach Lindstrom, Minnesota?« Das bedeutete eine Stunde Fahrt.

»Aber nur, wenn du willst.«

»Was gibt es denn dort Besonderes?«

»Gustafs Weihnachtswelt. Das sind zwei reizende Häuser aus der Jahrhundertwende auf der Hauptstraße des Städtchens, wo das ganze Jahr über Weihnachten ist. Ich war schon ewig lange nicht mehr dort, aber ich kann mich gut daran erinnern, daß dort auch Erwachsene wieder zu Kindern werden. Außerdem gibt es dort

Weihnachtsschmuck aus der ganzen Welt. Ich bin sicher, daß es dir dort gefallen wird.«

Er legte den ersten Gang ein, und sie spürte, daß sein Blick auf ihr ruhte, als sie langsam die Straßen entlangfuhren. Sie warf ihm ein Lächeln zu, auf das er gewartet zu haben schien.

Es war genau der richtige Tag für einen Ausflug in Gustafs Weihnachtswelt; der Himmel war bleigrau, es war kalt und sah nach Schnee aus. Über Nacht hatte sich Rauhreif gebildet, der die Bäume mit einer glitzernden Schicht überzog. An den Straßenrändern türmten sich kniehohe Schneewälle, von denen kleine Kinder auf Plastiktüten hinunterrutschten. Aus dem Autoradio tönten Weihnachtslieder, und aus den Belüftungsklappen strömte warme Luft.

Sie ließen die Stadt hinter sich und fuhren über Land.

»Ich brauche auch noch einen Christbaum«, bemerkte Christopher.

»Wie schön! Ich freue mich schon auf den Duft. Auch bei mir im Laden riecht alles nach Tanne und Fichte, und in jeden Strauß, den wir in der Vorweihnachtszeit machen, binden wir einige Tannenzweige mit ein. Wir verbrauchen Unmengen von Nadelgehölz; es wird in großen Bündeln angeliefert und muß in die richtige Länge für die Gestecke und Sträuße geschnitten werden. Beim Auseinanderschneiden entfaltet sich erst der ganze Duft, besonders bei den Weihrauchzedern. Es gibt keinen herrlicheren Duft; zusammen mit Kiefer riecht Zeder richtig zitronig. Die Zweige duften wochenlang.«

»Ich hab noch nie etwas von Weihrauchzeder gehört, wußte gar nicht, daß es so etwas überhaupt gibt.«

»Du müßtest es nur einmal riechen, und du könntest dich immer daran erinnern. Aber wir arbeiten auch mit vielen anderen Nadelgehölzen, zum Beispiel mit Tanne, Blaufichte, Thuja und Wacholder. Mit Wacholder arbeite ich am wenigsten gern, die Hände sehen nach der Arbeit immer erbärmlich aus.«

Er warf einen Blick auf ihre Hände, aber die steckten in Handschuhen.

»Sylvia weigert sich, Wacholder zu verwenden, aber sie macht auch weniger Gestecke und Sträuße als ich. Sie ist in erster Linie die

Geschäftsfrau, während ich für den künstlerischen Teil verantwortlich bin.«

»Hat sie irgend etwas dazu gesagt, daß wir heute zusammen wegfahren?«

Ihre Blicke trafen sich kurz, bevor er seine Aufmerksamkeit wieder auf die Straße lenkte. »Nein. Sie hat nur gesagt, daß sie vor Weihnachten auch noch einen freien Tag braucht, um Geschenke einzukaufen.«

Damit war dieses Thema erledigt.

»Erzähl mir mehr über das, was du jeden Tag tust«, bat Christopher.

Er gehörte zu den wenigen Menschen, die eine Frage stellten und anschließend auch aufmerksam der Antwort zuhörten. Als sie ihm von ihrem Geschäft erzählte, fiel ihr auf, daß sich zum ersten Mal seit langem jemand wirklich für ihre Arbeit interessierte; die Kinder erwarteten zwar, daß die Mutter sich um ihre kleinen Sorgen, Probleme und Freuden kümmerte, aber sie erkundigten sich nur selten nach denen ihrer Mutter.

Lee schilderte Chris einen ganz normalen Tag im Geschäft: das Warten auf Kunden, das Binden der Sträuße und Gestecke, das Aussortieren der welken Blumen, das Reinigen der Eimer, den Einkauf neuer Ware, das Entfernen der Blätter vor dem Binden, das Verstärken der Stiele, um ihnen im Arrangement Halt und Festigkeit zu geben. Sie erzählte ihm, daß die Hälfte der Blumen, die sie verkaufte, aus Südamerika importiert wurde, wo keine besonders strengen Vorschriften hinsichtlich des Einsatzes von Pestiziden herrschten und sie sich deshalb beim täglichen Umgang mit den Blumen öfter Gedanken machte. Denn über die Hände, so sagte sie ihm, könne das Gift leicht in den menschlichen Körper gelangen. Wieder warf er einen kurzen Blick auf ihre Hände, die aber noch immer in den Handschuhen steckten.

Sie erzählte ihm, daß die Kartons, die aus Kolumbien über Miami eingeführt wurden, auf der Suche nach eventuell darin versteckten Rauschgift von den dortigen Zollbehörden mit metallenen Spießen durchstochen wurden und danach wie von Kugeln durchlöchert aussahen. Sie berichtete, wie gerne sie Messen besuchte, und daß als nächstes im Januar die Geschenkartikelmesse in Minneapolis stattfinden würde. Sie erzählte, mit unüberhörbarem Stolz in der Stimme, daß die Geschäfte sehr gut liefen und sie kurz zuvor den Auftrag bekommen hatte, jeden Samstag die Methodistische Kirche mit Blumen im Wert von zwanzig Dollar zu beliefern; solche Aufträge waren die Sahne obenauf, weil sie wenig Arbeit machten und die Rechnungen pünktlich bezahlt wurden. Sie und Sylvia würden sich in der nächsten Zeit nach einer neuen Angestellten umschauen müssen, weil Nancy schwanger war und aufhören wollte zu arbeiten. Er wollte wissen, woran man eine gute Floristin erkennen könne. An den Händen, erwiderte Lee, denn eine wirklich gute Floristin arbeite nie mit Gummihandschuhen und benutze zum Anschneiden und Kürzen keine Schere, sondern ein Messer. Sie erzählte, daß die Weihnachtszeit den Händen immer am meisten zusetze, da die Nadelgehölze viel Harz abgaben, das man nur mit Terpentin wieder von den Händen abbekam.

»Zeig mir deine Hände«, bat er sie mit neckendem Unterton.

»Nein«, antwortete sie ihm.

»Ich glaube, du leidest an Einbildungen. Ich habe noch nie etwas Ungewöhnliches an deinen Händen entdeckt.«

»Oh doch, sie sehen schlimm aus.«

Lächelnd bemerkte er: »Ich lerne gerade eine ganz neue Seite der Lee Reston kennen – ihre Hände.«

»Stimmt«, erwiderte sie.

Vor Gustafs Weihnachtswelt begrüßten zwei lebensgroße hölzerne Rentiere, die mit roten und grünen Bändern verzierte Kränze um den Hals trugen, die Kunden. Drinnen roch es nach Maulbeeren; überall blinkten bunte Lichter; aus allen Ecken ertönten die unterschiedlichsten weihnachtlichen Klänge, Glockenspiel und Kinderchöre. Die Regale quollen über vor geschnitzten Figuren, Nußknackern, Krippen und Christbaumschmuck. Auf Tischen in der Mitte des Raums waren die verschiedensten Arten von rotwangigen Nikoläusen aufgebaut, die die Besucher aus ihren kleinen dunklen Augen verschmitzt anlächelten.

Und dann schlenderten sie von einem Raum in den nächsten und ließen sich in jedem Zimmer aufs neue überraschen.

Christopher entdeckte einen weißen Rauschebart und hängte ihn sich vors Gesicht.

»Ho, ho, ho«, brummte er in seiner tiefsten Stimme, »warst du auch ein braves Kind?«

»Nicht ganz«, erwiderte sie mit einem verschmitzten Lächeln.

Bevor sie den koketten Doppelsinn ihrer Worte bemerkte, waren sie ihr schon entschlüpft.

Wenig später entdeckte er Ringelsocken, die die Aufschrift *Chris* trugen.

Dann erspähte sie in einem Regal die scheußlichsten Ohrringe, die sie jemals gesehen hatte: zwei kleine rote Blinklichter, die sie sich kichernd an die Ohren hielt. »Glaubst du, sie blinken wirklich?«

Sie lachten, und Lee legte sie wieder zurück.

Im nächsten Raum erwarteten sie Mistelzweige; Chris ergriff einen und hielt ihn mit erwartungsvollem Gesicht hoch über ihre Köpfe.

»Nein, nein«, machte sie sogleich all seine Hoffnungen zunichte, »nicht in der Öffentlichkeit.«

Dann suchten sie seinen Christbaumschmuck aus: eine Lichterkette mit verschiedenfarbigen Lämpchen, eine Girlande mit Goldfransen, einige goldene Glocken und Glaskugeln, in denen Schnee zu schimmern schien, wenn das Licht darauf fiel. Außerdem kauften sie einen Christbaumständer, eine dicke rote Kerze und einige Rollen Lakritze.

Dann brachte sie ihre Einkäufe zum Wagen. »Hast du Hunger?« fragte er sie. Es war schon halb zwei.

»Und wie!« antwortete sie.

Er blickte die Hauptstraße auf und ab und schlug vor: »Laß uns einfach drauflos laufen ... und sehen, was es hier so gibt.«

Sie entschieden sich für das Rainbow Café. Lee bestellte ein großes Sandwich und Chris Rinderbraten – mit Kartoffeln und Soße, versteht sich.

Danach erstanden sie zwei duftende norwegische Tannen, die sie auf dem Dachgepäckträger seines Wagens festbanden.

Während der Rückfahrt schwiegen sie. Langsam wurde es warm

und gemütlich im Wagen, er machte das Radio an. Entspannt zurückgelehnt, saß sie neben ihm; ihre Hände ruhten im Schoß. Er warf einen Blick auf ihre Hände: Ihre Nägel waren kurzgeschnitten, und die Nagelhaut sah fleckig und angegriffen aus. Aber das stieß ihn nicht im geringsten ab – im Gegenteil: das machte sie für ihn nur noch wirklicher.

»Wann kommt Joey nach Hause?«

Mit einem Blick auf die Uhr antwortete sie: »So um diese Zeit.«

»Willst du gleich nach Hause?« fragte er sie.

Ihr Kopf ruhte an der Nackenstütze, und während der hart gefederte Wagen jede kleine Bodenwelle an seine Insassen weitergab, wandte sie ihm ihren Blick zu und betrachtete ihn einige Sekunden lang schweigend.

Wollte sie gleich nach Hause?

»Nein«, antwortete sie.

Er fuhr zu seiner Wohnung, öffnete mit der Magnetkarte das Tiefgaragentor und fuhr die Rampe hinunter. Er schlug vor: »Wenn du die Pakete nimmst, kann ich den Baum tragen.«

Nachdem er seinen Baum losgebunden hatte, bemerkte sie: »Wenn du ihn gleich hier in den Ständer stellst, kannst du dir die Schweinerei in der Wohnung ersparen.«

»Klar«, erwiderte er – immerhin kannte er sich mit derartigen Dingen ja nicht aus. »Hört sich logisch an.«

Er holte den Werkzeugkasten aus dem Wagen, und zehn Minuten später stand der Baum im Ständer. Er trug ihn, während sie ihm die Türen öffnete. Vor seiner Wohnungstür angekommen, reichte er ihr die Schlüssel. »Beide Schlösser.«

Während sie beide Schlösser öffnete, stellte sie fest, wie sehr sie sich in dieser Hinsicht von ihm unterschied. Sie, die sie meistens noch nicht einmal ihr Garagentor zumachte, ließ auch häufig über Nacht die Haustür unverschlossen. Ihm, dem Polizisten, konnte kein Schloß sicher genug sein.

Drinnen angekommen, setzte er als allererstes den Baum ab und sagte. »Leg ab und fühl dich wie zu Hause.« Dann verschwand er im Bad, um sich das Harz von den Fingern zu waschen. Als er in die Küche kam, telefonierte Lee mit Joey.

»Hallo, hier ist Mom.«

»Oh, hallo, Mom. Fein, daß du anrufst. Ist noch eine Roulade von gestern abend übrig?«

»Na klar, im Kühlschrank ... in der eckigen Plastikschüssel mit dem gelben Deckel.«

»Oh, toll, ich sterbe nämlich gleich vor Hunger. Das Essen in der Schule war schrecklich. Wann kommst du denn wieder?«

Sie schaute auf und sah Christopher im Durchgang zum Wohnzimmer stehen, seinen Blick auf sie gerichtet und an dem Lakritzestreifen kauend. »So gegen acht, denke ich.« Ihre Blicke trafen sich und ließen sich nicht mehr los.

»Dann muß ich mit dem Essen nicht auf dich warten, oder?«

»Nein, nein, iß nur, sonst verhungerst du mir noch. Schneid noch eine Kartoffel in die Soße, wenn du willst: im Kühlschrank ist außerdem noch Sauerrahm, den kannst du auch noch dazutun.«

»Okay, hört sich gut an.«

»Also, dann bis später.«

»Ja, aber vielleicht gehe ich noch rüber zu Sandy, wenn ich gegessen habe.«

»In Ordnung, aber um Punkt zehn bist du zurück, verstanden?«

Sie sah ihn förmlich vor sich, wie er genervt die Augen verdrehte, aber in der letzten Zeit hatte er es mit der Uhrzeit nicht immer sehr ernst genommen. »Ja, ja, schon verstanden.«

»Okay, dann bis später.«

Nachdem sie aufgelegt hatte, forderte Christopher sie auf: »Wohin damit? Was meinst du?«

Sie entschieden sich für einen Platz vor der Regalwand und schoben das Sofa an die gegenüberliegende Wand. Das wirkte im ersten Augenblick zwar etwas ungewohnt, doch man hatte auf diese Weise einen guten Ausblick auf den Baum.

Beim Auspacken des Christbaumschmucks erkundigte sich Christopher: »So, und was kommt nun zuerst an den Baum?«

»Die Lichterkette natürlich«, erwiderte sie und machte sich daran, die Schnüre und Lämpchen aus dem Karton zu nehmen. »Hast du denn noch nie einen Christbaum geschmückt?«

»Nein«, sagte er, ohne von seiner Arbeit aufzuschauen.

Sie bemerkte den brüsken Unterton in seiner Stimme und fand, daß es nicht der richtige Augenblick war, um unselige Erinnerungen aufzufrischen. »Also, zuerst den Stecker in die Steckdose, so daß man die Lämpchen gleich richtig plazieren kann. Am besten fängt man oben an und arbeitet sich nach unten vor.«

Der Baum war ziemlich hoch, so daß er die obersten Zweige schmückte, während sie sich um die untere Hälfte kümmerte.

Irgendwie kam sie ihm in die Quere; die mit Goldstaub überzogene Girlande streifte ihren Mund, während sie unter Christophers Arm hindurchtauchte, und als sie sich wieder aufrichten wollte, verfing sich sein Girlandenende an ihrem Rollkragen und rutschte von dem letzten dekorierten Zweig.

»Oh, schau, was ich angerichtet hab. Entschuldige.«

»Hey, an dir hängt ja mehr von der Girlande als am Baum.«

Sie blickte zu ihm auf, und er entdeckte einen Goldstaubpartikel auf ihren Lippen, der wie eine Sternschnuppe glitzerte.

»Nicht bewegen«, befahl er und holte das glitzernde Krümelchen vorsichtig mit seiner Fingerspitze von ihrer Lippe.

Sie hatten es schon den ganzen Tag aufgeschoben. In der Öffentlichkeit benahmen sie sich wie zwei vernünftige, klar denkende Erwachsene, die ihre Gefühle im Griff hatten. Sie hatten keine glühenden Blicke ausgetauscht, sich nicht im Verborgenen berührt, sich nicht wie unabsichtlich gestreift oder all die anderen kleinen Dinge getan, die zwei Menschen, die sich voneinander angezogen fühlten, normalerweise taten. Aber nun waren ihre Lippen geöffnet ... und er berührte sie mit seiner Fingerspitze.

Dann beugte er seinen Kopf zu ihr hinunter und berührte ihre Lippen so sanft, daß sie die Berührung zuerst kaum spürte. Die goldene Girlande, die er bis dahin noch in der Hand gehalten hatte, flatterte zu Boden. Mit zart vereinten Lippen verharrten sie einen Augenblick, bis sie etwas ins Schwanken geriet und nach seiner Brust faßte, um wieder ins Gleichgewicht zu kommen. Er öffnete die Augen, umschloß ihre Hand mit seiner, führte sie zu seinen Lippen und küßte ihre rauhen Knöchel.

Während er ihr fest in die Augen blickte, sagte er: »Laß uns erst den Baum zu Ende schmücken.«

Sie legten die Girlande um die Zweige, befestigten die Glocken und Kugeln – alles in dem Wissen, daß es erst sechs Uhr war. Als der Baum in seiner ganzen Pracht vor ihnen stand, bückte sie sich, um die abgefallenen Nadeln, die Kartons und das Seidenpapier, in dem der Schmuck eingewickelt gewesen war, aufzuheben, während er die Deckenbeleuchtung ausmachte und ihr über das Haar strich: »Laß nur, das räume ich später weg. Komm lieber her zu mir.« Als sie sich nicht aufrichtete, bückte er sich zu ihr hinunter, und nahm ihr sanft, aber bestimmt den Karton aus der Hand, in den sie die Tannennadeln sammelte.

»Komm zu mir«, flüsterte er ihr abermals zu, zog sie hoch und führte sie zum Sofa.

Er legte sich auf das Sofa und zog sie zu sich hinunter; das Polster gab nach, und sie rollte dicht an seinen Körper. Er legte seine Hand auf ihre Hüfte, senkte seine Lippen auf ihre und bescherte ihnen das einzige Weihnachtsgeschenk, das sie sich in diesem Augenblick wünschten. Ihre feuchten Lippen liebkosten sich, und ihre Zungen begrüßten sich, nachdem sie sich den ganzen Tag nach dieser Berührung gesehnt hatten. Sie holten alles nach, was sie sich in den Nächten, da sie keinen Schlaf finden konnten, vorgestellt hatten. Sie ließen sich alle Zeit der Welt und verschmolzen in dem Kuß, der dauerte … und dauerte … und dauerte …

Als sie langsam wieder ihre Augen öffneten, sahen sie um sich herum rote, grüne, blaue und goldene Lichter, die sich auf der Wand, auf den Möbeln, auf ihren Gesichtern und in ihrem Haar widerspiegelten.

»Wollen wir jetzt darüber reden?« fragte er leise, während seine Hand noch immer auf ihrer Hüfte ruhte.

»Reden? Worüber denn?« flüsterte sie.

»Darüber, wie wir uns seit dem Abend gefühlt haben. Darüber, wie wir uns heute den ganzen Tag über gefühlt haben. Darüber, was dich eben davon abgehalten hat, aufzustehen und mit mir zu kommen.«

Einige Sekunden vergingen, bevor sie es ihm gestand: »Schuldgefühle.«

»Schuldgefühle? Weswegen?«

»Wegen dem, was ich auf dem Küchenstuhl getan habe.«

»Aber du hast doch nichts Falsches getan!«

»Ach nein?«

»Ich hätte dich heute nicht damit necken sollen, es tut mir leid. Ich hatte keine Ahnung, daß es dich so belastet.«

»Ich habe mir vorgestellt, was die anderen darüber denken würden – meine Mutter, meine Tochter, meine Schwester. Sie würden sagen, daß ich mich dir an den Hals werfe.«

»Nein, was passiert ist, ist von uns beiden ausgegangen.«

»Aber verstehst du denn nicht – ich bin fünfzehn Jahre älter als du!«

»Aha? Und darfst du deshalb deinen Gefühlen vielleicht nicht freien Lauf lassen?«

»Ich war so überrascht!«

»Ich war auch überrascht – und habe es genossen!«

»Es war schon so lange her, weißt du, und ich konnte der Versuchung nicht widerstehen, dich zu küssen. Und auch jetzt kann ich der Versuchung nicht widerstehen, hier neben dir zu liegen. Du hattest vollkommen recht – es ist unnatürlich, jahrelang ohne körperliche Zuneigung zu leben. Es ist jetzt zwei Wochen her, daß wir uns auf dem Küchenstuhl geküßt haben, und seitdem habe ich an nichts anderes mehr gedacht.«

»Und trotzdem fühlst du dich schuldig?«

»Natürlich – du dich etwa nicht?«

»Nein. Du bist eine Frau, und ich bin ein Mann. Weshalb sollten wir uns denn schuldig fühlen?«

»Wegen des Altersunterschiedes, zum Beispiel.«

»Das habe ich mir gedacht.«

»Und wegen meiner langen Abstinenz. Ich kann mir vorstellen, daß Frauen eine Menge Unsinn machen, wenn plötzlich, nach Jahren der absoluten Enthaltsamkeit, ein jüngerer Mann sie beachtet.«

»Ist das alles, was ich für dich bedeute … ein jüngerer Mann, der dich beachtet?«

»Nein, das ist nicht alles, und das weißt du auch.«

»Wo liegt also das Problem? Wir tun doch nichts weiter, als uns zu küssen.«

»Du warst Gregs bester Freund.«

»Das ist das erste Mal, daß du heute seinen Namen erwähnst, ist dir das aufgefallen?«

Nein, das war ihr nicht aufgefallen, und ihre Augen verrieten es ihm.

»Aber jetzt bekomm bitte nicht gleich wieder Schuldgefühle. Das ist das Zeichen, daß du über den ersten Schmerz hinweg bist. Wir beide verbringen einen ganzen Tag zusammen und haben eine Menge Spaß. Ich jedenfalls habe mich sehr wohl gefühlt.«

»Ich mich auch. Aber es gibt noch ein weiteres Problem.«

»Welches denn?«

»Janice hat sich in dich verliebt.«

»Das weiß ich.«

Sie hob erstaunt den Kopf. »Ach ja?«

»Ja, ich weiß es schon seit längerem.«

»Und trotzdem tust du das mit mir?«

»Ich habe sie keine Sekunde lang ermutigt. Frag sie.«

Sie ließ ihren Kopf wieder in seine Arme sinken und sagte: »Sie hat mir schon von sich aus alles erzählt.«

»Na also, siehst du? Wo ist also das Problem?«

»Du stellst dir alles so einfach vor.«

»Weil es so einfach ist. Alles, was ich will, ist hier mit dir zusammenzusein, dich zu küssen und mit dir meinen ersten Weihnachtsbaum zu genießen. So einfach ist das.« Dann wurde seine Stimme weicher, verführerischer. »Nur mein Mund ...« Er kam näher. »... auf deinem Mund.«

Und sein Mund war wirklich unglaublich. Sanft und doch bestimmt drang seine Zunge in ihren Mund, wiegte sich sein Kopf und drängte sie, dasselbe zu tun. Er küßte sie, wie sie seit ihrer Teenagerzeit nie wieder von einem Mann geküßt worden war – sanft, drängend, kraftvoll, langsam, erregend; ein Kuß, der sagte: *Wenn wir es tun, dann laß es uns gut tun.* Und seine sanfte Überredung wirkte. Sie warf alle Gedanken über Bord und gab sich ganz der Sinnlichkeit des Augenblicks hin, folgte den Wegen, die er vorgab, und ließ sich einfach treiben. Während der Küsse, die sich in ihrer Lebendigkeit und Erregung immer mehr steigerten, drängten sich auch ihre Körper immer enger zusammen; sein Bein suchte sich seinen Platz zwischen ihren; ihre Hüfte preßte sich immer enger an seine.

Ihm entfuhr ein leises Stöhnen, während er seine Hand mit leichtem Druck kreisend über ihren Rücken, ihre Schultern, ihren Nacken und zurück über ihre Hüften gleiten ließ.

Es war schon unendlich lange her, daß sie neben einem Mann gelegen, sich eng an seinen Körper gedrängt und seine Erregung gespürt hatte. Es war unendlich lange her, daß ihre Hände über die breiten Schulter und den muskulösen Rücken und durch das feste, kurze Haar eines Mannes geglitten waren. Die Berührung mit seinem Körper elektrisierte sie, und wenn sie mit ihren Fingern über seinen Kopf fuhr, stieg der Duft seines Haares auf, dieser besondere und unverwechselbare Geruch, den sie nie wieder vergessen würde.

Dann löste er sich von ihr und blickte sie an.

Auch sie öffnete ihre Augen.

»Das kannst du wirklich gut«, murmelte sie.

»Du auch. Ich habe es vorhin wirklich so gemeint, Lee«, flüsterte er. »Ich will dich nur küssen, nichts weiter, wenn du nicht mehr möchtest.«

»Was ich möchte und was ich mir gegenüber vertreten kann, sind zweierlei Dinge.«

Er küßte sie auf den Mund, wobei er sich mit dem Ellbogen abstützte; ein Knie hatte er bis zu ihrer Hüfte angezogen.

Dann schlang sie ihre Arme um seinen Hals und zog ihn zu sich hinab, so daß sein Gesicht in ihrer Halsbeuge ruhte.

»Oh, Christopher«, seufzte sie, »es ist so wunderbar, ich würde am liebsten die ganze Nacht hierbleiben.«

»Gute Idee«, stimmte er ihr zu, wobei er einen scherzenden Ton auflegte, um sich selbst nicht in Versuchung zu bringen. »Rufst du Joey an, oder soll ich das machen?«

Sie lachte, doch ihr Bauch konnte sich unter seinem Gewicht nicht ausdehnen, wie er es gerne getan hätte, und drückte sich fest gegen seinen Körper.

»Lach weiter«, flüsterte er ihr ins Ohr, »das fühlt sich toll an.«

Aber statt dessen verstummte sie, schloß die Augen und genoß jeden Augenblick dieser herrlichen Nähe und des Bewußtseins, daß sie für einen Mann noch immer anziehend, ja sogar sexuell erregend war.

»Lee?« murmelte er dicht neben ihrem Ohr.

»Ja?« antwortete sie flüsternd, während ihre Finger langsam durch sein Haar glitten. Er ging wieder auf die Ellbogen und blickte sie an.

»Versprich mir, daß du nie wieder versuchst, mich wie zu Thanksgiving auszutricksen.«

»Nein, es tut mir sehr leid«, erwiderte sie.

»Ich möchte an Weihnachten mit dir zusammensein.«

»Versprochen. Aber wie können wir es vor den anderen verheimlichen?«

»Vertrau mir. Du hast doch bis vor ein paar Wochen auch noch gar nichts von meinen Gefühlen für dich geahnt, oder?«

»Na, ich hatte schon meinen Verdacht.«

»*Wann?*« rief er aus, und seine Stimme klang, als würde er sie der Flunkerei bezichtigen.

»Spätestens am 4. Juli.«

»Am 4. Juli!«

»Ja, als wir nebeneinander saßen und unsere Maiskolben aßen, oder als wir beim Volleyball zusammenstießen, oder später auf dem Riesenrad. Eine Frau spürt solche Dinge, lange bevor ein Mann sie bemerkt.«

»Warum hast du nie etwas gesagt?«

»Nie im Leben hätte ich den Anfang gemacht!«

»Aber warum nicht?«

»Aus all den Gründen, über die wir vorhin gesprochen haben – wegen des Altersunterschieds, wegen meiner Kinder, wegen der Tatsache, daß wir noch beide trauerten und verletzlich waren. Es gibt so viele Gründe, daß ich sogar diesen Augenblick in Frage stelle.«

Die Ellbogen neben ihren Schultern abgestützt, strich er ihr mit den Daumen zärtlich über die Wangen. Er blickte ihr in die Augen, die ihn trotz ihrer Worte glücklich anstrahlten.

Als er wieder das Wort ergriff, war seine Stimme ernst und fest.

»Alle Mutter-Sohn-Gefühle, die ich dir gegenüber vielleicht einmal hatte, sind wie fortgeblasen. Glaubst du mir das?«

Sie blickte ihn forschend an. In seinem Gesicht war weder ein Lächeln noch ein neckender Ausdruck zu erkennen. Sie fühlte einen Kitzel in ihrem Inneren, und gleichzeitig schrillten in ihrem Kopf alle Alarmglocken; sie fühlte, daß das, was sich zwischen ihnen entwickelt hatte, für beide schmerzlich enden könnte, wenn ihnen die Sache aus den Händen glitt und sie Dinge zuließen, für die die Zeit noch nicht reif war. Sie zog sein Gesicht zu ihrem hinunter und küßte ihn. Aber nur einmal – und kurz.

»Ja, und jetzt muß ich gehen.«

»Warum?«

»Weil mir das, was wir tun, zu gut gefällt. Weil es mir viel zu gut gefällt. Und weil es auch dir viel zu gut gefällt, und wir einen herrlichen Tag hatten und ich ganz durcheinander bin. Und weil wir die Dinge nicht überstürzen dürfen.« Während sie sprach, blickte er sie ernst an. »Ich habe noch ein wenig Angst vor dem, was wir da begonnen haben. Geht es dir nicht so?«

Er dachte einige Augenblicke nach, bevor er ihr antwortete. »Nein, ich habe keine Angst davor. Jedenfalls nicht dieselbe wie du.« Dann richtete er sich auf, faßte sie bei beiden Händen und zog sie hoch. »Komm, ich fahr dich nach Hause.«

12. Kapitel

Am folgenden Samstag schloß Lee ihr Geschäft nach einem anstrengenden Tag, den sie fast nur auf den Beinen verbracht hatte, um neun Uhr abends. Die Nachfrage nach Gestecken und Sträußen war so groß geworden, daß sie und Sylvia beschlossen hatten, schon vor Weihnachten eine zusätzliche Floristin einzustellen, die dann nach den Feiertagen als Ersatz für Nancy bleiben sollte. Die neue Angestellte hieß Leah und war Asiatin, was den Arrangements einen neuen Piff verlieh – ihre Arbeiten waren in der Hauptsache minimalistisch, asymmetrisch und von schlichter Eleganz. Lee hatte sie bei ihrer ersten Probearbeit beobachtet, hatte nach einigen Augenblick Sylvia kurz zugenickt, und die beiden Schwestern waren sich einig, daß Leah die Richtige für ihr Geschäft war.

Aber selbst mit der zusätzlichen Kraft und Rodney, der jede Stunde vorbeikam, um die fertiggestellten Arrangements auszuliefern, konnten sie kaum mit den Bestellungen Schritt halten. Die Weihnachtsfeiern überschlugen sich, und außerdem mußten sie an diesem Samstag den Blumenschmuck für drei Hochzeiten liefern. Dazu kam eine Menge Laufkundschaft, so daß Lee sich am späten Vormittag nicht anders zu helfen wußte, als Joey ins Geschäft zu beordern, der ihr tatkräftig unter die Arme griff und die fertigen Sträuße verpackte, den Kundinnen die schweren Töpfe zum Wagen trug, die abgestrippten Blätter und abgeschnittenen Stiele im Hinterzimmer zusammenkehrte und die Eimer auswusch. Bis fünf half er ihr, dann drückte sie ihm als Dank fünfzehn Dollar in die Hand und einen Kuß auf die Wange. Beim Hinausgehen bemerkte er beiläufig, daß er am Abend mit einigen Freunden etwas unternehmen wollte.

Als Lee erschöpft nach Hause kam, war es Viertel nach neun. Ihre Füße waren dick angeschwollen, ihre Beine schmerzten, und außerdem hatte sie sich mit dem scharfen Blumenmesser in die Hand geschnitten. Ihre Hände waren rot, rauh und aufgeweicht; vom ständigen Aufklopfen der harten Zweigenden der Gehölze schmerzte ihr der Kopf. Zu dieser Jahreszeit und kurz vor dem Valentinstag hörte sie noch eine Stunde nach Ladenschluß das Hämmern, so daß sie das Gefühl hatte, in einer Schreinerei und nicht in einem Blumenladen gearbeitet zu haben. Während sie gähnte, sah sie an dem Übertopf des Weihnachtssterns Joeys Zettel lehnen. *Mom, bin mit ein paar Freunden zum Bowlingspielen gegangen, danach sind wir bei Karen Hanson. Bin um halb elf wieder da.* Normalerweise durfte er bis zehn wegbleiben, aber sie war in diesem Augenblick zu müde, um sich über die halbe Stunde aufzuregen.

Sie machte sich eine Dose Tomatensuppe warm und trug den dampfenden Teller ins Bad, wo sie eine Wanne warmes Wasser einließ, reichlich Badeschaum dazugab und sich bis zu den Schultern hineinsinken ließ, einige Löffel von der Suppe aß, sich einfach nur entspannte und leicht vor sich hindöste.

Sie schreckte in die Höhe, als die Suppe sich in das Badewasser ergoß und es in Sekundenschnelle orangerot färbte. Schnell stieg sie aus der Wanne, schlüpfte in einen kuscheligen Schlafanzug, ging ins Wohnzimmer, machte den Fernsehapparat an, belegte das Sofa mit Beschlag, breitete eine Wolldecke über sich aus und wartete auf Joey.

Einige Zeit später wachte sie wieder auf, vollkommen verwirrt; sie brauchte einige Sekunden, um sich zu orientieren. Es war Samstag abend. Sie wartete auf Joey. Es war ... sie warf einen Blick auf ihre Uhr ... zehn vor zwölf!

Sie sprang auf, schleuderte die Wolldecke in die Sofaecke; ihr Herz raste vor Sorge um Joey. Er kam doch sonst nie zu spät!

Wenn er noch nicht da war, mußte ihm etwas passiert sein.

Oh, mein Gott, bitte nicht noch eines der Kinder!

Als ihr dieser Gedanke durch den Kopf schoß, geriet sie ins Schwanken und ließ sich wieder auf die Sofakante sinken. Die Erinnerung an Greg war wieder lebendig, und die an ihr verstorbenes Baby, Grant. Oh, mein Gott, und nun das dritte; nur ein Kind blieb ihr noch. Sie sprang wieder auf, rannte in Joeys Zimmer – es war leer. Das Bett war vom Morgen noch ungemacht, auf dem Boden neben dem Bett lag ein Kleiderberg, daneben seine Hanteln und ein CD-Tragekoffer.

»Joey!« rief sie, während sie von panischer Angst getrieben durch die Diele in die Küche rannte. »Joey, bist du hier?« Die Lampe über dem Herd brannte noch immer. In der Spüle standen keine schmutzigen Töpfe – nichts deutete darauf hin, daß Joey da gewesen war. »Oh, mein Gott ... mein Gott ...« Die Aufregung schnürte ihr die Kehle zu und ließ sie kaum noch atmen, während sie ihre Armbanduhr mit der Küchenuhr verglich. »Wo kann er bloß sein?«

Wenig später, um Mitternacht, wählte sie die Nummer der Polizei – nicht die des Notrufs, sondern die des Reviers in der Jackson Street.

Eine weibliche Stimme meldete sich, und Lee mußte sich sehr zusammenreißen, damit ihre Stimme sich nicht überschlug.

»Hier ist Lee Reston. Ich bin die Mutter von Greg Reston – ich war seine Mutter, meine ich. Ich weiß, daß es sich dumm anhört, aber mein vierzehnjähriger Sohn Joey ist nicht nach Hause gekommen. Ich meine, er wollte schon längst da sein, und er kommt sonst nie zu spät, *nie*. Ich wollte nur hören, ob zufällig ... ob Sie vielleicht zufällig ... irgend etwas ... von ihm gehört haben.«

»Hallo, Mrs. Reston, hier spricht Toni Mansetti. Es tut mir leid, wir haben nichts gehört. Aber ich kann gleich über Funk eine Suchmeldung an alle Polizisten im Dienst durchgeben.«

»Nein!« rief sie aus, der nebulösen Logik folgend, daß alles in Ordnung war, solange keine offizielle Suchmeldung ausgegeben wurde. Etwas ruhiger fuhr sie dann fort: »Nein, danke, wahrscheinlich gibt es eine ganz einfache Erklärung und er kommt in der nächsten Minute hereinspaziert. Er war mit einigen Freunden unterwegs, da kann ja eigentlich gar nichts passiert sein.«

»Er heißt Joey und ist vierzehn, sagen Sie?«

»Ja.«

»Können Sie mir eine kurze Beschreibung von ihm geben?«

»Oh, nein … hören Sie … ich möchte nicht … vergessen Sie es einfach.«

»Sind Sie sicher?«

»Ja, ich bin sicher … danke, Toni. Ich bin sicher, daß er jeden Moment kommt.«

Nachdem Toni Mansetti aufgelegt hatte, eilte sie in den Mannschaftsraum, aber keiner der diensthabenden Polizisten war da. In der Vorweihnachtszeit ging es immer besonders turbulent zu, und vor allem an den Samstagabenden waren alle Diensthabenden im Einsatz. Selbstmorde, Überfälle, Einbrüche und jede Menge betrunkene Randalierer. Die Leute gerieten sich über alles mögliche in die Haare: mit welchen Verwandten das Fest verbracht werden sollte, wer zuviel Geld für Weihnachtsgeschenke ausgab, wer auf der Firmenweihnachtsfeier mit wem geflirtet hatte und so weiter.

Toni rief über Funk Ostrinski an, der sich auch sofort meldete.

»Pete, hier spricht Toni. Ich habe gerade einen Anruf von Greg Restons Mutter bekommen. Sie hörte sich sehr besorgt an, weil ihr Vierzehnjähriger nach einem Treffen mit Freunden noch nicht zu Hause ist. Sie wollte noch keine Suchmeldung aufgeben, aber halt bitte trotzdem die Augen offen, ja?«

»Toni, ist Lallek noch im Revier?«

»Nein, er hatte um elf Schluß und ist dann gleich nach Hause gefahren.«

»Tu mir einen Gefallen. Ruf ihn zu Hause an und erzähl ihm von der Sache. Er kennt die Familie gut, er will sicher Bescheid wissen.«

»Klar, Pete, mach ich.«

Chris lag bereits im Bett, war aber noch nicht eingeschlafen, als das Telefon klingelte. Er rollte sich auf die Seite und griff nach dem Hörer. »Ja?«

»Chris, hier spricht Toni vom Revier. Greg Restons Mutter hat gerade angerufen und gesagt, daß ihr Vierzehnjähriger noch nicht nach Hause gekommen ist. Ich hab's an Ostrinski weitergemeldet, damit er die Augen offenhält, aber er meinte, ich sollte auch dir Bescheid geben.«

Chris war bereits aus dem Bett gesprungen und griff nach seinen Klamotten, während er den Hörer unters Kinn geklemmt hatte.

»Gibt es Einzelheiten?«

»Sie sagte nur, daß er mit Freunden unterwegs ist und noch nicht nach Hause gekommen ist, obwohl er sonst immer pünktlich ist. Bevor ich weitere Einzelheiten erfragen konnte, hatte sie schon wieder aufgelegt. Sie hat sich sehr besorgt angehört.«

»Er ist ungefähr eins siebzig groß, hat kurzes, leicht gewelltes, mittelbraunes Haar, keine Brille, trägt wahrscheinlich eine rote Jacke mit weißen Ärmeln, keine Aufschrift. Er sieht Greg sehr ähnlich. Adresse 1225 Benton Street. Gib das bitte über Funk an alle raus. Okay, Toni? Und danke, daß du mir Bescheid gesagt hast. Ich fahre sofort zu ihr. Sie ist bestimmt schon halb verrückt vor Sorge.«

»Soll ich auch gleich einen Streifenwagen zu ihrer Adresse schicken?«

»Nein, nein, noch nicht. Ich fordere einen an, wenn es nötig ist.«

»Okay. Viel Glück, Chris.«

Chris hielt nicht viel von Gebeten, aber in diesem Augenblick schoß ihm doch eines durch den Kopf. *Halt durch, Lee, ich bin unterwegs. Es wird schon nichts passiert sein.*

Als Lee um Viertel nach zwölf Scheinwerfer in die Einfahrt biegen sah, stürzte sie barfuß aus dem Haus, den gepflasterten Weg entlang auf den Wagen zu.

Der Motor verstummte, die Scheinwerfer erloschen, Christopher sprang heraus, schlug die Tür zu und eilte Lee entgegen.

Seinen Anblick empfand sie in diesem Moment als das größte Geschenk, das sie jemals erhalten hatte. Seine Gegenwart – seine Erfahrung, seine Ruhe, seine beruhigende Art – nahm ihr einen Teil ihrer Angst. Er schien immer zu spüren, wenn sie ihn brauchte; dann war er gleich zur Stelle.

»Hast du schon etwas von ihm gehört?« rief er ihr entgegen, noch bevor er sie erreicht hatte.

»Nein. Oh, Christopher, ich habe solche Angst!«

Auf halbem Weg zur Einfahrt trafen sie sich. Er schob sie in Richtung Haustür. »Geh schnell ins Haus. Mein Gott, du hast ja noch nicht einmal Schuhe an!«

Nachdem er die Tür geschlossen hatte, flog sie in seine Arme. »Ich bin so froh, daß du hier bist. Woher weißt du überhaupt …?«

»Das Revier hat mich angerufen.« Er umarmte sie kurz, dann umfaßte er ihre Arme und schob sie von sich weg. »Erzähl mir jetzt, wann er gegangen ist, wohin er gegangen ist und mit wem er unterwegs war.«

»Er sagte, daß er mit Freunden zum Bowlingspielen wollte. Gegen fünf ist er vom Laden nach Hause gegangen – er hat mir am Nachmittag geholfen, weil soviel los war. Nach dem Bowlingspielen wollten sie zu Karen Hanson gehen. Sie gehört zu der Clique, mit der er in letzter Zeit immer unterwegs ist. Hier, er hat mir einen Zettel geschrieben.«

Sie führte ihn zum Küchentisch. Während er die Notiz las, sagte sie: »Es sind wirklich nette Kinder.«

»Kennst du diese Hansons?«

»Ja. Ich habe schon bei ihnen angerufen. Mrs. Hanson sagte, daß alle gegen Viertel nach zehn aufgebrochen sind.« Das Ungesagte, das in diesem Satz mitschwang, ließ sie wieder in Tränen ausbrechen, doch er behielt seinen kühlen Kopf.

»Zu Fuß?«

»Ja, einige sind von ihren Eltern abgeholt worden, die auch andere Kinder mitgenommen haben, aber die meisten haben sich gemeinsam zu Fuß auf den Weg gemacht. Ich habe ihn gar nicht gefragt, ob ich ihn abholen soll; er weiß auch, daß er nur anzurufen braucht, und ich hole ihn ab.«

»Hast du schon in seinem Zimmer nachgeschaut?«

»Ja. Nichts.«

Er ging, dicht gefolgt von Lee, in Joeys Zimmer. Nachdem er das Licht angeschaltet hatte, blieb er im Türrahmen stehen und überblickte langsam den Raum. Sie fragte sich, was einem geübten Auge

dabei wohl auffiel, und war einmal mehr dankbar für seine Anwesenheit.

»Sind das die Kleider, die er tagsüber getragen hat?«

»Ja.«

»Fehlt irgend etwas?«

»Nein. Nur die Jacke, die er immer trägt.«

Christopher schaute sich weiter in dem Zimmer um, während sie
weitersprach: »Du wunderst dich vielleicht, warum ich erst so spät
bei der Polizei angerufen habe, aber als ich aus dem Geschäft nach
Hause kam, war ich so müde, daß ich zuerst ein Bad genommen
habe und dann auf dem Sofa eingeschlafen bin. Als ich aufwachte,
konnte ich gar nicht glauben, daß es schon beinahe Mitternacht
war und Joey noch nicht da war.«

Christopher schaltete das Licht in Joeys Zimmer aus und führte
sie, den Arm um ihre Schultern gelegt, zurück in die Küche.

»Ich kann mir nicht vorstellen, daß ihm etwas passiert ist. Solche
Dinge kommen häufig vor. Da werden Jugendliche vermißt gemeldet, dabei kommen sie nur später als gewöhnlich nach Hause.« Er
strich ihr beruhigend über den Rücken.

»Aber er hätte doch angerufen. Er weiß doch, daß ich mir Sorgen mache.«

»Aber wie soll er das wissen, wenn er bisher immer pünktlich
war?«

»Weil er mich kennt. Er würde nie …«

In diesem Augenblick hörten sie einen Schlüssel im Schloß – und
Joey spazierte in die Diele, die Wangen von der kalten Winterluft
gerötet.

In Lee kämpfte Zorn mit Erleichterung. Sie ging auf ihn zu und
brüllte ihn an: »Wo bist du gewesen?«

Er öffnete den Reißverschluß seiner Jacke. »War mit den anderen
unterwegs.«

»Weißt du eigentlich, wie spät es ist?« schrie sie.

Mit gesenktem Kopf zog er seine Jacke aus und hängte sie in den
Garderobenschrank in der Diele; das war aber auch das einzige
Zeichen von Schuldbewußtsein, das er zeigte.

»Es ist fast halb ein Uhr nachts!«

»Das ist das erste Mal, daß ich zu spät dran bin. Ich kapier gar nicht, wo da das Problem ist.«

Lee konnte sich nur mit Mühe zurückhalten, ihm eine Ohrfeige zu verpassen. »Das Problem ist, daß ich mich beinahe zu Tode geängstigt habe, das ist *das Problem*! Während du dich mit deinen Freunden bestens amüsiert hast, habe ich mich gefragt, ob du noch lebst oder tot bist! Ich habe bei den Hansons angerufen, um zu erfahren, daß du um Viertel nach zehn gegangen bist. Was hast du in den letzten zwei Stunden gemacht?«

»War bei Sandy«, anwortete er nun doch etwas kleinlaut. Im selben Moment sah sie auch die roten Knutschflecke auf seinem Hals, und schlagartig war ihr alles klar. Schweigen breitete sich aus, bis Christopher schließlich das Wort ergriff.

»Mit dir ist also alles in Ordnung, Joey?«

Joey zuckte die Achseln, blickte wie ein geprügelter Hund zu Boden und murmelte etwas Unverständliches vor sich hin.

Lee fühlte sich beschämt, weil dies die Frage war, die sie als Mutter zu allererst hätte stellen sollen, aber sie war so wütend, daß sie sich gerade soweit beherrschen konnte, ihn nicht zu schlagen.

Zu Lee gewandt, bemerkte Christopher: »Ich sag jetzt am besten auf dem Revier Bescheid.« Während er die Nummer wählte und sprach, herrschte Schweigen. »Hallo, Toni, hier ist Chris Lallek. Mit Joey Reston ist alles in Ordnung. Du kannst an die anderen durchgeben, daß er wieder zu Hause eingetrudelt ist.« Nachdem er aufgelegt hatte, zeigte sich auf Joeys Gesicht eine Mischung aus Ungläubigkeit und Verlegenheit.

»Waaaas? Du hast die *Polizei* angerufen?« fragte er seine Mutter mit einer Stimme, in der Ärger mitschwang.

»Du scheinst nicht zu wissen, junger Mann, daß Leuten in deinem Alter allerhand passieren kann, wenn sie nachts durch die Straßen wandern.«

»Aber Mom ... die Polizei!«

Lee war nicht weit vom nächsten Wutausbruch entfernt, als Christopher sich einschaltete: »Jetzt, wo alles geklärt ist, werde ich mal wieder aufbrechen.« Er ging an Lee vorbei zu Joey, legte ihm die

Hand auf die Schulter und sagte: »Deine Mutter hat schon recht. Und sie hat sich entsetzliche Sorgen gemacht.«

Mit geöffnetem Mund starrte Joey zu Boden, erwiderte aber nichts.

Als Lee Christopher die Haustür öffnen hörte, vergaß sie einen Augenblick ihre Wut. Sie lief in die Diele, trat dicht neben ihn und sagte mit leiser Stimme: »Danke, Christopher, ich weiß gar nicht, wie ich dir genug danken kann.« Sie verspürte das dringende Bedürfnis, ihn zu umarmen, aber mit Joey in der Küche legte sie nur ihre Hand auf seinen Arm. »Ich kann dir gar nicht sagen, wie sehr du mir geholfen hast.«

»Nichts zu danken«, erwiderte er. »Bis später.« Und bevor er das Haus verließ, rief er in Richtung Küche: »Nacht, Joey.«

»Nacht«, antwortete der Übeltäter.

Nachdem Christopher gegangen war, schien sich das Schweigen wie eine Mauer zwischen den beiden aufzubauen. Nach einem kurzen Abstecher zum Kühlschrank steuerte Joey durch die Diele auf sein Zimmer zu. Doch bevor er die Tür hinter sich schließen konnte, hörte er seine Mutter mit ihrer ernstesten Stimme sagen: »Joey, komm bitte ins Wohnzimmer.«

Sie ging voran und setzte sich auf das Sofa. Er folgte ihr in der typischen Haltung eines Teenagers, der wußte, daß er etwas ausgefressen hatte: mit gesenktem Kopf und hängenden Schultern. Er ließ sich zu Lees Rechten auf einer Stuhlkante nieder, die Ellbogen auf die Knie gestützt, und starrte den Teppich zwischen seinen Tennisschuhen an.

»Okay, reden wir darüber«, begann Lee.

»Worüber?« Er warf ihr einen kurzen, unsicheren Blick zu.

»Über das, was bei Sandy passiert ist.«

»Nichts ist passiert, wir haben zusammen ferngesehen.«

»Und woher kommen die Knutschflecken an deinem Hals – vom Fernsehen etwa?«

Es war offensichtlich, daß er die roten Flecken an seinem Hals noch gar nicht bemerkt hatte. Röte schoß ihm ins Gesicht, während er seine Hand zum Hals führte.

Wieder herrschte Schweigen … ein langes Schweigen, in dem sich

Lees Magen langsam wieder beruhigte und ihr Ärger zu verfliegen begann. Sie beugte sich zu ihm hinüber, umfaßte seine Hände und sprach mit eindringlicher Stimme zu ihm.

»Tu das bitte nie wieder, Joey.«

Er blinzelte, als hätte er Tränen in den Augen. »Nein, ich versprech's.«

»Ich weiß, daß du es für lächerlich hältst, aber seit Gregs Tod bin ich sehr besorgt und übervorsichtig. Ich habe noch nie zuvor darüber gesprochen, aber es ist sehr schwer, als Mutter eines ihrer Kinder zu verlieren und sich anschließend nicht doppelt soviel Sorgen um die anderen zu machen. Ich bemühe mich sonst wirklich, nicht übertrieben zu reagieren und meine Angst mit vernünftigen Argumenten im Zaum zu halten, aber heute habe ich es einfach nicht geschafft.«

Immer noch starrte er auf den Teppich, aber jetzt kämpfte er mit den Tränen.

»Und glaube nicht, ich verstehe nicht, was heute nacht passiert ist. Ich war auch mal vierzehn, und ich weiß, wie schwer es ist, sich von seinen Freunden zu trennen, wenn es gerade besonders schön ist. Aber Joey, du und Sandy ... ihr seid doch erst vierzehn ... das ist noch sehr jung.«

»Mom, wirklich, es ist nichts passiert. Ehrlich.«

»Bist du sicher, daß du die Wahrheit sagst?«

Zögernd blickte er zu ihr auf. »Wir haben uns nur geküßt, weiter nichts.«

»Im Stehen oder im Liegen?«

Genervt rollte er nun die Augen. »Ach, Mom, hör doch auf.«

»Von halb elf bis halb eins?«

Störrisch blickte er in die Zimmerecke, ohne zu antworten.

»Hör zu, Joey«, sagte sie, während ihre Haltung sich ein wenig entspannte. »Alle Eltern dieser Welt müssen eines Tages mit jedem ihrer Kinder diese Unterhaltung führen. Und alle Eltern dieser Welt sind auch gleichzeitig Kinder und haben die gleiche Unterhaltung mit ihren Eltern führen müssen. Ich bin nicht blind, Joey. Mein Gott, du bist praktisch über Nacht erwachsen geworden, und ich verstehe gut, daß man dann auch neugierig wird, sich verliebt, Dinge ausprobieren will ... hab ich recht?«

Joey erhob sich und fragte: »Mom, kann ich jetzt ins Bett gehen?«

»Nein, das kannst du nicht«, antwortete sie mit ruhiger Stimme.

»Wenn du alt genug bist, ein Mädchen zu küssen und um halb eins mit Knutschflecken am Hals nach Hause zu kommen, bist du auch alt genug für diese Unterhaltung.«

Joey ließ sich wieder auf den Stuhl sinken, stützte die Ellbogen auf seine Knie und verschränkte die Finger ineinander. Sie gab sich einen Ruck und sprach die Worte offen aus: »Du weißt, was Geschlechtsverkehr bedeutet«, sagte sie, »ich selbst habe es dir erklärt. Und jetzt lernst du, wie es dazu kommt. Aber die Sache ist gefährlich, Joey. Du brauchst dir nicht einzubilden, daß man nach einem Vorspiel so einfach wieder aufhören kann; die Dinge gehen dann so schnell, daß du gar nicht weißt, wie dir geschieht. Und das nächste, was du mitbekommst, ist, daß du plötzlich Vater bist.«

Nun hob er seinen Blick und schaute ihr direkt in die Augen. »Mom, wir haben es nicht getan. Warum glaubst du mir bloß nicht?«

»Ich glaube dir, aber du solltest mir trotzdem zuhören. Das Beste, was du in deinem Alter tun kannst, ist, immer bei den anderen zu bleiben. Ich verlange ja nicht, daß du keine Freundin haben darfst, aber du solltest Situationen, in denen du allein mit ihr bist, vermeiden. Ich könnte dir eine lange Rede über Kondome halten, aber ich denke, du kennst das alles schon aus der Schule, aus dem Fernsehen, aus den Zeitschriften oder wo ihr euch heute noch so überall informiert. Ich glaube, daß es für einen vierzehnjährigen Jungen genug ist, seine Freundin vor der Haustür zu küssen, okay?«

Halbherzig nickte er. Sie umfaßte sein Kinn und zwang ihn, sie anzuschauen.

»Und wenn du dich das nächste Mal verspätest, rufst du mich bitte an.«

»Okay.«

»Und denkst daran, daß andere sich Sorgen machen.«

Er nickte.

In ihrem Schlafzimmer schlüpfte sie unter die Bettdecke, machte die Nachttischlampe aus und hörte, wie im Bad die Toilettenspülung rauschte, und dann, wie Joey in seinem Zimmer polternd seine Schuhe zu Boden fallen ließ.

Sie hatte ihre Augen schon geschlossen, als sie seine Stimme hörte. »Mom?«

»Ja?«

In dem schmalen Türspalt konnte sie seine Umrisse erkennen. Er öffnete die Tür etwas weiter und schlüpfte in ihr Zimmer. »Es tut mir wirklich leid, daß du dir meinetwegen Sorgen machen mußtest«, sagte er. »Ich habe noch nie über das nachgedacht, was du vorhin gesagt hast ... daß du nach Gregs Tod noch besorgter um uns bist. Ich wollte dir das nicht antun.«

Im gleichen Augenblick füllten sich ihre Augen mit Tränen. »Komm her«, flüsterte sie.

Er ging um das Bett herum auf *ihre Seite,* auf der sie noch immer lag, auch seit Bills Tod, obwohl sie sich auch auf die andere Seite hätte ausbreiten können. Sie streckte die Arme nach ihm aus, während er sich auf die Bettkante setzte und sich zu ihr hinunterbeugte.

»Ich hab dich sehr lieb«, sagte sie, als sie ihn umarmte, »und das ist das einzige, was wichtig ist. Hätte ich dich nicht so lieb, hätte ich mir vorhin auch nicht soviel Sorgen um dich gemacht.«

»Ich hab dich auch lieb, Mom!«

Als sie diese Worte hörte, verflog auch die Traurigkeit, die ihr die Kehle zugeschnürt hatte.

Am nächsten Tag rief Christopher an.

»Alles klar mit Joey?« erkundigte er sich.

»Wir hatten noch ein längeres Gespräch, und jetzt ist alles wieder in Ordnung. Christopher, ich kann dir gar nicht genug dafür danken, daß du gestern für mich da warst. Mir war gar nicht mehr klar, wie schwer es ist, ohne Partner einen Teenager zu erziehen. Als ich dich aus dem Wagen steigen sah, habe ich mich so ...« Sie fand keine Worte, die ihre Empfindungen wiedergaben. Die bloße Erinnerung an diesen Moment erfüllte sie mit der gleichen Erleichterung und Dankbarkeit wie am Vorabend.

»Was denn?« wollte er wissen.

»Erleichtert gefühlt, daß ich meine Sorgen mit jemandem teilen konnte. Du scheinst es förmlich zu spüren, wenn ich dich brauche.«

»Ich bin gern für dich da.«

In der Leitung herrschte Schweigen; nach einer Weile räusperte er sich. »Ich habe seit Dienstag viel über uns nachgedacht. Können wir uns heute sehen? Wenn du nicht schon etwas anderes vorhast, könnten wir zusammen mit Joey brunchen gehen.«

Enttäuschung machte sich in ihr breit. »Es tut mir leid, Christopher, aber Lloyd ist hier. Ich wollte gerade ein Hähnchen ins Rohr schieben.«

»Aber er kann doch mitkommen; ich würde mich freuen, ihn wiederzusehen.«

Lee blickte in Richtung Wohnzimmer, wo Lloyd zeitunglesend auf dem Sofa saß und Joey sich mit einem Videospiel die Zeit vertrieb.

»In Ordnung, ich werde ihn fragen.« Sie erhob ihre Stimme.

»Lloyd? Joey? Habt ihr Lust, mit Christopher brunchen zu gehen?«

Joey kam um die Ecke geschossen – die bloße Erwähnung von Essen brachte ihn auf Trab. »Klar, gern … wohin?«

Sie hielt die Hand über die Sprechmuschel und flüsterte: »Ich werde ihn nicht fragen, wohin – das ist unhöflich.«

Lloyd antwortete aus dem Wohnzimmer: »Von mir aus sehr gern.«

Sie nahm die Hand von der Muschel und sagte: »Die beiden sind einverstanden, und ich auch. Das Hähnchen hält sich im Kühlschrank auch noch bis morgen.«

»Wie wär's mit dem Edinburgh Country Club?«

»Ich war noch nie dort, aber ich habe gehört, daß es dort phantastisch ist.«

»In einer halben Stunde bin ich bei euch.«

Sie bekamen einn Tisch am Fenster und hatten einen herrlichen Ausblick über den verschneiten Golfplatz. In der Mitte des Raumes war ein langes Buffet aufgebaut, auf dem als Blickfang ein aus Eis geschnitzter Delphin thronte. An den Tischen drumherum saßen Familien: Großeltern, Eltern und Kinder; drei Generationen, alle in Sonntagskleidung, die sich angeregt unterhielten und gemeinsam lachten. Und sie vier – Christopher, Lloyd, Joey und sie selbst – sahen so aus, als wären sie eine ebensolche Familie. Für einen Augenblick gab Lee sich der Illusion hin, sie wären es tatsächlich.

Sie saß Chris gegenüber und hörte zu, wie er sich mit Lloyd über Polizeihunde unterhielt; dann erzählte Lloyd von dem schwarzen Labrador, den er als Junge auf dem Bauernhof gehabt hatte. Dann steuerte Joey die Anekdote vom Hund seines Freundes bei, der vor kurzem die schmutzige Wäsche der Familie durchstöbert und mit Wonne sämtliche Unterwäscheteile durchgekaut hatte.

Alle lachten, während die Bedienung ihnen Kaffee nachschenkte.

Lloyd sagte: »Ich glaube, ich werde mir noch etwas von diesen köstlichen Nudeln holen.«

Und Joey fiel ein: »Ich auch, Opa. Aber zuerst esse ich noch einen Vanillepudding mit Karamelsoße.«

Während Christopher und Lee ihnen nachblickten, bemerkte er: »Ich mag Lloyd sehr gern.«

»Ja, ich auch.«

Christophers Blick wanderte zurück zu der Frau, die ihm gegenübersaß.

»War dein Mann ihm sehr ähnlich?«

»In mancher Hinsicht sicher. Aber Bill war nicht so geduldig wie er, vielleicht auch nicht so gerecht wie Lloyd. Ich glaube, diese Züge hatte er von seiner Mutter.«

»Es erstaunt mich, daß du so über Bill sprichst.«

»Warum?«

»Weil du mir einmal erzählt hast, ihr hättet eine perfekte Ehe geführt.«

»Eine perfekte Ehe zu führen bedeutet ja auch nicht, daß beide Menschen perfekt sind. Es bedeutet vielmehr, daß jeder die kleinen Fehler des anderen toleriert.«

Er blickte sie eine Weile an, bevor er sagte. »Du hast dich mit deiner Schwiegermutter also nicht so gut verstanden?«

»Doch, wir sind ganz gut miteinander ausgekommen. Aber sie war eben rechthaberisch. Nach Bills Tod hat sie mir vorgeworfen, verrückt zu sein, weil ich mit dem Geld aus der Lebensversicherung nicht das Haus abzahlen wollte. Sie war gegen die Ausbildung, die ich nach Bills Tod machte, und gegen die Eröffnung des Ladens – es hätte ja schiefgehen können, und was dann? Und als Sylvia sich entschloß, bei ihrer Firma zu kündigen und bei mir einzusteigen, war Ruth fest davon überzeugt, daß die Sache zum Scheitern verurteilt war – zwei Schwestern, die sich jeden Tag sahen und zusammen arbeiten mußten. Sie war der Meinung, daß wir uns binnen weniger Wochen im Streit trennen würden. Aber entgegen allen Vorhersagen klappt es wunderbar. Jede von uns beiden macht das, was sie besonders gut kann: Sie ist für die Finanzen verantwortlich, und ich für die floristische Seite.«

Joey kehrte mit seinem Teller, auf dem sich Vanillepudding türmte, zum Tisch zurück. Während er den Nachtisch in sich hineinschaufelte, nuschelte er mit vollen Backen: »Hey, Chris, weißt du was?«

»Was?«

»Nächsten Monat werde ich fünfzehn. Das bedeutet, daß ich den Führerschein machen darf.«

»Da hat deine Mom aber sicher noch ein Wörtchen mitzureden.«

Nachdem Lloyd vom Buffet zurückgekehrt war, sprachen sie noch über viele andere Dinge.

Dann schaute Christopher auf die Uhr. »Es tut mir sehr leid, aber es ist schon halb zwei, und in einer Stunde muß ich zur Dienstübergabe auf dem Revier sein.«

»Oh«, rief Joey enttäuscht aus, »müssen wir sofort gehen? Ich habe noch gar nichts von dem Schokoladenkuchen mit Nüssen gegessen.«

»Dann geh schnell und wickel dir ein Stück in eine Serviette.« Während sie ihm nachblickte, bemerkte sie zu den beiden Männern: »Ein Faß ohne Boden«, und lachend erhoben sie sich.

Chris fuhr sie nach Hause. Nachdem sie sich bei ihm bedankt hatten und er abgefahren war, verabschiedete sich auch Lloyd.

Als es schon dämmerte, klopfte es an der Tür. Sie öffnete, und vor ihr stand Christopher, dieses Mal in Uniform.

»Hallo«, begrüßte sie ihn, während sie ihn eintreten ließ.

»Schon wieder da?«

Er hielt eine Papierserviette mit Fettflecken in die Höhe.

»Joey hat seinen Schokoladenkuchen in meinem Wagen liegenlassen.«

»Oh, vielen Dank«, sagte sie erfreut, nahm ihm das Päckchen ab und ging in die Küche.

Er folgte ihr, blieb neben dem Tisch stehen und schaute sich in dem Raum um. Er war zwar nicht sehr aufgeräumt, aber wirkte anheimelnd und gemütlich.

»Packst du Weihnachtsgeschenke ein?«

»Ja, bin gerade fertig geworden. Möchtest du eine Tasse Kaffee oder etwas anderes?«

»Nein danke. Aber was ist denn das da drüben?«

Ihr Blick folgte seinem ausgestreckten Zeigefinger, und als sie sah, was er meinte, konnte sie ein Lächeln nicht unterdrücken.

»Ich glaube, das sind Weihnachtsplätzchen. Könnte es sein, daß du gerne eines davon hättest?«

Er antwortete ihr mit einem jugendhaften Grinsen.

»Nimm dir.« Während sie das Weihnachtspapier und die Schleifen zusammenräumte, biß er in das erste Plätzchen.

»Mmmm ...« Er leckte sich die Lippen. »Hast du die selbst gebacken?«

»Klar. Alte Familientradition.«

»Mmmm ... köstlich.«

Er lehnte sich an den Spülstein, steckte sich das nächste Plätzchen in den Mund und schaute ihr zu, wie sie den Tisch abräumte und das Weihnachtsgesteck von der Anrichte nahm und in die Mitte des Tischs stellte, den Besen aus dem Schrank holte und die Schnipsel auf dem Boden zusammenfegte. Sie trug Jeans, ein weites Sweat-Shirt mit buntem Aufdruck, weiße Socken und Hausschuhe, die aussahen, als wären es die von Joey. Während er sie betrachtete, mußte er an den vergangenen Dienstag denken, als sie auf seinem Sofa gelegen und ihn geküßt hatte.

»Wo ist Joey?«

»Der holt den Schlaf nach, der ihm in der letzten Nacht entgangen ist.«

Er ging auf sie zu, nahm ihr den Besen aus der Hand und lehnte ihn an den Tisch. »Komm her«, sagte er und zog sie in die Nähe des Herdes, wo man sie von der Diele aus nicht sehen konnte.

»Heute morgen hatte ich keine Chance, das zu tun, und das hat mir fast den Verstand geraubt.« Er legte seine Arme um ihre Taille, zog sie an sich und küßte sie inmitten der unaufgeräumten Küche. Sie leistete keine Gegenwehr, legte ihre Arme um seinen Hals und schmiegte sich an seine Brust, die in der kugelsicheren Weste steckte. Der Kuß begann ganz harmlos, als würde er nicht lange dauern, doch nach und nach wurde er leidenschaftlicher, ihre Zungen suchten und fanden sich, ihre Köpfe wiegten sich in einem ungleichmäßigen Takt. Seine Hände glitten unter ihr Sweat-Shirt und über ihren nackten Rücken. Selbst als das Funkgerät sich knisternd und rauschend in Erinnerung rief, unterbrach er den Kuß nicht, sondern stellte es mit einer Hand leiser, während ihre Körper eng aneinandergepreßt verharrten.

»Ist das für dich?« murmelte sie, während sie Atem schöpfte.

»Nein.«

Wieder trafen sich ihre Lippen.

Doch schließlich löste sie ihren Mund von seinem, pochte mit dem Finger gegen seine kugelsichere Weste und bemerkte lächelnd: »Das fühlt sich ziemlich aufregend an ... als würde man eine Backsteinmauer umarmen.«

»Ich muß sie im Dienst tragen, daran führt kein Weg vorbei. Aber wenn du mich ohne dieses Ding haben willst, dann bitte mich doch einfach um eine Verabredung. Du brauchst nur den Tag und die Uhrzeit zu bestimmen, und ich werde da sein.«

»Dienstag abend, sieben Uhr. Da geht Joey normalerweise ins Kino.«

»Da kann ich nicht – hab Dienst.«

»Mittwoch abend, sieben Uhr. Da geht Joey normalerweise nicht ins Kino, aber was soll's – dann schockieren wir ihn eben.«

»Da kann ich auch nicht – Dienst.«

»Na, du bist gut. Zuerst ermunterst du mich, dich um eine Verabredung zu bitten, und dann hast du keine Zeit.«

»Wie wär's mit Dienstag, zwölf Uhr mittags, bei mir? Ich werde dir ein vorzügliches Mittagessen vorsetzen.«

»Wirklich?«

»Jawohl. Irgend etwas Leichtes, das dich nicht zu müde macht.«

Er grinste sie vielsagend an, während seine Hände noch immer über ihre nackte Haut glitten und er sich zurücklehnte, um ihre Reaktion zu beobachten.

»Einverstanden«, antwortete sie.

Die Verabredung ging ihr nicht aus dem Kopf. Was würde passieren? Würden sie sich lieben? Dachte er genauso daran wie sie? Machte auch er sich Gedanken darüber, wie ihre Beziehung danach sein würde?

Als sie am Dienstag morgen das Bad verlassen wollte, hielt sie vor dem Spiegel noch für einen kurzen Augenblick inne und betrachtete sich. Lieber Himmel, um zwölf hatte sie eine Verabredung zu einem romantischen Tête-à-Tête – anders konnte man es wohl kaum nennen, denn warum sonst hätte sie sich die Beine rasiert, ihr teuerstes Parfum aufgesprüht und die Fingernägel geschrubbt? Und sich die Achselhaare entfernt, ihre beste Unterwäsche und eine Strumpfhose ohne Laufmaschen angezogen, obwohl man die unter den langen Hosen ohnehin nicht sah?

Oder rechnete sie etwa damit, sie auszuziehen?

Oh nein, das tat sie bestimmt nicht!

Der Vormittag schien im Schneckentempo dahinzukriechen. Für das letzte Gebinde vor der Mittagspause mußte sie farbig angesprühtes Heidekraut anschneiden, und ihre Hände sahen danach aus, als hätte sie sie in Tinte getaucht. Bevor sie den Laden verließ, schruppte sie sie wie nie zuvor und massierte anschließend ein wenig Mandelöl ein. Außerdem zog sie sich den Lippenstift nach und bürstete noch einmal durch ihr Haar.

»Sylvia?« rief sie, als sie aus der Toilette trat. »Ich mache ein bißchen länger Pause als gewöhnlich. Ist das in Ordnung?«

»Sicher, ich bin ja da. Bis dann.«

Sie stellte ihren Wagen vor Christophers Haus ab, eilte in das Gebäude, lief die Treppen hoch und klopfte an die Tür, wobei ihr das Herz vor Aufregung bis zum Hals klopfte. Was war schon dabei, sich mit einem Mann zum Mittagessen zu treffen? Aber trotzdem hatte sie das Gefühl, als tummelten sich Schmetterlinge in ihrem Bauch, und als er ihr die Tür öffnete, nestelte sie nervös in ihrem Haar.

»Hallo.«

»Hallo.«

Sie spürte, wie ihr die Röte in die Wangen stieg.

»Du bist tatsächlich gekommen. Ich war mir zuletzt gar nicht mehr sicher.«

»Warum nicht?«

»Ich weiß nicht, ich war mir einfach nicht mehr sicher.«

Er trat einen Schritt zurück und hielt ihr die Tür auf; ihre Stiefel stellte sie gleich am Eingang ab, dann half er ihr aus der Jacke und hing sie auf.

»Hunger?« fragte er.

»Und wie! Was gibt's denn?«

»Sandwiches mit Eiersalat und davor Tomatensuppe.«

»Ich liebe Tomatensuppe – und Eiersandwiches auch!«

»Es ist schon alles fertig.« Er machte eine einladende Geste in Richtung Küchentisch. »Ich muß nur noch die Suppe machen, setz dich doch.«

Sie erkannte den grünen Topf, der auf dem Herd stand – es war einer, den sie ausrangiert und Greg mitgegeben hatte, als er hier einzog. Die Sandwiches bestanden aus zwei dicken Scheiben Graubrot, zwischen denen sich Eiersalat und ein Blatt Lollo Rosso befanden, der sich an den Kanten herauskräuselte. Die Sandwiches waren in der Mitte durchgeschnitten und mit Dillgurken dekoriert. Das Besteck war wild zusammengewürfelt, und anstelle von Servietten gab es ein Stück Küchenkrepp. In der Mitte des Küchentischs prankte die dicke rote Kerze, die sie in Gustafs Weihnachtswelt gekauft hatten. Er hatte sie angezündet, als ob nicht die Sonne zu den Fenstern hereinschien.

Er stellte die tiefen Teller mit der dampfenden Suppe auf dem Tisch ab und setzte sich.

»Ach, Christopher, du hast dir solche Mühe gegeben.«

»Es ist kein großartiges Mahl – wie ich es angekündigt hatte.«

»Auf dem Sandwich ist sogar Lollo Rosso, und auf dem Tisch eine Kerze.«

»Hauptsächlich dir zuliebe. Wenn ich mich recht erinnere, hast du einmal gesagt, daß man nicht allein ist, wenn eine Kerze brennt. Deswegen habe ich sie gekauft.«

Sie lächelten einander an, während sie hungrig in ihre Sandwiches bissen, so daß die Mayonnaise an den Seiten herausquoll.

Sie erkundigte sich nach Judd, und ob er ihn in der letzten Zeit gesehen habe, woraufhin Christopher antwortete, daß er alles daran setzte, sich mindestens einmal pro Woche mit ihm zu treffen. Ein paar Tage zuvor hatte er ihn zum Training in den Fitneßraum mitgenommen.

Sie fragte ihn, wie Judd Weihnachten verbringen würde, und Chris antwortete, daß Eltern wie die von Judd während solcher Feiertage plötzlich von Schuldgefühlen geplagt wurden und versuchten, ihren Kindern *irgend etwas* Gutes zu tun.

Andererseits, so erzählte er, stieg gerade zu Weihnachten bei vielen Menschen der Drogen- und Alkoholkonsum derart an, daß man sich auf alles gefaßt machen müßte.

Sie fragte ihn, ob er schon einmal darüber nachgedacht hätte, Judd als Pflegekind zu sich zu nehmen.

»Nein«, antwortete er. »Aber ich bin immer für ihn da, wenn er mich braucht, und das weiß er. Er weiß, daß er ein ziemlich schweres Schicksal hat, aber er weiß auch, daß er es allein meistern muß. Alles was ich tun kann, ist ihn zu unterstützen. Ich wollte nie Kinder – weder eigene noch adoptierte. Das wußte ich, seitdem ich zwölf Jahre alt war und mich an Eltern Statt um meine kleine Schwester kümmern mußte, und das hat sich bis heute auch nicht geändert.«

Sie löffelten ihre Suppe und aßen die Sandwiches. Sein Blick blieb an ihren Händen hängen.

»Was ist denn das?« fragte er verwundert.

Sie legte das Sandwich ab und versteckte ihre Hände im Schoß unter dem Küchenkrepp. »Farbe. Wir sprühen das Heidekraut farbig an, und die Hände sehen danach aus, als hätte man sie in Tinte gebadet.«

Er griff über den Tisch hinweg, faßte sanft nach ihrer Hand und zog sie unter der Serviette hervor.

»Aber vor mir mußt du deine Hände ganz bestimmt nicht verstecken, okay? Ich mag deine Hände nämlich – auch wenn sie blau oder rot oder gelb oder sonstwie gefärbt sind.«

Als sie alles aufgegessen hatten, sagte er: »Tut mir leid, aber einen Nachtisch gibt es nicht. Nachtisch ist schädlich für die Figur, und ein fetter Polizist kann nicht schnell genug laufen, wenn's drauf ankommt, und damit ist das Essen beendet.«

»Ich brauche auch keinen Nachtisch; das Essen war übrigens ausgezeichnet.«

Sie erhob sich und wollte das Geschirr zusammenstellen, doch er nahm ihr die Teller aus der Hand. »Laß das doch, ich mach das schon.«

Sie begriff, daß er sie als Gast betrachtete, und gab nach.

»Okay.«

Inzwischen ging sie ins Wohnzimmer und entdeckte unter dem Weihnachtsbaum ein hübsch verpacktes Geschenk. Sie bückte sich und fragte sich, von wem es wohl war.

Als sie sich gerade wieder aufrichten wollte, betrat er den Raum und ging neben ihr in die Knie.

»Das Geschenk ist für dich«, sagte er. »Ich möchte, daß du es gleich aufmachst.«

»Für mich?«

Er nickte. »Bitte mach es auf.«

»Aber es ist doch noch gar nicht Weihnachten, und außerdem habe ich gar kein Geschenk für dich dabei.«

»Du bist hier – das ist mein größtes Geschenk. Und jetzt mach es auf.«

Die längliche Schachtel war in metallic-blaue Folie eingewickelt und mit einer silbernen Schleife verziert.

Aufgeregt wie ein Kind, machte sie sich ans Auspacken.

Als sie die Schachtel öffnete, sah sie einen weißen Umschlag. Sie klappte ihn auf und holte zwei Flugtickets und einen Prospekt von den Longwood Gardens in Kennett Square, Pennsylvania, heraus. Die Tickets beachtete sie fast gar nicht, sondern schlug gleich die farbige Broschüre auf und ließ ihren Blick über die Aufnahmen gleiten, die blühende Pflanzen aller Arten und Sorten zeigten. Beim zweiten Hinschauen entdeckte sie, daß die Tickets nach Philadelphia ausgestellt waren.

»Eine Reise?« fragte sie, wobei sich ihre Stimme fast überschlug. »Du schenkst mir eine Reise?«

»Für zwei Personen, im kommenden Juli, wenn alles in voller Blüte steht. Du kannst mitnehmen, wen du willst. Ich dachte, du würdest vielleicht gerne mit Sylvia fahren, oder mit Lloyd.«

»Oh, Christopher ...« Sie blickte wieder hinab auf die Broschüre mit den phantastischen Aufnahmen und las laut: »Longwood Gardens ... traumhafte Blütenkulisse, mit seinen gewundenen Wegen, Pavillons, Gewächshäusern ... ein wahres Farbspektakel ...«

»Ich war in einem Reisebüro, und die Inhaberin hat mir in den höchsten Tönen davon vorgeschwärmt. Sie sagte, es sei einer der schönsten Gärten überhaupt, und ich bin sicher, daß du so etwas noch nie gesehen hast.«

»Oh, Christopher ...« Als sie ihren Kopf hob, hatte sie Tränen in den Augen. Sie schlang die Arme um seinen Hals. »So etwas wollte ich schon immer einmal machen.«

Er erwiderte ihre Umarmung, und als er ihre Antwort hörte, lächelte er leise vor sich hin; so hatte es sein sollen. »Ich wette, dort triffst du eine Menge Leute mit blauen Fingern, und keiner von ihnen wird sich dafür entschuldigen.«

Sie küßte ihn; ihr Herz klopfte wie wild vor Freude. Als sie sich wieder von ihm löste und ihm tief in die Augen blickte, sagte sie: »Ich habe noch nie ein so wundervolles Geschenk bekommen. Niemand versteht mich so gut wie du, Christopher. Wie kommt das?«

»Ich weiß nicht.«

»Es kommt mir manchmal fast vor, als könntest du meine Gedanken lesen. Wenn jemand mich nach dem Geschenk fragen würde, das mir am meisten bedeutet, könnte ich es wahrscheinlich gar nicht sagen – aber du wußtest genau, was es war.«

Er lächelte still vor sich hin.

Sie küßten sich, und da sie beide in diesem Augenblick so wunschlos glücklich waren, gab es nur eine Art, das zu feiern: mit geöffneten Lippen, die sich noch nicht leidenschaftlich berührten, weil sie noch lächelten, mit Händen, die über den Körper des anderen glitten.

Er ließ sich auf den Rücken fallen, zog sie mit sich hinunter, umschlang ihre Beine mit seinen; er küßte sie, und sie küßte ihn, als könnte sie gar nicht genug bekommen nach all den langen Jahren ohne Mann. Ihr rechtes Bein lag zwischen seine gebettet, und sie wußte sehr genau, was er dabei empfand; sie zog ihr Knie an und drückte es gegen das harte, erregte Fleisch eines Mannes, der sie begehrte und dessen Lust ihr eigenes Verlangen nur noch steigerte. Auch er zog sein Knie zwischen ihren Beinen an, während ihm ein leises Stöhnen entfuhr. Seine Hände glitten fest an ihren Oberschenkeln entlang, bis sie ihren Po umfaßten und ihre Hüften fest an sich drückten.

»Oh, Christopher«, flüsterte sie, »du fühlst dich so herrlich an – alles an dir. Dein Haar, deine Muskeln, sogar deine Wimpern. Es ist schon so lange her, daß ich das Gesicht eines Mannes auf diese Weise gespürt habe.« Sie rieb ihr Gesicht an seinem, ließ ihre Lippen über seine glattrasierte Haut gleiten und küßte ihn immer wieder. Seine Hände schlüpften unter ihren Pullover und umkreisten sanft ihre Brüste. Schauer durchliefen sie, sie stöhnte leise auf, schloß die Augen und konzentrierte sich darauf, all die wundervollen Gefühle zu genießen, die über so viele Jahre verschüttet gewesen waren. »Es ist so lange her. Manchmal habe ich mich schon gefragt, ob ich es überhaupt noch kann. Aber jetzt bist du da und zeigst mir nach all den Jahren, wie es geht. Langsam fühle ich mich wieder wie eine richtige Frau. Und es fühlt sich herrlich an.« Wieder stöhnte sie leise unter seiner Berührung auf.

»Was willst du?« fragte er sie mit heiserer Stimme, während sie sein Gesicht mit Küssen bedeckte. »Willst du, daß wir zusammen schlafen?«

»Ich kann nicht. Ich will es, aber ich kann nicht. Ich habe nichts dabei, und es …«

»Ich habe alles.«

»Hast du es geplant?«

»Wir beide haben es geplant.«

»Vielleicht.« Ihre Hände glitten durch sein Haar, aber ihre Augen waren geschlossen. »Seit Sonntag habe ich mich gefragt, ob es passieren würde, aber wenn ich ein Verhütungsmittel gekauft und mitgebracht hätte, dann wäre ich … du verstehst. Ich konnte es einfach nicht. Christopher, ich bin fünfundvierzig!«

»Und so liebeshungrig wie seit dem Tod deines Mannes nicht mehr.«

»Ich muß zurück ins Geschäft.«

»Du machst aber einen ganz anderen Eindruck.« Ihre Augen waren noch immer geschlossen. Er streichelte ihre Brüste, worauf sie wohlige Schauer durchliefen. Ihre Beine waren noch immer angezogen und steigerten sein Verlangen. Er griff hinter ihren Rücken, als wollte er den Verschluß ihres BHs öffnen.

»Nein … bitte nicht. Wir sind weit genug gegangen. Bitte, Christopher … bitte nicht … ich weiß nicht, was ich sonst tue …«

Er fuhr fort, sie durch den BH zu streicheln. »Früher oder später wird es passieren, und das weißt du auch, Lee.«

»Mein Gott, ich werde verführt.« Sie hatte den Kopf zurückgelegt, und er bedeckte ihren Hals mit Küssen.

»Ja, allerdings. Und du wirst dich nicht dagegen wehren können.«

»Verführt von einem dreißigjährigen Jungen.«

»Mit dreißig ist man kein Junge mehr.«

»Stimmt, das merke ich wohl.«

»Also … was ist nun …?«

Lächelnd öffnete sie die Augen und hob den Kopf, um seinen Blick zu finden. Auch er lächelte. Beide lagen auf der Seite, einander gegenüber, und schauten sich in die Augen – er in ihre braunen, sie in seine blauen.

»Mir ist gerade aufgefallen, daß ich genau das tue, worüber ich Joey am Samstag gepredigt habe. Wie kann ich mir bloß einbilden, daß ich dir widerstehen kann, wenn wir so weitermachen? Ich predige meinem Sohn, standhaft zu bleiben, und was tue ich selbst? Aber du machst das so gut, daß ich nichts dagegen tun kann. Aber wenn wir erst zusammen geschlafen haben, was dann? Wohin soll das führen? Was ist, wenn es jemand herausfindet?«

»Du hast immer so viele Fragen. Auf jeden Fall wird es dazu führen, daß wir es genießen. Ist daran etwas auszusetzen? Und wenn wir uns im Bett so gut verstehen, wie wir uns außerhalb des Betts verstehen, dann spricht doch nichts dagegen, oder? Wir sind beide allein und außerdem alt genug, um zu wissen, was wir tun. Und wir wollen es beide.«

»Das kann man wohl sagen.« Sie löste sich aus seiner Umarmung und richtete sich auf; jetzt erst bemerkte sie, daß sie am ganzen Körper zitterte. Energisch strich sie sich die Haare aus dem Gesicht. »Okay, angenommen, wir schlafen früher oder später zusammen … wir leben ja in einer modernen Zeit mit all ihren Begleitumständen … dann würde ich gern etwas über dein früheres Sex-Leben wissen.«

Jetzt richtete auch er sich auf, griff nach ihrem Fuß, legte ihn an sein Geschlecht und hielt ihn mit einer Hand auch dort, während er mit der anderen zärtlich über ihren Fußrücken strich.

»Wenn dir ein Kondom nicht ausreicht, dann brauchst du dich nicht zu scheuen, es zu sagen – und gleich morgen lasse ich einen AIDS-Test machen.«

Obwohl sie in einer modernen Welt lebte, senkte sie bei seinen offenen Worten beschämt den Kopf, während sein Blick unverwandt auf ihr ruhte. Nichts von alledem, was er in der vergangenen Stunde gesagt hatte, hatte sie so berührt wie diese Worte.

Schöner hätte er ihr seine Zuneigung nicht zeigen können.

»Das hast du doch gemeint, oder?«

»Ja, genau das habe ich gemeint. Ich möchte, daß wir von Anfang an Gewißheit haben.«

Während sie ihn wieder anblickte, schoß ihr eine neue Angst durch den Kopf: Mein Gott, dachte sie, vielleicht habe ich mich ja auch wirklich in ihn verliebt. Lieber Gott, steh mir bei, in einen fünfzehn Jahre jüngeren Mann.

Mit ruhiger Stimme fuhr er fort: »Ich habe das letzte Mal vor ungefähr zwei Jahren mit einer Frau geschlafen. Wir waren sechs Monate zusammen, dann wurde sie nach Texas versetzt. Vor ihr waren vier Frauen. Ich war nie ein Frauenheld. Die meiste Zeit war ich allein.«

Sie zog ihren Fuß zurück und setzte sich auf ihn. Mit beiden Händen umfaßte sie seine und blickte nachdenklich auf sie hinunter.

Einige Augenblicke später schaute sie ihm entschlossen in die Augen und verkündete ihm ihren Entschluß.

»Ich brauche noch ein wenig Zeit, um darüber nachzudenken, Christopher. Es erscheint mir immer noch nicht richtig.«

»Nur weil ich jünger bin?«

»Auch deshalb.«

Nun senkte er den Blick auf ihre verschlungenen Hände. »Daran werde ich nichts ändern können. Ich werde immer jünger als du sein, und es wird immer Leute geben, die dir vorwerfen werden, dich mit einem jüngeren Mann eingelassen zu haben. Daran werden wir nie etwas ändern können.«

Niedergeschlagenes Schweigen breitete sich zwischen ihnen aus. Dann legte sie ihm ihre Hand auf die Schulter. »Und trotzdem bedeutest du mir sehr, sehr viel. Mit keinem Menschen zuvor habe ich mich auf Anhieb so gut verstanden wie mit dir, nicht einmal mit Bill.«

Er lächelte sie ermutigend an: »Na, das ist doch immerhin schon ein ganz guter Anfang, oder?«

Sie erwiderte sein Lächeln. »Aber jetzt muß ich zurück ins Geschäft. Darf ich davor schnell noch dein Badezimmer benutzen?«

»Klar.«

Im Bad bürstete sie sich ihr Haar und legte neuen Lippenstift auf. Als sie aus dem Bad kam, hatte er schon ihre Jacke in der Hand. Er hielt sie ihr auf, während sie hineinschlüpfte. Dann drehte er sie an den Schultern zu sich.

Er beugte sein Kopf zu ihr hinunter und gab ihr einen Abschiedskuß.

Dann berührte sie mit ihren Fingerspitzen zart seine Lippen.

»Danke für das Essen.«

»Für dich habe ich es gern getan.«

»Und danke für das wundervolle Geschenk.«

Anstelle einer Antwort lächelte er nur glücklich und küßte ihre Fingerspitzen.

»Wir sehen uns an Heiligabend«, sagte sie leise, während sie sich zum Gehen wandte. »Um elf. Ich warte auf dich.« Ihre letzten Worte waren nur noch ein Flüstern. »Und ich freue mich schon sehr darauf.«

13. KAPITEL

Chris hatte an Heiligabend und am Ersten Weihnachtsfeiertag von drei Uhr nachmittags bis elf Uhr abends Dienst, und an diesen Feiertagen, ganz besonders abends, war gewöhnlich sehr viel los, obwohl die meisten Anrufe keine richtigen Notrufe waren. Viele Menschen riefen auf dem Revier an, weil sie das Fest alleine ohne Freunde oder Verwandte feierten und sich einsam fühlten. Sie wollten einfach mit jemandem reden, sie wünschten sich ein bißchen Aufmerksamkeit und einen Menschen, der ihnen Trost zusprach oder den Arm um sie legte.

Die diensthabenden Polizisten wußten schon, was sie erwartete; sie rechneten wie jedes Jahr mit dem Anruf der alten Lola Gildress, die so übel roch, daß die Polizisten den Streifenwagen durchlüften mußten, nachdem sie ausgestiegen war. Wie nicht anders zu erwarten, meldete sich auch Frank Tinkers Gallenblase wieder pünktlich. Er hatte die Angewohnheit, sämtliche Polizisten mit »Kleiner« anzureden und ihnen großzügig seinen Schnupftabak anzubieten; auf der Fahrt ins Krankenhaus mußten die Polizisten eine Dose bereithalten, die ihm als Spucknapf diente, und wie immer bat er sie darum, einen Umweg durch die Brisbin Street zu fahren, wo er seinen blutunterlaufenen Blick sehnsuchtsvoll auf ein zweistöckiges Gebäude richtete, in dem er als eines von sechs Geschwistern aufgewachsen war und von denen er als letzter noch lebte. Jetzt fehlte nur noch der Anruf von Inez Gurney, einer netten alten Dame, die mit kleinen Kinderschrittchen aus ihrem Haus getrippelt kam und jeden, der ihr frohe Weihnachten wünschte, mit Plätzchen nach altem deutschen Rezept beschenkte.

An diesem Tag war Christopher an der Reihe, bei ihr vorbeizufahren.

Als er an ihre Tür klopfte, wartete sie dahinter schon auf ihn.

»Notruf, Mrs. Gurney?«

»Du lieber Himmel, ja, aber das hätte doch keine Eile gehabt, junger Mann.« Das S pfiff durch ihre falschen Zähne, die durch ihr zurückgegangenes Zahnfleisch nicht mehr viel Haftung hatten. »Mir geht es schon ein wenig besser. Reichen Sie mir Ihren Arm, junger Mann, und nehmen Sie mir das hier ab …« Er nahm eine rote Blechdose, deren Deckel mit einem altmodischen Weihnachtsmotiv verziert war, entgegen und führte sie die Stufen hinunter zu seinem Streifenwagen.

»Vielleicht freuen sich die Herren Doktoren ja über meine Plätzchen.« Sie sagte jedes Jahr dasselbe. »Und auch Sie können eines probieren. Eijeiei …«

Er half ihr behutsam in den Wagen.

»Passen Sie auf Ihre Tasche auf«, sagte er und legte sie ihr auf den Schoß, so daß er die Tür schließen konnte.

Dann stieg auch er ein und gab dem Einsatzleiter seine Position durch. Mrs. Gurney fragte: »Wollen Sie jetzt ein Plätzchen probieren?«

»Danke, sehr gern. Wissen Sie, ich bin Junggeselle und komme leider nicht sehr oft in den Genuß selbstgebackener Plätzchen.«

»Ich verwende nur echte Butter – und etwas Kardamon kommt auch noch dazu. Das ist mein Geheimnis.«

Auf dem Weg ins Krankenhaus aß er drei Plätzchen und versicherte ihr, daß er noch nie in seinem Leben solch köstliche Plätzchen bekommen habe, woraufhin ihr Gesicht einen Ausdruck von Stolz und Freude annahm.

Nachdem er sie in der hell erleuchteten Notaufnahme angeliefert hatte, sah er ihr noch nach, während sie im Rollstuhl davongefahren wurde; noch von Ferne konnte er hören, wie sie der Krankenschwester von der echten Butter und dem Kardamon erzählte.

Als Chris wieder in seinem Streifenwagen saß, überkam ihn eine tiefe Traurigkeit. Arme alte Frau. Aber trotz ihrer Einsamkeit hatte sie das Bedürfnis, an Heiligabend zu geben – nur, was gab es Traurigeres, als niemanden zu haben, den man beschenken konnte?

Das erinnerte ihn an seine eigenen Eltern. Das Leben hatte ihnen zwei Kinder geschenkt, die sie durch eigenes Verschulden verloren hatten. Was sie an diesem Abend wohl machten, in ihrer heruntergekommenen, kleinen Wohnung?

Er fuhr an Lees Haus vorbei, doch es lag still und dunkel im Garten. Sicher war sie mit den Kindern in der Kirche. Am Ende der Straße machte er kehrt und passierte noch einmal ihr Haus, während er das Ende seiner Schicht herbeisehnte.

Während er zurück in die Stadt fuhr, erreichten ihn keine neuen Meldungen über Funk. Er fuhr nach Hause. Dort angekommen, stieg er aus, lief die Treppen zu seiner Wohnung hoch, ging zu seinem Kühlschrank und betrachtete eine Weile den Schinken, der darin lag. Er war in Plastikfolie eingeschweißt und mußte um die achtzehn Pfund wiegen; Christopher hatte ihn als Dank von den Eltern eines kleinen Jungen bekommen, den er im vergangenen Sommer aus dem Swimmingpool gefischt und ihn vor dem Ertrinken gerettet hatte.

Da lag er nun vor ihm, der Schinken.

Und am anderen Ende der Stadt saßen seine Eltern in ihrer kleinen, schmutzigen Wohnung.

Als er den Schinken aus dem Kühlschrank nahm, fiel ihm auf, daß er, Christopher, sich gar nicht so sehr von Inez Gurney unterschied.

In dem Treppenhaus des schäbigen Wohnblocks hing der schale Geruch von gekochtem Kohl; die Wände waren mit Schmierereien bedeckt, und der Putz bröckelte von der Decke. Manche der Wohnungstüren hatten Löcher von zahlreichen Fußtritten; in den Ecken des düsteren Korridors lag Müll. Er klopfte an die Tür mit der Nummer sechs und wartete. Die drei Könige waren sicher schneller in Bethlehem gewesen als seine Mutter an der Wohnungstür.

»Hallo, Mavis«, sagte er, als sie ihm öffnete.

»Was willst du hier?«

»Ich wollte euch nur frohe Weihnachten wünschen, sonst nichts.«

Aus dem Raum hörte er eine tiefe Stimme brüllen: »Wer ist das, Mavis? Beeil dich und mach die gottverdammte Tür wieder zu. Na wird's bald! Hier zieht's wie Hechtsuppe!«

»Ja, ja!« bellte sie zurück; der Whisky hatte ihre Stimme rauh werden lassen. »Halt du dich da raus, du alter Hurensohn.« Zu Chris gewandt, sagte sie: »Komm schon rein, du hörst doch, wie der Alte sich wieder aufregt!«

Beim Eintreten hörte er den alten Mann husten; er saß in einem zerschlissenen Sessel, neben ihm ein Metalltablett, auf dem eine Whiskyflasche, ein angeschlagenes Glas, eine Fernsehzeitschrift und die leere Verpackung eines Essens von der Fürsorge standen. Zwischen seinem Lager und einem ähnlichen, offensichtlich Mavis' Sessel, stand ein künstlicher Christbaum, schief wie der Turm von Pisa, auf dem einige lieblos hingehängte Lämpchen blinkten. Über der ganzen trostlosen Szenerie lag dicker Zigarettenqualm. Auch neben Mavis' Sessel standen eine Flasche und ein fast blindes Glas, wobei ihr Lieblingsgetränk jedoch Pfefferminzschnaps war. Der ganze Raum stank danach.

»Na, was gibt's, Alter?« wandte sich Chris an seinen Vater, nachdem er eingetreten war und den Schinken auf dem ramponierten Tisch abgelegt hatte.

»Gar nichts gibt's. Hab schon seit Wochen die verdammte Grippe. Was hast du hier in deiner Uniform verloren? Willst uns wohl zeigen, wie wichtig du bist!«

»Laß den Jungen in Ruhe, Ed«, zischte Mavis in seine Richtung und brach im selben Augenblick in heiseres Husten aus, Folge ihres enormen Zigarettenkonsums.

»Ich habe euch einen Schinken mitgebracht«, sagte Chris.

»Einen Schinken ... oh, das ist aber nett«, bedankte sich Mavis, die ehrlich erfreut schien. »Hier, nimm einen Schluck.« Sie hielt ihm die Schnapsflasche entgegen.

»Ich bin im Dienst.«

»Na komm schon ... nur ein kleines Schlückchen ... kann doch nicht schaden ... ist doch schließlich Weihnachten.«

»Danke, ich trinke nicht.«

»Hörst du, Mavis: Er trinkt nicht«, spottete der alte Mann. »Unser Sohn, ein Heiliger und aufrechter Bürger dieser Stadt, rührt dieses gottverdammte Teufelszeug nicht an, stimmt's, Bulle?«

Warum war er hierher zurückgekommen? Warum hatte er sich dieser Szenerie freiwillig ausgesetzt? Er hatte doch schon geahnt, wie es ausgehen würde.

»Du solltest eine Entziehungskur machen«, sagte er zu Ed. »Ich helfe dir jederzeit dabei.«

»Bist du gekommen, um mir eine Weihnachtspredigt zu halten, oder was? Ich mache eine Kur, wenn *ich* eine Kur machen will! Das hab ich dir schon tausendmal gesagt. Du glaubst wohl, du lieferst hier einen verdammten Schinken ab und hast das Recht, mir zu sagen, was ich tun soll? Darauf kann ich verzichten! Hau bloß ab, bevor ich richtig böse werd.«

»Reg dich ab, Ed«, sagte Mavis. »Setz dich doch, Chris.«

»Ich muß gleich wieder gehen. Ich bin im Dienst, und an Heiligabend kommen besonders viele Notrufe rein. Ich habe nur gedacht …«

Was hatte er gedacht? Hatte er gehofft, sie hätten sich geändert? Auf wundersame Weise geändert?

Aber sie waren noch immer dieselben.

»Okay … dann viel Spaß mit dem Schinken. Ich muß jetzt gehen.«

Mavis führte ihn zur Tür; glücklicherweise umarmte sie ihn nicht und gab ihm auch keinen Kuß auf die Wange, wie sie es während ihrer seltenen Anwandlungen von Mütterlichkeit getan hatte, als noch klein war.

Als sie die Tür hinter ihm schloß, atmete er erst einmal tief durch, und als er schließlich vor dem Haus stand, blickte er hoch in den sternklaren Himmel. In dieser Nacht waren die Menschen in den Kirchen, überreichten sich Geschenke oder sangen gemeinsam Weihnachtslieder. Und er dachte: *Bitte, Lee, sei noch wach, wenn ich um elf Uhr komme.*

Es war schon eine Familientradition, daß Orrin und Peg Heiligabend bei Lee und den Ersten Weihnachtsfeiertag bei Sylvia verbrachten. Lloyd traf Heiligabend gegen Mittag bei Lee ein und würde bei seiner Schwiegertochter auch übernachten. Janice war schon eingetroffen, und zu Lees großem Erstaunen kam am Nachmittag auch Sandy Parker vorbei. Obwohl Lee zu dem Mädchen wirklich nett war, musterte sie Sandy in unbemerkten Augenblicken doch eingehend; mit diesem Mädchen hatte ihr Sohn also vor kurzem die ersten Küsse und – da war Lee sich ganz sicher – die ersten intimen Berührungen ausgetauscht.

Die jungen Leute – und sie waren wirklich rührend – wußten, daß über diesem Fest ein dunkler Schatten lag, denn zum ersten Mal feierten sie es ohne Greg. Und alle ließen sich blicken: Nolan, Sandy, Jane und Kim.

Nach der Messe tischte Lee das traditionelle Weihnachtsessen auf – Oyster Stew und anschließend Preiselbeerkuchen mit warmer Cognacsoße.

Anschließend öffneten Orrin und Peg ihre Geschenke, während die anderen damit bis zum nächsten Morgen warten wollten; dann sahen sie sich das Weihnachtskonzert mit Pavarotti an. Während des ganzen Abends vermißten sie Greg so schmerzlich, daß keiner von ihnen die Tränen unterdrücken konnte.

Um zehn machten Orrin und Peg sich bereit zum Aufbruch.

»Wollt ihr nicht doch noch ein bißchen bleiben? Christopher hat versprochen, nach seinem Dienst um elf vorbeizuschauen«, fragte Lee.

»Ich wußte gar nicht, daß er heute noch kommen würde. Ich dachte, erst morgen früh«, bemerkte Janice erstaunt.

»Der Ärmste hat von drei bis elf Dienst, also habe ich ihm versprochen, ein wenig von dem Oyster Stew und dem Kuchen aufzuheben, so daß er nach seinem Dienst wenigstens noch ein Heiligabendessen bekommt.«

»Richte ihm von uns frohe Weihnachten aus,« trug Peg ihr auf, bevor sie und Orrin sich von Lee verabschiedeten.

»Ich hoffe, ihr seid alle damit einverstanden, daß Chris dieses Jahr mit uns feiert«, sagte Lee.

»Klar, Chris ist schwer in Ordnung«, stimmte Joey zu.

»Seit wann sollten wir denn etwas gegen Chris haben?« erkundigte sich Lloyd.

Und Janice antwortete: »Ich habe etwas, was ich Chris in den Strumpf stecken will.«

»Was denn, was denn?« wollte Joey wissen.

Rasch schob sie ein kleines Päckchen in seinen Strumpf.

»Sag mir, was es ist!«

»Sei nicht so neugierig.«

Im Nu balgten sich die beiden auf dem Wohnzimmerteppich, während Lloyd ihnen amüsiert zuschaute.

Als Christopher um Viertel nach elf eintraf, waren sie alle noch auf. Beladen mit unzähligen Päckchen betrat er den Raum, immer noch in Uniform. Er wurde von allen Seiten stürmisch begrüßt, und Lee nahm ihm seine Jacke und die Mütze ab, während Janice ihn schon bei der Hand faßte und ins Wohnzimmer führte.

»Schau, was hier auf dich wartet.«

Als er den Strumpf mit seinem Namen auf dem Wohnzimmertisch liegen sah, durchflutete ihn eine warme Welle der Rührung. Als er nach dem Strumpf greifen wollte, versetzte Janice ihm einen leichten Klaps auf die Hand.

»Jetzt doch noch nicht. Der wird erst morgen früh aufgemacht! Wir müssen uns schließlich alle bis morgen früh gedulden.«

»Das ist aber ganz schön viel verlangt, meinst du nicht auch?« neckte er sie.

Janice hatte seine Hand nach dem Klaps nicht mehr losgelassen, sondern hatte ihre Finger mit seinen verschränkt. »Und schau, da drüben sind noch mehr Geschenke.«

Und wirklich – unter dem Christbaum lagen noch mehr Päckchen, alle fein säuberlich mit Namen beschriftet.

»Großvater, Joey und ich haben beschlossen, daß du heute nacht hier schlafen sollst, so daß du morgen früh gleich zum Auspacken da bist. Mom, ist das in Ordnung? Darf Christopher über Nacht bleiben?«

Christopher widersprach sofort heftig. »Hey, Janice, ich glaube nicht, daß ...«

»Mom, das ist doch in Ordnung, oder?« wiederholte sie ihre Bitte.

»Aber selbstverständlich.«

»Großvater bekommt Gregs Zimmer, und du kannst hier auf dem Sofa schlafen.«

»Aber Janice ... ich bin doch noch in Uniform und ...«

»Joey leiht dir einen Schlafanzug, nicht wahr Joey?«

Christopher schien keinen Einfluß mehr auf die Entscheidung zu haben. Wenig später hatte er seine Krawatte gelockert, den Pistolengurt und die kugelsichere Weste abgelegt; gemeinsam saßen sie im Wohnzimmer, und während er sein Oyster Stew aß, machten die anderen sich noch einmal über den Kuchen her. Nach dem Essen erzählte Christopher den anderen von Lola Gildress, Frank Tinker und Inez Gurney.

Daß er bei seinen Eltern gewesen war, verschwieg er ihnen. Wenig später machten sich alle bettfertig; Chris verkroch sich unter die Decken, die sie ihm ins Wohnzimmer gebracht hatten. Alle wünschten sich eine gute Nacht. »Wer morgen zuerst aufwacht, weckt die anderen, okay?« rief Lee in der Diele.

Auf dem Weg in ihr Schlafzimmer steckte Lee noch kurz den Kopf ins Wohnzimmer. »Gute Nacht, Christopher. Und mach bitte noch die Christbaumbeleuchtung aus, bevor du einschläfst.«

»Kommst du bitte noch eine Minute zu mir?« bat er sie.

Lee betrat den Raum, wo er auf dem Rücken ausgestreckt auf dem Sofa lag, einen Arm unter seinem Kopf und die Decke bis zur Brust hochgezogen.

Neben ihm blieb sie stehen. »Ja?«

Er streckte seine Hand aus, und sie ergriff sie. Dann zog er sie zu sich hinunter, nahm ihr Gesicht zwischen beide Hände und blickte ihr in die Augen. Er hielt ihr Gesicht ganz zart umfaßt, seine Daumen streichelten behutsam über die weiche Haut neben ihrem Mund.

»Ich liebe dich, Lee«, sagte er.

Damit hatte sie nicht gerechnet – noch nicht so früh und auch nicht so direkt. Sie hatte erwartet, daß er es vielleicht eines Tages, nachdem sie zusammen geschlafen hatten, sagen würde.

Aber dieses ruhige Geständnis, das nicht in sexueller Erregung, sondern in der besinnlichen weihnachtlichen Atmosphäre stattfand, berührte sie tiefer, als in Leidenschaft geäußerte Worte es jemals gekonnt hätten.

»Ich liebe dich auch, Christopher.«

Er küßte sie nicht, sondern seufzte nur leise und zog ihren Kopf auf seine Brust.

»Ich möchte dir etwas erzählen. Ich muß es dir sogar erzählen. Einverstanden?«

Sie konnte ihn schlucken hören.

»Natürlich«, antwortete sie.

Er wartete einige Sekunden, als ob er erst seine ganze Kraft sammeln müßte, um die Worte aussprechen zu können. »Ich war heute abend bei meinen Eltern. Nachdem ich Inez Gurney ins Krankenhaus gefahren hatte, tat sie mir auf einmal so leid, sie hat Heiligabend ganz allein verbracht. Als ich wieder im Wagen saß, mußte ich an Ed und Mavis denken, und ich nehme an, ich habe mich durch die alte Inez an mich selbst erinnert gefühlt. Es war doch schließlich Heiligabend ... Jedenfalls bin ich zu ihnen gefahren. Ich habe ihnen den Schinken mitgebracht, den ein dankbarer Vater mir geschenkt hatte.« Ein dicker Kloß schien seine Kehle zu verschließen, und er schluckte. »Es war schrecklich. Zwei alte Säufer, denen alles andere egal ist. Sie hocken nur da und saufen sich zu Tode. Es war so unvorstellbar trostlos.«

Er starrte den beleuchteten Christbaum an; in seinen Tränen brach sich der Schein der Lämpchen in tausend Sterne.

Sie hob den Kopf, so daß sie sein Gesicht sehen konnte.

»Christopher, hör mir zu.« Erst jetzt erkannte sie die Tränen in seinen Augen, griff nach einem Zipfel der Decke und wischte sie ihm trocken. »Sie haben dir das Leben geschenkt, und dafür solltest du ihnen dankbar sein. Und wie durch ein Wunder und aus eigener Kraft bist du ein guter Mensch geworden. Aber deine Eltern haben nichts getan, um sich deine Liebe zu verdienen. Und jetzt fühl dich nicht mehr schuldig, weil du sie nicht lieben kannst.«

Er küßte ihre Stirn und sagte: »Du bist eine tolle Frau.«

Und während sie ihm durch sein Haar fuhr, flüsterte sie: »Und du ein toller Mann.«

Dann machte sich langsam Erstaunen auf seinem Gesicht breit. »Hab ich vorhin richtig gehört? Hast du gesagt, daß du mich liebst?«

»Ja, das habe ich gesagt. Wir beide haben das gesagt ... und zwar nicht während einer leidenschaftlichen Umarmung. Findest du nicht, daß das etwas bedeutet?«

Sie blickten einander in die Augen, dann sagte er: »Danke für den Strumpf.«

»Du weißt ja noch gar nicht, was drin ist. Vielleicht ist es ja nur ein Brikett.«

Schon den ganzen Abend hatten in seinem Innern die Gefühle getobt. Nun gewannen sie Oberhand. Er faßte sie an den Schultern, zog sie fest an seine Brust, drückte sein Gesicht in ihr Haar und ließ seinen Tränen freien Lauf. Die Mischung von Gut und Böse, die er in dieser Nacht erlebt hatte, konnte er so schnell nicht verkraften.

Seine Eltern, die versagt hatten.

Diese Frau, die alle Wunden heilen konnte.

»Danke für alles«, sagte er mit zitternder Stimme. »Ich werde nie begreifen, womit ich dich verdient habe.«

Ganz behutsam küßte sie ihn auf den Mund und flüsterte: »Bis morgen früh. Und nicht in den Strumpf schauen, bevor nicht alle wach sind.«

Janice war als erste wach. Mit Sonnenaufgang erhob sie sich, schlich auf Zehenspitzen in die Küche und setzte die Kaffeemaschine in Gang. Dann steckte sie ihren Kopf ins Wohnzimmer, wo Christopher auf der Seite liegend mit neben dem Kopf gefalteten Händen und angezogenen Knien noch auf dem Sofa schlummerte. Unter der Decke schaute ein Fuß hervor.

Janice betrachtete den Fuß – er war mittelgroß, knochig, und auf den Zehen schimmerten helle Härchen. Dann wanderte ihr Blick zu seinen Händen. Sie studierte seine Finger, die im Schlaf eine entspannte Haltung eingenommen hatten. Dann betrachtete sie sein festes Haar, leicht zerdrückt nach der Nacht, und seinen Mund, der leicht geöffnet war; sie stellte sich vor, wie er sie eines Tages küssen würde.

Als eine andere Tür ins Schloß fiel, zuckten seine Lider. Er erblickte Janice und begann sich zu räkeln.

»Oh … hallo.« Durch die Streckung seines Brustkorbs klangen auch seine Worte gedehnt. »Habe ich zu lange geschlafen?«

»Nein, die anderen stehen auch gerade erst auf.« Sie lächelte ihn an. »Frohe Weihnachten.«

»Danke. Frohe Weihnachten. Rieche ich da Kaffee?«

»Richtig. Vor dem Badezimmer gibt's schon einen Stau. Ich würde dir empfehlen, eine Tasse Kaffee zu trinken, bis du an der Reihe bist.«

»Danke, das mach ich doch glatt.«

»Als ich schon im Bett lag, habe ich gehört, daß du noch mit Mom geredet hast.«

Sie legte eine Pause ein; offenbar erwartete sie, daß er ihr erzählte, worüber sie sich unterhalten hatten.

»Ja, wir hatten etwas zu besprechen.«

»Wie lange habt ihr euch noch unterhalten?«

»Nicht mehr lange. Zehn Minuten vielleicht.«

»Sie ist toll, nicht wahr? Man kann mit ihr über alles reden.«

»Ja, das kann man. Greg hat mir schon immer von ihr erzählt. Er sagte immer, es gäbe kein Thema, über das man nicht mit ihr sprechen könnte.«

»Es ist schwer, Weihnachten ohne ihn zu feiern.«

»Ja. Auch ich vermisse ihn sehr.«

Sie legte ihre Wange an den Türrahmen. »Danke, daß du da bist, Chris. Es bedeutet uns allen sehr viel, daß du versuchst, eine Lücke zu schließen, besonders Mom.«

Wie er und Lee es schafften, den ganzen folgenden Tag über ihre Gefühle vor den anderen zu verbergen, war ihnen im nachhinein ein Rätsel. Jedenfalls mußten sie ihre größte Selbstbeherrschung aufbringen. Noch mit Schlafanzug und Morgenmantel bekleidet, saßen sie gemeinsam auf dem Wohnzimmerteppich und packten lachend und scherzend ihre Strümpfe aus. Dabei förderten sie die unglaublichsten Dinge zutage, etwa eßbare Würmer aus Zuckermasse, ein Paar falsche Wimpern und eine rote Clownsnase. Janice hatte für Joey ein Sex-Handbuch für Teenager gekauft, das bei Joey für rote Ohren und bei den anderen für einiges Gelächter sorgte. Lloyd verteilte Gutscheine von McDonald's. In Christophers Strumpf fanden sich eine kleine Flasche Rasierwasser, ein Satz Spielkarten, ein Schlüsselanhänger und ein Stempel mit seiner Adresse – der letztere kam von Joey, was Chris verwunderte; seine Gegenwart an diesem Morgen war offenbar schon von langer Hand geplant gewesen. Janice hatte ihm zwei Eintrittskarten zu einem Spiel der Timberwolves geschenkt.

»Wenn du nicht weißt, wen du mitnehmen sollst, dann sag einfach Bescheid – ich liebe nämlich die Timberwolves«, sagte sie.

»Vielen, vielen Dank, Janice«, antwortete er.

Als alle Strümpfe leer waren, machte sie sich daran, die Geschenke, die unter dem Weihnachtsbaum lagen, auszupacken. Christopher hatte sich zu jedem Geschenk seine Gedanken gemacht. Joeys Geschenk ließ alle Teenagerherzen höher schlagen: eine Oakley-Sonnenbrille, die voll im Trend lag, mit passender Neonkordel. Janice bekam einen Gutschein für eine Gesichtsbehandlung im, wie ihm seine Kolleginnen Ruth und Toni versichert hatten, besten Kosmetiksalon der Stadt. Lloyd schenkte er die Mitgliedschaft in einem Senioren-Fitneßcenter mit eigenem Trimm-Pfad. Und für jeden hatte er außerdem einen Abzug der letzten Aufnahme, die er von Greg besaß, anfertigen und rahmen lassen.

Beim Anblick dieser Bilder flossen Tränen. Aber Lee machte das Beste daraus, indem sie sich schließlich die Augen wischte und sagte: »Das mußte sein. Wir alle haben ihn schrecklich vermißt, aber keiner hat sich getraut, darüber zu reden. Danke, Chris ... vielen Dank.«

Als die Rührung verflogen war, packten sie weiter aus. Von Joey bekam Chris einen Taschenbuch-Krimi, von Lloyd einen Geldscheinclip, von Janice eine CD von Wynonna Judd und von Lee ein Hemd mit einem dazu passenden Pullover. Erst später, als er das Hemd aus der Plastikhülle nahm und die Stecknadeln entfernte, entdeckte er in der Brusttasche ein vierzehnkarätiges goldenes

Armkettchen. An dem Verschluß hing an einem dünnen goldenen Faden ein kleines, rotes Herz, auf das der Name des Herstellers gedruckt war; als er es umdrehte, las er *In Liebe, Lee.*

Er probierte die neuen Sachen an – sie paßten wie angegossen. Nachdem sie das zerknüllte Geschenkpapier eingesammelt hatten, frühstückten sie in aller Ruhe, testeten Joeys neues Videospiel und setzten die ersten Teile eines Puzzles zusammen. Als er sich zum Gehen bereit machte, war er für einen Augenblick mit Lee allein.

»Ich habe in der Hemdtasche ein Armband gefunden«, sagte Chris. »Aber das ist doch viel zuviel – das kann ich gar nicht annehmen.«

»Es zeigt, was ich für dich empfinde. Hast du es schon um?«

Er schob den Hemdärmel hoch und streckte ihr sein Handgelenk entgegen. »Vielen, vielen Dank, Lee. Es gefällt mir sehr.«

Sie führte seine Hand an ihren Mund und küßte sie.

»Ich wünschte, du könntest bleiben.«

»Ich auch. Gehst du später rüber zu Sylvia?«

»Ich weiß es noch nicht. Eigentlich genieße ich es, einfach hier herumzutrödeln.«

»Wenn ich vorbeifahre, hupe ich. Und jetzt muß ich mich von den anderen verabschieden.«

Joey und Lloyd waren im Wohnzimmer mit dem Videospiel beschäftigt. Als Chris kam, um sich zu verabschieden, unterbrachen sie es. Janice probierte in ihrem Zimmer ihre neuen Sachen an. Er klopfte an die Tür, und sie erschien in ihrem neuen Sweat-Shirt, an dessen Ärmel noch ein Pappschild hing.

»Ich muß jetzt gehen«, sagte er. »Danke für das schönste Weihnachtsfest meines Lebens.«

»Wir bedanken uns bei dir«, sagte Janice, während sie ihn umarmte und einen Augenblick lang festhielt. »Und sag Bescheid, wenn du eine Begleitung für das Spiel brauchst.«

Er klopfte ihr freundschaftlich den Rücken.

Lee begleitete ihn bis vor die Tür. Nachdem er die erste Stufe genommen hatte, drehte er sich zu ihr um: »In drei Tagen wechsle ich die Schicht. Dann arbeite ich wieder tagsüber. Außerdem habe ich

Silvester und Neujahr frei – also denk dir schon mal ein paar Ausreden aus. Oder noch besser: Sag ihnen die Wahrheit.«

Mit diesen Worten ließ er sie zurück. Und während sie die Tür hinter sich schloß, fielen ihr schon die besten Ausreden ein.

14. Kapitel

Zwei Tage nach Weihnachten bekam Lee einen Anruf von Christopher: »Was hältst du davon, mit mir Silvester tanzen zu gehen? Ich bin sicher, es ist schon Jahre her, daß du mit einem Mann tanzen warst«, neckte er sie.

»Das kann man wohl sagen.«

»Wie wär's mit einem Tanz ins Neue Jahr?«

»Oh ja!« rief sie aufgeregt aus. »Oh ja! Ich habe mir schon seit Jahren kein neues Cocktailkleid gekauft!«

»Ein paar Kollegen haben für Silvester einen großen Tisch im Bel Ray reserviert. High Noon spielt.«

»Wer ist High Noon?«

»Die beste Country-Band weit und breit.«

Einen Augenblick dachte sie über seinen Vorschlag nach. Dann fragte sie: »Und deine Kollegen?«

»Bist du bereit, ihnen als meine Freundin gegenüberzutreten?«

»Was werden sie bloß sagen?«

»Sie werden mich gehörig aufziehen – aber natürlich nicht in deiner Gegenwart.«

»Gut. Wenn du damit leben kannst, dann kann ich es auch. Tanzt du gut?«

»Ganz passabel. Und du?«

»Vor Jahren habe ich gut getanzt – jetzt bin ich zu Anfang vielleicht ein bißchen eingerostet, aber ich hatte immer ein ganz gutes Rhythmusgefühl.«

»Wollen wir davor irgendwo essen gehen?«

»Essen gehen auch noch? Christopher, du verwöhnst mich.«

»Ja, und das macht mir unheimlich Spaß. Um sieben hole ich dich ab. Einverstanden?«

»Ja.« Und nach einer kurzen Pause fügte sie hinzu: »Christopher, du kannst dir gar nicht vorstellen, wie aufgeregt ich bin.

Stell dir vor: seit 1983 bin ich zu Silvester nicht mehr ausgegangen.«

»Das wird eine Nacht, die du niemals vergißt.«

Beim Abendessen eröffnete sie es ihren Kindern.

»Hat einer von euch etwas dagegen, daß ich an Silvester mit Chris ausgehe?«

»Nein, solange du mir Geld gibst, daß ich mir eine Pizza bestellen kann«, bemerkte Joey eher gleichgültig.

Janice allerdings nahm die Neuigkeit nicht ganz so gelassen zur Kenntnis. »Oh, verdammt! Wenn ich das gewußt hätte, hätte ich mich nicht mit Nolan und Jane verabredet.«

Lee warf ihrer Tochter einen leicht säuerlichen Blick zu. War sie etwa schon so alt und jenseits von Gut und Böse, daß ihre Tochter es sich nicht vorstellen konnte, daß Chris *ohne* ihre Kinder mit ihr ausgehen wollte? Janice kam offenbar gar nicht auf den Gedanken, daß es sich um ein Rendezvous handeln könnte; sie bemerkte gar nicht, was sich direkt vor ihren Augen abspielte, weil es außerhalb ihrer Vorstellung lag. Und Lee wäre die letzte gewesen, die sie aufgeklärt hätte.

»Chris' Kollegen haben einen großen Tisch im Bel Ray reserviert; dort werden wir den Abend verbringen.«

»Ihr geht *tanzen*?« rief Janice halb erstaunt und halb entsetzt aus.

»Ja, wir gehen tanzen. Ist damit etwas nicht in Ordnung?«

»Nein ... aber ... ich dachte ... Mom, du warst doch seit Ewigkeiten schon nicht mehr tanzen!«

»Stimmt, und ich bin auch schon ganz schön aufgeregt. Wie wirst du denn den Abend verbringen?«

»Ich bin zu einer Party eingeladen – bei einem Mädchen, mit dem ich im Sommer im Jeansladen zusammengearbeitet habe. Sie sagte, ich könnte noch Freunde mitbringen, und so habe ich Nolan und Sandy gefragt.«

»Und du, Joey?«

»Ich bleib hier, aber darf Denny über Nacht bei mir bleiben?«

»Klar, wenn Dennys Eltern einverstanden sind. Aber keine Mädchen, verstanden?«

»Verstanden. Sandy ist mit ihrer Familie in Colorado – zum Skifahren. Aber spendierst du uns wenigstens zwei Pizzas?«

»Aber sicher spendier ich euch zwei Pizzas.«

»Yuppiiiiieh!« Er schleuderte die Faust in die Luft. »Die ganze Nacht Videospiele!«

Lee kaufte sich ein neues Kleid. Es war leuchtend rot, rückenfrei, und der Rock bestand aus zwei Stufen. Außerdem leistete sie sich dazu passende rote Pumps und eine echte Seidenstrumpfhose. Dazu trug sie bunte Ohrringe, und um ihren anmutig geschwungenen Hals eine Kette in denselben Farben. Christopher holte sie pünktlich ab; er trug Jeans, ein kariertes Hemd, Cowboystiefel und um den Hals eine dünne Lederkordel im Westernstil. Nachdem er ihr Komplimente über ihr Aussehen gemacht hatte, half er ihr in den Mantel, öffnete ihr die Tür und benahm sich in jeder Hinsicht aufmerksam wie ein Verehrer, der einem jungen Mädchen den Hof machte.

Als sie das Haus schon längst verlassen hatten, stand Janice noch immer mit verträumtem Blick in der Diele. Joey gesellte sich zu ihr und bemerkte: »Sieht aus, als würde er Mom mögen.«

»Klar mag er Mom. *Jeder* mag Mom.«

»Nein, ich meine, er mag sie anders. Ich glaube, sie gehen zusammen oder so.«

»Zusammen gehen! Oh, Joey, überleg doch mal, Mom ist fünfundvierzig und Christopher dreißig! Er ist einfach nur nett zu ihr, weil sie ihm leid tut, seit Greg tot ist.«

»Mach lieber mal deine Augen auf! Hast du nicht gesehen, wie sie angezogen war? Wie eine alte Frau hat sie bestimmt nicht ausgesehen!«

Janice rollte nur stumm die Augen und verzog sich wieder ins Badezimmer, um sich zurechtzumachen. Unglaublich, wie *dumm* vierzehnjährige Brüder sein konnten!

Janice hatte nicht ganz unrecht: Christopher war in der Tat nett zu Lee. Nach nur zwei Straßen lenkte er den Explorer auf den Seitenstreifen und küßte Lee so leidenschaftlich, daß von ihrem frisch aufgetragenem Lippenstift nichts mehr übrigblieb. Seine Hand glitt unter ihren Mantel und umschloß ihre Brust, während seine Zunge die ihre traf. Als der Kuß schließlich endete, blickte er ihr in die Augen und fragte: »Wollen wir wirklich tanzen gehen?«

»Ja«, antwortete sie. »Zuerst.«

Sie aßen im Finnegan's – allerdings nicht besonders viel, denn sie redeten und lachten und flirteten so viel, daß sie, als der Kellner seinen dritten Versuch startete, die Teller abzuräumen, keinen Einspruch mehr einlegten, obwohl sie noch nicht einmal die Hälfte gegessen hatten.

»Himmel, siehst du gut aus«, sagte Christopher, während er sie bewundernd anschaute.

»Himmel, siehst du gut aus«, erwiderte Lee lachend und imitierte seinen schmachtenden Blick.

»Ist das Kleid neu?«

»Alles ist neu – ich auch, habe ich den Eindruck.«

»Nach dieser Nacht bist du es ganz sicher.« Er küßte ihre Hände. »Ich habe dir etwas mitgebracht.« Er ließ ihre Hände los, griff in seine Brusttasche und zog ein zusammengefaltetes Blatt Papier raus, das er ihr über den Tisch reichte. Sie nahm es, faltete es auseinander und las den Briefkopf: Lufkin Medial Laboratories. Sie überflog den Brief, bis ihr Blick ganz unten auf der Seite an einer Bemerkung hängenblieb: *HIV negativ*.

Die Röte schoß ihr ins Gesicht, während sich ihr Blut eher in der unteren Körperhälfte zu sammeln schien. Wie vom Donner gerührt starrte sie ihn über den Brief hinweg an.

»Christopher ... du hast es wirklich getan!«

»Schien mir das Klügste – in unserer modernen Zeit. Aber ich möchte nicht, daß du dich deshalb gedrängt fühlst. Du bestimmst den Zeitpunkt.«

Sie legte ihre Hand zuerst auf die rechte, dann auf die linke Wange. »Himmel, bin ich etwa rot geworden?«

»Kann man wohl sagen!«

Ihre Blicke verschmolzen, während sie mit weicher, warmer Stimme weitersprach: »Aber ich habe den Test nicht machen lassen. Soll ich es auch tun?«

»Nicht wenn Bill und du monogam wart – und davon gehe ich aus.«

»Ja, das waren wir allerdings.«

»Und da es seitdem keinen Mann gegeben hat, wenn ich dich richtig verstanden habe, hat sich die Frage erübrigt.«

Wieder umschloß sie seine Hände. »Das ist ein großer Vertrauensbeweis, Mr. Lallek.«

Er blickte auf ihre ineinander verschlungenen Hände und sagte: »Vertrauen ist sehr wichtig für eine Beziehung, und ich möchte für unsere Beziehung nur das Beste.«

Liebevoll betrachtete sie ihn. Dann fragte sie: »Hättest du etwas dagegen, wenn ich aufstehen, zu dir hinüberkommen und dich mitten in diesem Restaurant küssen würde?«

Auf seinem Gesicht breitete sich ganz langsam ein Grinsen aus: »Und du würdest dich nicht auf meinen Schoß setzen – so wie damals, in der Küche?«

Sie erwiderte sein Grinsen, als sie sich vorstellte, wie sie sich inmitten dieses feinen Restaurants unter den Blicken der Kellner in weißem Hemd und Weste in ihrem roten Kleid und den hochhackigen roten Schuhen rittlings auf Chris' Schoß setzte.

»Ich versuche, mich zu beherrschen.«

Er gab ihre Hand frei, sie stand, wie versprochen, auf und ging um den Tisch. Beide, sowohl er als auch sie selbst, waren verwundert über ihren Mut – obwohl sie nicht direkt in der Mitte des Restaurants saßen, obwohl gerade keiner der Kellner in Sicht war und obwohl sie niemand der anderen Gäste kannten. Sie nahm sein Gesicht zwischen ihre Hände und berührte für einige Sekunden mit ihren Lippen seinen Mund. Als sich ihre Lippen trennten, hielt sie dicht vor seinem Gesicht inne und fragte: »Wollen wir wirklich tanzen gehen?«

Er antwortete mit einem Lächeln.

Chris beherrschte sogar den Texas Two-Step!

Nachdem sie eine Weile den im Country-Stil tanzenden Paaren zugeschaut hatten, faßte er sie bei der Hand und zog sie auf die Tanzfläche, aber sie sträubte sich.

»Chris, so kann ich nicht tanzen.«

»Woher willst du das denn wissen?«

»Christopher, ich werde dich schrecklich blamieren!«

»Ach, Unsinn. Komm, versuch's doch einfach. Wir gehen ganz in die Mitte, wo uns keiner sieht, und ich zeige dir die Schritte.«

Sie gab ihren Widerstand auf, ließ sich von ihm auf die Tanzfläche führen und sah, daß in der Mitte einige Paare tanzten, die auch nur den Grundschritt beherrschten.

Christopher klärte sie auf: »Hier finden immer ein paar Tage, bevor die Band auftritt, Tanzstunden statt – also sind auch immer einige Anfängerpaare dabei.«

Aber bei ihrem guten Rhythmusgefühl hatte sie mit den neuen Schritten weniger Schwierigkeiten als erwartet. Sie tanzte unter seinem und er unter ihrem Arm hindurch, sie tanzten die Promenaden, als hätten sie nie etwas anderes getan, und sie drehte sich, daß die Volants ihres Rocks flogen.

»Ich hätte nie gedacht, daß du so gut tanzst«, sagte sie, während um sie herum das schleifende Geräusch der Cowboystiefel auf dem Tanzboden erklang.

»Das Mädchen, mit dem ich zuletzt zusammen war – die, die dann nach Texas gezogen ist –, wollte, daß ich es lerne. Wir sind zusammen in einen Tanzkurs gegangen.«

»Ich sollte ihr dankbar dafür sein. Es macht Spaß, mit dir zu tanzen.«

»Bist du bereit für etwas Neues?«

»Ist es schwer?«

»Nein, kein Problem für dich. Aufgepaßt – jetzt geht's einmal um die Welt.«

Er faßte sie um die Taille und drehte sie einmal komplett um seinen Körper.

Als sie wieder mit beiden Beinen auf dem Boden stand, lachte sie ihn atemlos an.

»Phantastisch!«

Er erwiderte ihr Lachen, und bei seinem Anblick füllte sich ihr Herz mit Freude.

Um den Tisch waren viele von Christophers Kollegen mit ihren

Frauen versammelt; es herrschte ausgelassene Stimmung. Zu Lees großem Erstaunen wurde sie als Christophers Begleiterin akzeptiert, ohne daß irgend jemand eine Frage stellte oder eine zweideutige Bemerkung machte. Pete Ostrinski forderte sie zum Tanzen auf; Toni Mansetti erkundigte sich nach Joey; Sergeant Andersons Frau erzählte ihr einen deftigen Witz, und alle anderen, die den Witz bereits kannten, brachen schon vor der Pointe in lautes Gelächter aus. Christopher wollte ihr einen neuen Schritt mit dem Namen »die Peitsche« beibringen, aber da sie auf der vollen Tanzfläche ständig von den anderen Paaren angerempelt wurden, gaben sie es schließlich lachend auf und beschlossen, es sich für das nächste Mal aufzuheben.

Als die Band ein langsames Lied anstimmte, faßte Christopher Lees Hand und zog sie auf die Tanzfläche. »Komm, laß uns ein wenig die Gürtelschnallen polieren.«

Die ausgelassene Stimmung wich der romantischen, und auf der Tanzfläche sah man nur noch eng umschlungene Paare. Das Licht war nun gedämpfter, und die Lichtreflexe der großen Spiegelkugel, die in der Mitte des Raumes hing, huschten über die Gesichter und Schultern der Tanzenden. Chris legte beide Arme um Lees Taille, während sie ihre Hände hinter seinem Nacken verschränkte, ihre Hüfte gegen seine drückte und ihren Blick hob, um in sein glückliches Gesicht zu schauen.

»Macht's dir Spaß?« fragte er.

»Mmmm ... so viel Spaß, wie ich seit langem schon nicht mehr hatte.«

Er rieb seine Nasenspitze an ihrer und legte seinen Kopf auf die Seite, als wollte er sie jeden Augenblick küssen.

»Alle deine Kollegen schauen uns zu«, murmelte sie.

»Sollen sie doch.«

Er küßte sie und drückte ihre Hüfte noch enger an seine, bis ihre Körper sich an allen Stellen berührten. Während sie sich im Takt wiegten, sang er ihr leise den Refrain des Liedes ins Ohr. »Love me ... love me ... love me ...«

Dann rückte er etwas von ihr ab, blickte ihr in die Augen und flüsterte leise: »Was würdest du antworten, wenn ich dich bitten würde, mir irgendwohin zu folgen, wo wir allein sind?«

»Jetzt sofort? Bevor der erste langsame Tanz zu Ende ist?«
Er nickte.

»Ich würde antworten: ›Nichts wie weg.‹«

»Meinst du das ernst?«

»Ja. Komm, wir verlassen die Tanzfläche, holen unsere Mäntel und gehen einfach.«

»Die anderen werden uns vermissen und sich fragen, wohin wir so früh verschwunden sind.«

»Mich stört das nicht. Dich vielleicht?«

»Nein, nicht im geringsten.«

Mit einem Lächeln besiegelten sie ihren Pakt, wandten sich um und bahnten sich zwischen den Paaren ihren Weg.

Draußen war es bitterkalt. Eng umschlungen liefen sie zu Christophers Auto. Nachdem er den Motor angelassen hatte, sagte er: »Komm, rutsch zu mir.« Sie schnallte sich nicht an, sondern lehnte sich zu ihm hinüber, legte ihren Arm um ihn und bettete ihre Wange auf seine Schulter. Sie küßte ihn auf die Wange, dann aufs Ohr. Er ergriff ihre freie Hand und drückte sie auf seinen warmen Oberschenkel, so daß sie bei jeder seiner Bewegungen seine Muskeln spürte. Aus dem Radio kam romantische Country-Musik, was eine Unterhaltung überflüssig machte. Sanft streichelte er ihre Hand.

Nachdem er den Wagen in der Tiefgarage abgestellt hatte, fuhren sie mit dem Aufzug nach oben. Mit einem Rest Verwunderung betrachtete sie den jungen Mann mit dem gut geschnittenen Gesicht und dem attraktiven Kurzhaarschnitt, der zuerst in seiner Manteltasche nach dem Schlüssel suchte und sich schließlich vorbeugte, um ihn ins Schloß zu stecken und die Tür zu öffnen, wohl wissend, was auf der anderen Seite der Tür passieren würde.

Er knipste das Deckenlicht an, lehnte sich an den Türrahmen und zog seine Cowboystiefel aus. Dann nahm er ihr den Mantel ab und faßte sie bei der Hand. »Komm mit.« Ohne Widerstand ließ sie sich den Flur entlang in sein Schlafzimmer führen, während er leise »Love me« summte. Der Raum selbst war dunkel und wurde nur von dem schwachen Widerschein der Flurbeleuchtung erhellt. Er zog sie an sich und küßte sie, während er leicht in die Knie ging, ihre Hüften umschlang, sie in die Luft hob und zu seinem Bett trug.

Auf diesen Augenblick war alles hinausgelaufen, und das stillschweigende Übereinkommen darüber, was in der nächsten Stunde geschehen würde, erfüllte sie mit Frieden und Wonne

»Oh, Christopher«, flüsterte sie, als er sie sanft bettete, »ich sehne mich so nach dir. Ich kann es kaum noch erwarten.«

»Mir geht es genauso ... aber sag das noch einmal, denn darauf habe ich so lange gewartet.«

»Ich sehne mich ...«

Mit einem leidenschaftlichen Kuß verschloß er ihren Mund, und ihre Hände gingen ohne Umschweife den Weg, den sie schon seit so langem gehen wollten. Durch die Kleidung hindurch berührten sie zum ersten Mal die intimen Stellen des anderen, gaben sich durch ihre gegenseitigen Liebkosungen einen ersten Vorgeschmack auf das, was folgen würde, und genossen rückhaltlos die wachsende Erregung, die Besitz von ihnen ergriff. Die Lust machte ihre Körper weich und gefügig, während die Berührungen des anderen und die eigenen Entdeckungen ihr Verlangen immer weiter steigerten. Sie lagen noch nebeneinander und blickten bei ihren Berührungen, die immer fordernder und zwingender wurden, einander in die Augen.

Während ihre hochhackigen Pumps zu Boden fielen, schloß sie die Augen und stöhnte leise auf; dann rollte sie sich auf den Rücken, ein Knie angewinkelt, das andere Bein ausgestreckt und leicht abgespreizt, ihr Kleid bis zu den Hüften hochgeschlagen, und gab sich dem erregenden Gefühl hin, von den Händen des Mannes liebkost zu werden, der sie begehrte. Er kniete sich über sie und küßte durch den Stoff hindurch ihre Brüste.

»Bitte, Christopher ... wollen wir uns nicht ausziehen?« murmelte sie.

»Es ist nicht sehr romantisch, sich auszuziehen. Ich wußte nicht, wie du darüber denkst.«

»Es ist aber auch nicht sehr romantisch, in einem Augenblick wie diesem Kleider anzuhaben.«

Er entkleidete sie, sie entkleidete ihn, und die schwierigeren Teile zog sich jeder selbst aus. Als sie sich schließlich nackt auf dem Bett gegenübersaßen, umarmte sie ihn ganz plötzlich und setzte sich wie damals in der Küche, rittlings auf seinen Schoß. Sie waren sich ganz nah, er drang aber noch nicht in sie ein.

»Hey, was ist das denn?« neckte er sie, erstaunt darüber, wie schnell und unumwunden sie sich ihm näherte und ihre Arme um seinen Nacken schlang.

»Ich verstecke mich.«

»Wovor denn?«

»Vor deinen Augen. Weißt du, seitdem wir uns auf deinem Sofa geküßt haben, liege ich abends in meinem Bett und sehne diesen Augenblick herbei, habe aber auch gleichzeitig Angst davor.«

»Aber warum denn?« Er lehnte sich in ihrer Umarmung zurück und fuhr mit seinen Fingerspitzen ihren Haaransatz nach.

»Weil … weil die anderen Frauen, die du hattest, viel jünger als ich waren. Sie hatten bestimmt tolle Figuren, straffe, gebräunte Haut und keine Dehnungsstreifen, Falten, hervortretende Adern, rauhe Hände oder was eine Fünfundvierzigjährige sonst noch so hat.«

»Lee«, sagte er, während er sie sanft von seinem Schoß schob, behutsam auf die Decke bettete und sich neben ihr ausstreckte. »Du vergißt etwas sehr Wichtiges.« Er küßte sie, während seine Hand langsam über ihren Körper glitt, und flüsterte dabei: »Ich habe keine von ihnen geliebt.«

Ähnlich wie zuvor die Kleider, fiel mit diesen wenigen Worten ihre Befangenheit von ihr ab, so daß sie ihrer Erregung, ihrem Verlangen und ihrer Lust endlich freien Lauf lassen konnte. Auf der Seite liegend und auf einen Ellbogen gestützt, ließ er seine Hand über ihre Beine, ihren Bauch und die Rippen gleiten, bevor er zuerst eine und dann die andere Brust umfaßte und zum ersten Mal nackt unter seinen Lippen spürte. Während er mit seinen feuchten Lippen ihren Körper erforschte, streckte sie ihre Hand nach unten aus, umfaßte und liebkoste und streichelte ihn. Es brauchte nicht viel, um sie zum Höhepunkt zu bringen – nach all den Jahren der Enthaltsamkeit reichten intime Berührungen schon aus. Der fahle Schein, der aus dem Flur auf das Bett fiel, erlaubte es ihm, sie zu beobachten, während sich ihr Körper vor Erregung aufbäumte und vor Lust wand, während ihrem Mund ein heiseres Stöhnen und wenig später ein unterdrückter Schrei entfuhr und sie mit beiden Fäusten die Bettdecke umklammerte.

Anschließend ging er über ihr auf allen vieren und flüsterte in ihren Mund: »Willst du es mir überstreifen, oder soll ich es selbst tun?«

»Wie willst du es?« fragte sie, während ihr bewußt wurde, wie lange er sich zurückgehalten hatte.

»Tu du es«, sagte er und reichte ihr das kleine Päckchen.

Er legte sich auf den Rücken, verschränkte die Hände hinter dem Kopf und stöhnte vor Lust, als sie ihn berührte.

»Zwei Jahre sind schon eine verdammt lange Zeit«, murmelte er mit geschlossenen Augen und heiserer Stimme. »Aber ich kann mir gar nicht vorstellen, wie du es neun Jahre lang ausgehalten hast.«

»Das weiß ich selbst nicht mehr, jetzt wo ich hier bin.«

»Beeil dich ... ich sterbe gleich.«

»Oh, nein, bitte stirb nicht«, antwortete sie, während sie ihre Arbeit beendete, sich über seine Brust warf und sein Gesicht mit Küssen bedeckte. »Bitte stirb jetzt nicht, ich habe nämlich noch einiges mit dir vor.« Seine Arme umfingen sie, und gemeinsam rollten sie auf die Seite.

Dann verschlug ihnen die Ehrfurcht vor diesem Augenblick die Sprache. Nur über ihre Blicke konnten sie sich verständigen, aber sie beide wußten, daß der Moment gekommen war. Christopher kniete sich über sie und drang langsam und tief in sie ein.

»Lee ... Lee ...« flüsterte er dicht vor ihrem Mund. »Endlich.«

Dann fanden sie den gemeinsamen Rhythmus, den Gipfel der Nähe, die in den vergangenen Monaten zwischen ihnen gewachsen war.

»Du ... du«, stieß sie hervor. »Du warst es, was mir die ganze Zeit gefehlt hat.«

»Ich hatte immer Angst, du würdest mich wegschicken, weil ich dir zu jung bin.«

»Und ich habe geglaubt, ich sei dir viel zu alt und habe mich jedesmal geschämt, wenn ich an so etwas wie das auch nur gedacht habe.«

»Nie ... ich wollte dich schon, bevor ich dich überhaupt das erste Mal berührt oder geküßt habe.«

Lee schloß die Augen und gab sich ganz seinen Liebkosungen hin. Erst als sie das Klicken des Schalters der Nachttischlampe hörte, schlug sie die Augen wieder auf.

»Ich möchte dich dabei sehen. Stört es dich?«

Lee sah ihn verschreckt an. Am liebsten hätte sie gesagt: »Mach es aus!«, denn sie fürchtete, daß ihr Altersunterschied im Licht noch viel mehr auffiel. Aber noch bevor sie antworten konnte, richtete er sich rittlings auf ihr auf.

Sein kurzes Haar von ihren Fingern zerfurcht; seine blauen Augen leuchteten wie Ozeane. Er streckte die Hände nach ihren Brüsten aus, umkreiste sie, streichelte sie, umfuhr mit seinen Fingerspitzen ihre Brustwarzen, bevor er mit seinen starken Händen beide Brüste umfaßte.

»Sag bitte, daß es dich nicht stört!« flehte er mit der kehligen Stimme eines erregten Mannes.

»Es macht mir nichts aus.«

Aber er sah, daß es sie störte, daß sie noch zu befangen war, obwohl er, der ja jetzt ihr Liebhaber war, ihren Körper begehrte. Er beugte sich zu ihr hinunter, fuhr ihr mit der Handfläche über die Stirn, als wollte er ihre Temperatur fühlen, und strich ihr das Haar aus dem Gesicht.

»Bitte«, flüsterte er, »bitte, Lee. Ich liebe deinen Körper ebenso wie alles andere an dir.«

Sie schlang einen Arm um seinen Hals, zog ihn zu sich hinunter und verschloß seinen Mund mit ihrem. Sie fragte sich, ob der andere Mann in ihrem Leben jemals solche Gefühle in ihr wachgerufen hatte, und in diesem Augenblick konnte sie es sich kaum vorstellen.

»Oh, Christopher …« stöhnte sie mit gebrochener Stimme. »Du gibst mir alles, was eine Frau sich nur wünschen kann.«

Als er merkte, daß sie sich dem Höhepunkt näherte, nahm er seinen Rhythmus wieder auf.

Ihre Hände glitten auf seinen Oberschenkeln hoch zu seinen Hüften; ihr Blick wanderte über seinen muskulösen, festen Körper; zwischen seinen Augenbrauen erschien eine Falte, die wachsende Erregung zeichnete sich auf seinem Gesicht ab.

Während sein Atem immer keuchender ging, beschleunigte er seine Stöße.

Er gab ächzende, stöhnende Geräusche von sich, die in ihren Ohren wie Musik klangen.

Als er kam, durchlief ein Zittern seinen Körper, und er ließ sich auf sie sinken. Sie umfing seinen Körper mit beiden Armen und fuhr mit den Fingern durch sein schweißnasses Haar. Gierig sog sie den Duft ein: ein Gemisch aus seinem eigenen Duft, seinem Rasierwasser und dem Rauch des Tanzlokals.

Immer wieder ließ sie ihre Fingerspitzen über seine Kopfhaut gleiten, während er schwer atmend sein Gesicht an ihrer Schulter barg.

Als sein Puls sich wieder normalisierte und sein Atem wieder regelmäßiger ging, rollte er ihren Körper auf die Seite. Er tastete nach seinem Kopfkissen und stopfte es unter ihre Köpfe; schließlich betrachteten sie einander eine ganze Weile lang, ohne ein Wort zu wechseln. Mit der Fingerspitze berührte sie sanft seinen Mund.

Er lächelte.

»Was denkst du?« fragte sie.

»Nichts. Ich bin nur einfach glücklich.«

Sie strich ihm über die Unterlippe. »Es war sehr, sehr schön für mich.«

»Für mich auch.«

»Wie viele Frauen kommen wohl das erste Mal mit einem Mann zum Höhepunkt?«

»Ich weiß es nicht.«

»Nicht viele, glaube ich.«

»Ich war mir nie sicher, ob überhaupt jemals eine Frau beim ersten Mal mit mir einen Orgasmus hatte.«

»Jetzt weißt du, daß es zumindest eine gibt.«

»Das ist sicher nicht mein Verdienst, sondern liegt daran, daß du so lange schon keinen Mann mehr hattest. Du warst wie ausgehungert danach.«

»Glaubst du das wirklich?« fragte sie, während sie ihm immer noch über die Lippen streichelte.

»Ich hab dir doch erzählt, daß ich nie ein Frauenheld war – und auch nie einer im Bett.«

»Für mich bist du jedenfalls einer.«

Lächelnd küßte er ihre Fingerspitzen. Eine Weile lang schlossen sie ihre Augen und genossen das warme Gefühl, das sie nach der Liebe durchflutete. Ihr fiel auf, wie leicht und entspannt sich ihr Körper anfühlte; er dachte an ihren ersten gemeinsamen Orgasmus.

Nach einer Weile vernahm sie seine Stimme und öffnete die Augen: »Ist es unverschämt, wenn ich dich nach dem Sexleben während deiner Ehe frage?«

»Nein, ich glaube nicht. Was wir eben zusammen getan haben, läßt eine Menge Grenzen verschwinden, findest du nicht auch?«

»Wie war es also mit deinem Mann?«

Bevor sie antwortete, dachte sie eine Weile nach. »Vor der Ehe war unser Sex sehr von Schuldgefühlen überschattet. Nach der Heirat wurde es viel besser, obwohl es auch da bessere und schlechtere Zeiten gab. Manchmal haben wir viermal pro Woche miteinander geschlafen, manchmal nur drei-, viermal im Monat. Das hing ganz davon ab, was in unserem Leben sonst passierte. Aber ich bin nie so leicht zum Orgasmus gekommen wie eben mit dir.«

Nach längerem Schweigen hob er den Kopf vom Kissen und küßte sie auf den Mund. Dann ließ er sich wieder sinken.

»Willst du etwas Lustiges hören?« fragte er. »Ich hatte panische Angst davor, daß es für dich mit mir nicht so gut sein würde wie mit ihm. Man liest doch immer, daß es eine gewisse Zeit und Geduld erfordert, bis beide den Sex genießen können und zum Orgasmus kommen, also habe ich gedacht ...« Er zuckte die Achseln, während sein Blick kurz von ihr abglitt, um wenige Sekunden später wieder zu ihr zurückzukehren, ohne daß er jedoch den Satz zu Ende führte. »Ich habe einmal zu dir gesagt, daß ich keine Angst davor hätte, wie es mit uns weitergeht, aber das war nicht ehrlich. Ich hatte Angst, und zwar deshalb, weil ich erst dreißig bin und du schon älter und viel erfahrener bist als ich. Das kann für einen Mann ganz schön einschüchternd sein, weißt du. Ich habe mir oft überlegt, wie es wäre, mich vor dir zu blamieren oder für dich nur ein kleiner Zeitvertreib am Rande zu sein, wie es wäre, von dir ausgelacht und weggeschickt zu werden.« Er legte eine kurze Pause ein, um dann fortzufahren: »Aber das hast du nicht getan.«

»Hast du wirklich geglaubt, ich könnte so etwas tun?«

»Ich wußte es nicht, und ich hatte Angst davor.«

»Hast du nicht geahnt, daß ich dir nicht widerstehen konnte?«

»Ich hatte es gehofft, aber trotzdem befürchtet, daß die ungeschriebenen Gesetze und unser Altersunterschied stärker sein würden als deine Gefühle.«

»Wenn wir schon dabei sind, uns gegenseitig Geständnisse zu machen, hätte ich auch noch eines beizusteuern. Als in mir der erste Verdacht hochkam, daß du ein Auge auf mich geworfen haben könntest, dachte ich: ›Mein Gott, er ist so jung.‹ Aber dann, das gebe ich offen zu, fühlte ich mich doch geschmeichelt, daß ein junger Mann, der jedes hübsche Mädchen haben könnte, Interesse an mir zeigt. Das hat meinem Selbstbewußtsein sehr gut getan. Außerdem gebe ich zu, daß es mich gereizt hat, mit einem jüngeren Mann zu schlafen. Aber das war nicht der Grund. Ich habe es getan, weil ich dich liebe, weil ich dich mag, weil ich dich respektiere und weil wir uns so gut verstehen. Trotzdem muß ich im nachhinein zugeben, daß deine Jugend und dein junger, perfekter Körper mich mehr erregt haben, als ich dachte.«

Er stützte seinen Kopf auf die Hand und begann mit der anderen, sie zu streicheln. Er legte seine Handfläche zwischen ihre Brüste und spreizte seine Finger nach rechts und nach links, so als wollte er sie abstauben.

»Ich bin froh, daß wir unser erstes Mal hinter uns haben – das hat doch schon ganz schön an den Nerven gezerrt. Das nächste Mal wird es einfacher und entspannter sein.«

Lächelnd neckte sie ihn: »Ach, es gibt ein nächstes Mal?«

Sie beobachtete das Spiel seiner Hand auf ihrer Haut. Ihre Brustwarzen hatten sich aufgerichtet, und auch die kleinen Härchen um sie herum. »Wir werden noch sehr, sehr oft zusammen schlafen. Sooft wir können.«

»Eine leidenschaftliche Affäre – ist es das, was wir begonnen haben?«

Seine Hände verließen ihre Brüste und glitten hoch in ihr Gesicht.

»Nenn es, wie du willst. Aber welchen Namen du auch immer wählst, es ist viel zu gut, um es nicht zu wiederholen.«

Sie betrachtete ihn in dem Licht, das von oben und hinten auf ihn fiel und seine gut geschnittenen Züge betonte, die sie so unendlich attraktiv fand. Sie betrachtete seinen weichen Mund und berührte ihn mit der Fingerspitze.

»Alles an dir gefällt mir so gut. Ich kann noch gar nicht glauben, was eben passiert ist, daß wir alle Grenzen hinter uns gelassen haben. Ich fürchte, ich werde in der nächsten Zeit unersättlich sein – ich habe viel nachzuholen.«

»Ich habe bestimmt nichts dagegen.« Er führte ihre Hand an seinen Mund und begann, an ihren Fingerspitzen zu knabbern.

»Unersättliche Frauen sind die besten.«

Und im selben Augenblick drehte sie ihn auf den Rücken und setzte sich rittlings auf seinen Schoß.

Später, sie waren inzwischen unter die Bettdecke geschlüpft, weckte sie ihn sanft und hob den Kopf, um die Anzeige des Weckers auf dem Nachttisch zu erkennen.

Während er langsam erwachte, lächelte er sie verschlafen an.

»Ich muß nach Hause«, flüsterte sie.

»Oh, nein ...« Er umschlang sie mit seinen Armen. »Neiiiiin.«

»Ich kann nicht länger bleiben. Joey hat einen Freund zu Besuch, und Janice kommt sicher auch bald zurück.«

Er hob den Kopf, um einen Blick auf den Wecker zu werfen, dann ließ er sich wieder zurücksinken. »Es ist noch nicht einmal Mitternacht.«

»Wir haben unser Pulver ziemlich früh verschossen.«

Er gab ein glucksendes Lachen von sich, hielt die Arme noch immer hinter dem Kopf verschränkt und die Augen geschlossen. »Ich wünschte, du könntest bis morgen früh bleiben.«

»Ja, das wünschte ich mir auch.« Sie schlug die Decke zur Seite und stand auf. »Aber es geht nicht.«

Er rollte sich auf die Seite, um ihr beim Anziehen zuzuschauen. Sie schlüpfte in ihre Unterwäsche und verdrehte sich die Arme, um den Verschluß am Rücken zuzubekommen. Dann setzte sie sich auf die Bettkante, um ihre Strümpfe anzuziehen. Dann kam ihr Kleid an die Reihe. Als sie es anhatte, sagte er: »Komm her, ich mach dir den Reißverschluß zu.« Sie ließ sich wieder auf der Bettkante nieder und drehte ihm den Rücken zu. Er richtete sich auf und küßte ihren Nacken, schlüpfte mit seinen Händen in das offene Kleid, umfaßte ein letztes Mal ihre Brüste und berührte mit seinen Lippen ihre Schulter.

»Ich schaue dir gern beim Anziehen zu; ich liebe es, dich hier in meinem Schlafzimmer umhergehen zu sehen – das habe ich mir immer vorgestellt.«

Sie bedeckte seine Arme mit ihren und spürte sie warm und weich unter dem Stoff ihres roten Kleides; sie legte den Kopf zur Seite und schloß die Augen.

»Ich liebe dieses Gefühl«, flüsterte sie, »dieses Gefühl, wenn du mich in deinen Armen hältst. Wenn man lange keinen Partner gehabt hat, so wie ich, dann vermißt man natürlich auch den Sex, das ist klar, aber noch mehr als Sex fehlt einem dann oft einfach die Berührung, das Gestreicheltwerden, das Sichgehenlassen in den Armen eines Stärkeren, man vermißt einen Körper, der anders riecht als der eigene, der sich anders anfühlt. Versprich mir, daß du mich oft umarmen wirst ... auch ohne daß wir miteinander schlafen.«

»Versprochen. Aber jetzt mußt du mir etwas versprechen.«

»Was denn?«

»Versprich mir, dich oft vor mir anzuziehen, so wie du es eben getan hast. Das kam mir gerade in den Sinn – jemandem beim Ausziehen zuzuschauen ist schon intim, aber jemanden beim Anziehen zu betrachten ist noch viel intimer. Nachher, wenn ich dich nach Hause gebracht habe, werde ich mir dieses Bild vor dem Einschlafen wieder ins Gedächtnis rufen.«

Seufzend ließ sie ihren Kopf nach hinten fallen, und sanft wiegten sie sich, während seine Hände noch immer auf ihren Brüsten und seine Lippen noch immer auf ihrer Schulter ruhten. Fast wären sie wieder gemeinsam eingeschlafen, so wohl und geborgen fühlten sie sich. Aber sie mußte nach Hause, daran führte kein Weg vorbei. Dieser Gedanke brachte wieder Bewegung in ihre Glieder.

»Ich muß jetzt wirklich gehen. Bitte mach mir den Reißverschluß zu.«

Als er das getan hatte, nahm sie ihren Schmuck vom Nachttisch, schlüpfte in ihre Pumps und schaute ihm zu, wie er sich langsam aufrichtete, aus dem Bett stieg und nach und nach seine Kleidung anzog.

»Du hast recht«, sagte sie, während sie ihre Ellbogen auf seine Schultern legte und ihm zärtlich durchs Haar fuhr. »Es ist wirklich ein sehr intimer Anblick. Darüber habe ich noch nie nachgedacht.«

»Freut uns, wenn's Ihnen gefallen hat. Bitte beehren Sie uns bald wieder«, sagte er grinsend, während er sich die Manschetten zuknöpfte.

»Und mir fällt dazu noch etwas ein«, sagte sie.

»Was denn?« Er hielt sie seitlich umfaßt, so daß seine Daumen unterhalb der Brüste auf ihren Rippen ruhten.

»Wenn du mit einem Fremden geschlafen hast, würdest du ihm nicht beim Anziehen zuschauen. Es wäre irgendwie geschmacklos, oder? Aber wenn ich dir zuschaue ...« – sie gab ihm einen Kuß auf den Mund – »... dann ist das so, als würde ich das P. S. eines Liebesbriefes lesen.«

Die Hüften eng aneinandergepreßt, tauschten sie einen langen, liebevollen Kuß.

Nachdem sich ihre Lippen voneinander gelöst hatten, sagte er mit ernster Stimme: »Ich liebe dich, Lee.«

Sie nahm die Worte in sich auf; sie genoß sie still, während sie ihr Innerstes durchströmten und all die Lücken ausfüllten, die während so langer Jahre in ihr geklafft hatten.

»Ich liebe dich auch, Christopher.«

Dann brachte er sie nach Hause.

15. KAPITEL

Am Neujahrstag schliefen die Restons lange. Janice wachte um kurz vor zehn auf, öffnete die Tür ihres Zimmers und schlurfte, noch schlaftrunken, den Flur entlang zum Badezimmer. Beiläufig stellte sie fest, daß die Schlafzimmertür ihrer Mutter noch geschlossen war. Leise öffnete sie die Tür einen Spalt breit und warf einen Blick in den Raum.

Lee lag auf dem Bauch; ihr Atem ging regelmäßig. Auf dem Stuhl neben dem Frisiertisch lag ordentlich zusammengefaltet das rote Kleid; davor standen die roten Pumps.

Janice betrachtete ihre schlafende Mutter – und dachte voller Bestürzung, daß an Joeys Bemerkungen vom Vorabend doch etwas Wahres sein könnte. Wenn Joey wirklich recht hatte, dann stand sie, Janice, ganz schön lächerlich da. Ihr wurde immer klarer, daß ihr Bruder die Situation richtig erkannt haben mußte: Ihre Mutter hatte ein neues Kleid – ein rotes Kleid! – und dazu passende rote Pumps gekauft! Lee, die keinen übergroßen Wert auf Kleidung legte und sich selten ein neues Stück kaufte, hatte kein Wort über die neuen Sachen verloren, wo sie Janice doch normalerweise immer sofort alles vorführte, was sie sich kaufte.

Leise schloß Janice die Schlafzimmertür ihrer Mutter wieder und öffnete Joeys. Auch er schlief noch tief und fest. Vor seinem Bett campierte Denny Whitman in einem Schlafsack.

Sie betrat den Raum, schloß hinter sich vorsichtig die Tür und stieg auf Zehenspitzen über Denny, um sich auf der Bettkante ihres Bruders niederzulassen.

»Joey«, flüsterte sie. »Hey, Joey, wach auf.«

Doch Joey rollte sich nur auf die andere Seite, so daß er ihr den Rücken zukehrte, und brummelte etwas Unverständliches.

Sie rüttelte ihn an der Schulter und flüsterte: »Joey, wach schon auf. Ich muß dringend mit dir reden.«

Träge wandte er ihr sein Gesicht zu. »Was willst *du* denn hier? Siehst du nicht, daß ich noch penne?« brummte er verschlafen.

»Joey, ich muß dich was fragen. Aber sei leise, daß Denny nicht aufwacht.«

»Frag mich später.«

»Ich will nur wissen, wann Mom nach Hause gekommen ist.«

»Weiß nicht.«

»Warst du noch auf, als sie kam?«

»Ja, es war noch früh.«

»Früh?« Ihr Herz machte vor Erleichterung einen Sprung.

»Ja, vor Mitternacht. Ich weiß es sicher, weil Denny und ich noch ferngesehen haben.« Er rieb sich die Augen und gähnte mit weit-aufgerissenem Mund.

»Ist Christopher noch mit reingekommen?«

»Nein, er hat sie nur abgesetzt.«

»Er war also nicht mit im Haus?«

»Nein! Verdammt, weshalb willst du denn das alles wissen? Frag sie doch selbst!«

»Ich kann sie nicht selbst fragen – nicht, wenn du mit deiner Vermutung wirklich recht hast und sie mit Chris geht. Glaubst du wirklich, daß sie das tut?«

»Verdammt, woher soll ich denn das wissen? Jedenfalls hängt er hier ziemlich oft rum.«

»Wenn sie zusammen gingen, wie du vermutet hast, dann wären sie doch bis nach Mitternacht zusammengeblieben, oder? Ich meine … wenn du Silvester mit Sandy verbringen würdest, was würdest du dann zu Mitternacht tun?«

Joey wurde rot bis zu den Haarwurzeln. »Verdammt, jetzt hör endlich mit deiner blöden Fragerei auf.«

»Joey, hör zu …« Sie legte ihre Hand auf seine und fuhr mit ernster Stimme fort. »Du bist mein Bruder, und das ist eine wichtige Sache. Wenn Mom wirklich mit Chris geht, dann müssen wir es Tante Sylvia oder irgend jemandem anders sagen.«

»Warum?«

»Damit ihr jemand ins Gewissen redet und sie wieder zur Vernunft bringt!«

»Warum?«

»Überleg doch mal – sie ist *fünfzehn* Jahre älter als er!«

»Na und?«

»Na und! Wie kannst du so etwas sagen? Willst du etwa, daß sich unsere Mutter lächerlich macht?«

Joey starrte sie einen Augenblick verständnislos an und bemerkte dann kopfschüttelnd: »Ich kapier irgendwie gar nichts mehr.«

Entnervt ließ Janice ihren Kopf in die Hände sinken und raufte sich die Haare. Joey war noch zu jung, um zu verstehen, was sie meinte. Was sie meinte, während sie sprach, war ganz schlicht und einfach Sex, aber er war noch nicht alt genug, um das zu kapieren. Und Janice stellte fest, daß es vielleicht falsch war, in Verbindung mit ihrer Mutter und Christopher an Sex zu denken. Als Joey den Ausdruck »zusammen gehen« verwendete, hatte sie ihn für sich automatisch in »eine Affäre haben« übersetzt. Vielleicht war das ja ein falscher Schluß.

»Hör zu«, befal sie ihm. »Wenn ich wieder im College bin, dann hältst du bitte die Augen offen, was hier passiert. Verstanden?« Sie legte eine Pause ein, während er sie verblüfft anschaute. »Wenn sie abends ausgeht und spät zurückkommt, oder ... oder ... nun, du weißt schon ... irgendwelche anderen seltsamen Dinge passieren, dann rufst du mich sofort an.«

Bevor der verdutzte Joey antworten konnte, spürte Janice, daß sie selbst beobachtet wurde; sie drehte sich um und sah, daß Denny aufgewacht war und interessiert ihren Worten lauschte.

Sie erhob sich. »Schlaft weiter, Jungs«, sagte sie. »Tut mir leid, daß ich euch geweckt habe.«

Als Lee aus dem Badezimmer kam, musterte Janice sie mit einem Röntgenblick, aber ihre Mutter roch nach nichts weiter als Zahnpasta; dann stellte sie wie jeden Morgen die Kaffeemaschine an. »Morgen, Liebes«, sagte Lee. »Hattest du einen schönen Abend?«

»Ja, war ganz gut. Und du?«

»Oh, es war herrlich. Bis zu dem Moment jedenfalls, als ich etwas ausprobierte, das ›die Peitsche‹ heißt; ich hätte mir beinahe alle Glieder verrenkt.«

»Die Peitsche?« erkundigte sich Janice verständnislos.

»Ja. Das ist ein Schritt beim Country-Tanz. Christopher wollte ihn mir beibringen, aber ich habe ihn einfach nicht zustande gebracht. Schließlich haben wir es aufgegeben.«

Janice beobachtete ihre Mutter, die in der Küche hin und her ging, Schubladen öffnete, das Brot aus dem Brotkasten nahm und wie jeden Morgen die gewohnten Handgriffe verrichtete. Was erwartete sie, Janice, zu sehen? Glaubte sie wirklich, daß sie es ihrer Mutter anmerken könnte, wenn sie eine Affäre mit Christopher hätte? Den Bruchteil einer Sekunde schoß Janice ganz ungewollt das Bild ihrer Mutter in den Armen des Mannes, den sie selbst begehrte, durch den Sinn. Es bereitete Janice größtes Unbehagen. Mütter waren einfach keine sexuellen Wesen. Höchstens wenn die Väter noch lebten – aber doch nicht mit einem Fremden! Nein, dieser Gedanke war vollkommen ausgeschlossen.

»Mom?«

Lee, die sich gerade ein Glas Orangensaft eingeschenkt hatte, blickte auf. Janice lehnte mit fest vor der Brust verschränkten Armen an der Arbeitsfläche, während sich ihre nackten Zehen in den Vorleger vor der Spüle gruben.

Was spielt sich zwischen dir und Chris ab?

Man konnte diese Frage, obwohl sie nicht ausgesprochen wurde, an Janices düsterer Miene, an ihrer verschlossenen Körperhaltung, an den zusammengepreßten Lippen ablesen. Lee war instinktiv klar, was in Janices Kopf vorging. Aber wenn sie es wirklich wissen wollte, sollte sie die Frage auch aussprechen. Lee wollte das Thema von sich aus nicht zur Sprache bringen, weil sie nicht die Absicht hatte, ihre Tochter zu verletzen, und außerdem insgeheim ihr niederschmetterndes Urteil fürchtete. Zudem war alles, was zwischen ihr und Christopher geschehen war, noch zu neu, zu zerbrechlich, als daß sie hätte darüber sprechen und sich der Kritik der gesamten Familie stellen können.

»Ja, mein Schatz?« antwortete Lee.

Die unausgesprochene Frage stand zwischen ihnen im Raum, während Lee ein zweites Glas Orangensaft eingoß. Als sie es Janice reichte, klingelte das Telefon. Janice nahm ab.

»Hallo?« Nach einer Pause reichte sie Lee den Hörer. »Ist für dich.«

Lee stellte ihr Glas auf dem Küchentisch ab, nahm den Hörer und sagte: »Frohes Neues Jahr.«

»Dasselbe wünsche ich dir auch«, erwiderte Christopher am anderen Ende der Leitung; seine Stimme klang fröhlich, und Lee wußte, daß er in diesem Augenblick lächelte.

»Oh, hallo, Christopher. Wie hast du die vergangene Nacht überstanden? Habe ich dir auf der Tanzfläche Arme oder Beine ausgerenkt?«

»Nein, nicht im geringsten.«

»Es war herrlich. Leider habe ich heute vom Tanzen in den hohen Schuhen Muskelkater in den Waden.«

»Vielleicht hat der Muskelkater ja auch eine andere Ursache.«

Während sie lachte, sprach er mit weicher Stimme weiter: »Ich liebe dich, Lee.«

Sie gab ihrem Lachen einen bedauernden Unterton, der Janice davon abhalten sollte, Verdacht zu schöpfen. »Ach, wirklich? Himmel, das hätte ich ja nie für möglich gehalten.«

»Was hältst du davon, wenn ich nachher mit ein paar Frühlingsrollen vorbeikomme? Ich möchte dich sehen.«

»Haben die chinesischen Restaurants denn heute offen?«

»Wenn nicht, dann setzen wir uns halt mit ein paar Scheiben Toast vor den Fernseher und schauen Football.«

»Prima. Ich muß nur schnell schauen, wer nachher alles da ist.« Sie legte den Hörer auf den Küchentisch und wandte sich an Janice. »Christopher kommt nachher vorbei; er will etwas vom Chinesen mitbringen. Ißt du mit uns?«

Ohne den Blick ihrer Mutter zu erwidern, antwortete Janice: »Klar«, wandte sich ab und verließ den Raum.

Janice beobachtete sie den ganzen Nachmittag mit Argusaugen, aber Christopher und Lee ließen sich nichts anmerken. Er verbrachte den größten Teil der Zeit mit Joey und Denny vor dem Fernsehapparat – die Football-Meisterschaft war in vollem Gange. Lee hatte sich mit einem Buch in einen Sessel zurückgezogen. Um fünf erhob sie sich, um Denny nach Hause zu fahren. Im selben Augenblick sprang auch Christopher auf und erbot sich: »Ich kann ihn doch fahren.«

»Nein, das ist nicht nötig. Ich mach das schon. In zehn Minuten bin ich wieder da.«

Während sie die Unterhaltung verfolgte, dachte Janice voller Genugtuung: *Wenn die beiden was zusammen haben, fresse ich einen Besen!* Im Gegenteil – die beiden benahmen sich, als könnten sie eine Hormonkur vertragen.

Als Lee wieder da war, machte sie in der Mikrowelle das chinesische Essen warm und brachte jedem seinen Teller ins Wohnzimmer. Dann kuschelte sie sich wieder in ihren Sessel und las weiter.

Gegen acht räkelte sich Christopher auf dem Sofa, gähnte und sagte: »Ich werde langsam mal aufbrechen.«

Lee konnte sich nicht von ihrem Buch losreißen, antwortete geistesabwesend: »Nur noch einen Moment ...« und las den Absatz zu Ende.

»Ich finde schon allein raus«, sagte Christopher.

»Oh, nein. Nein!« Lee kehrte wieder in die Realität zurück, klappte ihr Buch zu und erhob sich aus dem Sessel. »Ich habe schon seit Ewigkeiten kein Buch mehr gelesen. Ich habe mich gerade eben richtig darin verloren.«

»Ich verabschiede mich hier; ich muß nicht an die Tür begleitet werden«, sagte Christopher.

Sie gähnte und räkelte sich behaglich.

»Ein richtig fauler Tag.«

»Ja, und ich habe ihn genossen« Er zog seine Jacke über.

»Danke, daß ich hier ein bißchen mit der Familie herumhängen durfte.« Ganz selbstverständlich küßte er ihre Wange, wohl wissend, daß die Augen der Kinder auf ihnen ruhten.

Dann rief er ihnen ins Wohnzimmer hinein zu: »Hey, Joey, Janice ... bis dann.«

Als sich die Haustür hinter Christopher geschlossen hatte, stellte Janice mit großer Erleichterung fest, daß sie und Joey sich getäuscht haben mußten. Christopher war für ihre Mutter nicht mehr als ein Sohnersatz.

Am ersten Arbeitstag des Jahres klopfte Lee um zwei Uhr nachmittags – in ihrer Mittagspause – an Christophers Wohnungstür. Wenige Augenblicke später öffnete er ihr, sie flogen sich in die Arme und küßten sich, als wäre es ihr letzter Kuß. Er drückte sie gegen die Wohnungstür, dann faßte er sie bei der Hand, zog sie in den Flur, nahm ihr den Mantel ab und ließ ihn auf den Boden fallen. Ihr Kuß war leidenschaftlich, erregend und voller Ungeduld. Während seine Zunge weiter in ihren Mund vordrang, glitten seine Hände unter ihren Pullover und streichelten ihre Brüste.

Als der Kuß endete, zog sie ihn gehörig an den Haaren und sagte mit gespieltem Ärger: »Tu mir so etwas nie wieder an! Ich habe in meinem ganzen Leben noch nie einen so schrecklichen Tag erlebt wie gestern. Ich wäre am liebsten zu dir auf das Sofa gekommen und hätte dich geliebt – und was haben wir getan? Mir blieb nichts anderes übrig, als mich mit einem blöden Buch abzulenken!«

Lachend sagte er: »Ach ja, du wolltest mich auf dem Sofa lieben?«

Sie zerzauste ihm das Haar.

»Deine Wadenmuskeln scheinen schon wieder in Ordnung zu sein, oder?« fragte er sie mit schelmischen Grinsen.

»Küß mich, dann werde ich dir sagen, wie es ihnen geht.«

Nur zu gern kam er ihrer Aufforderung nach und küßte sie, diesmal zärtlich und behutsam, während sie ihm über den Kopf streichelte.

Als sich ihre Lippen voneinander gelöst hatten, sagte sie: »Um ehrlich zu sein, bräuchten meine Waden eine spezielle Behandlung.«

»Ah«, erwiderte er, »dieselbe Idee hatte ich gerade eben auch.«

Er hob sie hoch und trug sie auf Händen wie eine Braut ins Wohnzimmer, wo der Christbaum verschwunden war und die Möbel wieder an ihrem gewohnten Ort standen. Er legte sie vorsichtig auf das Sofa, setzte sich neben sie, beugte sich zu ihr hinunter und küßte sie. Dabei knöpfte er ihre Bluse auf und schlüpfte mit seiner Hand unter ihren BH. Dann brach sie den Kuß ab und sagte: »Christopher, schlechte Nachrichten.«

Seine Hand hielt augenblicklich inne, während er sie mit besorgtem Blick anschaute.

»Ich muß in einer Viertelstunde wieder weg – Sylvia hat einen Zahnarzttermin.«

Er ließ sich auf das Sofa fallen, als hätte ihn eine Pistolenkugel getroffen, breitete beide Arme aus, ließ den Kopf nach hinten sinken und stöhnte: »Ohhhh ... neiiiiin.« Dann hob er wieder den Kopf, öffnete die Augen und sagte: »Dann tut es mir leid, meine Dame, denn Sex ist alles, was ich von Ihnen will.«

Sie küßte seine Finger und bemerkte: »Und ich dachte, Sie liebten mich wegen meiner Weihnachtsplätzchen ...

Er faßte sie beim Arm und zog sie zu sich. »Komm her.« Sie setzte sich auf seinen Schoß, und dann küßten, streichelten und liebkosten sie einander, ohne die drängende Hast zu verspüren, die sich immer dann einstellte, wenn die Liebkosungen Teil des sexuellen Vorspiels waren.

»Ich muß dir was gestehen«, sagte er mit weicher Stimme. »Das gestern war auch für mich schwer. Ich wußte schon vorher, daß ich besser nicht kommen sollte, aber ich konnte der Versuchung nicht widerstehen.«

»Ich bin froh, daß du gekommen bist. Wenn du nicht zu mir gekommen wärst, wäre ich zu dir gekommen – allerdings hätte ich mir eine gute Ausrede einfallen lassen müssen.«

Er knöpfte ihre Bluse wieder zu. »Ist es nicht lästig, ständig Ausreden erfinden zu müssen?«

Sie fuhr mit den Fingern durch sein Haar und sog den besonderen Geruch ein, der ihm entströmte: eine Mischung aus Shampoo, frischer Wäsche und seiner Haut.

»Janice weiß es«, sagte sie, während sie ihm mit ihren Fingernägeln leicht die Kopfhaut massierte.

»Das habe ich auch schon vermutet. Sie hat uns gestern nicht aus den Augen gelassen.«

»Ich glaube, sie war nah dran, mich schon morgens danach zu fragen.«

»Was hättest du ihr geantwortet?«

»Ich denke, ich hätte ihr die Wahrheit gesagt.«

»Wirklich?«

Sie nickte so entschlossen und nachdrücklich, daß er ihr glaubte. »Aber ich wollte uns zuerst noch eine gewisse Zeit gönnen, in der es noch niemand weiß. Das haben wir uns in der Tat verdient, bevor dann der allgemeine Sturm der Entrüstung über uns hereinbricht.«

»Rechnest du wirklich damit?«

Wieder nickte sie. »Alle werden über uns herfallen, außer Joey. Erstens mag er dich sehr und hängt sehr an dir, und zweitens ist er noch zu jung, um sich um irgendwelche ungeschriebenen Gesetze zu kümmern. Aber Janice wird zu Tode gekränkt sein; Sylvia wird zutiefst schockiert sein, und meine Mutter ...« Lee rollte die Augen. »Meine Mutter wird Amok laufen.«

»Aber warum sollte uns das stören?«

»Weil sie immerhin meine Familie sind.«

»Meinst du, sie könnten dich verstoßen oder so etwas?«

Sie seufzte tief, schlang ihre Arme um seinen Kopf und zog ihn an ihre Brust. »Vielleicht wird's doch nicht so schlimm werden. Irgendwie habe ich die wilde Hoffnung, daß sie weniger heuchlerisch sind, als ich bisher immer geglaubt habe.«

Dann herrschte wieder Schweigen, und sie genossen ihr Zusammensein. Sie konnte gar nicht genug davon bekommen, seinen männlichen Körper zu erforschen. Alles war fester, spannte sich um seinen muskulösen Körper. Seine Hand war wieder unter ihre Bluse geschlüpft und glitt entlang ihrer Wirbelsäule hoch zu den Schulterblättern.

Mit geschlossenen Augen nahm er ihre Weiblichkeit in sich auf – den Druck, den ihre Schenkel auf seine ausübten, ihre Fingernägel auf seiner Kopfhaut, ihre Handflächen auf seiner Kleidung und ihren Atem auf seiner Stirn.

Seine Arme umschlossen einen Körper, der sich im Gegensatz zu seinem durch Zerbrechlichkeit auszeichnete, und ihre Schulterblätter fühlten sich unter seinen Fingerspitzen leicht und flüchtig wie die Schwingen eines Vogels an.

Mann ... Frau ... so unterschiedlich waren sie.

So unglaublich, herrlich unterschiedlich.

Als sie Hand in Hand zur Haustür gingen, fragten sie sich, wie lange sie ihre Affäre wohl noch geheimhalten konnten, was wohl passieren würde, wenn die anderen davon erfuhren, warum sich ihre Stimmen immer verdüsterten, wenn sie davon sprachen, daß die anderen es eines Tages erfahren mußten, als würde sich von diesem Augenblick an ihr Leben verändern.

Kurz nach Ende der Weihnachtsferien bekam Christopher einen Anruf von der Schule. Es war ein herrlicher sonniger Wintertag, und die Sonne war schon warm genug, um den Schnee auf den Gehsteigen zum Tauen zu bringen. Durch das Polizeirevier zog der Duft von frischem Kaffee, und Christopher war gerade mit dem Ausfüllen eines Unfallberichts beschäftigt, als sein Telefon klingelte. Er nahm ab und hörte eine Frauenstimme.

»Hallo, hier spricht Cynthia Hubert, die Rektorin der Junior High School. Ein Schüler der siebten Klasse, Judd Quincy, ist in Schwierigkeiten. Er hat mich gebeten, Sie anzurufen und Ihnen Bescheid zu sagen.«

Christopher stieß einen tiefen Seufzer aus, ließ seine Schultern sinken und lehnte sich in seinem Bürostuhl zurück.

»Was hat er denn diesmal ausgefressen?«

»Er hat Geld aus der Tasche seiner Lehrerin geklaut.«

Christopher schloß die Augen. Das verdammte Kind. Und er hatte ernsthaft geglaubt, Judd würde Fortschritte machen.

»Steht es fest, daß er es getan hat?«

»Ja, er wurde auf frischer Tat ertappt.«

»Ist die Polizei schon da?«

»Ja.«

»Hören Sie ... unternehmen Sie bitte nichts, bevor ich da bin.«

Die Rektorin antwortete nicht sofort; sie war offenbar etwas unschlüssig. Aber schließlich seufzte sie und willigte ein: »In Ordnung, wir warten auf Sie.«

Sie hatten Judd in einen leeren Klassenraum gebracht. Als Christopher den Raum betrat, spürte er sofort die gespannte Stille, die so oft Hand in Hand mit bewiesener Schuld ging. Judd saß breitbeinig und fast trotzig wirkend auf einem Stuhl und starrte hinunter auf seine Nike-Turnschuhe, die Christopher ihm im Sommer spendiert hatte. Er sah abgemagert aus und machte einen verwahrlosten Eindruck. Christopher nickte dem Polizisten, Randy Woodward, zu, einem Kollegen aus seinem eigenen Revier. Nach Christopher betrat die Rektorin den Raum, eine modisch gekleidete, schlanke Frau mit kurzem, graumeliertem Haar und einer goldgerandeten Brille. Er schüttelte ihr zur Begrüßung die Hand. »Danke, daß Sie mich angerufen haben, Mrs. Hubert.« Dann warf er einen kurzen Blick zu Judd, der noch immer auf seine Turnschuhe starrte, die mittlerweile aussahen, als hätte er einen mehrtägigen Marsch durch Schlamm und Morast unternommen.

»Kann ich mich wohl einen Augenblick lang allein mit ihm unterhalten?« fragte Chris.

Mrs. Hubert und Randy Woodward verließen den Raum.

Langsam ging Christopher hinüber zu Judd und blieb kurz stehen. Dann blickte er auf ihn hinab: er sah sein verfilztes Haar, den knochigen Nacken, sein dreckiges, aufgetragenes T-Shirt und die schmutzstarrende Jeansjacke; seine Jeans zeigte über beiden Knien lange Risse. So schaute er, die Hände in die Hüften gestemmt, eine ganze Weile auf den Jungen hinunter. Aus der Ferne drangen das ununterbrochene Klingeln eines Telefons, verschwommene Stimmen und das Geräusch einer Heftmaschine in den Raum.

Schließlich fragte Christopher: »Stimmt es, daß du Geld gestohlen hast, Judd?«

Judd nickte.

Seltsamerweise kamen Chris keine Vorwürfe in den Sinn. Wie oft hatte er dem Jungen gepredigt, daß er nicht gegen das Gesetz verstoßen durfte; wie oft hatte er ihm klar gemacht, daß das Leben nicht gerecht war, aber daß er damit leben mußte, daß er sich seinen Weg erkämpfen mußte, um erwachsen zu werden und seine eigenen Entscheidungen treffen zu können. Aber in diesem Augenblick wurde Chris klar, daß der Junge erst zwölf Jahre alt war. Für ihn war das Erwachsenenleben, in dem er selbst bestimmen konnte, noch Lichtjahre entfernt. Er war ein verängstigtes, verwirrtes Kind, das heute wahrscheinlich noch nicht einmal ein Frühstück bekommen hatte, dem niemand einen Abschiedskuß gab, bevor er sich auf den Schulweg machte.

Und plötzlich tat Christopher etwas, das er nie zuvor getan hatte: Er ging vor Judd in die Knie und umarmte den Jungen. Im nächsten Augenblick schlang Judd seine Arme um Christopher und begann zu weinen. Christopher hielt ihn fest in seinen Armen und mußte schlucken, um nicht mit dem Jungen zu weinen. Der strenge Geruch, der Judds Kleidern entströmte, stieg Chris in die Nase. So verharrten sie eine ganze Weile. Als Christopher schließlich seine Umarmung löste, wurde Judds Schluchzen lauter.

»Was ist passiert?« fragte Christopher. »Hat es mit zu Hause zu tun?«

Judd nickte.

»Willst du weg von zu Hause? Möchtest du lieber in einem Jugendheim leben?«

»Ich will bei dir wohnen«, sagte Judd.

Judd hatte einen flehenden Blick auf ihn gerichtet.

»Es tut mir leid, Judd, aber du kannst nicht bei mir wohnen. Man braucht eine besondere Genehmigung, um Kinder bei sich aufnehmen zu dürfen, und außerdem: Was würdest du tun, wenn ich nachts arbeiten muß?«

»Das wär schon in Ordnung.« Judd wischte sich mit den Handrücken über die Augen. »Ich würde fernsehen und dann ins Bett gehen, wann du es mir gesagt hast.«

Es brach Christopher fast das Herz, als er sagte: »Es tut mir leid, Judd, aber es geht nicht.«

Judd schaute Christopher mit einem so aufrichtigen Blick an, wie Christopher ihn bei ihm noch nie zuvor gesehen hatte. »Ich würde dir auch helfen. Ich könnte staubsaugen oder dir deine Suppe aus der Dose warm machen, wenn du von der Arbeit kommst.«

Das war Judds Idealvorstellung von einer Mahlzeit – eine Suppe aus der Dose. Chris legte seine starke Hand in den schmalen Nacken des Jungen. Dann richtete er sich auf und setzte sich auf den Stuhl, der neben Judds stand.

»Erzähl mir, was zu Hause passiert ist.«

»Sie haben mir meine Essensgutscheine abgenommen, um sich davon Kokain zu kaufen. Dann wollten sie, daß ich auch davon probiere. Sie haben gesagt, daß sich das toll anfühlt.«

Als Chris diese Worte hörte, durchlief ihn vor Entsetzen eine Adrenalinwelle. Es war ihm nichts Neues, daß Eltern wie die von Judd ihren Kindern die Essensgutscheine, die sie von der Sozialfürsorge bekamen, abnahmen, um sie zu verkaufen und sich von dem Erlös mit Drogen einzudecken. Aber daß diese Eltern nicht einmal davor zurückschreckten, ihre eigenen Kinder in die Drogenabhängigkeit zu treiben, das war ihm neu. Seine Eingeweide krampften sich zusammen, und er verspürte das dringende Bedürfnis, auf der Stelle zu Wendy und Ray Quincy zu fahren, um sie krankenhausreif zu prügeln.

»Nochmal, Judd.« Er hob das Kinn des Jungen und zwang ihn, ihm in die Augen zu schauen. »Du sagst, daß deine Eltern dir die Essensgutscheine abgenommen, sie verkauft und sich davon Kokain gekauft haben. Und dann wollten sie, daß du es auch nimmst. Stimmt das so?«

Judd befreite sein Kinn aus Chris' Griff. »Ich habe gesagt, daß es so war, und so war es auch.«

»Du hast das Geld also gestohlen, um dir davon etwas zu essen zu kaufen?«

Judd hatte seinen Kopf wieder gesenkt und starrte erneut auf seine verdreckten Turnschuhe.

»Judd, sag jetzt bitte die Wahrheit. Keine Lügen, keine Flunkereien. Hast du das Geld gestohlen, um dir davon Essen zu kaufen?«

»Ja, glaub schon«, murmelte der Junge.

»Du glaubst?«

»Ja, und weil ich gewußt habe, daß sie dich anrufen, wenn sie mich erwischen.«

Christopher stand auf und ging wieder vor Judd in die Knie.

»Jetzt hör mir mal zu, ja? Diesmal ist es wirklich wichtig. Ich kann dich nicht in ein Jugendheim einweisen lassen, ohne daß deine Eltern zustimmen. Und ich kann mir nicht vorstellen, daß sie ihre Zustimmung geben. Aber es gibt noch eine andere Möglichkeit. Ich kann dich hier rausbringen und dich anschließend mit aufs Revier nehmen und in einen Vierundzwanzig-Stunden-Arrest stecken. Sobald das passiert ist, wird sich ein Sozialarbeiter um dich kümmern und Kontakt mit dem Jugendrichter aufnehmen. Wenn wir mal so weit sind, kannst du vor dem Jugendgericht aussagen, daß deine Eltern versucht haben, dich zu Kokain zu überreden. Bist du damit einverstanden?«

Chris hatte schon oft die Erfahrung gemacht, daß viele Kinder in dieser Situation einen Rückzieher machten, weil sie Angst hatten, gegen ihre Eltern auszusagen. Viele hatten Angst, daß sie dann auch noch das letzte bißchen Zuhause verloren.

»Bist du damit einverstanden, Judd?«

Durch die dicken Tränen, die zwischen seinen Wimpern hingen, starrte Judd hinunter auf seine schmutzigen Hände.

»Darf ich dann bei dir bleiben?«

Junge, brich mir nicht das Herz. »Nein, Judd, das geht nicht. Aber wir haben eine gute Chance, daß ich dir während des Prozesses als eine Art zeitweiliger Vormund zugeteilt werde.«

»Als Vormund?« Judd schaute auf.

»Ja. Es wäre meine Aufgabe, mich um dich zu kümmern und dafür zu sorgen, daß alle Entscheidungen, die getroffen werden, in deinem Interesse sind. Aber eines muß dir klar sein – wenn ich diesen Prozeß in Bewegung setze, wenn ich dich in den Vierundzwanzig-Stunden-Arrest bringe, mit der Jugendbehörde spreche und den Jugendrichter einschalte, dann wirst du nicht mehr zu deinen Eltern zurückkehren können.«

Judd dachte eine Weile nach. Dann sagte er: »Meine Ma – manchmal kocht sie mir ja auch was zu essen.«

Chris fühlte, wie sich in seiner Kehle ein dicker Kloß bildete. Als er schließlich sprach, hörte sich seine Stimme an, als würde er versuchen, gleichzeitig zu reden und zu schlucken.

»Ja, ich weiß. Es gibt Zeiten, da sind sie ganz in Ordnung. Aber die meiste Zeit nicht. Sie sind krank, Judd, aber sie lehnen jegliche

Hilfe ab. Vielleicht lassen sie sich ja helfen, wenn sie merken, daß du nicht mehr mit ihnen leben möchtest.

Wir werden für dich ein gutes Heim finden, wo du regelmäßige Mahlzeiten bekommst, wo du dich baden kannst und jeden Tag Geld für das Schulessen bekommst. Aber die Entscheidung liegt bei dir – niemand kann sie dir abnehmen.«

»Gehen wir dann trotzdem noch ab und zu zusammen Basketball spielen, du und ich? Und zum Fitneßtraining?«

»Ja, Judd, das machen wir. Das verspreche ich dir ganz fest.«

Judd konnte sich nicht zu einer Entscheidung durchringen, also traf Chris sie für ihn. Er richtete sich auf und legte seine Hand auf den Kopf des Jungen. »Weißt du was? Wir werden dich für heute erstmal aus dieser Schule bringen. Du wartest hier, okay?«

In dem Schulleiterzimmer fand er Randy Woodward, Mrs. Hubert und die Lehrerin, deren Geld Judd stehlen wollte, Miss Prothero. Er schloß hinter sich die Tür und kam ohne Umschweife zur Sache. »Ich möchte, daß er in Vierundzwanzig-Stunden-Gewahrsam genommen und anschließend vor dem Jugendgericht gehört wird.«

»Glaubst du, das bringt was?« fragte Woodward.

»Ich möchte, daß er seinen Eltern weggenommen und in ein Heim kommt.«

»In ein Heim?« erkundigte sich Woodward verblüfft. »Bist du sicher?« Jeder Polizist, Sozialarbeiter und Jugendrichter hatte großen Respekt vor diesem folgenschweren Schritt und überlegte es sich gut, bevor er den Stein ins Rollen brachte.

»Er hat das Geld gestohlen, weil seine Eltern ihm die Essensgutscheine abgenommen und davon Kokain gekauft haben. Anschließend wollten sie Judd dazu bringen, auch von dem Zeug zu schnupfen.«

Miss Prothero, eine junge Lehrerin, die erst kurz zuvor von der Uni gekommen war und noch einen recht naiven Eindruck machte, erblaßte sichtlich und schlug sich vor Entsetzen die Hand vor den Mund. Mrs. Hubert, die hinter ihrem großen Schreibtisch saß, blickte düster und sorgenvoll drein. Randy Woodward ergriff als erster das Wort und sagte mit ruhiger Stimme: »Solche Eltern

würde ich ohne mit der Wimper zu zucken hinter mein Schnee-
mobil binden und sie fünf Stunden lang durch die Wälder schleifen.«

»Das Dumme daran ist, daß sie das nicht mal weiter beein-
drucken würde. Wahrscheinlich würden sie dich danach um eine
Prise Koks bitten. Tatsache ist, daß der Junge dringend ein heißes
Bad, frische Klamotten und etwas Anständiges zu essen braucht –
und nichts davon bekommt er von seinen Eltern. Rufst du bitte
beim Sozialamt an«, bat er Woodward.

»Das tue ich auf der Stelle. Ist das in Ordnung, Mrs. Hubert?«
Sie nickte und antwortete: »Ja, ich glaube, das ist das Beste.«

»Miss Prothero?«

Die junge Frau überwand langsam ihren anfänglichen Schreck,
sah aber noch immer etwas mitgenommen aus. »Ja, natürlich. Guter Gott, ich hatte ja keine Ahnung, aus welchem Elternhaus er
kommt.«

Christopher sagte zu Woodward gewandt: »Wenn du angerufen
hast, bringe ich ihn selbst zum Arrest ins Heim. Er kennt mich; vielleicht nimmt ihm das etwas die Angst.«

»Klar. Bin froh, daß du das machst – mir bricht es dabei immer
fast das Herz.«

Das Herz brechen – Himmel, Christopher zerriß es beinahe das
Herz. Er fuhr mit dem völlig verängstigten Jungen zu einem kleinen, ordentlich aussehenden Haus im Südwesten der Stadt; dort
angekommen, gingen sie Seite an Seite zwischen den aufgetürmten
Schneebergen zum Eingang. Judd blickte starr geradeaus; unter der
Jeansjacke, die viel zu dünn für den kalten Winter war, zitterte sein
schmächtiger Körper.

Christopher mußte die ganze Zeit daran denken, wie Judd ihn in
dem leeren Klassenzimmer umarmt hatte.

Eine rundliche Frau von etwa Mitte Fünfzig in moosgrünem Pullover und Hose öffnete ihnen und ließ sie eintreten.

»Das ist Mrs. Billings«, sagte Chris zu Judd.

»Hallo, Judd«, begrüßte die Frau den Jungen; als Christopher
das falsche Lächeln bemerkte, verspürte er Schuldgefühle in sich
aufsteigen. Alles in ihm sträubte sich dagegen, Judd dort zu lassen,

obwohl das Haus einen sauberen, ordentlichen Eindruck machte und an den Flurwänden Bilder von Heiligen hingen.

Zu der Frau gewandt sagte er: »Er braucht ein Bad und was Anständiges zu essen. Er kommt in Vierundzwanzig-Stunden-Arrest und wird anschließend dem Jugendrichter vorgeführt.«

Bevor er ging, legte er Judd die Hand auf die Schulter. Im Stehen war der Junge zu groß, als daß er hätte vor ihm in die Knie gehen können, und zu klein, als daß eine Umarmung möglich gewesen wäre. Also legte Christopher ihm die Hand auf die Schulter und drückte sie aufmunternd; doch schließlich übermannte ihn sein Mitgefühl, und er zog den Jungen in einer etwas verunglückten Umarmung an sich. Diesmal, unter den Augen einer fremden Person, erwiderte Judd seine Umarmung nicht.

»Hey, hör zu. Jetzt wird alles besser.«

»Wann sehe ich dich wieder?«

»Innerhalb der nächsten vierundzwanzig Stunden wirst du angehört. Ich darf vor Gericht nicht anwesend sein, aber ich hole dich ab, und bringe dich dorthin – im Streifenwagen.«

»Versprichst du mir das?«

»Ich verspreche es.«

»Muß ich morgen in die Schule?«

»Nein, morgen sicher nicht. Im Lauf des Vormittags wird ja die Anhörung stattfinden.«

»Wofür ist die Anhörung gut?«

»Der Richter hört sich an, was du ihm zu erzählen hast und entscheidet dann, ob es schwerwiegend genug ist, um deinen Eltern die Erziehungsgewalt zu entziehen. Du mußt ihm die Wahrheit sagen. Erzähl ihm alles, was du mir eben in der Schule gesagt hast.«

Judd blickte seinen Freund, den Polizisten, niedergeschlagen an.

»Hör zu, ich muß jetzt gehen. Ich bin noch im Dienst.«

Judd nickte.

Er fuhr dem Jungen durchs Haar, bedankte sich bei Mrs. Billings und ging. Als er die Tür seines Streifenwagens öffnete, warf er einen Blick zurück auf das Haus und sah Judd reglos hinter der Scheibe stehen und ihm nachschauen. Nachdem er eingestiegen war, mußte er sich erst einmal die Nase putzen und sich tief räuspern, bevor er der Einsatzzentrale seine Position durchgeben konnte.

Während Chris zum Jugendamt fuhr, um zu erfahren, wann die Anhörung stattfinden sollte, fiel ihm auf, daß der Junge an diesem Tag nicht in seinem üblichen Slang gesprochen hatte. Die Angst hatte ihm seine scheinbar so dicke Haut geraubt.

Am Abend rief er Lee an. »Ich muß dich sehen.«

»Ist etwas passiert?« fragte sie. »Stimmt was nicht?«

»Ja …« Was war es nur? Sein Job, sein so verdammt undankbarer Job, bei dem man ihm eingebleut hatte, niemals irgendwelche gefühlsmäßigen Verbindungen zu den Menschen, mit denen er zu tun hatte, aufkommen zu lassen. »Es geht um Judd.«

»Komm vorbei, wann immer du willst. Ich bin den ganzen Abend hier«, antwortete sie einfach.

Gegen halb neun kam er bei ihr an; seine Glieder waren schwer wie Blei, sein Herz ebenso, und er sehnte sich nach etwas, das er nicht in Worte fassen konnte, nach Hilfe und Beistand, vielleicht nach jemandem, an dessen Schulter er sich lehnen konnte.

Sie öffnete ihm die Tür, warf einen Blick in sein niedergeschlagenes Gesicht und fragte: »Schatz, was ist los?«

Ohne sich die Jacke auszuziehen, nahm er sie in die Arme und legte seine Stirn an ihre. Sie erwiderte seine Umarmung, und so standen sie eine Zeitlang in der dunklen Diele.

»Einer dieser Tage, auf die ich gut verzichten könnte.«

»Was ist denn mit Judd passiert?«

»Ich habe heute die ersten Schritte unternommen, um seinen Eltern die Erziehungsgewalt zu entziehen.«

»Und was war der Anlaß?«

Er erzählte ihr von den Essensgutscheinen, von dem Kokain, von der Szene im Klassenzimmer und von dem Heim. »Das Blöde ist, daß ich mir nun nicht mehr sicher bin, ob ich richtig gehandelt habe.«

»Aber Kokain …«

»Ich weiß, ich weiß.« Sie hielten sich locker umarmt, und er brauchte in diesem Augenblick ihre Nähe und Wärme, das Gefühl ihrer Arme um seinen Körper.

»Ich habe ihn dorthin gebracht, Lee, und ich kann mir vorstellen, wie er sich jetzt fühlt. Es ist ein Heim, aber es ist nicht wie das Zuhause anderer Kinder. Er hat ein verdammt schlechtes Zuhause, aber er empfindet es doch irgendwie als solches. Er wird seine Eltern so bald nicht wiedersehen, und er weiß ja schließlich nicht, was statt dessen auf ihn zukommt. Das konnte ich vorhin ganz genau in seinen Augen lesen. Ich habe es gefühlt, als er mich so fest umarmt hat, daß ich dachte, er würde mir das Genick brechen. Dann hat er mich gefragt, ob er bei mir leben dürfte, und ich mußte ihm antworten, daß das nicht geht. Lee, du hättest ihn sehen sollen. Wie ein Häufchen Elend hat er vor mir gesessen, schmutzig, zerlumpt und stinkend. Er besitzt noch nicht einmal eine warme Jacke für den Winter, und ein Frühstück hatte er auch nicht im Bauch ... und ich habe in meiner Wohnung ein freies Zimmer und verdiene genug Geld, um ihm zu kaufen, was er braucht. Aber was soll ich mit einem Zwölfjährigen anfangen, wenn ich jede zweite Nacht arbeiten muß und mich nicht richtig um ihn kümmern kann?«

Sie hatte keine Antwort. Alles, was sie tun konnte, war, ihn in ihren Armen zu halten und ihn seine Probleme von seiner Seele sprechen zu lassen.

»In der Ausbildung warnen sie dich davor, jemals eine Bindung zu einem Kind wie ihm aufzubauen, aber was für ein herzloses Monster müßte ich sein, um nicht so zu handeln?«

»Judd hat ein Dach über dem Kopf, kann baden und bekommt etwas zu essen. Das hast du immerhin für ihn tun können.«

Er seufzte und schloß die Augen. Er versuchte, aus ihren Worten die Kraft zu schöpfen, um die Ereignisse des Tages zu verdrängen, doch sie blieben. Nach einer Weile sagte er: »Die Kinder sind das Schlimmste an dem Job. Nicht die Räuber, nicht die Mörder, noch nicht einmal die Unfallopfer – es sind die Kinder.«

»Ich weiß«, erwiderte sie leise. »Das hat Greg auch immer gesagt.«

»Vor ein paar Jahren, als Greg gerade erst einige Monate dabei war, wurde ich in den Nordwesten der Stadt gerufen. Jemand hatte gemeldet, daß ein kleines Mädchen barfuß die Straße entlangging. Es war ein herrlicher Sommertag; um zwei Uhr nachmittags fand ich sie. Sie war etwa drei Jahre alt und machte einen total verwahrlosten Eindruck. Man konnte sehen, daß sie sich selbst angezogen haben mußte, das arme kleine Ding. Sie trug ein schmutziges Kleidchen, hatte darunter keine Unterwäsche an, auch keine Schuhe, und ihr Haar war völlig verfilzt und struppig. Sie irrte ziellos durch die Straße, in der Hand eine ramponierte Puppe. Sie war von zu Hause weggelaufen, und niemand hatte sie vermißt. Als ich aus dem Streifenwagen ausstieg, kam sie mir schon mit ausgestreckten Ärmchen entgegen, und als ich sie dann hochhob, schlang sie ihre Arme so fest um meinen Hals, daß ich sie beinahe nicht mehr losbekommen hätte. Ich fuhr sie selbst in ein Heim, und als ich sie der Pflegerin übergeben wollte, klammerte sie sich wieder an mich.« Nach längerem Schweigen fügte er hinzu: »Das werde ich mein Leben lang nicht vergessen.«

Nachdem er verstummt war, sagte sie: »Du darfst dich nicht schuldig fühlen, weil du Judd nicht bei dir aufnehmen kannst.«

»Das tue ich aber. Ich habe mich in dieses Bruderverhältnis begeben, und jetzt komme ich mir vor, als würde ich ihn im Stich lassen.«

»Du hast ein zu weiches Herz.«

»Wie kann ein Mensch ein zu weiches Herz haben?«

»Ach, Christopher, das ist einer der Gründe, weshalb ich dich liebe.«

»Oh, Lee …« Er nahm ihr Gesicht in beide Hände und hielt es wie einen Krug, aus dem er trinken wollte. Er küßte sie dankbar.

»Eben war ich mir nicht sicher, was ich brauchte – eine Geliebte, eine Mutter oder eine Ehefrau. Deshalb bin ich gekommen, denn bei dir finde ich alles drei.«

»Eine Ehefrau?« wiederholte sie.

»Polizisten brauchen so dringend die Unterstützung einer Ehefrau, und ich habe keine.« Er streichelte ihr mit den Daumen über ihr Gesicht. »Danke, daß du für mich da bist.«

»Ich bin glücklich, wenn ich dir irgendwie helfen kann, aber ich hatte auch meine Gründe, dir die Tür zu öffnen – und die sind nicht vollkommen selbstlos.« Sie ging auf die Zehenspitzen und zog seinen Kopf zu sich. »Ich habe den ganzen Tag an dich gedacht.«

Als sich ihre Lippen trafen, trat Joey aus seinem Zimmer, durchquerte auf Strümpfen den Korridor und betrat das Wohnzimmer durch den zweiten Bogendurchgang. Dann hielt er plötzlich inne und erblickte durch den Raum und die offene Tür in der fast dunklen Diele seine Mutter, die in den Armen eines Mannes lag und ihn küßte.

In diesem Augenblick fuhr ihm ein Stich in die Magengrube; sein Magen schien sich zu heben und sich gleichzeitig zusammenzukrampfen. Es war Christopher, da war Joey sich ganz sicher, obwohl er ihn nur von hinten sah. Jetzt ließ Chris seinen Arm an der Körperseite seiner Mutter hinuntergleiten, umfaßte ihre Hüfte und zog sie näher an sich heran. Sie flüsterte etwas, das Joey nicht verstehen konnte, aber an der gemurmelten Antwort des Mannes erkannte er, daß es tatsächlich Christopher war. Nun glitten seine Hände auf ihren Hintern, den er fest umfaßte, so daß seine Mutter sich noch enger an ihn schmiegte – das hatte er schon im Kino gesehen.

Er fühlte, wie ihm die Röte ins Gesicht schoß, und zog sich wieder in den Schutz des Korridors zurück, wo er reglos stehenblieb. Er lauschte ihrem Flüstern und den langen Pausen, von denen es unterbrochen wurde, dann vernahm er das Geräusch feuchter Lippen und Zungen. Von Neugier getrieben, schlich er wieder um die Ecke und sah, wie Christophers Hand sich unter den Pullover seiner Mutter schob. Mehr konnte er nicht sehen, weil die Wand ihm die Sicht versperrte, aber er wußte sehr genau, daß Christophers Hände sich nun um die Brüste seiner Mutter legten.

Seiner Mutter?

Er konnte gar nicht glauben, daß man in ihrem Alter noch so etwas tat. Aber wenn sie das taten, dann taten sie sicher auch den Rest – soviel war Joey klar.

Bei diesem Gedanken verspürte Joey ein seltsames Gefühl der Erregung; er warf noch einen Blick auf die beiden, dann stahl er sich auf Zehenspitzen zu dem Schlafzimmer seiner Mutter, wo das zweite Telefon stand, schloß lautlos die Tür hinter sich, wählte eine Nummer und ließ sich auf den Rücken in die Mitte des Bettes fallen. »Hey, Denny, hier ist Joey. Ich muß dir was absolut Irres erzählen ...«

16. KAPITEL

Der Richter ordnete an, daß Judd bis zu einer endgültigen Anhörung vor Gericht, die er für Ende Februar anberaumte, im Heim bleiben sollte, aber er lehnte Chris' Antrag, die vorübergehende Vormundschaft für den Jungen zu übernehmen, mit der Begründung ab, Judd hätte schon den Jugendrichter und einen Sozialarbeiter, die sich um ihn kümmerten. Christopher brachte Judd zurück zu Mrs. Billings und versprach ihm beim Abschied, ihn jeden Dienstag abend mit in den Fitneßraum der Polizei zu nehmen.

Joey Reston hatte indessen beschlossen, niemandem außer Denny Whitman zu erzählen, was er in der Diele beobachtet hatte. Wenn er Janice davon berichten würde, wäre sie in der Lage, Christopher und seine Mutter auseinanderzubringen, indem sie es der ganzen Verwandtschaft erzählte. Aber Joey zog es vor, die interessanten Beobachtungen fortzuführen und einiges davon auch mit Sandy Parker auszuprobieren. Natürlich würde er zuvor alles mit Denny besprechen und sich von ihm beraten lassen, so daß er auch alles richtig machte und seine Freundin nicht verschreckte.

Janice war wieder im College, und Lee schmiedete Pläne, sich so bald wie möglich wieder mit Christopher zu treffen, um mit ihm zu schlafen.

Sie rief ihn an und sagte: »Joey nimmt jetzt Fahrunterricht, morgen abend ist die erste Theoriestunde. Sie fängt um sieben an und dauert zwei Stunden. Hast du Zeit?«

»Ja, ich hab frei. Willst du kommen?«

»Ja.« Sie stieß einen Seufzer aus. »Im Moment kann mich nichts stoppen.«

»Freitag abend hab ich übrigens auch frei. Hast du schon was vor?«

»Nein, und Joey geht zum Basketball.«

»Zwei Abende hintereinander – zu schön, um wahr zu sein!«

»Oh, Christopher, so habe ich mich schon seit Jahren nicht mehr gefühlt.«

»Wie denn?«

»Na, du weißt schon.«

»Vielleicht weiß ich es – ich möchte es aber trotzdem von dir hören.«

»So sexy. Ich denke den ganzen Tag an nichts anderes. Vielleicht sollte ich mich ja schuldig fühlen, aber ich tue es nicht.«

»Und warum solltest du dich schuldig fühlen?«

»Weil ich die Kinder anlüge.«

»Aber das tust du doch gar nicht. Du verbringst lediglich ein paar Stunden deiner Zeit mit mir und erzählst ihnen nichts davon, das ist alles.«

»Na, so kann man's auch sehen.«

»Ich habe dir gesagt, daß du ihnen von mir aus jederzeit die Wahrheit sagen kannst. Und wenn du willst, können wir es ihnen auch gemeinsam ›beichten‹.«

»Noch nicht jetzt«, sagte sie; sie kam sich vor wie ein Hamster, der seine Beute hütete. »Jetzt noch nicht. Ich möchte dich noch eine Weile ganz für mich allein.«

Dann herrschte Schweigen zwischen ihnen, während sich jeder den anderen vorstellte, während Glück, Sehnsucht und Zärtlichkeit sie durchströmte wie alle Verliebten, wenn sie nicht zusammensein können.

»Ich wünschte, ich könnte jetzt bei dir sein«, flüsterte er zärtlich.

»Ich auch.«

»Liegst du schon im Bett?« fragte er.

»Ja.« Sie rief ihn jeden Abend um elf an, wenn das Haus schon im Dunkel lag. »Du auch?«

»Ja. Was hast du an?«

»Ein scheußlich altes Nachthemd. Es muß mindestens zehn oder zwölf Jahre alt sein.«

»Liegst du auf dem Rücken?«

»Nein, zusammengerollt auf der Seite, und das Telefon liegt unter meinem Ohr auf dem Kissen.«

»Liegt das Nachthemd auch zwischen deinen Beinen?«

Diese Frage versetzte sie in Erregung. »Ist das etwa eines dieser anzüglichen Telefongespräche, von denen man in der letzten Zeit soviel gehört hat?«

»Ja, ich glaube schon, auch wenn ich bisher noch kein solches Gespräch hatte.«

»Ja«, flüsterte sie, dann schloß sie die Augen und stellte sich vor, seine Hände würden über ihren Körper wandern; sie stellte sich sein Gesicht vor, seine muskulösen Hände, seinen nackten Körper.

»Lee?« flüsterte er nach einer langen Zeit.

»Ja?«

»Komm morgen bitte so schnell wie möglich.«

Und das tat sie auch. Um sieben nach sieben betrat sie seine Wohnung, und um neun nach sieben waren sie beide splitterfasernackt. Sie schafften es noch nicht einmal bis ins Schlafzimmer, sondern ließen sich schon im Wohnzimmer auf den Boden fallen. Diesmal verspürte sie nicht mehr die geringste Spur von Scham, sich ihm nackt zu zeigen. Sie kniete sich auf seine Bitte hin über ihn und ließ sich von ihm an den intimsten Stellen küssen und liebkosen.

Sie liebten sich hemmungslos und leidenschaftlich und ließen sich nach den Jahren der Enthaltsamkeit von nichts anderem als ihrer zügellosen Lust treiben. Sie liebten sich in den unterschiedlichsten Stellungen und gaben sich ohne Vorbehalte ihrem Verlangen hin.

Sie knieten voreinander, als sie sich nach hinten fallen ließ, während er sie im Rücken abstützte.

Ihre Worte kamen stoßweise. »Ich ... ich ... fühle dich ... bis ...zu meinem ... meinem Herz ... oh, Gott ... oh, Gott ... oh, Gott ...«

»Ich hätte nie gedacht, daß du so bist.«

»So war ich auch ... noch ... nie ...«

Als er sie wieder zu sich hochzog, folgte sie seiner Bewegung mit derselben Leichtigkeit, mit der sie sich auch hatte zurückfallen lassen. Sie drückte ihn nach hinten, legte sich auf ihn, zerzauste ihm sein Haar und befeuchtete seinen Mund mit ihrem.

»Lee ... Lee ... ich kann noch immer nicht glauben, was wir hier tun.«

Sie war fünfundvierzig und holte alles nach, was ihr in den letzten Jahren entgangen war.

Als sie zum Höhepunkt kam, schrie sie ihre Lust hemmungslos heraus. Als er zum Höhepunkt kam, blickte sie lächelnd auf ihn hinab und genoß den Anblick ihrer miteinander verbundenen Körper. Während des Orgasmus sah er noch schöner aus als sonst, unter ihr aufgebäumt, den Kopf zurückgelegt mit leicht geöffnetem Mund, aus dem in harten Stößen sein Atem entwich. Sie strich ihm über sein feuchtes Gesicht, ließ ihre Finger in seinen geöffneten Mund gleiten.

Danach lagen sie einander zugewandt mit eng aneinander gedrückten Hüften und verschlungenen Beinen auf dem rauhen Teppich. Der Wind trieb dicke Schneeflocken ans Fenster, doch im weichen Licht der Lampe fühlten sich Lee und Christopher von innen heraus gewärmt.

»Du bist mir vielleicht eine«, bemerkte Christopher erschöpft.

»Ich weiß auch nicht, was da über mich gekommen ist.«

»Das kommt wahrscheinlich daher, daß du so lange schon keinen Sex mehr gehabt hast.«

»Vielleicht auch, aber ich glaube, daß es mehr ist. Ich bin in dieser Hinsicht ein anderer Mensch geworden.«

Er berührte ihre Unterlippe, zog sie ein wenig weg und ließ sie wieder in ihre natürliche Form fallen. »Als ich begann, darüber nachzudenken, wie du dich wohl im Bett verhalten würdest, habe ich mir dich eher konventionell vorgestellt.«

»Das war ich auch immer – bis jetzt. Du hast mich verändert.«

»Und wie habe ich das geschafft?«

»Ich weiß nicht. Du …« Sie rollte sich auf den Rücken und legte ihren Kopf auf einen Arm, während ihre Leiber noch immer in Verbindung waren. »Da warst du plötzlich – ein attraktiver, gut gebauter Dreißigjähriger, der mich in eine Sexbesessene verwandelt hat … mich, die ich all die Jahre so praktisch gedacht habe, so klar und zielgerichtet, immer so konzentriert bei der Arbeit war. Und jetzt? Jetzt denke ich den ganzen Tag lang an nichts anderes, als wie ich am schnellsten zu dir kommen kann, um dich zu lieben. Ein Tag ohne dich kommt mir wie eine Ewigkeit vor.«

»Das geht mir genauso. Aber es ist mehr als nur Sex. Du bedeutest mir viel mehr als nur das.«

»Was noch?« fragte sie, während sie noch immer auf dem Rücken lag und seine Fingerspitzen um ihre Brustwarzen herum, hinunter zum Nabel, in den Nabel hinein und wieder zurück zu ihrer Brust gleiten spürte.

»Am Tag nach Neujahr, als du hier warst und wir uns nicht lieben konnten, habe ich mich zufrieden gefühlt, dich nur auf meinem Schoß zu halten. Und wenn ich Sorgen im Beruf habe und zu dir kommen kann, um mir alles von der Seele zu reden, so wie neulich, als ich Judd ins Heim gebracht habe, dann ist das für mich auch ein wichtiger Teil – einer, der für mich genauso wichtig ist wie Sex.«

Entspannt lächelnd wandte sie ihm wieder ihr Gesicht zu und fragte neckend: »Wirklich genauso wichtig?«

»Naja«, gestand er grinsend, »fast jedenfalls.«

Leise lachend fuhr sie ihm liebevoll durchs Haar und studierte seine Züge; dann wurde ihr Gesicht wieder ernster.

»Ich bin ganz sicher, daß die Qualität einer Beziehung daran gemessen werden kann, wie es sich *nach* dem Sex anfühlt. Wie denkst du darüber?«

Alles was er dachte, war, daß er sich nichts sehnlichster wünschte, als den Rest seines Lebens mit dieser Frau zu verbringen. Er zog sie an sich und seufzte ihren Namen. »Oh, Lee …« Dann drückte er sie fest an sich und beantwortete ihre Frage, ohne ein Wort auszusprechen.

In dieser Nacht träumte sie von Greg – erst das dritte Mal nach seinem Tod. Es war ein ganz kurzer Traum, in dem er die Küche betrat und, während er sich die rote Baseballmütze zurechtrückte, sagte: »Ich habe den Gartenschlauch repariert, Mom.« Vollkommen verwirrt wachte sie auf und glaubte einen kurzen Augenblick, er sei noch lebendig. Wenige Momente später wurde ihr klar, daß er tot war, daß sie seine Stimme nie wieder hören würde.

Was bedeutete dieser Traum? Und warum hatte sie ihn ausgerechnet in dieser Nacht geträumt, nachdem sie mit Christopher zusammen gewesen war? War das etwa ein Zeichen dafür, daß sie Christopher als emotionalen Ersatz für Greg benutzte?

An diesem Tag, an dem sie noch unter dem Einfluß des Traums stand, wurde sie ein zweites Mal an Greg erinnert: durch einen Anruf von Nolan Steeg. »Hallo«, sagte er ganz einfach, »ich wollte nur mal hören, wie es Ihnen geht.« Der Klang seiner Stimme berührte sie an diesem Tag besonders, obwohl Gregs frühere Freunde sich öfter meldeten oder bei ihr vorbeischauten. Sie unterhielten sich über Nolans Job, über Joeys Fahrstunden, über Janices Rückkehr ins College, über das Wetter. Schließlich hatten sie über alles gesprochen, außer über den Menschen, der unausgesprochen über dem Gespräch geschwebt hatte und der Anlaß für den Anruf war – bis Nolan sagte: »Ich weiß nicht, warum, aber ich muß heute ständig an Greg denken.«

Es war eine Erleichterung, daß sein Name endlich fiel.

»Oh, Nolan ... ich auch. Ich habe in der letzten Nacht von ihm geträumt. Es gibt nur wenige Menschen, die wissen, daß ich noch manchmal über ihn sprechen muß.«

»Er war sein Leben lang mein Freund, und es dauert wohl länger als nur ein paar Monate, um über den Verlust hinwegzukommen.«

Nachdem Lee aufgelegt hatte, schwankte sie zwischen glücklichen Erinnerungen an die Vergangenheit und Selbstmitleid.

Nolans Anruf hatte so viele Gedanken an Gregs Kindheit wachgerufen – die beiden hatten zusammen die Grundschule besucht, dann die Junior High School, in der nun Joey war, dann die Senior High School; sie hatten zusammen Sport getrieben, hatten gleichzeitig die erste Freundin, das erste Auto. Diese Gedanken begleiteten Lee den ganzen Tag über und trieben ihr manchmal die Tränen in die Augen.

Und noch einmal riß das Schicksal die Wunden auf, denn als Lee nach Ladenschluß nach Hause fuhr und unterwegs das Autoradio anmachte, lief gerade ein Song von Vince Gill – an diesem Tag die dritte und vielleicht die heftigste Erinnerung an Greg.

Musik. Die Gedanken, die mit der Musik kamen, schlichen sich heimtückisch ein. Dieses Lied war Gregs Lieblingslied gewesen.

Was hatte er dabei empfunden? An wen hatte er dabei gedacht? Gab es ein Mädchen, nach dem er sich bei diesem Lied sehnte? Ein Mädchen, das er vielleicht eines Tages geheiratet hätte? Noch bevor sie zu Hause ankam, weinte sie. Joey war in der Küche und warf gerade ein paar Makkaroni ins kochende Wasser, als sie die Küche betrat.

»Willst du auch Makkaroni mit Käsesauce, Mom? Aber wir müssen uns beeilen, weil ich um ...« Als er seiner Mutter ins Gesicht blickte, nahm seine Miene einen angstvollen Ausdruck an. »Was ist los, Mom?«

Er stürzte auf sie und umarmte sie.

»Greg«, brachte sie unter Tränen hervor. »Ich habe ihn heute so schrecklich vermißt.«

Er drückte sie noch fester an sich.

»Ich auch. Ich frage mich, warum.«

»Ich weiß es nicht. Nolan hat heute angerufen und dasselbe gesagt.«

»Warum müssen wir alle zur gleichen Zeit an ihn denken?«

»Wer weiß? Vielleicht hat es irgendwas mit den Erdschwingungen, dem Biorhythmus oder so etwas zu tun. Wir haben alle geglaubt, daß wir den Verlust verwunden haben, aber bis dahin ist es in Wirklichkeit noch ein langer Weg.«

»Ja«, sagte er mit heiserer Stimme in ihr Haar, »er läßt uns nicht los.«

Sie strich ihm über die Schulterblätter, lächelte und wiederholte: »Nein, er läßt uns nicht los.«

Sie faßte sich wieder: »Du hast also schon angefangen zu kochen.« Sie kramte in ihrer Tasche nach Papiertaschentüchern und reichte Joey auch eines. Die beiden schneuzten sich, wischten sich die Tränen aus den Augen, dann drehte Lee die Gasflamme kleiner, bevor das Nudelwasser über den Topfrand sprudelte. »Und um halb acht mußt du in der Schule sein?«

»Ja«, antwortete er lustlos. »Anoka spielt gegen die Coon Rapids.« Diese Mannschaft war der härteste Brocken der ganzen Konkurrenz.

Sie nahm sein Gesicht zwischen beide Hände und gab ihm einen

Kuß auf die Stirn. »Na, bald werde ich dich ja nicht mehr fahren müssen.«

»Du mußt mich sowieso nur hinfahren, Dennys Mutter holt uns wieder ab.«

»Gut. Dann machen wir mal schnell die Käsesauce.«

Nachdem Joey sich verabschiedet hatte, räumte sie die Küche auf. Dann ließ sie sich auf den Küchenstuhl sinken, stützte den Kopf in beide Hände und starrte vor sich hin.

Doch plötzlich überkam es sie wie eine unerwartete Welle: Sie ließ den Kopf auf die Tischplatte sinken und weinte hemmungslos.

Sie empfing Christopher mit rotgeweinten Augen und verquollenem Gesicht. Mit zwei ausgeliehenen Videos und einer Pappschachtel mit Kuchen in der Hand, trat er in die Diele.

Er stellte dieselbe Frage wie zuvor Joey.

»Lee? Was ist los?«

»Greg«, brachte sie nur hervor, bevor ihr schon wieder die Tränen übers Gesicht liefen.

Er war an diesem Tag der einzige, der nichts erwiderte, und genau das brauchte sie. Sie wollte ganz einfach nur gehalten, gestreichelt und in den Armen gewiegt werden – dieser Mann verstand sie auch ohne Worte. Natürlich war sie den anderen für ihren Trost dankbar, doch den ganzen Tag hatte sie sich auf diese Minuten der Stille gefreut, in denen sie sich einfach in seine Arme fallenlassen und seinen unausgesprochenen Trost spüren konnte.

Er ließ sie weinen, solange sie wollte, während er sie behutsam ins Wohnzimmer führte, wo sie sich in der Dunkelheit auf das Sofa setzten. Sie schmiegte sich eng an ihn.

Nach und nach begann sie, ihm von ihrem Tag zu erzählen, von dem Traum, von Nolans Anruf und von dem Lied. Dann gestand sie, daß sie geglaubt hatte, schon über den Verlust hinweggekommen zu sein; nun war ihre Enttäuschung darüber, daß dem nicht so war, um so größer.

Plötzlich kam ihr ein Gedanke.

»Glaubst du, es wird sehr weh tun, wenn das mit uns vorbei ist?« fragte sie.

Er antwortete nicht.

»Jeder von uns wird seinen besten Freund verlieren, nicht wahr?«

Er schwieg einen Augenblick; dann sagte er: »Du scheinst damit zu rechnen, daß es eines Tages vorüber ist.«

In Lees Hirn türmten sich die übermächtigen Gründe zu einem wahren Gebirge auf – jeder allein hätte schon ausgereicht: Sein Alter. Ihr Alter. Ihre Mutter. Janice. Wie sollte es jemals zu einem glücklichen Ende kommen? Sicher würde ihnen eines Tages nur noch die Trennung übrigbleiben.

»Ist das für dich nur eine vorübergehende Sache, Lee?« fragte er.

Nun verfiel sie in Schweigen.

»Ist es das?« beharrte er.

Als sie nicht antwortete, brachte er die Sache auf den Punkt: »Willst du mit mir über Gregs Tod hinwegkommen und mich dann abschieben, so daß du es deiner Familie niemals sagen mußt?«

Abrupt schreckte sie zurück und blickte in sein düsteres Gesicht. »Ich weiß nicht, wovon du sprichst«, erwiderte sie schließlich.

Enttäuscht blickte er sie an. »Weißt du was, Lee? Das ist die erste Lüge, die ich von dir höre.«

Sie sprang auf die Füße, doch er war schneller, ergriff ihren Arm und zog sie zurück auf das Sofa.

»Vergiß es«, sagte er. »Heute abend ist nicht der richtige Zeitpunkt, um über so etwas zu sprechen, nach dem schlechten Tag, den du hattest. Ich habe Kuchen mitgebracht. Möchtest du ein Stück? Du hast die Wahl zwischen Käse- und Apfelkuchen.«

»Nein, ich habe keine Lust auf Kuchen«, erwiderte sie. Sie erhob sich, ohne daß er sie zurückhielt, und verließ den Raum. Nachdem er einige Minuten nachgedacht hatte, erhob er sich und ging zu ihr in die Küche, wo sie gerade dabei war, die Reste des Abendessens in den Kühlschrank zu räumen.

»Lee«, sagte er mit einer Stimme, in der ein entschuldigender Unterton mitschwang. Er legte ihr zärtlich die Hand in den Nacken.

Sie rührte sich nicht. »Was soll ich denn tun?« fragte sie.

»Ich weiß es nicht.«

»Ich auch nicht. Wenn die Leute erst einmal die Wahrheit über uns wissen, wird nichts mehr so sein, wie es früher war.«

»In Ordnung«, sagte er und ließ seine Hand sinken. »In Ordnung. Ich dachte, es wäre am einfachsten, den ehrlichen Weg zu wählen. Dann müßten wir uns nicht mehr verstecken, uns nicht mehr heimlich treffen.«

Sie vermieden es, einander anzuschauen; jeder fragte sich, was sie eigentlich wollten. Eine Affäre zu beginnen, war einfach; sie fortzuführen, war der weitaus schwierigere Teil. Wenn es nur eine vorübergehende Bettgeschichte war, gäbe es keinen Grund, es den Kindern zu sagen. Und wenn es mehr war, dann war die Zeit wohl noch nicht reif für folgenschwere Entscheidungen.

»Möchtest du, daß ich gehe?« fragte er.

»Nein.«

»Was möchtest du dann?«

»Ich möchte ...« Sie wandte ihm ihr Gesicht zu, und er entdeckte darin Unsicherheit. »Ich möchte stark und furchtlos sein – aber das bin ich nicht. Ich habe Angst vor dem, was die Leute sagen.«

Er blickte sie an; in seiner Brust kämpften zwei Seelen: auf der einen Seite konnte er sie verstehen, auf der anderen Seite jedoch war er maßlos enttäuscht, sie so zögernd zu sehen, so willenlos, ihre Liebe gegenüber allen anderen zu verteidigen. Er selbst war fest entschlossen, für sie beide zu kämpfen – warum war sie es nicht? Langsam begann er zu begreifen. Sie hatte den Mann und den Sohn verloren. Nun wollte sie nicht auch noch ihre Tochter verlieren, und wer wußte schon, wie eine enttäuschte, zutiefst gekränkte Dreiundzwanzigjährige reagierte, wenn sie sich von ihrer fünfundvierzigjährigen Mutter in den Schatten gestellt fühlte. Und wie würden Lees Mutter, ihr Vater und ihre Schwester reagieren?

Er wußte keine Antworten auf all diese Fragen, also machte er sich daran, den Kuchen auszupacken. Dann holte er Teller und Besteck aus dem Küchenschrank, verteilte den Kuchen und trug alles zum Tisch. Er setzte sich, wobei er ihr den Rücken zuwandte, und begann trotzig, sein Stück Kuchen zu essen – es schmeckte nach Traurigkeit.

»Möchtest du keinen Kuchen?« fragte er sie.

Schließlich setzte sie sich auch, griff nach der Gabel und aß einen Bissen; dann starrte sie schweigend auf den Teller.

Er betrachtete ihr gesenktes Gesicht, ihren Blick, der den seinen mied, ihr entschlossenes Kinn und ihren Mund, der nach allem, was an diesem Tag passiert war, zitterte. Himmel, er hatte sie doch nicht zum Weinen bringen wollen.

»Lee«, sagte er mit gequälter Stimme, »es tut mir leid.«

Gleichzeitig ließen sie ihre Gabel sinken, sprangen auf und fielen sich in die Arme. Ihre Herzen schmerzten vor Liebe, vor Angst und vor der Erkenntnis, daß die Probleme, von denen sie wußten, daß sie auf sie zukommen würden, schon längst begonnen hatten.

»Mein Gott«, sagte er verzweifelt, mit geschlossenen Augen, »... wie ich dich liebe, Lee.«

»In einer halben Stunde ist Joey da«, sagte sie. »Wir müssen uns beeilen.«

Auf seinen Armen trug er sie ins Schlafzimmer. Dort liebten sie sich voller Zärtlichkeit und Behutsamkeit, und ihre körperliche Liebe hatte eine neue Facette gewonnen: die Bitte um Entschuldigung. Sie war in all ihren Berührungen, in ihren gemurmelten Worten, in ihren Blicken gegenwärtig.

Christopher fühlte tiefes Bedauern, daß er die Last, die sie mit sich herumtrug, an diesem Abend noch erschwert hatte, anstelle sie ihr abzunehmen, und in Lee reifte die Erkenntnis, wie recht er hatte, daß sie tief in ihrem Innern hoffte, über ihn hinwegzukommen, bevor sie es ihrer Familie sagen mußte.

In den folgenden Wochen entschädigte sie das Leben für den schmerzlichen Abend, und sie verbrachten soviel Zeit wie möglich zusammen. Das Selbst trat immer mehr in den Hintergrund, wichtiger als das Nehmen wurde das Geben, das Gemeinsame zu genießen und den anderen zu verstehen.

Sie stahlen sich die wenigen Stunden.

Sie trafen sich in ihrer Mittagspause.

Sie lernten, sich in zehn Minuten oder sogar noch weniger zu lieben. Manchmal verzichteten sie bei ihren Treffen aber auch auf Sex, unterhielten sich und besprachen miteinander, was sie gerade beschäftigte. Die Freundschaft und Vertrautheit, die sie dadurch erlangten, verlieh ihrer Beziehung eine neue Dimension.

Eines Morgens aber traf Christopher seine Entscheidung; eigentlich war er wunschlos glücklich und zufrieden, und doch spürte er tief in seinem Innern ein heimlich nagendes Bedürfnis, das ihn selbst in den glücklichsten Minuten nicht verließ.

Joey hatte die Nacht bei den Whitmans verbracht, die Dennys fünfzehnten Geburtstag außerhalb in einem Hotel feierten. Zum ersten Mal erwachte Christopher neben Lee.

Er öffnete die Augen und sah sie an seiner Seite schlafen; sie lag auf dem Bauch, den einen Arm unter dem Kopf, den anderen nach oben ausgestreckt. Das trübe Morgenlicht warf noch keine Schatten, aber es überzog ihren Körper mit einem weichen Schimmer. Ihre Lippen waren leicht geöffnet, doch schien sie nicht zu atmen. Er sah nur ihr linkes Auge. Langsam wurde im zunehmenden Licht eine Falte sichtbar, die von ihrem Nasenflügel zum Mundwinkel führte. Ihr Daumen, rauh und leicht spatelförmig, wies unter dem Nagel noch die Spuren der Arbeit vom Tag zuvor auf. Er hatte bemerkt, daß er ihre Hände liebte, so abgearbeitet, fleckig, rauh und rissig sie vom ständigen Umgang mit Wasser, Pflanzen und Erde auch waren.

Er drehte sich auf den Bauch und nahm dieselbe Position wie sie ein: die Wange auf das Kissen gebettet, die Knie angezogen, so daß sie in ihren Kniekehlen ruhten, mit seiner Hand die ihre umfassend, während sie weiterschlummerte und seine Berührung gar nicht spürte. Mit seinem Daumen berührte er ihren, strich sanft über die Innenfläche, die sich rauh wie Sandpapier anfühlte, und beobachtete ihr Gesicht. Er wollte das Recht haben, jeden Morgen so neben ihr aufzuwachen … für den Rest seines Lebens.

Während der Tag langsam kam, wartete er geduldig, um es ihr zu sagen. In dem stärker werdenden Licht schimmerte ihr Haar bronzefarben, ihre Lippen rosa und die Sommersprossen auf ihren Schultern rostfarben.

Zögernd öffnete sie ein Auge und sah als allererstes, daß er sie betrachtete. Sie hob, noch vom Schlaf benommen und gegen das Licht blinzelnd, den Kopf, rieb sich neben der Nase und schmiegte sich gleich wieder ins Kissen. Dann machte sich auf ihrem Gesicht ein leises Lächeln breit.

»Morgen«, murmelte sie verschlafen.

»Guten Morgen.«

Sie schloß ihre Augen wieder. »Du hast mich beobachtet.«

»Mm-hmm.«

»Wie lange schon?«

»Die ganze Nacht lang. Ich wollte keine Sekunde verlieren.«

»Du Lügner.«

»Seit dem Morgengrauen.«

»Mmmm …« Behaglich kuschelte sie sich wieder ins Kissen, als wollte sie noch ein wenig weiterschlummern. Er hielt sie nicht davon ab. Als er sich fragte, wie er ihr die Frage am besten stellte, begann sein Herz zu rasen; sie durfte nicht nein sagen, denn das würde ohne Zweifel das Ende ihrer Beziehung bedeuten. Ein Mann mußte in diesen Minuten sein Bestes geben, trotz seines wie wild rasenden Herzens und trotz der übermächtigen Angst, zurückgewiesen zu werden.

Lieber Gott im Himmel – was war, wenn sie nein sagte? Wie sollte er jemals eine Frau finden, die ihr das Wasser reichen konnte?

Ihr Daumen begann, zärtlich auf seinem zu kreisen – sie war gar nicht wieder eingeschlafen.

»Lee?« fragte er mit ruhiger Stimme.

Ihr Augenlid hob sich wieder und gab ihr Auge mit der braunen Iris frei, deren Farbe der einer Tigerlilie glich.

»Hm?«

Er hob seinen Kopf, führte ihre Hand an seinen Mund und küßte behutsam ihren Daumen. Die Angst vor ihrer Antwort machte ihn für einige Augenblicke stumm, so daß sie fragte: »Ja, Schatz?«

Er studierte noch eine Weile ihre ineinander verschränkten Hände, dann sprach er die Worte aus: »Ich liebe dich und will dich heiraten.«

Ihr Kopf hob sich vom Kissen, so daß er ihr ganzes Gesicht sehen konnte: die Augen weit aufgerissen, während sich die unterschiedlichsten Reaktionen in ihren Zügen abwechselten – vollkommene Überraschung, den Bruchteil einer Sekunde lang Ablehnung, dann wieder Weichheit, als ihr bewußt wurde, welch starke Empfindungen er für sie verspürte.

»Oh, Christopher«, sagte sie, während sie sich aufrappelte und die Bettdecke vor ihre nackten Brüste preßte. »Ich habe schon befürchtet, daß du das eines Tages sagen würdest.«

»Befürchtet? Ich habe gesagt, daß ich dich liebe. Du hast mir gesagt, daß du mich liebst. Was gibt es da zu befürchten?«

»Uns trennen fünfzehn Jahre.«

»Das wußtest du schon, als wir uns das erste Mal trafen. Aber trotzdem haben wir diese Beziehung begonnen.« Auch er hatte sich jetzt aufgerichtet. »Jetzt mußt du dir aber etwas Gutes einfallen lassen, um mich zu überzeugen, daß dieses Argument auch nur die leiseste Bedeutung hat.«

»Du verschließt einfach die Augen vor der Realität.«

»Ach ja? Und die wäre?«

Da sie sich halsstarrig weigerte, eine ihrer ständig wiederkehrenden Begründungen vorzubringen, tat er es an ihrer Stelle.

»Die Meinung der anderen – sollen wir vielleicht damit beginnen?«

»Okay, fang an.« Ihre Stimme hatte einen scharfen Klang angenommen. »Oder besser gesagt: die Meinung meiner Familie. Und damit meine ich nicht die meiner Mutter oder meiner Schwester, auch nicht die von meinem Vater oder von Joey. Ich meine die von Janice. Laß uns mit ihrer Meinung beginnen.«

»Gut. Dann möchte ich gleich wiederholen, was ich dir bereits früher schon einmal gesagt habe. Ich habe sie niemals in irgendeiner Weise ermutigt, weder durch Worte noch durch sonst etwas. Ich habe sie nach Gregs Tod ein paar Mal in den Arm genommen, um sie zu trösten – das zählt also nicht. Außerdem habe ich ihr gegenüber nie einen Hehl daraus gemacht, daß ich mit dir ausgehe und wir gemeinsam Dinge unternehmen. Und wenn du ehrlich bist, mußt du zugeben, daß auch du ihr gegenüber nie einen Hehl daraus gemacht hast.«

Sie schlang beide Arme um ihre angezogenen Knie und antwortete kleinlaut: »Nein.«

Bevor er fortfuhr, ließ er seine Worte eine Weile wirken.

»Sämtliche Gefühle, die Janice mir gegenüber jemals empfunden hat, waren und sind vollkommen einseitig. Und wenn du deine Kinder so erzogen hast, wie ich es von dir glaube, dann wird sie früher oder später einsehen, daß du ein Recht auf Glück hast und uns ihren Segen geben. Und wenn nicht ...« Er hob die Arme und ließ sie auf die Bettdecke fallen. »... dann, in Gottes Namen, eben nicht. Darüber können wir uns immer noch Gedanken machen, wenn es wirklich dazu kommt.«

»Aber Janice würde zu Tode beleidigt und getroffen sein, besonders nachdem sie mir ihre Zuneigung für dich anvertraut hat. Zu Weihnachten hat sie dir die Eintrittskarten geschenkt, in der Hoffnung, du würdest sie zu dem Spiel mitnehmen.«

»Aber das ist doch nicht unsere Schuld! Sollen wir etwa unsere Beziehung beenden, nur weil Janice sich in mich verknallt hat? So, und welche Einwände hast du außerdem?«

»Es sind keine Einwände, Christopher, es ist einfach der gesunde Menschenverstand.«

»Also, was sagt uns der gesunde Menschenverstand noch?«

»Christopher, es gefällt mir nicht, wie du mit mir redest.«

»Und mir gefällt es nicht, wie du mir antwortest.«

»Christopher, was ist hier los? Wir haben uns doch noch nie gestritten!«

»Lee, verstehst du denn nicht, daß ich um dich kämpfe? Du hast meinen Heiratsantrag nicht angenommen, also kämpfe ich darum, daß du es tust!«

»In Ordnung«, sagte sie mit einer beschwichtigenden Geste. »Du kannst alles außer acht lassen, was in irgendeiner Weise beeinflußbar ist. Aber unser Alter kannst du nicht ignorieren! Unseren Altersunterschied wirst du niemals vom Tisch wischen können.«

»Das will ich auch gar nicht. Ich liebe dich so, wie du bist – und du liebst mich so, wie ich bin. Und ich kann mir nicht vorstellen, weshalb sich das jemals ändern sollte. Schließlich werden wir beide gemeinsam älter.«

»Aber, Christopher ...« Sie brach abrupt ab und schüttelte nur stumm den Kopf, so als suchte sie verzweifelt nach Worten, um ihm ihre Befürchtungen deutlich zu machen.

»›Aber, Christopher, was ist mit Kindern?‹ Ist es das, was du gerade sagen wolltest?« Ihre Blicke trafen sich. »Ich möchte keine

Kinder, Lee. Ich habe nie welche gewollt. Und das habe ich dir schon vor einigen Wochen gesagt. Ein Vater kann ich auch für deine Kinder sein, falls du meinen Antrag annimmst – vielleicht nicht mehr für Janice, aber für Joey auf alle Fälle. Ich mag ihn sehr, deinen Sohn, und wenn ich dich neulich richtig verstanden habe, beruht das auf Gegenseitigkeit. Seit Gregs Tod habe ich ihm gegenüber schon eine Art Vaterrolle gespielt – und wenn wir heiraten, würden wir das nur offiziell machen.«

Sie wußte, daß er in bezug auf Joey absolut recht hatte – der Junge liebte ihn abgöttisch.

Seine Worte übersprudelten sich nun förmlich: »Und denk auch an Judd. Ich habe mir geschworen, daß ich mich um Judd kümmern werde, bis er aus der Schule kommt und mit beiden Beinen fest im Erwachsenenleben steht – und diese Unterstützung braucht er auch dringend. Also kann ich Vater sein, ohne eigene Kinder zu haben ... kann Judd aufs richtige Gleis bringen, denn egal, ob er zu seinen Eltern zurückgeht oder im Heim bleibt, er hat noch einiges vor sich.«

Lee hatte ihren Kopf nach hinten gelehnt und die Augen geschlossen. Welch ein Glück, und doch gleichzeitig bittersüßes Schicksal, daß sie sich getroffen und ineinander verliebt hatten. Und wie ungerecht, daß die reine Willkür – in Form der Zahl fünfzehn – sie voneinander trennte und sich wie eine unüberwindbare Mauer zwischen sie schob. Sie liebte ihn – da mußte sie keine Sekunde lang nachdenken, weil ihr Herz ihr das ununterbrochen sagte –, doch Hand in Hand mit dieser Liebe ging die Verantwortung, in die Zukunft zu blicken, die er aufgrund seiner Jugend nicht richtig einschätzen konnte – es lag an ihr, mit ihrer größeren Erfahrung die Dinge vorauszusehen.

»Bitte versteh doch, Christopher ... ich muß das alles sagen. Ich bin eine Frau, für die die Familie sehr wichtig ist – und dich der Möglichkeit zu berauben, eines Tages eigene Kinder zu haben, kommt mir egoistisch und selbstsüchtig vor, weil ich weiß, wieviel Freude und Erfüllung eigene Kinder geben.«

Eine ganze Weile lang saßen sie schweigend nebeneinander und hingen ihren Gedanken nach: Er war mit seiner Enttäuschung beschäftigt, und sie stellte sich vor, welche Vorwürfe er sich in einigen Jahren machen würde, wenn er sah, wie schnell sie altern würde; dann würde er sich wünschen, eine Jüngere geheiratet zu haben. In fünf bis zehn Jahren würde sie in die Wechseljahre kommen, während er auf dem Höhepunkt seiner Leistungskraft an sie gekettet sein würde. Und dieser Gedanke war es, der sie in letzter Instanz davon abhielt, seinen Heiratsantrag anzunehmen.

»Ach, Christopher«, seufzte sie, »ich weiß es nicht.«

In seinen nächsten Worten konnte sie ein leises Flehen ausmachen. »Legen wir uns hin, Lee? Bitte. Das ist der erste Morgen, an dem wir gemeinsam aufgewacht sind, und du liegst auf deiner Seite und ich auf meiner. Dabei würde ich dich viel lieber in meinen Armen halten, während wir über all das sprechen.«

Sie gab seinem Drängen nach und rollte auf seine Seite. Bauch an Bauch lagen sie nun da, die Decke bis zu den Schultern hochgezogen. Sie umarmten sich, verschlangen ihre Beine ineinander und streichelten sich gegenseitig den Rücken – eine eher tröstende denn leidenschaftliche Umarmung. »Oh, Christopher«, seufzte sie wieder, glücklich, ihn ganz nah zu spüren, seine Wärme aufnehmen zu können und sich an seine nackte Haut zu schmiegen, doch unglücklich, was ihre gemeinsame Zukunft betraf. »Es tut mir leid, daß ich dich wütend gemacht habe, aber es ist eine so schwere Entscheidung.«

»Ist dir eigentlich schon mal aufgefallen, welche Rolle ich in deinem Leben spiele?« fragte er. »Ich tue alles, was ein Ehemann normalerweise tut. Ich helfe dir, den Weihnachtsbaum zu kaufen. Ich stelle ihn in den Ständer. Ich repariere deinen Gartenschlauch, schraube deine Waschmaschine fest und mähe deinen Rasen. Ich spreche mit deinen Kindern, wenn sie dich nicht unterstützen, wie sie sollten. Ich tröste dich, wenn es dir schlecht geht. Und ich liebe dich, wenn es dir gut geht. Und manchmal sitze ich wie der Hausherr am Tisch – und du mußt zugeben, daß du mich gerne dort sitzen siehst. Ich lasse deinen Sohn zum ersten Mal ans Steuer, und ich schaue mir sein Footballspiel an. Ich bin zur Stelle, wenn du dich mitten in der Nacht zu Tode ängstigst, weil er noch nicht zu Hause ist. Aber das alles habe ich nicht getan, weil ich einen bestimmten

Zweck verfolgte. Ich wollte mich nie in deine Familie drängen, aber Tatsache ist, daß ich jetzt schon mittendrin bin. Und du willst mir jetzt erzählen, daß unsere Ehe nicht gutgehen würde? Du mußt selbst zugeben, Lee, daß das einfach nicht den Tatsachen entspricht.«

»Ich habe nie behauptet, daß es nicht klappen würde. Ich habe gesagt, daß es jede Menge Hindernisse gibt.«

»Das Leben ist voller Hindernisse – und sie sind da, um überwunden zu werden.«

Sie verdaute den weisen Spruch, der unter anderen Umständen aus ihrem Mund hätte stammen können. Mit seinen Händen versuchte er, sie zu überzeugen. Mein Gott, wie schön es sich anfühlte, so mit ihm zusammenzuliegen. Zu spüren, wie seine Erregung wuchs. Wie einfach wäre es doch, ja zu sagen – und diesen Luxus für den Rest ihres Lebens jeden Morgen genießen zu können. So viele Jahre lang war sie allein aufgewacht. Und dabei waren Mann und Frau doch füreinander bestimmt. Sie stellte sich vor, wie sie ihrer Mutter beibrachte, daß sie ihn heiraten würde, schob den Gedanken aber schnell beiseite, um die Empfindungen zu genießen, die seine Hände in ihr auslösten.

»Ich muß dich was fragen«, sagte er, während er ihren Blick suchte. »Wenn all die dummen Hindernisse nicht existieren würden – nicht unser Altersunterschied, nicht Janices Gefühle, nicht die Meinung der anderen –, wenn wir ganz allein auf der Welt wären, wenn wir nur unsere Gefühle kennen würden, wenn du nur wüßtest, daß du mich liebst und daß ich dich liebe … würdest du mich dann heiraten?«

Sie blickte in seine wunderbaren blauen Augen, die sie so liebte, und gab ihm die Antwort, die aus ihrem Herzen kam. »Ja«, sagte sie ohne zu zögern. »Ja, das würde ich … aber Christopher, das Leben ist nicht so einf…«

Er legte ihr seinen Finger auf den Mund.

»Da … jetzt hast du es selbst gesagt. Ja, du würdest mich heiraten. Du willst es. Laß diese Vorstellung einfach ein bißchen in dir wirken, ohne ständig über die negativen Seiten zu grübeln. Wirst du das tun?«

Sie umarmten sich, und ihre weichen Beine drängten sich zwischen seine. »Oh, Christopher«, seufzte sie – wie oft hatte sie an diesem Morgen schon seinen Namen geseufzt? »Ich wünschte, ich könnte einfach ja sagen und alles wäre so einfach, wie du es dir vorstellst.«

»Vor einiger Zeit hattest du eine fixe Idee – wir haben nicht darüber gesprochen, aber ich weiß, daß sie in deinem Kopf herumgeistert ist. Du hast dir eingebildet, du hättest dich aus bloßer Verzweiflung und Trauer mit mir eingelassen, um leichter über den Verlust von Greg hinwegzukommen. Ich hoffe, daß du nicht mehr so denkst.«

»Nein, nein ganz sicher nicht. Es … es tut mir leid, daß ich überhaupt jemals so etwas gedacht habe.«

Und noch einmal wiederholte er seine Bitte, während er ihr Gesicht zwischen beiden Händen hielt. »Bitte, Lee, heirate mich.«

Sie schloß die Augen und küßte ihn, um nicht sofort antworten zu müssen, aber als sie seinen nackten Körper an ihrem spürte, fiel ihr das Nachdenken sehr schwer. Er war sehr erregt, und ihre Beine hatten sich, ohne daß sie es gemerkt hatte, leicht gespreizt. Alles in ihr sehnte sich nach ihm.

»Das ist einfach nicht fair«, sagte sie, »mich in diesem Zustand zu fragen.«

»Heirate mich!« Sie führten das Gespräch weiter, während sie sich küßten.

»Gibst du mir Bedenkzeit?«

»Wie lange?«

»Einen Tag, eine Woche, vielleicht auch nur so lange, bis ich dieses herrliche Gefühl, morgens mit dir aufzuwachen, verdrängt habe. Ich weiß nicht, wie lange, Christopher. Ich wünschte, ich könnte es dir sagen, aber ich kann es nicht.«

»Aber du liebst mich?«

»Ja.«

»Versprichst du mir, daran zu denken, wenn du deine Entscheidung triffst?«

»Ja.«

»Wirst du mit irgend jemandem darüber sprechen?«

»Nein, ganz sicher nicht.«

»Gut, denn ich bin ganz sicher, daß sie versuchen würden, es dir auszureden.«

»Da bin ich auch sicher.«

Dann verflog der spielerische Klang seiner Stimme; er zog sie an sich und erklärte ihr mit echter Leidenschaft: »Mein Gott, wie ich dich liebe. Bitte sag ja.«

»Ich liebe dich auch – und ich versuche es.«

17. Kapitel

Gegen acht standen sie auf und duschten sich. Lee nahm als erste das Badezimmer in Beschlag, dann zog sie sich an und ging in die Küche. Als er in grauen Boxershorts in die Küche trat, empfing sie ihn mit einem enttäuschten Blick.

»Ich wollte uns nach unserer ersten gemeinsamen Nacht ein großartiges Frühstück machen – aber leider ist dein Kühlschrank leer.«

Er trat neben sie und schaute gemeinsam mit ihr in den gähnend leeren Kühlschrank.

»Tut mir leid, Schatz, normalerweise gehe ich essen.«

»Wollen wir zu mir fahren? Ich habe die leckersten Dinge da – alles, was man für ein richtig gutes Omelett braucht. Joey wird noch nicht da sein – die Luft ist also rein.«

»Großartige Idee«, stimmte er zu und verließ die Küche, um sich anzuziehen.

Sie fuhren jeder in seinem eigenen Wagen und kamen kurz vor neun bei ihr an. Als Lee in die Einfahrt bog, schoß ihr alles Blut ins Gesicht: Da stand Janices Auto. Mit schreckensgeweiteten Augen starrte sie den weißen Wagen an, umklammerte das Lenkrad, vergaß vor Entsetzen einen Augenblick lang zu atmen – und fühlte anschließend nur noch pure Resignation. Christopher parkte hinter ihr und lief auf dem Weg zur Garage an ihr vorbei. Er öffnete das Garagentor, und während sie den Wagen hineinfuhr, wartete er drinnen schon auf sie, um ihr die Tür zu öffnen. Einen Augenblick lang schauten sie beide gleichermaßen verblüfft auf Janices Wagen; dann sahen sie sich an.

»Gut. Damit wäre das Problem gelöst«, bemerkte er.

»Ich hatte keine Ahnung, daß sie nach Hause kommen würde.«

»Hat sie dir nicht Bescheid gesagt?«

»Nein.«

»Was wirst du ihr nun sagen?«

»Ich könnte ihr erzählen, daß wir in der Kirche waren.«

»In unseren alten Jeans?«

»Nein, du hast recht. Ich frage mich, seit wann sie schon da ist.«

»In Anbetracht der Tatsache, daß ihre Windschutzscheibe zuge-
froren ist, ist sie wohl schon gestern abend gekommen.«

»Ich hoffe nur, daß nichts Schlimmes passiert ist. Ich gehe am besten schnell rein und sehe nach, was los ist.«

Als sie sich zum Gehen wandte, faßte er nach ihrem Arm. »Lee,
ich möchte mit dir reingehen.«

»Sie wird vor Wut toben.«

»Damit werde ich schon fertig.«

»Und verletzt sein.«

»Ich möchte, daß wir ihr gemeinsam gegenübertreten. Alles, was
dich angeht, ist auch meine Sache. Wahrscheinlich hat sie ohnehin
schon unsere beiden Autos kommen sehen. Ich möchte mich nicht
aus der Verantwortung stehlen und dich in dieser Situation allein
lassen.«

Gemeinsam betraten sie das Haus. Janice stand neben dem
Küchentisch, einen Eisbeutel an ihren Kiefer pressend und die beiden Eintretenden feindselig anstarrend.

»Janice, was ist passiert?« Lee lief schnurstracks auf sie zu, ohne
in der Diele ihre Jacke auszuziehen.

»Nichts!« gab Janice patzig und mit zusammengekniffenen Lippen zur Antwort.

»Was ist mit deinem Mund los?«

»Ein Weisheitszahn. Wo du warst, ist ja wohl ganz offensichtlich.«

Lee zog ihre Jacke aus und legte sie über einen Stuhl. »Bei Chris.«

»Die ganze Nacht? Mutter, wie konntest du bloß?« Janices Gesicht war tiefrot angelaufen. Ihre Augen funkelten vor Wut. Jedoch
vermied sie es, Christopher in die Augen zu schauen.

»Es tut mir leid, daß du es so erfahren mußtest.«

»Wo ist Joey?«

»Er hat mit den Whitmans im Hotel übernachtet.«

»Weiß er, was hier los ist?«

»Nein.«

»Oh, mein Gott, ich kann es nicht glauben.« Sie schlug ihre freie Hand vors Gesicht und wandte sich ab.

Christopher stand dicht hinter Lee, ohne sie aber zu berühren. »Deine Mutter und ich haben darüber gesprochen, ob wir es euch sagen sollten, aber sie hat sich entschieden, damit noch etwas zu warten, um sich zuerst über ihre Gefühle klar zu werden.«

»Ihre Gefühle? Ihre!« Ruckartig wandte sie sich ihm zu. »Und was ist mit meinen Gefühlen? Und Joeys? Was ihr beide tut, ist abstoßend!«

»Warum?« fragte er mit ruhiger Stimme.

»Ich bin doch kein dummes kleines Kind mehr!« zischte sie ihn an. »Wenn eine Frau in der Wohnung eines Mannes übernachtet, ist doch Sex mit im Spiel! Oder täusche ich mich da etwa?«

»Janice, paß auf, was du sagst!« schaltete sich nun auch Lee mit erregter Stimme ein.

Nur Christopher bewahrte die Ruhe. »Deine Mutter und ich haben seit vergangenem Juni viel Zeit miteinander verbracht.«

»Seitdem mein Bruder gestorben ist! Sagt doch wenigstens ehrlich, wie es ist! Damit hat alles angefangen, habe ich recht? Das Übliche: Die trauernde Frau sucht Trost bei einem jüngeren Mann.«

»Es beruht auf Gegenseitigkeit, Janice.«

»Das hättest du mir auch eher sagen können! Du hättest etwas sagen können, bevor ... bevor ich ...« Gedemütigt und verletzt wandte sie sich ab. Christopher legte den Arm um Lees Schulter und faßte Janice am Arm, um sie zu sich zu drehen.

»Es war alles nicht so einfach, Janice«, sagte er ruhig. Sie hielt ihr vor Scham gerötetes Gesicht zu Boden gesenkt und wich so seinem Blick aus. »Und du weißt genau, warum.« Er ließ ihren Arm los.

Den Blick wieder zu Boden gerichtet, murmelte sie: »Ich habe mich absolut lächerlich gemacht, als ich dir zu Weihnachten die Karten geschenkt und Anspielungen gemacht habe.«

»Nein, das hast du nicht. Es ist meine Schuld. Ich hätte dir schon viel früher sagen sollen, daß aus uns nichts wird und daß ich Gefühle für deine Mutter empfinde.«

Feindselig blickte sie zu ihm auf. »Und warum hast du es nicht getan?«

»Weil die Beziehung zwischen mir und deiner Mutter genauso begonnen hat wie jede andere auch – wir wußten nicht, wo sie enden würde.«

Janice kehrte ihnen den Rücken zu und ging hinüber zum Durchgang ins Wohnzimmer, wo sie sich herausfordernd aufbaute. »Mutter, ist dir eigentlich klar, daß er erst dreißig ist! Was werden die Leute bloß sagen?«

»Genau dasselbe wie du, vermute ich. Daß er zu jung für mich ist. Aber soll ich ihn aufgeben, nur weil den Leuten unsere Beziehung nicht paßt?«

»Du solltest ihn aufgeben, weil du dich damit lächerlich machst.«

Lee fühlte, wie Wut in ihr aufstieg. »Glaubst du das wirklich, Janice? Warum?«

Janices Blick wanderte von ihrer Mutter zu Christopher und wieder zurück; währenddessen hielt sie ihre Lippen fest aufeinandergepreßt.

»Warum mache ich mich lächerlich, Janice? Weil wir tatsächlich miteinander schlafen?« Christopher öffnete den Mund, um das Wort zu ergreifen, doch Lee hob nur die Hand. »Nein, ist schon gut, Christopher. Sie ist mit ihren dreiundzwanzig Jahren alt genug, um die Wahrheit zu hören. Du bist im Augenblick sehr wütend auf mich, Janice – aber ich bin genauso wütend auf dich, und zwar weil du annimmst, daß er mich, weil er fünfzehn Jahre jünger ist als ich, nur benutzt. Habe ich dich richtig verstanden?«

Janices Gesicht färbte sich noch eine Spur röter; betroffen blickte sie zu Boden.

»Glaubst du das wirklich von Christopher?«

Janice war zu verletzt, um zu antworten.

»Und wie ich bereits erwähnt hatte, ist die Sache zwischen uns ernst. Aber es geht nicht im geringsten darum, daß Christopher mich ausnutzt oder ich ihn, und auch nicht darum, daß er mir über Gregs Tod hinweghilft – es ist viel einfacher: Ich liebe ihn. Es tut mir leid, wenn das nicht in dein Bild von einer Mutter paßt, aber auch ich habe Gefühle, auch ich habe Bedürfnisse, und auch ich fühle mich oft allein. Ich denke sogar manchmal über meine Zukunft nach. Ich bin noch nicht alt, Janice. Natürlich bin ich älter als Christopher, aber wer bestimmt denn, in welchem Alter man zu alt ist? Muß ich die Erlaubnis meiner Familie einholen, um mit einem Mann zusammenzusein?«

Gequält blickte Janice auf; in ihren Augen schimmerten Tränen. »Aber er war doch Gregs Freund. Er ... er ist für dich doch eher wie ein Sohn.«

»Nein, das ist deine Sicht der Dinge – nicht meine. In den vergangenen Monaten hat sich unsere Beziehung grundlegend verändert. Vielleicht interessiert es dich zu hören, daß wir zu sehr, sehr guten Freunden geworden sind, bevor unser Verhältnis intim wurde.«

Janices Stimme bekam einen herausfordernden Unterton, als sie fragte: »Was wird Großmutter wohl dazu sagen?«

Lee vermied es, Christopher einen hilfesuchenden Blick zuzuwerfen. »Großmutter wird ziemlich entsetzt sein und auch keinen Hehl daraus machen. Aber sie hat nicht das Recht, über mein Leben zu bestimmen – das tue nur ich allein.«

»Ich sehe, daß dich nichts von alledem beeindruckt – also kann ich ja zu Bett gehen. Ich habe die halbe Nacht auf dich gewartet, und mein Zahn tut teuflisch weh.«

»Warum hast du denn nicht angerufen? Ich denke, du wußtest, wo ich war? Ich wäre sofort gekommen.«

»Ich wollte es mit Bestimmtheit wissen – und das tue ich jetzt.«

Hocherhobenen Hauptes drehte sie sich um und verschwand in ihr Zimmer. Als die Tür krachend hinter ihr ins Schloß fiel, standen Christopher und Lee noch eine Weile reglos nebeneinander; die Wut hatte in ihnen ein Vakuum hinterlassen. Der Wasserhahn tropfte. Lee ging zum Spülstein und versuchte, den Hahn ganz zu schließen, doch das stetige, monotone Tropfen hörte nicht auf. Schließlich trat Christopher hinter sie und legte ihr die Hände auf die Schultern. Wortlos drehte er sie zu sich und nahm sie in die Arme.

»Es tut mir leid«, flüsterte sie und bemerkte, daß sie nach dieser ersten geschlagenen Schlacht den Tränen nahe war. »Es muß schrecklich für dich gewesen sein.«

»Ich habe mit nichts anderem gerechnet. Und wie geht es dir?«

»Was sie gesagt hat, habe ich erwartet. Aber meine eigene Reaktion hat mich überrascht.«

»Warum überrascht?«

»Weil ich damit gerechnet hatte, mich schuldig zu fühlen. Aber stattdessen bin ich richtig wütend geworden, als sie anfing, mich zu verurteilen. Welches Recht hat sie, sich in mein Leben einzumischen? Das Problem mit meinen Kindern ist, daß sie mich nie als eigenständige Person mit sexuellen Bedürfnissen betrachtet haben. Ich war immer nur *Mom*. Seit Bills Tod war ich immer nur für sie da – und ich glaube, sie dachten, das würde bis in alle Ewigkeit so bleiben. Der Gedanke, daß ich einen Mann brauche – und nicht zuletzt *dafür* –, ist ihnen absolut neu.«

»Ich bin mir aber nicht sicher, ob du ihr das hättest sagen sollen.«

»Was sagen sollen?« Sie lehnte sich zurück und warf ihm einen zweifelnden Blick zu.

»Daß wir zusammen schlafen.«

»Und warum nicht? Ich habe das gute Recht, mein Leben so zu führen, wie es mir gefällt. Ich habe das Recht, mit einem Mann zu schlafen – sei es mit dir oder mit einem anderen. Und ich möchte, daß sie das weiß.«

Sie warf sich in seine Arme. »Oh, Christopher. Ich liebe dich. Ich möchte mit dir zusammen bleiben, aber du siehst ja die Reaktionen – dabei haben wir noch gar nicht einmal von Heirat gesprochen.«

Er hielt sie auf Armeslänge von sich weg und blickte sie entzückt an. »Heißt das, daß du ernsthaft darüber nachdenkst?«

»Natürlich denke ich darüber nach. Wie sollte ich auch nicht? Ich liebe dich. Und ich möchte den Rest meines Lebens nicht allein verbringen.«

»Oh, Lee …« Der Ausdruck in seinen Augen sagte ihr, wie sehr sie ihn überrascht hatte. Aber die Freude trat für einen Augenblick hinter das zurück, was er ihr noch zu sagen hatte. Ernst blickte er ihr in die Augen. »Versprich mir aber bitte, daß du nicht wütend wirst, wenn dich der Rest deiner Familie mit Vorwürfen überschüttet. Und wenn sie dir vorhalten, daß du nur eine einsame, traurige Frau bist, die nicht weiß, was sie tut, wenn sie behaupten, ich würde dich nur benutzen, ich wäre nur hinter deinem Haus, deinem Auto oder sonst was her, wenn sie dir prophezeien, daß ich dich fallenlassen werde, sobald das erstbeste junge Ding in engen Jeans an mir vorbeistolziert und mir schöne Augen macht. Das und vieles andere wirst du dir sicher anhören müssen. Und ich denke, es ist das Beste, ihre Argumente dadurch zu entkräften, daß wir ihnen zeigen, daß wir zusammen glücklich sind, nicht dadurch, daß wir uns aus der Verantwortung stehlen. Okay?«

Sie lehnte ihre Stirn an sein Kinn und schloß erschöpft ihre Augen. »Werden sie wirklich all das sagen?«

»Ich denke schon.«

Eine Weile verharrten sie eng umschlungen und gaben sich gegenseitig Kraft.

Schließlich fragte Lee: »Und wirst du?«

»Werde ich was?«

»Mich fallenlassen, sobald das erstbeste junge Ding in engen Jeans an dir vorbeistolziert und dir schöne Augen macht?«

Er hob ihr Kinn. »Was glaubst du?«

»Darüber habe ich schon nachgedacht – ich würde lügen, wenn ich behaupten würde, daß dieser Gedanke mir noch nicht in den Sinn gekommen wäre.«

»Das halte ich auch für völlig normal, aber diese Bedenken kann ich nicht mit Worten ausräumen; das hat mit Vertrauen zu tun. Wenn ich sage, daß ich dich liebe und daß ich mich für den Rest meines Lebens an dich binden möchte, dann mußt du mir glauben, daß ich es ernst meine. Okay?«

Diese Worte gaben ihr innere Ruhe. Alles, was er sagte, klang so logisch und überzeugend. Und klug. Wenn er ihr geschworen hätte, niemals eine andere Frau anzuschauen, hätte sie das weniger überzeugt. Doch seine ruhigen Worte machten ihr bewußt, daß Vertrauen das Fundament jeder Beziehung und jeder Ehe war. Ihre Ehe – so es jemals so weit kommen würde – würde auf dieser Basis gründen und dadurch so stark sein, daß sie allen äußeren Einflüssen standhalten würde.

Sie ging auf die Zehenspitzen und gab ihm als Antwort einen Kuß; einen zarten, leichten Kuß, der seine Worte besiegelte. »So, und jetzt sehe ich mir mal Janices Zahn an. Sie ist zu dickköpfig, um ihr Zimmer zu verlassen und sich vor uns blicken zu lassen.«

»Soll ich gehen, oder möchtest du, daß ich bleibe?«

»Bleib. Ich hab dir Frühstück versprochen, und das sollst du auch bekommen.«

Janice lag mit dem Gesicht zur Wand auf ihrem Bett, als Lee sich neben sie setzte.

»Ist er weg?«

»Nein, er ist noch hier. Wir wollen zusammen frühstücken. Was ist denn mit deinem Weisheitszahn los? Ist das ganz plötzlich gekommen?«

»Er hat sich entzündet und muß gezogen werden.«

»Welcher denn? Oben oder unten?«

»Unten.«

»Laß mich mal sehen.«

»Du brauchst dich nicht um mich zu kümmern, ich komm schon alleine klar.«

»Janice, sei doch nicht so dickköpfig. Natürlich kümmere ich mich um dich – auch wenn ich mit *ihm* zusammen bin.«

Janice drehte sich zur Wand. Ihre Botschaft war eindeutig: Ich will nicht, daß du dich um mich kümmerst.

Lee starrte traurig auf den Rücken ihrer Tochter und verließ mit einem Seufzer das Zimmer.

Am nächsten Tag wurden Janice die beiden rechten Weisheitszähne gezogen; der untere war bereits stark entzündet, und der obere wäre nach Aussage des Zahnarztes in Kürze gefolgt.

Als sie aus der Narkose erwachte, weinte sie – eine natürliche Folge des Betäubungsmittels. Mit einem Rezept für ein Schmerzmittel verließ Lee die Praxis, den Arm um ihre ununterbrochen weinende Tochter gelegt. »Ich weiß nicht, warum ich die ganze Zeit heulen muß, ich weiß es einfach nicht.«

»Das kommt von der Narkose«, erklärte ihr Lee. »In einer Stunde wird es vorbei sein.«

Zu Hause angekommen, verfrachtete Lee Janice ins Bett. Sie flößte ihr eine Schmerztablette ein und bot ihr an, eine Hühnerbrühe zu machen. Doch bevor Janice antworten konnte, waren ihr die Augen zugefallen.

Lee beugte sich über sie, strich ihr das Haar aus dem Gesicht und küßte sie auf die Stirn.

Janice, dachte sie, *bitte hab mich auch weiterhin lieb. Bitte stell mich nicht vor die Wahl zwischen dir und Christopher. Dafür gibt es keinen Grund, mein Schatz, und es bricht mir das Herz, wenn du mich weiter so abweisend behandelst.*

Um die Mittagszeit rief Christopher an. »Wie geht's Janice?«

»Im Moment schläft sie, aber sie wird noch Schmerzen haben. Der Zahnarzt hat ihr Schmerzmittel verschrieben.«

»Braucht sie irgendwas? Kann ich irgend etwas für dich tun?«

»Sei bitte nur weiterhin so geduldig mit meinen Kindern«, erwiderte sie. »Es wird noch etwas dauern, bis wir sie auf unserer Seite haben.«

»Hast du über meinen Heiratsantrag nachgedacht?«

»Ja, ich habe darüber nachgedacht. Um ehrlich zu sein, habe ich an nichts anderes gedacht.«

»Und?«

»Es hört sich sehr verlockend an, aber ich habe mich noch nicht entschieden.«

»Weißt du was?« fragte er.

»Was?«

»Ich tue es schon wieder.«

»Was tust du schon wieder?«

»Ich spiele schon wieder die Rolle des Ehemanns und des Stiefvaters deiner Kinder. Genau in diesem Augenblick. Denk darüber nach, Lee.«

Nach seinem Dienst fuhr er bei ihr vorbei.

»Hallo«, begrüßte er Lee, die ihm die Tür öffnete. »Ich kann nicht lange bleiben, weil ich mit Judd verabredet bin, aber ich wollte nur schnell das hier für Janice vorbeibringen. Ich hoffe, es gefällt ihr. Sag ihr bitte, daß ich ihr gute Besserung wünsche.«

Er reichte ihr einige Kassetten mit einem aktuellen Buch-Bestseller. »Ich dachte, vielleicht hört sie es in ihrem augenblicklichen Zustand lieber, als daß sie das Buch liest.« Sie gab ihm einen Kuß auf die Wange; dabei wurde ihr klar, daß er es ihr immer schwerer machte, seinen Heiratsantrag abzulehnen.

»Christopher hat dir was gebracht.«

Janice warf einen Blick über die Schulter auf die Kassetten, die ihre Mutter auf der Bettdecke abgelegt hatte. Gelangweilt bemerkte sie: »Hab ich schon gelesen.« Ohne die Kassetten oder ihre Mutter eines Blickes zu würdigen, drehte sie sich wieder zur Wand.

Von der eigenen Tochter geschnitten zu werden, schmerzte mehr, als Lee es sich jemals hätte vorstellen können.

Auf der Suche nach Verständnis und einem freundlichen Lächeln betrat sie Joeys Zimmer. Er saß auf dem Boden und war damit beschäftigt, seine schon arg ramponierten Lieblingsturnschuhe mit silbernem Isolierband zu flicken.

»Hallo«, sagte sie und lehnte sich in den Türrahmen.

»Oh, hallo, Mom«, sagte er mit einem Blick über die Schulter.

»Darf ich reinkommen?«

»Klar. Wie geht's Janice?«

»Sie schläft.«

»Mann, ich hoffe, daß mir das nie passiert. Dennys Vater hat gesagt, er hätte immer noch seine Weisheitszähne, und sie hätten ihm nie Probleme gemacht.«

»Es sind aber nicht nur ihre Weisheitszähne, die ihr Probleme bereiten.«

»Was denn noch?« Er unterbrach seine Arbeit und schaute seine Mutter mit erwartungsvollem Blick an, während sie durch das Zimmer ging und sich im Schneidersitz auf seinem Bett niederließ. Sie trug einen pinkfarbenen Hausanzug, dessen Ärmel sie bis über die Ellbogen hochgeschoben hatte.

»Sie ist mir sehr böse.«

»Und warum?«

»Ich werde ehrlich zu dir sein, Joey, denn diese Sache ist mir sehr, sehr wichtig.«

»Sie hat bestimmt das mit dir und Chris rausbekommen, oder?«

Vollkommen verblüfft starrte sie ihren Sohn an. »Na, *du* scheinst jedenfalls nicht sehr erstaunt zu sein. Wie lange weißt du es denn schon?«

Er zuckte die Achseln und machte sich wieder an die Arbeit.

»Weiß nicht. Ich hab gesehen, wie ihr euch geküßt habt, aber geahnt habe ich's schon viel früher.«

»Und was denkst du darüber?«

»Ich find's Klasse.«

Lee konnte sich ein Lächeln nicht verkneifen. Gab es irgend jemanden auf dieser Welt, der behauptete, Töchter seien einfacher?

»Es ist doch was Ernstes, Mom, oder?«

»Ja, allerdings.«

»Ich hab's gewußt! Aber kann eine Frau in deinem Alter einen Typ in seinem Alter heiraten?«

»Ich hab bisher noch keine kennengelernt – du?«

Während er einen Streifen Isolierband abschnitt, schüttelte er den Kopf.

»Hättest du was dagegen, wenn ich es tun würde?«

»Natürlich nicht. Warum sollte ich was dagegen haben?«

»Die anderen könnten dich ärgern und sagen, daß deine Mutter sich mit Jungs einläßt oder so was.«

»Die Leute können manchmal ganz schön dumm sein. So was kann nur jemand sagen, der dich nicht kennt. Und Chris auch nicht.«

»Er hat mich gestern gefragt«, gestand sie.

»Was? Ob du ihn heiraten willst?«

»Ja.«

»Weiß Janice das schon?«

»Nein.«

»Und Großmutter?«

»Großmutter ahnt noch nicht mal was von der ganzen Sache.«

»Oh, Scheiße, die wird ausrasten.«

Lee konnte ihr Lachen nicht unterdrücken. »Du sollst solche Worte nicht in den Mund nehmen, junger Mann.«

»Ist mir nur so rausgerutscht.« Himmel, er wurde rasant schnell erwachsen. Sie freute sich schon auf die nächsten Jahre mit ihm, denn er entwickelte eine erfrischend geradlinige Art.

»Und was hast du ihm geantwortet?« fragte er.

»Ich habe ihm gesagt, daß ich es mir überlege.«

»Willst du ihn denn heiraten?«

»Ja, das möchte ich.«

»Aber du hast Angst vor Großmutter, stimmt's?«

»Vor Großmutters, vor Janices, vor Sylvias und vor deiner Reaktion. Na ja, vor deiner jetzt nicht mehr. Dir scheint der Gedanke ja zu gefallen.«

»Klar – und wie. Seitdem du Chris siehst, wirkst du viel glücklicher als vorher.«

Kein Zweifel, Joey war ein Geschenk des Himmels. Lee hatte die Arme um ihre angezogenen Knie geschlungen und lächelte ihm zu.

»Ich glaube, du weißt, wie sehr ich dich liebe ... aber willst du diese alten Dinger wirklich noch weitertragen?« fragte sie. Triumphierend hielt er sein Werk hoch. »Na klar, die sind *heiß*.«

»Wenn ich mich recht erinnere, habe ich dir zu Weihnachten ein Paar neue geschenkt ...«

»Ja, schon, und ich liebe dich auch – aber nicht genug, um deinetwegen meine Lieblingsturnschuhe wegzuwerfen, nur weil sie ein bißchen Klebeband brauchen – das sind die besten, die ich jemals hatte.«

Sie schüttelte etwas verständnislos den Kopf, erhob sich von seinem Bett, gab ihm einen Kuß auf den Scheitel und ging in ihr Schlafzimmer, um Christopher anzurufen und ihm den neuesten *Kinderreport* durchzugeben.

Janice blieb noch einen Tag zu Hause, bevor sie ins College zurückkehrte. Die Haltung ihrer Mutter gegenüber war unverändert distanziert.

Lee verbrachte wie gewöhnlich den Tag im Laden und kehrte am späten Nachmittag nach Hause zurück, um das Abendessen vorzubereiten. Zuerst lief sie rasch in den Keller, um die Wäsche vom Morgen in den Trockner umzuladen. Als sie auf dem Weg nach oben war, klingelte es an der Tür.

»Mutter«, rief sie überrascht aus, nachdem sie geöffnet hatte. »Was führt dich denn hierher? Und Sylvia ...« Erst eine halbe Stunde zuvor hatte sie sich im Laden von Sylvia verabschiedet. Mit offiziellem Gesichtsausdruck schob Peg Hillier ihre erstaunte Tochter beiseite und betrat das Haus.

»Wir müssen mit dir reden, Lee.«

Lee betrachtete den geraden Rücken ihrer Mutter, ihren hocherhobenen Kopf – und wußte, daß der Augenblick der Wahrheit gekommen war. »Ich kann mir schon denken, worum es geht.«

»Da kannst du sicher sein.« Blitzartig wandte Peg sich ihr zu.

»Janice hat mich angerufen.«

»Würde es dir was ausmachen, erstmal richtig reinzukommen, Mutter? Möchtest du vielleicht deinen Mantel ablegen? Wir könnten uns hinsetzen und eine Tasse Kaffee trinken. Sylvia?«

Lee warf einen Blick nach draußen. »Seid ihr komplett, oder habt ihr noch Verstärkung mitgebracht? Wo ist Dad ... und Lloyd? Sie sollten doch eigentlich nicht fehlen, oder?«

»Glaub ja nicht, daß ich das witzig finde, Lee. Mach die Tür zu und erzähl uns, was um Himmels Willen so plötzlich in dich gefahren ist! Eine Frau deines Alters läßt sich mit einem Jungen ein, der ihr Sohn sein könnte!«

Resigniert schloß Lee die Tür und sagte: »Legt eure Mäntel aufs Sofa. Ich mache uns einen Kaffee.«

»Ich will keinen Kaffee – ich will eine Erklärung!«

»Zuerst einmal könnte er nicht mein Sohn sein. Er ist dreißig und ...«

»Und du bist fünfundvierzig. Gott im Himmel, bist du verrückt geworden, Lee?«

»Nicht direkt, Mutter. Ich habe mich lediglich verliebt.«

»Verliebt!« Peg quollen allmählich die Augen aus dem Kopf. »So nennst du das? Du hast mit diesem Jungen geschlafen! Janice hat gesagt, daß du alles zugibst!«

»Ich bin ganz Mutters Meinung« mischte sich Sylvia ein. »Deine

Affäre mit Christopher ist unter aller Würde, aber wir versuchen zu verstehen, wie es dazu kommen konnte. Immerhin hast du sehr unter Gregs Tod gelitten. Und es ist nur allzu verständlich, daß du jemanden brauchst, der dir darüber hinweghilft – aber doch um Gottes willen keinen Jungen seines Alters, Lee!«

»Er ist kein Junge mehr. Bitte sprich nicht so von ihm.«

»In Anbetracht eures Altersunterschiedes kann man wohl doch von einem Jungen sprechen.«

Nun ergriff Peg wieder das Wort: »Ich muß zugeben, daß ich ihm so etwas nicht zugetraut hätte. Ich habe ihn immer für einen anständigen jungen Mann gehalten. Worauf um alles in der Welt hat er es nur abgesehen?«

»Warum abgesehen?«

»Nun, ein junger Mann mit einer so alten Frau.«

»So alt! Vielen Dank, Mutter.«

»Du betrügst dich selbst, Lee, aber ich sehe die Dinge, wie sie sind. Er hat bekommen, worauf er es abgesehen hatte. Er hat dich schamlos ausgenutzt – du hast ihm dein Haus geöffnet, du hast ihn in deine Familie eingeführt, du hast dich wie eine Mutter um ihn gekümmert. Und schließlich hast du dich von ihm verführen lassen!«

»Mutter, ich habe bereits gesagt, daß wir uns lieben. Und ich bin nicht einen Tag nach Gregs Tod mit ihm ins Bett gegangen! Wir haben viel gemeinsam unternommen, zusammen gelacht, uns unterhalten, und erst zehn Monate später wurde unsere Beziehung intim.«

»Ich möchte es gar nicht hören!« Pegs Gesicht bekam einen verkniffenen Ausdruck; angewidert wandte sie sich ab.

Nun war wieder Sylvia an der Reihe. »Du gibst gegenüber deiner eigenen Tochter zu, daß du mit ihm schläfst ... Lee, was denkst du dir eigentlich?«

»Darf ich etwa nie wieder in meinem Leben Sex haben? Ist es das, was ihr von mir fordert?« Lees Angreiferinnen starrten sie wie versteinert an, während Lee fortfuhr. »Soll ich für den Rest meines Lebens die aufopfernde Mutter sein, die ihren Kindern die Strümpfe stopft und ihnen ihr Lieblingsessen kocht, wenn sie sie besuchen kommen? Darf ich denn nie mein eigenes Leben leben?«

Kühl erwiderte Sylvia: »Natürlich darfst du dein eigenes Leben leben, aber such dir doch um Himmels Willen einen Mann deines Alters dafür!«

»Warum? Warum ist es denn so schlimm, daß ich mir Christopher ausgesucht habe?«

»Lee, sei doch ehrlich zu dir selbst«, mahnte Sylvia. »Das kann doch gar nicht funktionieren. Wie lange, glaubst du, wird er mit dir zusammen sein wollen?«

»Vielleicht interessiert es dich ja zu hören, Sylvia, daß Christopher mich gebeten hat, ihn zu heiraten.«

»Um Gottes willen«, stieß Peg hervor, schlug sich die Hand vor den Mund und ließ sich vor Schreck auf den Küchenstuhl fallen.

»Ihn zu heiraten?« echote nun auch Sylvia.

»Ja. Und ich denke ernsthaft darüber nach, seinen Antrag anzunehmen.«

»Oh, Lee, du weißt ja gar nicht, was du tust! Das kann einfach nicht gutgehen.«

»Viele Ehen gehen nicht gut – schaut euch doch mal die Scheidungsquoten an. Und das hat nichts mit dem Alter zu tun. Wenn man jemanden liebt und ihm vertraut, dann heiratet man diesen Menschen in dem Glauben, daß es gutgeht.«

Nun löste Peg wieder Sylvia ab. »Denk doch mal an die Zukunft. Wenn du sechzig bist, ist er fünfundvierzig. Glaubst du denn nicht, daß er sich dann nach einer Jüngeren umschauen wird?«

Lee antwortete nicht.

»Und was ist mit Kindern?« warf Sylvia ein. »Möchte er denn keine Kinder?«

»Nein.«

»Aber das ist nicht normal.«

»Du solltest nicht von dir auf andere schließen, Sylvia. Wir haben uns lange über die Dinge unterhalten, die ihr mir heute vorwerft. Trotz allem bin ich zu dem Schluß gekommen, daß ich ihn heiraten will – und ich erwarte von euch, daß ihr meine Entscheidung respektiert.«

Peg und Sylvia tauschten Blicke, aus denen hervorging, daß sie an Lees Verstand zweifelten. Peg seufzte dramatisch auf und starrte geistesabwesend auf den Obstkorb, der in der Mitte des Tisches stand. Dann entschloß sie sich, eine neue Taktik auszuprobieren.

»Ich frage mich, was Bill dazu gesagt hätte.«

»Oh, guter Gott.« Lee rollte verzweifelt die Augen. »Bill ist tot, Mutter. Und ich lebe. Ich habe noch eine ganze Reihe wunderbarer Jahre vor mir. Es ist nicht richtig, von mir zu verlangen, daß ich meinem Mann auch noch nach seinem Tod treu bleibe.«

»Sei nicht dumm, Lee. Das verlange ich ja auch gar nicht von dir. Aber Bill ist schließlich der Vater deiner Kinder. Wie könnte dieser Mann ihn jemals ersetzen? Und damit sind wir schon beim nächsten Punkt. Janice hat mir berichtet, daß sie dir vor einiger Zeit anvertraute, daß sie selbst Gefühle für Christopher hegt.«

»Ja, das hat sie. Aber hat sie dir auch erzählt, wie Christopher darauf reagierte?« Lee ließ einige Sekunden verstreichen, und als ihre Mutter nicht antwortete, fuhr sie fort. »Hat sie dir erzählt, daß Christopher sie niemals ermutigt hat? Daß er auf ihre Annäherungsversuche nicht im geringsten eingegangen ist? Natürlich haben ihre Gefühle für Christopher uns die Sache noch schwerer gemacht, als sie ohnehin war; wir haben lange darüber gesprochen und sind zu dem Schluß gekommen, daß auch *unser* Glück zählt.«

»Du wirst die Affäre also nicht beenden?«

»Nein, das werde ich nicht. Er macht mich glücklich. Und ich mache ihn glücklich. Warum sollten wir das wegwerfen?«

»Du bist also entschlossen, ihn zu heiraten?« fragte Sylvia.

»Ja ... ja, ich glaube, ich werde es tun.«

»Ganz offen, Lee, wenn es nur wegen ... nun, du weißt schon, wegen ...« Peinlich berührt blickte Sylvia zu Boden.

»Ich glaube, das Wort, nach dem du suchst, heißt ›Sex‹, Sylvia, und wenn du glaubst, daß nur das mich interessiert, warum habe ich es dann so viele Jahre ohne Mann ausgehalten? Sex ist nur ein Teil unserer Beziehung. Ich gebe zu, daß es ein herrliches Gefühl war, nach so langen Jahren wieder mit einem Mann zu schlafen. Aber Partnerschaft und gegenseitiger Respekt spielen eine mindestens ebenso wichtige Rolle.«

Während Lee sprach, war Sylvia krebsrot angelaufen und wußte vor Verlegenheit gar nicht, wohin sie ihren Blick wenden sollte.

»Es tut mir leid, Sylvia. Ich weiß, daß du über dieses Thema sonst nie sprichst, aber du hast selbst davon angefangen.«

Mit verkniffener Miene ergriff Sylvia nun wieder das Wort: »Ich habe gehört, daß du in der Nacht von Samstag auf Sonntag bei ihm warst. Was sollen die Kinder nur darüber denken?«

»Mein Sohn ist der Meinung, daß ich ihn heiraten sollte.«

»Joey ist ja noch ein Kind! Was versteht er schon davon?«

»Er kennt Christopher. Er betet ihn förmlich an. Er hat gesagt: ›Was gibt es da noch lange zu überlegen.‹«

Peg vergrub ihr Gesicht in beide Hände. »Gott im Himmel, was werden meine Freunde sagen?«

»Ahhh … jetzt verstehe ich langsam, wo das Problem liegt. Und du weißt es ganz genau, Mutter.«

»Nun, es ist ja in der Tat ein Problem!« zischte Peg angriffslustig, während ihr Kopf wieder in die Höhe schoß. »Du weißt doch, daß es sich herumsprechen wird!«

»Ja – und meine Tochter hat bereits den Anfang gemacht – vielen Dank, Janice!«

»Beschwer dich bloß nicht über Janice!« Peg wurde nun immer wütender. »Sie hat absolut richtig gehandelt, indem sie mich anrief.«

»Oh, ja, das sehe ich. Es war eine wirklich aufschlußreiche Unterhaltung, Mutter. Dein letztes und gewichtigstes Argument hast du dir bis zum Schluß aufgespart: Was werden die Leute sagen! Das war schon immer deine größte Sorge. Was haben die Leute nur gedacht, als ich bei seiner Trauerfeier eine Platte von Vince Gill laufen ließ? Was haben die Leute nur gedacht, als ich ihn mit seiner Lieblingsbaseballmütze beerdigte? Was werden die Leute nur denken, wenn ich anstelle eines gesetzten Herren mittleren Alters einen gutaussehenden Dreißigjährigen heirate?

Die Wahrheit ist, Mutter, daß es mich nicht interessiert, was sie denken. Denn wenn sie schlecht über mich reden, können es keine guten Freunde gewesen sein!«

»Es war schon immer eine deiner Stärken, die Dinge so darzu-

stellen, wie sie dir am besten in den Kram passen, Lee, aber diesmal wird dir das nicht gelingen. Die Leute *werden* sich hinter deinem Rücken die Mäuler zerreißen. Deine Kinder werden sich jede
Menge Fragen und Hänseleien gefallen lassen müssen, und die Bekannten deines Vaters werden uns im Country Club hinter vorge-
haltener Hand fragen, ob es stimmt, daß er erst dreißig ist!«

»Dann antworte ihnen eben ehrlich, Mutter. Warum kannst du
das nicht? Warum kannst du nicht einfach sagen: ›Ja, es stimmt, er
ist dreißig, und er ist ein fabelhafter Mann, jemand, der sich Gedanken um seine Mitmenschen macht und sie respektiert – und er
ist der Mann, der meine Tochter nach all den einsamen Jahren wieder glücklich gemacht hat.‹ Warum kannst du ihnen das nicht antworten, Mutter?«

»Das könnte dir so passen!« bemerkte Peg selbstgerecht. »Die
Schande auf mich abwälzen, als hätte ich diese unglückselige Situation herbeigeführt! Kind, du hast mich tief enttäuscht!«

»Mutter, ich habe dich immer geliebt, aber du hast noch nie zugeben können, wenn du im Unrecht warst – und diesmal bist du
ganz sicher im Unrecht.«

»Lee, um Himmels willen!« zischte Sylvia.

»Und du auch, Sylvia. Auch du täuschst dich. Ich liebe diesen
Mann. Ich will ihn heiraten und mit ihm glücklich werden.«

»Gut, dann tu, was du nicht lassen kannst!« Peg schoß in die
Höhe und ging vor Wut schäumend ins Wohnzimmer, um ihren
Mantel zu holen. »Aber bitte bring ihn zum Osteressen nicht mit in
mein Haus!«

18. Kapitel

»Sie haben genauso reagiert, wie du es vorausgesagt hattest«, sagte Lee später am Telefon zu Chris.

»Muß schlimm gewesen sein.«

»Schrecklich! Aber ich habe mich zurückgehalten, so wie du es mir geraten hast.«

»Aber das hat wohl auch nicht viel geholfen.«

»Nein, außer daß ich jetzt stolz auf mich bin.«

»Ich kann mir vorstellen, daß du jetzt froh bist, es hinter dich gebracht zu haben.« Als sie nicht antwortete, fragte er: »Oder nicht?«

»Ohhh …« Sie atmete schwer aus. »Weißt du …« Zu ihren aufgewühlten Gefühlen gesellte sich nun auch noch Traurigkeit. »Sie sind meine Familie.«

»Ja … ich kenne dieses Gefühl nur zu gut. Komisch, nicht? Meine Familie ist mir fremd, weil sie sich nie um mich gekümmert hat. Deine dagegen kümmert sich ein bißchen zuviel um deine Angelegenheiten.«

»Willst du den lustigen Teil hören? Meine Schwester Sylvia, die Prüderie in Person, brachte nicht einmal das kleine Wörtchen heraus, als sie mich bezichtigte, daß nur Sex mein Motiv ist, dich zu heiraten.«

»Du hast ihnen wirklich gesagt, daß du mich heiraten willst?« Seine Stimme klang, als hätte er sich voller Stolz und Freude aufgerichtet.

»Ja, das habe ich. Aber, Christopher, ich glaube, daß der Zeitpunkt nicht der richtige ist. Die ganze Welt um mich herum scheint mir aus den Angeln zu geraten – alle überschütten mich mit Vorwürfen und Vorhaltungen. Ich denke, daß wir ihnen eine Chance geben sollten, sich in Ruhe an den Gedanken zu gewöhnen.«

»Aber du meinst es ernst? Du hast ja gesagt?«

»Ich sage, daß ich es möchte.«

»Wann, Lee?«

»Ich weiß nicht, wann.«

Einige Sekunden vergingen; sie spürte förmlich, wie seine Freude verflog und sich Enttäuschung breitmachte. »In Ordnung.« Sie hörte seiner Stimme an, daß er sich zwingen mußte, die Worte nicht zu hart auszusprechen. »Ich verstehe. Aber warte nicht zu lang. Schatz, ich liebe dich so sehr. Ich möchte keine Sekunde mehr verlieren.«

Von nun an wurde Lee von ihrer Familie geschnitten. Im Geschäft herrschte gespannte Stimmung. Vom nächsten Tag an begann Sylvia, Lee ins Gewissen zu reden, sobald sie auch nur für einen Augenblick allein waren.

An Joeys fünfzehnten Geburtstag blieb Janice, die im vergangenen Jahr alles darangesetzt hatte, zu der Feier nach Hause zu kommen, im College und schickte ihm nur eine Glückwunschkarte. Auch Peg und Orrin schickten ihm sein Geburtstagspäckchen per Post und sagten die Einladung unter dem Vorwand ab, Orrin hätte Probleme mit seiner Zahnprothese.

Lloyd kam und brachte Joey ein großes braunes Sweat-Shirt mit, auf dessen Brust ein weißes *A* prangte, denn Joey würde im folgenden Jahr die Anoka Senior High School besuchen. Beim Essen in Joeys Lieblingsrestaurant bemerkte Lloyd diskret: »Das Fest ist dieses Jahr kleiner als sonst, nicht wahr?«

In diesem Augenblick brach die ganze Geschichte aus Lee heraus, aber Lloyd, der gute, verständnisvolle, gerechte Lloyd, sagte nur: »Das ist aber ein Problem.«

Wenige Tage später suchte Orrin Lee im Geschäft auf und lud sie zum Mittagessen ein. Während des Essens hielt er ihr ununterbrochen vor, wie aufgebracht ihre Mutter war; er verlangte, daß ihre Dummheiten auf der Stelle zu enden hatten und sie dem *Jungen* raten sollte, sich nach einer Gleichaltrigen umzuschauen.

Schließlich konnte Lee nicht mehr an sich halten. »Ihr seid doch alle ein heuchlerisches Pack! Als es darum ging, mich nach Gregs Tod zu trösten, war Christopher gerade gut genug. Und als Janice vom Flughafen abgeholt werden mußte, kam er gerade richtig. Er hat dir und Mom eine Beileidskarte geschickt und mir so viele Dinge abgenommen, die ihr sonst hättet erledigen müssen – dafür war er gut genug. Und jetzt, wo wir zusammen schlafen, behandelt ihr uns wie zwei Perverse! Das sagt einiges über eure Denkweise aus.«

Das Essen endete beinahe in einem Eklat, und beide hielten es zusammen kaum eine Minute länger aus.

Als Lee wie jede Woche Janice im College anrief, bekam sie nur oberflächliche und einsilbige Antworten auf ihre Fragen; in allem, was Janice sagte, konnte Lee die deutliche Botschaft hören: *Ich toleriere diese Unterhaltung lediglich; ich nehme nicht an ihr teil.* Als Lee ihre Tochter fragte, wann sie wieder einmal nach Hause käme, erhielt sie nur die lapidare Antwort: »Weiß ich nicht.«

Lees Auseinandersetzung mit ihrem Vater machte in der Familie schnell die Runde, und Lee mußte sich endlose Strafpredigten von Sylvia anhören. Die Spannung wurde im Laden so unerträglich, daß auch die Angestellten Wind von der Sache bekamen. Eines Tages fragte Pat Galsworthy Lee: »Stimmt es, daß Sie mit einem Mann zusammen sind, der erst dreißig Jahre alt ist?« Lee fuhr sie scharf an, daß sie ihre Nase nicht in anderer Leute Angelegenheiten stecken solle, wenn sie nicht ihren Job verlieren wolle.

Später entschuldigte sich Lee bei ihr, aber Tatsache war, daß die Atmosphäre im Geschäft durch die Spannungen, die zwischen ihr und Sylvia herrschten, vergiftet war. Da die beiden Schwestern sich kaum noch wie zivilisierte Menschen unterhalten konnten, setzten sie sich immer seltener zusammen, um die täglich anfallenden Dinge zu besprechen – Bestellungen, Rechnungen, die jeweiligen Arbeitszeiten. Dieser Mangel an Kommunikation machte sich in einem gestörten Tagesablauf, in verworrenen Terminplänen und in einer allgemeinen Spannung und Gereiztheit bemerkbar.

An einem Donnerstag rief Christopher an und sagte: »Zieh dir etwas Schickes an. Ich habe heute abend frei und lade dich ins Carousel nach Saint Paul ein.«

Als sie in dem sich drehenden Restaurant saßen und auf die glitzernden Lichter der Stadt herabschauten, zog er aus seiner Hemdtasche einen Diamantring, dessen Stein so groß war, daß er nicht unter einen engen Lederhandschuh gepaßt hätte.

»Oh, Christopher ...«, sagte Lee, als sie den Verlobungsring in dem mit blauem Samt ausgekleideten Kästchen funkeln sah. »Oh ... das kann doch gar nicht wahr sein. Warum schenkst du mir so etwas?«

»Weil ich dich liebe, Lee Reston. Ich möchte, daß du meine Frau wirst.« Er nahm ihre Hand und steckte ihr behutsam den Ring an. Wie gewöhnlich waren ihre Nägel spröde und die Hände rauh und rissig.

»Aber er ist ja so groß. Was werde ich mit ihm tun, wenn ich den ganzen Tag lang mit Pflanzen und Wasser hantiere?«

»Bewahr ihn in deiner Nachttischschublade auf und steck ihn dir an, wenn du abends nach Hause kommst. Wirst du mich heiraten?«

Sie blickte auf und spürte, wie ihr die Tränen in die Augen stiegen.

»Oh, Christopher, ich kann es noch gar nicht glauben. Ich möchte ... du weißt, daß ich es möchte. Aber wie soll ich das machen?« Die Vorwürfe und Schmähungen ihrer Familie lasteten schwer auf ihr und hatten ihre Gefühle vollkommen durcheinander gebracht. Sie liebte diesen Mann und war sich sicher, daß sie ein glückliches Leben führen würden, aber diese Überlegungen ließen ihr die Entscheidung nicht leichter fallen. »Mein ganzes Leben ist in Aufruhr und Zerfall begriffen.« Und mit der weichsten Stimme, die ihr zur Verfügung stand, fuhr sie fort: »Es tut mir leid ... aber ich kann den Ring nicht tragen.« Mit diesen Worten zog sie ihn vom Finger und legte ihn zurück in das Kästchen. »Ich kann es einfach nicht. Und außerdem ist er viel zu schön für meine häßlichen Hände.«

Hilflos starrte er auf den Ring, dann in ihr Gesicht; sein Blick war so verzweifelt, daß sie ihm nicht standhalten konnte. Schließlich faßte er ihre Hände.

»Lee, tu das nicht«, bat er sie inständig. »Bitte.«

»Du weißt, was ich sagen werde, nicht wahr?«

»Sag es nicht, bitte sag es nicht ...«

»Aber alle sind gegen uns. Alle.«

»Außer Joey.«

»Ja, außer Joey. Aber langsam hat es auch Auswirkungen auf ihn. Janice ist nicht zu seinem Geburtstag gekommen, und seine Großeltern auch nicht. Sylvia und ich wechseln fast kein Wort mehr. Das Geschäft leidet schon unter diesen Spannungen. Was soll ich tun?«

Er senkte den Blick auf ihre ineinander verschlungenen Hände und strich mit seinen Daumen über ihre. Sein Gesicht wurde trauriger und trauriger; er erkannte, welche Probleme er in ihr Leben gebracht hatte.

Der Kellner brachte das Essen – es duftete köstlich und war wie ein kleines Meisterwerk verziert. Sie murmelten »Danke«, griffen nach ihren Gabeln und stocherten lustlos auf ihren Tellern herum.

Lee fuhr mit gebrochener Stimme fort: »Du weißt, wie wichtig meine Familie mir immer gewesen ist. Ich habe so hart darum gekämpft, meine eigene beisammenzuhalten, nachdem Bill gestorben war. Meine Eltern sind immer für mich dagewesen, und Sylvia war meine beste Freundin. Und jetzt ...« Sie zuckte die Achseln. »Jetzt fällt alles auseinander.«

»Und deshalb lehnst du meinen Antrag ab.«

»So darfst du es nicht sehen.«

»Aber so ist es doch. Ich dachte, unsere Beziehung würde uns etwas bedeuten. Aber nun stellst du sie in Frage, weil deine Familie nicht einverstanden ist. Was glaubst du, wie ich mich dabei fühle?«

»Es tut auch mir weh, Christopher.«

Sein Blick glitt durch das Fenster hindurch in die Nacht. Die Kuppel drehte sich langsam, so daß nach der nächtlichen Skyline von Minneapolis langsam der dunkle Fluß auftauchte. Chris hatte seinen Teller von sich geschoben und umklammerte den Stiel seines Glases. Schließlich sah er ihr ins Gesicht.

»Lee, ich habe nie ein schlechtes Wort über deine Familie verloren. Und ich glaube, daß sie trotz der Dinge, die sie dir gerade antut, nicht schlecht ist. Aber sie verurteilen mich nicht wegen meiner Person, sondern wegen meines Alters. Ich glaube, daß sie sehr wohl wissen, daß ich ein anständiger, treuer und guter Mann bin, der dich bis zu seinem Tag ehrt und auf Händen trägt. Aber dummerweise bin ich erst dreißig und du fünfundvierzig. Das ist so verdammt unfair – und du bist im Unrecht, wenn du vor ihnen zu Kreuze kriechst.«

»Vielleicht bin ich im Unrecht, aber unter den gegebenen Umständen habe ich keine andere Wahl.«

»Was meinst du mit ›keine andere Wahl‹?«

Sie atmete tief ein und sprach die Worte aus, die ihr das Herz brachen. »Ich meine damit, daß wir uns eine Weile nicht sehen sollten.«

Er verharrte reglos, als er die Worte hörte, die sie ihm lieber hätte ersparen wollen. Sie wußten beide, daß »eine Weile« auch »nie mehr« bedeuten konnte. Wenn ihre Familie die Beziehung jetzt nicht guthieß, dann würde sie das auch in Zukunft nicht tun.

Mit zusammengebissenen Zähnen blickte er auf die fernen Lichter, das Gesicht zu einer steinernen Maske erstarrt.

»Bitte, Christopher, schau nicht so.«

Er stocherte wieder in seinem mittlerweile kalten Essen herum. Schließlich nahm er die Serviette vom Schoß, faltete sie, legte sie neben den Teller und sagte, ohne sie anzusehen: »Gut, wenn es schon zu Ende gehen muß, dann laß es uns wenigstens ohne böse Worte abschließen. Ich möchte deinen Kummer nicht noch vergrößern. Wenn du es so willst, Lee, dann verschwinde ich aus deinem Leben, und zwar auf der Stelle. Hunger habe ich jedenfalls auch nicht mehr.«

Die ganze Rückfahrt fühlte sich Lee, als würde in ihrem Brustkorb ein Luftballon stecken, der immer dicker und dicker wurde und gegen ihre Lungen drückte, bis sie nicht mehr genug Luft bekam.

Ihr Herz schmerzte.

Ihre Augen brannten.

Ihre Kehle fühlte sich an wie ein Gartenschlauch mit einem Knick. Wenn es nur nach ihm gegangen wäre, wäre er gefahren wie ein Verrückter, doch statt dessen behielt er die perfekte Kontrolle über sich.

Vor ihrem Haus blieb er stehen, stieg bei laufendem Motor aus, ging um den Wagen und öffnete ihr die Tür. Dann bot er ihr den Arm, um sie über den vereisten Gehweg bis zur Haustür zu bringen.

Kurz vor dem Haus hielt sie inne; ihr wurde bewußt, was sie getan hatte, und noch im gleichen Augenblick überfiel sie eine Vorahnung der Leere, die sich in ihr ausbreiten würde, sobald er verschwunden wäre. Der Nachtwind pfiff um sie herum; der Schnee des Spätwinters lag wie eine verfilzte graue Decke auf dem Boden. Die feuchte, kalte Luft durchdrang ihre Kleider und ihre Haut und schien direkt in ihre Herzen zu reichen.

Er faßte nach ihren Händen, und so standen sie sich gegenüber, ihre Blicke auf den dunklen Betonweg gesenkt.

Sie blickte auf.

Er blickte auf.

Und in der Sekunde, in der sich ihre Blicke trafen, stürzte ihre Kontrolle, die ja nichts anderes als Selbstschutz war, in sich zusammen. Er riß sie in seine Arme und küßte sie im Taumel der Verzweiflung. Der Kuß beinhaltete Liebe, Verlangen, Schmerz und Enttäuschung – er machte ihr unmißverständlich klar, wie sehr auch er leiden würde, sobald er sich von ihr abwandte. So plötzlich er sie ergriffen und an sich gezogen hatte, so plötzlich stieß er sie auch wieder von sich. »Ich werde dich nicht anrufen. Falls du mich sehen willst, weißt du, wo ich bin.«

Rasch wandte er sich ab, eilte die Treppen hinunter und den Weg entlang zu seinem Auto.

Erst dreimal zuvor in ihrem Leben hatte sie so verzweifelt geschluchzt: nach dem Tod ihres Babys Grant, nach Bills Tod ... und nach Gregs Tod. Aber diesmal hatte sie selbst es so gewollt.

Aber welche Wahl hatte sie gehabt?

Nach einiger Zeit kam eine andere Frage hinzu: *Wie können dich Menschen, die vorgeben, dich zu lieben, durch solch eine Hölle gehen lassen?*

Während ihr sein Abschiedskuß noch auf den Lippen brannte, sah sie, wie er sich umdrehte und davonstürmte, mit aller Macht die Autotür hinter sich zuschlug und wie ein Verrückter das Gaspedal durchtrat. Während der Motor laut aufheulte, schoß der Wagen nach vorn; nach einigen Metern geriet das Heck ins Schlingern, prallte gegen einen auf der anderen Straßenseite aufgetürmten Schneeberg, dann rutschte er wieder zurück in die Straßenmitte. Das Radio hatte er so laut aufgedreht, daß sie den dumpfen Rhythmus stampfen hörte. Am Ende der Straße überfuhr er ein Stoppschild, ohne wenigstens die Geschwindigkeit zu drosseln.

Der Polizist.

Der Gesetzeshüter.

Der Mann, dessen Herz sie gebrochen hatte.

Sie stürzte auf ihr Bett und schluchzte so laut, daß Joey davon wach wurde, ihre Schlafzimmertür einen Spaltbreit öffnete und mit angsterfüllter Stimme flüsterte: »Mom? ... Mom? ... Was ist los, Mom?«

Sie konnte nicht antworten, wollte nicht antworten, und schluchzte nur noch lauter, während Joey sie hilflos anstarrte. Sie weinte bittere Tränen der Liebe – stundenlang durchliefen Krämpfe ihren Körper, sie war so unendlich verzweifelt, daß sie nicht wußte, wie sie die einsamen Tage ohne ihn durchstehen sollte. Wer würde sie anrufen und sich danach erkundigen, wie ihr Tag gewesen war? Wer würde mit einem Kuchenpaket vor ihrer Haustür stehen? Wer würde sie bitten zu helfen, den Weihnachtsbaum auszusuchen? Wer würde sie umarmen und festhalten, wenn sie Trost brauchte? Wer würde sie verstehen, wenn sie manchmal weinen mußte? Wer würde an glücklichen Tagen ihr Leben teilen?

Sie lag reglos auf der Seite, unfähig zu irgendeiner Handlung, nicht in der Lage aufzustehen, sich eine Packung Taschentücher zu holen oder ihr Kleid auszuziehen.

In ihren Schläfen hämmerte es; ihre Augen brannten; ihre Nase war ausgetrocknet. Immer wieder überliefen sie Schauder.

Ich will nicht mehr weinen. Bitte, laß mich nicht mehr weinen. Aber selbst dieser Gedanke verursachte neue Tränen.

Als sie das letzte Mal auf die Uhr schaute, war es halb fünf, und ihr Kopf schmerzte.

Um Viertel nach zehn erwachte sie und schoß beim Blick auf den Wecker in die Höhe. Sie war über eine Stunde zu spät dran. Mühsam raffte sie sich auf, doch ließ sich gleich wieder zurück in die

Kissen sinken; ihr Kopf schmerzte bei jeder Bewegung. Das Laken unter ihr war zerwühlt, auf ihrem Kopfkissen waren Spuren von Make-up zu erkennen. Sie war umgeben von zerknüllten Papiertaschentüchern.

Oh, Gott.

Oh, Gott.

Oh, Gott.

Bitte laß mich nur diesen einen Tag überstehen, und dann werde ich mich besser fühlen.

Als sie sich erhoben hatte und unsicher durch das Zimmer tappte, klopfte es an der Tür. Noch während sie nach der Klinke faßte, öffnete sie die Tür. Vor ihr stand Joey. »Mom, ist mit dir alles in Ordnung?«

»Joey, warum bist du zu Hause? Ist heute keine Schule?«

»Bin heute nicht hingegangen.«

Sie trug noch immer die Kleidung vom Vorabend, die jetzt vollkommen zerknittert und verrutscht war. Plötzlich wurde ihr klar, welche Angst er um sie ausgestanden haben mußte.

Sie schloß die Augen und legte ihre Hand auf den Kopf, um das Pochen zu unterdrücken.

»Mom, was ist passiert?«

Es kam ihr vor, als stünde er zehn Meter von ihr entfernt. Sie streckte die Arme nach ihm aus und zog ihn an sich.

»Christopher und ich haben uns gestern abend getrennt.«

»Warum?« fragte er in seiner noch kindlichen Art.

Diese einfache Frage ließ ihr wieder die Tränen in die Augen treten; ihre verquollenen Lider schmerzten, als sie erneut mit der salzigen Flüssigkeit in Berührung kamen.

»Weil alle dagegen sind«, stieß sie verzweifelt hervor. »Alles ist so ungerecht, und ich ... ich ...« Wieder überkam sie Schluchzen. Sie ließ ihr ganzes Gewicht in Joeys Arme sinken und weinte hemmungslos. Mein Gott, warum mußte sie ihn mit ihrem Liebeskummer konfrontieren – den würde er selbst noch früh genug kennenlernen.

Unbeholfen drückte er sie fest an sich. »Ist ja gut, Mom. Wein nicht. Ich bin bei dir.«

»Oh, Joey, es tut mir leid … es tut mir so leid. Ich wollte dich nicht ängstigen.«

»Ich hab gedacht, es wäre was Schreckliches passiert – daß du Krebs hättest oder so was. Aber wenn es nur Christopher ist, dann kannst du ihn ja anrufen und dich wieder mit ihm vertragen. Er liebt dich wirklich, Mom, das weiß ich ganz genau.«

Sie bekam sich wieder unter Kontrolle und entzog sich seiner Umarmung. »Wenn es nur so einfach wäre«, murmelte sie, während sie hinüber zum Badezimmer ging. Sie öffnete die Tür, machte das Licht an und schaute in den Spiegel. »Oh, du lieber Gott«, murmelte sie entsetzt.

Joey war ihr bis zur Schwelle gefolgt und blickte sie an. »Du siehst aus wie ein Insekt, das in eine fleischfressende Pflanze gefallen ist.«

»Na, danke«, antwortete sie.

»Willst du nicht im Geschäft anrufen und Tante Sylvia sagen, warum du zu spät bist?«

»Ich werde ihr verdammt nochmal gar nichts sagen«, gab Lee zurück, »außer, daß ich heute nicht in den Laden kommen werde. Und wenn ihr das nicht paßt, dann ist das ihr Problem. Und was ist mit dir? Ich rufe besser in der Schule an und sage Bescheid, daß ich dich gleich bringe.«

»Muß ich heute überhaupt gehen, Mom?«

Sie blickte auf. »Du willst gar nicht gehen?«

»Laß uns doch beide blaumachen«, schlug er vor. »Wir könnten irgendwas Schönes unternehmen.«

Zwischen den dunklen Wolken der vergangenen Nacht blitzten die ersten Sonnenstrahlen hindurch.

»Du meinst, du möchtest den Tag mit einer häßlichen alten Frau verbringen, deren Gesicht aus lauter roten Flecken besteht und deren Augen so dick geschwollen wie Kuheuter sind?«

»Ja«, erwiderte er grinsend. »Hört sich nach viel Spaß an.« Sie ging auf ihn zu, lehnte sich an die Badezimmerwand, stützte die Hand in die Hüfte und fragte: »Und was schlägst du vor?« Er zuckte die Achseln. »Weiß nicht. Wir könnten …« Er dachte einen Augenblick nach, dann erschien ein breites Grinsen auf seinem Gesicht. »Wir könnten im Spielsalon ein paar neue Videospiele ausprobieren und danach durchs Einkaufscenter bummeln. Oder wie wär's, wenn wir irgendwo frühstücken und danach ins Kino gehen würden? Ich könnte auch fahren.«

Jetzt machte sich auch auf ihrem Gesicht ein Lächeln breit. »Ach so, das ist also der wahre Grund.«

»Oh, nein, das ist mir eben erst eingefallen, aber das Programm hört sich auf alle Fälle besser an als Schule.«

Sie küßte ihn auf die Stirn. »Okay, das machen wir. Gib mir eine halbe Stunde, daß ich mich ein wenig herrichten kann – und dann geht's los.«

Sie beschlossen, daß jeder abwechselnd bestimmen durfte, was gemacht wurde. Zuerst fuhren sie in einen Spielsalon und fütterten die Automaten mit dreizehn Dollar fünfzig, bis Lee schließlich auch einmal eine Runde Flipper gegen ihren Sohn gewann. Ihre nächste Station war das Dairy Queen Restaurant, wo sie Hamburger, Pommes frites und Banana-Split aßen. Dann fuhren sie rüber nach Saint Paul in das größte Sportgeschäft weit und breit und warfen einen Blick auf die schon heruntergesetzten Skisachen. Und schließlich gingen sie in das Minneapolis Institute of Art, wo sie sich für die Abteilung der Niederländischen Malerei entschieden.

Dieser Tag blieb ihnen für die Zukunft als ein besonders schöner in Erinnerung, und oft dachten sie an ihn zurück. Es war etwas, was sie nie zuvor gemeinsam getan hatten – einfach blaumachen. Sie hatte ihre Kinder zu Disziplin und Fleiß erzogen – und dieses Prinzip einen Tag lang zu vergessen, verband Lee und Joey in einer zuvor nie gekannten Art.

Joey erzählte von seiner Freundin Sandy, wie gut sie ihm gefiel und daß er begann, »diese Gefühle« zu entwickeln.

Lee berichtete dasselbe von ihr und Christopher.

Joey erzählte, daß er seinen Mathelehrer, Mr. Ingram, sehr mochte und daß er der Meinung war, Joey sei sehr begabt in Geometrie und Trigonometrie; vielleicht würde er in der Senior High School entsprechende Kurse wählen.

Sie sprachen darüber, welchen Beruf Joey später ergreifen könnte.

»Polizist will ich jedenfalls nicht werden«, sagte er.

Das weckte natürlich Erinnerungen an Greg, und sie tauschten Gedanken an die Vergangenheit aus.

Joey fragte seine Mutter, ob sie jemals mit Janice oder Greg einen Tag blaugemacht hätte. Sie verneinte; nach dem Tod ihres Mannes war sie immer zu beschäftigt für so etwas gewesen.

Joey sagte ihr, daß er sie »so« viel lieber mochte.

»Wie – ›so‹?«

Er zuckte die Schultern und sagte: »Weiß nicht ... du bist viel glücklicher, lockerer. Das hast du selbst gesagt. Vor einem Jahr hättest du mich nie einen Tag blaumachen lassen – du hättest mich ins Auto gepackt und zur Schule gefahren, und wir hätten den Tag nicht zusammen verbracht. Du hast dich sehr verändert, seitdem du Christopher kennst.«

»Ach ja?« fragte sie traurig.

»Ja, oder glaubst du das nicht?«

War es Christopher, der sie verändert hatte? Oder Gregs Tod? Oder nur die Tatsache, daß sie älter und klüger wurde?

Sie legte ihren Arm um seine Schulter und sagte: »Wir haben ein schlimmes Jahr hinter uns. Keiner macht so etwas durch, ohne sich zu verändern. Aber trotzdem freut es mich, daß ich dir so besser gefalle.«

»Laß dich nicht von ihnen unterkriegen, Mom. Von Großmutter und Tante Sylvia und Janice, meine ich. Ich weiß, wie sie dich behandelt haben, aber ich möchte, daß du Chris heiratest.«

Wortlos nahm sie ihn in den Arm. Die Leute drehten sich neugierig nach ihnen um, doch Joey war in den vergangenen Monaten so gereift, daß er die Umarmung seiner Mutter ohne Scham erwidern konnte.

»Das würde ich so gerne, Joey, das kannst du mir glauben. Aber ich möchte nicht, daß die Familie daran auseinanderbricht.«

»Ach, was wissen die denn schon?«

Seine rückhaltlose Unterstützung rührte sie. »Danke, mein Schatz.«

Sie gab ihn aus der Umarmung frei, und Seite an Seite schlenderten sie durch die Gänge des Museums.

»Es war gut, daß du mir das gesagt hast«, bemerkte sie. »Dieser ganze Tag bedeutet mir sehr viel. Gestern abend habe ich nicht gewußt, wie ich den nächsten Tag überstehen sollte. Ich dachte, ich würde ohne Christopher sterben. Aber schau, nun gehe ich mit dir durch diese Kunstgalerie. Du hast mir gezeigt, wieviel Trost ein Mensch spenden kann. Du hast mir geholfen, über den ersten Tag ohne ihn hinwegzukommen, und auch morgen werde ich überleben, dann noch einen Tag und noch einen. Und so werde ich es schaffen.«

»Das heißt, daß du ihn nicht wiedersehen wirst?«

»Ja, das heißt es.«

Schweigend gingen sie weiter.

Er warf einen Blick auf das Gemälde zu seiner Linken.

»Weißt du, was ich glaube, Mom?«

Die Frage hallte in dem Korridor nach, während sie wortlos dahinschlenderten. Ihre Hand ruhte auf seiner Schulter, während seine Hände in den Taschen seiner Winterjacke vergraben waren. Klick ... quietsch ... klick ... quietsch. Ihre Schritte gingen im Gleichtakt.

»Ich glaube, du machst einen großen Fehler.«

Dieser Satz wollte ihr in den folgenden Tagen nicht mehr aus dem Kopf. Seitdem sie Christopher nicht mehr sah, erschienen ihr die Tage eine zähe, immer gleiche Abfolge. Wie langsam die Zeit verging, wenn die alltägliche Eintönigkeit nicht durch die wunderschönen Gefühle des Glücks unterbrochen wurde. Wie schwer fiel die Arbeit, wenn man sich danach auf nichts freuen konnte. Wie einsam fühlte man sich, wenn man allein etwas tat, was man zuvor zu zweit gemacht hatte.

Sie hatten so oft gemeinsam gegessen, gemeinsam Musik gehört, waren so oft zusammen in seiner oder ihrer Wohnung gewesen, hatten das Badezimmer, die Haarbürste und das Besteck des anderen benutzt.

Überall lauerten Erinnerungen.

Er hatte einen Kugelschreiber mit dem Aufdruck *Notruf 911* neben ihrem Telefon liegenlassen. Nicht ein Abend ging vorbei, ohne daß sie nicht versucht war, diese Nummer zu wählen. Fast alle Mahlzeiten, die sie zubereitete, erinnerten sie an ihn.

Popcorn. Chinesische Gerichte. Spaghetti mit Fleischsauce. Wenn sie zusammen mit Joey am Küchentisch saß und aß, dachte sie darüber nach, wie es sein würde, wenn er in drei Jahren mit der High School fertig wäre. Was dann? Würde sie dann für den Rest ihres Lebens allein essen?

Eines Abend erblickte sie beim Öffnen der Handschuhschublade in der Dielengarderobe eine große Taschenlampe, die Chris ihr gekauft und dort deponiert hatte, weil er der Meinung gewesen war, sie sei zu unbekümmert und solle sich besser schützen. Im Wohnzimmer lag noch immer die aufgeschlagene Zeitschrift, die er gelesen hatte, als er sie das letzte Mal abholte und noch einige Augenblicke warten mußte, bis sie umgezogen war. Die Waschmaschine hatte sich wieder einmal aus ihrer Verankerung gelöst; sie versuchte selbst, sie wieder festzuschrauben, und erst als sie den Tränen nahe war, bat sie Jim Clements um Hilfe.

Sie öffnete einen Schrank und erblickte die Vase, die er ihr zu ihrem Geburtstag geschenkt hatte.

Unzählige Male fuhren jeden Tag die schwarz-weißen Streifenwagen der Polizei vor ihrem Geschäft vorbei. Jedesmal versetzte ihr dieser Anblick einen Stich, und für den Rest des Tages fühlte sie dort nur noch Leere.

Am schlimmsten litt sie jedoch nachts, wenn sie wach im Bett lag und sich von einer Seite auf die andere wälzte. Dann fragte sie sich, wie viele glückliche Jahre sie freiwillig aufgegeben hatte, nur um es ihrer Familie recht zu machen. Jeden Abend um elf mußte sie sich mit aller Macht davon abhalten, nach dem Hörer zu greifen, seine Nummer zu wählen und zu fragen: »Hallo, wie geht's dir? Wie war dein Tag? Wann sehen wir uns?« Eines Abends hatte sie tatsächlich den Hörer abgenommen, seine Nummer gewählt, aber direkt nach dem ersten Läuten wieder aufgelegt, sich zur Wand gedreht und bitterlich geweint.

Sie versuchte, ihren Schmerz vor Joey zu verbergen, aber in ihrem Inneren lebte er fort, quälte sie jede Minute des Tages und hinderte sie daran, das Leben zu genießen.

In dem Augenblick, als sie Christopher weggeschickt hatte, waren ihr auch der Optimismus, der Humor, die Zuversicht, die Zufriedenheit und das Glück abhanden gekommen – alle positiven Kräfte, die immer ihr Leben bestimmt hatten. Sie versuchte, nicht zuletzt auch Joey zuliebe ihren alten Geist wiederzufinden, doch all ihre Bemühungen blieben fruchtlos.

Christopher ging es nicht anders.

Die Tage ohne sie verrannen eintönig. Er arbeitete. Er aß. Er trainierte im Fitneßraum. Er absolvierte Schießübungen. Er fuhr mit seinem Explorer zum Ölwechsel in die Werkstatt. Er sah sich mit Judd im Kino einen Film mit Bruce Lee an. Ihm wurde gar nicht bewußt, wie sehr er es vermied, sich allein in der Wohnung aufzuhalten, in der ihn alles an sie erinnerte. Eines Tages hatte er keine frischen Uniformhemden mehr. Wie lange hatte er schon keine Wäsche mehr gewaschen? Oder in seiner Wohnung gegessen? Die Jalousien im Wohnzimmer geöffnet?

Er tat, was er tun mußte.

Er wusch und bügelte seine Uniformhemden. Er saugte den Teppichboden. Er goß die Pflanzen. Er zog die Bettwäsche ab. In ihr hing noch immer ihr Geruch. Ihr Parfüm, ihr eigener Duft – die Erinnerungen holten ihn immer wieder ein.

Auch andere Dinge erinnerten ihn an sie.

Im Bad lag eine halbvolle Schachtel Kondome.

Im Kühlschrank stand eine Flasche Schokolade-Kirsch-Limonade mit seltsamem Geschmack, die sie eines Tages gekauft hatte, weil der Name so vielversprechend klang. Er warf die Flasche nicht weg, weil er die Hoffnung hatte, daß sie irgendwann wiederkommen und die Limonade zusammen mit ihm trinken würde.

In seinem Explorer lag noch ein Päckchen Papiertaschentücher. In seinem Wohnzimmer erinnerte ihn der Anblick des Sofas an das erste Mal, als sie nebeneinander gelegen hatten. Der Teppich, auf dem sie sich geliebt hatten. Die Pflanzen, die sie nach Gregs Tod nicht mitgenommen hatte und in deren Erde sie immer den Finger gesteckt hatte, um die Feuchtigkeit zu überprüfen. Mehrmals am Tag mußte er an ihrem Geschäft vorbeifahren. Und jedesmal hoffte er, sie durch das Schaufenster hindurch zu erspähen, aber er sah sie nie.

Das Wort Einsamkeit bekam während der langen Spätwintertage ohne sie eine neue Bedeutung. Als er in einer Drogerie Deodorant und neue Rasierklingen kaufte, wanderte sein Blick über einen Grußkartenständer und blieb an einer Reihe Karten hängen.

Ich liebe dich, weil ...

Es tut mir leid, daß ...

Wenn du nicht bei mir bist ...

Beim Lesen jeder einzelnen Karte überkam ihn Sentimentalität, und er überlegte, ob er ihr eine schicken sollte. Eine? Am liebsten hätte er ihr zehn, zwanzig, jeden Tag eine Karte geschickt. Er liebte sie, es tat ihm leid, und wenn sie nicht bei ihm war, ging er ein wie eine Pflanze ohne Wasser.

Ihre Trennung lag schon sechs Wochen zurück, als er eines Morgens in die Junior High School mußte, um einige Unterlagen in Judds Angelegenheit abzugeben. Er näherte sich dem Sekretariat, als sich die Tür öffnete und Lee heraustrat. In dem Augenblick, als sie sich sahen, hielten sie in ihrem Schritt inne. Ihre Herzen setzten einen Schlag lang aus. Blut schoß in ihre Wangen.

»Lee«, würgte er hervor, als die Tür sich hinter ihr geschlossen hatte.

»Hallo, Christopher.« In den Gängen herrschte Stille.

»Was machst du hier?«

»Ich habe am Wochenende Joeys Sporthose gewaschen, und natürlich hat er heute früh vergessen, sie mitzunehmen. Deshalb habe ich sie ihm jetzt vorbeigebracht. Und was machst du hier?«

»Ich gebe einige Papiere für die Schulleitung ab.«

Beide suchten nach weiteren Worten, doch ihnen fiel nichts mehr ein. Statt dessen schauten sie sich gegenseitig in die Augen, teilten sich schweigend mit, daß nichts sich geändert hatte, daß sie unter der Trennung litten, daß sie sich nacheinander sehnten. Sie stahlen die wenigen Augenblicke, in denen sie Blicke voller Verlangen tauschten. Nach den langen Wochen der Einsamkeit und des Schmerzes fühlten sie in diesen Momenten ihre Herzen wieder lebendig werden.

Die beiden spiegelten sich in dem blank gebohnertem Boden, wie sie sich reglos gegenüberstanden, beide unfähig, sich umzudrehen und ihre eigenen Wege zu gehen. Aber sie konnten nicht ewig hier stehen und sich anstarren, während in ihrem Innern die Stürme der Gefühle tobten.

Er erlangte zuerst wieder die Fassung, trat auf das andere Bein und rollte die Papiere in seiner Hand. »Wie geht's ...« Er räusperte sich und setzte erneut an. »Wie geht's denn Joey?«

»Joey geht's gut.«

»Und den anderen?«

»Denen geht's auch gut. Und wie steht's mit Judd?«

»Ich bin wegen seiner Papiere hier.« Er deutete eine leichte Bewegung mit der Papierrolle an. »Das Gericht hat seinen Eltern das Sorgerecht entzogen, er lebt jetzt im Heim, und ich habe das Gefühl, daß es ihm schon viel besser geht. Er lebt in einer Gruppe mit vier anderen Kindern zusammen und macht einen ganz zufriedenen Eindruck.«

»Wie schön, das freut mich zu hören. Ich weiß doch, wie sehr er dir am Herzen liegt.«

Nach einem kurzen Schweigen fragte er: »Und was hast du in der Zwischenzeit so gemacht?«

Auf ihrem Gesicht war ein Anflug von stiller Verzweiflung erschienen, ein Blick voller Sehnsucht und Zärtlichkeit. Als hätte sie seine Frage gar nicht wahrgenommen, kam ihr das Geständnis über die Lippen.

»Mein Gott, wie ich dich vermißt habe.«

»Du hast mir auch gefehlt«, erwiderte er mit gequälter Stimme.

»Jeden Abend um elf war ich nah dran, nach dem Telefonhörer zu greifen«, flüsterte Lee.

»Du hättest es nur tun müssen.«

»Ich weiß, aber es war so schwer.«

»Mit deiner Familie hat sich nichts geändert?«

»Ich spreche nicht viel mit ihnen.«

»Ist es so schlimm?«

Sie hätte in Worten gar nicht ausdrücken können, wie schlimm sie sich nach der Trennung von ihm fühlte.

»Und dabei hätte doch nach unserer Trennung alles wieder besser werden sollen«, bemerkte er.

»Ich weiß«, gab sie tonlos zurück.

»Warum tun wir uns das dann an, Lee?«

»Weil ich ... ich ...« Ein Wort mehr, und sie hätte zu weinen angefangen – also schluckte sie ihre Rechtfertigung hinunter.

»Es ist immer nur der Altersunterschied, der dich davon abhält, zu mir zurückzukommen. Es ist nicht nur deine Familie, du selber willst es nicht.«

In diesem Moment öffnete sich die Tür des Sekretariats, und zwei Schüler kamen heraus. Lee und Christopher reagierten gleichermaßen erschreckt und traten einen Schritt zurück. Als die Schritte der Schüler in den Gängen verhallt waren, sagte er: »Ich muß jetzt gehen. Sie warten sicher schon auf die Unterlagen.«

»Sicher«, erwiderte sie. »Außerdem ist das hier nicht der richtige Ort und Zeitpunkt.«

Er trat einen weiteren Schritt zurück und sagte: »Es war schön, dich zu sehen. Jedesmal, wenn ich an deinem Geschäft vorbeifahre, hoffe ich, daß ich dich im Schaufenster sehe, aber ...« Er zuckte die Schultern und ließ den Satz unvollendet im Raum stehen.

»Christopher ...« Sie faßte nach ihm, als wollte sie ihn aufhalten, doch ihre Berührung war nur ganz kurz. Er griff blind hinter sich und tastete nach dem Türgriff. »Du brauchst nur anzurufen, Lee.«

Nach diesem Zusammentreffen mit Chris verwandelte sich Lees Trauer langsam in Wut, die zum ersten Mal offen ausbrach, als Sylvia sie eines Tages ansprach.

»Lee, Barry hat einen Kollegen, der ungefähr in deinem Alter ist und ich dachte ...«

»Nein, danke.«

»Warum läßt du mich denn nicht wenigstens ausreden?«

»Warum sollte ich? Du willst mich doch nur mit diesem Mann

verkuppeln, damit du dir keine Vorwürfe mehr zu machen brauchst, was du Christopher und mir angetan hast.«

»Ich mache mir deswegen keine Vorwürfe.«

Lee warf Sylvia einen Blick zu, der so scharf wie ein Dolch war. »Wenn du nicht gewesen wärst, wäre ich heute verheiratet.«

Sylvia errötete.

Lee band die Stiele der Narzissen zusammen, schnitt sie auf die gleiche Länge zurück und stellte sie in den Eimer Wasser. »Ich habe nachgedacht, Sylvia. Würdest du mir deinen Anteil am Geschäft verkaufen?«

Sylvias Kinnlade klappte nach unten. »Lee, mein Gott, ist es denn so schlimm?«

»Ich habe auch darüber nachgedacht, dir meinen Anteil anzubieten, aber ich brauche noch ein regelmäßiges Einkommen, weil Joey erst in drei Jahren mit der Schule fertig ist. Dann wird er ins College gehen, und ich brauche eine Beschäftigung, damit mir zu Hause nicht die Decke auf den Kopf fällt.

Deshalb würde ich lieber deinen Anteil übernehmen, als dir meinen zu verkaufen.«

Sylvia eilte auf ihre Schwester zu und griff nach ihrer Hand. Sie war kalt und feucht. Das war die erste Berührung der beiden Schwestern seit dem Zerwürfnis.

»Willst du das wirklich, Lee?«

Lee entzog Sylvia ihre Hand und lenkte ihre Konzentration wieder auf den Strauß. »Ja, ich glaube schon.«

»Nun, ich kann es mir nicht vorstellen.«

Die Narzissen bildeten einen dichten Strauß. Lee trug ihn nach vorne ins Geschäft. »Denk drüber nach.«

Am nächsten Tag rief ihre Mutter sie zu Hause an – Sylvia hatte ihr ganz offensichtlich berichtet, daß Lee Anstalten machte, sich von der Familie zu lösen.

»Lee, Dad und ich wollten dich und Joey in dieser Woche zum Abendessen einladen.«

»Nein, tut mir leid, Mom, es geht nicht.«

Peg war ebenso vor den Kopf gestoßen wie Sylvia.

»Aber ...«

»Mutter, ich bin hier mitten in einer Arbeit. Ich kann jetzt nicht mehr sprechen.«

»Nun gut. Ruf mich in den nächsten Tagen an.«

Lee antwortete nicht. Sie genoß es, ihrer Mutter eine Abfuhr zu erteilen.

Auch Janice rief an. Lee wurde klar, daß die drei miteinander in Kontakt standen.

»Hallo, Mom«, sagte Janice.

»Hallo, Janice«, gab Lee kühl zurück.

»Wie geht es dir?«

»Wie soll es mir gehen, ich bin allein«, erwiderte Lee.

Drei zu null für mich, dachte Lee, während Janice peinlich berührt nach einer Antwort suchte.

»Großmutter hat mich angerufen und mir erzählt, daß du darüber nachdenkst, das Geschäft aufzugeben. Das kannst du doch nicht machen!«

»Und warum nicht?«

»Weil ... weil es so gut läuft und weil du deine Arbeit liebst.«

»Weißt du, Janice, ich habe meine Arbeit wirklich geliebt, aber sie ist mir gleichgültig geworden.«

»Aber du machst sie doch so *gut.*«

»Befriedigung gibt sie mir trotzdem nicht mehr.«

»Könnten wir darüber sprechen, wenn ich am Wochenende nach Hause komme?«

»Nein. Ich möchte meine Entscheidung allein treffen. Außerdem habe ich am Wochenende schon einiges vor. Am Samstag arbeite ich, und für Sonntag habe ich mich mit Donna Clements verabredet.«

Indem sie ihrer Tochter zu verstehen gab, daß sie keinen Wert auf ihren Besuch legte, hatte Lee sie einmal mehr vor den Kopf gestoßen.

Lee war an einem Friedensangebot nicht interessiert. Langsam hatte sich Wut in ihr breitgemacht, die ihr zum ersten Mal seit der Trennung von Christopher wieder das Gefühl gab, lebendig zu sein.

Nachdem Janice aufgelegt hatte, bereitete es Lee fast Freude, sich vorzustellen, wie ihre Tochter fassungslos vor dem Telefon stand, an die Wand starrte und bemerkte, wie ihr gewohntes Leben sich langsam auflöste.

Wut und Zorn beherrschten Lee auch in der Woche, die der Trennung von den drei wichtigsten Menschen in ihrem Leben folgte.

Sie machte im Geschäft keinen Hehl aus ihrer schlechten Stimmung.

Sie weinte hemmungslos, wenn sie das Bedürfnis danach hatte. Sie fuhr Joey an, der gar nicht wußte, wie ihm geschah.

Eines Abends, nach dem Abendessen, betrat er das Bad und sah, wie seine Mutter vor der Toilettenschüssel auf Knien lag und den Boden schrubbte. Da sie ihm den Rücken zuwandte, konnte er nicht sehen, ob sie weinte.

»Was tust du da, Mom?« fragte er ahnungslos.

»Was ich hier tue?« schnauzte sie ihn an. »Siehst du denn nicht, was ich hier tue? Ich mache das Klo sauber, weil du nicht in der Lage bist zu pinkeln, ohne alles zu bespritzen! Und die Frauen können den Dreck dann wieder wegmachen! Weg da, du stehst mir im Weg.«

Sie versetzte ihm einen leichten Schlag gegen seinen Knöchel, worauf er verwirrt einen Schritt zur Seite machte.

»Wenn du willst, kann ich das auch machen«, sagte er; ihre plötzliche Attacke hatte ihm einen Stich versetzt.

»Oh, prima, jetzt, wo ich fast fertig bin, willst du es machen! Geh mir aus dem Weg!«

Er drehte sich um und ging in sein Zimmer. Später, als er schon im Bett lag, hörte er seine Mutter nebenan so schluchzen wie in der Nacht, als sie sich von Christopher getrennt hatte.

Am nächsten Tag klingelte im Geschäft das Telefon. Sylvia nahm ab und legte den Hörer auf den Tresen. »Es ist Lloyd«, sagte sie.

Lee wischte sich die feuchten Hände an der Schürze ab und fühlte, wie sie ein unerwarteter Hoffnungsschimmer erfaßte. Lloyd konnte ihr Trost geben; er hatte für alles Verständnis. Erst jetzt bemerkte sie, daß sie schon lange nicht mehr mit ihm gesprochen, geschweige denn ihn gesehen hatte. Als sie den Hörer aufnahm, erschien auf ihrem Gesicht ein kleines Lächeln, das sich auch auf ihre Stimme übertrug. »Lloyd?«

»Hallo, mein Liebes.«

»Du glaubst gar nicht, wie schön es ist, deine Stimme zu hören.«

»Wie sieht's aus im Geschäft?«

»Ich bin umgeben von Tulpen und Narzissen. Vielleicht ist ja endlich der Frühling gekommen.«

»Ganz sicher sogar. Ich habe nämlich in den letzten Tagen Frühlingsgefühle gehabt und mich gefragt, ob du nicht einem alten Rentner sein einsames Leben versüßen könntest, indem du dich von ihm zum Essen einladen läßt.«

»Aber gerne, Lloyd.«

»Paßt es dir heute abend? Ich habe in dieser Woche ein paarmal in der Seniorentagesstätte gegessen, und nach der faden Schonkost, die sie einem da vorsetzen, habe ich so richtig Lust auf ein dickes, saftiges Steak. Was hältst du vom Vineyard?«

»Oh, Lloyd, das hört sich großartig an.«

»Ist es dir recht, wenn ich dich gegen sieben abhole?«

»Ja, ich freue mich schon.«

Nachdem sie aufgehängt hatte, bemerkte sie, daß Sylvia sie fragend anschaute, doch Lee dachte gar nicht daran, ihr irgend etwas zu sagen.

Im Vineyard Restaurant bestellte Lloyd als erstes eine Karaffe Rotwein. Nachdem die Bedienung ihnen eingeschenkt hatte und verschwunden war, nahm er einen Schluck und sagte: »Laß mich gleich zum Punkt kommen, Lee.« Sie spürte, wie ihr das Blut aus den Adern wich. »Ich meine Christopher Lallek.«

»Oh, Dad, bitte nicht auch noch du.«

»Nein, nein, Liebes, nicht auch noch ich«, erwiderte er beschwichtigend, während er sich zu ihr hinüberbeugte und ihre Hände ergriff. »Ich gehöre nicht zu denen, die glauben, dir befehlen zu können, wie du dein Leben zu führen hast.«

»Ach nein?« fragte sie mit ehrlich erstaunter Stimme.

»Nein, ganz bestimmt nicht. Ich bin hier, um dich zur Vernunft zu bringen, aber nicht so, wie du jetzt glauben magst. Ich habe gehört, daß du Christopher nicht mehr siehst.«

»Hat Joey dich angerufen?«

»Er hat mich in der letzten Zeit ziemlich oft angerufen, weißt du. Er hat mir sein Herz ausgeschüttet und mir erzählt, wie sehr du dich in den vergangenen Wochen verändert hast, und daß du dich jeden Abend in den Schlaf weinst. Er hat mir gesagt, daß ihr vor einiger Zeit eine längere Unterhaltung hattet – als ihr beide blaugemacht habt. Nebenbei bemerkt, ist ihm an diesem Tag klar geworden, daß er die tollste Mom der Welt hat. Aber um zurück auf unser Thema zu kommen – stimmt es, daß du mit Christopher gebrochen hast?«

»Ja, das stimmt.«

»Ein moralisch sehr edler Zug ... aber gleichzeitig ein ziemlich dummer, meinst du nicht auch?«

Sie war zu verblüfft, um zu antworten.

Lloyd drückte ihre Hand ein wenig fester und eindringlicher. »Lee, mein Liebes, ich kenne dich nun schon viele, viele Jahre. Ich habe dich traurig, und ich habe dich glücklich gesehen – aber nie bist du mir so glücklich vorgekommen wie während der vergangenen Monate an der Seite dieses jungen Mannes.

Vielleicht mag dir das hart erscheinen, aber ich bin mir nicht einmal sicher, ob ich dich während der Ehe mit meinem Sohn jemals so glücklich gesehen habe. Ich bin sicher, daß er mir diese Worte verzeihen würde, denn ich weiß, daß ihr eine glückliche Ehe geführt habt. Aber dieser junge Mann hat einen Glanz in deine Augen gezaubert, der keinem entgehen konnte. Könnte es nicht sein, daß all jene, die dieses Gefühl selbst nie kennengelernt haben, dich darum beneiden?« Er legte eine kurze Pause ein, ließ ihre Hände los, trank einen Schluck Wein und studierte nachdenklich das Glas. »Es ist für jemanden, der zwanzig, dreißig oder vierzig Jahre verheiratet ist, nicht einfach zu begreifen, wie eine Frau deines Alters sich verliebt und plötzlich wie ein junges Mädchen erscheint. Ich will nicht sagen, daß deine Mutter und deine Schwester in ihren Ehen nicht glücklich sind, aber ich wage zu behaupten, daß sie in all den Jahren ein wenig Staub angesetzt haben. Und was meine Enkelin anbelangt, so ist ihr Verhalten ebenfalls ganz einfach zu erklären. Welchem jungen, hübschen Mädchen würde es keinen Stich versetzen, von ihrer eigenen Mutter in den Schatten gestellt zu werden?

Aber laß es trotzdem nicht zu, daß eine von ihnen dein Glück zerstört. Du hast hart für deine Kinder gearbeitet. Du hast sie allein großgezogen und ihnen in den neun Jahren nach Bills Tod alles gegeben, ohne auch nur eine Sekunde an dich selbst zu denken. Als du anfingst, dich mit Christopher zu treffen, hast du zum ersten Mal deine eigenen Bedürfnisse vor die ihren gestellt. Und wenn ich mir die Bemerkung erlauben darf – das war auch allerhöchste Zeit. Kinder können auch sehr selbstsüchtig werden, weißt du. Je mehr du ihnen gibst, desto mehr erwarten sie von dir.«

»In der letzten Zeit habe ich ihnen allerdings nicht sehr viel gegeben«, gab sie kleinlaut zu.

»Ich glaube, das ist nur eine vorübergehende Erscheinung. Wenn du selbst nicht glücklich bist, kannst du anderen auch nicht viel geben. Was wirst du nun also tun?«

»Ich weiß es nicht.«

»Denkst du nicht, daß es langsam an der Zeit ist, aufzustehen und ihnen allen die Stirn zu bieten – deiner Mutter, deiner Schwester und deiner Tochter?«

»Ich dachte, das würde ich gerade tun?«

»Nein, du versuchst lediglich, sie zu beschämen, indem du dich ihnen gegenüber boshaft verhältst. Was du statt dessen tun solltest, ist, zu dem jungen Mann zu gehen und ihm zu sagen, daß du ihn heiraten möchtest – und die anderen sollen doch denken, was sie wollen.«

Lee blickte ihn noch immer ungläubig an. Die Bedienung brachte die Salate, und Lloyd machte sich über seinen her, ohne jedoch seinen Redestrom zu unterbrechen.

»Ich hatte da noch einen Gedanken, der mir nicht mehr aus dem Kopf gegangen ist, seitdem Joey mir erzählt hat, wie sehr sie auf dir herumhacken: Ich glaube, Bill würde dir seinen Segen geben. Er hätte dich glücklich sehen wollen. Denn schließlich bist du ja die Mutter seiner Kinder. Und wenn du glücklich bist, dann werden auch sie glücklich sein – früher oder später.«

»Glaubst du das wirklich, Dad?«

»Ja, allerdings.«

»Mutter hat versucht, mir einzureden, daß es Bill gegenüber nicht richtig wäre, wenn ich Christopher heiraten würde.«

Lloyd schüttelte verständnislos seinen Kopf. »Diese Frau ... Ich glaube ihr ja, daß sie es gut meint, aber manchmal würde ich ihr gerne einen Tritt in den Hintern versetzen. Weißt du, die meisten Mütter scheinen immer zu wissen, was das Beste für ihre Töchter ist – und wenn die Töchter anderer Meinung sind, können sie das gar nicht verstehen und werden böse. Sie geben vor, nur das Beste zu wollen, und möchten in Wirklichkeit nur ihren eigenen Willen durchsetzen.«

»Oh, Lloyd, es tut so gut, das zu hören.«

»Ich sage nichts weiter als die Wahrheit. Ich gehöre ja nicht zum engen Kreis deiner eigenen Familie und kann die Situation mit entsprechendem Abstand betrachten. Jetzt iß deinen Salat und schau mich nicht an, als würdest du jeden Moment aufspringen und mich küssen.«

»Lloyd Reston«, sagte sie mit warmer Stimme, »du bist der einfühlsamste, herzlichste, liebenswerteste Mann der ganzen Welt.«

»Naja, fast vielleicht. Aber der erste Platz geht wohl an den Mann, den du liebst. Die Male, die ich euch zusammen erlebt habe, waren genug, um zu sehen, wie sehr ihr euch gegenseitig respektiert und bewundert, wie ausgezeichnet ihr euch versteht und wieviel Spaß ihr gemeinsam habt.«

»Ja, das stimmt.«

»Wenn du mir noch eine Bemerkung erlaubst, Lee – ich weiß auch, daß eure Beziehung intim war. Und erst als ich das erfahren habe, konnte ich verstehen, was die drei Frauen bewogen hat, in dieser Weise zu reagieren. Bitte verzeih mir die offenen Worte, aber ich habe in all den Jahren nur einmal gesehen, wie deine Schwester ihren Mann in der Öffentlichkeit berührt hat. Soweit ich mich erinnere, hat sie ihm eine Zecke aus dem Haar gepuhlt, als wir vor Jahren einmal zusammen gepicknickt haben. Und deine Eltern – nun, ich will mir kein Urteil anmaßen, aber in Anbetracht ihres Alters werden sie sich an die Freuden der körperli chen Liebe wenn überhaupt, dann nur noch sehr dunkel erinnern können.

Wenn du nun also einen jungen Mann gefunden hast, der sowohl deinen Geist als auch deinen Körper liebt, dann weiß ich nicht, worauf du noch wartest! Und jetzt iß – das ist ein Befehl.«

Lee fühlte sich so leicht wie eine Feder, die jeden Augenblick hätte entschweben können.

»Darf ich dir davor noch schnell was sagen?« fragte sie.

»Aber beeil dich, ich sterbe vor Hunger!«

»Ich liebe dich.«

Lloyd blickte seiner glücklichen Schwiegertochter ins Gesicht und erwiderte: »Ja, das glaube ich. Ich bin nun schon so lange um dich herum, daß dir auch gar nichts anderes übrig bleibt.« Mit diesen Worten schob er sich eine Gabel Salat in den Mund. Auch sie begann zu essen.

Und während sie sich das Salatdressing aus den Mundwinkeln wischten, trafen sich über die Servietten hinweg ihre Blicke mit einem verschwörerischen Lächeln.

19. Kapitel

Noch bevor Lloyd sie wieder nach Hause gebracht hatte, war ihre Entscheidung gefallen. Durch seine vorbehaltlose Zustimmung wurde ihr klar, wie falsch es gewesen war, Christopher wegzuschicken. Lloyds Worte hatten für sie mehr Bedeutung als die aller anderen zusammen, denn wenn er – der Vater ihres ersten Ehemannes – ihr seinen Segen geben konnte, dann mußten auch die anderen in der Lage sein, es ihm gleichzutun. Sie küßte seine Wange und tätschelte liebevoll seinen Arm, bevor sie aus seinem Wagen stieg und zum Haus eilte.

Sie stürzte in ihr Schlafzimmer und wählte Christophers Nummer. »Bitte, sei da, sei da!« flüsterte sie aufgeregt, aber nach dem vierten Klingeln sprang der Anrufbeantworter an.

Sie entschied, daß eine solche Nachricht nicht auf den Anrufbeantworter gesprochen werden sollte, drückte die Gabel herunter und wählte die Nummer des Reviers. Von der Telefonistin erfuhr sie, daß er bis elf Uhr Dienst hatte. Mit pochendem Herzen warf sie einen Blick auf die Uhr. Es war kurz nach zehn.

Plötzlich kam Leben in sie. Sie sprang auf, eilte ins Bad, unter die Dusche, hinein in frische Kleider, immer den Gedanken im Kopf: *Gleich, Christopher, ich komme.*

Um Viertel vor elf betrat sie Joeys Zimmer und rüttelte ihn sanft aus dem Schlaf.

»Joey … Liebling.«

»Hm? Mom? Wie spät ist es? Ich bin doch grad eben erst ins Bett gegangen.«

»Ja, ja.« Sie saß auf seiner Bettkante und betrachtete ihn mit leisem Lächeln. »Es ist erst kurz vor elf. Entschuldige, daß ich dich geweckt habe, aber ich wollte nur sagen, daß ich jetzt zu Christopher fahre. Du solltest nicht aufwachen, ohne zu wissen, wo ich bin.«

»Zu Christopher?«

»Ich hoffe, es stört dich nicht.«

»Oh, nein, Mom – im Gegenteil.«

»Er hat bis elf Dienst, sonst wäre ich schon eher zu ihm gegangen.«

»Ich wüßte zu gern, was Großvater mit dir angestellt hat.«

»Ich glaube, du weißt es. Und jetzt tue ich, was ihr beide mir geraten habt. Ich werde Chris heiraten.«

»Wirklich?« Sogar in der Dunkelheit ahnte sie sein Lächeln.

»Mom, das ist großartig!«

»Und jetzt fahre ich zu ihm, um es ihm zu sagen.«

»Na ... dann sollte ich dich nicht vor morgen früh zurückerwarten.«

»Ich verspreche dir, daß ich rechtzeitig genug wieder da bin, um dir dein Frühstück zu machen.«

»Waffeln?« fragte er.

»Soll das etwa eine Erpressung sein?« Wenn sie etwas haßte, dann frühmorgens Waffeln zu backen.

»Ich werde es doch wenigstens versuchen dürfen, oder?«

»Okay, Waffeln.«

»Oh, Klasse!«

»Ich schulde dir ohnehin viel mehr als nur ein paar Waffeln, hab ich recht?«

»Ach, Mom ...«

»Oh doch, das tue ich! Ich schulde dir eine Entschuldigung. Es tut mir wirklich leid, daß ich dich neulich im Bad so angefahren habe. Ich hatte kein Recht, so auf dir herumzuhacken. Ich muß dich sehr verletzt haben.«

»Naja, ich konnte mir vorstellen, warum du so warst.«

»Und dann hast du Großvater angerufen und ihn gebeten, mit mir zu reden, nicht wahr?«

»Ja ... auf *mich* hättest du ja nicht gehört.«

Liebevoll strich sie über seine Bettdecke. »Du bist ein sehr einfühlsamer junger Mann, Joey Reston. Eines Tages wirst du einen prächtigen Ehemann abgeben, da bin ich mir sicher.« Sie kniff ihn lächelnd in die Wange.

»Ja, und das dauert auch gar nicht mehr lange. Ich habe Sandy gefragt, ob sie mich heiraten will, und sie hat ja gesagt. Wir gehen noch ein Jahr in die Schule, und dann heiraten wir.«

Vor Verblüffung klappte Lees Kinnlade herunter. Doch noch bevor sie der erste Adrenalinstoß durchfuhr, brach Joey in lautes Lachen aus. »War nur ein Witz, Mom.«

»Oh, mein Gott ...« Erleichtert faßte sie sich ans Herz. »Du hast mich beinahe zu Tode erschreckt!«

»Das war für das Anmeckern im Bad. Ich hatte das Gefühl, daß die Waffeln und die Entschuldigung noch nicht ganz ausreichend waren.«

Lachend klopfte sie mit der Faust auf seine Brust. »Du bist vielleicht ein ungezogener Bengel!«

»Ja, aber du liebst mich trotzdem, stimmt's?«

»Oh, ja, das tue ich.« In diesem Augenblick durchströmte sie ein gewaltiges Glücksgefühl – endlich würde alles gut werden. »Und jetzt mache ich mich auf den Weg, damit ich rechtzeitig da bin, wenn Christopher nach Hause kommt.«

»Grüß ihn von mir. Und wenn er ja sagt, dann kannst du ihn gleich vorwarnen, daß er ab jetzt in die Kloschüssel pinkeln muß, ohne auf den Boden zu spritzen – sonst wird's ihm schlecht gehen.«

»Joseph Reston!«

»Nacht, Mom. Laß es dir gut gehn!«

»Warte nur, bald kommt der erste April – ich werde dir einen Streich spielen, wie du ihn noch nie erlebt hast!«

»Ich glaube, ich schlafe jetzt besser, ich muß morgen schließlich in die Schule!«

»Ja, schlaf jetzt, ich bin auch schon weg.«

Um Viertel nach elf parkte sie ihren Wagen vor Christophers Haus. Während sie ausstieg und die Treppen zu seiner Wohnung hochlief, zitterte sie vor Spannung und Vorfreude. Wie unglaublich dumm sie gewesen war, sich von ihrer Familie beinahe ihr Glück rauben zu lassen. Dies war allein *ihr* Leben. Und schließlich war das Leben keine Generalprobe, sondern die Aufführung selbst – nur von ihr selbst hing es ab, sich das Glück zu verschaffen, von dem sie träumte. Und Christopher war der Schlüssel zu diesem Glück. Entschlossen klopfte sie an die Tür. Während sie wartete, daß er ihr öffnete, sah sie ihn vor ihrem geistigen Auge und verspürte gleichzeitig wildes Verlangen nach ihm.

»Wer ist da?« fragte er mit der Vorsicht eines Polizisten.

»Ich bin's – Lee.«

Er schob den schweren Sicherheitsriegel zur Seite und öffnete ihr. In Socken, immer noch mit Uniform bekleidet, stand er vor ihr, in der Hand eine Aluschale mit dampfender Lasagne, in der eine Gabel stak. In der Wohnung roch es nach frischem Essen.

»Na, das ist aber eine Überraschung.«

»Nein, eigentlich nicht. Nachdem wir uns in der Schule getroffen hatten, wußten wir doch beide, daß es nicht so weitergehen konnte.«

»Dir war das vielleicht klar – mir nicht. Ich habe geglaubt, daß wirklich alles zu Ende ist.«

Mit einem strahlenden Lächeln auf den Lippen ließ sie ihren Blick über sein Haar, seine blauen Augen und seine vollen Lippen wandern. »Würde es Sie stören, Christopher Lallek, wenn ich reinkomme und Sie küssen würde?«

Sie machte einen Schritt in die Wohnung, nahm ihn ohne viel Umschweife in den Arm und küßte ihn. Er erwiderte ihren Kuß und umfaßte sie mit einem Arm, während er in der anderen Hand die Aluschale mit seinem Abendessen balancierte. Es war ein weicher, zarter, romantischer Kuß. Seine Lippen und Zunge waren ihr ebenso vertraut wie ihre eigenen. Sie nahm sich alle Zeit der Welt, um diesen Kuß zu genießen.

»Mmm ... was ißt du denn da?«

»Lasagne.«

»Riecht gut.«

»Soll ich dir auch eine warm machen? Ich habe noch eine Portion in der Tiefkühltruhe.«

»Nein, nein, danke. Aber iß du doch fertig.«

»Jetzt, wo du da bist, habe ich gar keine Lust mehr zu essen.«

»Tu's trotzdem – ich schaue dir dabei zu.«

»Du willst mir dabei zuschauen?« Er grinste schief.

Sie lehnte sich an seine Brust, die noch von der kugelsicheren Weste bedeckt war, und fuhr mit ihrem Zeigefinger um seine Lippen. »Ich werde sie beobachten«, murmelte sie, »wie sie sich um die Gabel schließen, wie sie sich bewegen, wenn du kaust. Ich habe sie so vermißt.«

Unter leisem Lachen bemerkte er: »Wir Polizisten sind doch nie vor einer Überraschung sicher.«

»Iß jetzt deine Lasagne«, flüsterte sie mit rauher Stimme. Er befreite seine Hand, griff nach der Gabel und schaute sie über die Aluschale hinweg an. Als er sich einen Bissen in den Mund geschoben hatte, küßte sie seine Wange, in der sich beim Kauen die Muskeln bewegten. Lächelnd schluckte er den Bissen und sagte: »Hast du mich vermißt, oder was?«

»Genau. Aber das ist nicht der Grund, weshalb ich dich heiraten möchte. Ich will dich heiraten, damit du mir die Waschmaschine festschraubst, das Gras mähst und den Schnee schippst.«

Die Gabel schwebte kurz vor seinem Mund; er hielt inne und lehnte sich zurück, um ihr besser ins Gesicht schauen zu können. »Du willst mich heiraten?«

»Ja, das will ich. Ich habe vor, mit dir durchzubrennen.«

»Durchbrennen!«

»Jawohl, du hast richtig gehört. Ich habe es satt, mir von den Leuten sagen zu lassen, was ich zu tun und zu lassen habe. Ich habe es satt, alleine zu schlafen, alleine zu essen und dich nachts an meinem Haus vorbeifahren zu sehen, wenn du denkst, daß ich schon schlafe und dich nicht sehe.«

»Seit wann weißt du ...«

»Ich habe dich *gesehen*. Am letzten Sonntagabend um zehn, in der Nacht darauf kurz vor elf und in vielen, vielen anderen Nächten zuvor auch.«

»Und heute nacht?«

»Ich war nicht da. Lloyd hat mich zum Essen eingeladen und mir eine Predigt gehalten. Und nachdem er mich wieder nach Hause gebracht hat, bin ich unter die Dusche gesprungen, habe mich einparfümiert und mir frische Unterwäsche angezogen, habe Joey gesagt, daß ich zu dir fahre und mich dann ins Auto gesetzt.«

»Tatsächlich? Frische Unterwäsche? Und Parfüm? Wo?«

»An allen Stellen, an denen man es zu zweit besser genießen kann als allein.«

»Hier, halt mal.« Er reichte ihr die Aluschale, umfaßte ihre Taille und trug sie in die Küche. »Stell das auf den Tisch«, befahl er.

Als sie die Schale abgestellt hatte, legte sie ihre Hände um seinen Nacken, während er sie weiter ins Schlafzimmer trug. Vor dem Bett angekommen, ließ er zuerst ihre Knie los, so daß sie an seinem Körper entlang hinunter auf die Matratze glitt. Dann nahm er ihr Gesicht in beide Hände und küßte sie lang und leidenschaftlich.

»Christopher, es tut mir so leid«, flüsterte sie. »Ich habe dich so sehr geliebt und trotzdem auf sie gehört. Bitte verzeih mir.«

»Es war die Hölle ohne dich.«

»Für mich auch.«

»Aber trotzdem wollte ich mich nicht zwischen dich und deine Familie drängen. Das möchte ich immer noch nicht.«

»Lloyd hat mir klar gemacht, daß das ihr Problem ist, nicht unseres. Wenn sie mich lieben, dann werden sie dich auch akzeptieren – und ich weiß, daß sie mich lieben. Deshalb gebe ich ihnen eine zweite Chance. Willst du mich heiraten, Christopher?«

»Am liebsten auf der Stelle – wenn es möglich wäre.«

»Das mit dem Durchbrennen habe ich ernst gemeint. Meinst du, wir könnten es tun?«

»Das hast du ernst gemeint?« wiederholte er, abermals verblüfft.

»Ja. Ich möchte niemandem die Möglichkeit geben, mich wieder zu beeinflussen. Ich möchte, daß wir zusammen irgendwohin fahren und heiraten. Ich werde nur Lloyd einweihen, weil er sich inzwischen um Joey kümmern muß. Ich habe mir immer vorgestellt, wie romantisch es sein muß, in einem großen Garten zu heiraten. Meinst du, wir könnten schon jetzt nach Longwood Gardens fliegen, oder ist es in Pennsylvania noch Winter?«

»Ja. Ich fürchte, dort ist es noch ziemlich kalt. Aber weiter unten im Süden ist es schon Frühling. Vielleicht finden wir ja ein anderes Ziel.«

»Oh, wirklich, Christopher? Willst du das wirklich mit mir tun?«

»Ich habe noch jede Menge Urlaub. Gleich morgen spreche ich

mit meinem Sergeant. Und ich bin sicher, daß er bei einem solchen Anlaß beide Augen zudrückt und ihn mir bald genehmigt.«

»Oh, wie schön. Aber könntest du jetzt vielleicht diese entsetzliche Weste ausziehen? Die ist wirklich ziemlich lästig.«

Während er seine Krawatte löste und sein Hemd aufknöpfte, machte sie die Lampe neben dem Bett an. Dann wandte sie sich wieder ihm zu und übernahm ihren Teil der Aufgaben.

Als das letzte Kleidungsstück gefallen war, waren auch alle Gedanken vergessen, und sie gaben sich einander hin. Während sie miteinander verschmolzen, fanden sich nicht nur ihre Körper, sondern auch ihre Seelen.

Sie brauchten zwei Tage, um einen Garten zu finden, der ihren Wünschen entsprach. Am dritten Tag stiegen sie in das Flugzeug nach Mobile, Alabama, wo sie gleich nach ihrer Ankunft einen Wagen mieteten. Dann fuhren sie auf dem kürzesten Weg zum Mobile County Courthouse, um die Heiratserlaubnis abzuholen und mit dem örtlichen Friedensrichter namens Richard Tarvern Johnson die Einzelheiten über die Trauung zu besprechen. Sie verabredeten sich mit ihm für den nächsten Morgen, elf Uhr, bei der Brücke, die den Mirror Lake und die Bellingrath Gardens verband.

Lee Reston hatte noch nie zuvor in ihrer natürlichen Umgebung blühende Azaleen gesehen. An ihrem Hochzeitstag sah sie 250.000 Pflanzen, von denen einige beinahe 100 Jahre alt waren. Die Blütenkaskaden ergossen sich in allen nur erdenklichen Rosatönen von den übermannshohen Büschen, die die Wege säumten und knorrige, moosbewachsene Eichenstämme umgaben. Die Blütenpracht spiegelte sich in den Teichen, Seen und im Isleaux Oies-River.

Der Garten erstreckte sich über eine enorme Fläche; hier und dort gaben die prächtig blühenden Sträucher den Blick auf hübsche Pavillons und Lauben, auf plätschernde Springbrunnen, sprudelnde Wasserfälle, herrliche Rasenflächen und immer noch mehr Blüten frei. Christopher mußte Lee zur Eile antreiben, um nicht den Hochzeitstermin zu verpassen, denn nach jedem dritten Schritt entdeckte sie etwas Neues und blieb stehen. Andächtig blickte sie hoch in die Kronen der mächtigen Eichen und seufzte: »Oh, sieh nur.«

Wenig später bewunderte sie die mit farbenfrohen Tulpen und Narzissen bepflanzten Rabatten. »Oh, schau nur hier. So etwas habe ich noch nie gesehen!« Und dann erst das purpurne Meer der Hyazinthen, die die Luft mit ihrem Duft schwängerten! »Riech doch, Christopher! Der Duft ist so stark, daß einem davon schwindlig werden kann!«

Er zog sie behutsam weiter. »Komm, Liebling, den Garten können wir uns später noch anschauen. Wir wollen doch schließlich nicht zu spät zu unserer eigenen Hochzeit kommen.«

Die altmodische, weißgestrichene Holzbrücke am Mirror Lake bestand aus geschwungenen Bögen und einem filigranen Lattenwerk. Richard Tarvern Johnson erwartete am Fuß der Brücke bereits das Hochzeitspaar. Er war Mitte Vierzig, hatte schütteres blondes Haar, trug eine Brille; durch sein Lächeln gab er dem Brautpaar zu verstehen, daß ihm diese Umgebung sehr viel besser gefiel als der düstere, holzgetäfelte Raum im Rathaus, in dem normalerweise die Trauungen abgehalten wurden. »Guten Morgen, Mr. Lallek. Guten Morgen, Mrs. Reston. Einen herrlicheren Tag und einen schöneren Ort hätten Sie sich für Ihre Hochzeit nicht aussuchen können.«

»Guten Morgen, Mr. Johnson«, antworteten sie zu gleicher Zeit.

»Sind diese Azaleen nicht wunderschön?«

»Mrs. Reston hat ein Blumengeschäft. Ich mußte sie mit aller Kraft hierher schleifen!«

Johnson lachte und erwiderte: »Zum Bummeln und Genießen haben Sie nachher ja noch genug Zeit. Aber jetzt wollen wir mit der Trauung beginnen.«

Sie waren nur zu dritt: Johnson in seiner Amtsrobe, Lee in einem taubenblauen Organdy-Kleid und hochhackigen Pumps, in der Hand eine langstielige Kallablüte, und Christopher in einem dunkelblauen Anzug mit einer duftenden Gardenie im Knopfloch. Als Zaungäste hatten sich ein Schwanenpaar und, in sicherem Abstand, einige Flamingos eingefunden. In den Büschen nahe dem Ufer zwitscherten zahlreiche Vögel.

Keine Hochzeitsgäste, um die man sich kümmern mußte.

Keine Glückwunschtelegramme.

Kein Pomp und keine Umstände.

Nur zwei Menschen, die sich liebten und ihren Hochzeitstag genossen.

»Wir können die Zeremonie ganz nach Ihren Wünschen gestalten«, sagte Johnson. »Meine Anwesenheit ist nur notwendig, damit die Eheschließung rechtskräftig ist. Ich kann eine kleine Ansprache halten, oder aber Sie übernehmen diesen Teil.«

Christopher und Lee blickten sich an. In der Hand hielt er ihren Fotoapparat. Weder sie noch er hatten sich zuvor Gedanken um den zeremoniellen Ablauf ihrer Hochzeit gemacht. Tatsächlich hatten sie sich ihr Versprechen schon in der Nacht gegeben, in der Lee ihm ihren Entschluß mitteilte.

Christopher ergriff das Wort. »Ich würde gerne selbst ein paar Worte sprechen.«

»Ich ebenfalls«, ergänzte Lee.

»Sehr gut«, stimmte Johnson zu. »Sind Sie bereit?«

Christopher legte die Kamera zu ihren Füßen auf den Rasen, richtete sich wieder auf und ergriff die Hände seiner Braut.

»Also ...«, begann er unsicher, um sogleich innezuhalten und nach den richtigen Worten zu suchen. Er blickte ihr in die Augen und stieß lächelnd einen kleinen Seufzer aus, weil er nicht wußte, wie er all das, was er in seinem Herzen fühlte, in Worte fassen sollte. Aber schließlich gab er sich einen Ruck. »Ich liebe dich, Lee. Ich liebe dich lang genug, um zu wissen, daß du die Einzige und Richtige für mich bist. Ich möchte den Rest meines Lebens mit dir verbringen. Ich gelobe dir Treue und verspreche, daß ich helfe, Joey großzuziehen. Ich werde euch mit all meinen Kräften beschützen, ich werde immer gut zu dir sein und dir so viele Gärten wie nur irgend möglich zeigen. Ich will dich bis ans Ende meiner Tage achten und lieben, was mir nicht schwerfallen wird.« Er schenkte ihr ein Lächeln, das sie erwiderte. »Oh, und noch etwas. Ich verspreche dir auch, deine Familie zu respektieren und ihr zu beweisen, daß diese Heirat für uns beide die einzig richtige Entscheidung war.« Er legte eine kurze Denkpause ein. »Oh, der Ring ...« Er fischte in seiner Rocktasche und förderte ihn zutage. Es war nicht der Ring mit dem großen Diamanten, den er ihr schon zuvor schenken wollte, sondern ein schlichter Goldreif ohne Steine, den sie gemeinsam ausgesucht hatten und der den täglichen Anforderungen, die ihr Beruf mit sich brachte, standhalten würde.

»Ich liebe dich«, sagte er, während er ihr den Ring ansteckte. »Und du hattest recht. Dieser Ring ist viel besser, denn du wirst ihn nie abnehmen müssen.« Er lächelte ihr direkt ins Gesicht und sagte dann zu Johnson: »Ich glaube, das ist alles.« Johnson nickte und wandte sich Lee zu. »Mrs. Reston?«

Sie senkte den Blick auf ihre Hände und ließ ihn dann wieder hoch zu seinem glücklichen, friedlichen Gesicht wandern.

»Du bist für mich ein Geschenk des Himmels, Christopher. Du bist in mein Leben getreten, als ich es am wenigsten erwartet habe. Ich habe zuerst gar nicht bemerkt, daß ich mich in dich verliebt habe, aber ich bin froh, daß es so gekommen ist. Ich werde dich bis ans Ende meiner Tage lieben. Ich will für dich da sein, wenn dein Beruf dir Sorgen macht. Ich weiß, daß es nicht einfach ist, die Frau eines Polizisten zu sein, aber wer weiß schon besser als ich, was da auf mich zukommen wird? Ich will dich in jeder Hinsicht unterstützen, auch was Kinder anbetrifft, denn ich bin sicher, daß Judd nicht das letzte Kind sein wird, um das du dich kümmerst. Ich werde alles für sie tun, was in meiner Macht liegt, und ich möchte dir die Kraft geben, deinen Teil zu tun. Ich will uns ein Heim schaffen, das auch deinen Freunden immer offensteht ... und deiner Familie, wenn du es eines Tages möchtest. Ich werde dir in jeden Garten dieser Welt folgen, wenn du es willst.« Sie strahlte ihn an, und er erwiderte ihr Lächeln. Dann wurde ihr Blick weich. »Irgendwie passen die alten Worte doch immer noch sehr gut: in Armut und in Reichtum, in guten wie in schlechten Tagen, bis daß der Tod uns scheidet. So werde ich dich lieben.« Mit warmer Stimme bat sie ihn dann: »Bitte, gib mir den anderen Ring.« Er holte seinen Ring aus der Tasche und reichte ihn ihr. Sie steckte ihn behutsam auf seinen Finger und küßte ihn. Als sie den Blick wieder hob, flüsterte sie: »Ich liebe dich, Christopher.«

»Ich liebe dich, Lee.«

Mr. Johnson sagte: »Und hiermit sind Sie Mann und Frau.« Die Zeremonie war so schnell vorüber, daß ein Hauch von Unsicherheit über den Brautleuten lag. *Hätte das nicht länger dauern sollen?* fragten sie sich beide im gleichen Augenblick. Doch Johnson besiegelte die Trauung mit seinem persönlichen Glückwunsch. »Ich gratuliere Ihnen, Mr. und Mrs. Lallek.« Er schüttelte ihnen die Hände und sagte: »Jetzt müssen Sie nur noch die Heiratsurkunde unterschreiben.«

Als sie beide unterschrieben hatten, fotografierte er sie mit Lees Apparat, und anschließend baten sie ein vorbeischlenderndes Paar, ein Bild mit ihnen allen dreien zu machen.

Mit den Worten: »Ich wünsche Ihnen von Herzen alles Gute«, verabschiedete sich Johnson.

Er wandte sich zum Gehen, während Christopher und Lee einander anlächelten. Die offiziellen Worte waren ihnen nach ihren persönlichen Gelübden hohl und leer erschienen. Das Versprechen, das sie sich soeben gegeben hatten, ging nur sie beide etwas an und war keine Frage von Daten und Unterschriften.

Schließlich zog Christopher Lee an seine Brust. »Komm her, Mrs. Lallek, und laß uns das nochmal versuchen.«

Und jetzt waren die weißen Plusterwolken am tiefblauen Himmel die einzigen Zeugen ihres Kusses. Nach einer Weile beendete Lee den Kuß. Aufrichtig, wie sie war, gestand sie ihm, was sie in diesem Augenblick am meisten interessierte: »Küß mich später, Christopher. Jetzt möchte ich all die herrlichen Blumen bewundern.«

Die ersten drei Stunden ihrer Ehe verbrachten sie Hand in Hand schlendernd, die Blütenpracht bewundernd und sich gegenseitig fotografierend.

Für ihre Hochzeitsnacht hatten sie sich in einem Hotel namens Kerry Cottage eingemietet, einem hübsch restaurierten Nebengebäude eines alten Südstaaten-Landsitzes. Die Besitzerin, eine gewisse Mrs. Ramsay, tischte ihnen abends im Garten neben einem gewaltigen Weißdornstrauch, der noch vor dem Bürgerkrieg von ihrem Urgroßvater gepflanzt worden war, erlesene Köstlichkeiten der Südstaaten auf. Als die Dunkelheit hereinbrach, stellte sie ein Windlicht auf und servierte den Nachtisch, der aus Amarettokuchen mit Vanillesauce bestand. Auf die weiße Vanillesauce hatte sie mit Schokoladensirup zwei ineinander verschlungene Herzen gemalt. Sie tätschelte die Schultern des Brautpaares und sagte mit wehmütiger Stimme: »Möge Ihr Leben so glücklich verlaufen wie das des Colonels und meines.« Ohne weitere Erklärung schenkte sie ihnen nach und verschwand in den dunklen Schatten der Bäume.

Christopher leerte als erster sein Glas, setzte es auf dem Tisch ab und sagte: »Mrs. Lallek ...« Diese zwei Worte ließ er sich genüßlich auf der Zunge zergehen, bevor er fortfuhr: »Wollen wir uns nun zurückziehen?«

»Mr. Lallek«, antwortete sie lächelnd, »ich wüßte nicht, was ich jetzt lieber täte.«

Er schob seinen Stuhl zurück, daß der weiße Kies knirschte. Dann ging er um den Tisch und bot ihr seinen Arm.

»Sollen wir uns bei Mrs. Ramsay für das köstliche Essen bedanken?« fragte Lee.

»Sie nimmt es uns sicher nicht übel, wenn wir das erst morgen tun«, antwortete Christopher.

Arm in Arm gingen sie zwischen den Büschen und unter den mächtigen Bäumen des zugewachsenen Gartens hindurch. In ihrem Zimmer erwartete sie das aufgedeckte Bett und auf den Kopfkissen ein süßer Gruß ihrer Gastgeberin.

Sie lag schon nackt auf dem Laken, als er sich neben ihr ausstreckte.

»Lee ... oh, Lee«, flüsterte er. »Endlich bist du meine Frau.« Sie murmelte seinen Namen, zog ihn an sich, so dicht es eben ging, während ihre Seelen bereits vereint waren.

»Christopher ... mein Mann.«

Frau.

Mann.

Liebende.

Mehr wollten sie in der lauen Nacht des Südens gar nicht sein.

Es war Lloyds Idee. Nur Joey hatte er in seinen Plan eingeweiht, bevor er die Einladungen verschickte.

An seine Enkelin Janice.

An Sylvia und Barry Eid.
An Orrin und Peg Hillier.
Und an Judson Quincy.

Anläßlich der Heirat von Lee Reston und Christopher Lallek, voll-
zogen am vergangenen Freitag in den Bellingrath Gardens, lade ich
am Mittwoch um 17 Uhr zum Hochzeitsessen in das zukünftige
Heim des Brautpaars, 1225 Benton Street. Bitte enttäuscht uns
nicht.

Herzlichst
Lloyd Reston

Nachdem die Briefe angekommen waren, stand Lloyds Telefon
nicht mehr still. Alle riefen an und gaben sich äußerst pikiert über
die heimliche Hochzeit. Und jedesmal sagte Lloyd: »Einen Moment, Joey möchte dir etwas sagen.«

Und Joey sprudelte vor echter Begeisterung. »Hallo, Großmutter, ist das nicht toll? Ihr kommt doch, nicht wahr? Mommy hat
schon angerufen – sie platzt fast vor Glück. Und ich auch! Und
Großvater Lloyd auch! Wir werden das Hochzeitsessen kochen.
Wir wissen zwar noch nicht, was es geben soll, aber wir werden bis
dahin noch ein paar Kochbücher wälzen. Ich freue mich, daß ihr
kommt!« Die so Überrumpelten legten stirnrunzelnd auf, nach und
nach dämmerte ihnen, daß sie in ihre eigene Falle getappt waren.
Lees Schwiegervater hatte der Verbindung seinen Segen gegeben.
Und die beiden, Großvater und Enkel, bereiteten nun eigenhändig
das Hochzeitsmahl zu, zu dem sie die ganze restliche Familie einlu-
den.

Wie, um alles in der Welt, konnte man da absagen, ohne sich
nicht vollkommen zum Narren zu machen?

Lloyd bat auch Judd um seine tatkräftige Unterstützung. Er holte
ihn und Joey von der Schule ab und fuhr mit ihnen zu Lees Haus.
Dort angekommen, schmückten sie sämtliche Räume mit Girlanden und Luftschlangen und schoben einen mächtigen Rinderbraten in den Ofen.

Während der Braten im Rohr schmorte, bereiteten sie den Salat zu, setzten den Reis auf und deckten den Tisch. Die doppelstöckige Hochzeitstorte, die sie aus der Stadt mitgebracht hatten, versteckten sie auf Joeys Kleiderschrank. Kurz vor vier zog Lloyd seine Jacke an und gab den zwei Jungs die letzten Anweisungen: »Und vergeßt nicht: Wenn die anderen Gäste bis fünf Uhr nicht aufgetaucht sind, nehmt ihr die überzähligen Gedecke wieder vom Tisch. Ich bin spätestens gegen halb sechs mit den beiden wieder da. Falls das Flugzeug pünktlich landet.«

Christopher steuerte den Wagen vom Flughafen zurück in die Stadt. Während der gesamten Fahrt schwärmte Lee von den Bellingrath Gardens. Erst als sie sich dem Haus näherten und sahen, daß weder in der Einfahrt noch davor ein Parkplatz frei war, verstummte sie.

»... und du kannst es dir nicht vorstellen ...« Lee brach mitten im Satz ab und starrte ungläubig auf die versammelten Autos. »Das sieht ja aus wie Mutters Wagen. Und Janices ... und Sylvias ...« Ihr Kopf fuhr herum zu dem alten Herrn, der schmunzelnd auf der Rückbank saß. »Lloyd, was ist hier los?«

»Das werdet ihr noch früh genug erfahren.«

Nachdem sie ausgestiegen war, fixierte sie halb zweifelnd, halb ängstlich das Haus. Christopher hakte sich bei ihr unter. Über ihren Kopf hinweg tauschte er vielsagende Blicke mit Lloyd.

»Was hast du getan, Lloyd?«

»Ich habe sie alle eingeladen, nichts weiter.«

»Aber, Dad ...«, sagte sie. »Sie können doch gar nichts von unserer Heirat wissen!«

»Bist du da so sicher?«

»Oh, Himmel«, stöhnte sie und warf ihrem Mann einen hilfesuchenden Blick zu. Doch der grinste sie nur an und bemerkte: »Na, dann wollen wir uns mal ins Getümmel stürzen.«

Die beiden Jungs hatten für Musik gesorgt. Lees Mutter rührte in den Töpfen auf dem Herd. Lees Vater öffnete die Weinflaschen. Sylvia legte letzte Hand an ein wunderschönes Gesteck aus weißen Rosen, das sie mitgebracht hatte. Alle schienen in blindwütige Aktivitäten verfallen zu sein – bis auf Joey und Judd, die das Brautpaar schon an der Tür erwarteten. Lee bekam von Joey eine liebevolle Umarmung, während Christopher erfreut ausrief: »Großartig – Judd ist auch da!«

Die beiden begrüßten sich mit einem Handschlag von Mann zu Mann. Zögernd gaben die anderen ihre Tätigkeiten auf und näherten sich langsam, während Joey und Judd munter drauflos plapperten und von den aufregenden Vorbereitungen erzählten, die sie unter Lloyds Leitung durchgeführt hatten. Lee stand währenddessen noch immer wie vom Donner gerührt im Türrahmen, unfähig, die sechs, sieben Schritte zu tun, die sie von ihrer Familie trennten. Sie fühlte sich wie eine Opernsängerin, die auf der Bühne stand und mit dem falschen Ton begonnen hatte. Neben sich spürte sie Christopher, der darauf wartete, daß sie das Haus betrat.

Mit den Worten: »Nun ... das ist ja eine Überraschung.« setzte sie sich langsam in Bewegung.

Zuerst ging sie auf Sylvia zu. Als sie nur noch einen Schritt von ihr entfernt war, schlug ihr das Herz bis zum Hals, und in ihr tobten die widerstreitendsten Gefühle. Wer würde den nächsten Schritt machen? Lee war es, die den ersten und schwierigsten Schritt in Richtung eines Neubeginns tat.

Ihre Umarmung war zurückhaltend, die Ellbogen weit abgespreizt und Oberkörper auf Distanz, während Sylvia ihrer Schwester ins Ohr flüsterte: »Du mußt verrückt sein – das wird niemals gutgehen.«

Lee antwortete: »Wart nur ab, und du wirst es schon sehen.« Dann war ihre Mutter an der Reihe. Ihre Umarmung fiel fester aus, hatte aber dieselbe Botschaft: »Hast du den Verstand verloren? Durchbrennen? Als Lloyd es mir erzählte, hat mich beinahe der Schlag getroffen.«

»Danke, daß du gekommen bist, Mutter.«

Erst Orrins Umarmung war richtig herzlich. »Deine Mutter hält dich zwar für verrückt, aber ich weiß nur, daß ich dich noch nie so glücklich gesehen habe, mein Liebes.«

»Danke, Dad. Das bin ich auch.« Dann wandte sie sich zu der letzten Person. »Janice ... mein Schatz, es ist so schön, dich zu sehen.« Janice errötete, doch Lees Umarmung brach das Eis. Die beiden hielten sich fester und länger als all die Monate zuvor und spürten währenddessen, wie sie Erleichterung durchströmte und sich die Kluft zwischen ihnen langsam, aber sicher zu schließen begann. »Oh, Mom ...« Janices Stimme zitterte. Lee hörte, daß sie einige Male schlucken mußte, um ihre Gefühle unter Kontrolle zu halten. Sie strich Janice beruhigend über den Rücken, als wollte sie sagen: *Wein nicht, Liebes, alles wird wieder gut.*

Christopher wurde von Lees Familie nur am Rande begrüßt, doch Janice zeigte besondere Größe und machte ihrer Mutter das schönste Hochzeitsgeschenk, indem sie auf Christopher zuging und ihn herzlich umarmte.

»Ihr beide seht so glücklich aus – ich gratuliere euch von ganzem Herzen.«

»Danke, Janice. Über deine Glückwünsche freuen deine Mutter und ich uns am meisten.«

»Ich wollte nur, daß ihr wißt, daß ich einen netten Typen kennengelernt habe. Morgen gehen wir zum zweiten Mal zusammen aus.«

Lächelnd antwortete Christopher: »Das freut mich für dich, Janice. Bring ihn doch bald mal mit, damit wir ihn kennenlernen können.«

Bei dem Anblick der beiden waren Lee Tränen der Erleichterung gekommen, und sie ging um die Ecke in die Küche, um sie sich in aller Stille aus den Augen zu wischen. Christopher hatte sie beobachtet und folgte ihr. Hinter ihr blieb er stehen und legte seine Arme um ihre Taille. Sie ergriff seine Hände, lehnte ihren Kopf zurück an seine Brust, schloß die Augen und schluckte hart.

»Oh, Christopher ...«, flüsterte sie.

»Ich weiß«, antwortete er leise und küßte ihr Haar.

In diesem Augenblick kam Judd um die Ecke geflitzt und wäre um ein Haar auf die beiden geprallt. »Kann ich eben schnell die CD wechseln? Oh, stimmt was nicht?«

In diesem Augenblick erschien Joey und sagte: »Nein, kannst du nicht. Komm schon, Mann, hier ist alles in Ordnung.« Mit diesen Worten zog er ihn weg.

Bald waren alle Tränen getrocknet, alles versammelte sich in der Küche, der Braten war langsam gar, die Schüsseln wurden aufgetragen und alle setzten sich an den Tisch. Im Wohnzimmer lief Vince Gill. Manche Gläser wurden mit Wein gefüllt, andere mit Limonade. Über dem Raum lag ein entspanntes Stimmengewirr. Die Gespräche, das Herumreichen der Schüsseln und das Füllen der Gläser verband alle Anwesenden miteinander und ersetzte in diesen Augenblicken die verletzten Familienbande, die erst mit der Zeit wieder heilen würden.

Mit seinem Glas in der Hand erhob sich Lloyd. »Ich würde gerne ...«

»Nein, Großvater«, unterbrach ihn Joey. »Ich glaube, das ist diesmal mein Job.«

Nach einem erstaunten Stutzen ließ sich Lloyd schmunzelnd auf seinen Stuhl sinken und überließ es seinem Enkel, die passenden Worte zu sprechen.

Joey stand auf, erhob sein mit Limonade gefülltes Glas und nickte nacheinander allen Versammelten zu.

»Ein Dank an Großvater Lloyd, daß wir alle hier sind. Ein Dank an Tante Sylvia für die Blumen. Ein Dank an Onkel Barry, daß er mit Tante Sylvia gekommen ist ...« Alle lachten. »Ein Dank an Judd, daß er Country-Musik doch nicht so schrecklich findet, wie er zuerst dachte. Ein Dank an meine Schwester Janice, daß sie wieder nach Hause gekommen ist. Ein Dank an Großmutter und Großvater Hillier für die beste Mom der Welt. Und jetzt stoßen wir alle zusammen auf das Brautpaar an. Ich hoffe, daß ihr immer so glücklich bleibt wie heute. Und außerdem hoffe ich, daß ihr recht oft gemeinsam verreist und mich mit Großvater Lloyd allein laßt, denn ich finde es toll mit ihm. Mann, jeden Abend gab es Pizza, ich durfte bis halb zwölf aufbleiben und mit seinem Auto bei Sandy vorbeifahren!«

Als sich das Gelächter langsam wieder legte, fuhr Joey fort: »Aber jetzt wieder ernst ... ich habe im vergangenen Jahr gelernt, worauf es wirklich ankommt. Ich glaube, das haben wir alle. Und deshalb möchte ich zum Abschluß sagen, daß wir euch, Christopher und Mom, ein glückliches, gesundes und langes Leben wünschen. Das kommt von allen hier Anwesenden« – sein Blick machte die Runde, bevor er sich nach oben hob – »und von allen, die heute von dort oben auf uns hinunterschauen. Dad? Greg? Grant? Schön, daß auch ihr bei uns seid. Legt bei dem alten Herrn da oben ein gutes Wort für die beiden ein, ja?«

Während um den Tisch herum leise die Gläser klirrten, das Lachen perlte, die Herzen dahinschmolzen und die Braut nur mit Mühe ihre Tränen zurückhalten konnte, blickten drei Seelen aus der Unendlichkeit hinab und tauschten ein zufriedenes Lächeln.

GOLDMANN

Frauen heute

*Autorinnen von heute definieren den Begriff Weiblich-
keit jenseits gängiger Klischees neu und schreiben mit
Witz und Selbstironie über Liebe und Leben, Erotik und
Romantik. Ein zeitgemäßer Typ Frauenliteratur:
emanzipiert, poetisch, provokant, unterhaltsam und
anspruchsvoll zugleich.*

Shirley Lowe/Angela Ince,
Wechselspiele   9613

Elizabeth Jolly,
Eine Frau und eine Frau   9781

Helke Sander,
Oh Lucy   41436

Jenny Fields,
Männer fürs Leben   42323

Goldmann · Der Taschenbuch-Verlag